Vincent Message

LES VEILLEURS

ROMAN

Éditions du Seuil

TEXTE INTÉGRAL

ISBN 978-2-7578-1961-6
(ISBN 978-2-02-099707-2, 1re publication)

Né en 1983 à Paris, Vincent Message a fait des études de lettres et de sciences humaines. Après avoir vécu à Berlin et à New York, il enseigne aujourd'hui la littérature comparée à l'université Paris 8. Cinq ans de travail ont été nécessaires à la rédaction de son premier roman, *Les Veilleurs*. Paru au Seuil en août 2009, le livre a été salué par la critique pour son caractère novateur et récompensé par le prix Laurent-Bonelli.

[illegible] en 19[illegible], [illegible] a fait des études de [illegible] et de [illegible], après [illegible] vécu à [illegible] et à New York, il enseigne aujourd'hui la littérature comparée à [illegible] Paris. [illegible] de livres [illegible] la [illegible] de son [illegible] La Vie [illegible] Paul [illegible] en [illegible] 2009, [illegible]

à Cloé
à mes parents

PREMIÈRE PARTIE

BATEAU DE PIERRE

01. CETTE MAUVAISE CHAISE

À en croire la très bonne parole, il faut que je sois fou. Ils ont réfléchi toute la nuit derrière des portes closes, et maintenant que la fatigue a fini par les mettre d'accord, ils peuvent le dire sans aucun risque de se tromper : c'est ça. L'un d'eux monte au créneau pour défendre cette position. Le pauvre est mal barré. Pour rien au monde je n'échangerais nos places. Il se racle la gorge, toussote d'un air qu'il voudrait compétent. Moi je regarde l'auditoire et les filets de salive suspendus à ses lèvres. Du coup le diagnostic m'échappe, ou peut-être je n'y comprends rien, et la Juge doit lui demander d'articuler encore une fois. Alors, en détachant mieux les syllabes : *perpétuité*. Après qu'il a lâché ce mot, son visage pris de vertige se décompose ; il se retourne vers ses collègues, guettant un signe d'approbation, mais les autres ont disparu dans leurs cols de chemise et ne sont plus en état de hocher la tête. Il se met à chercher un appui dans la salle, un point quelconque où fixer son regard ; il ne trouve pas ; partout le bois travaille et bouge, les lattes craquent sous le poids de ceux qui sont morts. Il s'égare plusieurs heures, puis ajoute d'une voix qui me paraît manquer de conviction : « Car s'il est difficile de juger de la personnalité de l'accusé ou des raisons de son acte, étant donné sa mauvaise volonté évidente et son refus de coopérer avec la justice, les faits du moins sont clairement établis. »

On en revient donc aux faits : je me suis trouvé mêlé à une affaire de meurtre. Par un beau matin de février, un peu froid mais lumineux, je suis descendu dans la rue armé d'un pistolet et j'ai tué trois personnes. C'étaient apparemment des gens que je ne connaissais pas, et qui ne m'avaient rien demandé. Ils étaient des êtres humains, moi aussi peut-être, et ça ne se passait pas trop mal. Ensuite les cinquante-quatre témoins ont compté sept ou huit coups de feu. Moi j'ai vu les rosaces de cervelle jaillir sur le trottoir. La rue brusquement cathédrale. Les grandes orgues qui se mettaient en marche.

Alors c'est clairement établi, mais ils ne comprennent pas. Assis bon an mal an sur cette mauvaise chaise, je vois bien qu'ils sont perplexes, ils meurent d'envie de me demander : « Vous comprenez, vous ? » – et je pourrais toujours répondre : « Oh, moi, au point où j'en suis, vous savez… » — et pourtant je préfère m'abstenir : je ne voudrais pas être complice de quoi que ce soit. Pour une fois que je suis acteur, moi l'éternel témoin, je n'ai aucune raison de me mettre à table. Ils demandent : étiez-vous atteint, au moment des faits, d'un trouble psychique ayant aboli la jugeote de votre discernement ? Ce problème les intrigue. Avec beaucoup de bonne volonté, moi aussi je m'interroge. Je ne sais pas la tête d'un discernement aboli. Je n'ai jamais eu le plaisir. Mon avocat dit oui, oui, oui. Aboli, absolument. Aboli, c'est le mot. Il a l'air sûr que si. L'expert nous en met plein la vue avec son expertise : il a le regard vitreux, aime s'écouter parler et emploie des formules qui reviennent à dire peut-être, mais peut-être pas ; on ne peut pas trop savoir, l'indétermination, de nos jours, vous savez… Ma bouche à moi ? Ma bouche. Elle est fermée. Pas demain la veille qu'elle s'ouvrira. D'ailleurs, ça les arrange : pour être un fou convenable, il faut parler beaucoup et d'abondance, ou rien et pas du tout ; on a fait les calculs, chacun dans notre coin, sans se consulter, et on est tous tombés sur le même résultat : d'un point de vue rationnel, la seconde solution est plus économique.

Je suis maître du silence tandis qu'ils gesticulent dans leurs robes noires beaucoup trop larges pour eux – pointent sur moi des index qui s'allongent comme ceux d'inquisiteurs. Ils disent Nexus a fait, Nexus a déclaré, Nexus se mure dans le silence et ne montre aucun remords. Nexus paraît-il c'est mon nom. Il est très malheureux, Nexus, assailli de toutes parts, encerclé de questions devant et derrière par les regards qui donnent des fourmis dans la nuque. Enfin : à en croire la tête du contrit d'office à côté de moi, je suis en passe de gagner. Ça ne m'amuse pas beaucoup. Ces procédures judiciaires sont très lourdes, épuisantes. Bien que j'aie envie de dormir, je n'y arrive pas, et je sais de toute façon que ça ne servirait à rien. Laisser passer l'orage. Parfois leur arrogance va au-delà de la mesure, je m'apprête à intervenir, sauf que ça n'est jamais mon tour ou que ma mâchoire s'est engourdie : la fourmilière, encore un coup. Je me chuchote des apaisements et des résignations.

Au matin du cinquième jour c'est l'heure des grands mots fatidiques. Mon front tombe à grosses gouttes sur le parquet. Parce qu'il s'est mis à faire très chaud, un peu trop chaud pour l'homme. À part *perpétuité*, l'autre mot important du procès ç'a été *canicule* : tous les ploucs de la cour d'assises macéraient dans leur sueur. Une fois le verdict proclamé, la salle s'agite autour de moi. Les gens veulent tout à coup dire un tas de choses à leurs voisins. J'entends les bancs de bois murmurer que le verdict est devenu fou. Jamais on n'a vu un jury coller perpétuité à un irresponsable. Certains pieds de chaise crient au scandale, d'autres – à vue de nez plus nombreux – que c'est bien fait pour lui. Depuis plusieurs minutes ça m'ordonne de me lever, mais je me trouve mieux assis, même sur cette mauvaise chaise. Ensuite ça demande si je veux réagir. Rien du tout. Qu'ils fassent comme ils l'entendent. Moi de toute façon je n'en ai plus pour longtemps.

À la fin ils m'ont enfermé pour toujours dans un monde gris de peut-être six ou sept mètres carrés, promenade une fois par jour, manger trois fois par jour. Le lit était en fer, qui est un métal froid, et on ne dormait pas quand on veut. Par chance on ne m'y a pas laissé moisir. Perpétuité, en bon langage, veut dire jusqu'à ce qu'on meure. Mais le sens des mots, aujourd'hui, vous savez, avec ces êtres humains instables et lunatiques… Le lit d'après était mieux, le monde un peu plus vaste, très blanc, les gens plus gentils, également tout en blanc, qui est la couleur de rigueur dans les cliniques de luxe. J'ai appris ça par une infirmière noire qui trouvait le choix politiquement limite. On a parlé un peu. Je la revois qui se concentre et dit : la pureté c'est très monotone. Et elle ajoute : c'est d'un autre âge, c'est anarchique. Il y a une chance qu'elle veuille dire archaïque. Néanmoins je me garderai bien de lui faire la remarque : moi aussi il m'a fallu le temps avant de passer expert en mots, et on voit bien que ce n'est pas mon rôle de corriger. Elle était ronde et belle, passionnée de couleurs, elle me demandait avec un rire de gorge si j'étais un impur. Si je voulais de la couleur, elle essaierait de m'en apporter, il fallait juste que je lui dise quoi. J'ai dit que je voulais du bleu. Elle m'a tendu la main : tope là, monsieur Nexus, du bleu, c'est entendu. Puis en fait non : ce n'était pas possible, le règlement interdisait le bleu en général et pour moi en particulier. Désolée, dit mon infirmière. Une fois n'est pas coutume, elle en a vraiment l'air. Je la rassure que ce n'est pas grave. Le bleu comme j'aurais voulu, la nuance, vous n'auriez pas trouvé, de toute façon. Souriante comme jamais, elle tente de me consoler : « Mon pauvre monsieur Nexus ! Avec le temps on se fait à tout. » C'est sagesse populaire ; ça ne coûte pas grand-chose. Personnellement je savais que c'était faux, l'inhumain il reste inhumain, mais comme j'étais là pour toujours il n'y avait qu'à hocher la tête. Quand on habite dans une clinique, la résistance est un gâchis. Ça mène droit aux pilules assommantes. Au fil des semaines, j'ai pris les habitudes du pantin de bois qui se laisse ballotter par la justice et reste docile même quand elle est incohérente. La date s'appelait le 4 octobre quand on m'a annoncé un nouveau transfert. « Dans trois jours. On va s'occuper de vous. » Mon infirmière impure ne soupçonne pas le poids de ses phrases. Jusqu'alors j'étais content qu'on ne s'occupe pas trop de moi. J'étais dans la presqu'île – il s'y dresse une citadelle intérieure, il y règne un silence éternel. Puisque le monde était hostile, j'avais choisi d'être à moi-même mon propre lieu, mon propre et unique habitant. Plus besoin de voir du pays. Mais sans doute ce qui me plaît à moi ne leur plaît pas à eux. Bizarre.

Maintenant ils m'ont emmené dans la grande maison qui n'en finit plus, dont les pièces tournent en rond et ne sont jamais les mêmes. Des yeux globuleux courent au plafond et surveillent le moindre de mes gestes. Qu'est-ce que je fais là au juste ? Ce n'est pas ma place. Il faut à tout prix que j'y aille. Pas impossible que d'ici peu je regrette mon fer gris, mon lit blanc. J'appréhende le retour des questions. Je ne peux plus les supporter. Leurs *pourquoi ?* se sont agrégés en excès, ça fait la boule d'obstruction dans ma gorge. Au procès, ils m'ont tellement submergé de questions, des jours entiers, dans un déluge, que j'ai fini par me mettre debout, très droit, trop raide, pour leur administrer la grande raclée : je leur ai confessé que j'avais sauvé le monde. Je leur ai dit Madame la Juge, mesdames, messieurs… que vous le vouliez ou non, et sauf votre respect : j'ai su venger cette terre de la négligence des dieux.

02. L'INDÉTERMINATION

Ce sera sur votre droite et au fond du couloir. Six heures vingt-cinq. Il a quelques minutes d'avance. Juste le temps de s'envoyer sa dose dans l'estomac. Depuis trente ans, et du matin au soir, le café scande les journées de Paulus Rilviero qui en compte quarante-sept. Ce n'est plus une simple habitude, c'est un rythme biologique que son horloge interne lui rappelle sans faute si pour une raison ou une autre il déroge à la règle. Quarante-sept déjà, merde ! Est-ce que j'ai de la monnaie au moins ? Il fouille dans les poches de son imper. Dix, vingt-cinq, soixante. C'est bon. Installé dans la salle d'attente, Rilviero, soudain mélancolique, contemple le fond de son gobelet à rainures où tourne un petit soleil noir qui contraste avec la blancheur impeccable des lieux. Le café s'avère dégueulasse. Voilà qui lui plaît mieux. Tout de même. Parce que pour le reste… on se croirait ailleurs. Il en connaît pourtant quelques-uns, des asiles : les tendresses du père Mitard ; les cris qui semblent ne jamais devoir s'arrêter ; les détenus qui écrivent sur les murs avec leur propre merde – ou pire, parfois, avec celle qu'ils extorquent à leur voisin de cellule ; les suicidaires planquant dans leur anus de petites lames de rasoir pour pouvoir se saigner dès que l'envie les prend. Il s'attendait inconsciemment à quelque chose dans ce goût-là. À vrai dire, la clinique Bentlam n'a même pas l'air d'un hôpital. Pas de lino grisâtre. Pas de spectres hantant les couloirs en traînant derrière eux leur pied à perfusion et qui vous fixent brusquement de leur regard délavé comme si vous étiez le premier homme qu'ils croisent. Ce sont de petits enfants qu'on a forcés à se lever en pleine nuit, ils ignorent s'ils doivent vous remercier de les avoir tirés de ce cauchemar ou vous en vouloir pour cette sensation de fièvre qui les fait flageoler. Il s'était préparé à l'odeur industrielle des plateaux-repas, aux sacs poubelles remplis de compresses sales déposés à la porte des douches, à la misère. Tout cela a toujours senti la misère, se dit Rilviero, et personne ne pourrait exiger qu'il en soit autrement. Là où les corps souffrent, ont du mal à manger, à se déplacer, à déféquer, l'homme est pauvre.

Or il a fait un long trajet pour arriver jusqu'à cette salle d'attente – emboîté le pas aux jambes de la secrétaire personnelle de Monsieur le Directeur, de longues jambes élégantes sous une jupe bordeaux qui a de la cuisse – et il a eu beau regarder autour de lui, il n'a rien vu de tout ça. Les gens dans les couloirs marchent d'un pas tranquille, sans gestes saccadés. Assis sur la terrasse, plusieurs patients se concentrent sur une partie d'échecs sans un regard pour le grand jardin où bruissent les premiers vents de septembre, tandis que dans les allées où luisent déjà quelques marrons tombés de leurs bogues d'autres profitent de l'éclaircie pour faire leurs trois cents pas quotidiens. Pour distinguer les soignants des malades, il a dû s'enquérir de détails minuscules, plonger longtemps ses yeux dans ceux des autres. L'indétermination qui se prolonge a quelque chose de très embarrassant. Euh… excusez-moi de vous déranger, mais… j'aurais voulu savoir : vous êtes fou, vous, ou pas ? Ç'aurait été plus simple, pense-t-il, de leur faire porter des badges le précisant clairement. Ou bien d'afficher un code de couleurs à l'entrée. Alors : les verts sont un peu fous, mais en fait pas tellement, on peut vraiment faire pire. Les rouges, il faut déjà se méfier, mais s'ils vous sortent un aphorisme d'une lucidité effarante, ne vous inquiétez pas c'est parfaitement normal. Les bleus ? C'est simple, arrangez-vous pour ne pas les croiser. Ou encore, si le monde unanime exige que le politiquement correct l'emporte : *soignant – soigné*. Sauf que Bentlam n'est pas comme ça. C'est une institution où les frontières sont floues. La silhouette blanche de la souffrance a disparu dans l'enchaînement blanc des couloirs, et la pauvreté ne revient que par la porte de derrière, il en retrouve le goût – l'absence terrible de goût – en buvant cette lavasse.

« Docteur Traumfreund ? Permettez-moi de me présenter : Paulus Rilviero. »

Le docteur se déclare enchanté, confirme d'une poignée de main très énergique pour un vendredi soir, invite Rilviero à entrer, oui, oui, on l'a prévenu de sa visite, mais on ne m'a pas dit pourquoi vous vouliez me voir. Rilviero se cale dans un fauteuil et commence par des politesses : avant tout recevoir si vite – j'imagine combien débordé – ces derniers temps je n'entends parler que de la clinique Bentlam. Traumfreund, à peine plus vieux que lui, sourit modestement derrière ses grandes lunettes. En fait il y a cinq jours Rilviero ignorait jusqu'au nom de la clinique. C'est depuis qu'on l'a chargé de venir ici qu'il le retrouve à tout bout de champ, à la radio, en librairie, dans les journaux – comme ça arrive. Qu'est-ce qui l'amène ? C'est une bonne question, ça. Il aurait dû s'attendre à ce qu'on la lui pose. Il connaît la réponse, bien sûr ; le tout est d'en donner une version acceptable. Comme il garde le silence, Traumfreund – qui doit trouver cet officier de la police judiciaire un peu balourd – a l'élégance de lui proposer un café. Mais pas la chose immonde qu'il a peut-être eu le malheur de boire en l'attendant. Il a dans la pièce d'à côté une vraie machine à expressos, un truc italianissimant. Mettez-vous à l'aise, dit le psychiatre, je reviens dans une minute. Impec. Ça laisse à Rilviero le temps de rassembler ses idées, et quand Traumfreund réapparaît avec en plus des tasses un sachet d'amandes enrobées de chocolat, il a sa réponse prête : ce qui l'amène c'est Nexus. Oscar Waldo Andreas Nexus. On m'a dit qu'il était chez vous depuis trois semaines. J'aurais voulu avoir votre avis sur son cas.

Quand Traumfreund se rassoit, son regard a changé. De la curiosité ? Il y en a, oui. Et un peu sur ses gardes également. Sans même s'en rendre compte, le psychiatre s'est emparé d'un élastique qui traîne sur le bureau et s'est mis à le faire tourner entre ses doigts. Bon, se dit Rilviero : un partout. Il est tout aussi nerveux que moi. Et pas de doute : il sait de qui je parle. Quand le docteur répond, c'est avec lenteur, presque syllabe après syllabe : effectivement, il est ici. Comment il va ? Comme quelqu'un qui sort de Mérogênes. On peut parler sans exagération de psychose carcérale embryonnaire. Là-bas il ne sortait pas de sa catatonie. Ici il retrouve tout doucement son rythme ; il est calme la plupart du temps, posé, attentif au monde qui l'entoure.

« Vous avez eu beaucoup d'entretiens avec lui ?

– Pas le moindre.

– Pardon ?

– Je ne lui ai jamais parlé.

– Vraiment ? On m'a menti, alors. Tout le monde dit que vous vous occupez très bien de vos patients. »

Traumfreund le dévisage comme s'il venait de dire une connerie.

« Dans la mesure de mes moyens. Nexus, pour le moment, je l'observe du coin de l'œil. Ça ne rimerait à rien que je me mette au travail avec lui : je n'ai aucune idée de la façon dont il conviendrait de l'aborder. Et puis… sans vouloir être prétentieux… disons que le plus gros du travail est fait. Il a franchi notre porte : soigné comme il l'est à Bentlam, son état ne peut pas s'aggraver. Trois mois de Mérogênes de plus, en revanche, je ne donnais pas cher de sa peau. C'est à peu près ce qu'il leur faut pour fabriquer un incurable.

– Ils sont si mauvais que ça ?

– Ils sont très bons. Ils ont Basaglio… Spitz… des types vraiment remarquables. Simplement on ne leur donne pas les moyens de le montrer. Dans le milieu médical, le surnom de cette prison c'est la Mérovingienne. Elle fut construite en l'an de grâce 675, sous le roi franc Childéric II. Le mobilier, le taux d'encadrement, les conditions de travail, tout est d'époque. »

Il lève les yeux et fixe Rilviero avec insistance :

« J'espère que je ne vous apprends rien. »

Non, non, bien sûr. L'état lamentable de nos prisons. On sait ça depuis des décennies. De temps à autre, des voix éparses et éraillées d'indignation tentent de réveiller les consciences, mais les consciences ont un peu forcé sur les somnifères et dorment comme des masses. Et puis ce genre de choses se refoule vite. Car après tout, on n'y est pas. Même officier de la police judiciaire, on n'y met pas tellement les pieds.

« C'est sûr que vous travaillez ici dans de meilleures conditions.

– Ce n'est pas du luxe, ce que vous voyez là. C'est juste ce qu'il faut. Mais par comparaison, de fait, Nexus est un privilégié. Peut-être savez-vous, vous, ce qui lui vaut cet honneur ? Je crois savoir qu'il a eu quelques ennuis avec la justice ? N'est-ce pas. Eh bien on n'a même pas daigné me fournir l'expertise psychiatrique.

Ni me dire qui a pris la décision de le transférer ici. Alors j'espère que vous ne venez pas les mains vides. Si vous vouliez bien me dire ce que vous savez sur Nexus, je pourrais peut-être commencer à me pencher sur son cas.

– J'étais plutôt venu pour poser des questions, en fait.

– Je comprends bien. Le problème c'est la vie : ce donnant-donnant continuel, ce marchandage sordide.

— Dites un chiffre entre un et dix.

– Pardon ?

– Dites un chiffre entre un et dix.

– Huit.

– Perdu. C'était quatre. Quatre jours de procès. Je ne suis pas vraiment vierge, voyez-vous, et pas effarouché, mais qu'est-ce que c'est que ce simulacre de justice ? Et je ne parle même pas du verdict. Ceux de mes collègues psychiatres qui ont un tant soit peu de conscience professionnelle ne sont pas près de l'oublier. Perpétuité, hum ? Alors que la cour d'assises a renoncé à statuer sur la question de son irresponsabilité pénale ? On a voulu faire un exemple, apparemment. Mais un homme amnésique ?… Dont on ne connaît pas les mobiles ?… Je ne suis pas certain que l'exemple ait été bien choisi. »

Rilviero s'est progressivement tassé au fond de son siège. Le docteur ne mâche pas ses mots. Il est assez désagréable de se retrouver comme ça sur le banc des accusés. Ça a un peu merdé, pense-t-il, d'accord. Mais je n'ai rien à voir avec ça, moi. Je débarque tout juste. Pour se consoler, il saisit une amande enrobée de chocolat et la fait glisser sous sa langue. Hm… pas dégueulasse, ces petites cochonneries-là. Ce Traumfreund est énervé, très bien, on ne peut pas trop lui en vouloir. Cela dit ce n'est pas la peine de me faire jouer les suspects. Rilviero suce délicatement la poudre de cacao fondue au bout de ses doigts. Et puis il connaît l'affaire en détail, sous ses airs de ne pas y toucher. Autour de l'amande, maintenant, il ne reste plus beaucoup de chocolat : c'est le moment de croquer, et de finir l'expresso du même coup, ce sera encore meilleur. Hmm… Il repose la tasse, lance à Traumfreund son regard d'homme intègre et se décide enfin : en fait il n'est pas là en tant que représentant de la police judiciaire. Il est – sortant la lettre de la poche intérieure de sa veste et la tendant au docteur – il est chargé de mission par le Conseil de Région. Le Conseil de Région, répète Traumfreund d'un air songeur. Comment ça ? Jusqu'au bout maintenant. Assez tergiversé. Rilviero se redresse, se penche au-dessus du bureau encombré de livres et de tas de feuilles volantes et laisse filer d'une voix atone : « Par Drake. »

Tiens donc. Par Drake. Traumfreund se lève, va à la fenêtre, remonte le store. Rilviero voudrait ajouter quelque chose, expliquer d'une phrase que ça n'a rien d'extraordinaire. Malheureusement cette phrase ne lui vient pas et de toute façon il est trop tard, Traumfreund intrigué se demande déjà ce qu'il peut y avoir de politique là-dessous. Le psychiatre s'écarte de la fenêtre, comme pour montrer à Rilviero le coucher de soleil qui se propage dans l'arborescence des marronniers et des érables avec une avidité d'incendie.

« Venez, lance Traumfreund. Prenez votre manteau, on est vendredi soir, sept heures, ça suffit la clinique. Vous avez semble-t-il plein de choses à me raconter, alors quitte à y passer la soirée, je propose que nous fassions ça devant un verre, dans un endroit plus chaleureux. Vous je ne sais pas. Moi je meurs de faim et je suis libre pour le dîner. »

Rilviero hésite un instant. L'empressement de Traumfreund le dérange. Il préférerait avoir le sentiment que c'est lui qui est à la manœuvre. Toutefois le but était bien que ça morde, alors puisque ça mord…

03. CERNÉ PAR LES SIRÈNES

Les yeux m'observent. Ils me suivent pas à pas – ne me lâchent pas un instant. Ce n'est pas nouveau. À la clinique déjà je me sentais épié. On m'a traîné à plusieurs reprises dans une salle presque vide dont les murs – je le sais aussi bien qu'eux – étaient tous transparents. Longtemps le monde n'a eu qu'indifférence pour moi – mais depuis que j'ai réussi, en sept ou huit coups de feu, à attirer son attention, sa curiosité me harcèle. Je me suis rendu compte un peu tard que je n'en demandais pas tant.

C'est calme, ici. Beaucoup trop grand pour une prison, et puis atrocement calme. Passant d'une pièce à l'autre, j'essaye de les compter ; mais des portes se ferment derrière moi ; les pièces ont le temps de changer d'aspect entre le moment où je les quitte et celui où je les redécouvre ; les objets que j'y dépose pour ne pas tout confondre disparaissent aspirés par le souffle du miracle puis ressurgissent ailleurs, un ou deux jours après : difficile dans ces conditions de ne pas se perdre dans les calculs.

Je ne peux pas me parler à voix haute pour rompre le silence : ils entendraient chaque mot. Au début, je me suis dit que j'allais écrire et cacher le papier avec le plat de la main. En fait je n'ai pas confiance : cinq doigts c'est un rempart insuffisant contre l'envahisseur. Et puis le papier est dangereux : on ne sait pas dans quelles mains il tombe – on ne peut pas contrôler si c'est bonnes ou mauvaises. Il fixe des preuves capables d'être retenues contre vous, c'est-à-dire contre moi. Non : mieux vaut ne pas sortir de ma tête et me satisfaire de ces discours en crâne. Plusieurs personnes intelligentes affirment que l'homme n'est pas une chose en soi mais une histoire qu'il se raconte à lui-même. On pourrait de la sorte construire sa vie par la parole. Je n'ai aucun moyen de savoir si cette proclématie est vraie. Si je décide d'admettre, ça me laisse de la marge : je suis un homme capable de parler longtemps, de mettre sur pied des dizaines d'histoires minuscules ou de leur servir le Grand Récit. Je ferai de Nexus ce que je souhaite, jamais ce qu'ils attendent de moi. Avouons : je m'y suis pris très en avance. J'ai déjà commencé.

Après avoir tué les trois, dans la foule qui criait, je suis remonté vers mes cadavres ; j'ai été prendre le pouls – il faut toujours vérifier que les morts sont morts, on s'évite de mauvaises surprises – et puis, avec le sentiment que j'avais fait le nécessaire, que je tenais ma vengeance, je suis tombé sur les rotules. C'était le moment de dire adieu à cette région du monde – adieu à la grande ville qui m'a pris en haine dès que j'y ai mis les pieds. Sans même le temps de m'en rendre compte, je me suis endormi sur mes cadavres, contre leur peau où le sang collait, dans leurs odeurs de mort récente. Il s'agissait de se tirer au plus vite.

Quand les forces de l'ordre sont arrivées – et dans cette ville où la raison dicte la cadence, elles n'ont pas dû traîner les voix enchanteresses des sirènes – nous formions déjà un seul bloc, mon sommeil commencé en même temps que leur putréfaction. Ils n'en ont sans doute pas cru leurs yeux. Moi j'étais endormi, mais par don de seconde vue je m'imagine la scène. « Quatre morts ? On nous avait dit trois. – Non, attention, je suis témoin, le type du dessus c'est le meurtrier. – Vous vous foutez de ma gueule ? – Je vous crache sur la Bible et la tombe de ma mère qu'il s'est couché sur eux. »

Trois morts. C'est bien ce qu'il faut pour arrêter les rues. Sur le trottoir désert, mon charnier se trouvait peu à peu cerné par les sirènes. Même quand on a résolu par avance de ne pas les écouter, elles percent les tympans et imposent y compris au dormeur le plus inébranlable leur conception du monde. J'ai essayé. Je me suis accroché à mon mât de chair morte. À la horde des sirènes j'ai déclaré que j'étais sur le départ, que j'avais le droit de rentrer chez moi maintenant. Mais leur parler ne sert à rien : elles habitent dans leur univers, plus haut dans le spectre des fréquences, et à force de crier elles se sont rendues sourdes.

Au réveil il était Regson. Autrement dit, moi qui n'aspirais qu'à la paix, j'étais devenu une cible. On était monté sur les toits pour m'ajuster en ligne de mire et braquer des fusils comme le bras en direction de mon crâne. Un cercle d'hommes uniformes m'entourait en hurlant. Ils voulaient dégager la rue, éliminer le perturbateur afin que chacun puisse de nouveau *vaquer à ses affaires*. Pas de solitude. Pas les bruits habituels de mon appartement de la rue Hidalgo. Quelque chose n'a pas fonctionné. J'ai compté le nombre de mes adversaires et je me suis souvenu que je n'avais plus d'arme. C'était du cent contre un peut-être, les portières des camions claquaient, amenant d'autres renforts, tous les hommes en âge de combattre s'étaient donné rendez-vous là pour une sorte d'exercice de tir… et pourtant je leur faisais peur. Ils excitaient les chiens, sans avancer. On m'a conseillé de me lever, de montrer mes mains pour qu'ils puissent voir si elles étaient bien propres, et puis plus vite que ça. Alors qu'au fond je ne demandais plus rien à personne. Lorsque je me suis redressé, ma joue a frôlé la poitrine de la femme qui s'appelle Ania. Les choses ne s'étaient pas passées vraiment comme je voulais. J'aurais aimé reposer comme mes morts, m'allonger de nouveau, placer délicatement ma tête entre ses seins. Tant pis s'il y coulait du sang. Je n'ai pas osé regarder les deux autres, par peur de découvrir des choses alarmantes sur moi-même. Comme ils n'approchaient toujours pas, maintenus à bonne distance par l'aura que projette autour d'elle la mort, je me suis mis à suivre la lumière qui courait sur les crêtes des gratte-ciel avec le sentiment de voir le soleil pour la toute première fois. Les dogues étaient fin prêts ; ça sentait la curée. Au cours de mes treize mois de vie, j'ai toujours refusé d'obéir aux ordres de la ville : il n'y avait en définitive rien d'anormal à ce qu'elle se retourne contre moi. Ça me semblait écrit depuis le premier jour. Un peu triste seulement. J'avais nourri un si grand rêve. Puis les voilà en marche, ils ont pris leur courage contondant à deux mains et me finissent à la matraque, alors je tombe, pas trop le choix, je tombe et n'arrête pas de tomber, un genou après l'autre, je suis le soldat rêveur qui voulait croire aux arbres et se retrouve seul sur l'esplanade en compagnie des mendiants-aveugles et des loups.

04. DANS LA CAGE DE VERRE

Quatre jours avant sa visite à Bentlam, Samuel Drake aussi lui a montré la nuit. C'est une manie qu'ils ont, apparemment : montrer la nuit à Rilviero, comme s'il allait pouvoir y changer quelque chose. Quand on l'observe depuis le cube de verre qui sert de bureau à Sam Drake et occupe le coin nord-ouest de l'Hôtel de Ville, il faut être d'une malhonnêteté scandaleuse pour dire que la nuit tombe. Le soleil tombe : ça, oui. Voici quelques minutes qu'il a sombré derrière les tours de Comercio. La nuit, elle, ressemble plutôt à la marée montante d'un océan où ne nagent que des créatures grises ; elle s'empare d'abord des rues les plus étroites, des rez-de-chaussée, des entresols où le soleil ne pénètre de toute façon que rarement, puis elle monte étage par étage à l'assaut de l'architecture humaine. Au fur et à mesure qu'elle prend de la hauteur, on lui oppose des cercles de lumière, étroits mais répandus par centaines de milliers dans la ville, et qui transforment le sommet des immeubles en paquebots gigantesques flottant au-dessus des eaux troubles. Dans la vieille ville qui s'étend à leur gauche, il n'y a que les clochers des églises qui surnagent : la basilique du Saint-Sauveur et sa coupole de verre, Saint-Jacques, et puis là-bas, juste derrière la Merced, celle que Rilviero aime le plus, Saint-Roch et ses gargouilles nimbées d'une lumière ambre. Au sud, derrière les cinq tourelles osseuses du Mémorial de la Déportation, les lumières de l'avenue Howison ressemblent à ces algues phosphorescentes de la mer des Sargasses qui, vues d'avion, tracent dans les flots une piste d'atterrissage et font perdre aux pilotes tout sens de la réalité. Le bureau de l'homme qui dirige la ville est de plus en plus sombre. Rilviero ne s'en étonne pas. Il connaît Drake depuis longtemps, il l'a connu préfet de police plusieurs années avant qu'il entre en politique et soit élu maire de Regson puis gouverneur de la Région. Drake attend toujours le dernier moment pour allumer les lampes ; il ne recourt à l'électricité que lorsque les lettres du rapport qu'il étudie se fondent en une grisaille informe sous ses yeux ou que les traits de son interlocuteur, gagnés par la pénombre, ne lui sont plus visibles. Cela lui donne le sentiment un peu artificiel mais important pour lui d'être dehors, sur le terrain, avec le vent pluvieux et la nuit de septembre, alors qu'il va une fois de plus rester travailler tard, enfermé dans son bureau de l'Hôtel de Ville.

Le dossier d'instruction est posé sur la table basse. Le gouverneur a fait venir Rilviero parce qu'il a beaucoup de mal à accepter la version officielle. Un psychopathe descend un matin dans la rue et tire au hasard sur la foule. Cela s'est vu, bien sûr. Toutefois dans la position qu'il occupe, Drake ne peut plus se permettre de croire que le hasard tient le premier rôle dans les affaires humaines. Le hasard, c'est tout au plus pour lui une hypothèse de seconde zone. Sept mois se sont écoulés depuis le triple meurtre de l'avenue Breton. Avant de faire appel à Paulus, Drake a attendu que la vague retombe, que l'attention médiatique se reporte ailleurs. Et il a fait ce qu'il a pu pour oublier. Seulement voilà : ça ne marche pas. Même avec le recul, il reste persuadé que c'était lui qu'on visait. À travers elle.

Les photos que Rilviero connaît sont celles où elle est morte. Ce sont les plus célèbres : l'image que la quasi-totalité des gens garderont d'elle. C'est injuste, en un sens. Car de toutes les personnes que Drake a rencontrées, Ania est pour lui celle qui incarnait le mieux la vie. Alors il sort d'autres photos. Assise sur les marches de l'Université de Regson dans un soleil d'hiver, elle vient de soutenir le doctorat de sociologie qu'elle est venue faire ici après avoir commencé ses études en Pologne. Rilviero détaille avec un pincement de cœur dont il ne tient pas à connaître la signification cette jeune femme assez mince, assez grande, au nez curieusement épaté. Elle a des mains de pianiste ; à seize ans, elle était la petite sœur merveilleuse de tous les étudiants de Cracovie, s'enfermait avec eux dans des caves et les tenait éveillés au milieu de volutes bleues et grises en cherchant au piano des passages souterrains conduisant sans rupture de Chopin à Coltrane. Quand elle sourit, une pléiade de fossettes se dessinent sur son menton et dans le creux de ses joues. Elle venait de fêter ses trente et un ans.

Selon Samuel Drake, Nexus n'a été que l'instrument de gens qui voulaient lui porter un coup, l'affaiblir à un moment décisif et l'empêcher d'être réélu. « Pour ça, souligne Rilviero, pour ce qui est de l'élection… avouez qu'ils doivent s'en mordre les doigts. À suivre la campagne, j'ai eu l'impression que cette affaire et la rapidité avec laquelle elle a été réglée ont plutôt servi votre cause. Ces gens vous ont sous-estimé. » Et pourtant rien n'y fait ; Drake insiste : au contraire, ces gens-là ont gagné. Pas dans les urnes, mais sous la peau. Chaque jour qui passe augmente son écœurement, il a la sensation que la vie est finie. Ça ne se voit peut-être pas en public ; même Beth, jusqu'à présent, a eu l'obligeance de ne pas le remarquer. « Les enfants, en revanche… ils ne comprennent pas grand-chose à mon travail, Mark et Annie, mais devant eux je suis moi-même un enfant, frêle et incapable de dissimulation. Et avec vous aussi, Rilviero : je ne crâne pas ; je ne fais pas de politique. D'une certaine façon, vous savez tout aussi bien que moi ce que ça fait de perdre la femme qu'on aime. »

Pourquoi le gouverneur lui tourne-t-il le dos ? On dirait qu'il voudrait ne parler qu'à la nuit. Rilviero ne se rappelle pas l'avoir jamais vu pleurer, et comme il n'est pas sûr de vouloir assister à ça, il détourne la tête, fait quelques pas dans le bureau, laisse son regard errer sur la grande toile d'Ernst Bianco accrochée au mur. Alors qu'il balaye le tableau, faussement concentré, il sent remonter en lui tous ces après-midi pluvieux où il a garé sa voiture devant une maison dans laquelle il s'apprêtait à jeter le deuil. Amené à jouer régulièrement la scène comme si elle était inédite, il a appris à adopter ce regard vague, ni indifférent ni voyeur, qui respecte la tristesse des autres.

Comme tout le monde à Regson, Rilviero a suivi l'histoire dans les journaux. Il tente de rassembler les souvenirs qu'il en a. Sans remettre en cause les intuitions de Drake ni son expérience des affaires criminelles, il ne voudrait pas voir son ami céder trop vite à la méfiance. Ce n'est pas parce que son bureau domine la ville que tout ce qui s'y passe est *forcément* dirigé contre lui… Feuilletant le dossier d'instruction, il évoque les objections à voix haute, comme elles viennent. La personnalité de Nexus ne se rapproche-t-elle pas du profil qu'ont souvent les tueurs désorganisés ? Un type dans sa trentaine, vivant seul, souffrant d'une incapacité pathologique à se lier à d'autres gens. Neuf mois avant le meurtre, il avait pris un emploi de veilleur de nuit qu'il estimait indigne de ses aptitudes. Drake savait très bien que c'étaient ce genre d'individus frustrés qui étaient le plus sujets aux explosions de violence homicide : ils tuaient sans préméditation, dans un environnement à haut risque où ils choisissaient leurs victimes au hasard, passant à l'acte pour la bonne et simple raison que ce matin-là, au saut du lit, ils avaient décidé de se venger du monde en général. Bien sûr, Nexus avait fait à son procès l'impression de quelqu'un de retors et d'une intelligence supérieure à la moyenne… mais s'il visait Ania, pourquoi avoir fait trois victimes ? Pourquoi avoir agi en plein milieu de l'avenue Breton ?

Drake a réponse à ça. Pas étonnant : cela fait six mois qu'il retourne dans sa tête les données du problème. Tout avait été fait pour accréditer la thèse de l'acte de démence. Nexus avait précisément été choisi pour ses qualités de marginal au cerveau en désordre. « S'ils avaient décidé d'assassiner Ania un soir sur le palier de sa porte, l'enquête se serait focalisée sur elle et on aurait fini par découvrir que nous étions ensemble. Alors certains auraient crié à l'adultère, bien sûr… mais beaucoup de Regsoniens m'auraient pris en pitié. Les gens qui ont fait ça ne voulaient pas faire de moi un martyr ; ils ont décidé de s'en prendre à ma vie privée en évitant que cela se sache : par un coup qui allait me blesser sans que je puisse laisser échapper une plainte ni même porter le deuil en public. » Comme Rilviero fronce les sourcils, Drake s'arrête subitement. « Vous êtes en train de me prendre pour un paranoïaque. C'est votre droit. D'accord. Formulons la chose autrement : lorsqu'on assassine mon amante trois jours avant le début de la campagne électorale, qu'est-ce que je suis supposé me dire ? que c'est un incident regrettable ? et un hasard malencontreux ? »

Dans d'autres circonstances, Drake aurait fait valoir l'argument avec un éclair de malice ; ce soir il n'a pas le cœur à ça. Troublé, Rilviero s'absorbe dans la contemplation du tableau. À ce qu'il a entendu dire, Ernst Bianco est un peintre qui poursuit son aventure sans bruit. Dans le monde assez fermé de la scène artistique regsonienne, les œuvres qu'il dévoile à intervalles irréguliers font souvent l'effet de pavés dans la mare. Invisible même aux vernissages, Bianco ne vient pas recueillir la gloire et les insultes, de sorte que personne ne sait à quoi cet homme ressemble. Ce qui l'intéresse dans la vie, aussi incroyable que ça puisse paraître, c'est de peindre et de laisser les spectateurs seuls face à des œuvres qui se comprennent d'elles-mêmes et se passent de longs discours. Rilviero s'approche un instant de celle-là, histoire d'en lire le titre. Ça s'appelle, sobrement, *La Toile*. Elle passe par toutes les situations de la vie. Couvre le monde. Tendus à quelques centimètres de la surface du tableau, débordant par endroits, ses fils de soie irisés changent de couleur quand le spectateur se déplace. Au départ Rilviero ne sait pas par quel bout prendre ça ; très vite cependant il s'y fait, agrippe un des fils de la Toile, remonte à la force des bras, tente des parcours mentaux dans cet espace hasardeux ; c'est chaque fois une histoire inédite qui se construit, la vie selon d'autres matières et un autre enchaînement de couleurs. Ici ou là, des animaux – et parmi eux, des êtres humains – semblent s'être laissé prendre au piège. Rilviero pense soudain que c'est l'impression que Samuel Drake doit se faire. Après avoir tissé sa toile lentement, ces dernières années, il en occupe le centre. Toutes les vibrations qui effleurent la Toile remontent aussitôt jusqu'à lui : il n'ignore rien de ce qui s'y passe et il lui suffit d'un mouvement de patte imperceptible pour communiquer sa réponse. Il n'y a pas de meilleure position pour qui a le goût d'agir. C'est justement pourquoi il ne peut la quitter sans risque. Prisonnier inattendu du réseau dont il se croyait l'architecte, il doit le surveiller en permanence sous peine d'en perdre le contrôle. S'il s'absente ne serait-ce qu'un moment, il trouvera à son retour quelqu'un d'autre à sa place : une des nombreuses personnes qui gravitent autour de la Toile en attendant leur heure et auront jugé que son absence équivalait à une vacance du pouvoir. Voilà ce qui a été puni avenue Breton, pense Rilviero : un écart de conduite, une infidélité à la Toile témoignant d'un refus d'incarner la fonction toutes les heures de sa vie minute après minute. D'ailleurs c'est également pour cela que Drake fait appel à lui : à côté des responsabilités que porte le gouverneur, celles de Rilviero comptent pour rien ; il ferait presque figure d'électron libre, capable de se mouvoir sans être vu et d'enquêter dans l'ombre.

Les deux hommes se tournent le dos depuis dix minutes, sans animosité. Rilviero se demande si Drake aime vraiment *La Toile* ou si l'achat du tableau était un acte politique de plus, destiné à parfaire son image de mécène. Il hésite à poser la question, puis se ravise tant la réponse est évidente : le gouverneur s'est arrangé pour faire d'une pierre deux coups. Voilà l'homme politique qui cherche chaque fois que c'est possible la conjonction de son intérêt personnel et de ce qu'il estime être le bien collectif. En regardant mieux, le procès de Nexus s'était déroulé selon la même logique : à titre privé, Samuel Drake souhaitait que la procédure aille à un train d'enfer pour qu'aucun fouineur ne découvre qu'Ania Walevska, à côté de sa vie de jeune sociologue sans histoires, était aussi l'amante qu'il retrouvait dès qu'il avait un instant de libre parce qu'il adorait sa façon de faire l'amour et qu'ensemble ils riaient aux larmes ; le même Samuel Drake, gouverneur de la région de Regson postulant pour un second mandat, avait assené avec ce procès une réponse cinglante à ceux de ses adversaires politiques qui le rendaient responsable de la hausse de la criminalité et des lenteurs de la justice.

Lors de sa première intervention télévisée, quelques heures après l'événement, le gouverneur avait dénoncé *le massacre* avec une voix si tremblante qu'il était impossible de nier : les journaux peuvent dire ce qu'ils veulent, ce type-là n'est pas qu'un politicien. Tu n'as rien remarqué ? Moi je l'ai vu retenir ses larmes. C'est quelqu'un qui est proche de nous – comme si les malheurs qui frappent la ville l'atteignaient en personne. Jusqu'à présent je dois dire que je ne savais pas trop, en fait je crois qu'il faut voter pour lui, non ? Je veux dire, on ne peut pas tout lui mettre sur le dos sous prétexte qu'un malade mental qui aime jouer de la gâchette décide d'être lui-même, se balade dans les rues et tire comme à la foire…

Un service, Rilviero. Je vous le demande en ami, comme un service. Je veux vérifier. Ce n'est pas le genre de doutes avec lequel j'ai envie de vivre. Laissez de côté la réinsertion quelques mois. Je vous payerai, vous aurez carte blanche, la discrétion pour seule consigne. Il est à la clinique Bentlam maintenant. Je l'ai fait transférer là-bas pour une autre expertise parce qu'on m'a dit beaucoup de bien de Joachim Traumfreund. Vous n'aurez qu'à travailler avec lui. Prenez tous les deux le temps qu'il faut, demandez l'aide de qui vous voulez — mais pénétrez pour moi dans le cerveau de cet homme et revenez me dire pourquoi ou pour le compte de qui il a fait ça.

05. PUISQU'ON COMPTE LES VICTIMES

Ce qu'on m'a fait c'est la prison. Cela veut dire : l'horreur.

Du jour où j'ai tué jusqu'au jour du verdict, puis du jour du verdict jusqu'à ce qu'on m'expédie dans le monde blanc de Bentlam en me disant qu'il faut vraiment vous faire soigner, j'ai vécu l'infernal. C'est un monde sans une prise et presque sans lumière. Parce qu'il n'y a rien là-bas à quoi il puisse se raccrocher, le cerveau périclite. Sauf exception, les gens de prison désapprennent à penser. Ils n'ont au quotidien qu'un nombre réduit de mots dans lesquels ils jettent leur violence, et qui ne veulent plus rien dire à force d'être combinés. Ils disent : enculé. Ou bien : ta mère la pute. De loin ça devient du cri. Ils s'insultent et s'entre-humilient comme ça à l'aide de douze ou quatorze mots répétés douze ou quatorze fois qu'ils se renvoient les uns aux autres afin de monter à chaque insulte d'un cran supplémentaire dans la spirale d'humiliation. Les gens de prison ont de la rancœur d'avoir été punis. La punition pour eux commence très haut, à l'âge où ils n'étaient pas nés et où seul le hasard opère. Les hasards de la vie qui font naître dans un quartier semblable à ma rue Hidalgo et pas dans des immeubles de pierre avec sur la façade ce qu'il faut d'angelots et de marbres.

En niveau quatre, à Mérogênes, on a tout le nécessaire pour le bonheur du carcéral : l'humidité, les relents de sueur et de vomissures, de vieilles odeurs aigres qui rabaissent encore un peu plus les déjà humiliés. La puanteur de bêtes humaines à quoi s'ajoutent, que ce soit votre genre ou pas, les sévices innocents des internats de garçons. Sur le coup, je me suis arrangé pour arrêter d'avoir une tête. Je me suis réduit exprès à la mécanique animale, manger ce qui entre par le passe-plat situé en bas de la porte, chier ce qu'on a de reste dans la cuvette, gronder en fauve, tout griffes et crocs, pour se défendre. C'est tout ce qu'on peut se permettre.

Pendant ce temps-là, les gardiens gardaient et parlaient. Je les entends encore qui déblavardent mon arrivée, j'étais quelque chose d'un peu distrayant, qui ne les changeait pas trop, bien sûr, mais pouvait leur faire cinq minutes de bonne conversation. Ils commentaient les brèves de ce monde : Isserman, qui est sénateur, a reçu des pots-de-vin, dit-on, et s'est peut-être aussi fait tailler quelques pipes en passant. Par ailleurs on ne peut plus cloper dans les bars. Et ce gars qu'on vient d'amener a buté trois personnes dans la rue. Au lieu d'interdire de fumer dans les bars, ils feraient mieux de s'occuper de tous ces types insignifiants qui s'amusent à buter des gens en pleine rue.

Deux-trois fois par semaine, l'avocat venait me voir, avec sous le bras ma tête qui faisait à l'époque office de couverture – ainsi que de motif pour rideau de douche et de frise pour papier peint, j'imagine, car la mode c'est la mode. Il s'asseyait de son air consterné et de ses grands mots fades. Assez vite j'ai deviné qu'il ne m'appréciait pas beaucoup. Son grand rêve c'était d'en finir. Mieux : que cette affaire n'ait jamais existé. Les morts se redressent, les balles rentrent une à une dans le canon du pistolet, etc. Il tremblait que le jour du procès, à une heure de grande salle d'audience, je lui fasse honte au point de faire s'élargir sous ses aisselles de vilaines auréoles de sueur et de ruiner du même coup sa carrière. En plus des couvertures de magazine où figurait ma tête vue de si près qu'elle était à faire peur, il m'apportait les têtes découpées des victimes, pour que je les prenne en pitié et qu'au procès je verse la larme. La larme c'est dix ans de moins. Et si j'avais pleuré jusqu'au cœur des jurés, comme le font paraît-il certains avocacteurs, vingt ans de moins – disait-il. Je vous assure – en resserrant son nœud de cravate – je vous assure. Quand on est dans sa branche, c'est important d'avoir de l'assurance. Il essayait de m'intéresser aux victimes, comme si lui ne s'était pas d'emblée désintéressé de moi. Étalant les photos sur la table, il m'expliquait de son ton pédagogue que Richard Tallis était un homme d'une cinquantaine d'années et père de deux enfants ; Ania Walevska, une sociologue brillante qui venait d'obtenir un poste à l'université ; Zhao Yuan, un jeune expert comptable, le malheureux avait prévu de se marier en juin, la robe déjà achetée, le menu déjà prêt. Suit le défilé des trois corps en uniforme de cadavres, puis les mêmes dans le civil, souriants et heureux, avant que je m'en mêle.

Ça ne m'intéresse pas. Ils se trouvaient là, ils sont morts. Ce sont les coups de hache. On ne maîtrise pas quand ça tombe. On voit bien que l'avocat n'a jamais été mutilé. Même un doigt de pied en moins pour lui ce serait une aventure. Il parle sans doute encore de « l'année où il s'est foulé la cheville ». Pourtant, désireux de me soutirer du repentir en bonne et due forme et d'œuvrer par là même à mon salut terrestre, il en remet une couche comme un vieil aumônier entêté de conversion. Les photos, c'est pour que je me rende compte des choses que j'ai détruites. Parfois, à regarder la barbe soignée que porte Richard Tallis, c'est vrai que j'entends un rire glacial qui se brise dans ma nuque et me dévale le dos. Mon commis d'office, lui, qui est aussi un homme, s'attarde plus volontiers sur la femme. Pour ne pas le contrarier, j'observe le filet de sang qui coule entre ses seins. Je voudrais qu'il continue de couler jusqu'à rejoindre la mer. L'avocat veut lui donner de la chair afin de me faire souffrir. Moi il me semble qu'elle a bien assez de chair comme ça. Vous n'avez pas honte, pérore-t-il, d'avoir bousillé l'innocence ? Cet idiot sort tout droit d'Archaïe : mettez-lui une femme jeune et il pense *innocence*. Parce que la blondeur ça protège ? La perversité, la volonté de détruire, elles refusent de germer sous la peau d'une belle blonde, elles reculent au dernier moment en se disant que tout de même ça ne se fait pas ? Admettons même qu'il ait raison : je ne la visais pas elle, je me suis vengé, c'est tout. Pourquoi ne m'accorde-t-on pas, comme à tout soldat en mission, le bénéfice du dommage collatéral ? Pour atteindre le grand homme il fallait tuer l'innocente.

Quand mon avocat part, outré de mon inconduite, je m'assois sur les chiottes de ma cellule, prends la pose du penseur et me demande ce que mon meurtre a de si terrible. Trois morts. On est très loin du crime de masse. C'est trop juste pour mériter l'appellation honteusement galvaudée de tueur en série. Trois habitants d'une ville qui en compte plus de cinq millions : en sciences on parlerait de quantité négligeable. J'aurais fait ça plus discrètement que personne n'aurait remarqué leur départ. Il n'y a que les autistes pour compter jusqu'à cinq millions sans se paumer en chemin. Morts par balles, qui plus est. Quand on sait que tout criminel qui a le sens du commerce, aujourd'hui, séquestre sa victime, la viole, puis la découpe sur un coin de nappe pour en faire son quatre-heures – en passe par ces étapes obligées, indispensables à l'acquisition d'un peu de renommée médiatique – il faut se rendre à l'évidence : la mort qui vient de moi est douce. Elle ne porte pas atteinte à la dignité humaine. Elle respecte très bien ces conventions humanitaires qui disent comment c'est qu'il faut faire pour trucider selon les règles, qui établissent jusque dans les détails où s'arrête le meurtre légal et où commence la transgression, l'infraction aux droits de l'homme.

Qu'est-ce qu'ils me veulent, au fond ? Qu'est-ce qu'ils auraient voulu voir au procès ? Un monstre qui satisfait sagement aux critères les plus répandus de la monstruosité – ou bien l'individu honorable en fin de compte pas différent d'eux qui s'explique, dit qu'il regrette infiniment et qu'il s'est un peu laissé emporter. Bien sûr que je me suis laissé emporter. Bien sûr, en un sens, que je ne voulais pas. J'étais *ailleurs*. Je faisais *autre chose* que ce qu'ils ont pu voir. Ce n'est pas pour autant que je leur dois des excuses. Ma tristesse, je me permets de la réserver aux trois morts : souvent je leur parle à mi-voix, et j'ai tout lieu de croire qu'ils m'entendent.

Je peux comprendre pourquoi il est de bon ton de prendre en pitié les victimes. C'est juste que ceux qui s'apitoient ont leurs façons de voir bien à eux et distribuent le nom de victime à leur guise, comme titre honorifique. Puisqu'on compte les victimes, moi je parle des prisons. Regardez ceux qui les emplissent : n'allez pas vider leur casier pour lire les détails, vous perdriez du temps et c'est un coup à déprimer. Regardez juste la couleur de leur peau ; récitez à haute voix la liste de leurs lieux de naissance ; comptez le nombre de leurs cicatrices, et jour et nuit les cris de cauchemars. Autant que je puisse en juger, la société punit qui elle veut bien d'abord laisser commettre des crimes. Les angelots bien coiffés auront beau le demander, sentir en eux monter des pulsions de mort, jamais leurs parents ne leur donneront la permission : leur vie contient tant de promesses que ce serait du gâchis. Alors que pour certains autres… comme disait mon ami Calder, qui avait de l'ironie et a fait lui aussi de la prison : pour ce qu'ils feraient dehors, ils sont très bien ici. Je trouve que ça résume la chose.

Je fais partie désormais de ces gens qui, rentrant chez eux, trouvent chez-eux si étroit qu'ils viennent buter tout de suite contre la paroi opposée, tandis que la porte claque et que les grilles se ferment. Ce n'est pas comme ça ici – dans cette maison interminable et vide – mais je parle au présent car l'enfer n'est pas qu'une saison. Ma tête n'en ressortira plus. Cette étroitesse ne change pas les gens de prison : le chez-eux qu'ils avaient avant, dans le cas général, on pouvait en sortir à l'heure où on voulait, mais ce n'était pas beaucoup plus grand. Au centre de la porte, à hauteur d'œil, est percée l'ouverture qui permet de vérifier que je n'ai pas eu le mauvais goût de prendre la clef de la pendaison. De mon temps j'ai aidé les autres à s'évader. Quand c'est mon tour, personne ne vient. Le soir, comme le soleil décline, je vois la corde qui glisse toute seule dans le crochet du plafond, descend en vrai rayon de soleil, forme son nœud coulant. Il oscille légèrement. Pendant que je m'endors je l'ai dans l'œil — le nœud.

06. MILLE ET UNE NUITS

Bon. Eh bien il ne s'en est pas trop mal tiré, finalement. Drake, le procès, Ania Walevska, leur mission : il lui semble avoir expliqué tout ça à peu près comme il faut, sans jouer au plus fin avec Traumfreund – le gouverneur lui avait signalé d'avance que ce serait peine perdue – et néanmoins sans en dire plus que nécessaire. Pour se récompenser de ses efforts, Rilviero vide d'un trait son verre de *Gopuram*, avant de constater avec un peu d'effroi que c'est déjà le troisième.

Pourtant ça ne s'annonçait pas comme une partie de plaisir. Lorsque Rilviero s'est assis tout à l'heure sur cette chaise un peu trop design à son goût, il n'en menait pas large : Traumfreund n'allait-il pas juger que l'affaire était entachée de trop d'irrégularités et baignait dans des eaux trop saumâtres pour qu'il puisse en conscience accepter de s'en charger ? Heureusement, alors que Rilviero déchiffrait avec circonspection la carte des cocktails, tétanisé par l'abondance des choix possibles, Darlene est venue le tirer d'embarras : « Sans hésiter, le *Gopuram.* » C'est le cocktail du jour. La serveuse leur en a aussitôt détaillé les mérites en mangeant ses lèvres et ses mots d'une bouche affriolée : un saké du tonnerre, du genre qui déshabille le monde et vous en révèle sans façon les vérités fondamentales, à quoi s'ajoutent un alcool de venin aux sinuosités intrigantes, du jus de mangue et un peu de gingembre, le tout servi sur des rochers. Comme Rilviero, méfiant, craignait de sombrer très vite et très profond une fois qu'il aurait ça dans le ventre, Darlene est revenue aussitôt leur faire tester la marchandise. Depuis, chaque fois que la serveuse passe à portée de main dans sa robe de soie parme – dont le moins qu'on puisse dire est qu'elle est fort seyante –, ils commandent la même chose, alternant juste pour préserver leur espérance de vie avec du thé vert que Traumfreund leur sert de hauteurs impossibles sans avoir l'air d'y prêter attention. C'est le pouvoir incontestable du *Gopuram* qui a délié la langue de Rilviero et lui a permis de venir à bout de son récit.

Maintenant il peut tourner la tête, observer les autres clients, le cadre d'ensemble, et commencer à se demander ce qu'il fait là. Il s'attendait à ce que Traumfreund l'amène dans une brasserie quelconque pour manger un tartare de bœuf anonyme et sans âme. Or, *Les Mille et Une Nuits*, ce n'est pas tout à fait ça. Occupant les immenses locaux d'un atelier de soieries reconverti à grands frais, le restaurant est décoré à l'orientale, dans des tons bruns et rouges. Après avoir esquivé la file d'attente avec une facilité étonnante, moins due aux privilèges afférents au titre de docteur en psychiatrie que revendique Traumfreund qu'à sa fréquentation assidue des lieux, les deux hommes ont trouvé place non loin de la pagode centrale et de ses Bouddhas en bois polychrome. Depuis qu'il est tout petit, on a souvent répété à Rilviero qu'on ne mélangeait pas travail et plaisir ; apparemment, Traumfreund n'a pas reçu le même genre d'éducation et n'éprouve aucune gêne à dynamiter cette frontière. Ici les serveurs, hommes et femmes, ont les mensurations et les traits de mannequins. Si Rilviero boit un peu trop, c'est donc aussi pour oublier. Difficile malgré tout de ne pas suivre Darlene des yeux quand, après leur avoir conseillé les samossas au piment doux et les tempura de crevettes, elle s'éloigne en leur présentant les beautés de sa face sud. La clientèle est à l'avenant.

Rilviero connaît par ouï-dire l'existence d'une foultitude de lieux branchés de ce genre à Regson ; la plupart se concentrent à l'ouest de la ville, dans la Zone Bleue. D'ordinaire il n'y met pas les pieds, pour tout un tas de raisons : il ne s'y sent pas à sa place ; son banquier lui ferait vite comprendre, à coups de rats crevés sur son paillasson et de menaces de mort, qu'effectivement il n'a rien à faire là ; quitte à aller dans un bon restaurant, enfin, il préfère en choisir un où il peut se concentrer sur ce qu'il mange et sur la conversation qu'il mène avec Lisa plutôt que de jouer à *voir* et à faire en sorte d'*être vu*. Aux *Mille et Une Nuits*, ce jeu est singulièrement compliqué par l'éclairage minimaliste ; bien que lui n'ait jamais compris pourquoi ne voir ni les menus ni le contenu de son assiette était du dernier chic, il se doute que, pour des noctambules plus chevronnés, c'est précisément la pénombre ambiante qui fait tout le sel d'une partie de *people watching* sinon largement dénuée d'intérêt.

Pour une réunion de travail, tout ça n'est pas très orthodoxe. L'essentiel néanmoins c'est que Traumfreund se dit d'accord pour l'aider. Le psychiatre n'a pas manqué de poser ses conditions : manipuler un criminel pour lui faire livrer ses secrets, ça ne l'intéresse guère ; si en revanche on lui donne les moyens d'étudier l'état de santé mentale de Nexus, de déterminer son degré de responsabilité et de le soigner le cas échéant, il est disposé à faire équipe et en sera même très honoré. Rilviero lui précise que c'est bien ainsi qu'il entend travailler ; il ne voit pas pourquoi enquête et thérapie seraient incompatibles. La thérapie n'est-elle pas après tout une sorte d'enquête médicale ? Alors, tout en profitant des noix de Saint-Jacques parfumées à la vanille de Bourbon que Darlene a amoureusement déposées devant eux, les deux hommes prêtent serment : Rilviero jure sur le crâne dégarni d'Hippocrate de respecter le secret médical, tandis que Traumfreund l'assure qu'en aucun cas il ne communiquera à des tiers les éléments de l'enquête que le policier lui transmettra.

Cette minute solennelle passée, Rilviero file visiter les toilettes, laissant le temps au docteur de passer en revue les éléments de cette ténébreuse affaire. Les lampes commencent à s'allumer dans la caboche de Joachim Traumfreund. Il aurait dû se douter que le procès masquait un coup politique. Après douze ans de service à la préfecture de police, Drake connaissait tout le monde. Sans qu'on puisse parler de corruption, il avait dû envoyer des relations communes faire pression sur la juge. Isis Craneck avait parlé à l'avocat, terrifié à l'idée de voir l'affaire de ce client indéfendable traîner en longueur, et de conversations privées en accords à l'amiable, dans un climat où les médias comme l'opinion publique se déchaînaient contre le tueur fou, on avait abouti en moins de cinq mois à ce verdict inédit : Nexus était reconnu coupable de tous les chefs d'accusation et son absence de repentir considérée comme une circonstance aggravante ; la cour d'assises le condamnait à la perpétuité tout en chargeant les autorités compétentes de procéder *par la suite* à une seconde expertise psychiatrique et de déterminer s'il devait effectuer sa peine en milieu carcéral ou en milieu hospitalier fermé.

Pour Drake, maîtriser la couverture médiatique de l'affaire n'avait pas dû être difficile non plus. Certains journaux semblaient parfois prendre directement leurs ordres des chargés de communication de l'Hôtel de Ville. Quant aux quotidiens de l'opposition, qui déversaient chaque matin avec une belle constance les poubelles de la nuit sur la tête du gouverneur, ils s'étaient piégés eux-mêmes en dénonçant sur des colonnes entières la passivité des pouvoirs publics face aux crimes de ce genre et les inénarrables lenteurs judiciaires. L'enquête sur ce nouveau massacre ne manquerait pas de s'enliser, on jugerait ça dans cinq ans, peut-être dix, mais les habitants de Regson pouvaient dormir tranquilles puisque le grand Samuel Drake veillait… La rapidité du procès avait cloué le bec à ces journalistes-là, et ceux qui criaient à l'exploitation politique n'étaient guère convaincants puisque jamais dans sa campagne l'équipe du gouverneur n'avait fait d'allusion directe au meurtre de l'avenue Breton.

Le Rilviero qui revient n'est pour ainsi dire plus le même homme. « Même les toilettes ! » s'exclame-t-il, enthousiaste. Quoi, les toilettes ? Eh bien, il vient de vérifier, elles font au moins deux fois la taille de son appartement. On a l'impression de se vider la vessie dans une pissotière dont Göbli, dans un dernier éclair de lucidité, aurait pris la peine de croquer les lignes fulgurantes dans les marges de ses dispositions testamentaires. C'est très valorisant. Traumfreund, qui connaît les lieux *de pissu*, marque son approbation sans réserve. « Votre ami Drake, là, relance le docteur, est-ce qu'il est conscient que cette affaire représente un vrai désastre pour la psychiatrie ? » Traumfreund ne sait pas quelle image Rilviero se fait des psychiatres ; peut-être les considère-t-il comme une bande de laxistes qui prennent systématiquement la défense du coupable et s'arrangent pour en faire une victime. Toujours est-il qu'à chaque procès de ce genre il constate, lui, un décalage terrible entre l'état de la science psychiatrique et l'idée que l'opinion publique garde de la maladie mentale. Dans les conversations, tout le monde traitait Nexus de fou, et pourtant l'hôpital psychiatrique paraissait un sort trop clément après ce qu'il avait fait. Lors d'un sondage qu'un institut avait eu la riche idée de conduire la veille du verdict, la plupart des Regsoniens avaient estimé que Nexus était bien un malade mental, mais s'étaient dans la foulée déclarés favorables à son incarcération. « Et ils ne se rendent sans doute même pas compte que c'est contradictoire ! conclut Traumfreund d'une voix vibrante. Une atrocité, au point de vue médical comme au point de vue légal ! » Rilviero hoche beaucoup la tête et tente de l'apaiser : justement, la psychiatrie tient là une seconde chance ; ils vont rouvrir le dossier ensemble, voir ce qu'il en est vraiment.

Car le plus étrange, c'est que durant ces mois d'instruction on s'était peu préoccupé de Nexus. Le mardi 13 février, il avait envahi en l'espace d'une minute tous les écrans de la ville avec son crâne presque rasé et ses immenses yeux gris : l'homme assez détraqué pour s'endormir sur le corps de ses victimes. Pendant quelques jours, il avait occupé une place de premier choix dans les conversations des Regsoniens. Non mais regarde-moi ça : tu as vu à quel point son visage est lisse ? Trente ans et pas une ride : c'est incroyable, quand même. Tu crois que c'est la folie ? Que la folie ça conserve ? — Sans blague, maintenant : tu te sentirais capable de faire une sieste sur les cadavres de gens que tu viens de tuer ? Moi je crois pas. Les gens que j'ai envie de tuer, c'est justement pour ne *pas* avoir à les toucher. — Chéri ? Darling ? J'espère que tu ne vas pas le prendre mal… cette nuit j'ai rêvé de lui. Le tueur fou. Il dormait juste à côté de moi. De ton côté du lit, si tu vois ce que je veux dire… Il avait ces très *très* grandes mains *très* puissantes… Je sais pas trop comment interpréter ça.

Enseveli sous les commentaires, sujet de divertissement plus qu'objet d'attention, pris dans un maelström médiatique où chacun lui imposait une identité et le transformait en un avatar de sa convenance, le vrai Nexus n'avait pas mis longtemps à s'estomper. Sans se soucier des faits et des informations que la police révélait sur son compte, plusieurs journaux l'avaient hissé au rang de psychopathe exemplaire, incapable de refouler le moindre de ses désirs et prêt à transgresser toutes les normes pour les assouvir dans l'instant. Cette étiquette, jointe à l'absence apparente de mobile, suffisait aux éditorialistes pour ne plus voir dans les événements de l'avenue Breton qu'un symptôme parmi d'autres du déclin moral qui affectait Regson.

« Autrefois, s'amuse Traumfreund, un papa pouvait réunir toute sa sympathique petite famille dans un coin sombre de la grange et les tuer à coups de fusil à pompe sans que les échos de l'affaire dépassent les frontières du canton ; de nos jours le brave homme fait l'ouverture du 20 heures ; du coup, même si nous sommes en paix depuis soixante ans et que les chiffres de la criminalité n'ont jamais été aussi bas, il est de notoriété publique que nous vivons dans un monde de plus en plus violent. » Dans cette atmosphère, Nexus offrait un spectacle fascinant ; il faisait *un bon fou*, de la race de ceux qu'on se souhaiterait pour simplifier la vie, qu'on ne ressent pas le besoin de comprendre et qu'on est content de faire disparaître au plus vite de la circulation, jusqu'à leur mort de préférence.

Rilviero et Traumfreund tombent d'accord pour juger ces mouvements d'opinion primitifs. Cependant si Nexus avait cristallisé à ce point les peurs et les fantasmes, c'était surtout parce qu'on en savait peu sur lui. Sa vie s'écrivait en traits de plume ténus sur des pages presque blanches. « Ce type existe à peine », déclare Rilviero en attaquant gaillardement le tatin aubergines-oranges qui lui fait office de dessert. « Chaque fois que je me plonge dans le dossier, j'ai l'impression d'être face à un squelette de muséum : une armature aussi dépouillée que possible, quelques pièces numérotées et assemblées à grand renfort de prothèses métalliques, juste de quoi tenir debout. »

Alors ? Qu'est-ce qui le faisait tenir debout ? À quoi se raccrochait son existence ? Il y avait ce prénom extravagant : non pas Oscar, comme tout le monde le disait par souci de rentabilité (vous comprenez, on n'a pas que ça à faire), mais Oscar Waldo Andreas, tel qu'écrit en toutes lettres et sans virgule sur son passeport. D'après ce même document, il avait vu le jour à Corlay-d'en-Bas, dans la vallée de la Dore. Là-bas, les registres communaux n'en conservaient pas trace et sa photo ne disait rien aux gens que la police avait interrogés. Naître dans un coin aussi isolé avait déjà quelque chose d'insolite ; y être né à l'insu des locaux était tout bêtement impensable. D'ailleurs Nexus lui-même niait cette origine : rivant vers l'œil des caméras ses yeux gris où éclatait la lumière de l'enfance, il déclarait être né à l'âge de vingt-neuf ans dans son deux-pièces de la rue Hidalgo. « La vie d'avant n'a pas eu lieu pour moi. Corlay-d'en-Bas ça ne me dit rien. Je n'y ai tellement pas mis les pieds que je ne saurais même pas vous le montrer sur une carte. Vous allez encore me reprocher que c'est écrit juste à côté de mon nom. Est-ce que je dois en déduire que vous croyez à tout du moment que c'est écrit ? » Aux questions sur son passé, il opposait de façon plus ou moins insolente cette déclaration d'amnésie. On aurait voulu le croire. Le seul problème, c'est que d'après les statistiques du *Regson Advanced Institute for Neurosciences*, l'oubli total d'une période de la vie est associé dans plus de quatre-vingt-dix pour cent des cas à une lésion cérébrale grave. Les IRM qu'avait passées Nexus ne montraient rien de ce genre. Au dire de ses voisins de la rue Hidalgo, il avait débarqué de nulle part, émergeant du contre-jour avec sa silhouette de cavalier solitaire, le cheval en moins, les duels en moins, quoique à vrai dire pas beaucoup plus loquace. Pour les duels d'ailleurs, ça n'avait pas tardé, et en pleine rue encore, alors le cheval aussi se pointerait un de ces quatre matins, lorsque son maître le sifflerait. Les enquêteurs, décidément d'une curiosité insatiable, voulaient aussi savoir d'où il tenait le pistolet et l'argent qu'on avait retrouvé sur son compte. Quand Nexus consentait à répondre, c'était en porte-à-faux : « Le pistolet, j'avoue que c'était un Glock 17. Une petite chose maniable. Ça ne vous tue pas un éléphant, mais on a rarement besoin de tuer un éléphant. Je l'ai trouvé dans mon coffre à la banque. » L'argent, c'était parce qu'il travaillait de nuit pour Capabellis. Comment expliquait-il les sommes largement supérieures à ce que justifiait son salaire ? « Les petites gens, elles font de l'épargne. C'est comme ça qu'elles s'en sortent. Alors pour ce que j'en sais j'ai toujours eu de l'épargne. » Chez Capabellis, ses supérieurs le considéraient comme un employé sans histoires, un type insolite mais sérieux, qui ne s'endormait jamais – parfait pour des tâches subalternes de surveillance nocturne.

Rilviero s'interrompt et lance ses yeux en haut à gauche, cherchant côté plafond ce qu'il pourrait dire d'autre. C'est tout, en fait. On ne sait rien de plus. Au-delà de ces fanaux aux lumières ambiguës, les zones d'ombre se referment. Traumfreund et Rilviero se regardent, perplexes, un peu étourdis d'avoir parlé autant alors qu'ils ne se connaissaient pas la veille.

Entre-temps *Les Mille et une Nuits* ont fait le plein. Minuit passé. On approche de l'heure de pointe, mais cela ne se sent pas : une bonne partie du charme du restaurant réside dans cette capacité à accueillir des foules sans paraître bondé. Impossible d'estimer le nombre de gens présents ; les nouveaux venus s'installent à des tables séparées les unes des autres par des paravents ou de petits murets, et éclairées par la lumière chiche d'une bougie. Considérée de l'entrée, la salle du restaurant imite un temple au plan inutilement complexe, dans les coins et recoins duquel les serveurs chargés de lourds plateaux doivent trouver leur chemin avec, vu l'éclairage, pour ainsi dire un bandeau sur les yeux. L'atmosphère bruit de paroles indistinctes. On n'aperçoit les gens qu'au hasard de leurs gestes et de leurs postures : là-bas une main surgit, oiseau émancipé, esquisse deux battements d'ailes, retombe dans le noir ; à la table voisine, un visage traverse soudain la lumière, il y a probablement un homme sous le couvert de ce masque, on voit ses lèvres bouger sans rien entendre des mots, il rit, se plisse, se montre de trois quarts, de profil, puis retourne côté obscur. À l'imagination de faire le reste. Il faut être mauvais public pour ne pas se trouver au spectacle devant ce ballet involontaire de corps que la nuit dérobe. Partagé entre la fascination et un peu d'agacement devant le luxe de cet univers nocturne, Rilviero se rêve une seconde en importun odieux, responsable d'un déluge électrique : une lumière crue les mettrait tous à la torture, on verrait leurs yeux rouler comme des billes et se retrancher derrière leurs paupières effarées. Néanmoins personne à part lui ne songe à rompre le consensus. Il se retourne vers Traumfreund. Et lui, qui est-il, au fait ? Lequel des oiseaux de nuit ?

« Avouez que c'est spécial, ici, finit-il par lâcher. Vous avez une idée du genre de personnes qui fréquentent cet endroit ? » La question semble réjouir Traumfreund au plus haut point. Le sourire éclatant, l'œil qui pétille… tiens tiens : on dirait que Rilviero vient d'aborder un des sujets de prédilection du psychiatre. Ces gens, Traumfreund les surnomme *les amoureux de la nuit.* Ils ne sortent que lorsque l'obscurité les protège et qu'ils ont le sentiment de pouvoir s'y blottir. Ils prêtent à la nuit une forme de profondeur, tandis que les clartés du jour ont à leurs yeux cet aspect trop naïf, petit-bourgeois en diable, et le soleil ce rire débonnaire, un peu gras, qu'on a trop entendu. Rilviero n'arrive pas à savoir si Traumfreund s'inclut dans le lot.

« À partir de deux heures du matin, précise le psychiatre, ça se transforme en boîte de nuit. – Et vous restez parfois ? lance Paulus pour plaisanter. – Parfois. » Bang. Ah bah bah ça… cette confidence laisse Rilviero ababaçasourdi. Il a du mal à se représenter le directeur de la clinique Bentlam en train de trimballer ses cinquante-cinq ans, ses costumes impeccables et ses lunettes sagement posées sur son nez d'aigle dans la foule d'un *dance floor*. Traumfreund commence à se justifier : « Je ne danse pas, rassurez-vous… Je regarde. C'est un phénomène qui m'a toujours beaucoup intéressé. » Avant de se tourner vers la psychiatrie, il avait longtemps été analyste ; parfois, sirotant son whisky à l'écart de la masse compacte des danseurs qui se trémoussaient entre parfaits inconnus et se jaugeaient d'un coup d'œil comme de simples paquets de viande, il avait l'impression d'être de retour dans son cabinet et d'écouter les gens de Regson lui confier leur besoin de moments de pause dans leur vie, d'un espace où ils pourraient laisser s'exprimer leurs pulsions et redevenir de simples corps irradiés d'énergie sexuelle. Le temps d'un soir, dans quelques lieux choisis du Regson nocturne, une combinaison habile de musique assourdissante, d'obscurité, de fumée et d'alcool permettait au *Ça* de s'en donner à cœur joie – tandis que dehors continuait la nuit véritable, dont le silence et l'immensité n'avaient pas cessé de faire peur aux habitants des villes. « Il y a quelque chose qui m'a toujours frappé, poursuit Traumfreund : c'est à l'époque où les métropoles d'Europe devenaient des villes lumières que la psychiatrie et la psychanalyse ont commencé à prendre leur essor. » À ses yeux c'était plus qu'une simple coïncidence dans l'histoire du progrès. On avait inventé l'éclairage au gaz puis l'électricité pour repérer plus vite les fous guettant le promeneur à un coin de rue ou ceux qui se pendaient aux réverbères en des nuits noires et blanches. Eh bien, s'intéresser au fonctionnement de la psyché humaine et aux maladies qui la frappent, c'était exactement la même démarche, la même manœuvre pour conjurer la nuit. « Est-ce que ce n'est pas mon rôle d'explorer l'inconscient ? C'est mon objet d'étude, conclut Traumfreund. Et j'ai tout intérêt à le chercher là où il tombe le masque… »

Rilviero hoche une tête de plus en plus extravertie. À défaut de tout à fait le convaincre, ce discours-là le change un peu de tous ces psys blasés qui n'explorent plus grand-chose, de sorte qu'il décide de porter un toast au docteur noctambule et, levant haut son verre, s'enfile une bonne rasade de *Gopuram*, la dernière et bien sûr la plus dévastatrice…

Ils se séparent dans la rue jonchée de cadavres et de zigzags. La ville sent l'aube, même si on en est loin encore. « Vous rentrez chez vous ? » questionne le policier. Traumfreund élude en s'allumant une cigarette. « Vous n'allez pas dormir ? – Il faut croire que non. – Personne qui vous attende dans les draps ? » s'enquiert Rilviero d'un ton où un peu de moquerie se détache sur la basse continue de l'ivresse. « Seulement si je veux », réplique Traumfreund en redressant la tête comme un gamin mis au défi. Ils échangent malgré tout une poignée de main plus sobre et amicale, puis Rilviero regarde avec des yeux que la fatigue encercle le docteur partir en fumée et s'évanouir dans les rues troubles.

07. ÉLÉGIE POUR UNE COMPAGNE DE PROVISION

Une fois la porte de son appartement refermée derrière lui, Rilviero allume la lumière puis aussitôt l'éteint. Il est trois heures du matin, on fera sans. Tu ne vaux tout de même pas moins qu'un serveur de resto branchouille, Paulus. Voilà le genre de sauts dans la chaîne des moutons que facilite l'ivresse. L'imperméable vole vers le portemanteau, le loupe (de peu, mais tout de même) et s'écrase au sol avec un bruit flasque de méduse. Bien que Rilviero n'ait jamais pratiqué le lancer de méduses, il juge la comparaison heureuse et la salue d'un claquement de langue. Chut ! garnement. Pas de bruit. Elle dort sûrement. Ou alors elle t'attend, le regard noirci de remontrances : tu n'as même pas prévenu. Rentrer à cette heure-là sans passer un coup de fil ; voilà, c'est assez dégueulasse, mais c'est la manière qu'a Paulus Rilviero de marquer à sa compagne Lisa qu'ils ne vivent pas ensemble mais se sont installés de façon *provisoire* dans cet appartement après avoir jugé d'un commun accord que dormir toutes les nuits soit chez l'un soit chez l'autre n'était pas, vu les prix de l'immobilier à Regson, une solution satisfaisante. Si Rilviero a passé une journée trop insolite et une soirée trop arrosée pour choisir de se livrer, en même temps qu'il se déshabille, à un bilan circonstancié de sa vie sentimentale, toujours est-il que quarante-sept ans de battements de cœur ne l'ont conduit qu'à cette situation précaire. Cela dit sa compagne de provision a de belles jambes et pourvu qu'elle ne soit ni trop endormie, ni trop fâchée de son inconduite, la nuit pourrait encore lui réserver quelques plaisirs divins.

Habillé comme Adam aux premiers jours du monde, Rilviero s'approche à quatre pattes de la forme blottie dans les draps. Lisa dort allongée sur le dos. À la voir, le sexe de Rilviero se met à prendre une forme décidément phallique. Il éprouve la douceur d'une cuisse, effleure un mamelon si rose et si pâle qu'il se fond dans le reste du sein, parachute une cohorte de baisers le long de la courbe des hanches. Cette première reconnaissance le confirme dans son soupçon originel : pas de doute, c'est bien Mlle Zackman qui dort au fond de ce lit. Mais, hélas ! elle s'est abandonnée toute à l'étreinte de Morphée. Rilviero-guerrier ne se laisse pas abattre pour autant et décide de recourir à une ruse imparable. Bondissant à son imperméable naufragé, il retire de la poche gauche la poignée de dragées amandes-chocolat subtilisées dans le bureau de Traumfreund. Il ouvre un des sachets et attarde sous le nez légèrement retroussé de Lisa l'odeur irrésistible du cacao. Rien à faire. Il ne parvient même pas à lui arracher un sourire ambigu. Pas d'amour pour les hommes qui rentrent tard, et saouls.

La baignoire s'offrant comme une solution de repli acceptable, il y trimballe son érection et se dépêche de l'y engourdir. Les vapeurs de l'eau chaude embrument celles de l'alcool. Il est coincé dans les embouteillages depuis une demi-heure. C'est pas croyable, des bouchons à quatre heures du matin sur les grands boulevards. Des salopes, ces grandes villes ! Si on réfléchit bien, tout est de la faute des amoureux de la nuit. Ce sont eux qui s'entassent dans leurs bagnoles à des heures pareilles. Certains roulent tous feux éteints pour ne pas tacher de lumière la peau de leur amante ténébreuse. D'autres, au contraire, optent pour le plein-phare car ils ne savent apprécier les choses que par contraste. Les plus furibards klaxonnent de crainte d'être surpris par l'aube et de ne pouvoir regagner leurs cercueils. Devant tant d'injures au Code de la route, Paulus descendrait bien avec sa carte de police apprendre la vie à tous ces enfoirés. Il aurait pu boire encore plus, tiens, à la vitesse où ça roule ! Les passants vont plus vite. L'un d'eux, d'ailleurs, s'approche de sa voiture et toque à la vitre. Paulus reconnaît Traumfreund qui n'a toujours pas fini sa clope ; il se penche à la portière pour lui ouvrir, mais l'autre fait un geste de dénégation, lui balance son large sourire ironique et s'éloigne à grands pas du véhicule immobile avant de disparaître dans une transversale, derrière deux gorilles qui gardent ce qui semble être une cage de nuit. L'incident redouble l'agacement de Rilviero. Si ça continue comme ça, il arrivera trop tard pour trouver Lisa éveillée. Eh, p'tit gars, mets donc ton gyrophare ! Après s'être accordé le temps de la réflexion, il renonce à cette bonne idée ; il n'est pas à proprement parler en mission, moins encore en service, et avec ce qu'il s'est mis ce n'est pas le moment de faire le malin. Mais voilà que soudain ça va mieux, la circulation se fluidifie, deux mains d'origine féminine lui caressent le torse et l'apaisent. Rilviero se réveille tout à fait pour voir Lisa toute blanche et toute nue le rejoindre dans l'eau encore chaude de son bain.

08. TAMBOUR BATTANT

Cette maison est pleine d'intentions. Bonnes ou mauvaises, je n'en sais rien, d'intentions, en tout cas, qu'il faut que je décrypte. Les yeux, d'ailleurs, sont tout tendus vers moi, ils parcourent leurs rails sur mes traces, toujours un peu en retard, jamais assez pour que je sorte du champ et bien trop hauts pour que je puisse crever leur globe unique d'un coup de burin. Loin de se cacher, la surveillance ici se montre comme s'il y avait de quoi être fier. Dans les espaces qui me sont interdits, à défaut de s'occuper de moi, on me regarde. Semble-t-il c'est chacun son tour. Car j'ai fait tout cela avant eux. Ils perdent leur temps avec Nexus – m'accordent, à parler très franchement, plus d'attention que je n'en mérite. Moi c'était tout de même autre chose : on m'avait chargé d'avoir l'œil sur Regson – sur son sommeil et sur ses nuits.

Il y eut les nuits, les nuits, la nuit, d'autres, éternelles et particulières, sans lune, trépidantes, laissant traîner au ciel, dans un recoin, un croissant jaune ensorceleur, maussades, ou bien d'accalmie sur la ville qui soudain se donnait pour morte. J'étais veilleur. Sur le qui-vive. Éveillé quand enfin ça se calme, partant dormir dès que ça reprend. Manière de prendre Regson à contre-pied. Pour des raisons qui me sont propres, je voulais éviter la tyrannie de la face humaine, l'omniprésence de l'Homme qu'on trouve le jour planté le long de chaque mur et incrusté au cadre des fenêtres à ne plus pouvoir y échapper.

Le lieu où je travaillais s'appelle Capabellis. Autour d'un atrium, mettez donc dans votre tête trois bâtiments immenses : c'est de l'architecture pour temps modernes, sur la rive droite de l'Ihavel mais prenant soin de tourner le dos à ce fleuve si délicieusement démodé. Ça s'entasse sur trente-trois étages : sociétés d'assurance, agences de communication, banques, sièges sociaux, chambres d'hôtel, cabinets d'avocats ou cabinets de conseil. Au trente-troisième étage, point culminant, c'est le restaurant romantique où les hommes et les femmes et les hommes et les hommes et les femmes et les femmes se donnent des rendez-vous autour de tables pour deux à l'addition salée qui mènent au lit, ou pas. Enfin tout ça n'est qu'une façade destinée à couvrir la véritable activité de ces gens : Capabellis en fait, c'est une fondation philanthropique. Le but final c'est le monde meilleur. Simplement comme les cadres, là-bas, portent des costumes sobres et sont d'une extrême modestie, quand ils font le bien c'est sans ostentation.

Lorsque les ténèbres s'établissent, ils s'en vont un à un – le temps se suspend – je viens prendre mon tour. Je ne suis pas un homme du devant. Nexus c'est très mauvais pour servir de vitrine. La partie noble commence juste derrière l'entrée principale, une fois passées les portes-tambours. Il pousse dans l'atrium une véritable forêt artificielle, tropicale qui plus est, au milieu des gouttes de chute d'eau. À l'accueil, autre signe extérieur de verdure : les orchidées superbes dans leurs vases aux cailloux polis ; et puis les standardistes : de belles plantes également. Elles doivent être d'un physique agréable. On voit bien ce que ça veut dire, et je ne corresponds pas vraiment à la définition. Tout cela un peu froid. On a dû renoncer à la chaleur humaine : c'est spontané, imprévisible, volcanique presque, au fond emmerdant à gérer. À la place on a mis les formules de la politesse, la courtoisie réglementaire et inscrite dans la charte : si vous ne l'obtenez pas du premier coup, vous pouvez réclamer, faire descendre le manager de son dix-septième étage. Pour moi ça ne remplace pas – mais toutes les études montrent que c'est plus efficace.

De l'heure dite vingt et une à l'heure dite six heures le lendemain, moi j'opère à l'arrière, côté cartons et gros bras techniciens. C'est dans une petite rue étroite, suintante d'échafaudages, sans lampe aucune – simple fente entre deux avenues, pour faire entrer-sortir ce qui doit entrer et sortir mais ne mérite pas le coup d'œil : le produit empaqueté, le déchet – rue digestive pour ainsi dire, sans même trop de nom, juste assez large pour que le camion tourne, à condition que le chauffeur ait un compas dans l'œil. Les ordures s'y entassent le soir et restent passer la nuit. Au matin on désamoncelle. Il paraît que le soleil passe trente-cinq minutes par jour, mais c'est des heures où je ne suis pas là. Mon boulot, moi... Il paraît qu'à toujours visser le même boulon, on risque à tout moment de devenir un rebelle ou un incompétent. Pour cette raison, les gens qui gèrent les gens ont décidé que je travaillerais *en alternance*. En alternance, c'est l'invention fortiche, et ils en sont très fiers. Alors : parfois on me demande l'œil immobile, rivé sur les écrans ; du devant je ne connais que ce que les écrans veulent montrer, fragments hétéroclites selon les angles. Beaucoup l'entrée, bien sûr : les gens s'engoncent avec leurs manteaux et le froid dans le barillet de la porte-revolver, puis s'extraient un à un, les oreilles bouchées par la compression de l'air mais le froid laissé derrière eux, et fusent dans l'atrium comme à la roulette russe. Parfois ma hiérarchie préfère l'œil en mouvement, mis en orbite autour du bloc, le tour quinze fois, vingt fois, pendant que l'heure tourne, afin de montrer qu'on est présent et de décourager toute tentative. On sait que le sud de Comercio, c'est un quartier d'affaires. Ajoutez le fleuve tout proche. Ça donne : le vent illimité, et nu, et noir, plus personne dans les rues dès que passe vingt-trois heures. Dans la nuit de Regson, chaque bruit de pas se réverbère d'une façade à l'autre comme effroyable prophétie : les hommes s'annoncent de loin, précédés de cet écho, restent longtemps invisibles, ou silhouettes que le noir amalgame et dont on ne sait pas trop dire si elles représentent une menace, puis disparaissent en autant de claquements de talons qu'ils se sont approchés. Par nuit morte et déserte, les femmes, elles, claquent des dents en même temps que des talons : bien soulagées quand on se croise de voir que je m'appelle *Sécurité*. À d'autres, gros bras, nez pétés deux-trois fois, corps musculaturés, capables de casser la gueule sans sommation ni déplaisir, on glisse dans la ceinture des pistolets et le droit de frapper si nécessaire. À moi, rien. Contente-toi de signaler ce qui pourrait être suspect. Ce n'est pas à moi, par chance, qu'il incombe de savoir si c'est suspect ou pas. Je signale. Si je vois quelque chose, je dois dire quelque chose. Sinon, et le plus souvent, je me tais.

Ça c'est le métier en peu de mots. Alors si je dis tambour battant c'est pour me chanter des choses et donner l'illusion du rythme. En fait c'est monotone : un métier de tourne-en-rond, une vie sans tambour ni musique. D'où la question qui ne me quitte pas : quand les faits vous réduisent à rien – que le cerveau appauvri fait sa glissade vers les tréfonds – est-ce que ce n'est pas le moment de passer le relais au fantasme ? Parmi tous les fantasmes qui tiennent les hommes debout, lesquels sont bons à prendre ? Et quels sont ceux qu'il faut refuser parce qu'ils exercent sur nous une influence malsaine et nous aveuglent sur ce qu'est la vie ? De tout ce que je peux imaginer en matière de questions, celle-là, à mon avis, est la plus capitale. C'est quelque chose dont il aurait fallu que je parle à Van Goyen quand il en était encore temps. Enfin… j'ai désormais… pour réfléchir… perpétuité devant moi, alors rien n'est perdu. Toujours est-il : parfois, pour me donner le sentiment de ma propre importance, j'ai préféré tuer l'insignifiant veilleur de nuit et me voir en gardien du trésor. Car s'il y a bien une chose facile que j'ai toujours su faire, c'est l'histoire synthétique de l'or. Dans les temps idylliques, l'or reposait au fond des rivières et luisait au milieu du ballet des ondines. Puis on l'a transporté dans des cavernes sous la surveillance des dragons, mais ils n'arrêtaient pas de s'endormir et se faisaient plus souvent qu'à leur tour décapiter par les héros. Dorénavant, pour plus de sûreté, il est dans les coffres des banques sous ses formes triviales de lingots et de billets – et puis partout, matérialisé de façon plus subtile en bâtiments, mobilier, bases de données, ordinateurs, capable même de se hausser jusqu'à l'immatériel : matière grise, connaissances, inestimable capital humain. La constante qui se dégage, à relire cette histoire plurimillénaire, c'est que les capitaux ne s'accumulent que lorsqu'ils peuvent reposer tranquillement ; il faut pour garder leur sommeil des gens qui ne ferment pas l'œil. C'est pour ça que j'étais là : le bouclier humain, défendeur inlassable de la civilisation face aux hordes barbares. Qui veut la paix prépare la guerre. À Regson, ils traduisent le proverbe en langage très moderne : préparez les grillages, barricades, portes blindées et verrouillées, portillons électromagnétiques, caméras de surveillance, détecteurs, ne laissez entrer personne sans avoir pris son nom, méfiez-vous des métaux en tout genre, de tout ce qui est pointu, de tout ce qui est liquide, ne faites confiance à personne et vous aurez la paix.

Sinon, toujours pour l'alternance, pendant quelques semaines, ils m'avaient mis liftier. Ça paraît mieux, mais en fait non. Liftier c'est vraiment le sale métier. Coincées dans l'ascenseur, il y a toujours des femmes avec des habits et des seins qu'elles ont longuement positionnés devant les glaces ; pour voir de plus près cependant, il faudrait être en dessous des jupes, aplati au plancher, ou accroché au-dessus à la façon des yeux qui me surveillent ici. C'est l'incroyable du métier de liftier : c'est sans arrêt monter-descendre, mais privé complètement des avantages de la vue par en dessous ou de la vue en surplomb. On est de plain-pied, tout le temps, enfermé dans la cage, avec les gens qui parlent entre eux ou se taisent, ils font comme si je n'existais pas, regardent défiler les chiffres, regardent la pointe de leurs chaussures, comme si j'étais une grande manivelle rouge, et à la fin, quand ils sont sûrs d'être débarrassés de vous, ils marmonnent un merci au revoir qui sent son soulagement. Liftier c'est bon peut-être pour ceux qui maîtrisent le sourire et la conversation par fulgurances ; qui ont toujours aux lèvres une remarque bien sentie sur le fond de l'air qui aujourd'hui est étonnamment frais. Car on est interrompus à tout va : les étages arrivent vite et il faut rompre là, en plein milieu d'une phrase ; les gens ont posé une question pour être polis mais n'ont pas franchement le temps d'écouter la réponse. Ou bien on sonne déjà en bas et c'est vous qui devez redescendre pour charger les suivants. Au final un petit métier qu'on donne à ceux qui ne servent à rien parce que le sentiment de participer à la grande marche du monde en poussant un bouton leur évite paraît-il de battre le pavé, de trop regarder les pavés, d'en desceller deux-trois pour voir et de les jeter pour voir contre les vitrines glaçantes et moroses de la collection hiver. — Voilà Capabellis. C'est ça ce que je faisais. Je ne peux pas dire que j'en sois fier. C'est l'argent. L'argent. À moi comme à tout le monde, il en fallait. J'ai sacrifié ces heures pour les choses autrement décisives que j'avais à faire le jour, une fois rentré chez moi.

Car au terme des nuits se tenait l'aube. Comme j'étais là, plus que quiconque, j'ai eu mes aubes. L'aube, les aubes, éternelles et particulières, sanglantes, muettes sans un bruit ni un mot, déboulant soudain de l'est ou prises dans une confusion de fumée. Je longeais le boulevard Corgan jusqu'au chapiteau mauve de la Grande Bibliothèque. Grâce à d'autres veilleurs, cet endroit-là non plus ne ferme pas. Je passais un peu de temps parmi les rayonnages. C'est des livres que je tiens l'intelligence que j'ai. La faculté de parole, à ma naissance, j'en étais tristement dépourvu. Ça m'a rendu la vie gênante aux entournures : les gens se disent qu'à trente ans vous devriez savoir parler, ils s'estiment en droit d'attendre ça de vous. Moi je connaissais la langue, bien sûr – mais pas les pièges, pas les passages secrets qui courent sous le territoire du Verbe, tout ce qu'on saisit à demi-mot, tous les doubles fonds qu'on ne dit pas mais qu'on n'en pense pas moins. À tourner des centaines de pages pendant que le jour se levait, j'ai fait ce que j'ai pu pour rattraper mon retard. Les livres ont certains avantages : ils ne cherchent pas à s'imposer ; la parole y attend en silence qu'on l'invite à sortir, jamais elle ne vous sautera dessus comme risquent toujours de faire les hommes. Les rues tirées hors de l'ombre glaciale à la remorque du soleil, le monde en cruauté et en splendeur tiré des pages lues au petit matin à la lumière engourdie de mon cerveau : ça a compté aussi. Ceux qui m'observent de l'Autre Côté sont sans doute au courant car ils ont résolu de m'en laisser quelques-uns. Œuvres choisies : compagnons d'en attendant qu'il se passe quelque chose. Les rayonnages sont dans une pièce qu'en général je retrouve facilement. Même les herses ou tout comme qui s'abaissent derrière moi ça n'est pas suffisant pour m'empêcher de mettre la main dessus, je m'oriente, il existe des endroits qui changent tellement d'une fois sur l'autre que j'en perds vite le nord mais ça je sais : c'est vers le gaillard d'avant, ça tangue un peu parfois mais ne bouge pas dans l'ensemble.

Oui – voilà – pour en venir au fait : ici c'est un bateau. Construit par entassement et superposition de pierres pour ce que je peux en voir, mais Bateau néanmoins. Vous pouvez me faire confiance là-dessus : jamais je ne rigolerai avec ces choses sérieuses. Alors je fais comme dans tout Bateau qui se respecte : je cherche le mât. Qu'il y en ait un, pas de doute, souvent j'entends le bruit du vent dans les cordages – la rumeur lointaine des tempêtes. De là à en trouver l'accès… ça risque de prendre du temps. Car il faut être honnête : ils me font faire ce qu'ils veulent. Ce sont eux qui décident de l'emplacement des portes et des couloirs, tracent les frontières, donnent le tempo aux pièces qui tournent. Ils ont voulu me jeter à fond de cales : peut-être pour me faire rêver avec plus d'envie douloureuse des ponts et des gréements. Je parierais que ce sont des hommes, mais qui aiment se prendre pour des dieux. Ils choisiront la date et l'heure ; ils fixeront le prix que je devrai payer pour revoir la lumière du jour. Est-ce qu'ils ont la naïveté de croire que la solitude et le silence suffiront à me faire tomber ? Ce serait mal me connaître. Pourtant pas impossible. Après tout, on ne peut pas dire que je leur aie donné les moyens de savoir à qui ils ont affaire.

09. IL GLISSE ENTRE LES MAILLES

La journée de lundi fut harassante. Rilviero la passa au volant de sa voiture, à labourer les rues de Regson sous un ciel anthracite qui promettait de la pluie sans être pressé de tenir ses promesses. Le week-end lui avait laissé un goût âcre dans la bouche ; ça n'avait pas été avec Lisa, mais il n'avait pas envie d'en parler, alors on n'en parle pas non plus. Juste : elle avait rapporté des dossiers du cabinet, et tenu à voir sa sœur, et lui avait annoncé ça d'un ton qui ne souffrait pas de réplique, et ce n'était pas l'idée qu'il se faisait du week-end, et puis où ça allait, eux deux, à quoi ça rimait de continuer comme ça quand au fond rien ne… halte-là : il n'avait pas non plus envie de ruminer trop de questions.

Au terme d'un dimanche plus glauque que la moyenne, il avait, par esprit de vengeance comme par souci de diversion, griffonné sur un carnet la liste des choses qu'il voulait faire le lendemain. Le soir se refermait comme une main morne autour de lui ; Lisa travaillait sans un mot dans la pièce d'à côté ; il se sentait nauséeux, sans appétit ; la vague envie de défoncer un mur, même pas assez d'énergie pour le faire. Il se mit en orbite autour de son pâté de maisons pour contenir le spectre de l'insomnie qui guettait toujours en pareil cas. Et voilà qu'au septième tour, alors que ses jambes commençaient à tirer un peu… les murs des immeubles ne s'effondrèrent pas en une tempête de cuivres, mais disons que l'affaire Nexus, et ce n'était pas une petite victoire, cessa soudain de lui apparaître comme un marécage où il n'allait qu'à reculons. Une échappatoire, au contraire, qui arrivait à point nommé. L'enquête serait sûrement moins éprouvante que celles qu'il avait eu l'habitude de mener quelques années auparavant : le meurtrier ne courait pas ; Rilviero ne se trouverait pas engagé dans une course contre la montre et pourrait travailler calmement, en prenant le temps de la réflexion, sans risque d'être perturbé par les coups de téléphone, les conférences de presse ou la découverte de nouvelles victimes. Accessoirement, il était beaucoup mieux payé par Drake qu'il ne l'avait été par la police. Il y avait donc quelques contreparties à l'impression désagréable de travailler pour des intérêts privés. Dès lors, pourquoi ne pas fourbir les armes anciennes, retrouver le niveau de rigueur et de méthode qui avaient fait sa réputation et s'atteler à la tâche ? Avec Traumfreund, bien sûr : on ne serait pas trop de deux. Mais en évitant autant que possible les beuveries nocturnes et autres zéros de conduite.

Le trafic était chargé ; dans le carnet posé sur le tableau de bord s'alignaient des noms, des heures de rendez-vous et des horaires d'ouverture avec lesquels il lui faudrait jongler ; à la radio, une voix d'une neutralité bienveillante énumérait les attentats, accidents et autres merveilles du jour ; tout allait bien, donc, en ce matin de septembre, le monde suivait son bonhomme de chemin et Rilviero se surprit même à siffloter d'affilée quatre ou cinq ballades de son cru, avec variations, ponts musicaux, reprises et *bis*.

On commence par quoi, déjà ? Ah oui, la juge.

De toute évidence, Isis Craneck est sur la défensive, bien que Rilviero ne soit pas venu pour accuser. Il détaille longuement ses traits, ses plis, ses rides, pour voir quels stigmates la mauvaise conscience a laissés derrière elle. La cinquantaine. Elle a dû être belle. Avec sa peau couleur d'un sable imprégné d'huile d'olive, elle lui rappelle soudain les portraits égyptiens du Fayoum : un grand nez, un visage peint à l'encaustique sur des panneaux en bois, les mêmes yeux bruns au regard fixe surplombés de sourcils épais. Elle ne dort pas assez et n'a pas encore réussi à arrêter de fumer. « Je peux vous appeler Isis ? – Madame la Juge, ce sera très bien. » Si encore elle répondait ça… malheureusement, même ce dialogue où le puritanisme fait barrage à la gauloiserie n'existe que dans sa tête.

Isis Craneck n'a pas reçu d'argent. Bien qu'elle ne le dise pas comme ça, elle le lui fait comprendre très clairement. Il la croit sur parole. Elle n'a pas la tête d'un juge amateur d'arrangements sous le manteau. Alors quoi ? Les émissaires de Drake se sont montrés très persuasifs ? Ou bien c'est la fatigue : le procès a eu lieu fin mai, il faisait en dépit de l'air conditionné une chaleur insoutenable, elle s'était mise soudain à envier tous ces gens qui pouvaient se mettre à la fraîche dans le Verdon sans avoir à bourrer le coffre de leur voiture de dossiers et de cadavres. D'une voix sourde et tendue, elle lui explique comment s'est déroulée l'affaire. *Les attentes de l'Hôtel de Ville*, comme elle le formule joliment, avaient joué un rôle dérisoire par rapport à la pression médiatique et publique subie par les jurés. Le silence de Nexus, son mépris affiché pour la machine judiciaire les avaient fait sortir de leurs gonds. « Sur douze, il y en a toujours un qui cherche à prendre de l'ascendant et qui assène chaque phrase d'un ton vindicatif. Dans le cas qui nous occupe, c'était un agronome. Il n'a pas cessé de répéter que l'expertise psychiatrique c'était n'importe quoi. Il ne voulait pas en démordre : "Prenez dix psychiatres au hasard, ils vous donneront dix avis divergents. La psychiatrie ce n'est pas une science exacte !" Et puis on a eu celle qui affirmait ne parler qu'au nom du bon sens… de l'empirisme… "La chose est vite vue malgré tout. Il les a tués, oui ou non ? Un type comme ça récidive dès que l'envie lui prend. Est-ce que vous aimeriez *vraiment* le croiser dans la rue ?" » En somme, les jurés avaient fait prévaloir une conception traditionnelle de la justice, datant de l'époque – elle ne savait pas si Rilviero s'en souvenait – où il suffisait de prouver que l'inculpé était l'auteur du crime, en fournissant des preuves ou en arrachant un aveu. « Aujourd'hui on ne demande plus seulement à la justice de punir, mais d'évaluer des vies : pourquoi M. Chiclitz a-t-il tué ? Est-il responsable de ses actes ? Y a-t-il un espoir qu'il s'amende, et, si oui, quelle sera la peine la plus à même de le remettre dans le droit chemin ? Et pour finir : dans l'intervalle, il est dangereux, ou pas ? Je vous assure. C'est devenu la pesée des âmes. »

Faute d'avoir un avis, Rilviero se colle une expression décidément compréhensive. Peser les âmes… comme elle s'appelle Isis, son imagination se met à remonter le Nil. Dans ses eaux lourdes de limon, il y a des crocodiles qui digèrent leur esclave du petit-déjeuner et, chaussés de lunettes de presbytes, lisent le *Livre des Morts*. Quand Paulus était collégien, on lui en avait fait reproduire des vignettes pour lui flanquer un peu d'histoire universelle dans le crâne. Donc : il y a Osiris, le procureur – normalement Osiris c'est le juge, mais depuis – 3000 la profession s'est beaucoup féminisée ; on reconnaît bien Toth, greffier de son état ; et Anubis, cette espèce de chacal… c'est le médecin légiste ? Non… c'est plutôt l'avocat. Les morts sont impatients. Ils interpellent Isis et réclament sa sentence. Qu'on pèse leurs âmes ? Non merci, disent les morts, sans façon. Nous vivons dans des siècles trop sécularisés pour nous permettre ces jugements moralisateurs. Chacun est libre de vivre comme il l'entend. Pesez plutôt, Madame la Juge, l'âme des coupables et criminels ! Ils ont violé nos droits, attenté à nos vies. Ils se sont mis en position de devoir rendre des comptes !

La nuit, dans la pénombre de sa chambre, un sommeil agité secouait le sarcophage d'Isis. Le couvercle brusquement se descellait et les pieds nus de l'insomniaque arpentaient de long en large mais toujours de profil les couloirs de son appartement, une balance à la main, pour continuer de rendre la justice. Des filets de sueur anxieuse salaient sa peau parcheminée. Le poids d'âmes plus lourdes que prévu lui tombait d'un seul coup sur les épaules, elle s'effondrait presque au seuil de la salle de bains. Se laver. Se savonner longuement, pour faire disparaître cet affreux sentiment de faute… Hélas, chaque morceau de carrelage était une feuille du dossier d'instruction, elle avait dû les faire glisser par mégarde et, ne les ayant pas sur elle au tribunal, n'avait pas pu les prendre en compte au moment de rendre son jugement. Les feuilles avaient durci comme des dalles de granit et elle avait les ongles trop courts pour espérer les décoller. Ne plus se ronger les ongles. Ne plus se ronger les ongles…

Visiblement, ça lui fait du bien de s'exprimer sur ce procès et sur le métier en général. Isis Craneck en a marre de passer pour *la* Juge, la Juge tout court, avec son masque froid, et Rilviero comprend, lui-même n'a jamais aimé être vu comme une incarnation raide et roide de la Force publique. Et elle n'est pas fâchée non plus que l'affaire soit rouverte après coup : « Je pense que vous travaillerez mieux maintenant que les journalistes sont partis. Peut-être pourra-t-on commuer la peine de Nexus si la deuxième expertise démontre son irresponsabilité ? » Quand Rilviero l'informe que c'est le Dr Traumfreund, de la clinique Bentlam, qui est maintenant en charge de Nexus, elle allume une autre cigarette avec satisfaction : c'est très bien, ça. « Un type vraiment très fort, comme on a dû vous dire. Simplement c'est un intuitif… il ne fonctionne que comme ça, autant que vous soyez prévenu. Pas forcément capable de justifier ses choix thérapeutiques face à des gens qui n'y connaissent rien. Moi je trouve toujours ça difficile à suivre, les intuitifs, mais bon… ça marche. » Pour la première fois elle sourit, plus détendue. Elle est contente, vraiment, et lui souhaite toute la chance possible. Si jamais ils arrivent à faire parler Nexus, elle serait curieuse de connaître sa version du crime. « On ne peut pas dire qu'il ait été un justiciable facile ; pourtant je ne lui en ai jamais voulu. Je crois même qu'au fond j'avais de la sympathie pour lui. »

Rilviero passa ensuite au Centre de réinsertion où il travaillait depuis quelques années pour récupérer ses affaires et compléter la quinzaine de formulaires indispensables à l'obtention d'un congé pour mission. En sortant du grand bâtiment de briques rouges, il aperçut Frank qui se tenait adossé, bras croisés, à l'un des murs de la cour centrale. Un jeune que personne n'arrivait à tirer d'affaire. Il y eut un bref échange de regards, puis le jeune homme, comprenant qu'il ne le reverrait pas de sitôt, lui fit au revoir de la main. Rilviero frissonna : il tenait la récompense d'un travail de plusieurs mois dont il aurait pourtant juré, à se fier aux apparences, qu'il n'avait mené nulle part.

Puis ce furent Capabellis, les hôpitaux publics, le sandwich avalé au lance-pierres, la Banque J.P. Stencil. Partout Rilviero chercha à comprendre comment Nexus avait pu vivre plus d'un an à Regson avec son amnésie et son identité lacunaire sans que personne ne s'en aperçoive.

On était entré, pourtant, dans l'âge de l'existence documentaire : toute personne, si marginale et réservée soit-elle, figurait dans un tas de dossiers, fiches et archives, sans quoi elle ne pouvait être employée, ni dépenser de l'argent, s'inscrire ou s'insérer nulle part. Rilviero trouvait souvent ça pénible, d'ailleurs, de devoir partout gribouiller son patronyme, de se laisser cerner petit à petit par des faisceaux de paramètres et épingler sous vitre. C'était la manière moderne d'exister, ce qui faisait de chaque individu un événement sans rien d'exceptionnel et néanmoins unique. De temps à autre, il imaginait des statisticiens en train de cartographier sur leurs écrans la population de Regson. Pour définir la position de chaque habitant, il suffisait de prendre en compte son état civil, sa situation administrative et fiscale, sa catégorie socioprofessionnelle et les réseaux sociaux auxquels il appartenait : on obtenait une abscisse et une ordonnée à nulles autres pareilles, ou bien une longue suite de chiffres qui sous leur aspect inhumain codaient jusqu'aux plus intimes différences. D'où ces appels nocturnes que, dans ses jours de mauvaise humeur, il se mettait à redouter : « Excusez-moi de vous déranger. Vous êtes bien Paulus Rilviero ?

Quarante-sept ans ? Né à Mérodiès ? Officier de police ? Vous vivez en concubinage avec Lisa Zackman ? Vous occupez ensemble un trois-pièces dans le quartier de Minnesburgh ? Hm… Très classe moyenne, tout ça. Mais cultivée, oui. Cultivée, bien sûr, loin de nous l'idée de dire le contraire. Nous avons le plaisir de vous annoncer que, selon nos études les plus récentes, vous voterez pour le candidat du PDR aux élections locales du mois de mars prochain. Sauf accident improbable, vous prendrez ensuite votre retraite à soixante-trois ans et mourrez à l'âge de quatre-vingt-deux ans. Par ailleurs, bien que vous soyez un petit cachottier, nous savons tout aussi bien que vous que vous allez avoir besoin de changer de voiture d'ici l'année prochaine, et prenons donc la liberté de vous proposer cette offre exceptionnelle, que nous avons conçue pour vous, entièrement sur mesure, en étudiant votre profil… » Le jour où ce coup de fil arriverait, il n'aurait plus qu'à se mettre en habits de deuil et à pleurer la perte de l'impression si orgueilleuse mais si plaisante d'être doué de libre arbitre.

Oscar Waldo Andreas Nexus s'était joué de ce maillage serré de la société moderne avec une effronterie hors normes, si bien que Rilviero devait maintenant lui courir après avec ce filet que les entomologistes réservent aux papillons rares. Nexus ne s'était posé qu'une seule fois : pendant cinq ou six semaines, au début de sa vie consciente, il avait consulté le Dr Moosbrugger, un psychanalyste ayant pignon sur rue. Le témoignage écrit du docteur figurait dans le dossier d'instruction, mais entre deux il avait déménagé à New York. Rilviero se dit qu'il faudrait malgré tout essayer de le joindre, quitte à faire en personne le voyage.

Chez Capabellis, impossible de s'entretenir avec l'homme qui avait embauché Nexus : il ne travaillait plus là. « Ça tourne vite, dans nos métiers. » De toute façon, il n'était pas rare que l'entreprise recrute des gens sans références sérieuses ni aucune expérience dans le domaine de la sécurité. Rilviero sentit qu'il n'était pas le bienvenu : la rivalité naturelle entre police et services de sécurité privés alourdissait chaque phrase d'intonations méfiantes. Il réussit tout de même à apprendre que Nexus ne portait pas d'arme dans le cadre de ses fonctions. Les agents de sécurité, eux, utilisaient des calibres plus imposants que le Glock 17 qui avait servi lors du meurtre. De temps en temps, ils répétaient d'un air mauvais : « C'est pas bientôt fini ? Nous avons déjà raconté dix fois à la police, lors de l'enquête. » Ils n'avaient dans l'ensemble que du mépris pour Nexus : un type complètement détraqué, qui avait la tête dans la lune et un sens de l'humour à se pendre. On pouvait supposer que Nexus avait dû endurer beaucoup d'humiliations de la part de ses collègues. Peut-être avait-il voulu leur prouver en commettant ce meurtre que lui aussi était un dur ? L'humiliation… pensa subitement Rilviero : c'est la cause principale des tragédies de l'Histoire. La violence dans l'Histoire, ce sont les humiliés qui se vengent.

La Banque J.P. Stencil se situait avenue Breton, à quinze minutes à pied de l'endroit où avait été commis le crime. Un des directeurs prit le temps d'étudier avec Rilviero l'historique du compte de Nexus. Aux mois de décembre et de janvier derniers, il avait reçu, en plus de son salaire, des virements hebdomadaires importants. Malgré tous leurs efforts, ni la police ni les banquiers n'avaient pu retrouver l'expéditeur de ces virements dont les traces se perdaient sans doute dans la lumière éblouissante d'un paradis fiscal. Tout en se montrant incapable d'en apporter la preuve, Nexus prétendait lui que l'argent venait d'un compte-épargne qu'il avait fermé par la suite. Le montant total avoisinait les soixante mille dollars : c'était beaucoup d'épargne pour un petit employé ; mais une somme aussi faible aurait-elle suffi à récompenser les efforts d'un tueur qui savait risquer la prison à vie et n'avait rien fait pour éviter de se faire prendre ?

Quand, vers trois heures de l'après-midi, il arriva rue Hidalgo pour voir l'appartement que Nexus avait loué pendant les treize mois de ce qu'il appelait *sa vie consciente*, Rilviero se sentit rattrapé par son spleen de la veille. C'était l'est de la ville. Un quartier qu'il connaissait mal, parce qu'il existait peu de raisons d'y mettre les pieds pour qui n'y résidait pas. Les barres de briques rouges ou de béton, aux fenêtres trop rares, alternaient avec des terrains industriels entourés de palissades. Les feuilles semblaient avoir commencé à tomber plus tôt ici qu'ailleurs. Dans l'immeuble de Nexus, les façades étaient grises et décaties, l'herbe n'arrivait plus à pousser sur les pelouses boueuses et l'ascenseur était en panne. Qu'est-ce qu'ils allaient chercher avec leur volonté de reprendre l'enquête et de mener une deuxième expertise ? Vivre 117 rue Hidalgo : est-ce que ce n'était pas là un mobile suffisant ? Le quartier ne donnait-il pas assez envie de tuer ou de se pendre ?

Malgré sa situation confortable, Rilviero trouvait que l'existence était un truc pas commode, dont lui-même ne se débrouillait que tant bien que mal. Il se demandait comment faisaient les gens plus démunis ou maltraités par le sort. Sans doute n'avaient-ils pas les mêmes exigences, car on ne leur avait pas fait nourrir les mêmes espoirs face à la vie. Contraints d'affronter des épreuves dès le plus jeune âge, ils devaient développer une carapace qui les rendait moins sensibles au malheur ? Ou bien continuaient-ils de parcourir la vie avec des plaies béantes, en sachant pertinemment que la plupart ne se refermeraient jamais ?

Mme Montereau, la concierge, ne se rappelait pas avoir vu Nexus emménager. Naturellement, sa mémoire pouvait lui jouer des tours, d'autant que le 117 comptait plus d'une centaine de locataires, mais rien ni personne ne l'empêcherait de soutenir que Nexus était *apparu* un jour dans cet appartement du quatrième étage sans l'avoir jamais investi. Peu lui importait que cet événement défie la rationalité ; dans son esprit, les fous, n'ayant justement pas à obéir aux ordres de la raison, étaient capables de ce genre de choses. Or il ne faisait aucun doute que Nexus était fou. Les locataires étaient formels là-dessus. Il lui était arrivé de passer des journées entières sans mettre le pied dehors et sans faire un bruit témoignant d'une quelconque activité. Quand il s'éclipsait à la nuit tombée, il n'avait pas un mot poli pour les gens qu'il croisait. Enfin personne n'avait jugé utile d'aller signaler ce type à la police : on n'était plus à l'heure des guerres et des délations, et un ermite, pour peu qu'il ne soit pas musicien, ça ne dérange personne.

Muni des clefs de Mme Montereau, Rilviero grimpa seul au quatrième étage. Drake avait fait le nécessaire pour que l'appartement ne soit pas reloué et que tout reste en l'état. Le ventre tendu d'appréhension, il poussa donc la porte du monde inoccupé. Alors… S'il fallait en croire Nexus, il s'était réveillé là, un jour, après être sorti du néant. Deux pièces d'une banalité effroyable, les placards de la cuisine encore pleins de vaisselle bon marché et de boîtes de conserve, et dans la chambre les vêtements accrochés à leurs cintres comme des pendus, grinçant un peu, mangés aux mites. Au-dessus de la commode, un miroir ovale lui renvoya un reflet déplaisant. Il chercha en vain des objets susceptibles de lui en apprendre davantage sur Nexus. Sans avoir espéré mettre la main sur un arbre généalogique, des albums photos ou des carnets de notes, il était effrayé de voir que rien ici ne racontait une histoire personnelle. Comble d'anonymat, cet appartement ne se contentait pas de refléter l'amnésie de Nexus mais l'aggravait encore, tant il révélait son incapacité à s'approprier un espace. On le disait par exemple amateur de livres : il n'y en avait pas un seul. Les murs étaient à peu près aussi nus que la cellule d'un iconoclaste, l'air pollué de ce quartier d'usines salissait seul leur peinture blanche. Cet homme n'avait pas de vie – ou bien une vie tout intérieure.

Dans un tiroir de la commode, Rilviero finit par dénicher une carte de Regson où de nombreuses rues se trouvaient coloriées en bleu. *Rues qui m'ont vu marcher*, précisait une légende naïve. Le bleu s'étendait tous azimuts et sans solution de continuité à partir de la rue Hidalgo et des bureaux de Capabellis. Rilviero mit longtemps à comprendre ce qui le gênait : ce plan était absurde. Ce n'était pas de cette manière qu'on apprenait à connaître une ville. Au rapport avant tout fonctionnel que le citadin ordinaire entretient au territoire urbain, habitué qu'il est à prendre les transports dès qu'il doit couvrir de grandes distances et à ne s'arrêter que dans les quartiers où il a à faire ou qu'il sait valoir le détour, Nexus avait substitué une découverte méthodique de la surface de la ville, comme s'il comptait en arpenter les rues à pied, les unes après les autres, en ne partant jamais que de sa maison ou de son lieu de travail, et sans en oublier une seule.

Au fond de ce même tiroir, Rilviero trouva une boussole en fer-blanc. Soulevant le couvercle, il se rendit compte que le cadran de verre était brisé et que l'aiguille manquait. Bien qu'elle ne pût lui faire aucun usage, Nexus avait conservé cette boussole avec soin. C'était peut-être le seul objet de l'appartement qui sortait de l'ordinaire. Rilviero la fit glisser dans une pochette plastique, y rajouta la carte et fourra le tout dans sa poche.

Malmené par des vagues successives de fatigue, il s'allongea un moment sur le lit dont on avait ôté les draps. Le tissu du matelas était hanté de spectres vagues : quelques taches aux contours salés et blanchâtres, hélas incapables de lui dire si elles étaient dues à la sueur d'un cauchemar, à une chambre surchauffée ou si elles tenaient une chronique sexuelle, et puis des marques plus sombres, saignements de nez, urine. Était-ce le lit de Nexus, ou avait-il auparavant appartenu à d'autres personnes ? Combien de nuits avait-il dormi là ? Est-ce qu'il était arrivé au tueur de l'avenue Breton de ne pas dormir seul, malgré l'impression d'isolement effroyable qui se dégageait de sa vie ? Endors-toi, se dit Rilviero à mi-voix, mets ce matelas en confiance et il acceptera peut-être de passer aux aveux. Posant la joue sur son avant-bras, il ferma les yeux un moment. Quand il les rouvrit, incapable de dire où il se trouvait ni combien de temps s'était écoulé, voyant flotter les meubles et les volumes de la chambre dans le jeu de ses paupières, une petite fille se tenait devant lui, la main posée sur la table de chevet et le fixant de ses yeux noisette. « C'est le lit qui fait dormir », dit-elle sans préambule, avec une autorité de petite femme. « Et toi, tu es le nouveau monsieur qui dort. » Rilviero se redressa et la regarda en souriant. Il s'apprêtait à faire connaissance lorsque la voix aiguë de la concierge résonna dans le couloir : « Sméralda, Sméralda ! » La petite fille détala à toutes jambes.

En quittant l'appartement, Rilviero confectionna des scellés rudimentaires avec des bandes de gros scotch et indiqua à Mme Montereau qu'il repasserait peut-être. À vrai dire, il ne voyait pas bien pourquoi. Il ne restait rien, ici. Nexus y avait vécu treize mois sans poser les pieds sur le sol, comme savent seuls le faire les fantômes.

Vers les six heures du soir il se mit enfin à pleuvoir. Rilviero se réfugia dans une brasserie face à une bière, puis au septième café de la journée, et se replongea dans l'étude du dossier d'instruction qu'il était passé chercher au Parquet la semaine précédente. L'énorme dossier craquait ses coutures de partout, débordait de feuilles volantes et de chemises en carton. Il rassemblait tout ce qu'on avait réussi à savoir sur cet homme. Même s'il n'était épais que de constats d'absence et d'aveux d'échecs, c'était à n'en pas douter un travail exhaustif. La juge Craneck n'avait pas tort : on n'avait pas bâclé le procès faute d'avoir creusé l'affaire, mais parce qu'il était impossible d'évaluer la personnalité de Nexus. Pour Rilviero, il ne pouvait pas être question de mener une nouvelle enquête et de vérifier une à une toutes les données comprises dans ces sept cents pages. Aujourd'hui, il avait juste voulu se faire une idée par lui-même, recueillir les images de cette vie d'avant le meurtre. Car par ailleurs, tous les témoins avaient déjà raconté ce qu'ils savaient. Tout était là. Au cours de l'instruction, il avait par exemple été établi que le meurtrier n'avait aucun lien avec ses victimes. Outre Ania, il s'agissait de Zhao Yuan, un cadre commercial, et de Richard Tallis, qui travaillait comme directeur des ressources humaines dans une société de télécoms. Cette diversité de profils permettait d'exclure l'hypothèse d'un acte raciste. De manière générale, s'il avait voulu donner à son meurtre une portée idéologique, Nexus l'aurait sans doute revendiqué au procès. Son silence incitait plutôt à chercher le mobile dans une affaire politique – ainsi que le pensait Drake – ou dans les limbes d'un psychisme malade. Restait à faire parler ce tueur, cet incroyable taiseux, comme on disait dans la région où Rilviero avait grandi. À Mérodiès, la plupart des hommes étaient des taiseux, tandis que les femmes bavardaient à l'infini sur ce côté taiseux en l'homme.

Dans les minutes du procès, Rilviero avait souligné une phrase devant laquelle il resta de nouveau en suspens, remuant sa tasse de café presque vide comme s'il sollicitait du marc une sorte d'oracle : à la fin de la séance du troisième jour, la plus pénible et la plus longue, Nexus avait prétendu d'une voix inaltérée qu'il avait sauvé le monde. L'assistance s'était tue un moment, puis on s'était regardé et certains avaient ri. Craneck et le procureur avaient tour à tour insisté pour que Nexus s'explique, mais lui n'avait plus rien à ajouter. Ils eurent beau revenir plusieurs fois à la charge le lendemain, jamais il ne voulut se justifier de cette formule que balbutiaient maintenant quelques grains de poudre au fond d'une tasse fragile et qui tonnait au loin comme une série de coups de canon.

10. LA FOLIE QU'ON ENFERME

Le Dr Traumfreund s'excusait de ne pas pouvoir le recevoir tout de suite ; il donnait une conférence dans l'auditorium de la clinique et en avait encore pour un moment ; cela dit c'était susceptible d'intéresser M. Rilviero qui était invité à passer dans l'amphithéâtre.

Le psychiatre s'exprimait devant une cinquantaine de personnes. Rilviero s'assit dans les derniers rangs et observa l'assistance. C'étaient pour l'essentiel des chercheurs japonais et américains, délégués par leurs entreprises pharmaceutiques ou leurs laboratoires ; Traumfreund leur expliquait avec énergie pourquoi ils gagneraient beaucoup à entrer en partenariat avec Bentlam. La clinique, fondée six ans auparavant, s'était fait un nom grâce à son exceptionnel taux de sortie ; bien qu'elle n'acceptât que des malades atteints de troubles psychiques sévères, un tiers de ses patients quittaient Bentlam après un traitement de douze à dix-huit mois et presque tous étaient parvenus à se réinsérer sans difficultés majeures dans la vie sociale et dans un milieu professionnel. Le ministère de la Santé étudiait d'ailleurs la possibilité de subventionner la clinique pour ajouter vingt-cinq places aux cinquante déjà existantes.

Traumfreund parlait avec des yeux brillants comme des silex. On aurait dit qu'il exposait la constitution parfaitement policée d'une cité utopique. Ne faisant pas mystère de sa méthode, il répétait sans relâche les principes qui gouvernaient l'établissement. L'équipe médicale cherchait toujours à élaborer des thérapies maintenant l'équilibre entre une approche neurobiologique de la maladie et une démarche psychanalytique. Rilviero avait fait sa petite enquête et n'ignorait pas que ce même équilibre se retrouvait dans le parcours du directeur : après avoir commencé des études de psychiatrie, Joachim Traumfreund s'en était détourné deux ans avant de toucher au but et avait entamé une carrière d'analyste époustouflante. Une quinzaine d'années plus tard, il semblait avoir traversé une crise personnelle : il avait divorcé – et, n'ayant pas eu depuis lors de compagne stable, avait acquis une solide réputation de coureur de jupes en lin et de tailleurs-pantalons ; il avait vendu son cabinet, repris ses études, écrit sa thèse et commencé à exercer à l'hôpital. Bien qu'il ait d'abord eu assez mauvaise presse du fait de ce parcours hétérodoxe, le milieu avait vite cessé de dénigrer les thérapies qu'il promouvait et reconnu son inventivité. C'était du moins ce que le Dr Moosbrugger, l'ancien analyste de Nexus, avait dit à Paulus au téléphone la veille.

Autres règles d'or : à Bentlam les malades n'étaient pas classés par secteurs ; Traumfreund s'efforçait d'éviter toutes les pratiques tendant à faire d'eux les exemples remarquables d'un trouble ou d'un syndrome. Il ne soignait pas des maladies mais des personnes, qui recevaient chacune, après la phase d'observation, un traitement individualisé et susceptible d'évoluer à tout moment. « Ici les gens ne sont pas assignés à demeure, continuait Traumfreund. Bentlam est un lieu de vie : on y circule en liberté, on y entre et on en sort souvent. » Entre la prise en charge permanente et le retour à une autonomie complète, l'équipe faisait en sorte de proposer à ses patients un large éventail de solutions intermédiaires : soins dispensés dans une structure ouverte, visites à domicile, phases d'alternance entre le chez-soi et la clinique, etc. Jamais coupé du monde extérieur, le patient n'avait du coup pas l'impression d'y retomber brutalement quand on le voulait « guéri ». À cet égard, Traumfreund s'inspirait clairement des psychiatres contestataires qui avaient dénoncé, au temps de sa jeunesse, l'attitude du corps social et du corps médical face aux malades mentaux. La société attribuait le statut de fou aux plus fragiles pour qu'ils servent de boucs émissaires responsables de son désordre et garants de la normalité des autres. L'institution psychiatrique, elle, ne faisait que les renfermer dans cette folie en leur collant une étiquette aussi définitive qu'un châtiment et en les laissant végéter dans un milieu clos : l'air était rare, les visages toujours mêmes, les soignants avaient interdiction de parler aux malades dès lors que cela pouvait encourager leur délire, si bien que leur parole construisait des murs infranchissables au lieu de jeter des ponts. Chronicité et désespoir vous attendaient en bout de course, la pelle en main, devant votre tombe toute prête. Rentre là-dedans, disait la voix, qu'on en finisse… Bien sûr, ajoutait Traumfreund, l'antipsychiatrie avait elle aussi conduit à des excès, à des catastrophes libertaires qu'il condamnait sans indulgence. Maintenant que les passions s'étaient calmées, une troisième voie était sans doute possible – et Rilviero se figurait aussitôt Traumfreund bombardé *penseur de la troisième voie* par les journalistes et répétant à chaque entretien, rituellement, la même inusable devise grecque sur le juste milieu.

Tout cela coûtait beaucoup d'argent, bien sûr. Bentlam n'était pas pour autant une clinique de nantis. Les riches donateurs, souvent ex-patients ou parents de malades, finançaient indirectement le traitement de personnes envoyées par les services hospitaliers. La clinique acceptait de tester les derniers médicaments et bénéficiait en contrepartie d'avantages considérables de la part des laboratoires. Traumfreund pouvait ainsi arguer d'une gestion financière équilibrée. La clinique venait même d'accroître son patrimoine immobilier puisqu'un ancien patient, l'architecte Daniel Syrénaï, lui avait fait don d'une de ses constructions monumentales, l'Aneph, un bâtiment situé dans le massif des Rodhiles, et dont l'usage restait à déterminer.

Après avoir répondu aux questions, pincé une foule de crabes, promis des rendez-vous particuliers et renvoyé des compliments polis, Traumfreund s'éclipsa avec Rilviero et l'entraîna vers son bureau. Paulus crut bon de le féliciter lui aussi, mais le sourire du docteur était tombé :

« Tout ça commence à m'ennuyer, fit-il en soupirant. J'avoue qu'au début c'était amusant cette partie communication, recherche de financements… Seulement ça va faire sept ans que je joue le jeu et je commence à en avoir marre. Il y a des jours où je passe plus de temps à expliquer ce que je fais qu'à m'occuper de mes patients… Parfois je rêve de pouvoir me concentrer sur un seul malade à la fois, au moins pour élaborer tranquillement une première thérapie… Enfin… les juges et les commissaires doivent planer eux aussi dans ce genre d'utopies, j'imagine.

– De temps à autre. Je ne sais pas si ce serait souhaitable. On risquerait de prendre l'affaire du moment trop à cœur.

– Peut-être, mais quel plaisir ! et quel gain d'efficacité ! »

Rilviero fit au docteur un petit compte rendu de son activité des derniers jours. Il était notamment parvenu à joindre Moosbrugger. D'après le psychanalyste, les quelques séances passées avec Nexus avaient surtout consisté à rechercher les traumatismes responsables de ses troubles identitaires. L'amnésie de Nexus n'était donc pas une excuse inventée après le crime pour se dérober aux questions de la justice. La question le travaillait depuis longtemps. Il lui avait aussi confié quelques récits de rêve, assez banals. Évasion et vie idéale, avait résumé Moosbrugger. Il comptait de toute manière séjourner à Regson courant octobre et pourrait à ce moment-là leur en dire plus. Rilviero donna le numéro de téléphone de l'analyste à Traumfreund au cas où celui-ci voudrait le contacter lui-même.

« Hum… Ce serait probablement utile, mais je ne sais pas si je m'y déciderai : on se connaît, tous les deux – autant vous dire qu'il ne m'aime pas beaucoup.

– Il ne m'en a pas parlé, mentit Rilviero.

– À l'époque où j'étais analyste, il prenait un malin plaisir à me tirer dans le dos. Il n'était pas le seul, remarquez. Enfin un jour sa fille a débarqué dans mon cabinet et m'a demandé si j'accepterais de la prendre en analyse. Au début ça a décuplé la rage du père… il criait partout que je violais les règles du métier en suivant un proche de quelqu'un que je connaissais. Ensuite… de semaine en semaine, sa fille s'est mise à aller mieux… leurs relations s'en sont trouvées améliorées… et Moosbrugger a cessé de m'aboyer après. »

Rilviero écouta cette petite histoire avec beaucoup d'attention : s'il la connaissait déjà de la bouche de l'autre protagoniste, il était intéressant de voir que les deux versions concordaient largement et que Traumfreund ne se vantait pas.

« Pourquoi vous avait-il pris en grippe, à l'origine ?

– Parce que j'avais suivi un cursus de psychiatre. Dans ce milieu… c'est comme partout : chacun tient à marquer son territoire, on urine tout autour et on souhaite aux transfuges tout le malheur possible. Aujourd'hui c'est le contraire : certains psychiatres me critiquent en disant que je travaille comme un pur psychanalyste. J'ai fini par me résigner. »

Depuis vendredi, Traumfreund avait de son côté passé beaucoup de temps à relire les articles de presse consacrés à Nexus. Il voulait comprendre la fascination qu'avait exercée le crime, pour mieux s'en débarrasser et ne plus s'occuper ensuite que de son patient. La région de Regson avait connu l'année dernière des tueries plus sanglantes : au lycée Usinger… et dans le nord, la cavale de Foulras… pourquoi était-ce le crime de Nexus qui avait le plus retenu l'attention ? Rilviero observait le psychiatre réfléchir à voix haute et se demandait s'il n'était pas justement un peu trop fasciné lui-même. Selon Traumfreund, l'élément essentiel était le lieu du crime : « Quand on se promène dans une forêt au crépuscule ou dans un quartier où circule de la drogue, on n'est pas plus surpris que ça de tomber sur un maniaque. Ça paraît être dans l'ordre des choses. Bien que ça ne soit pas forcément agréable, on ne peut pas dire qu'on ne l'a pas cherché. Avenue Breton, c'est différent : des milliers de gens y passent chaque jour, tout le monde peut s'identifier aux passants qui sont morts, et je suis sûr qu'inconsciemment les gens estiment que dans une rue où il y a autant de magasins de luxe, ils ont le droit d'être en sécurité. » Et puis on appréciait que l'auteur du crime s'explique. Les petits jeunes du lycée Usinger, par exemple, avaient fait ça très bien, déclarant dans une lettre-fleuve qu'ils étaient l'instrument de la colère divine et voulaient châtier la débauche de Babylone, de ses putains adolescentes et de leurs cils peints au mascara. Quand les criminels ne souhaitaient pas donner leurs raisons, ils prenaient tout du moins la peine de se suicider pour se soustraire à la curiosité publique. Il était étrange, de ce point de vue, que Nexus se soit livré. « Pourtant il devait savoir ce qu'il risquait, s'étonnait Traumfreund. C'est comme s'il avait eu l'espoir qu'il échapperait d'une façon ou d'une autre au châtiment. » À défaut de raisons venant justifier le crime, enfin, les Regsoniens auraient été rassurés qu'on trouve à la folie de Nexus quelques causes positives, mieux démontrées que son amnésie. Sa maman éplorée aurait pu venir témoigner à la barre : Oscar était tombé de sa balançoire quand il était petit, et depuis ce temps-là il n'était plus tout à fait le même. Alors, assis dans leurs wagons de métro et découvrant la presse du jour, les Regsoniens auraient eu quelque chose à quoi se raccrocher : « Bien sûr, bien sûr… ça tombe sous le sens… c'est parce qu'il est tombé de sa balançoire quand il était petit. »

Un mot revenait souvent au fil des lignes : *gratuit* ; *un acte gratuit*. Traumfreund trouvait ça incroyable. « C'est Shapiro qui a lancé l'expression dans le premier édito du *Post*, et ensuite ils ont repris en chœur. Je me demande bien ce qu'ils entendent par là. Un crime à but non lucratif ? D'accord. Il n'a pas tué la petite dame à coups de hache pour lui piquer son portemonnaie. Le problème c'est que sous leur plume, *gratuit* signifie *sans raison*. Et ça c'est un jugement feignant et tout à fait prématuré. Je ne sais pas, moi… Mettons que Nexus ait voulu provoquer notre société citadine, faire peur aux bourgeois et nous prouver que nous ne sommes en sécurité nulle part : c'en est une, de raison, et énorme. J'ai le sentiment que nous appelons gratuit tout ce qui nous échappe. Nous n'acceptons de comprendre que les raisons sonnantes et trébuchantes, les crimes qui rapportent gros et dont nous pensons que nous aurions été capables de les commettre nous-mêmes. Dire que le meurtre de Nexus est gratuit, c'est juste une façon d'avouer qu'il échappe à nos possibilités d'identification et de compréhension. D'ailleurs, peu avant le procès, Dosequis a rebondi là-dessus dans *Chantiers*. Une tribune vraiment remarquable. Il dit ne pas douter que Nexus ait eu des motivations bien précises pour abattre les trois victimes, mais il lui conseille – en s'adressant à lui, directement et sans ambages… – de ne pas les révéler et de persister dans son silence, car les raisons réelles déçoivent toujours comparées aux raisons possibles. Attendez. J'ai imprimé l'article. Il faut que je vous cite ça : "C'est un bloc de silence trônant là au milieu, calme bloc ici-bas, sur lequel passent les vagues : voilà ce qui irrite et nous excite plus que tout le reste. Oscar Waldo Andreas Nexus a compris que seules les œuvres d'art qui résistent à une explication exhaustive parviennent à susciter chez nos contemporains un intérêt durable. En nous laissant toute marge de manœuvre pour interpréter le triple meurtre, il s'est mis en état de devenir un classique." Voilà. C'est snob et complaisant à souhait, sans être faux non plus. Et c'est ce que j'ai lu de plus révélateur sur le crime, personnellement… »

Bon, fit Rilviero. Mais à part ça ? Le diagnostic ? Justement, Traumfreund y venait. Il avait convoqué les membres de son équipe qui avaient été en contact avec Nexus et s'était longuement entretenu avec eux. Le bilan était plutôt maigre. Il en ressortait toutefois clairement qu'il arrivait à Nexus d'être victime de bouffées délirantes au cours desquelles il projetait autour de lui une autre réalité pour se plier ensuite à ses exigences et à ses normes. Une nuit, une aide-soignante l'avait ainsi trouvé debout dans sa chambre, en train de chevaucher une monture qu'il éperonnait en criant qu'il fallait aller plus vite, plus vite encore, et forcer les barrages, faute de quoi le feu rongerait les chairs de son ami le grand homme. Une fois calmé, il semblait ne se souvenir de rien et n'avait pas manifesté la moindre surprise ou émotion lorsque l'infirmière lui avait répété ses propos pour qu'il les lui explique. Les services psychiatriques de Mérogênes avaient signalé à Traumfreund un épisode similaire. Au dire du Dr Lang, bras droit de Traumfreund, le délire catapultait chaque fois Nexus dans une situation de péril et d'urgence qui engendrait chez lui des réactions violentes. Lors du massacre de l'avenue Breton, Nexus avait selon toute vraisemblance cristallisé son sentiment diffus de danger sur la personne des trois victimes et avait cherché à s'en libérer en tirant.

Cette hypothèse permettait d'expliquer qu'il prétende avoir sauvé le monde et se soit endormi sur les trois corps, soulagé. Elle se combinait également assez bien avec la réalité massive de son amnésie. Ne pas se souvenir des vingt-neuf premières années de sa vie le plaçait vis-à-vis d'autrui dans une situation de faiblesse telle qu'il avait dû développer des tendances paranoïaques ; il ressentait chaque question sur son passé comme une agression en règle et soupçonnait peut-être toute personne qui le dévisageait d'en savoir plus que lui-même sur son propre compte.

« Qu'est-ce qu'ils ont fait pour son amnésie, justement ?

– Le Dr Lang a tenté différentes batteries de test. On lui a passé des films d'accidents de voiture, de chutes, d'agressions, pour voir s'il réagissait plus particulièrement à l'un de ces traumatismes : ça ne lui a fait ni chaud ni froid. Mon équipe l'a aussi soumis à des tests de réaction galvanique cutanée : les photos de Corlay-d'en-Bas n'ont suscité chez lui aucun réflexe de reconnaissance. L'excursion prévue là-bas a été annulée car le juge d'application des peines n'a pas donné son accord. C'était un peu vain, de toute manière... ce n'est pas parce que c'est écrit sur son passeport qu'il est forcément né là-bas. Quant aux portraits des victimes... il s'est montré plus tendu lorsqu'on lui a demandé d'examiner ceux de Richard Tallis et d'Ania Walevska, mais pas de façon significative. Nexus ne s'est prêté que d'assez mauvaise grâce à tous ces exercices. Recouvrer la mémoire n'a pas l'air de lui tenir autant à cœur qu'à l'époque où il consultait Moosbrugger. Sans doute a-t-il l'impression depuis son crime que ceux qui disent vouloir l'aider ne cherchent en fait qu'à refermer sur lui les mâchoires métalliques d'un piège... »

Pour le reste, il passait des journées très tranquilles. Il se plaignait juste de ne pas trouver le sommeil, ou plutôt, pour reprendre ses termes exacts, de ne pas dormir comme il l'aurait souhaité. Lorsqu'il était arrivé à Bentlam, son biorythme était profondément perturbé par son passage à Mérogênes. Traumfreund ayant pour habitude de laisser tout d'abord ses patients retrouver leur rythme habituel, il avait pu observer que celui de Nexus était encore influencé par les horaires nocturnes pratiqués chez Capabellis : il passait une partie de la nuit éveillé puis dormait parfois douze ou treize heures de rang au cours de la journée. Ces tendances à l'hypersomnie n'avaient d'ailleurs pas dû faciliter son insertion sociale…

Le psychiatre laissa un petit silence. « Au fait, ça vous dirait d'aller voir l'homme ? » Rilviero réprima un frisson. Puis, avec une gravité de ton qui le surprit lui-même : « Il est grand temps, je pense. »

Traumfreund l'appelait l'Observatoire. C'était une salle de consultation où l'équipe pratiquait des examens cliniques de routine. Une plaque de béton gris servait de mur côté porte ; les trois autres parois étaient peintes en blanc, mais il fallait entrer dans la pièce pour le savoir car de l'extérieur elles semblaient parfaitement translucides. « Ce n'est jamais que le principe du miroir sans tain, annonça Traumfreund, mais sans miroir, donc un petit plus chic. » L'endroit permettait à Traumfreund de sécuriser les entretiens des membres de son équipe avec des malades difficiles, ainsi que de se faire une idée de leur personnalité avant d'entrer en contact direct avec eux. On venait d'y conduire Nexus pour son rendez-vous bihebdomadaire avec le Dr Lang.

Pour que l'effet de transparence joue pleinement, les couloirs qui entouraient l'Observatoire avaient été plongés dans le noir et Rilviero y progressait avec une sensation de déjà vu aussi idiote qu'obsédante : un jour, lorsqu'il avait quinze ans, il s'était laissé enfermer de nuit dans un aquarium pour voir ce que trafiquaient les poissons une fois les visiteurs partis. Cette idée que le monde, sitôt qu'on détourne les yeux, se met à danser des bacchanales… Évidemment, Gabrielle avait tenu à l'accompagner dans l'aventure. Terrorisés par la vision d'un requin-marteau qui flottait dans le vide et les regardait d'un œil torve, les amoureux avaient fini par déclencher l'alarme dans l'espoir qu'on leur viendrait en aide au plus vite. Avançant à petits pas, Rilviero sentit la peur peser sur son diaphragme ; tout ce qu'il avait pu lire ou entendre dire ces derniers jours sur Nexus formait maintenant autour du meurtrier de l'avenue Breton un nuage de poussière qui obstruait son champ de vision et faussait son approche. En dépit de sa volonté de disperser les avatars comme une nuée de mouches importunes et de ne traiter qu'avec l'homme même, il ne pouvait s'empêcher de penser qu'il allait d'ici quelques secondes se trouver confronté à une incarnation du crime moderne.

Oscar Waldo Andreas Nexus était assis sur une chaise au milieu de la pièce, le dos très droit, les yeux fermés, ses longues mains étendues sur les genoux. Au centre d'un carrelage en échiquier, où alternaient le gris et le blanc, il était un roi solitaire que rien, malgré le manque de troupes, ne forçait à abdiquer, mais qui ne pouvait pas non plus se déclarer vainqueur car l'ennemi restait invisible. Immobile et serein, il attendait sans manifester d'impatience qu'un mouvement de l'adversaire mette un terme à cette drôle de guerre et ouvre les hostilités – ou, pourquoi pas, des négociations de paix. Individu blanc, commença Rilviero pour ne pas se laisser happer par le mécanisme pervers de l'attirance et de la frayeur. De sexe masculin. Un mètre… un mètre quoi ? Petit, grand ? Difficile de le savoir dans la position où se tenait Nexus. En fait cela importait peu : son corps semblait n'être que le support indifférent d'un visage qui concentrait tout ce que l'homme avait de vie. Et pourtant ce visage n'était lui-même qu'une épure, une chose aussi ténue que l'existence rue Hidalgo, et qui se confondait presque aux murs sobres de la salle d'examen.

Traumfreund se tenait un peu plus près de la vitre ; Paulus, qui le voyait de trois quarts, eut soudain le sentiment que Nexus n'était retenu dans les filets du monde visible que grâce à l'attention soutenue du psychiatre. Il aurait suffi d'une seconde de distraction de la part de Traumfreund pour que ce crâne rasé et ces pommettes saillantes se dématérialisent. Nexus n'était qu'une aberration optique ou une persistance rétinienne, susceptible de disparaître au premier clignement de paupière. Ses yeux, se mit à penser Rilviero : ils devaient forcément trancher sur la pâleur de son visage et constituer une preuve plus fiable de son existence. Raison pour laquelle, précisément, il les tenait fermés. Rilviero comprit soudain que c'était moins le mur que ces paupières délibérément closes qui le séparaient de Nexus. En se retranchant derrière ce rempart ultime, le tueur amnésique décidait des frontières et pouvait seul les abolir.

Le silence s'étendait autour d'eux, aussi vaste et pesant qu'un pays enseveli sous la neige. Traumfreund ne disait rien. Rilviero sentait l'air s'amplifier d'une tension qui allait crescendo. Il ne s'occupait plus que des yeux de Nexus. L'attente se faisait trop longue, elle le démangeait au cerveau, il fallait que ces yeux s'ouvrent maintenant, que s'écartent ces rangées de longs cils un peu féminins. « Vous avez déjà vu ses yeux, vous ? glissa-t-il à Traumfreund. – Oh oui, chuchota le psychiatre. Immenses et gris. Avec quelque chose d'un enfant. » Traumfreund avait le front collé à la vitre, et de la main gauche il se mit à tapoter dessus, sans y penser. Rilviero se rappela sa nuit à l'aquarium et l'agrippa vivement au poignet. Trop tard : déjà Nexus s'était levé, comme monté sur des ressorts et guettant ce bruit depuis tout à l'heure, et il avança droit sur eux. Traumfreund recula avec précipitation ; Rilviero porta d'instinct la main à son Beretta. Le silence le plus total continuait à régner. Parvenu à quelques centimètres du mur, Nexus ouvrit les yeux. Pour l'enfant, ils pourraient repasser. Un métal gris, strié de sang. Comme il ne pouvait pas savoir où se tenaient les deux hommes, Nexus projeta en tous sens une pluie de dégoût et de haine, tandis que sa main droite abattait contre la vitre, avec une violence stupéfiante, un rectangle de papier épais, marqué de quelques lignes que Traumfreund et Rilviero lurent de loin, entre deux hoquets compulsifs, en déchiffrant avec difficulté l'écriture sauvage de Nexus :

Je suis le fils. Le fils du chef. Celui que vous voulez. Je suis le fils du chef indien. Catapulté des plus vieilles lunes. On me nomme prince de la plus haute, le témoin, le crédible, le grand hussard, amoureux des charognes, dévoré par Saturne et omnivore par-dessus tout ! On me donne seigneur de la plus vieille plainte, belette – ou bien baleine et Crucichrist ! Et voilà, regardez, regardez, c'est ainsi qu'à toute heure je ressème les dents du vieux dragon. *Je ne fais qu'obéir aux ordres de l'homme cynique. Il poursuit ses affaires ! Ça l'arrange drôlement bien si vous romantisez ! Vous ne savez pas le voir ? Pourtant c'est évidence, mes jours sont des massacres, mes nuits des carnavalges, j'empeste la mort, la douce mort de la mort, et je fuis le soleil car il n'existe pas. — Et vous ? Et vous, derrière vos murs faussaires ? Vous pseudo-hommes ? Tout au fond du miroir ? Dites-m'en tant. Dites. Déclinez. Et vous !*

« Ah non ! explosa Rilviero. Je ne mange pas de ce pain-là. Sortons ! Sortons ! Et rallumez, bon sang ! »

Ils se replièrent illico dans le bureau de Traumfreund. Cette fois-ci, Rilviero demanda une tisane, parce qu'un autre café l'aurait conduit tout droit à l'infarctus. Traumfreund se tenait à la fenêtre, embarrassé. Il avait l'habitude de ce genre de scènes mais n'avait pas eu l'intention de faire subir ça à Rilviero. « Je vous prie de m'excuser, dit-il. Ça n'était pas une bonne idée. »

Puis, une fois qu'ils furent un peu remis de leurs émotions : « Il croit que nous refusons d'approcher parce que nous sommes pétris d'idées fausses sur son compte... D'ordinaire les psychotiques aiment qu'on les trouve intéressants. Ils sont toujours tentés par le délire de grandeur. Lui refuse ça en bloc : vous l'avez entendu ? Il interdit – ni plus ni moins – qu'on fasse de lui une figure romantique. D'accord, monsieur Nexus. Nous ne tomberons pas dans ce panneau-là... Mais cette distance ! Ça se concilie mal avec l'idée d'un homme en proie à une psychose. Il est bien plus lucide que ça sur sa situation. Et l'humour, même. Car sa petite performance ne manquait pas d'humour.

– J'ai rarement ri autant, marmonna Rilviero de son ton le plus bourru. Non mais ! C'est facile de dire ça après coup. Je vous ai vu tout à l'heure : vous ne faisiez pas le fier.

– C'est un signal qu'il nous envoie... pour nous rappeler que nous n'avons pas intérêt à le sous-estimer et... d'une certaine façon... qu'il ne traitera que d'égal à égal. Non ? Qu'est-ce que vous en pensez ?

– Je n'en pense rien, dit Rilviero. Strictement rien. Je ne suis pas quelqu'un qui pense, moi. Servez-moi une autre tasse, s'il vous plaît. »

Nexus, de son côté, était allé se rasseoir dès qu'il avait perçu la débandade de l'autre côté du mur. Lorsque le docteur Lang entra quelques minutes plus tard dans la salle en compagnie de deux infirmiers prêts à le maîtriser si nécessaire, il se leva tranquillement et serra la main au docteur d'un air plus aimable que de coutume, avant de lui faire remarquer d'un sourire qu'il avait un quart d'heure de retard.

11. LA BELLE DÉFIGURÉE

La face humaine, alors. Il est temps d'en parler. Au départ je n'avais rien contre. Je chassais sur ses terres, là où les choses se passent. C'était avant Capabellis. J'ai arpenté le cadastre pour aller voir les hommes – puisqu'on les disait mes semblables – et tenter la rencontre. Je ne connaissais personne. L'espoir, c'était que soudain une main m'arrête dans ma course aveugle et me dise : « Je t'ai connu avant que tu sois né. » La phrase aurait suffi à lever la malédiction. Ce que la vérité me force à dire, c'est que ça ne s'est pas passé comme ça.

Les gens ne veulent pas me parler. Ils ne se laissent pas approcher. Si je leur adresse un sourire, ils esquivent d'un grand bond pour se mettre hors d'atteinte ou me voient venir à dix mètres et détournent les yeux. Dans ce désert d'hommes qu'est la ville, le moindre geste vers l'autre est vu comme l'agression en règle. Il faut dégainer aussitôt sa raison d'interrompre le cours de leur vie – et que la raison soit bonne ou mauvaise, en général ils ne veulent pas en entendre parler.

Peut-être c'est mieux comme ça. L'indifférence totale, du moins, ne porte pas d'accusation contre vous. Ceux qui m'ont regardé, au contraire, m'ont souvent fait très mal. S'ils consentent à vous faire entrer ne serait-ce qu'une seconde dans le champ de leurs pensées, ils exigent que vous leur réserviez un accueil officiel : que vous ayez envoyé aux portes de votre visage du protocole et des délégations pour que tout se passe dans les formes. Je ne sais pas faire. Je n'ai qu'une façade étroite, un décor mis en place en une nuit et qui ne trompe pas son monde. Pour lier connaissance, ils commencent en douceur, avec un premier tour de piste qui ne devrait pas – pensent-ils – me poser le moindre problème. Ils demandent : qui je suis ; ce que je veux ; où est-ce que je vais comme ça. Alors à la va-vite je me rétracte en m'excusant d'avoir importuné.

Je suis loin d'être prêt. Il faudrait que j'apprenne. Dans mes bons jours je me dis que tout le monde a dû passer par là : l'éducation faciale ; le conditionnement fastidieux de la mâchoire maxillaire et des yeux oculaires. Lorsqu'on vit ses premières années, on a – sauf si le malheur nous fait porter le nom de Nexus – quelqu'un pour expliquer comment se servir du visage. Les parents disent : c'est là que tu vas rencontrer les autres. Sur cette surface. Tu dois apprendre à en modeler la pâte pour produire certaines impressions. Maintenant fais celui de circonstance. D'accord. Maintenant fais celui d'enterrement. Bon. — Devenus très forts, ils savent en changer en un tour de main, et leur voix, et le reste avec. Croisent un ami. Présentent un truc. Puis un collègue. Présentent tout à fait autre chose, pour un tout autre effet. Ils jonglent, avec tant de facilité qu'ils oublient que c'est jonglage : même déséquilibrés, ils s'arrangent pour que leurs rôles ne se retrouvent pas par terre, et *in extremis* sauvent la face.

D'autres, lorsqu'ils m'avisent, sont pris par le réflexe anthropologique. Voilà un homme ! pensent-ils. Un autre spécimen de l'espèce à laquelle j'appartiens. Ils profitent aussitôt de mon visage pour enquêter sur l'intériorité. Ça ne leur dure pas longtemps. Ma peau lisse impeccablement – lisse jusqu'aux endroits où même les enfants ont des plis – ça les effraye plus qu'ils ne sauraient dire. Et quand leurs yeux se posent sur moi, forent l'épiderme que je sens se liquéfier, se détacher de mon visage, emporter avec lui les muscles et la graisse mêlée de sang, ils tombent bientôt sur le grand vide – l'amnésie terrifiante – vertigineuse – se penchent, constatent qu'on n'en voit pas le fond, et c'est leur tour alors de reculer précipitamment.

Pour passer leur chemin, être débarrassés, la plupart jugent et collent des masques. C'est comparution immédiate et puis exécution sommaire. Je m'arrête au milieu du trottoir pour palper mon visage : les os de mes pommettes me semblent plus durs qu'auparavant ; pourtant le masque n'est pas en bois, c'est une simple pellicule plastique qui en sortant de leurs yeux vient se coller à mon nez et s'aplatit en arrière vers les tempes. Beaucoup perpètrent ça sans être vraiment méchants. C'est un réflexe qu'ils ont pour éviter de se coltiner l'énigme. À la surface de visages pourtant indifférents, pris par d'autres occupations, un haussement de sourcils suffit pour que je me sente condamné sans recours. Sous les physionomies, j'entends ricaner la conscience. Elle dit que je n'ai rien à faire là. Quand elle m'évoque, elle parle de pauvre type, de paumé et de barge. Elle dit que je représente une exception inélégante, une anomalie pitoyable dans un monde rempli de gens normaux qui travaillent et profitent. Les autres s'attroupent en moi pour le rôle d'assaillants. Avec des gestes paniques, je cherche à me persuader que c'est mon habitude de me loger dans l'âme des autres qui me fait entendre ce troupeau intérieur : que la réprobation qui retombe sur moi-même ne jaillit que de moi seul. Dommage que ce soit un mensonge. Je suis trop lisse à l'extérieur et trop à vif dedans ; victime d'une mutilation qu'ils sont incapables de comprendre.

Alors certains viendront : ils décideront de me creuser le visage. Ça ne serait pas grave, en fait : en étant abîmé, je leur ressemblerai plus ; je pourrai commencer à me fondre dans la masse. Leur vie se passe à avoir le visage de plus en plus marqué. Ils ont tous eu la grande vérole : vingt ans, trente ans, cinquante ans que ça dure, chaque année creusée dans la viande qui ne pardonne ni n'oublie rien. Parfois ils ont honte de ce que l'observateur peut lire sur leur chair crue obscène et tentent maladroitement de la maquiller, d'effacer le désastre intime. En cherchant au fond des impasses, je finirai bien par trouver une âme charitable pour me passer au crible. Quelques coups de cutter feraient l'affaire. Une balafre. L'important c'est de participer.

En fin de compte, à grands coups de cadastre, j'ai appris qu'il y a pire que mon absence d'histoire. Je les trouve allongés en travers des grilles d'aération, étalés raides, respirant le souffle tiède et fétide du métro. Toujours les mêmes au même endroit, casaniers sans maison. Leurs vêtements leur collent à la peau, ils sont camouflés de crasse et de poils. La bouteille à la main et parlent avec, ou bien tout seuls, lèvres entrouvertes. J'aurais aimé être capable d'un geste au moins vis-à-vis d'eux. Mais ils m'impressionnent presque plus que les costardés aux visages consistants qui rient dans le trou de leurs téléphones. Eux aussi ont vécu. On ne saura jamais quoi. Si, des gens qui ont appris peut-être, qui distribuent les tentes, la soupe. La foule qui passe contourne ces sans-abri en attristant la bouche ; je veux croire que c'est de la pitié, ou que dans un instant de colère contre eux-mêmes ils se reprochent d'être aussi lâches. Toutefois les sans-abri encore capables de voir la moue y lisent sûrement de la condescendance. La vérité, c'est aussi que les gens ont peur. Forcément. Lorsqu'elles perdent l'emploi et le logement, ces personnes de la rue s'arrangent souvent pour perdre la tête dans la foulée ; elles vivent dans un abri précaire d'alcool schizophrénique. Or il se trouve que dans les foules on croit dur comme du fer que les malades mentaux ce sont des gens qui tuent. Idée pratique, mais fausse. Ce sont surtout les plus impuissants à se défendre. On les vole on les frappe on les viole comme on veut. Écoutez ça : les meurtriers sont très rarement des fous ;

les victimes des meurtres très souvent. Ça n'est pas moi le fou qui le dit. C'est de la statistique que j'ai lue en lieu sûr – parce que, comme on voit bien, le problème me touchait.

Quand la dictature de la face humaine m'est devenue insoutenable, je n'ai pas pour autant arrêté de marcher. Mes jambes en avaient pris le besoin. Une fois sorti de Capabellis, je marchais dans les parages de l'aube, avec la ville déserte que je préfère au désert d'hommes le jour. Debout tant que mes pieds ne saignaient pas. Aucune raison de s'arrêter. Les murs n'ont pas de fin. Et ils n'ont pas de visage. On pourrait passer l'existence à les longer de la paume sans les connaître tous. Ils ont tant de hauteur et ils se tiennent si droits qu'on ne voit de toute façon que leur base. La mémoire glisse le long des murs. Quand l'abondance extrême arrive de tous côtés, qu'on ne peut pas tout avoir, soudain on ne veut plus rien. C'est l'effet que produisent les villes mégalomanes. La routine, plus que de la paresse, c'est notre cerveau qui avoue que les choses le submergent et que nous autorisons, pour lui éviter la noyade, à se lover dans le petit cercle : les mêmes trajets, le métier le métro. Sauf que l'esprit de Nexus, lui, n'avait que ça à faire : courir tout voir, fureter, prendre les mesures du monde.

À cette époque j'avais retenu la leçon. Je ne cherchais plus les hommes mais un visage précis. C'était celui d'une femme, belle et défigurée. Je ne l'avais jamais vue, et pourtant elle était la seule à pouvoir me prendre par le bras et prononcer les mots : « Je t'ai connu avant que tu sois né. » Pour moi c'était de la certitude – qui se passe d'explications. Je connaissais l'histoire de cette femme comme si c'était la mienne. Elle vivait à Regson, dans ce qu'on appelle l'amour. Par une série d'entorses faites aux règles du monde

– de failles dans l'espace et le temps, peut-être, ou par une bienveillance venue d'un au-delà qu'elle était la seule à connaître – cette femme possédait le genre de beauté qui justifie la vie et semble avoir moyen de racheter l'espèce humaine. À la regarder, les gens de Regson comprenaient pourquoi il n'est pas mauvais, en fin de compte, qu'il y ait quelque chose plutôt que rien. Jusqu'à ce qu'un jour… – bien sûr : le *un jour* de toutes les histoires. Ce jour-là, l'homme qu'elle aime, et qui l'aime, a été rattrapé par l'instinct de destruction. C'est dans une chambre sans lumière. Ils viennent de faire l'amour. Lui passe par ce moment où il peut à loisir regarder son corps brun de métisse et les boucles que font dans sa nuque ses mèches de cheveux crépus. Avec des gestes lents et calmes – et chaque geste si réel ! – il ouvre le tiroir de la table de nuit, en retire un pistolet, et puis un flacon de vitriol. Entre ses doigts le flacon se débouche. Elle s'est redressée, de l'autre côté du lit, et déjà prise par le sommeil, avec un demi-sourire, lui demande ce qu'il fait. Alors il lui répète qu'il l'aime – pour s'en convaincre peut-être, ou parce que c'est la dernière fois qu'il a l'occasion de le faire. Puis il lui lance le vitriol à la figure ; elle tombe à la renverse avec un cri muet, le visage dévoré par l'acide ; lui se colle le pistolet entre les dents et s'expatrie d'une balle.

Ce qu'est la Belle Défigurée… j'ai mis très longtemps à le comprendre. Dans les premiers mois de la vie à Regson, ça me revenait sous forme de souvenir, ou d'histoire qu'on m'aurait racontée, et à chaque fois avec le sentiment que c'était moi qu'on agressait. Ç'aurait pu être un vitrail aperçu par hasard un jour où je voulais m'abriter de la bourrasque de neige à l'intérieur d'un bâtiment ancien. Et cette vision, comme les vitraux, elle resterait obscure tant qu'aucune lumière extérieure ne serait venue l'éclairer. Oui. C'était quelque chose que je ne comprendrais pas tout seul. Parfois, enfermé dans ma chambre, rue Hidalgo, j'essayais de raisonner : en clair, l'histoire d'un homme qui a tout et qui détruit tout. Soudain il se révolte contre la beauté, la juge à sa manière aussi insupportable qu'on trouve d'habitude le malheur et décide de l'anéantir. Je disais d'accord à cette explication. Mais je lui disais aussi : tu es insuffisante. Alors, au cours de ces marches sans fin, j'essayais de retrouver la Belle Défigurée. J'avais au fond de ma poche ma boussole sans aiguille, elle me donnait confiance sans m'indiquer par où partir. Elle pointait nord sud est et ouest, imperturbablement. Je savais que cette femme habitait non loin de moi, dans un quartier de Regson. Elle avait survécu à l'acide et était malgré tout restée belle. En traversant la mort, en faisant l'épreuve de sa fragilité, sa beauté était devenue plus subtile et peut-être plus nécessaire. Je savais aussi qu'un lien de parenté spirituel me reliait à cette femme. Nous étions des doubles inversés : en elle la plénitude sous cette apparence de ravage ; chez moi, une façade lisse couvrant mal le vide. À défaut de faire sa rencontre, j'étais en quête de gens qui pourraient me donner la clef de cette histoire.

Et j'ai fini par les trouver.

C'était très loin. Au-delà du cercle de nos pensées et de la vie ordinaire.

Si ma boussole était restée muette, c'est parce que ces lieux-là n'étaient inscrits sur aucune carte.

Là-bas j'ai découvert pourquoi j'étais très lisse et elle très abîmée. C'est après avoir découvert pourquoi j'étais si lisse et elle si abîmée que je suis descendu dans la rue et que j'ai tué trois hommes.

12. UN PROJET DE TRANSFERT

Dans les jours qui suivirent, les choses s'étaient accélérées. Il suffisait pour s'en rendre compte de regarder le jardin de la clinique Bentlam : les feuilles touchaient le sol à un rythme plus soutenu ; trois patients collectaient les marrons dans un bidon en plastique où ils ne manqueraient pas de pourrir ; chacun pouvait entendre le vent faire bruire les feuilles sur les dalles de la terrasse et reconnaître dans ce bruissement le motif mélodique des premiers mois de l'automne.

Quand Rilviero revint trouver Traumfreund, le psychiatre avait eu une idée. Les images du procès et de la scène que Nexus leur avait jouée l'autre jour tourbillonnaient aux quatre coins de sa tête ; l'impression qui s'en dégageait était celle d'un homme conscient qu'on n'en avait pas fini avec lui et que la partie ne faisait que commencer ; on aurait dit que Nexus cherchait à les intimider à force d'arrogance et à les dissuader de passer à l'attaque en prenant la pose d'un maître du jeu, certain d'être en position dominante. Après trois semaines où le personnel de Bentlam avait fait preuve vis-à-vis de lui d'une sollicitude et d'une gentillesse incomparables, il semblait douteux que d'autres démonstrations de bienveillance puissent l'amener à baisser la garde. Nexus était par trop tranquille ; la vie qu'il s'apprêtait à mener à Bentlam ne différait en fin de compte pas tellement de son existence fantomatique de la rue Hidalgo : ici aussi il passerait ses journées à dormir, à se promener et à lire, sans autre devoir que celui de se soumettre à des batteries de tests et à une curiosité médicale qui, comparée au harcèlement des mois passés à Mérogênes durant l'instruction du procès, n'avait rien d'invasif.

Rilviero approuvait et anticipait : le moment n'était-il pas venu, pour briser l'arrogance d'un homme sur lequel pesait tout de même la présomption d'avoir trempé dans un assassinat politique, de renoncer à tant de cajoleries et d'employer la manière forte ? Tout doux, tempérait Traumfreund en caressant d'un geste réel une barbe imaginaire. Raisonnons pas à pas. Nexus avait tenu bon le choc des interrogatoires et de sept mois d'incarcération dans des conditions inhumaines. La manière forte, au sens où l'entendait certainement Rilviero – et on croyait déjà sentir des gifles claquer l'air – ne s'avérerait peut-être pas la méthode la plus efficace. Nexus y était en quelque sorte trop bien préparé. Rien ne servait de l'affronter directement tant qu'il serait dans cette disposition d'esprit. Pour avoir une chance de le faire parler, mieux valait opérer un mouvement inattendu, qui le prive de ses repères.

C'est pour cette raison que le psychiatre proposait un transfert à l'Aneph. « Je vous en avais dit un mot l'autre jour, rappela Traumfreund. C'est le bâtiment que l'architecte Daniel Syrénaï a légué à la Fondation Bentlam après la fin de sa thérapie ici. » Rilviero ne comprenait pas. En quoi le fait de transférer Nexus dans une annexe de la clinique était-il susceptible de le déstabiliser ? « Ce n'est pas une simple annexe, amorça Traumfreund. C'est un endroit… particulier. » Les conditions de surveillance n'auraient rien à envier à celles d'une prison de niveau quatre, puisqu'il y avait des caméras absolument partout. L'architecture du bâtiment permettrait de couper entièrement Nexus du monde extérieur sans avoir les effets traumatisants d'une incarcération. « Il sera le seul pensionnaire, plongé dans une solitude et un silence absolus. Selon la technique que nous jugerons bonne d'adopter pour en finir avec son mutisme, l'Aneph pourra devenir son paradis ou son enfer. Car c'est une maison… modulable. On peut très facilement la faire changer d'aspect. »

Bon, fit Rilviero sans chercher à dissimuler son étonnement : et où se trouvaient ce paradis et cet enfer ? C'était le hic du projet, dut admettre Traumfreund. Mais encore ? Dans le massif des Rodhiles. À trois cent cinquante kilomètres de Regson. « Mais c'est très facile d'y aller, s'empressa d'ajouter Traumfreund avec un peu de maladresse : il y a une route. » Rilviero ne se méprit pas sur le sens de ces paroles. Le psychiatre songeait sérieusement à aller s'enterrer à *cinq* heures de Regson, dans un des coins les plus isolés de la région, pour les beaux yeux de Nexus ? « Je sais que ça doit vous paraître bizarre. Forcément : vous ne connaissez pas l'endroit. C'est vraiment très spécial. Dans le bon sens du terme. Magique. C'est une maison qui a des vertus thérapeutiques en elle-même. » Nexus n'avait pas besoin d'une prise en charge hospitalière complexe : pas de médication, pas de soins particuliers. Il suffirait qu'un ou deux infirmiers de Bentlam les accompagnent là-bas.

Traumfreund se rendit compte qu'il faisait maintenant face à la circonspection en personne. « Et vous lâcheriez la clinique ? demanda Rilviero. S'il y a cinq heures de route, et à moins que vous m'ayez caché votre don d'ubiquité, vous ne pourrez pas être ici et là-bas en même temps. – Ce n'est pas grave. Je vous l'ai dit, ici je mène une vie trop dispersée, j'ai le sentiment de n'arriver à rien. Le cas de Nexus m'intéresse : je suis prêt à m'y consacrer à plein temps quelques semaines, pour trouver le bon moyen de l'aborder. L'Aneph est un endroit à la taille de Nexus. Dès qu'il y aura mis les pieds, il comprendra que nous allons nous occuper de lui et que nous ne le laisserons pas en paix tant qu'il ne nous aura pas donné ses raisons. Car vous viendriez aussi, bien sûr. À moins que vous n'ayez d'autres obligations. »

Rilviero n'en avait pas. Pas vraiment. Drake l'en avait justement déchargé pour qu'il soit libre de quitter la Toile dont le gouverneur était à la fois le maître et le prisonnier. Traumfreund paraissait sûr de son fait. Un intuitif, se souvint Paulus. Pas toujours capable de justifier ses choix thérapeutiques de façon rationnelle, mais bon... ça marche. Bien qu'Isis Craneck l'eût averti de ce trait de caractère du psychiatre, Rilviero ne savait pas ce qu'il devait penser de cette nouvelle initiative.

Le soir même, il dîna à l'Hôtel de Ville avec Drake. L'état du gouverneur ne s'était pas beaucoup arrangé depuis la dernière fois. Ania Walevska le hantait. Rilviero – parce que c'était dans sa nature de Rilviero – préféra croire qu'il ne s'agissait que d'un mot. Mais non : Drake avait à plusieurs reprises entendu sa voix qui l'appelait, distincte, sans médiation aucune. Elle venait à lui n'importe quand et cherchait à l'entraîner hors du monde – comme s'il ne vivait pas depuis huit mois déjà dans une sorte d'exil intérieur. Une nuit, alors qu'il était resté travailler tard et que l'horloge astronomique de la façade sonnait deux ou trois heures du matin, il avait entendu jouer au piano une mélodie familière. Il s'était dirigé vers le Salon des Arts, se demandant ce que ça pouvait bien être, finissant par trouver – les *Funérailles* de Liszt – se demandant *qui* ça pouvait bien être, poussant un des battants de la grande porte : personne. Avant qu'il ait eu le temps de s'étonner, il avait senti dans sa nuque un souffle froid et vu s'imprimer sur le tapis rouge les marques de deux pieds nus. Il avait réagi bêtement, en homme coupable d'adultère : « Ania... Je suis désolé. Tu ne peux pas venir ici. Vraiment. Il ne faut pas. » Ce à quoi elle avait répondu de sa voix inchangée : « Je croyais que je te manquais. » Et puis tendant ses doigts capables de Liszt et de Chopin pour lui caresser le visage…

Ça s'était produit plusieurs fois. Elle était toujours aussi belle, même si sa beauté avait pris quelque chose d'effrayant. Alors Drake avait peur. Pas tant de ces apparitions que de lui-même. S'il connaissait bien la fatigue – cette vieille collègue de travail – il n'avait jamais eu l'occasion de constater que combinée à la tristesse elle pouvait produire sur lui ce genre d'effets. Ania avait de bonnes raisons pour lui payer ces courtes visites nocturnes. Elle désirait savoir pourquoi elle était morte. Elle n'avait pas compris sur-le-coup ce qui lui était arrivé, et même en y réfléchissant avec plus de distance depuis le lieu incertain où elle se trouvait désormais, de nombreux aspects de sa brève rencontre avec Nexus demeuraient obscurs à ses yeux. Comme elle avait confiance en lui, elle souriait, répétait d'un ton engageant : « Alors ? Pourquoi ? Samuel. Pourquoi ? » Elle n'allait pas jusqu'à lui dire qu'il était gouverneur de la Région et se devait en tant que tel d'avoir réponse à tout, mais c'était bien ainsi qu'elle l'entendait. Ania était plus envahissante qu'un souvenir. Plus précise que ses rêves habituels.

Élisabeth avait fini par remarquer que son mari allait mal. Comme il avait toujours été secret à son égard, elle n'osait pas lui demander les raisons et se contentait d'hypothèses : Drake devait traverser une autre de ces phases où son action politique lui apparaissait vaine, l'énergie d'un titan ne suffisant plus, depuis la fin des temps mythologiques, à déplacer même la plus ridicule des montagnes. Elle n'avait pas entièrement tort, d'ailleurs : partie de cette rupture de plaque qu'était la mort d'Ania, l'avalanche dévalait et gagnait petit à petit tous les domaines de la vie du gouverneur.

Face à un Rilviero incapable de trouver les phrases du réconfort (où avait-il bien pu les mettre ?) et comme toujours frustré de cette incapacité, Drake soupirait : « Ce n'est pas comme ça que je vais réussir à me remettre au travail. » Et cet homme qui n'avait jamais eu de problèmes de concentration auparavant, au point qu'il avait pu tenir la concentration pour le mode normal de fonctionnement du cerveau, évoquait ses difficultés avec une surprise ingénue : « C'est seulement aujourd'hui que je me rends compte à quel point se concentrer est artificiel. Mettre un doigt devant sa bouche pour dire à la vie intérieure de se taire… Canaliser le tourbillon… Ne s'occuper que du problème de l'heure présente, ne pas lâcher le fil… on nous demande des choses presque inhumaines… »

Devant une deuxième bouteille de Sauternes, Rilviero était malgré tout parvenu à prodiguer quelques encouragements. Ce n'était pas la même chose, bien sûr, mais… quand Gabrielle était partie sans plus donner de nouvelles, et qu'il l'avait crue morte, lui aussi s'était dit qu'il ne s'en remettrait pas. Et, de fait, il avait vécu de longues années de marasme. Aujourd'hui pourtant il partageait avec Lisa une histoire en laquelle il lui arrivait de croire très fort, même si elle n'avait pas le même caractère d'évidence et de facilité que celle de sa jeunesse. Ils allaient faire parler Nexus, enchaîna-t-il. Le deuil serait moins lourd à porter une fois que cette affaire aurait été éclaircie. — Et il évoqua l'idée de Traumfreund, sans cacher que le projet le décontenançait plus qu'il ne l'affriolait.

Drake avait envie de faire confiance au psychiatre. De toute façon, d'après ce que lui rapportait Rilviero, l'enquête semblait bloquée. « Alors il faut tenter quelque chose. » Le séjour à l'Aneph n'aboutirait peut-être à rien, mais qu'avait-on à perdre ? Il était prêt à financer personnellement l'envoi d'une équipe médicale restreinte dans les Rodhiles. « Si j'étais vous, poursuivit-il, je serais curieux. Syrénaï est probablement l'architecte le plus génial qui ait travaillé à Regson ces trente dernières années. Un peu comme Traumfreund, à vrai dire. Ça ne m'étonne pas que ces deux-là se soient bien entendus. Des types hétérodoxes, mais remarquables. » Quand l'Hôtel de Ville avait été restauré, c'était la proposition de Syrénaï qui avait le plus retenu l'attention de Drake. Malheureusement, le comité en avait décidé autrement. Il est vrai que Syrénaï était tombé malade cette année-là et que son cabinet n'apportait pas toutes les garanties nécessaires. En fin de compte c'était Takeo Ishida qui avait remporté l'appel d'offres et encastré dans la façade néogothique ces énormes cubes de verre colorés. « Je sais que c'est censé illustrer la transparence du pouvoir et ce genre de trucs-là. Moi je me fais surtout l'impression d'être en cage, un animal curieux que les habitants de Regson surveillent, que je dorme ou que je me saoule au Sauternes… » Levant son verre en direction de la ville et trinquant avec les gratte-ciel, puis avec Rilviero : « Vous avez bien de la chance. J'aimerais pouvoir me mettre au vert comme ça. Je vous vois déjà là-haut, dans la montagne… Il paraît que c'est un des coins les plus beaux des Rodhiles. Enfin, à vous de juger, évidemment. On ne vous force pas à accepter. Mais ça ne coûte rien d'aller voir. »

Rilviero plissa le front, mal à l'aise, en sueur soudain. En dépit des paroles, c'était un ordre. Drake réclamait le paiement de la dette. Il disait : « Nous sommes des amis de longue date, n'est-ce pas ? » Et aussi, avec une voix qui n'avait besoin d'aucun mot pour se faire entendre : « Paulus Rilviero, n'oublie pas ce que tu me dois. »

13. LA COULEUR BLEUE

Certaines choses commencent à manquer. Je ne parle pas de l'eau ou de la nourriture : ce Bateau de Pierre me les fournit en abondance, mieux que ne le faisait la prison. Mais les gens de l'Autre Côté savent que les besoins de l'homme vont au-delà. Ils organisent une pénurie autrement plus subtile.

Reviennent, ces derniers temps, les choses que j'avais prises en haine : la solitude et le silence s'avancent à pas feutrés dans les couloirs. Quand je me retourne : personne. Quand je tends l'oreille : rien. Je n'arrête pas de les prendre en flagrant délit d'envahir dans mon dos. Leurs armées sont infatigables, invisibles à l'œil nu. Je ne suis pas de taille à affronter cet endroit. Trop de corridors pour un seul homme. Même au bout d'une journée d'inspection méthodique, trop de pièces inconnues pour que j'aie le sentiment d'être chez moi. La maison c'est un lieu où ne se produisent au quotidien que des événements qu'on peut prévoir, un lieu dont on a choisi tous les meubles et dont on s'est approprié les recoins. Ici les objets lèvent vers moi leurs faces inquiètes et grises et je ne sais pas pour quoi le décor est planté.

Manquent, au contraire, les choses que j'avais apprises à aimer et qui me tenaient debout. Par exemple la lumière. Ou une certaine nuance de bleu. C'est cette couleur qui m'a permis de ne pas céder à la panique durant la prison et le procès. Ma vie était devenue intéressante du jour où j'avais découvert ce bleu, et lorsque je me suis retrouvé sur le banc des coupables, il continuait de m'offrir un horizon d'avenir. Alors si je l'oublie, il y a le risque que mon cerveau s'effondre. Dans la ville de Regson déjà c'était un bleu très rare. Il faut aller loin pour en dénicher. Il faut savoir. À quelqu'un qui souhaiterait s'en faire une idée sans quitter les limites de la métropole, je pourrais conseiller une expédition par défaut. Allez d'abord sur la Merced. La Merced ce n'est pas mal non plus : tout au long des arcades, les étals de légumes et les poudres d'épices amassées dans leurs casiers de bois font un usage immodéré de la lumière pure. Pour découvrir la vraie merveille, toutefois, il faut prendre cette rue qui monte au sud-ouest de la place, puis sur la gauche les escaliers de la colline. Sachant très bien que la ligne droite n'est pas le chemin le plus court quand il y a du relief, les piétons rationnels évitent avec soin ces parages. Du coup, et en dépit des visiteurs, des amoureux, des photographes, la place Borphili est un endroit secret, rescapé de la catastrophe générale qu'est Regson. Je m'y rendais souvent au détour du cadastre. Aux pavés inégaux de la place Borphili, le Japon a offert des dizaines de cerisiers qui gardent au cours de l'année en eux l'idée de fleurs et la laissent surgir au printemps en une explosion de vie si déterminée que même les fanatiques du pessimisme qui pullulent dans cette ville se trouvent contraints d'avouer que le monde est beau.

Sur l'un des côtés de cette place, le Musée Borphili accueille toutes les couleurs. J'y allais surtout pour les salles anciennes. Les primitifs flamands et d'autres artistes de l'École du Nord y ont élu résidence permanente et reconstitué tout un village. On y danse on y boit on y chie comme au quinzième siècle, et ça ne passe pas de mode car les besoins humains n'évoluent pas tellement. Je m'arrête devant ces tableaux. Je regarde leurs arrière-plans bleus. C'est ce bleu-là dont je parle – qui m'a sauvé la vie et pour lequel je suis prêt à me battre.

En dessous du ciel serein, les formes arrondies des montagnes et leurs promontoires solitaires sont d'un bleu-vert insoupçonné. Aussi duveteux que le vert amande, mais liquide comme le bleu turquoise. Je pourrais dire : le bleu flamand. Ça ne signifie pas qu'on le trouve en Flandres – pays plat paraît-il, pays gris – mais dans la tête de ces artistes. Au plus près de leurs désirs et de leurs rêves d'une vie meilleure. Depuis l'hiver glacial d'années plus crasseuses et plus édentées que les nôtres, ils ont conçu cette nuance de bleu pour ouvrir les portes de l'avenir. La beauté tient dans les détails, alors je les regarde de près. Là-haut un oiseau plane puis se pose sur une branche ; en dessous de ces gros rochers moussus s'ouvre la grotte où un ermite tient compagnie à Dieu. Plus bas les barques filent sur le lac, les pêcheurs ont le visage rubicond de gens jamais à court d'une blague, ils font tourner une gourde qui fait du bien par où qu'elle passe. Tout est calme. Ou bien non : souvent le réel s'impose au premier plan, les mercenaires ont rendu folle cette vieille qui erre la gueule béante, les éclopés ne sont jamais loin avec toutes ces épidémies et ces arbres qui tombent, ça charge, c'est la bataille, et ça meurt par centaines, mais même dans ce cas le combattant qu'aucun adversaire n'a encore réussi à éviscérer peut toujours prendre un instant de répit et lever les yeux sur cette couleur à l'horizon. À défaut d'y trouver un motif de consolation, il y puise l'énergie pour continuer à se battre. Il se dit : la plénitude, un jour. Je crois que ces tableaux montrent que nous avons l'idée d'un état de plénitude même sans l'avoir connu ; nous le concevons par un mouvement de l'esprit similaire à celui qui nous a permis de découvrir les couleurs pures ou les formes géométriques.

Un jour que je me tenais en face de ces tableaux, une femme s'est approchée et, après m'avoir adressé un sourire qui se voulait complice, ému et partageur, a déclaré à l'homme l'accompagnant que la vie valait la peine d'être vécue pour de tels instants de grâce. Je lui ai sauté à la gorge. Ça, non. Ça surtout pas. Je déteste la grâce. Passer quatre-vingts ans sur cette terre misérable pour quelques secondes d'épiphanie – où la respiration s'arrête et où une forme de compréhension aussi délicate et douteuse que l'aube se fait jour dans l'esprit : à d'autres ! Dire qu'une éternité de malheur importe peu pourvu qu'une fois dans notre vie nos yeux aient aperçu le miracle : à d'autres ! L'intensité de ces moments ne leur suffit pas à devenir absolus et à se muer en éternel présent. Je ne signe pas ce pacte. Je ne pourrais accepter la grâce que si c'était un don durable, une région inscrite sur la carte de l'esprit et dont on m'apprendrait à retrouver le chemin. Je refuse que son souffle fugitif passe sur ma vie au moment qui lui sied avant de m'abandonner sans que j'aie aucun moyen de savoir s'il reviendra. Car jamais l'exception ne rachètera la règle. Jamais la grâce ne sauvera le monde. Enfermé loin du bleu, je continue de refuser cette résignation morbide. Elle me tuerait. Car le bleu flamand c'est aussi le bleu du Séabra. J'y ai vécu. Là-bas il est omniprésent : on peut, comme Van Goyen, passer sa vie à marcher sur les crêtes et à tendre les doigts vers le lointain pour rapprocher l'avenir. Il m'est impossible d'admettre que le temps passé au Séabra n'était qu'un moment de grâce aujourd'hui révolu et que je ne ferai plus pour le restant de mes jours que traverser des années insignifiantes et mornes. Je suis fâché avec la solitude et le silence. Avant je les tolérais car je n'avais jamais connu qu'eux, mais maintenant que j'ai vu du pays et qu'on m'a fait connaître la grandeur, j'ai l'impression d'une injustice démente. Ils n'ont pas le droit de me faire subir cette deuxième mutilation. Ils devraient savoir qu'une existence dont on excave peu à peu les formes pleines est pire qu'une vie qui reste creuse de son origine à sa fin.

C'est ainsi que se pose pour moi la question du retour. Est-ce que j'y crois encore ? Je n'ai aucune nouvelle de ce qui se passe là-bas. Pourquoi ne sont-ils pas en train de préparer mon évasion ? C'est possible qu'ils m'aient oublié. Ou qu'ils aient résolu froidement de m'abandonner à mon sort. Des deux hommes qui ont parié sur moi et se sont disputé mon âme, c'est l'homme cynique qui a emporté le morceau. Je suis devenu sa machine criminelle. Que fait l'autre à cette heure ? Qu'est-ce qui l'empêche de venir à mon secours ? J'ai été égoïste et orgueilleux. Aux difficultés qu'il avait, j'en ai ajouté une de plus. J'ai eu la présomption de croire qu'il prendrait des risques pour moi. Rien du tout. Quand la guerre ouvre sa grande gueule, on ne regarde pas au nombre des soldats en charpie.

Nexus. Fais attention. Ces pensées-là vont te faire du mal. Il faut les interdire. Jusqu'à preuve du contraire, impossibles les retrouvailles. Elles ne s'orchestreront jamais que dans ma tête, car les instruments du réel ont d'autres partitions à jouer. Ce cerveau : il faut le rectifier sur l'heure. Je dois me raccrocher à la vie que je mène ici, même si c'est dans l'absurde. Le jour où je ne parviendrai plus à donner aucun sens à ce que le présent me réserve, c'en sera fini de moi. On m'enterrera dans la plus stricte intimité. Juste la solitude et le silence. Ni pleurs, ni couronnes, ni regrets.

14. LE BATEAU-MONDE

Le massif des Rodhiles s'étend à quelque trois cent cinquante kilomètres au nord-est de Regson. Sur le papier, ce n'est donc qu'un misérable saut de puce, à l'heure du monde rapide. Grandeur nature, en revanche, la route s'éternise dès les premiers contreforts en lacets capricieux qui mettent à rude épreuve la vigilance du conducteur ; il faut trois heures et demie pour gagner Altenberg, et quarante minutes de plus jusqu'à l'Aneph. Les Rodhiles ne sont plus tout à fait sauvages, bien sûr : les stations de ski écorchent le flanc ouest du massif, les lignes à haute tension suturent certains cols sans parvenir à refermer leur plaie congénitale. De leur silhouette, qui surplombe la plaine de Regson, continue toutefois d'émaner une aura intimidante ; le massif semble mettre un point d'honneur à rappeler, de précipices en avalanches, qu'il date de l'ère glaciaire, où on se fichait des temps de trajet et du confort des passagers, et qu'en conséquence les tentatives des Regsoniens pour le domestiquer sont irrémédiablement vouées à l'échec.

C'est Traumfreund qui conduit. Il connaît mieux la route. Rilviero, à sa droite, ne fait attention à rien et laisse l'écheveau de ses pensées s'accrocher à chaque arbre et au moindre des reliefs qui filent à leur rencontre. On commence par passer en quelques kilomètres des interminables banlieues de Regson à une campagne quasi désertique où seuls des champs fréquemment inondés bordent les deux côtés de la route. Au sommet des coteaux en pente douce se dressent des groupes d'arbres enrubannés de brume – puis, quand le soleil monte, bien découplés dans la transparence de l'arrière-saison. Ici la ligne serpentine des saules et des buissons ourle le bord de la rivière et permet seule de deviner sa présence. Plus loin, les contours des maisons saturés de lumière cèdent la place à une forêt de plus en plus épaisse où se déploient toutes les nuances imaginables de l'automne rouge, et jaune, argent, et or, les arbres rivalisant de splendeur et donnant le final d'un vrai feu d'artifice avant de retrouver la sobriété de leurs formes hivernales.

Ils s'arrêtent sur une aire de repos et, assis sur un banc, ingurgitent un sandwich triangulaire au goût douteux. Heureusement le paysage compense ; malgré les pompes à essence, l'air descend déjà plus vif dans les poumons. Quand ils reprennent la route, Rilviero prend le volant. Traumfreund a pris prétexte de la fatigue pour se faire relayer, mais en fait il se méfie de sa réaction lors du passage du col. La première fois qu'il est venu à l'Aneph, il a eu un petit malaise en reconnaissant l'endroit. Depuis, il envisage avec appréhension ce moment du parcours, et pour lui le caractère inquiétant des Rodhiles tient beaucoup au fait que le trajet jusqu'à Altenberg soit aussi un pèlerinage forcé. Ou bien est-ce au contraire ce qui l'excite dans l'idée d'habiter l'Aneph ? Monter au-delà du col des Grands Élans, aller plus loin, plus haut, en passant sur le corps des fantômes et des mauvais souvenirs ?

Après quelques kilomètres d'ascension à travers des rangs serrés de conifères, le regard de Traumfreund s'aiguise : tout en continuant à donner les indications nécessaires à Rilviero, il cherche à apercevoir les falaises. Encore un lacet… puis la traversée de ce pont en dessous de la cascade tarie… voilà, elles sont là, les Falaises des Élans, plantées comme deux canines sournoises de part et d'autre de la route. Au début du siècle, on avait exhumé au pied des rochers des carcasses d'élans datant de l'époque néolithique ; on supposait que ces bêtes, acculées par des chasseurs au sommet, avaient préféré faire le grand saut plutôt que de périr dans l'effroi des torches fuligineuses et sous les coups d'épieux ; ou bien une avalanche les avait surprises là, les entraînant dans le vide, et leurs restes s'étaient conservés dans la glace du massif. Comme Rilviero s'étonne de la pancarte indiquant un site préhistorique, Traumfreund manque lui raconter l'histoire, mais au moment d'ouvrir la bouche la crainte subite de commettre un sacrilège lui vrille le corps et il n'émet qu'un gémissement grotesque, qu'il travestit très mal en quinte de toux. Haut-le-cœur et tombe, tombe le cœur, à travers le diaphragme. Il entend le passé bourdonner dans ses tempes. Le suicide pathétique des cervidés. Une corde qui se dévide, fouette l'air, accroche les fougères et les mousses avant de les entraîner dans sa chute. En cette saison… à cet endroit… vraiment pas raisonnable.

La voiture dépasse déjà les falaises ; Traumfreund se penche malgré lui et continue à les suivre des yeux jusqu'à ce qu'elles s'effacent derrière une rangée de bouleaux. C'est curieux. Il pensait avoir accepté que les comptes restent ouverts. Alors qu'il prend de grandes inspirations pour tenter de se calmer, Rilviero lui demande d'une voix qui lui semble venir de très loin s'ils se sont trompés de route. Le docteur le rassure : il s'est senti nauséeux, mais ce n'est rien. D'une main aussi ferme que possible, il tourne le bouton du poste de radio et passe en revue les ondes jusqu'à tomber sur un hymne qui lui paraît une diversion convenable. Peut-être même que c'est du Purcell. Chic type, ça, Purcell. En tout cas, ça y ressemble fort. Puis il fait semblant de regarder ailleurs et laisse les voix du chœur s'élever en même temps qu'eux dans la montagne.

On arrive. Un panneau planté dans un fossé flèche l'Aneph sur la droite. La forêt, qui semblait auparavant le seul horizon possible, doit désormais disputer le terrain à des versants rocheux, parfois de véritables pierriers où seule la végétation la plus basse parvient à se maintenir. Dans les zones planes, ils font de temps à autre la rencontre narcissique d'une flaque d'eau ou celle d'une plaque de neige tout à fait ambiguë, qu'ils cherchent à déchiffrer comme un augure : est-ce que c'est un reste dégradé de l'hiver précédent ou le signe annonciateur de celui qui s'avance ?

La traversée d'Altenberg, une demi-heure plus tôt et quatre cents mètres plus bas, n'a duré qu'une seconde. Juste le temps d'apercevoir un entrelacs de ruelles en pente, de magasins d'artisanat, de tas de bois abrités sous des auvents et de chalets fleuris. Le tout disparaît aussitôt. On ne s'arrête plus. Ils ont hâte d'en finir avec cette ascension. Traumfreund sait que le moment est venu. L'Aneph rôde quelque part dans les parages, elle peut surgir à tout moment, il la sent grandir en lui au battement de ses veines et hésite à prévenir Rilviero de l'imminence de son apparition. Et puis non. Mieux vaut ne pas intervenir. Voir si le charme agit.

En ce 2 octobre lumineux, l'horloge universelle marque quinze heures, trente-cinq minutes et douze secondes lorsque Rilviero voit l'Aneph pour la première fois. C'est, au détour d'un virage, un impossible éblouissement. Le soleil a beau se trouver dans leur dos, soudain on ne voit plus rien. Qu'est-ce que c'est que ce truc-là ? pense-t-il en associant à cette question de bon sens certains de ses meilleurs jurons. Ne pas dévier de la route, d'abord. Ralentir et serrer sa droite, même si ça fait bien dix minutes qu'on n'a croisé personne. Il baisse le pare-soleil, met sa main en visière. Traumfreund ne peut pas s'empêcher d'y voir le geste du marin qui touche au but et plisse les yeux pour préciser la ligne floue à l'horizon. Là-bas, un soleil s'est posé sur la terre ou plane à quelques mètres au-dessus d'elle. On ne voit plus que lui. Ce nouveau corps astral réverbère la lumière du soleil habituel et lance à l'assaut de la montagne une horde de rayons qui embrasent tout sur leur passage et plantent dans la rétine leur étendard en forme de crinière, une tache sombre bordée de feu. La forêt redouble d'automne. Sous les ricochets de la lumière, la grisaille des rochers se transforme en or mat et le pierrier en une plage où le moindre caillou se charge d'incandescence. Le premier éblouissement passé, le regard s'accommode vite et Rilviero peut bientôt distinguer la voilure qui se déploie dans un repli de terrain au-dessus du pierrier. Les rayons du soleil sont membres de l'équipage, ils s'activent dans les hauteurs, glissent avec agilité d'une vergue à l'autre ; le vent fait vibrer les cordages de métal et les centaines d'hélices qui s'y trouvent accrochées. Les sons tantôt plaintifs et tantôt flûtés qu'il en tire rappellent ceux de ces instruments baroques qu'on connaît encore mais dont on ne joue plus. À mesure qu'ils avancent, l'effet de réverbération s'estompe. Rilviero continue de conduire en silence, sans se laisser perturber par cette apparition. La coque blanche effilée s'enfonce dans la montagne comme elle le ferait dans l'eau, une gigantesque dalle de pierre lui sert de ligne de flottaison ; du mât central part un réseau formidable de filins et de poutrelles d'acier soutenant les grands panneaux solaires. Traumfreund ne dit rien non plus. Le vent s'est tu. Ils approchent de ce monstre marin venu ajouter aux légendes des Rodhiles une histoire d'océan, de ce vaisseau paradoxal, de ce bateau de pierres blanches échoué toutes voiles dehors au-dessus du grand pierrier gris.

***

Ils y sont. Entrés par le souterrain sud, ils ont monté l'escalier en colimaçon et les voilà maintenant au deuxième étage du Mât, le centre névralgique de l'Aneph. C'est une grande pièce circulaire d'un seul tenant. Derrière les baies vitrées qui suivent la courbure des murs, le panorama à trois cent soixante degrés est tout bonnement splendide : on dirait que les masses flamboyantes et brunes des montagnes, leurs arêtes déchiquetées, les alpages encore humides des dernières pluies et la vallée sans une habitation en vue ont été disposés par la main de l'architecte pour entourer l'Aneph et offrir à ses occupants un paysage en changement perpétuel. Le salon est aménagé en style design moderne, avec une cuisine à faire se damner la ménagère et des canapés de cuir où on peut se mettre en boule pour la sieste ou pratiquer des étirements félins. Rilviero s'est posé en compagnie d'un expresso qui paraît minuscule sur l'immense table basse et d'un énorme coup de barre. Il dormirait bien un peu si le lieu ne piquait pas autant sa curiosité. Avec Traumfreund qui s'agite tout autour de lui, sentant le moment de la démonstration venue, il n'a de toute façon pas le choix.

Depuis la table de commande dissimulée derrière le bar, le psychiatre allume les écrans noirs qui émaillent les murs. En quelques secondes, les stores s'abaissent pour filtrer la lumière du dehors et les trouées vers le paysage des Rodhiles se mettent à alterner avec des vues plongeantes sur les pièces du Bateau. Étourdi, Rilviero est en train de compter les écrans en tournant sur lui-même quand Traumfreund lui donne la réponse : il y en a trente-deux. Autant que de pièces dans les Cales. Le salon du Mât est un observatoire panoptique. Grâce à la vigilance inlassable des caméras, il n'y a pas un millimètre carré de la maison ou un clignement d'œil qui puisse échapper à une personne postée devant ces écrans. Rilviero pousse un petit grognement qui, dans sa tête, est censé signifier : mais quel genre de personnes veulent contrôler tout ce qui se passe dans les pièces de leur propre maison ? Inaccessible à ce langage animal, Traumfreund le prend pour une approbation et se juge en droit de poursuivre. Il extirpe d'un tiroir les plans du bâtiment, les déploie jusqu'à disparaître derrière eux et les plaque comme une gigantesque nappe de papier d'un bout à l'autre de la table basse. On y retrouve, figurés à différentes échelles, ces contours en amande et le cercle central représentant le Mât. Tout l'étage inférieur de la maison, situé sous le pont du Bateau, semble rempli par un labyrinthe de salles irrégulières et de couloirs qui se ramifient, s'enchevêtrent, se succèdent selon une logique qui pousse la raison par la fenêtre et la regarde s'écraser au sol avec un rire mauvais.

Il y a plusieurs façons de qualifier l'endroit. Si Rilviero parle spontanément d'*énorme bordel*, c'est parce que la vulgarité est une façon commode de se défendre quand on ne comprend pas. Pour Traumfreund il s'agit d'une des créations les plus originales de l'architecture contemporaine. Partant du Mât où ils se trouvent, quatre cloisons divisent les Cales en quartiers de forme oblongue. À l'intérieur de ces quartiers, la répartition et la forme des pièces sont parfaitement aléatoires. Au risque de contrarier les esprits mathématiciens, il n'y a pas de règle : aucune loi générale. Pour qui habite les Cales, la sensation d'être pris dans un labyrinthe est d'autant plus forte que Syrénaï a décidé qu'on se passerait de fenêtres donnant sur l'extérieur. Ainsi le paysage dont les lumières déferlaient sur eux à l'instant est rigoureusement invisible à l'étage d'en dessous. Ça ne s'arrête pas là, explique Traumfreund au visage strié d'incrédulité qui lui fait face dans la pénombre. Lorsque le prisonnier des Cales passe d'un quartier à l'autre, celui dont il sort se verrouille pour quelques heures afin d'entrer en mue. Sans intervention humaine, les pièces se transforment comme une scène d'opéra entre deux actes. Certains meubles disparaissent, d'autres remontent de leurs coulisses souterraines, ce qui était auparavant une porte devient une cloison imperméable et l'éclairage artificiel évoque soudain une tout autre heure du jour ou interpole une journée de printemps au plus profond de l'hiver. Chacune des trente-deux pièces peut accomplir plusieurs mues successives avant de reprendre son allure initiale. En somme, l'Aneph est une maison qui change d'aspect à volonté.

Rilviero s'absorbe dans l'étude des plans puis relance timidement :

« Est-ce que vous pourriez me rappeler le nom de la maladie dont souffrait Syrénaï ?

– Pas si vite, repart Traumfreund. Avant de porter un jugement, il faut comprendre ce que Syrénaï a tenté. Sinon la critique est facile. Il était encore en bonne santé lorsqu'il a conçu ce bâtiment, et vous allez voir qu'à beaucoup d'égards l'Aneph est une expérience réussie. Allons-y. Allons nous promener un peu. Vous pourrez vous rendre compte par vous-même. »

Redescendant l'escalier principal, ils pénètrent dans les Cales. Rilviero marche dans les pas de Traumfreund pour éviter de se perdre, avant de se rendre compte que le psychiatre lui-même n'a pas de but précis et bifurque à l'instinct, selon qu'une lumière intrigante ou une porte close au bout d'un corridor mettent sa curiosité en éveil. Rilviero ne connaissait pas forcément Syrénaï, continue d'expliquer Traumfreund en jetant un regard par-dessus son épaule, attendu que l'architecte avait fait l'essentiel de sa carrière en Asie. Il avait travaillé au Japon, à Kuala-Lumpur ou encore dans la région du barrage des Trois-Gorges. Réputé pour son perfectionnisme et pour son habileté à concevoir des projets alliant l'audace architecturale au confort de vie, il était peu à peu, en vieillissant, devenu obsédé par la question du Contrôle. Il ne supportait plus de livrer des bâtiments qui contenaient peut-être à son insu un défaut de construction, tapi dans une cage d'ascenseur ou dans une soufflerie et attendant son heure. Être architecte, dans sa tête à laquelle trois décennies de travail acharné avaient donné des réflexes maniaques, c'était offrir aux hommes des microcosmes stables qu'ils pourraient habiter en toute sérénité tant ils s'avéreraient insensibles aux atteintes du temps et aux dégradations accidentelles. Cette mégalomanie ne lui procurait aucun plaisir : seulement un terrible sentiment de culpabilité, plus aigu chaque fois qu'une de ces créations se révélait faillible. Après que plusieurs des bâtiments qu'il avait construits dans le Sichuan et à Kōbe eurent été réduits en poussière par des secousses sismiques, il s'était mis à haïr cette planète faite pour déjouer les calculs les plus rigoureux de l'intelligence humaine. Durant son séjour à Bentlam, où sa femme effrayée des progressions de sa maladie avait fini par l'envoyer, il se plaignait chaque jour d'avoir *encore* reçu des lettres pointant les déficiences de ses travaux, l'accusant et lui annonçant des poursuites judiciaires. Il prenait son manteau devenu trop grand pour lui, s'emmitouflait dans cinq ou six écharpes pour « ne laisser aucune brèche », passait dans le bureau de Traumfreund et l'informait qu'il allait sortir pour voir ça et réparer si toutefois il en était encore temps.

Quelques années avant son entrée à Bentlam, c'était précisément dans le but de retrouver le Contrôle qu'il avait décidé de mettre en chantier l'Aneph. Dans ce coin des Rodhiles abandonné des hommes et qu'aucune catastrophe ne menaçait, il l'avait conçue comme un univers autarcique dont il maîtriserait toutes les composantes, une véritable maison qui protège du monde extérieur. Pour une fois, il n'aurait pas à composer avec un plan d'occupation des sols, des hauteurs maximales, un sous-sol déjà plein à craquer de canalisations et tout le reste du cahier des charges. Sur ce bateau, il serait le seul maître à bord. Et c'était de fait une petite merveille d'autonomie que l'Aneph : les panneaux solaires et les éoliennes répartis dans la voilure fournissaient l'électricité dont on avait besoin ; une citerne recueillait et traitait les eaux de pluie. Cette étrange maison n'avait pas de failles : si un jour quelque chose lui arrivait, ce ne serait pas la faute de Syrénaï, mais uniquement la faute de Dieu. Par pur esprit de contradiction, Rilviero mentionne l'existence des tempêtes et des avalanches. Traumfreund reconnaît volontiers que ça existe. Dans ce coin des Rodhiles les avalanches sont chose commune, mais elles ont lieu plus haut, dans la vallée, et Syrénaï a pris soin de choisir un site qu'elles ne peuvent pas atteindre. Quant aux orages, la voilure regorge de paratonnerres et ce Bateau tient la vague : il y a peu de risques qu'on démâte.

Levant l'index vers le plafond, Rilviero pointe les rails sur lesquels les caméras font courir leurs yeux globuleux. « La vidéo, c'est aussi par souci du Contrôle, hm ? » Traumfreund acquiesce : « Lorsqu'il avait des invités, il déconnectait tout le système, bien sûr. C'est pour ça que les caméras sont aussi visibles : pour que les gens sachent si elles marchent. – Et qu'est-ce qu'il surveillait, si ce n'était pas les gens ? – Eh bien… le bâtiment lui-même. Au cas où il ferait des siennes. Je concède que c'est assez malsain, mais… Syrénaï voulait être là quand le défaut de construction passerait à l'acte afin de pouvoir le prendre en flagrant délit. Bref, il était malade, il a bien fait de se soigner. Pour l'usage carcéral que nous en ferons, cela étant, avouez que ça tombe plutôt bien. – D'accord, fait Rilviero. Maintenant soyez honnête : vous avez vraiment réussi à guérir ce type-là ? » Traumfreund, soudain songeur : « Je ne sais pas… On ne peut jamais être sûr. À peu près ? En sortant de la clinique il a pris un poste de conseiller urbanistique auprès du gouvernement japonais. L'expérience de l'Aneph lui a servi : il les aide à construire des bâtiments qui fournissent plus d'énergie qu'ils n'en consomment. Et il va bien, pour ce que j'en sais. Comme l'Aneph lui rappelait ses années de maladie, il a préféré en faire don à la clinique. »

Ils continuent d'avancer dans les Cales. Rilviero n'ose pas s'appuyer aux murs de peur qu'ils ne pivotent au contact de ses doigts et ne révèlent l'entrée d'un passage souterrain dans lequel des voix vont se mettre à prononcer les syllabes de son nom. Tel qu'il est aménagé pour l'heure, cela dit, le Bateau n'a rien d'angoissant. Les pièces sont aérées, spacieuses. L'ameublement montre que Syrénaï a su s'entourer d'une équipe de décorateurs pour lesquels l'élégance était une seconde nature. Rilviero se voit soudain comme un visiteur minuscule déambulant dans les couloirs d'un palais dont chaque pièce lui réserve une surprise et fait appel à une autre facette de sa sensibilité. L'Aneph est la maison de l'homme et de toutes ses créations, un hommage aux cultures des cinq continents, mais sans la froideur des musées. On peut toucher du doigt les statues khmères. S'asseoir dans ces fauteuils arts-déco. Faire disparaître dans les réserves ce secrétaire de l'école Boulle finalement malcommode quand il s'agit d'écrire. En faire remonter une encre sur papier, comme par exemple ce *Paysage d'hiver* de Sesshū qui correspond mieux à la curiosité du moment. Flânant de-ci de-là, Rilviero finit par mettre ses mains dans ses poches et par retrouver un peu son goût du jeu : il laisse Traumfreund prendre de l'avance, puis pousse des cris d'orfraie et lui reproche, ulcéré, de mettre tout en œuvre pour le semer en route. Traumfreund sourit. Tant mieux. Quitte à bosser ensemble, autant pouvoir se retrouver sur le terrain de la blague à deux balles.

Si le pari qui consiste à vouloir couper les ponts avec cette saleté de monde extérieur est de nature clairement névrotique, il faut admettre que Syrénaï s'en est très bien tiré. Rilviero commence à entrevoir l'intérêt de l'Aneph : l'idée était de construire une demeure refermée sur elle-même et qui donne pourtant l'impression d'être un univers d'une richesse inépuisable ; de créer une infinité de chemins dans cet espace fini. Tout en bâtissant une maison de pierre immobile et solide, l'architecte lui avait donné les voiles d'un bateau pour suggérer qu'elle pouvait être le véhicule de l'Aventure. Plutôt que de recommander sur le ton de la ferveur, comme le fait le moraliste, de porter chaque matin un œil neuf sur notre environnement – une mission impossible tant l'habitude en estompe les contours et en affadit les couleurs – Syrénaï avait mis ce conseil en pratique et s'était doté d'une maison où il pouvait chaque jour introduire un nouvel objet ou une modification assez massive pour dépoussiérer le regard.

Après avoir patassé un moment d'une pièce à l'autre, Rilviero sent que ses jambes ne suivent plus et s'effondre sur un pouf au milieu d'un salon décoré de miniatures perses. Alors ? Bilan de l'inspection ? Pas de doute : ce lieu a une âme, dans l'acception toute personnelle que Rilviero prête au terme. Les lieux qui ont une âme, pour lui, sont ceux qui donnent envie d'imaginer les histoires qui auraient pu ou pourraient s'y produire et stimulent sans cesse l'esprit d'invention.

« Admettons que nous transférions Nexus ici », lance-t-il à Traumfreund en soulignant le conditionnel pour garder toute sa liberté. « Ce n'est pas une vraie prison. C'est une baraque luxueuse, qu'il ne mérite certainement pas après ce qu'il a fait.

– C'est peut-être ce qu'il pensera en arrivant. Mais il déchantera vite, croyez-moi. Ici il n'aura plus aucun moyen de savoir où il est, si c'est encore Regson, ou si nous l'avons envoyé purger sa peine dans un pays à l'autre bout du monde. À voir les caméras, il saura qu'il est surveillé. Ça montera le long de ses veines, comme une angoisse. Nous serons là-haut. Nous le verrons errer en tous sens, incapable de s'orienter. On peut vider les pièces, rappelez-vous. Déplacer les cloisons pour que ces volumes disparaissent et qu'il ne reste plus que des couloirs sordides. Je vous l'ai dit l'autre jour : selon la réaction que nous voulons obtenir de lui, c'est ici le paradis ou l'enfer. Nous le laisserons se perdre dans ce labyrinthe jusqu'à ce qu'il se mette lui aussi à se poser des questions sur notre compte, au lieu de n'être que le gardien des réponses. Et le jour où, malade de solitude, il décidera de se rendre, nous entrerons en jeu. Non plus comme des bourreaux pour qui il n'aurait que de la méfiance, mais en se présentant comme ses sauveurs, prêts à soigner son amnésie et à commuer sa peine si ce qu'il raconte nous fait remettre en cause le verdict. Il devrait être facile à ce moment-là de gagner sa confiance et d'apprendre la vérité. »

Tandis que Traumfreund explique sa thérapie qui s'inspire au moins autant d'un livre de stratégie pour prince guerrier que des techniques des écoles viennoise, post-viennoise et néo-post-viennoise, Rilviero a repris les plans et suit du doigt le dédale des couloirs. Finissant par relever les yeux vers Traumfreund :

« Je vous trouve un peu sadique, si vous me permettez.

– Non, rétorque le docteur. Vous ne pouvez pas me dire ça. J'ai passé des années à lutter contre des psychiatres sadiques, qui traitaient leurs patients comme des cobayes, raffolaient des électrochocs et des lobotomies. C'est juste que nous avons un problème : nous ne savons pas comment faire pour que cet homme nous parle. Je crois que l'amener ici, dans un monde où il aura le sentiment d'être en notre pouvoir, est la moins mauvaise solution. Ça ne sera pas plus destructeur que beaucoup des traitements que nous propose la science. Et moins traumatisant qu'un interrogatoire dans une cellule de garde à vue. Parce que dites-moi un peu : qu'est-ce qu'on ferait à Nexus, chez vos collègues de la police, s'il devait avouer où se trouve la bombe qu'il a prévu de faire sauter le lendemain ou une fillette qu'il a enlevée sur le bord de la route ? Vous finiriez bien par le tabasser et lui péter quelques phalanges, non ? Ici on n'agira que sur ses nerfs. De façon plus subtile et pour un résultat j'espère tout aussi efficace. — Je suis là pour l'aider. Simplement il y a des gens qui refusent tout secours, au mépris du bon sens et de leur intérêt. Il faut bien leur forcer la main.

– Ce n'est pas un policier qui vous dira le contraire, admet Rilviero en laissant échapper un soupir. Mais est-ce que Nexus mérite ça, finalement ? Je veux dire, trois ou quatre personnes qui s'occupent de lui à plein temps, tout ce luxe…

– Eh bien… de deux choses l'une. Si son meurtre est un assassinat politique déguisé, Drake a raison de vouloir la vérité et d'employer tous les moyens pour la connaître. Et s'il n'est qu'un acte de démence…

– Oui ?

– Ce sera intéressant d'en apprendre les mobiles et de retracer le parcours qui a mené Nexus au meurtre. Il y aura toujours des marginaux pour tirer sur la foule sans raison apparente. Pour moi qui suis psychiatre, ce serait une vraie conquête de prouver que ces actes ont leurs raisons et qu'il est possible de les exhumer, même si elles sont complexes et éloignées du domaine de la rationalité ordinaire, pourvu qu'on se donne le temps de l'analyse et qu'on arrête de faire dépendre le sort de ces gens malades d'expertises presque toujours superficielles. On peut les soigner. J'en suis convaincu. Et puis ça n'arrive pas qu'aux marginaux ; ça peut très bien tomber sur le père de famille installé dans la vie, et qui avance peinard dans sa carrière… ou bien sur vous… sur moi. Et on ne sait presque rien là-dessus. On ne sait ni expliquer ni prévenir les actes de ce genre. Notre société, pour l'instant, ne s'est pas donné les moyens de savoir. Vous ne croyez pas que ça vaudrait la peine, une fois dans votre vie, et puisque l'occasion se présente, d'essayer de comprendre ce phénomène-là ? »

***

Le lendemain vers sept heures, alors qu'il tombe une bruine désagréable et que le jour n'est pas levé, Rilviero prend ses cliques et ses claques et va plonger tête la première dans la piscine des Amandiers. Il a besoin d'immerger son cerveau dans une bulle aquatique et de réfléchir posément. Cela fait bientôt un mois que, suite à quelques remarques sibyllines de Lisa sur une supposée *brioche* et à une bonne résolution bravache prise au début de l'automne, il a décidé de se refaire un peu de muscles. La reprise du sport, qu'il envisage depuis sa naissance mais toujours de façon très velléitaire, s'avère plus difficile que prévu, et il espère que la décision à prendre au sujet de Nexus va l'aider à faire taire les hurlements que produisent à l'unisson d'improbables parties de son corps. Étonnant, vrai, comme cette piscine des Amandiers, qu'il fréquente depuis vingt ans, a pu être le théâtre de ses différents états d'âme. Après la disparition de Gabrielle et son déménagement de Mérodiès à Regson, il s'y plongeait chaque jour, dès l'ouverture, passant de l'aube indécise au carrelage bleuté sur lequel venaient trembler les vagues, et il essayait au contraire de ne penser qu'à son corps, à ses mouvements dans l'eau longueur après longueur, à sa douleur musculaire bien plus acceptable que la tristesse qui ravageait son esprit.

Alors, se demande-t-il au moment où il rassemble ses jambes en bout de bassin pour préparer sa culbute, qu'est-ce qu'on décide ? La veille, Traumfreund a fait preuve d'une intuition singulière en s'en remettant à sa curiosité. Car il y en a chez lui. Ou plus exactement, il y en a de nouveau. Toutes les frustrations de sa vie professionnelle ont peu à peu creusé dans certaines régions de son cerveau un espace où cette curiosité vient grandir à son aise. Pendant un peu plus de vingt ans, il avait traqué des criminels ; il avait développé l'instinct de l'enquêteur qui connaît la psychologie de la personne en cavale et peut anticiper ses ruses même les plus paniquées. Toutefois sa connaissance du monde du crime était d'ordre stratégique, de nature purement instrumentale. Elle lui permettait d'être sûr de son fait lorsqu'il allait frapper à la porte du coupable, mais ne lui disait rien de ce qui avait poussé ce dernier au crime. Il y avait longtemps trouvé son compte. Un mort au moins c'est du solide, ça ne bouge plus, on sait à quoi s'en tenir. Et en même temps les paupières closes lancent toujours une question, elles font retentir le début d'un motif mélodique, quelques notes qui en appellent d'autres. Qui veut pouvoir clouer le cercueil et le recouvrir de terre sans garder dans la bouche un goût d'inachevé doit y aller, répondre, trouver un autre corps, tout aussi solide mais vivant, celui-là, tant qu'à faire, et qui permette de délivrer le premier du purgatoire où demeuraient, dans son imagination d'enquêteur consciencieux, les victimes dont le meurtre restait irrésolu. Rilviero reniflait les habits des morts, prenait le temps d'un café et de la réflexion, partait ; une pulsation le tenait en éveil tant que ce n'était pas fini, aussi longtemps que ses bras battaient l'air entre le trapèze de la question et celui de la réponse. Ses rares heures de sommeil étaient peuplées de paysages clairs et vides, de silhouettes aux contours irréfutables, de vitres opaques dont quelques coups bien ajustés suffisaient à disperser le mystère en éclats.

Entre-temps il avait changé. Depuis les événements de Calhières, il ne pouvait plus être cet homme traversant les nuits avec en ligne de mire un soleil au zénith et la résorption de toutes les ombres. Il était pris du désir, d'autant plus impérieux que tardif, de comprendre ceux qu'il avait été tirer de leur taudis sans fenêtre ou de leur appartement puant le renfermé pour les livrer à la justice très imparfaite des hommes. Ses réflexes de limier lui semblaient soudain primitifs ; sa colère autrefois réservée aux coupables se retournait contre lui-même, qui s'était laissé vivre tout ce temps dans le confort des fausses certitudes. Il se sentait prêt à plus d'ombre si c'était le prix à payer pour changer de sphère et entrer dans l'ordre autrement plus complexe des causes et des effets. C'est ce qu'il avait apprécié au Centre de réinsertion, sans doute, et qui chaque matin, pendant trois ans, l'avait fait se lever avec le sentiment d'être utile. Toutefois cette lutte était trop quotidienne ; il s'y enlisait ; ce n'était pas son tempo. Et voilà que Drake et Traumfreund lui donnaient l'occasion de confirmer son changement de cap en appliquant son savoir-faire à un autre type de problèmes. Comment, sans recourir à la torture, fait-on parler un homme qui semble avoir fait vœu de silence ? Dans cette perspective-là... Rilviero avait fini par se l'avouer, humble et lucide, tout en entamant son deuxième kilomètre de crawl : il avait besoin du psychiatre et devait accepter son projet de transfert.

Traumfreund avait passé sa vie à écouter les autres ; la plupart des gens que Rilviero avait interrogés à son sujet vantaient sa capacité à comprendre la logique aberrante de ses patients et à amadouer jusqu'aux plus rétifs. Il ne s'agissait donc pas que de Nexus. Le psychiatre savait exprimer avec élégance ce qui pour beaucoup restait une procession de nuages et de choses vagues coulant en deçà des mots. Il était dans les petits papiers du seigneur de la nuit, et à ce titre le seul à pouvoir laisser Rilviero contempler depuis sa tour d'expert, en surplomb mais à peine en retrait, le peuple hétéroclite des névrosés, des criminels, des drogués, des détraqués sexuels, qui n'était, vu d'en bas, qu'un chaos désespérant de naufrages singuliers mais gagnerait peut-être en cohérence observé de cette hauteur. Si les théories que Traumfreund élaborait à tout bout de champ énervaient parfois Rilviero qui les jugeait un peu trop poétiques pour être honnêtes, travailler avec le psychiatre était, à mieux y réfléchir, le seul moyen d'apaiser l'inquiétude qui croissait en lui depuis quelques années, la crainte d'avoir résolu tant d'énigmes mais d'être passé à côté de la seule qui comptât vraiment : d'où venait le peuple de Traumfreund, ceux de Bentlam et tous les amoureux de la nuit ? Pourquoi se tenaient-ils debout sur la face morte de la lune ? Comment en arrive-t-on, quand on est homme, à progresser ainsi, cahin-caha, dans cette vallée de mal-être entre la folie et la mort ? Si la vie est faite pour accomplir de temps à autre des choses qui ont un sens, pensa-t-il subitement, l'heure était venue pour lui d'affronter cette question.

15. LES CHAMBRES VIDES

Cette fois-ci le monde a bel et bien été replongé dans le chaos. Ce lieu est rude. Profond. Horrible comme l'abîme où rien ne peut rester vivant. Il enfouit ses anneaux dans la terre. Chaque salle : aveugle et nue. L'air circule en toussant, malade comme la fournaise, méchamment souffreteux. Partout la pierre. À se diriger sans trêve vers la dernière extrémité de couloirs qui ne disent pas ce qu'ils sont, la vue descend dans le ventre, le ventre s'effraye. Partout la pierre. Le poids de mon corps fait grimacer les dalles. Tout ce que je touche s'en va, me fuit avec des gémissements. L'explication ? Une seule. On commence à s'occuper de moi. Lors de l'époque d'alors, on m'avait promis ce destin. On m'a dit que j'étais né pour croupir dans des chambres vides, pour végéter dans des prisons, parce que j'étais un homme inadapté. On m'a dit et redit. J'ai fini par le croire.

Hommes de l'Autre Côté, ils peuvent crier hourra : j'ai perdu le sens du temps. Depuis quand ? Je n'en sais rien, voyons, c'est tout le problème. Avouons que la chronologie, ça n'a jamais été mon fort. Mais ce coup-ci c'est dans les grandes largeurs que ça s'est détraqué. On m'a jugé trop à mon aise ! Je faisais comme chez moi ! Alors ils m'ont contraint à me réveiller couché à même le sol, sans savoir si ce que je vivais était le jour ou la nuit, et quel genre d'heure, et si grâce à ce sommeil insupportable j'avais sauté le néant deux fois, ou bien une seule. Tout de suite j'ai remarqué : les pièces étaient plus sonores et plus grandes. Ils avaient fait place nette. Partout la pierre. Sinon, plus rien. À part le souffle des vents qui par intermittences se chamaillent dans les voiles. Et la pulsation régulière d'une horloge invisible, tic-tac, tic-tac, histoire de railler leur captif qui venait de perdre le compte. Plus *un seul* meuble. Il y en avait de beaux avant qu'ils jugent que les objets ça n'est pas nécessaire. C'est sur leur ordre que les meubles se sont défilés. Seul est resté le silence. Il se tient à chaque coin, sentinelle impavide. Le silence est méchant. Il ne veut rien dire que lui-même. Dans les Cales désertées, le son de mes pas s'amplifie et se répercute à l'infini. Ils n'ont pour les accompagner que de légers frôlements. Trois gouttes d'eau qui s'écoulent le long d'une des conduites. Parfois le silence augmente par sautes si brusques et atteint des volumes tellement intolérables que je me réveille en sursaut.

Les galeries sont partout comme la pierre. Les carrefours : innombrables. Ils me mettent dos au mur, renvoient Nexus à ses responsabilités. Où vas-tu donc aller, maintenant ? Dans quel couloir partirais-tu, si tu étais toi-même ? Plus de chaussures non plus. Le sol sous mes pieds nus est devenu un objet très concret qui avance dans le noir et que je sens très lointain ; à l'improviste il change du tout au tout ; ça sablonne, puis durcit, descend de trois marches claudicantes, s'épaissit comme texture, s'amollit en textile. Quand bien même j'arriverais à retenir quelques ramifications de ces Cales pour connaître le chemin d'une pièce où je pourrais trouver un repos infaillible, ils détruiraient mon travail. Une minute leur suffit pour ajouter une porte. Pour fermer un couloir. Sans cesse c'est à recommencer. On ne discerne pas de l'intérieur les lois qui gouvernent une prison.

Alors je suis devenu méfiant. Je tends des pièges. Pendant des heures, je fais semblant d'être calme, puis sans prévenir démarre en parfait dératé pour monter la garde de moi-même – surprendre des hommes qui auraient fait l'erreur de s'aventurer dans ces Cales. Quelque chose d'indéfinissable remue dans cette maison. C'est moins qu'un homme, hélas. C'est une vivante, une détestable, une dangereuse présence en maraude. Parfois je vois passer des dos voûtés qui gagnent l'ombre poisseuse dans laquelle les couloirs font en sorte de se perdre. Lancé à leur poursuite, je ne les rattrape jamais ; je me trébuche ; je me cogne ; quand les portes n'en sont pas leur rencontre est sanglante. N'importe quel changement apporté à ma situation me conviendrait – pourvu qu'il soit *vivant*. Je souhaite qu'une chose vivante se passe enfin entre moi et les autres et m'extirpe de ce Bateau de Pierre avant qu'il ne se transforme en tombeau.

On me traite comme un enfant. Il n'y a plus de couteaux. Aucun objet dangereux laissé à ma portée. En fin de compte je me tuerai à coups de petite cuillère. C'est assez long. Pénible. Il faut s'ouvrir le ventre de part en part, défoncer la cage thoracique, puis laisser chacune des quinze plaies s'infecter. Bien que la procédure exige beaucoup de patience, j'ai l'impression que me retirer ainsi du monde sera tout de même plus facile que d'arrêter de respirer ou de négliger la nourriture qu'ils me servent comme au chien, selon leur bon vouloir, en un point quelconque du temps et de l'espace. Je vais me montrer raisonnable et en venir à ces extrémités, car *ceci* commence à bien faire.

L'ennemi regarde. Il n'avance qu'à couvert. Mes faux dieux sont trop lâches pour me découvrir leur visage. Ils craignent que je leur trouve des failles dans le masque ou des doubles mentons ignominieux. Toutes les mesures ont été prises pour faire basculer ma raison. La méthode est très enfantine : ils vont me rendre fou, puis dire que je suis fou. Déjà le peu d'intelligence que j'avais en ma possession se décolle et tombe par fragments de mon crâne. Souvent il fait si noir que je marche sur les débris – un autre stratagème qu'ils ont trouvé pour que je me mutile moi-même. Car ils délèguent toutes les basses œuvres à l'ennemi de l'intérieur : ils comptent sur la nervosité de mes nerfs pour devenir mon meilleur ennemi, sentir brusquement que j'étouffe et faire sauter l'une après l'autre les murailles qui m'entourent dans l'espoir de respirer mieux.

C'est de l'intérieur qu'on m'assassine. J'essaye de ne pas me laisser faire. Avec les mots, je construis dans ma tête un discours cohérent. Je fais semblant d'expliquer mon histoire à quelqu'un. L'ennui c'est qu'il se laisse distraire – porte sur moi un jugement hâtif. Il pense que du discours d'un homme en train de divaguer on est en droit de ne retenir que l'impression générale. Au lieu de noter chaque phrase comme une jeune femme blonde consciencieuse, il ne me fait pas confiance. Le malheureux se rendra compte *trop tard* que chaque mot avait une cible précise. Ils s'inscrivent tous dans mon plan général – plus sobre et, à long terme, beaucoup plus efficace que l'agencement de ce Bateau.

J'ai du mal à comprendre ce qu'ils veulent. Rien de particulier, peut-être. Mérogênes et la clinique Bentlam n'étaient que les limbes et, sous les apparences de ce mausolée à ma gloire, se cache le véritable châtiment, la perpétuité monstrueuse dont ils m'ont rebattu les oreilles. D'être doux le traitement est plus infâme encore. Je sens de l'insidieux ; pas la brutalité tantôt satisfaite et tantôt résignée des gardiens de ma prison. Il y a plus de cerveau derrière ce qui m'arrive maintenant.

L'essentiel serait de voir leurs visages, ne serait-ce qu'une seconde. Tout y est forcément inscrit. Rien que leurs yeux et je saurai. Rencontrer ces Messieurs qui en savent plus, et voir ce que je peux apprendre en jouant un peu l'idiot. Il n'y a pas de raison, en fin de compte, que de tout l'équipage je sois le seul Indien. Je vais tremper le bout de mes doigts dans un sang épais et leur en badigeonner la figure. S'ils viennent en paix, pourtant, j'accepterai la paix. On verra par la suite qui sera le premier à déterrer la hache de guerre.

16. OÙ RILVIERO S'ESSAYE À LA PENSÉE EN ALTITUDE

L'aventure commença dans l'ennui. Les premiers jours à l'Aneph, il ne se passa strictement rien. Traumfreund et Rilviero n'y firent d'ailleurs que de brèves apparitions, laissant pour l'essentiel à leurs deux infirmiers le soin de surveiller Nexus.

Préparé avec minutie, le transfert s'était déroulé sans incident. Ils avaient accompagné le fourgon spécial qui menait Nexus à sa nouvelle prison tout en restant à bonne distance afin que celui-ci ne puisse pas même les entrevoir. Au moment de disparaître dans le fourgon, le prisonnier avait levé ses yeux gris comme s'il voyait le ciel pour la dernière fois ; à considérer son visage de plus en plus émacié et ses pommettes tirant vers l'est, Rilviero s'était fait l'impression du Moustachu crétin qui vient d'embarquer le jeune Rom à la guitare d'or. Ce couple fameux le titillait de temps à autre, comme nombre de ses collègues ; c'est aussi que, dans la bouche de ceux qu'on arrêtait, il n'y avait pas de différence entre le service de l'ordre démocratique légitime et celui de la pire dictature. Dans les deux cas une bande indistincte de salauds aux ordres du Pouvoir vous privait de votre liberté.

Ils étaient restés deux jours dans les Rodhiles, le temps de tout mettre en place. Leurs chambres se trouvaient au troisième étage du Mât, au-dessus de la salle de contrôle. Des lits avaient été disposés au quatrième étage afin que Berardi et Oliveira, les deux infirmiers de Bentlam qui s'étaient portés volontaires pour les accompagner, puissent se reposer lorsqu'ils n'étaient pas de garde.

Ceci expédié, il n'y avait momentanément rien d'autre à faire qu'attendre et observer la manière dont Nexus allait s'habituer à son nouveau milieu de vie. Traumfreund et Rilviero prirent une journée pour se familiariser avec *Daedalus*, le logiciel qui régissait les transformations du labyrinthe. Lorsqu'ils eurent touché à tous les boutons juste pour voir, ils reprirent la route de Regson. Traumfreund n'y passa que quelques jours, le temps de régler des affaires en cours à Bentlam. Rilviero s'attarda un peu plus : il avait décidé de faire avancer l'enquête en demandant un coup de main à son ami Ulrich. Ulrich Vaughan : le géant germano-irlandais, qu'il connaissait depuis toujours, c'est-à-dire depuis dix-sept ans. Avec l'accord de Drake, Paulus le mit au courant des aspects principaux de l'affaire et lui commanda un rapport balistique. Vaughan était expert en la matière. Il allait procéder à une reconstitution soigneuse de la fusillade ; grâce à l'étude de la trajectoire des balles, de leurs points d'entrée et de sortie, de la manière dont les corps étaient tombés les uns sur les autres, il pourrait déterminer avec un taux d'erreur assez faible quelle avait été la cible principale de Nexus. S'il s'avérait que c'était Ania, l'hypothèse du gouverneur se trouverait bien sûr renforcée. Au fur et à mesure que Rilviero expliquait le travail à Ulrich, son sourire s'élargissait : il était content de pouvoir déléguer ces travaux fastidieux et de réserver son énergie au face-à-face avec Nexus qui viendrait tôt ou tard.

Le seul problème avec l'Aneph, c'est qu'on y était loin de Lisa. Traumfreund s'en foutait pas mal : il vivait seul depuis longtemps et avait dû finir par s'habituer aux inconvénients sexuels et sentimentaux notables du célibat. La situation de Rilviero n'était pas comparable :

il avait une femme, lui, et devrait se farcir un certain nombre d'allers-retours. Est-ce que c'était vraiment un gros problème, Lisa ? Oui et non. Oui, car la chair est faible et le *home sweet home*. Mais cet éloignement allait lui permettre de débroussailler la confusion sentimentale qui avait envahi son cerveau. Après avoir fait retentir les plaintes d'usage de la compagne abandonnée, c'est elle-même qui lui avait sorti ça : recul nécessaire… temps pour se retrouver… nous fera peut-être du bien… Ah la jeunette ! Du grand n'importe quoi ! Ce qui n'allait pas, en fait, dans cette histoire, c'est que Rilviero ne parvenait jamais à y être tout entier. À la gent masculine, le deuxième sexe, plus ou moins unanime, reproche d'avoir un gros problème avec la notion d'engagement. C'était vrai du cas de Rilviero, à condition qu'on n'entende pas par s'engager *s'attacher* mais simplement *participer*, *y être*. Même au plus fort de leur bataille, il restait toujours un bout de lui-même qui traînait à l'écart, en observateur, notait sans une once de surprise les coups de l'adversaire – attendus, déjà vus, téléphonés – et finissait par y répliquer du mieux qu'il pouvait, parce que c'était son tour et qu'il fallait jouer quelque chose, même si son implication n'était que partielle et l'issue du combat, par conséquent, indifférente. C'était peut-être un destin plus courant, d'ailleurs : les générations successives d'écrivains, de psychologues et de vieilles villageoises assises au pas de leur porte avaient si bien balisé la Carte du Tendre qu'il était difficile de ne pas rapporter ce qui vous tombait dessus à un répertoire de situations préexistantes et partant de ne pas réagir en fonction des rôles disponibles.

Il n'y avait pas qu'avec Lisa que Rilviero menait une grande partie d'échecs. On poussait également pas mal de bois sur la table du salon de l'Aneph, dans une torpeur de diaphragme bien tendu après le déjeuner ou avec des picotements dans les jambes au retour de la promenade. On avançait un pion qui, sous ses airs inoffensifs, comptait à terme semer la ruine dans les rangs de l'adversaire, puis on se retournait vers les écrans pour voir Nexus arpenter les mondes et s'enferrer au fil des semaines dans l'absolu de sa solitude.

Après la marche, Rilviero y allait généralement d'une petite sieste sur le canapé, tandis que Traumfreund ingurgitait des quantités hallucinatoires de thé vert et lisait les derniers articles scientifiques parus sur l'amnésie ou, dans un autre genre, les *Maximes* de La Rochefoucauld. Cela lui valut une fois de se faire traiter de sale aristo, d'intello décadent et de buveur de thé. Le psychiatre avait tenu à se défendre : est-ce que Rilviero connaissait, au moins ? Jamais lu, évidemment, avait avoué Paulus, mais ça ne changeait rien. Alors Traumfreund s'était redressé dans son fauteuil avec beaucoup de gravité et avait expliqué que les *Maximes* c'était génial. Ayant entre-temps découvert le vice de son compagnon, il pouvait préciser : un peu comme des amandes enrobées de chocolat. Si, si : on en prenait une au hasard, et on la faisait fondre doucement sous la langue ou on la croquait au contraire d'un coup sec, avec chaque fois un sentiment de plénitude. Dans les maximes aussi il y avait deux couches : leur syntaxe d'une précision mathématique agissait comme un revers de main bien ajusté qui faisait sauter les masques et laissait entrevoir la deuxième couche de l'homme, pralinée de choses pas très avouables. En somme, le livre de chevet de tout bon psychanalyste. Rilviero ne retira pas l'« intello décadent » et se proclama sceptique : il était impensable que ça puisse ne serait-ce qu'approcher l'intensité de plaisir qu'on retirait des amandes. Malgré tout, il dut promettre au docteur qu'il essaierait un jour, pour voir.

Bref, les deux faisaient la paire. Oliveira et Berardi s'amusaient beaucoup de leurs rapports d'admiration conflictuelle et avaient même pris l'habitude de compter les points à voix haute. Aux échecs, Traumfreund menait onze à huit. Rilviero se consolait en se répétant que lorsqu'il était analyste, il avait dû passer son temps à bosser ses ouvertures tout en faisant mine d'écouter son divan, mais il n'ignorait pas que c'était sans doute faux. Les deux hommes commençaient à se connaître un peu : on s'orientait vers une guerre de position, chacun savait où trouver l'autre et où faire donner l'artillerie pour avoir l'espoir de créer une brèche. Chaque heure apportait sa polémique, nouvelle ou rebattue, et c'était heureux en un sens car cela permettait de passer le temps, tandis que de l'autre côté Nexus se laissait grignoter par les nerfs.

***

Rilviero finit de gravir le raidillon, puis s'arrêta pour reprendre son souffle. Il avait laissé Traumfreund au moins cent mètres derrière, dans le sous-bois où les racines des mélèzes tendaient des croche-pattes plus que vicieux au travers du chemin. Il sentait dans ses cuisses la fatigue des ornières, dont des tapis de feuilles mortes dissimulaient la gueule gluante. Le vent montait par bourrasques de la vallée de Comala et lui portait le sang aux tempes. Ça faisait du bien d'être à la montagne, tout de même. Pas pour l'air pur ou la vie saine. La vie saine, l'air pur, mon cul – comme aiment dire les grossiers. Mais pour l'espace. Pas une habitation en vue. Pas une seule femme talons aiguilles. On pouvait penser tranquillement. Et de fait Rilviero se surprenait à articuler sans effort des idées, à relier des impressions jusqu'alors tout à fait disjointes grâce au pont d'une petite construction conceptuelle qu'il solidifiait ensuite avec du ciment de chez Abstract & Co.

La marche en pleine nature favorisait l'essor de son imagination ; on était parfois le seul être pensant à des kilomètres à la ronde, les idées pouvaient circuler avec plus d'audace, sans risquer d'en accrocher d'autres dans les passages étroits. Il fallait apparemment à Rilviero cet intervalle minimum que ne permettait pas l'atmosphère cérébrale des villes. Évoluer dans les rues de Regson était assez oppressant, de ce point de vue ; en plus du bruit, des murs bardés de slogans qui se fichaient dans l'œil sans qu'on leur ait rien demandé et de toutes les pensées parasitaires qui venaient se jeter sous votre wagon, il y avait les Autres : on n'était jamais que l'un des cinquante encéphales qui turbinaient en attendant que le feu passe au vert ; chaque rue vibrait d'idées, pas toutes intéressantes, bien sûr, mais dont la masse impressionnait. Penser dans son coin paraissait vain, dès lors, et la plupart du temps Rilviero n'essayait même pas. Traumfreund ça ne devait pas le gêner, cette concurrence. Lui en revanche comprenait pourquoi il valait mieux commencer par être prophète dans le désert, où les pierres ne se cassent pas la tête, avant de retourner aux villes. L'isolement le temps qu'il faut. Qu'un discours se tienne un peu avant de se confronter aux autres… D'ailleurs c'était cela l'Aneph, à mieux y réfléchir : un *désert*, une *solitude* au sens qu'avaient ces mots avant. Il se payait aux frais du gouverneur un stage de formation à la pensée en altitude. En espérant qu'ensuite…

Rilviero s'interrompit net : il venait d'apercevoir un escadron de fourmis qui entreprenait l'ascension de sa main appuyée contre un rocher et s'ingénia à les dégommer une par une. D'où venaient-elles, ces connes ? Il repéra au bord du chemin, sous un arbrisseau mort, l'amas spectaculaire d'aiguilles de pin où s'agitait une population frénétique. Bon. Eh bien les rues de Regson à l'heure de pointe, à côté, c'est sûr qu'elles ne faisaient pas le poids. Paulus s'accroupit pour mieux regarder la fourmilière et les trois cadavres lui sautèrent brusquement au visage. Ania, Zhao Yuan, Richard Tallis. Nexus endormi au-dessus d'eux. La photo de Kelly Park, en couverture du *Regson Eye*. C'était ça ! Exactement ! Il se baissa encore un peu plus pour confirmer son impression.

Le matin du 13 février, Kelly Park devait couvrir l'ouverture de l'exposition Mattheus Prenzl au Musée Borphili. Comme elle avait une demi-heure d'avance, elle descendait l'avenue Breton au moment précis où Nexus la remontait pour tuer les passants, lui le pistolet en poche, elle l'objectif en main, capturant de temps à autre la lumière qui flirtait avec ces grands fous de gratte-ciel. La fusillade s'était produite à deux pas d'elle ; bien avant que les services de police ne bouclent le secteur, elle s'était jetée à terre et avait pris une série de clichés noir et blanc. Sur le meilleur d'entre eux, on pouvait voir la masse des quatre corps que la contre-plongée rendait prodigieuse et transformait en une montagne de chair. L'incrédulité dans les sourcils circonflexes de Yuan. La mâchoire à moitié arrachée de Richard. Le sang dans le décolleté d'Ania, entre les pans de son survêtement ouvert, le ruisselet de sang entre ses jolis seins. Le soleil hivernal poudrait les corps d'une lumière d'or. Et il y avait la touche suprême : au dernier plan de la photo, on apercevait, parfaitement distinctes quoique lointaines, les cinq tourelles de marbre noir du Mémorial de la Déportation. Il y avait là un raccourci historique terrible, comme un abrégé de l'histoire de la violence moderne, du crime d'État au crime de rue. Si la guerre reculait dans les mémoires, la criminalité prenait sa place ; le jeu médiatique favorisait la progression de cette angoisse dans les consciences : toutes ces horreurs sont arrivées près de chez vous. Pour Rilviero, cette photo où l'art moderne, sans plus se cacher, vouait un culte à la mort était le sommet du processus révoltant d'esthétisation qu'avait enclenché le triple meurtre. Il se rappelait d'ailleurs d'un signe qui ne trompait pas : cette édition du *Regson Eye* s'était vendue à plus d'un million d'exemplaires.

La fourmilière et l'arbre mort qui la surplombait de ses cinq branches décharnées reproduisaient avec fidélité la composition de la photo de Kelly Park. Ou peut-être c'était Rilviero qui projetait sur l'écran de la nature ce qui était en passe de devenir des obsessions personnelles. À la vue de la fourmilière, en tout cas, il comprit enfin que si l'on n'avait cessé de parler de massacre et de boucherie à propos de ce qui n'était qu'un homicide, et s'il était tentant de prêter à l'acte une portée absolue, c'était certes car on imaginait spontanément ce qui se serait passé pour peu que Nexus ait décidé de ne pas s'en tenir à ces trois-là, mais aussi et surtout par un effet d'optique que la photo de Kelly Park ne faisait que renforcer. Affaissés les uns sur les autres et augmentés du poids de Nexus, les cadavres ressemblaient à un charnier, alors qu'ils n'auraient guère été que trois corps inertes étendus sur l'asphalte s'ils avaient été projetés dans des directions différentes par l'impact des balles.

Trois corps, songeait Rilviero. Pourquoi précisément trois corps ? Chaque fois qu'il pensait à l'affaire, ce chiffre de trois revenait crisser entre ses dents. Alors il se mettait à être d'une humeur exécrable et se demandait soudain si Drake, en lui proposant de se charger de cette mission, en insistant au nom de l'amitié et par des pressions insidieuses, ne lui avait pas tendu consciemment ou inconsciemment un piège atroce en le forçant à revenir vers un autre Rilviero, vers un de ses avatars passés dont il aurait aimé être débarrassé pour de bon. Il revoyait le tapis de la maison de Calhières. Un tapis de luxe, épais, doux au toucher. Le regard étonné des trois hommes, le même haussement de sourcils que Zhao Yuan, peut-être. Et tout de suite après, sans transition, la salle glauque dans le sous-sol de la préfecture, la fumée et la voix. C'était la voix, le plus souvent, qui crachait la fumée, mais quand, pour une minute, le bout incandescent de la cigarette reposait loin des lèvres de Drake, ce n'était pas fini pour autant, un mince filet montait encore et allait se fondre à la masse des volutes qui planaient au plafond, et rampait comme la masse au gré des tuyaux et des angles en cherchant une issue. Peut-être les volutes voulaient-elles également échapper à la voix. Rilviero se rappelait ça, surtout, les mots de Drake, le poids de cette présence d'homme nimbé de fumée grise, le timbre de cette voix qui jouait sans se lasser sur tous les tons de la persuasion, attaquant par la compassion puis passant aux menaces sans qu'on s'en aperçoive, lâchant une minute sa proie pour y revenir de plus belle, quand on ne s'y attendait plus, et tout ceci des heures durant. *On ne tue pas sans mobile*, avait murmuré la voix au tout début de son monologue. *On ne tue pas sans raisons. Vous devez m'aider à trouver les mobiles, Rilviero. Ça fait des années que je vous connais. Je sais que vous en êtes capable. Alors ? Dites-moi ? Le mobile. Rilviero. Le mobile. Expliquez-moi comment on en est arrivé là.*

Rilviero se releva péniblement ; il ne circulait plus une goutte de sang dans ses jambes ; bonne pour prendre des photos, la position accroupie n'était pas idéale lorsqu'il s'agissait de penser en altitude. Son ombre à laquelle le soleil déclinant donnait des proportions démesurées vint recouvrir la fourmilière. L'agitation redoubla. Est-ce que les fourmis percevaient sa présence comme une menace et entendaient déjà sonner les trompettes de l'Apocalypse ? *On ne tue pas sans mobile*, avait martelé Drake quatre ans auparavant. Et pourtant ! Rilviero avait suffisamment pratiqué le massacre de fourmis pour savoir qu'il n'en fallait pas non plus beaucoup… Fichez un pétard dans la masse des brindilles, attendez quelques secondes et vous aurez Hiroshima. Dirigez le jet d'eau vers ce trou de muret où les cohortes noires disparaissent et c'est le Déluge sans Noé et sans arche. On admet communément que les enfants sont cruels. On suppute : c'est par manque d'empathie. Avant de conclure, l'air fier : être adulte, c'est savoir se mettre à la place des autres. Rilviero songeait lui qu'il n'y avait aucune méchanceté là-dedans. Les enfants ne faisaient que laisser libre cours à un empirisme plus inhibé chez les adultes : voir ce que ça va donner ; pas simplement *se représenter la chose*, mais voir de ses yeux ; faire l'expérience de la puissance humaine face à l'extrême fragilité du monde environnant. Est-ce que c'était encore ce qu'on appelle des mobiles, ça ? Il s'imaginait la Terre comme une vesse de loup posée sur un chemin au pays des Titans, et puis la fin de tout : un gosse qui la dégomme sans trop savoir pourquoi. Coup de pied. Myriade de poussières. Rideau.

Il fouillait des yeux les bosquets alentour à la recherche d'une pierre ou d'un bâton quand soudain l'ombre du docteur s'allongea à côté de la sienne. Il arrive toujours au mauvais moment, celui-là. Allez. Fais-le quand même. Rien qu'un petit coup de pied. Sûr que Traumfreund en meurt d'envie, lui aussi. Peut-être que ça ne rime à rien, tout ce mal qu'on se donne… toute cette enquête… et de la balistique ! Vaughan, le pauvre !… Si ça se trouve Nexus a juste voulu voir ce que donnerait une fusillade en pleine rue… mettre un frein à cette agitation stupide… observer la tête des gens en étant au centre de leurs peurs… point de convergence de tous les regards…

C'est trop facile pour toi, Paulito, tu as fait carrière là-dedans, le flingue au poing, *tirez s'ils bougent*, mais les autres, ceux qui n'ont pas eu la chance ou la malchance de connaître ça, l'instinct de mort doit forcément les titiller…

« Et la folie ? » culmina Rilviero en retenant son pied déjà prêt à partir. Traumfreund ne s'étonna pas de la question, ni du ton solennel. Il prit son compagnon par le bras et l'entraîna loin de la fourmilière.

« La folie, c'est un mot que j'essaye de faire oublier. Souvent, il est plus facile d'apprendre aux gens des mots nouveaux que de leur faire oublier certains mots qu'ils connaissent mais qui devraient être retirés de la circulation. Il y a comme ça un certain nombre de substantifs qui traînent… le Bien… le Mal… qui collent comme des vieux bouts de pansement et empêchent qu'on cicatrise. Je ne connais que des gens qui souffrent et qui cherchent à se protéger, y compris s'il le faut en agressant les autres. Qui se sentent si fragiles qu'ils préfèrent quitter notre réalité et aller demander asile à une sorte de monde obscur. Des gens comme vous et moi – parce qu'il ne faut pas croire, nous ne sommes pas à l'abri… mais qui ne réussissent pas à adapter leurs différences aux normes en vigueur. »

Ce qui l'intéressait de plus près dans la folie, pour sa part, c'étaient les langages qu'elle créait. Parce qu'il avait été analyste, peut-être. Mais aussi parce que c'était la clef : la frontière qui séparait les *admis malgré tout* des exclus. Tant qu'on comprenait ce que les gens disaient de leur souffrance, on les appelait malades, dépressifs, pas très équilibrés, on disait qu'ils avaient une case en moins ou une araignée au plafond, on mobilisait le folklore tout en leur gardant une place parmi nous. En revanche, dès que l'écart des normes était trop grand, dès qu'ils avaient besoin de se réfugier dans un univers qui leur était propre et qu'ils se mettaient à parler autrement, c'était fini : la peur reprenait le dessus, on s'arrangeait pour les bannir. « Parce que ça ne veut rien dire du tout, vous comprenez. L'incohérence et le délire, on les tolère tout au plus de poètes et de philosophes qui ont su par ailleurs montrer patte blanche à l'entrée de nos ghettos rationalistes. Mais les autres feraient mieux de se taire… »

Ils ne se faisaient pas prier, d'ailleurs. Il en avait vu tellement sombrer dans un silence de désespoir. Lui essayait de prendre le contre-pied. C'était ça, Bentlam. En tout cas c'était le but. Les amener à reprendre la parole. Les écouter. Ne pas censurer bêtement tout de suite. Le délire était leur façon de redonner du sens au monde après les traumatismes qu'ils avaient subis. Au début, on n'y comprenait rien, mais ce n'était pas grave : il fallait aborder ça comme une langue étrangère. Toujours faire le pari du sens. Pour sa part, l'obscurité ne lui faisait pas peur. Traumfreund savait que le plus souvent beaucoup de patience suffisait à la dissiper. Jamais il n'avait sombré dans l'écueil qui consistait à y voir la preuve de sa propre débilité intellectuelle, ni dans l'extrême inverse qui nous fait affirmer qu'un discours est absurde parce que nous n'en saisissons pas immédiatement le sens. Il s'efforçait de réhabiliter cette parole dont les malades avaient honte, d'en faire un espace commun où il pouvait dialoguer avec eux et gagner leur confiance pour ensuite – et ensuite seulement – leur faire admettre qu'ils avaient tout intérêt de leur côté à s'accoutumer à la langue commune et à s'en servir au moins comme d'une langue véhiculaire afin de vivre en harmonie avec leur entourage.

« Donc, pas *la folie*. Tout au plus ce que vous avez dû approcher vous-même en faisant de la réinsertion : des traumatismes, du silence, des inscriptions presque impossibles à déchiffrer. Je ne sais pas vous, mais moi je me suis fantasmé archéologue, quand j'étais petit – et finalement je ne m'en suis pas tant éloigné que ça. Quant à Nexus… Je ne sais pas si votre question se rapportait aussi à lui… je ne crois pas que ce soit un psychotique, honnêtement. Il paraît trop conscient de sa situation et il n'est pas inaccessible à la logique de notre monde. Néanmoins, si nous voulons qu'il ouvre enfin son poing fermé et nous montre ce qu'il cache, nous aurons intérêt à le traiter comme tel. Quand il se décidera à nous parler, nous devrons d'abord entrer dans son monde, accepter de nous y perdre un moment avec lui. Car c'est seulement lorsque nous lui aurons prouvé que nous sommes capables de le comprendre qu'il nous jugera dignes d'écouter ses aveux. »

17. L'AUTRE DOCTEUR

Moosbrugger est là.

Il a pris une semaine pour venir dans la région et en a aussitôt informé Rilviero. Quand il a su que Nexus était à l'Aneph, il s'est montré curieux de voir l'endroit, avec l'accord de ces messieurs, bien sûr. Rilviero est allé le chercher à la gare d'Altenberg.

On est au petit matin. Rilviero arpente le quai désert et tape du pied pour se réchauffer. Entrant en gare, la locomotive tranche le filet de brume qui se tient immobile au-dessus des rails et l'augmente de son nuage de vapeur. Absurde : elle marche à l'électricité. Donc : c'est Rilviero mal réveillé qui préférerait se croire dans un western.

Alfred Moosbrugger descend pesamment de son wagon. Rilviero le reconnaît tout de suite. Presque obèse. Traumfreund avait prévenu. Il s'avance pour l'accueillir. L'autre a les mains mal rasées et les joues moites. C'est lui qui a choisi de prendre le train de nuit de San Pedro à Altenberg, car il déteste l'avion et la voiture. Ça ne l'empêche pas de se plaindre de l'inconfort des couchettes et qu'on étouffe là-dedans. Rilviero voudrait hocher la tête d'un air compatissant, mais il n'y parvient pas. « Tu es gros, mon pauvre vieux, songe-t-il. Tu n'es qu'un sale obèse qui m'a forcé à me lever à six heures. Et si t'étais moins gros tu respirerais peut-être mieux. » Ce sont des pensées involontaires ; un cerveau de midi les empêcherait de débouler ainsi dans la conscience, mais le cerveau fatigué de sept heures et demie est un censeur moins strict et les laisse se placer entre Moosbrugger et lui comme un filtre qui décrédibilise ce que raconte le docteur.

Quoique Rilviero commence à connaître par cœur la montée à l'Aneph, il prend prétexte de la difficulté de la route pour n'écouter que d'une oreille la voix mielleuse de l'autre. Moosbrugger n'a pas revu Nexus depuis le procès. Sera-t-il possible de s'entretenir avec lui ? Rilviero explique que non, qu'eux-mêmes ne sont pas pour l'instant en contact direct, qu'ils ne lui ont encore jamais parlé. Étonnement sur le siège de droite.

« Ce sont bien là les contradictions de Traumfreund ! Je suis sûr qu'il ne cesse de vous vanter les mérites du dialogue et de l'écoute en psychiatrie…

– Exact.

– Et il refuse d'entrer en communication avec son patient !

– Il dit qu'il faut attendre un peu. Que Nexus n'est pas encore prêt. Mais je vous accorde que c'est paradoxal. »

Une fois à l'Aneph, Moosbrugger exprima le désir de voir le corps du bâtiment et pas seulement le Mât. Traumfreund et Rilviero lui firent cette concession. Nexus était bouclé dans le quart sud-ouest, ils s'installèrent dans une pièce spacieuse au nord-est. Les murs étaient couverts d'estampes japonaises ; la baie vitrée donnait sur un jardin dont un ruisseau dévalait les pentes, mouillant des parterres de galets, arrosant des massifs d'eucalyptus au sein desquels nichaient quelques hérons. Bien que ce ne fût qu'un mur blanc sur lequel Syrénaï avait choisi de projeter les images et la lumière d'un moment de grâce qu'il avait vécu quinze ans auparavant dans les jardins zen de Kyoto, on s'y serait presque cru. Installé dans un fauteuil de bambous tressés qui grinçait sous son poids, Moosbrugger avait sorti le carnet rouge où il consignait ses notes d'analyse et le feuilletait au fil des questions de Traumfreund. Il y avait eu six séances avec Nexus, étalées sur un peu moins de deux mois.

« Quand je lui ai demandé pourquoi il venait me voir, il ne m'a pas parlé de son amnésie. Il m'a dit qu'il avait vu ma plaque dans la rue et qu'une thérapie pourrait peut-être éclaircir certaines choses. Je lui ai demandé quoi. Justement il n'en savait rien. C'était un monde entièrement flou. Comme il se montrait incapable de préciser, j'ai énuméré les domaines d'où pouvait provenir son malaise : relations familiales, situation professionnelle, etc. Il m'a dévisagé avec de grands yeux. “Je suis venu pour parler, et vous ne poserez pas de questions. D'accord ?”

– Qu'est-ce que vous avez répondu ?

– Que je l'écoutais, bien sûr. Qu'il pouvait me parler en toute confiance de ce qu'il voulait. Que s'il le désirait je n'ouvrirais pas la bouche. Alors il s'est mis à me rapporter des expériences banales de sa vie quotidienne. C'était assez gênant. On avait l'impression qu'il n'avait jamais rien vécu, que tout était neuf, que chaque chose lui arrivait comme au premier homme au premier matin du monde. Il ne faisait pas de raccourcis, vous voyez, il s'enfonçait dans le détail, pour expliquer qu'il était allé au Musée Borphili il commençait par vous décrire pendant dix bonnes minutes un endroit avec de grandes salles silencieuses, des tableaux accrochés, des sculptures… – qu'il avait fini par identifier sous le nom à ses yeux saugrenu de *musée*. Il a évoqué comme ça pendant trois ou quatre heures ses promenades en ville – c'était sa grande occupation – et puis ce qui les rythmait : le sentiment d'être menacé. Rien de précis, toutefois. Rien de concret. Tout ça visiblement n'existait que dans sa tête.

Ce qui était frappant, c'était l'effet d'ensemble. Un être totalement désocialisé ; il ne m'a jamais parlé de personne. À croire qu'il n'avait aucun ami, pas la moindre relation sociale, qu'il ignorait jusqu'au sens de ces mots et qu'il ne lui était jamais arrivé d'avoir ne serait-ce qu'une conversation dans un café ou dans un magasin. Cette solitude, eh bien… je crois que c'était le cœur de sa névrose. Par ailleurs, son discours révélait aussi de sérieux problèmes de langage. Il sautait en permanence d'un thème à l'autre, et aussi d'un niveau de langue à l'autre. Capable de vous sortir des phrases qui sentaient leurs lectures classiques, ou un mot rare, et la minute d'après de chercher ses mots comme un enfant, de balbutier. Plus tard j'ai fait le lien avec l'amnésie, j'ai songé à une lésion cérébrale, mais sur le coup je ne savais pas à quoi cette tendance aphasique pouvait être due. Je lui ai conseillé…

– Excusez-moi, interrompit Traumfreund : est-ce que vous pourriez caractériser ça plus précisément ? Ça me paraît important.

– Bien sûr. Je ne suis pas spécialiste, mais disons : paraphasie, parole scandée, pauvre, paragrammatismes, et puis parfois, au contraire, tendance à l'aphasie de Wernicke.

– Hm, hm.

– Hé ho, hé ho, messieurs ! s'indigna Rilviero. Ça vous ennuierait de traduire ? Ça fait quelque temps que je n'ai pas eu le loisir de me replonger dans les œuvres complètes de Wernicke.

– Pardon. Aphasie sensorielle, donc : la parole est fluide mais incompréhensible car les mots sont déformés ou employés là où on en attend d'autres. C'est à peu près ça, non ? »

Il se tourna vers Traumfreund, guettant son approbation. Le docteur hocha la tête vivement, comme pour encourager Moosbrugger à poursuivre. Rilviero les regarda l'un après l'autre ; il sentait courir l'eau souterraine de leur rivalité, chacun sur ses gardes, pesant ses phrases de crainte que l'autre ne les dénigre, cherchant tous deux à désamorcer la tension d'un sourire amical, mais traversés aussi parfois d'élans d'orgueil qui pouvaient les pousser à dire leur opinion personnelle comme des vérités d'Écritures…

« Je lui ai conseillé d'aller voir une orthophoniste, reprit Moosbrugger, mais il s'y refusait absolument. Il m'a rétorqué qu'il fréquentait déjà la Grande Bibliothèque, qu'il connaissait les rayonnages. Comme il avait l'air d'en être fier, je l'ai encouragé à continuer ses lectures : à terme, ça pouvait lui permettre de faire des progrès. Enfin c'était exagéré, ce bric-à-brac dans sa bouche. Au point que j'avais l'impression qu'il le faisait exprès pour se foutre de moi.

– Oui, intervint Rilviero. Avec Nexus, c'est une impression qu'on est souvent amené à avoir. Le pauvre garçon n'est pas doué pour le contact humain.

– Comme vous dites… Un jour il est passé au cabinet, en fin d'après-midi, alors que je ne l'attendais pas. Il m'a déclaré qu'il allait mieux et travaillait désormais chez Capabellis. J'étais content de la nouvelle mais pas très rassuré : il arpentait la pièce, très excité, les yeux injectés de sang, paraissait plus anxieux encore que d'habitude et ne parlait plus que par saccades. Je l'ai forcé à s'asseoir, j'ai essayé de le calmer en l'interrogeant sur ses tâches là-bas – et c'est à ce moment-là qu'il a sorti le truc : l'aveu de son amnésie. D'un coup, comme ça. Très brutalement.

– Il vous en a parlé ?

– Non, c'est le malheur. Évidemment j'étais interpellé : on y était, la percée était faite… mais dès que j'ai cherché à savoir s'il avait consulté des médecins, fait des scanners, une IRM, il s'est mis à crier que ça n'avait pas plus d'intérêt que ça et il est passé à autre chose. Vous voyez, ce n'est pas une mince affaire de l'avoir pour patient ! Bien qu'il soit lui-même complètement perdu, il refuse de se laisser guider et il tient à marcher en tête, vers l'horizon de son choix et au rythme qu'il veut, quitte à larguer son interlocuteur en cours de route… »

Le soir tombait sur le jardin japonais. Rilviero se leva pour allumer d'autres lumières ; les trois hommes consultèrent leurs montres presque simultanément. Les aiguilles du réel n'indiquaient pas tout à fait midi.

« Est-ce que ça correspond à l'heure qu'il fait vraiment au Japon ? » demanda Moosbrugger. Traumfreund dut admettre qu'il n'en savait rien. Ils tentèrent de faire le calcul mais s'emmêlèrent dans les fuseaux ; chacun parvint à un résultat différent, on renonça à trancher. Traumfreund proposa de se rapatrier dans le Mât pour déjeuner *en lumière naturelle*, quitte à refaire un tour dans un autre quartier du Bateau au cours de l'après-midi.

Après avoir craché sa confession d'amnésie comme un caillot de sang qu'on chasse parce qu'il empêche de respirer mais dont on préfère ignorer la provenance, Nexus s'était mis à raconter des rêves. Rilviero et Traumfreund les connaissaient déjà, puisque Moosbrugger les avait décrits pour les besoins de l'instruction. Cette fois-ci ils lui demandèrent de s'attarder un peu plus.

« Ça nous a occupés les deux dernières séances. Je n'ai pas tout noté. Je vous donne les grandes lignes. C'étaient des rêves riches en détails, et en même temps assez classiques pour ce qui est de leur contenu. Il se voit chez Capabellis, par exemple, en train de pousser un chariot. Des mains autour de lui se mettent à empiler des cartons dessus. Nexus se sent heureux, au départ, de ce poids qui grandit... et puis petit à petit, inquiet de la difficulté avec laquelle il progresse. Au bout d'un moment il y a trop de cartons, il envisage d'en déposer sur le trottoir, de revenir les chercher plus tard, avant qu'on lui fasse signe que ça n'est pas possible : il ne doit faire qu'un seul voyage. Il se sent épuisé. Enfin il arrive devant l'entrée principale ; le chariot ne passe pas dans les portes-tambours. Les standardistes se moquent de lui derrière leurs bureaux de l'atrium. Sauf qu'à ce moment-là, peu à peu, il s'envole. Il se met à planer au-dessus d'autres terres. Il parle de... attendez... voilà : d'un ciel bleu-vert – un bleu-vert qu'il tenait beaucoup à caractériser, d'ailleurs, il m'a tenu dix minutes sur la gamme des nuances – et en dessous du ciel des taches de couleur gris et vert qui se mettent à prendre du relief... une sorte de pays ceint par la mer... Plus un tableau qu'autre chose, à vrai dire.

– Effectivement, tout ça est assez classique, soupira Traumfreund en faisant circuler le plateau de fromages. J'ai dû entendre ce genre de choses des dizaines de fois, même si ça commence à dater maintenant... »

Moosbrugger releva la tête, s'essuya la bouche et fixa Traumfreund d'un air qui ne permettait pas de savoir s'il couvait sa vieille haine ou était, au contraire, en train de s'étonner, tout en partageant le pain et la brique de brebis, de se découvrir avec ce confrère autrefois honni un peu de complicité.

« Ce qu'il y avait de plus original, chez Nexus, en fait, c'était la cohérence de son matériau onirique. Car ce que je vous ai raconté se prolonge. Est-ce qu'il rêvait tout d'affilée ? Est-ce qu'il voyait une seule histoire là où d'autres auraient perçu des rêves distincts ? Difficile de savoir. Je vous l'ai dit, il n'appréciait pas beaucoup les questions. Il les punissait de quarts d'heure de silence obstiné. Je pense que lui, en tout cas, avait l'impression de reprendre en s'endormant le fil d'un rêve interrompu.

– Est-ce que tout ça pourrait avoir un rapport à son amnésie ? intervint Rilviero.

– C'est une hypothèse tentante, sourit Moosbrugger. La manière dont il est passé sans transition de son aveu aux récits me le laisse croire. Le saut apparent entre les deux n'est peut-être qu'une association d'idées obscure pour nous… Il y a des épisodes plus narratifs : après avoir survolé les aplats de couleurs de cette terre vue d'en haut, par exemple, il se retrouve face à la porte d'une grande maison. Un corps de ferme, à ce qu'il en voit. Et il raconte comment, après bien des hésitations, il se décide à entrer. Ce qui est important eu égard à son amnésie, ajouta Moosbrugger pour Rilviero, c'est la suite, la façon dont il est accueilli, à l'intérieur. Il s'attend à être l'étranger, immédiatement regardé de travers, bientôt rejeté. Or on ne lui pose pas de questions. Il s'assoit à table avec tout le monde. Il travaille avec les autres. Il est admis, comme si on savait qui il est ou que c'était indifférent.

– Qu'est-ce qu'il fait comme travail ? s'enquit Traumfreund.

– Bah ! La terre ? le bois ? Je ne sais pas. Lui-même ne sait pas bien. Un travail manuel, en tout état de cause. Mais qui fournit – ce sont ses mots – les nourritures dont la tête a besoin.

– C'est à la campagne ? Un monde rural d'aujourd'hui ?

– Je vois où vous voulez en venir. Non, hélas. J'avais pensé moi-même à ce qu'on peut supposer de sa jeunesse d'après son lieu de naissance officiel, dans ce bled dont j'ai oublié le nom. Quand j'ai essayé de le lancer sur cette piste, il a insisté au contraire sur le fait qu'il *découvrait* ces lieux, et que malgré l'atmosphère chaleureuse il y était un véritable intrus… Ensuite il se voit parler avec son hôte qui l'informe des réalités du coin… échanger des regards lourds de sous-entendus avec une fille tout ce qu'il y a de plus érotique… et c'est à peu près tout.

– Comment ça ? Il se réveille toujours arrivé à ce point ?

– Je ne sais pas. C'est là que mes notes s'interrompent. Je lui ai dit que nous continuerions la fois d'après, il était d'accord, il semblait plutôt satisfait… et pourtant il n'est plus revenu. Nous avions un rendez-vous hebdomadaire. Après sa deuxième absence, je lui ai téléphoné pour savoir si tout allait bien, s'il souhaitait continuer la thérapie, mais ça n'a jamais décroché. Pas de répondeur, évidemment… Je ne me suis pas obstiné. Je vous assure que ces sonneries qui se perdaient invariablement dans le vide, ça finissait par donner des frissons.

– Merde ! C'est frustrant, tout de même ! s'exclama Rilviero. Ça ne vous a pas énervé ?

– Pas plus que ça, j'avoue. Vous savez, dans notre métier, c'est monnaie courante. Ce qui est curieux dans cette histoire, pour finir, c'est la manière dont j'ai appris son arrestation. Je n'achète jamais les journaux, d'habitude. Et quand je dis jamais, c'est jamais. Or ce jour-là, en sortant déjeuner, je ne sais pas ce qui m'a pris : j'avais dû voir un peu plus de passants que de coutume en train de lire la presse… ou alors un pressentiment… toujours est-il que j'ai fait un détour d'une centaine de mètres pour passer devant un kiosque où la photo m'a aussitôt sauté aux yeux. Je veux dire la photo de Kelly Park. Et, aussi étrange que ça paraisse, je vous assure qu'en lisant les titres je sentais que ce n'était pas un fait divers comme les autres… que ça allait ébranler la ville… et puis que ça me concernait moi ! »

Moosbrugger repartit le lendemain en fin de matinée. Rilviero le raccompagna jusqu'à Altenberg. Dès que l'Aneph disparut des rétroviseurs, le psychanalyste laissa exploser la foule des commentaires qu'il retenait depuis vingt-quatre heures du fait de la présence de Traumfreund. Et naturellement – ils n'en font pas d'autres – c'est aussi ce moment-là que choisit l'orage du jour pour montrer ce qu'il avait dans le ventre.

« Mais alors, monsieur Rilviero, dites-moi, maintenant : qu'est-ce que vous en pensez, vous ? Parce que moi ! Ah, je veux bien me taire, mais il me faut votre avis ! Parce que… Et puis non, d'ailleurs, je dois vous dire les choses. Je ne peux pas partir sans… à vous qui êtes raisonnable… C'est insensé, ce que Traumfreund est en train de faire. Vous en êtes d'accord, j'imagine ? Bien sûr, il entoure ça d'une rhétorique habile, on pourrait presque se convertir, à l'écouter, mais enfin il suffit de prendre un instant de recul pour se rendre compte que c'est de la folie pure ! »

Cet assaut imprévu ébranla Rilviero. Il avait fini par se faire à l'idée que les deux docteurs pratiquaient désormais une coexistence pacifique, et que ça n'éclaterait pas. Or si. Et dans les grandes largeurs : le tonnerre des gouttes évacuées tant bien que mal par les essuie-glaces ne suffisait même pas à couvrir la voix de Moosbrugger.

« Qu'est-ce qui est insensé, pour vous ? » glissa Rilviero prudemment. Il ne voulait pas s'engager avant de voir de quel bois le psychanalyste se chauffait. Tout en sachant que le projet de Traumfreund n'était pas précisément *raisonnable*, il s'était mis à penser pour de bon que ça allait marcher.

« Mais tout ! Tout ce qu'il fait ! À commencer par le choix de ce lieu ! Entendons-nous, hein, c'est très beau, l'Aneph… je ne cache pas mon admiration… vous avez bien vu, d'ailleurs, que je trouvais ça fort. Mais ce n'est pas fait pour ça, bon Dieu ! Vous êtes au courant, tout de même : c'est la création d'un déséquilibré, un cas de l'histoire de l'architecture. Ce n'est pas un instrument thérapeutique ! Ni même un lieu de villégiature. Vous avez pensé à l'hiver, dites-moi ? À ce que ce sera, l'hiver ? Non, je suis sûr ! Tenez, il me rappelle les utopistes du XIXe, Traumfreund. Ceux qui croyaient qu'une ville habilement dessinée ou une maison bien faite suffiraient à chasser "les mauvaises pensées du cœur de l'homme". Et puis c'est délirant, cette volonté de laisser Nexus mariner à distance. Les gens comme lui, on leur donne des médicaments et on leur parle. C'est comme ça que ça marche, la psychiatrie.

– Justement, avec lui ça n'a pas marché. C'est ce qui s'est fait à Bentlam, et ça n'a rien donné.

– Eh bien si ça ne donne rien, ça ne donne rien. Et tant pis. Ce qu'il propose là, ce n'est pas un choix alternatif, c'est de l'acharnement thérapeutique et de l'imbécillité. Vous vous rendez compte : il n'a pas mis au point de protocole, Traumfreund. Il fait ses petites expériences avec son petit cobaye. Il n'a pas la moindre idée de ce que ça peut donner, et il s'en moque ! Croyez-moi, je le connais : il s'en moque. Il s'amuse, c'est tout. Il a toujours eu un côté apprenti sorcier. Manipuler les gens, voilà ce qui l'intéresse. C'est comme ça qu'il a foutu en l'air son mariage. Vous connaissez l'histoire ?

– Non, admit Rilviero.

– Beatriz de Fonseca. C'est une galeriste d'art, elle a une certaine notoriété, dans sa branche. Eh bien on dit qu'elle l'a quitté parce qu'il n'arrêtait pas de l'analyser. Elle n'en avait pas besoin, la pauvre, elle venait d'une famille déjà assez compliquée comme ça, entre son oncle et son père qui… bref : pas le choix ! Chacun de ses gestes et chacune de ses paroles, hop, sous la loupe. Il voulait la connaître à fond. Vous imaginez cette vie ? Elle a dû se faire l'impression d'une grenouille qu'on écorche… Si au moins il l'avait aimée !

– Qu'est-ce que vous en savez, s'il l'aimait ou pas ?

– Rien. Vous avez raison. On ne sait pas ces choses-là. Mais enfin elle a divorcé aussi parce que monsieur ne se remettait pas de la mort de son meilleur ami. Vous savez bien : Lucas Kelten. »

Évidemment le nom ne disait rien à Rilviero. Face à ce déballage des *affaires* de la bourgeoisie regsonienne, il sentait plus que jamais qu'il n'appartenait pas à ce monde-là, qu'il venait d'une autre région, d'un autre milieu. Alors que d'ordinaire cette pensée était plutôt complexante, il en retirait en l'occurrence une certaine fierté. Moosbrugger dut expliquer :

« Lucas Kelten, il y a quinze ans, c'était le grand penseur. Jeune, brillant, avec ce qu'il faut de provocation. Les étudiants se pressaient à ses cours. Il parlait de développement de la personnalité, de fidélité au rêve, ce genre de choses, et ne citait que des auteurs aux noms imprononçables. Il vous expliquait pourquoi tel philosophe dont vous n'aviez jamais entendu parler auparavant permettait de dissoudre toute une série de problèmes – certains de vos problèmes intimes. Il vous menait dans la chambre des secrets, prononçait trois formules, et concluait : “Tout tient là-dedans.” Et puis au détour d'une leçon, ça va sans dire, un petit dérapage, une pique *presque involontaire* contre un homme politique ou un ponte, bien entendu ça faisait rire tout le monde, les gens faisaient circuler – lutter contre l'establishment, c'est important. Les plus naïfs de ses étudiants devaient avoir l'impression, en sortant de son amphi, de tenir le monde entre leurs mains et d'être les combattants de l'avenir… Bref, Traumfreund et lui étaient très proches. On leur a prêté une relation. Je ne sais pas ce qu'il en était. Kelten est mort, après. Prématurément, comme on dit. Pour moi ça n'a pas été une surprise : ce type-là avait vraiment brûlé la chandelle par les deux bouts. Comment est-ce qu'il est mort, déjà ? Je dois dire… je ne sais plus trop. En tout cas, Traumfreund en a pris un sacré coup. Et Beatriz est partie un an après. Enfin ça n'a pas de rapport, ça ce sont ses histoires. Juste pour vous dire qu'il n'est pas aussi soucieux du bien-être des gens qu'il le dit. Ou plus exactement : il s'en soucie quand il y a quelque chose à en tirer. Je ne vois pas son intérêt dans cette affaire, mais…

– Il n'en a pas, assura Rilviero pour devancer toute question.

– Il en a sûrement un ! s'obstina Moosbrugger. Ce n'est pas un mauvais psychiatre, entendons-nous. Je ne dis pas ça. Mais ça reste un hétérodoxe de la pire espèce, comme Kelten, comme beaucoup dans leur génération : ils ont érigé la subversion en dogme et veulent faire passer ça pour la marche de l'Histoire ! »

Ça ce n'était pas bien joué, songea Rilviero. C'était la phrase en trop. À vouloir enfoncer le clou, Moosbrugger venait de se planter. Parce qu'à y regarder de plus près, cette génération-là, c'était aussi celle de M. Rilviero…

À la gare, de nouveau.

« Je ne vous dirai qu'une chose », répétait encore Moosbrugger dégoulinant de pluie sur le marchepied de son wagon : « Méfiez-vous, monsieur Rilviero ! Je vous aurai prévenu. Méfiez-vous ! »

Le train s'ébranla sous les rafales. Rilviero courut se mettre à l'abri dans le hall de la gare. Merci du conseil, Dr Movézogur : on essayera d'en tirer le meilleur profit. Il commanda un grog. Il ne trouvait plus son écharpe, s'il en avait jamais eu une, et il avait mal à la gorge.

18. TEMPÊTE OBLIGE

Toujours pas de nouvelles. Les dernières datent de… pff ! Préhistoire. La certitude de l'abandon pousse de partout comme de la mauvaise herbe. Ça me bouche les artères. Mes veines… ma lymphe… elles sont mises en demeure de démence. Une chose est sûre dans ce labyrinthe où les murs prennent les gens de haut : je me suis fait avoir. J'ai eu l'orgueil de me croire incontournable et on me fait sauter, un rouage superfétatoire dans une machine qui se détraque. Ils auraient eu tort de se gêner : quand on a la chance de tomber sur une aussi parfaite victime… Aujourd'hui je touche le fond. Pourtant je ne m'en dédis pas : c'est moi qui finirai par les avoir. À défaut d'entrer bien dans le reste, vous devriez au moins retenir ce tuyau de source sûre : les sauveurs se sauveront.

Je n'ai jamais été qu'un frêle esquif d'osier tressé entre deux rives. Passeur… passe… passe… on ne passe plus. Pourrira dans la vase, sanglant, percé de roseaux. Mais il fut dit que le roseau faisait fléchir les chaînes – et c'est là mon espoir.

Je suis seul maître à bord. Perdu dans les coursives. Ça vaut mieux que dehors où la tempête fait rage. Vu le boucan d'enfer, elle est sûrement en train de tuer les bêtes grandiloquentes et de ruisseler sur leur peau jusqu'à en révéler le squelette. On plantera ces ossements dans le cimetière des espèces disparues, à la frontière d'un monde devenu désertique. Car c'est précisément ce qui va arriver au monde : depuis qu'ils m'ont jeté à fond de cale, ils n'auront plus personne, le monde, pour les sauver. Les Nordestins ont réussi leur coup. Ils voulaient de la destruction, provoquer un nouveau Déluge, rester seuls entre soi. Leurs dirigeants ont pris, pourtant, cette précaution de rigueur : au cas où le règne animal s'avérerait plus tard de quelque utilité, ils ont résolu de garder les images de ce pays deux par deux dans une arche, en compagnie d'un bon bouc émissaire. Aussitôt dite, la chose est faite. Me voilà rescapé des grandes eaux de vent terrible et bouclé dans ce chavire qui tangue.

La vue baisse, tempête oblige. Des lueurs rougeâtres fuyant le long des murs comme des lézardes ont remplacé les hublots gigantesques qui me narguaient avant. Ça se fait gentiment carcéral. Bientôt on ne verra plus que ça, des couloirs aux replis de reptiles allongés dans la nuit. Enfin ça ne sera jamais un labyrinthe normal, où les jeunes sacrifiés s'égarent donc meurent de faim, car moi qui n'arrête pas de me perdre, avec beaucoup de talent et de conscience professionnelle, je bute inéluctablement toujours sur des assiettes déposées en pâture prémâchée sur des dalles, je n'y arrive jamais… Ils me font subir les épreuves, ils m'usurent, mais ça n'est pas ma mort qu'ils veulent : au dernier moment, un je ne sais quoi me retient. Les consignes, peut-être : donnez-le-nous brisé, mais un petit peu vivant. Est-ce qu'il va tenir ? Crever ? Il se pourrait qu'une fois de plus, je ne sois que l'objet d'un pari, et que les joueurs anxieux de remporter la mise surveillent de très près mon supplice. Encore un trait gravé dans mon destin : j'aurai toujours été l'homme expérimental, censé dire à ceux qui m'observent comment se comporte un être humain qu'on prive de la lumière. On me fabrique, on me donne de l'argent et des pensées pour faire des choses qu'en vérité je réprouve. Jusqu'à ce qu'arrive la nuit du monde, celle où ce sera mon tour de manipuler les hommes…

Jure, Nexus. Jure. C'est ta dernière issue. À partir de maintenant, il va s'agir de provoquer l'intervention du dieu de la machine. Qu'il descende donc, si c'est un homme, au lieu de rester juché sur la grande vergue. J'ai l'astuce, pour cela. Les pièces se ferment dès que je passe à une autre ? Qu'à cela ne tienne : je ne les quitterai plus. Je m'installe pour camper sur la grève. On y entend les cris d'oiseaux marins, de magnifiques goélands, des albatros inaccessibles. Qu'ils viennent. Qu'ils me recueillent et me fassent remonter à bord, ou moi je m'éclipse de la faim. Je parlerai. Je vais parler. J'ai besoin de comprendre. De dire l'histoire, afin que d'autres me l'expliquent. Ils auront pour eux la distance, peut-être la raison. Ils sauront tracer la frontière entre ce qui existe et ce qui n'existe pas. Envoyer balader les soi-disant tabous. Sauver sa peau, si c'est ce qu'il reste. Amis, ennemis, je ne dois plus être à ça près puisque les règles de ce monde veulent que tous un jour m'abandonnent.

19. LA VOIE ROYALE

Ils n'avaient jamais poussé aussi loin.

C'était entre eux un accord tacite : à un moment donné de l'après-midi, ils se levaient, s'équipaient et sortaient marcher. Au début ce n'étaient que des promenades insignifiantes, juste histoire de prendre l'air, mais un mois de présence dans les Rodhiles avait aiguisé leur appétit de marcheurs ; ils avaient acheté d'autres cartes et ne rentraient parfois qu'à la tombée de la nuit – quand Berardi ne devait pas aller les récupérer en voiture dans un hameau de bout du monde. Leurs itinéraires de prédilection décrivaient autour de l'Aneph une série de boucles allongées et étroites, laissant très vite le Bateau hors de vue pour changer ensuite brutalement de direction et le retrouver à l'improviste, par de tout autres sentiers. Ils ressentaient ça comme une ruse de vieux matous qui s'éloignent de leur souris captive en musardant, distraits, pour la surprendre au retour en pleine tentative d'évasion ou en flagrant délit de danse.

Cette fois-ci ils étaient partis dès le matin et à midi ils étaient assis à la terrasse du Chalet d'Outremont, une bâtisse de bois plantée depuis plus d'un siècle sur le promontoire rocheux qui s'avançait au-dessus du lac de Comala. Ils avaient commencé par casser la croûte dehors, le visage renfrogné par le vent qui montait des eaux ridées du lac, avant que le froid ne les pousse à l'intérieur.

Un feu agitait la cheminée. Au-dessus, l'encolure du cerf majestueux tué par des chasseurs minables prenait des couleurs d'incendie. Un peu partout aux murs, des pièces rouillées d'outils agricoles sifflotaient le refrain des travaux et des jours. Une horloge au battement d'une régularité apaisante donnait le rythme. Plus gueulardes et vulgaires, des boules de billard se castagnaient, s'entrechoquaient. Traversant les nuages et l'épaisseur des vitres, la lumière venait strier les tables de bois massif de reflets d'outre-monde. La serveuse leur avait apporté du café, une assiette de fromages et d'immenses tranches de pain. Tartinant avec un sérieux admirable et occupés à se remplir l'estomac, les deux hommes n'échangeaient pas un mot. Derrière eux, la partie de billard se poursuivait ; les boules descendaient une à une dans le ventre de la machine et se fracassaient contre les âmes mortes de leurs compagnes avec un bruit de tonnerre.

Comme le vide des estomacs s'atténuait peu à peu, la conversation redevint possible. La parole est à Rilviero.

« Tenez, me voilà parti dans quelque chose. Vous avez eu votre phase billard ?

– Pas plus que ça, non.

– Moi je n'ai jamais vraiment joué non plus. Mais regardé, un peu. Vous permettez que je vous raconte la petite histoire ?

– Je vous en prie.

– Je venais d'arriver à Regson. C'était l'époque navrante où je fréquentais les bars. En fin d'après midi, ou tard. Seul. Verre sur verre, assis au comptoir, la mine patibulaire. Vous voyez ?

– Comme si j'y étais.

– Bon. Je buvais, donc. Tantôt je regardais dans le vide, tantôt les traces de mes doigts sur le verre. Une empreinte digitale, c'est incroyablement complexe. Un peu comme les lignes qui marquent les paliers d'altitude sur nos cartes. Ou comme le plan de l'Aneph… Bref. Souvent c'était la partie de billard qui me maintenait éveillé. Le bruit des boules… » Il porta la main à son oreille : « Vous entendez ? Exactement ce bruit-là. Après deux verres de trop, c'est comme des coups de marteau dans le crâne… Enfin. Là où je veux en venir, c'est qu'un soir de fatigue, je me suis retrouvé décapité sur le tapis.

– Oui.

– Une hallucination. J'ai vu distinctement ma tête posée sur ce tapis de billard, une chose toute ronde qui ne pouvait pas bouger et avait l'air très bête. Je vivais ça de l'intérieur puisque je me sentais paralysé – c'était horrible, je faisais des efforts énormes pour essayer de mouvoir mon visage, pour au moins froncer les sourcils… et en même temps j'observais cette souffrance de l'extérieur, ce qui rendait la scène beaucoup plus cruelle. Vraiment j'étais hideux : les yeux à fleur de crâne, le sourire crispé. L'angoisse, c'était surtout de voir les ombres bouger derrière... il y avait cette menace permanente de types armés de cannes qui me tournaient autour et cherchaient le meilleur angle pour me dégommer.

– Je vous vois venir ! Vous vous êtes dit voilà, on y est : métaphore impeccable de la condition humaine, etc., etc.

– Alors ça ! Non mais vous êtes marrant ! Vous n'arrêtez pas une seconde de me bassiner avec vos théories... vous en avez sur tout... La Rochefoucauld et les dragées, le système carcéral et la sexualité des pandas, et par ailleurs vous vous plaignez que votre équipier soit un taiseux indécrottable... sauf que le jour où je vous confie une vision personnelle, tout ce que vous trouvez à faire, c'est de me couper l'élan ! »

Traumfreund fit marche arrière, toute :

« Excusez-moi. Ça n'était pas par méchanceté. Je ne voulais pas. J'ai un taux excessif d'ironie dans le sang, mais je me soigne. Continuez. Je vous assure que ça m'intéresse beaucoup.

– Mouais, fit Rilviero en s'essuyant les lèvres d'un geste décidément gaulois. Soyez gentil : ne me prenez pas la tête avec la condition humaine. Je vous dis juste ce que j'ai vu ce soir-là. Ma vie en suspens... incapable de se mouvoir d'elle-même... prise de panique à l'idée de rester ensevelie comme ça dans le sable jusqu'au cou... J'attendais tout des joueurs, mais je craignais leur violence.

– C'est qui, les joueurs ?

– On n'en sait rien. Des ombres réunies autour de la table pour leurs opérations. Des types pour le moins louches qui enduisent consciencieusement le bout de leur canne de bleu puis la font passer d'une main à l'autre en poussant des grognements sordides. Comment le jouer, ce coup-là ? Pas évident. Le but final, bien sûr, c'est de nous caser quelque part, qu'on ait notre compte, qu'on se fasse destin, qu'ils puissent écrire la nécrologie par avance. Martel, comptable, 55, trois enfants, divorcé… Mais il y a mille et une manières de nous envoyer au trou. Alors laquelle choisir ?

Pour certaines têtes, c'est simple. Elles sont juste en face de leur trou, pas de raison de compliquer les choses : on les y expédie dès qu'on peut. Est-ce que les joueurs respectent, en faisant ça, une affinité particulière ? Dans le meilleur des cas : quand la boule contemple sa poche avec envie, que cette poche c'est sa vocation. Souvent, c'est juste qu'ils ne sont pas très inspirés. Ils choisissent des solutions faciles. Cèdent à la pression du déterminisme. Pour d'autres numéros, au contraire, il va falloir deux ou trois bandes, un coup assez osé avant que ça rentre ; et comme les joueurs ne sont pas infaillibles, il n'est pas sûr qu'on obtienne l'effet recherché. Et puis il y a les dernières – celles que je préfère – qui devront attendre une rencontre pour trouver leur chemin ; rien ne les prédestine… celle-ci orange et pleine… et cette bleue rayée ; elles sont posées sagement, très loin l'une de l'autre, au début de la partie ; jamais on n'aurait dit qu'elles étaient faites pour se rencontrer. Sauf que voilà : par hasard, soudain, elles évoluent dans la même galaxie, et on peut décider que le choc sera créatif. Souvent les joueurs prennent le temps de la réflexion. On peut compter les secondes. Mais une fois que c'est dit, ça va très vite, et après qu'elles se sont heurtées le monde n'est plus pareil. Quelque chose change dans la couleur de l'air. Il y a des rubans aux fenêtres quand on passe dans la rue. Les couronnes mortuaires fleurissent en plein décembre. — On pourrait siffler mieux que les oiseaux. »

Rilviero avait prononcé ces dernières phrases plus lentement, parce que c'était fragile. Il tremblait dans sa voix une flamme naissante, et qui allait mourir si on ne la protégeait pas. Traumfreund eut soudain l'impression d'entendre parler un autre. Il ne retrouvait pas son compagnon de marche dans ces paroles. On lui souffla que c'était lui tout de même – qui pour la première fois, sous cette forme pudique et détournée, était en train de lui faire une confidence. Alors il ne fut pas long à répondre à l'appel : il s'arrêta de respirer, laissa loin derrière lui sa malice ordinaire et entreprit de poser entre eux son regard pour couper le vent, retenir la flamme.

Difficile de donner les noms. Aucun ne fut prononcé. Mais ce soir-là, dans ce bar, si la tête du paralytique avait cligné des yeux à chaque lettre décisive, l'alphabet aurait fini par épeler le prénom *Gabrielle*. L'avoir rencontrée quand il n'était qu'un adolescent mal dégrossi ; l'avoir vue partir, dix ans plus tard, sans comprendre pourquoi, alors que lui s'apprêtait à affronter l'âge adulte en lui tenant la main et que l'idée qu'ils livreraient bataille ensemble lui rendait la vie si légère… Le choc de cette rencontre avait changé du tout au tout sa trajectoire. À voir sa tête paralysée ainsi sur la table de billard parce que Gabrielle n'était plus de la partie et ne pouvait pas le remettre en mouvement, Paulus avait compris une bonne fois qu'on ne revient pas en arrière, et qu'on ne peut pas oublier non plus : les rencontres restent, les noms qu'on croit avoir enterrés ressurgissent. Il s'était redressé sur sa chaise, avait déposé un billet sur la surface poisseuse du zinc et était sorti dans la rue, sobre, sobre soudain en dépit de l'alcool et des effets secondaires indésirables de la décapitation.

Heureusement, Traumfreund n'avait pas besoin que ces choses soient dites pour comprendre. Rilviero avait eu le courage de jeter un pont entre eux, et le psychiatre voulut l'emprunter à son tour. Il parla un peu de lui, avec la même réserve, ne cita pas de noms non plus, juste quelques images que ce mot de *rencontre* faisait surgir de la profondeur des années. Dans le silence qui suivit, les deux hommes purent prendre conscience que leurs relations venaient de franchir un cap. La frontière de leur vie personnelle n'était plus grillagée ; à condition de respecter les coutumes locales, l'autre pourrait passer librement et entamer l'exploration de ce territoire nouveau.

Dehors, une éclaircie se profilait. Traumfreund dessina du doigt un cercle sur la fenêtre embuée et y colla un instant l'œil. Il proposa qu'ils fassent quelques pas à l'extérieur, puis, comme Paulus ne répondait rien, se contenta de se rasseoir et d'allumer une cigarette. On se trouvait bien, dans cette grande pièce. Après l'effort de la marche, il n'aurait pas été difficile de s'y assoupir. Traumfreund regardait le patron, la serveuse et les joueurs de billard et ressentait pour tous une sympathie irrationnelle. Comme s'ils étaient pour quelque chose dans ce qui venait d'avoir lieu, et qu'il fallait les en remercier.

« Rilviero ? risqua-t-il au bout d'un moment.

– Oui ?

– Vous aviez quelque chose en tête. Tout à l'heure. Quand vous m'avez parlé du billard. Ce n'était pas juste pour qu'on se raconte nos vies. »

Paulus ne put s'empêcher de sourire : le docteur ne laissait décidément rien passer.

« En fait, il m'est venu une idée. Concernant Nexus. Je pense… » Il s'arrêta, gêné, tâtonnant vers des mots dans le noir. Pour une fois qu'il ne faisait pas office de chambre d'enregistrement des intuitions du docteur mais se trouvait à la manœuvre, il ne pouvait pas se permettre de rater son coup. « Je pense que Nexus lui aussi a fait une rencontre – et que c'est à cause de cette rencontre qu'il s'est retrouvé un matin marchant dans la rue, un pistolet au poing, prêt à tuer trois hommes.

– Comment est-ce que vous en arrivez là ?

– Eh bien… le Nexus dont nous ont parlé Moosbrugger et les autres, ce n'est pas quelqu'un qui a un meurtre en tête. C'est un marginal, d'accord – mais rien d'autre. La trajectoire est droite, pour lui. Une solitude toute tracée, qui ne conduit pas en prison, même par la bande. Donc il y a eu rupture. Il n'a pas pu en venir seul au meurtre, c'est donc que quelque chose – ou quelqu'un – lui en a donné l'idée. Et je ne veux pas parler d'un simple commanditaire. C'est plus profond que cela. Je pourrais même avancer une date. Entre octobre et janvier. Après qu'il a choisi de laisser tomber Moosbrugger et de se claquemurer encore plus. Il y a un petit peu moins d'un an. Vous suivez, ou pas ? C'est clair comme un théorème d'eau de roche, pour moi, ce que je vous dis là. Je ne peux pas démontrer, mais j'en suis sûr. Je veux bien me couper une couille et me faire prêtre que c'est vrai.

– J'espère que nous n'en arriverons pas à ces extrémités.

– Rencontre, je vous dis. Comme au billard. Reste à savoir où, et avec qui. »

Traumfreund relâcha la fumée avec un ravissement manifeste :

« Je vous suis sur toute la ligne. Et je dirai même plus : je pense avoir la réponse à la première de vos questions. Je ne sais pas *avec qui*, mais je crois savoir *où*. »

Il écrasa sa cigarette, porta lentement ses mains à son visage et se mit à tambouriner du bout des doigts sur ses tempes. De l'air le plus sérieux du monde.

« Ici. Ça s'est passé précisément ici. Dans sa tête, la rencontre.

– Quoi ? Vous voulez dire qu'il l'a imaginée ?

– Non. Je ne crois pas, en tout cas.

– Alors quoi ?

– Rêvée. C'est en rêve qu'il a fait cette rencontre. Pour la bonne et simple raison qu'il ne pouvait pas la faire ailleurs. Rappelez-vous. Il ne considérait les gens qu'avec méfiance. Tout passant comme un agresseur potentiel, chaque café comme un lieu d'embuscade. Il ne se serait jamais laissé aborder ! Pas approcher à dix mètres. Un petit panneau au cou, et qui dit *Chien méchant*. Donc ça a dû se passer pendant son sommeil. Parce que là, Moosbrugger nous l'a confirmé, il baissait la garde, il était plus à même d'écouter les conseils. Le corps de ferme. La fille de la maison. L'idylle. Vous l'avez, ça ? Les voisins n'entendaient rien, rue Hidalgo, pas le moindre bruit durant des jours, dans des immeubles où les murs sont fins comme du papier toilettes, et pourtant Nexus était là. Alors quoi ? Mort ? Non. Endormi, tout simplement. Ce ne sont pas des suppositions, le tableau que je vous fais là. Je le sais.

– Et comment est-ce que vous le savez ?

– J'ai une témoin à charge. Un peu jeune peut-être pour plaire aux jurés, surtout par les temps qui courent, mais…

– Qui ça ?

– Je pense que vous la connaissez.

– Ça m'étonnerait.

– Elle m'a dit qu'elle vous avait rencontré. Enfin, je pense que c'était vous, d'après sa description.

– Mais qui ça ?

– Sméralda. Ou Esméralda, si vous préférez. On n'est pas à une lettre près. »

Il fallut quelques secondes à Rilviero pour retrouver l'image. La fille de la concierge. Son autorité de petite femme. Sa robe à smocks. *C'est le lit qui fait dormir. Et toi, tu es le nouveau monsieur qui dort*.

« Vous avez été voir l'appartement de Nexus ! Sans me prévenir !

– Désolé, fit Traumfreund. Je sais que j'aurais dû vous en dire un mot. Je passais dans le coin tout à fait par hasard et… j'étais curieux. J'ai souvent besoin de me faire une idée de l'endroit où vivent mes patients… Comprendre d'où ils viennent, vous voyez, c'est… c'est capital, pour les soigner. Je ne suis resté qu'un quart d'heure, mais ça n'a pas été tout à fait inutile. »

Rilviero ouvrit la bouche, un reproche aux lèvres, quelques injures aussi, prêtes à fuser, puis la referma bêtement, indécis. Il ne savait pas s'il devait faire grief à Traumfreund de cette infraction à leur code déontologique ou se sentir coupable, lui, de n'avoir pas enquêté plus à fond. « Bon mais alors, grommela-t-il en fin de compte. Qu'est-ce que la petite vous a dit ?

– Je lui ai demandé si elle connaissait le monsieur qui habitait là avant. Elle voyait parfaitement de qui je voulais parler. Le monsieur qui dort. C'est comme ça qu'elle appelait Nexus. De temps à autre, il la laissait jouer dans sa chambre, dans la journée, à condition qu'elle ne fasse pas de bruit. Les jours où elle n'allait pas à l'école, elle a pu constater que Nexus faisait des siestes bien plus longues que les siennes. En clair, il passait ses journées à dormir. Ce que confirment d'ailleurs les carnets de sommeil que nous avons établis à Bentlam. À plusieurs reprises, Sméralda s'est trouvée dans la chambre de Nexus alors qu'il était en train de se réveiller. Elle m'a dit qu'il avait l'air de très mauvaise humeur, comme sortant d'un rêve qu'il aurait préféré ne pas interrompre. Il ne remarquait même pas sa présence : il allait boire un verre, passait aux toilettes puis essayait tout de suite de se rendormir – sans regarder l'heure, sans même paraître envisager une autre activité. Et le plus souvent il y arrivait ! Au bout de quelques minutes, c'était reparti pour un tour. Sméralda trouvait ça très impressionnant. Elle a beau n'avoir que cinq ans, elle se rendait bien compte que ça n'était pas normal… »

Le psychiatre s'arrêta pour se rincer la gorge. Son récit avait produit son petit effet : Rilviero le fixait d'un œil abasourdi.

« Après ça, poursuivit Traumfreund, je pense que la conduite à suivre s'impose. Nous devons passer par la voie royale. Lui faire raconter ses rêves. C'est la seule chose qu'il ait bien voulu détailler à Moosbrugger, en qui il ne paraissait pas avoir une grande confiance, alors il n'y a pas de raison qu'il refuse pour nous. Surtout dans l'état où il est…

– Ça, oui. Je voulais vous en dire un mot. On ne peut pas continuer, hein ? Vous avez vu ce matin ? Il est sévèrement déprimé. C'est devenu une larve.

– Tout à fait d'accord avec vous. L'expérience atteint ses limites. Si ça ne marche pas maintenant, ça ne marchera jamais. Jusqu'à présent nous n'avons pas perdu notre temps, malgré les apparences : il était impératif de l'affaiblir, et moi il m'a fallu ce temps-là pour que ça se décante. Aujourd'hui je sais comment l'aborder. Plus de raison de repousser la chose. Il faut y aller. Monter au front.

– Bien sûr. Mais comment ?

– Oh, le plus simplement du monde. Jusqu'alors, nous suivions de loin sa route, cachés derrière le tronc des arbres, en faisant attention de ne pas nous laisser voir et en ne communiquant que par des cris d'oiseaux. J'espère que ce travail de longue haleine aura été payant et qu'il ne supporte plus d'être seul. Désormais nous pouvons quitter notre planque et venir à sa rencontre. Nous ne devrons rien exiger de lui. Nous le laisserons se taire tant qu'il souhaitera se taire. Je suis certain qu'il finira par s'habituer à notre présence.

– Passer de l'autre côté…

– Oui. Oliveira et Berardi seront là pour surveiller. Il n'y a aucun danger.

– Évidemment. Ce n'est pas là le problème. Ce qui me tracasse, c'est… mais enfin, qu'allons-nous lui dire ? »

Joachim Traumfreund releva la tête vers Paulus. Il avait le sourire aux lèvres. Rilviero se mit à sourire lui aussi, sans trop savoir pourquoi. Derrière le patron plantait des clous dans le mur ; l'horloge battait la chamade ; les dieux s'étaient fendus d'une nouvelle pièce et entamaient un autre chambardement planétaire.

« Faites-moi confiance, dit le psychiatre. Nous saurons bien trouver les mots. »

20. TERRE !

Ce matin-là, lorsque Nexus émergea d'un sommeil sans rêves et poussa une porte de plus au bout d'un couloir qui semblait tanguer moins, il se trouva face à deux hommes attablés en silence dans la grande salle d'un corps de ferme, et entamant leur petit-déjeuner.

DEUXIÈME PARTIE

D'IVOIRE OU DE CORNE

01. TRAUMFREUNDIKA

Rêve éveillé du petit garçon travesti en adulte : je voudrais découvrir une terre nouvelle ; mettre le pied sur un sol encore vierge ; y planter mon drapeau. *On l'appellerait Traumfreundika.* Joachim ! Foutue nature d'esthète... Toujours eu le sens de la mise en scène. Évidemment tu n'as pas su te retenir, il a fallu que tu donnes dans ta manie : fermer les yeux, anticiper cette scène de rencontre, imaginer *comment ce sera*. Et une fois l'instant dégluti par la gorge du sablier, fermer les yeux encore, le ressaisir, raboter un angle trop aigu, couper *ce qui n'allait pas*, polir, vernir et embaumer, attention c'est fragile. Charmante enluminure vivante dans la mémoire : les très riches heures du Dr Traumfreund.

Le long voyage par les plaines humides. Bien après les escales. Au-delà des jours de sel. En un lieu qu'on aurait beaucoup de mal à inscrire sur les cartes.

Tu es prêt à y aller. Les pieds nus retroussés jusqu'aux cuisses. Il ne te reste plus qu'à prendre appui sur le rebord de la barque. C'est solide ? Oui. Assez large ? Ça va. Des échardes ? On s'en fout, faut se mouiller.

Ouvre les yeux, Joachim, les fenêtres, ouvre grand : *rencontre*.

Profonde ? Attends voir.

Y est : mi-mollet. Bonne, avec ça. Et surtout : ô le contact d'un sol qui ne tangue pas ! Au fond de l'eau, le sable se trouve solide comme du réel, malgré son grain très fin. Suffit la vie en mer et les corvées. La plage est à trois pas. Tu seras le premier homme à y mettre les pieds.

Voilà : tu aurais voulu que cela dure plus longtemps, tu fantasmais une seconde éternelle, mais c'est fini déjà, tes dix orteils s'enfoncent, l'hymen doré de la plage cède et s'imprime de leur marque. L'homme ancien vient officiellement de prendre possession du monde nouveau.

Le premier ? Aïe aïe : des nôtres seulement. La désillusion ne tarde pas. Car cette silhouette acclimatée aux séquoias géants… C'est un Indien. Un chef indien. Non : trop jeune. Oscar Nexus, alors, le fils du chef indien. La place est prise. Foutaise que la virginité ! C'est la mer léchouilleuse qui recoud nuitamment ce que de jour les hommes – pétris d'un vain orgueil, avides de gloire – croient pouvoir déflorer. Il n'y a pas de terres nouvelles. Tu ne comprends donc pas, Joachim ? l'exploration est pour de bon finie, les mers épuisées. Non. Ça n'est pas possible. Comment vivre sans… Je trouverai d'autres continents, dit le petit garçon. S'il n'y en a plus dehors, j'irai à l'intérieur des crânes. Ce sauvage, par exemple… Attention, il avance. Armé ? Non. Pas de Glock 17 aujourd'hui. Rien d'autre qu'un treillis de muscles et l'enfance dans les yeux. Méfiance, tout de même. Il peut être dangereux s'il se tait. Et plus dangereux s'il parle.

Si une trinité de caravelles déployant leur voilure comme des ailes de colombes abordait aujourd'hui les rivages d'Amérique, saurait-on éviter le massacre des Indiens ? *Pinta*, *Niña*, *Santa Maria*, amen. Une DRH minutieuse aurait soumis les marins à de terrifiants entretiens d'embarque. *Wanted* : grandes qualités relationnelles, amour de l'inconnu. Les hommes auraient attendu par centaines sur les quais de Palos, dormant debout ou pas du tout, travaillant leur profil à l'aide de miroirs de poche et avec leurs voisins, psalmodiant questions et réponses. Qu'attendez-vous de ce travail ? Traverser l'Atlantique, ça vous fait peur, ou pas ? Quel est votre plus gros défaut ? Ne nous dites pas le mal de mer, on nous l'a déjà faite. Répondez sincèrement, ce n'est pas une question piège : croyez-vous sérieusement qu'il y ait une terre au-delà ? — Et après chaque réponse, pour se donner du courage, leur pupille fiévreuse se reporte sur les lignes bombées des caravelles, là-bas au bout des quais…

On se serait adjoint les meilleurs psychologues. La moitié de l'équipage a cours, l'autre lave le pont. Il y a des conférences : *Les guerres de Religion, et pourquoi elles ne servent à rien* ; *Comment conter fleurette à l'autochtone sans lui refiler d'horribles maladies*. Il y a des modules d'études cognitives, de béhaviorisme, d'apprentissage instrumental. On inverse cet après-midi. Nous allons vous visser la tolérance au corps, répètent les enseignants aux marins. Vous ne serez pas surpris si vous croisez l'altérité. Vous saurez quoi lui dire pour lier conversation. — Ressources humaines, formation continue et ouverture d'esprit, d'accord. Mais le choc du visage de l'autre ?

S'estompaient le rivage, les arbres et la rumeur des coquillages. Restait la silhouette d'homme dressé. La figure de Nexus engloutissait peu à peu tout le reste de la vision, le paysage se disloquait, des trombes d'eau et de poussière fondaient vers lui avec des jappements de chiens blessés, s'amalgamaient quelques secondes à sa peau hérissée de poils de barbe, puis y disparaissaient sans violence ni à-coups, comme se nourrissent les sables mouvants. L'Amerika c'était une terre dont on avait exterminé les habitants. La Traumfreundika, un homme au cerveau semblait-il ensablé de sommeil et d'amnésie.

Nexus avait les joues et la mâchoire d'un naufragé. Traumfreund s'était levé tout doucement et lui avait tendu une glace ronde et un rasoir. Invité à regagner la civilisation. Normalement c'est à terre qu'on s'embarbe, pas à bord. Ou est-ce dans les îles ? à la montagne ? une fois mort ? Tu confonds tout, mon pauvre Joachim.

***

Il lui a tendu la glace ronde et le rasoir. Il a pointé de l'index le bol de mousse posé sur la table, loin de notre petit-déjeuner. Et puis, d'un geste millimétré, il lui a rendu la boussole sans aiguille que j'avais trouvée rue Hidalgo. Nexus a pris tout ça. Il a regardé la boussole avec des yeux sur le point de pleurer. Traumfreund est resté impassible comme si de rien n'était, mais je suis sûr qu'il avait en tête ces histoires de don et de tribus dont il m'a bourré le mou lorsqu'on a répété la scène : donnez, on vous donnera. Économie de l'échange. La communication commence bien en deçà du dialogue. Bla, bla.

Moi j'ai vu les mains couvertes d'ecchymoses et les phalanges qui ressortaient. J'ai serré le poing sous la table pour savoir si je répondais présent, et puis j'ai calculé, très vite, le temps exact qu'il fallait à Nexus pour sauter par-dessus et étrangler l'un de nous deux. C'était ce qu'il avait de mieux à faire, il me semble, parce qu'avec le rasoir qu'on lui avait choisi ça ne pouvait pas aller au-delà de l'égratignure. Traumfreund aurait volontiers pris un rasoir à l'ancienne, qui s'ouvre sur une grande lame, mais je lui ai volé dans les plumes avec tout un tas de noms d'oiseaux et il s'est résigné ; pour la touche archaïque il s'est rabattu sur le bol. Quant à la victime – l'épineuse question du choix de la victime – j'aurais plutôt parié sur Joachim, en fait, car c'est entre eux que les regards s'aiguisaient.

Je sais aussi que j'ai eu le temps d'ironiser que je pourrai raconter ça à mes petits-enfants, si jamais, et puis ensuite, plus sérieusement, que je savais tuer un homme à mains nues, j'avais suivi la formation pour ça et *a priori* je m'y connaissais mieux que lui en la matière. Sauf que, dans ces cas-là, c'est l'*a posteriori* qui compte, l'*a priori*…

Il s'est approché du bol. Il a saisi le rasoir, le miroir a commencé son ascension vers le visage – j'ai vu venir la catastrophe : quand il allait se rendre compte à quel point la captivité l'avait amoché, il lui faudrait nécessairement nous péter la gueule ou se fracasser le crâne contre le sol. Le miroir est arrivé à hauteur de la barbe, des yeux… et rien de tout cela. La vie est fatigante. C'est comme quand on joue aux échecs : il faut sans cesse abandonner un tas de plans en route et repenser les choses à neuf, un coup plus loin. Nexus n'a pas eu un sourire. Pas une réaction. Visage indéchiffrable, pâle, fatigué sans une ride. Un premier sillon de rasoir, heurté de poils mauvais, a libéré une espèce de parcelle arable au milieu de sa joue. Contre toute attente, la peau avait l'air d'exister encore, épiderme vaille que vaille. Un deuxième passage… Incroyable, je me suis dit : le docteur a gagné. Il revient.

02. FEU

Il fallut un peu plus de trois semaines à Traumfreund pour faire parler Nexus.

Rilviero avait découvert en haut du Mât un poste de guet d'où on pouvait surveiller le paysage. On y accédait par un escalier en colimaçon diaboliquement étroit, interdit aux claustrophobes et aux Moosbrugger, composé de marches si hautes qu'elles requéraient toute l'attention et ne semblaient pas, pour dire les choses franchement, avoir été conçues pour l'homme. Ces obstacles ne décourageaient pas Rilviero qui préférait de loin ces efforts puis ce vertige à la neurasthénie que provoquait à la longue, dans le ventre du bateau, l'absence totale de fenêtres. Traumfreund venait parfois. Il allumait une cigarette. Tous deux plissaient les yeux : ce rôle de vigie respectait leurs fiertés.

Explorateurs immobiles, ils virent ainsi les Rodhiles se durcir. Les feuilles mouraient par pleines charretées et les arbres, privés de leur fouillis vert et or, semblaient avoir été taillés rageusement au couteau par des bûcherons d'ascendance germanique et peut-être vaguement slave. Leurs arêtes s'affirmaient en une géométrie à peine diminuée de brume, tandis que le sol sans cesse avachi d'averses se couvrait d'une boue omnivore. L'hiver allait assiéger le navire : il se précisait de ciel en ciel, jetait un peu plus tôt chaque jour la lumière dans sa fosse, et par-dessus des pelletées de terre-ténèbre, laissait de moins en moins de temps au soleil pour cuver son ivresse pleine de vin triste et déployer les couleurs de ses agonies. Traumfreund et Rilviero s'y préparèrent

ondes crépusculaires. L'œil gauche était trop englué de sommeil, pas la peine d'essayer, mais il parvint à entrouvrir le droit. Traumfreund (dans l'axe) avait baissé son livre et réprimait bien mal un tremblement. Nexus (sur la gauche) ne s'était pas détourné des flammes, mais ses lèvres gercées étaient légèrement entrouvertes – comme le sont, dans des châteaux où on se perd, l'entrée des souterrains. Rilviero se redressa du tréfonds de son fauteuil.

« La cheminée avait un linteau de pierre, parce que notre vie tournait autour du feu. C'était un monstre domestique qu'il fallait nourrir constamment pour qu'en échange il nous réchauffe. On formait des équipes pour aller prendre le bois. — Lasteyrias ne voulait jamais qu'on en charge trop d'un coup, rapport aux incendies : il disait que s'il y avait superflu la ferme flamberait plus vite, qu'on n'aurait pas le temps de réveiller ceux qui dormaient à l'étage. Ça faisait rire tout le monde. — Le soir on se tenait serrés dans le cercle lumineux. Il y avait de la nuit et de la sérénité, et l'Oude, pour jouer son rôle d'aïeule, racontait des histoires presque antédiluviennes tout en retournant les pommes. Alors on voyageait très loin sans quitter le coin du feu. »

Ensuite Nexus se tut. Après avoir ramassé dans sa mémoire cette poignée de braises, après l'avoir jetée à Rilviero et à Traumfreund avec une telle lenteur qu'ils avaient eu le temps de ressasser chaque phrase et de s'impatienter de la suivante, eux qui avaient attendu trop longtemps cette parole pour pouvoir se contenter d'une flamme aussi maigre… Nexus se tut.

Rilviero n'osait pas bouger. Pas même son gros orteil qui pourtant le démangeait. Il lui semblait que l'air autour d'eux avait cristallisé, qu'ils étaient pris dans un réseau de concrétions fragiles que le moindre geste risquait de détruire. Pourtant cette immobilité impeccable lui coûtait ; le sommeil s'étant enfui, il avait de nouveau des muscles et brûlait de prendre le contrôle, de se lever pour dominer le suspect comme à son habitude et d'emmailloter Nexus dans le filet méthodique d'un interrogatoire. Voyant son impatience, Traumfreund avait levé la main droite en un signe mi-bouddhique mi-christique qui imposait le silence. C'était la liberté de silence qui avait fait éclore cette parole. Trois semaines sans questions, il ne fallait pas tout gâcher maintenant. Nexus se repentait peut-être déjà d'avoir parlé ; on ne pouvait pas exclure qu'il ait laissé échapper ces mots non comme l'ouverture préméditée et retardée d'une série de confidences, mais parce que la chaleur du feu lui avait fait oublier un instant les consignes de mutisme qu'il s'était données – ou que d'autres lui avaient imposées. Cette hypothèse ne déplaisait pas à Rilviero, d'ailleurs, elle faisait planer sur ce meurtrier sans rides l'idée d'un dérapage, d'une pulsion irrépressible, quelque chose de peut-être presque humain.

Une bûche s'affaissa sur le côté dans un concert de crépitements, en exposant d'autres déjà largement consumées, grisâtres, chenues, poussière retournant à la poussière avec des soupirs de vieilles femmes.

« Ce qui se passait dans le monde ne nous atteignait pas. Ou bien avec retard, sous forme d'échos inoffensifs, de légendes dans la bouche édentée des vieux. On se satisfaisait de l'horizon limité. C'est pour ça que je n'ai plus rien des histoires que racontait l'Oude. Si j'avais fait l'effort de retenir, j'aurais appris beaucoup. Mais à l'époque je tenais surtout à imiter les autres, et eux n'écoutaient pas. Ils menaient la conversation à bâtons rompus sur le tout et le rien. Lasteyrias s'asseyait à califourchon sur sa chaise et distribuait les cartes. Gascha et moi, on remplissait les verres. Par intervalles qui paraissaient des siècles, en avançant la main, je m'arrangeais pour la frôler. Frôler ses doigts, du bout de mes doigts. Et sa peau nue.

Il y avait le feu, aussi. Je sentais les flammes paralyser mes jambes, parfois je les retirais avec l'impression de m'être trop engagé. L'Oude pouvait se tenir plus bas et plus près que nous, car de toute façon le bois si vieux ne succombe pas à une vulgaire flambée. Personne ne savait dire son âge, et on n'avait pas envie de la couper pour lui compter les cercles, même si elle était assez d'aplomb pour survivre à ça également. Ses cheveux en tignasse étaient durs comme des ongles. Et ses ongles des silex, par conséquent. J'ai la scène. J'ai la voix, même. Il n'y a que les mots qui sont perdus. »

***

Il y eut un lendemain.

Quand Rilviero manqua fracasser le réveil d'un poing irascible, Traumfreund ne semblait pas avoir dormi. Rilviero se rappela très vaguement qu'il l'avait entendu plusieurs fois pousser des portes, marcher. Le Mât avait beau être silencieux et le docteur avoir le pas félin, il avait perçu tous ces bruits, mêlés à la liqueur sombre du sommeil hivernal.

Au saut du lit – à supposer qu'il y ait eu lit – Traumfreund s'éclaira d'un sourire en pensant au succès de la veille et décréta qu'il fallait marquer le coup. Nexus s'était résolu à parler, il s'agissait de lui montrer qu'on était content de lui. Le récompenser d'une caresse et d'un sucre. « Apprentissage instrumental, bordel ! » Assez courageux pour affronter l'averse du dehors, le docteur s'enduisit d'une cape de pluie jaune et partit chercher le sucre. Faux départ. Il glissa dans une flaque de boue, s'étala, dut rentrer se changer. Essuya longuement ses lunettes. Puis de nouveau et pour de bon dévala la montagne, lutin fantasque et primesautier.

À Altenberg, néant. L'enseigne qui consentait à indiquer *Librairie*, plus que brinquebalante, était mensongère. La dame qui mangeait des bonbons derrière le comptoir l'envoya paître d'un ton rogue. Ne vendait que journaux et magazines. Une star venait de divorcer, l'univers était stupéfait. Il poursuivit sa transhumance jusqu'à Comala. Une fois sa mission accomplie, il s'engouffra dans la trouée de ciel bleu qui lui faisait l'honneur et flâna doucement sur les rives du lac plantées de géraniums. Ville fleurie. Autant que le permettait l'arrière-saison, du moins. Le ponton de bois fredonnait le trio pour piano de Haydn que jouait aussi, par un curieux hasard, chez le vieux libraire, un tourne-disque d'âge indécis. Le vieux monsieur s'était fait un plaisir de lui emballer dans du papier de soie quelques livres épais comme des mondes. Et la conversation en prime. Traumfreund en avait profité pour lui demander où il pouvait passer commande de bois. Tout en calligraphiant une adresse, le libraire avait eu un sourire : « Achat de livres, commande de bois... Monsieur, je vous donne raison. Il faut tuer l'hiver. Et il est costaud par ici, autant vous le dire tout de suite. Il passe à travers tout le corps, plusieurs fois, avant de s'en aller. Enfin : c'est comme ça qu'on le ressent à mon âge, en tout cas. » Un cygne dépenaillé s'activait entre les piliers humides du ponton. Il jouait aux quatre coins, traçant un sillage emmêlé d'algues et de feuilles mortes, qui ne lui survivait guère. Assis sur un banc, le psychiatre caressait le papier de soie et cédait progressivement à la tentation de le déchirer pour revoir les livres quand un vilain petit nuage vint opportunément canarder le soleil. Le paysage retomba en teintes mornes. Traumfreund reprit la route.

Pendant ce temps-là, Nexus attaquait Rilviero sur son flanc gauche avec l'effronterie déconcertante du bleu. Paulus avait été chargé de distraire l'enfant sauvage revenu dans la communauté du Verbe ; mais comme le Verbe n'était pas précisément son fort, il avait opté pour une partie d'échecs plutôt que pour la traditionnelle causerie au coin du feu. Bien que Nexus ait commencé par dire qu'il ne savait pas jouer, ses sourcils froncés se détendirent au fur et à mesure que son professeur énonçait les règles : il finit par murmurer – et ce fut un bel instant sur Terre – que si, ça lui disait quelque chose, que peut-être il avait su, avant. Comme le dit Ril Viejo dans ses *Maximes et autres pensées minimes* : le bleu est souvent moins bleu qu'on ne le croit.

En tout cas le jeu plaisait à Nexus. Il prenait son temps pour disposer les pièces, les caressait des doigts, yeux mi-clos, comme un sculpteur aveugle cherchant à retrouver des paumes et des phalanges le visage de l'amour. Il s'attarda sur le profil d'un cavalier à la tête piquée de deux points blancs en guise d'yeux. Sur le bonnet d'un fou.

Plus tard dans la journée, le feu fut lui aussi remercié : il avait donné un coup de main appréciable, on le ralluma. Peut-être pas exactement lui, mais un, du moins, qui lui ressemblait comme un frère.

« Comment êtes-vous arrivé chez Lasteyrias ? » s'enquit Traumfreund. Moosbrugger leur avait donné la réponse : c'est de la fiction, tout ça, du rêve. Mais seule leur importait dorénavant la version de Nexus.

« Les choses ont mis du temps. Lasteyrias ce ne fut pas tout de suite. Je suppose que je devrais commencer par le début. Mais je n'ai pas le tout début. C'est bien le problème. Il y a une chambre, une île entourée de rien d'autre au monde, et avant c'est le brouillard, difficile donc pour moi de vous dire si les choses étaient vraies. On ne m'a même pas laissé le temps de m'habituer à Regson. J'ai cru comprendre. Au procès, je pensais avoir à peu près tout compris. Ma chaise n'était pas confortable, je vous assure, c'était la pire des chaises, mais pour le reste ça allait – je me trouvais à l'abri dans une bulle de certitude. Mais ce silence, depuis... Je ne suis plus sûr d'être sûr. Peut-être les jurés ont-ils raison.

– Qu'est-ce que vous voulez dire ?

– À l'époque je les ai ridiculisés dans ma tête. Mais ils n'avaient pas tort : je suis peut-être un criminel, après tout. Je voulais vous parler des débuts. De mes problèmes avec les débuts. Rue Hidalgo, j'avais trouvé un livre que j'ai beaucoup feuilleté. Pour moi ce fut le premier livre. J'ai appris par la suite qu'un ou deux milliards d'hommes le tenaient pour le Livre absolu. Il attendait au fond de ma boîte aux lettres. Je ne sais pas si c'étaient des colporteurs qui l'avaient glissé là. Le mystère, aussi, c'est qu'il était trop épais pour être entré par la fente. Donc ils avaient les clefs. La chose avait dû se produire des lustres auparavant, cela dit, car en ouvrant la boîte j'ai découvert un grand chapiteau d'araignée tiré aux quatre coins. Je me souviens très bien de ça. Pas trace de l'architecte. Juste la toile, et le livre en dessous.

Je l'ai croisé ici aussi, au détour d'un couloir – il est du genre à apparaître de temps à autre, illustré de dessins qu'on dirait faits à l'encre mais qui en vérité sont des gravures sur bois. Et tout le monde sait comment il s'ouvre : Genèse. Que je n'aime pas. Vous lisez la Genèse, vous croyez que les débuts sont clairs : qu'on peut numéroter les jours, consacrer à chacun quelques versets ; et on sait l'avant, et l'après, tout défile en bon ordre. Ce n'est pas mon expérience des débuts. Les choses arrivent en même temps et vous pètent au visage.

On est sous le feu, tout de suite. On ne s'habitue qu'à la longue – ou jamais. Comme si un nouveau-né sachant déjà souffrir sortait de l'utérus douillet pour tomber en plein champ de bataille. Le vrai début est au milieu des choses. Pas de cocon moelleux où Dieu créa la mère, puis un père, et des infirmières en blouse blanche, et la conscience grandissante du moi, car il vit que cela était bon, mais le Feu.

Je ne suis rien pour vous. Rien qu'un nom que vous avez lu quelque part dans un dossier, dans les journaux. Je n'étais rien pour moi non plus le jour où je suis né. C'était rue Hidalgo. J'ai accompli mes actes de naissance dans ces deux pièces. Ma tête ne contenait que du vide. Assourdissant. Intolérable. J'ai fait mes premiers pas comme un homme qui sait ce que veut dire marcher mais qui n'a jamais eu l'occasion de le faire. J'ai réussi à traverser la pièce, à atteindre la commode où j'ai trouvé posés plusieurs objets : un passeport qu'on aurait dit neuf ; des clefs de différentes tailles ; une boussole en métal, qui n'avait plus d'aiguille. Ça résumait tout mon viatique. J'ai ouvert le passeport, regardé la photo. Il y avait des noms propres : nom de personne, nom de lieu. Et puis des signatures pour attester tout cela, confirmer que ça existait. Ça existait peut-être, mais ça ne me disait rien. Puis j'ai levé les yeux. Dans le miroir, un visage semblable à celui de la photo me regardait sans comprendre. Les yeux étaient mobiles, le reste une planète lisse très lointaine du soleil. À se fier aux apparences, nous étions le même homme. J'en ai déduit que je m'appelais comme lui. Oscar Waldo Andreas Nexus. Que vouliez-vous que je fasse d'autre ? Entre l'homme du passeport et l'homme de chair et d'os dont les muscles me faisaient le miracle d'obéir, la ressemblance était frappante. J'ai dû les déclarer unis pour le pire et le meilleur. Je suis devenu Nexus.

Ça n'était rien, Nexus. Juste une strate de matière pour domestiquer le vide.

Plus tard, j'ai découvert le maniement des clefs. Une clef se tient muette et froide au creux de la main. C'est un oracle de métal. Un sphinx. Deux des clefs ont trouvé leur raison d'être en s'enclenchant dans les serrures de ma porte d'appartement ; une autre ouvrait l'immeuble, une quatrième la boîte aux lettres. Restait la cinquième clef. Malgré mes efforts, celle-là ne parlait pas. On pouvait lire quelques lettres sur sa tête, une inscription : *Fafner*. Qu'est-ce que ça voulait dire ? J'ai essayé cette clef aux serrures que j'ai vues dans la ville de Regson. Aucune n'a voulu d'elle.

Comme autre objet, enfin, il y avait la boussole que vous m'avez rendue. Elle me fait un peu peur, maintenant. Je ne sais plus si j'ai le droit de l'aimer, après ce qui s'est passé. On peut dire j'imagine que votre intention était bonne. Alors, puisque l'intention était bonne… merci. J'ignore si cette boussole a eu son heure de gloire. Le jour de ma naissance, je vous certifie qu'elle était déjà obsolète : nord-sud-est-ouest faisaient toujours la ronde, mais rien ne permettait plus de dire qui était où.

Je suis sorti dans la rue ce jour-là et je ne savais pas parler. Le premier soir, je n'ai pas retrouvé mon chemin – je ne savais pas s'il fallait que je le retrouve, si c'était un chez-moi ou une chambre de hasard. Il s'est mis à faire froid. Je me suis rappelé qu'au réveil j'étais mieux, que les choses me marchaient moins dessus, et j'ai tenté de remettre la main sur le nom. C'est seulement lorsque le soleil a surgi que ma trajectoire s'est pris les pieds dans la rue Hidalgo. J'ai grimpé deux à deux quatre étages. Je me suis glissé entre les draps. Je m'y suis fait. »

Nexus marqua une pause.

« En fait commencer par Regson, ce n'est pas très efficace. Contrairement à ce qu'on pourrait croire, ça n'explique pas trois corps jetés sur le bitume. Les raisons pour tuer, elles ont surgi dans les territoires du sommeil. Alors si vous avez de l'appétit pour le meurtre – de l'intérêt pour la généalogie du crime – il faut en passer par le rêve. Faire le détour. Je ferais mieux de vous dire la première chose que j'ai vue de l'autre côté du réel, chez Lasteyrias : la porte de côté. C'est par là qu'on entrait. Une porte en chêne centenaire, et à l'endroit où les deux planches auraient dû se joindre, et se joignaient assez mal d'ailleurs, il y avait un battant métallique en forme de fruit. Une figue. Toute rengorgée de lumière. Je m'en souviens car les choses de là-bas, je les connais toutes. Et puis la première fois, quand j'ai soulevé le battant, et avant même d'avoir frappé, je me suis rendu compte que la porte était ouverte.

Le monde était à table. On a fait le geste de m'enlever un manteau invisible. Comme j'étais l'invité, Lasteyrias m'a prié de m'asseoir à sa droite. Un homme barbu et corpulent. Quant à la table… bon, ça vous le savez je suppose, puisque depuis votre arrivée il y en a une pareille ici : c'était une vraie grande table enracinée. On aurait construit le bâtiment autour qu'elle n'aurait pas paru plus solide. À peine j'étais assis qu'on m'a entraîné dans la danse : il y avait beaucoup de plats, tout le monde voulait goûter de tout parce que tout était bon, je me suis retrouvé à jongler, passer à droite, passer à gauche, entre deux coups de fourchette et avec des demi-sourires à chacun. La fille qui me faisait face m'a dit s'appeler Gascha ; c'était la fille de Lasteyrias ; elle acquiesçait chaque fois que mon regard plongeait involontairement mais très profondément entre ses seins. À un moment donné, elle est descendue chercher une bouteille à la cave, a servi la tablée ; j'ai vu son bras et sa poitrine s'arrondissant à quelques centimètres de mon visage, et ses lèvres entrouvertes : est-ce que je voulais du vin ? J'ai dit oui. Oui à tout. Quand le rythme s'est ralenti, et que j'ai senti le déjeuner toucher à sa fin, je me suis mis à avoir peur : on allait m'interroger, maintenant. C'est toujours comme ça : on accueille l'hôte sans un mot, on lui colle une intolérable érection, mais le repas fini il doit raconter son histoire, en manière de dessert. D'ailleurs c'est un peu ce que vous avez fait avec moi. Sauf que j'étais là avant vous… »

En faisant cette remarque, Nexus avait un air presque engageant. Rilviero ne put s'empêcher de sourire de l'habileté avec laquelle il leur rappelait régulièrement leur intrusion.

Or voilà. Ils ne l'avaient pas interrogé. La présence de Nexus était une évidence. Lasteyrias avait sorti un digestif au lieu de l'inquisition. Nexus avait accueilli avec soulagement le bruit du liège libéré de son goulot. Ils avaient levé leurs godets en silence et trinqué à quelque chose qui devait s'appeler la vie. Muet jusqu'alors, Nexus s'apprêtait à remercier quand un fracas avait retenti à l'extérieur. Il s'était levé – avait regardé par la fenêtre – et soudain Regson de nouveau, des pas dans l'escalier, les éboueurs qui inauguraient le jour en déchargeant dans leurs camions les ordures de la veille. Il avait titubé jusqu'à la salle de bains ; bu un peu d'eau ; puis une fois recouché, blotti, tenté de repasser côté sommeil. Plus rien.

03. NOM DE PAYS

Il faut compléter et poursuivre, Rilviero.

S'imaginer Nexus à plat ventre dans son lit, s'efforçant à l'immobilité, laissant glisser les minutes et le monde afin de méditer l'Événement. Une existence, enfin. Voilà ce que le rêve avait semblé capable de lui offrir. Il cherchait à comprendre, sans songer que cela impliquait un retour aux idées claires et la mise en route d'une mécanique rationnelle qui allait l'éloigner de ce qui s'était passé. Quand il en prit conscience, il était trop tard, le sommeil avait reflué, geste après geste, et avec lui le souvenir précis de ce lieu et des gens qu'il y avait entrevus. Il glana, sans pouvoir les expliquer, l'image d'un bouchon de liège et celle d'un fruit où se condensait de la couleur... Alors une nostalgie primitive lui replia les jambes et lui fit adopter la posture du nourrisson, blotti contre le ventre de l'accouchée, déplorant à grands cris qu'on l'ait mis bas et qu'il soit impossible de regagner les hautes terres. Il fallait espérer que le rêve ne l'avait pas banni et qu'il en avait émergé par hasard, dans une minute de distraction coupable, de sorte que la porte serait encore ouverte si toutefois il parvenait à retrouver le chemin.

Au-dessus le voisin marchait trop fort. Et celui d'à côté avait la sale habitude d'écouter la radio le matin pour s'ouvrir grand au grand monde extérieur. Les bruits matinaux, confus tant qu'il n'y prêtait pas attention, venaient maintenant toquer à son crâne comme pour en faire sortir des vers, avec des impacts incroyablement nets. Bientôt il n'y tint plus, s'enterra sous une montagne d'oreillers, se boucha les oreilles et chercha à sauver ce qui pouvait encore l'être. Le fruit entre ses doigts, une figue, semblait-il… le reste n'était déjà plus qu'ombre, rapetissant à mesure que le jour montait et que la chambre se faisait plus étroite.

Dehors, sur le marché dégoulinant d'une pluie d'automne, dans une caisse à claire-voie, il faut imaginer des figues, Rilviero. Nexus en remplit un sac de papier brun. L'asphalte exhalait une odeur de frais, les vermisseaux de chair tendre à l'intérieur du fruit tendaient leurs minuscules langues roses, les graines se coinçaient entre ses dents. Dans le rêve, la figue n'avait pas cette couleur ; quant à son goût, il ne parvenait pas à se le rappeler. Les fruits de ce matin étaient de toute façon plus fades. Il vida tout de même le sac, assis sur un banc dans un square minuscule. C'était l'heure de la matinée où les rues de la ville sont désertes parce que tout le monde travaille. Il se retrouvait seul avec les clochards, les pigeons boitillant et les chiens aux oreilles déchiquetées. L'estomac lentement enseveli par le sucre, il était terrifié à l'idée que Regson allait recommencer comme avant cette nuit, que passeraient les voitures et la pluie comme si de rien n'était, et conscient une fois de plus que sa façon de refuser le contact avec les habitants de cette ville n'était qu'une riposte, une réaction d'orgueil blessé face à l'indifférence colossale dont la métropole faisait preuve envers lui.

***

Enfin il retrouva le chemin.

Les yeux fermés rue Hidalgo, il les rouvrit chez Lasteyrias. Apparemment il y avait passé la nuit. On lui avait donné une chambre avec un lit immense. À cette heure matinale, des javelots de lumière planaient au-dessus des lattes du parquet. Nexus se leva d'un pas léger, marcha jusqu'aux volets gardiens de son sommeil. Le loquet résista d'abord à la pression faible de ses mains encore engourdies, puis se fit docile soudain, grinçant, se déportant vers la droite – et du plat de ses mains, d'un geste ample, il put ouvrir le jour.

Alors les simulacres insinués par l'aube dans les plis du drap devinrent d'un coup l'évidence même : la lumière et le dialogue des oiseaux existaient pour de bon et vivaient de concert entre les quatre murets du jardin de Lasteyrias. Tendues entre les herbes hautes, les toiles d'araignée scintillaient. Il n'eut plus qu'un désir : les rejoindre aussitôt, participer au paradis.

En descendant les marches de l'escalier, il se jura de ne pas manquer cette nouvelle occasion : il devait demander à Lasteyrias où ils étaient. L'interroger jusqu'à ce qu'il lui révèle un nom de pays. Car à tout moment il pouvait être rappelé et ne jamais réussir à revenir. Il avait tâtonné. Il avait mis des jours. Son succès n'avait probablement été que l'effet du hasard. Quitte à apprendre à tous par ses questions naïves qu'il n'était qu'un intrus, il fallait cette fois-ci s'enquérir d'un itinéraire.

Une fois allongé dans les herbes brillant de gouttes de rosée, il ouvrit ses paumes face au ciel, puis s'efforça de passer en revue et de faire disparaître une à une les tensions qui habitaient son corps. On était tellement mieux que là d'où il venait. Il voulait que cet endroit lui apprenne le repos – quelque chose comme la formule du bonheur. Autour de lui, les bosquets de noisetiers et les branches du tilleul oscillaient dans le vent tiède. Pourquoi ne pas essayer de se calquer sur cette vie-là ?

Au bout de quelques minutes il décida de fermer les yeux. Ses autres sens s'employèrent sans délai à compenser ce vide nouveau, son ouïe prospecta sans qu'on lui ait rien demandé dans un périmètre élargi pour y surprendre le bruit des moissons dans les champs alentour, et il se mit aussi à sentir ce qu'il avait auparavant ignoré, comme par exemple la progression discrète de ces pattes d'araignée ou de fourmi le long de son avant-bras. Non. C'était moins animal que ça. On aurait dit un geste intentionnel. Il rouvrit subitement les yeux, battit des paupières… c'était Gascha. Allongée à côté de lui. Sans un mot. Sa poitrine se gonflant avec la brise, et son bras caressant le sien comme si de rien n'était.

Décidément, elle y allait très fort. Il se sentit devenir raide. Et cette jambe, maintenant, qui se rapprochait aussi… cherchait le bas de son ventre… Bon, pensa-t-il. Ça paraissait très simple, et pourtant il fallait du courage. Se tourner sur le côté, soutenir son regard empli de lueurs qu'on dit poliment suggestives mais qui en fait sont explicites, se pencher vers elle… Il se donna dix secondes. Mais une fois le décompte achevé, et se rendant compte que le désir le tétanisait, une autre idée lui vint : pourquoi ne pas lui demander à elle ? Alors, basculant sur le flanc, s'efforçant de ne pas regarder ses lèvres irrésistibles, et de la voix sourde dont on prononce des paroles de vie ou de mort : comment s'appelait ce pays ?

La question était si déplacée que Gascha se mit à rire. Elle se pencha vers lui à son tour, et lui glissa au creux de l'oreille, du même ton grave : « Ici nous sommes au Séabra. » Elle ajouta autre chose, mais il n'écoutait plus. On lui avait dit le nom. Il laissa passer une minute – puis, d'un air qu'il aurait voulu dégagé : « Et d'où vient ce nom de Séabra ? » La main de Gascha saisit la sienne. Elle le releva, étourdi de chaleur, lui laissa le temps de remettre son sexe en place pour qu'il ne l'empêche pas de marcher, le regarda même faire avec une impatience espiègle, puis l'entraîna vers le fond du jardin où ils grimpèrent la volée de marches qui conduisait à la terrasse.

Gascha lui désigna, au-dessus du muret qui clôturait ce paradis, la ligne d'horizon. À force de s'y entremêler, les courbes des montagnes devenaient la couleur bleue. Les arbres s'étageaient sur les premiers versants, leur masse sombre encore interrompue par les toits de tuiles rouges d'un hameau ou traversée par la note plus claire d'une rivière. Au-delà, la distance estompait les villages et les bois, on ne distinguait plus que la courbure des pentes, un promontoire qui était peut-être un château, la forme des vallées et des crêtes, certaines couronnées d'une neige pâle qui tremblait sous la frange du ciel et s'associait à elles, de sorte qu'au bout d'un moment le regard s'arrêtait, éperdu de lumière, incapable de faire la différence entre la terre et le ciel. La ligne d'horizon, au Séabra, était d'une couleur bleu-vert plus douce que le bleu turquoise, mais plus liquide que le vert amande. « Séabra », murmura Gascha avec une moue affirmative : « C'est le meilleur mot que nous ayons trouvé pour désigner la couleur et la forme que prennent les choses qui se trouvent au loin. » Et Nexus répéta à mi-voix pour lui-même : « La couleur et la forme des choses, au loin. »

***

« Ce même jour, poursuivit le rêveur, j'ai fait encore une autre découverte. C'était au plus fort de l'après-midi. J'étais de nouveau étendu au jardin, seul, et méditant avec une précision machiavélique chacun des gestes qu'il me faudrait faire pour embrasser Gascha, passer un bras en dessous de ses cuisses, la soulever de terre et l'emmener à l'étage pour la manger, et qu'elle me mange.

Pendant ce temps-là, mes yeux fermés continuaient de traverser le jour : la lumière dessinait sur la face intérieure de mes paupières. C'étaient des taches marbrées qui se résorbaient et se dilataient tour à tour… et selon que je serrais plus fort, elles variaient de l'orange à des tons violacés. Comme j'avais pratiqué ce jeu à Regson, dans le parc de Campeche, je me suis mis à chercher l'astre noir. Vous savez ? La marque du soleil. Face au soleil dont personne ne peut soutenir le regard, on doit sans cesse soit détourner les yeux, soit les fermer. Ça ne l'empêche pas de passer : il franchit la paupière et s'imprime en dedans. Alors allongé dans ce jardin j'ai fait rouler mes pupilles en tous sens pour trouver le soleil, ou son empreinte au moins. Sans résultat. J'ai fini par rouvrir les yeux, j'ai scruté le ciel dans toutes les directions. Il n'y avait pas un seul nuage, et pourtant rien : soleil, nulle part. C'est à ce moment-là que j'ai pris conscience de ce qui se passait. Le rêve me faisait changer de monde.

Au Séabra, même si les gens ont des paupières, le soleil n'existe pas. On ne sait pas d'où vient la lumière. Ça n'a l'air de rien, cette petite différence, un soleil en moins, par-ci par-là, et pourtant je vous assure que ça change beaucoup de choses. À Regson les journées sont plus nettes : même quand il pèse une chape de plomb, le soleil suit sa course. J'ai vu son char au Musée Borphili : je sais bien qu'il est en bronze vert. Chez Capabellis, par exemple, c'est d'abord dans les bureaux qui donnent sur l'Ihavel qu'on transpire – on doit actionner les volets métalliques pour protéger les gens. Ce qui veut bien dire ce que ça veut dire, d'ailleurs : les Regsoniens s'en moquent, ça les dérange plus qu'autre chose. Toute leur journée se déroule comme ça : plutôt que de suivre le soleil des yeux, ils trouvent plus raisonnable de vaquer à leurs affaires.

Dans cet autre monde que j'ai découvert, les origines sont plus diffuses. Ça n'empêche pas le ciel : depuis le jardin de Lasteyrias, on n'avait pas une parcelle démembrée entre deux immeubles, mais un espace presque sans limites au-dessus de soi, et qui envahissait. Ça n'empêche pas non plus la chaleur : c'est souvent arrivé qu'il fasse doux, je veux dire cette température parfaite où le corps s'oublie. Simplement on ne sait pas qui remercier. Je les ai vus, les habitants de Regson : parfois, tout de même, quand ça brille sans excès, donc sans les mettre en sueur, même les plus athées aiment faire un clin d'œil au soleil, et pas par mysticisme, un clin d'œil purement scientifique qui le reconnaît comme la source. Le ciel du Séabra, lui, il joue sur des nuances : une gamme très étendue de couleurs, une sorte d'océan vu d'en haut. Il y flotte des nappes glauques, on ne sait pas trop si c'est des algues, un effet de profondeur ou des rochers. Et quand il pleut, je vais vous dire comment ça se passe : une surface précise s'obscurcit, ou tout le ciel, par contagion, et ça vous tombe dessus soudain, presque sans signe avant-coureur. »

***

Dans les jours qui suivirent, Nexus avait trouvé de quoi s'occuper.

Il avait compris désormais : c'est par le rêve qu'il allait exercer sa volonté de vivre. Il devait déployer tous les efforts possibles pour devenir un expert du sommeil et faire du rêve son allié. Alors il faisait des essais. Apprenait à dormir. Notait au crayon sur une carte des mouvements, des stratégies, le plan de mécanismes internes fabuleux. Après le cafouillage du pêcheur qu'une tempête a égaré, il voulait baliser la route comme un explorateur qui compte revenir souvent.

Il expliquait. Rilviero était enthousiaste : Nexus mettait des mots sur les techniques qu'il appliquait en aveugle pour domestiquer l'insomnie. Bien que Traumfreund se montrât nettement plus sceptique, il griffonnait malgré tout ses réactions, avec la minutie qu'on lui suppose, sur un carnet dont le vieux libraire de Comala lui avait fait cadeau.

Position du dormeur. On commencera par rendre au lit sa nature d'infini. Les draps courbent et recourbent des plis plus doux les uns que les autres. Pas d'effort, surtout : c'est en se laissant bercer qu'on s'envole le plus vite. Le ventre contre le matelas ; la jambe droite arquée et légèrement relevée, histoire, messieurs, de ne pas meurtrir ce qu'on appelle très correctement les parties génitales ; la gauche, au contraire, déployée en ligne droite, l'équerre du pied coïncidant avec la chute du lit ; le visage se tourne du côté qu'on jugera bon – et on n'hésitera pas à en changer. Ah, important : le poing. Replié sur le drap. Il ramène la couverture à hauteur de joue. Fondamental, ça : on ne peut pas laisser de brèche aux vents pour s'engouffrer. Les vents sont encore du registre de la veille, s'ils soufflent au-dehors c'est qu'il y a un dehors, plein d'intempéries et d'autres choses qui tombent. Or il faut un enclos. — Mais cette position de dormeur, c'est quelque chose d'individuel, s'empressait de préciser Nexus. Même réunis dans le rêve et identiques en apparence par leur besoin de sommeil, les hommes trouvent le moyen d'avoir chacun leurs façons d'endormis.

Et à partir de là : nacelle ! Flânerie tous azimuts, et centrifuge ! Il ne faut pas se concentrer. Redevenir, plutôt, cette boîte où entrent et sortent à toute vitesse des cohortes d'éclairs, des parasites, des meubles déménagés par de grandes épaules sombres, un carnaval qui déboule de mille portes fondues dans les murs et disparaît presque aussitôt par d'autres, dans un brouhaha éloquent. La sagesse populaire conseille de recenser les moutons, et c'est loin d'être inepte. À condition que les moutons ne se ressemblent pas. Il faut être un berger pas trop expert-comptable, plutôt du genre transi d'amour et baladeur. Le dormeur s'assoupit au pied d'un arbre, à distance raisonnable du troupeau, et le voilà parti qui saute une haie, un gouffre, une île, affolé du bocage, une armada de bateaux, toute la carte. Il pense sans plus relier les astres. Dirave, dévigue. Libéré de l'esclavage. La sirène perpètre par terre le vase logique du cardinal. Mille débris, beau fracas. Tandis qu'au milieu des gréements souffle toujours ce vent mortel qui nous emporte… Trop de chaleur ? Changer, alors. L'autre joue. S'emparer de cette toison d'or que les voyageurs de l'espace ont dépliée une fois et pour toujours sur la face inconnue de la lunoreiller. — Nexus relevait les yeux, un brin ému : ceci, concluait-il, à titre de parmi d'autres.

04. LE DEMANDEUR D'ASILE

Cinq heures plus tard les draps grattaient, on les aurait dit pleins de bêtes. Impossible de dormir dans ces conditions-là. Les techniques de Nexus, qui semblaient vues de l'extérieur assez rodées pour élever le sommeil au rang de discipline, n'y pouvaient apparemment rien : les moutons recensés, loin de bêler decrescendo et de se perdre à l'horizon dans une mer de nuages, prenaient des airs de morpions filmés en gros plan au hasard de leurs sauts, et qui vous obligeaient à demi-tour droite, demi-tour gauche, garde-à-vous, si fort que Rilviero fut pris d'un besoin de pisser et revêtit ce prétexte pour battre en retraite dignement face à ces draps qui boulochaient, aux couvertures râpeuses et à cette saleté d'oreiller qu'un démon des Rodhiles avait dû bourrer de paille.

Une fois dans le couloir, il fut bien obligé de se confronter aux faits : sa vessie était vide. Plutôt descendre boire un verre au salon. Dans le noir, il n'était pas parvenu à mettre le pied sur ses chaussons, et c'est donc pieds nus qu'il s'aventura sur la moquette, les mains fourrageant de partout, omoplates grattent, testicules grattent, cuisses et mollets n'en parlons pas. Qu'est-ce qui avait bien pu lui suggérer ce besoin de se griffer au sang ? Il eut l'idée d'aller bavarder avec Oliveira, de garde. Cependant l'infirmier risquait de le prendre pour un junkie s'il le voyait dans cet état. Le silence du salon l'envahit peu à peu : la rumeur des halogènes posait une sourdine sur les tympans et ralentissait toutes les sensations. Presque sans qu'il y songe, ses pas le ramenaient déjà à sa chambre : c'était plus raisonnable d'essayer de dormir, il en avait besoin, de ce foutu sommeil ; quelque part dans sa nuque pointait cette certitude déprimante qu'avec Lisa, ce genre de choses ne pouvaient arriver, car Lisa était thaumaturge, elle pratiquait l'imposition des mains et avait l'art des paroles apaisantes. Puis il crut voir le rai de lumière sous la porte de Traumfreund. Il éteignit doucement le couloir, cligna des yeux, recula, mit un genou à terre pour être sûr, pas de doute, le docteur veillait encore. Occasion de lui demander pour demain.

Il toqua – *oui ?* – entra – vit, s'écria théâtral :

« Ah, mais je vous y prends, grand criminel ! Vous vous entraînez seul, quand les honnêtes gens dorment. »

Et d'un doigt accusateur, il désigna l'échiquier posé sur la couverture. Traumfreund était assis devant dans une position que Rilviero aurait bien été incapable d'adopter et que les gymnastes nomment, dans leur insupportable jargon, *en tailleur*. Comment le vieux faisait-il pour être aussi souple en dépit de ses cinquante-cinq ans ? Dorment, dorment, c'était vite dit ! repartit Traumfreund. Errent dans les couloirs comme des âmes en peine, plutôt !

Rilviero s'approcha avec circonspection, pour ne pas effrayer les pièces. Posées ainsi sur le plateau, projetant leurs ombres sur les cases voisines, elles faisaient une faune nocturne assez convaincante : agoraphobes, ces animaux, ils fuient au moindre bruit, captent un éventail plus large de fréquences, entendent déjà tout un vacarme quand nous ne percevons pas un souffle. Il examina la situation qui lui parut d'abord anodine, regarda mieux, finit par voir la plaie béante : les Noirs, menés par Traumfreund, perdaient leur dame en deux coups, et si son arrivée à l'improviste allait retarder la tragédie, elle ne pourrait en rien l'empêcher.

« Quel est le nom de votre adversaire ?

– Un Joachim Traumfreund mâtiné de Capablanca.

– Hum. Je vous souhaite bien du plaisir. On dirait que c'est un intuitif. Frappe d'abord, réfléchit ensuite, si par hasard l'autre est encore debout. »

Bon, mais il venait pour autre chose. Il s'était dit qu'il serait bien d'appeler Drake le lendemain. Cela faisait plusieurs jours que le gouverneur n'avait pas de nouvelles, et même s'il ne demande rien, il me semble que ça se fait. Après tout, c'est pour son compte qu'ils étaient là. D'où ce besoin de savoir : où en êtes-vous de vos réflexions, docteur ? Traumfreund rajusta son peignoir

Göbli qui faisait de vilains plis sur l'épaule gauche, tassa ses oreillers et se redressa dans le lit. Où il en était de ses réflexions…

Plusieurs jours que Nexus parlait et il n'avait encore rien dit du meurtre, si peu de Regson et pas un mot de Drake. Il les emmenait tout à fait ailleurs. Rilviero s'assit de l'autre côté du plateau de jeu, une jambe pliée contre son ventre, l'autre dépassant du lit, et s'efforça d'expliquer son malaise.

« Est-ce que je peux vous demander pourquoi vous parlez aussi bas ? » s'enquit Traumfreund.

Pourquoi je quoi ? Ah. Effectivement, pourquoi est-ce qu'il parlait aussi bas ?

« Je ne voudrais pas qu'on nous entende », articula-t-il naïvement.

Mais qui ? Traumfreund eut beau ne rien répliquer, on lisait sans peine son sourire goguenard. Tous deux savaient parfaitement de quoi il retournait : depuis qu'ils avaient débarqué dans les Cales, le Mât était devenu tabou. Nexus en soupçonnait l'existence et même s'ils s'étaient efforcés de ne rien trahir, ses allusions répétées prouvaient que cette idée ne le quittait pas ; il y avait un lieu peuplé d'êtres sans visage tous accusés de lui vouloir du mal et auxquels il ne savait trop s'il convenait d'assimiler Rilviero et Traumfreund. Les deux compères étaient censés dormir tantôt dans un quartier éloigné des appartements de Nexus, désormais sédentaire, tantôt *à l'extérieur* – concept vague à dessein. C'était plus ennuyeux de monter dans le Mât en milieu de journée : pour peu qu'ils soient avec Nexus, il fallait prétexter un besoin quelconque, s'éclipser discrètement, trouver son chemin jusqu'à l'une des portes des Cales donnant sur l'escalier, entrer le code, puis se taper les trois étages. Toutes ces précautions fastidieuses s'accompagnaient d'un sentiment bizarre de culpabilité, peut-être inévitable quand on fait les choses en cachette. Et en creusant un peu, on aurait même sans doute trouvé un chouia de superstition : à ce stade, il eût été téméraire d'affirmer que Nexus n'avait pas des pouvoirs médiumniques quelconques et ne les suivait pas en pensée lorsqu'ils regagnaient l'espace luxueux du Mât ; ce soir-là comme d'autres, donc, rendant visite pieds nus, minuit passé depuis longtemps déjà, à son camarade de dortoir, le petit Paulus n'arrivait pas à se défaire complètement de la crainte de tomber sur un pion. — Il se força à hausser un peu la voix, même si en fait on s'entendait très bien comme ça.

« Je vais vous dire ce qui m'énerve le plus. C'est cette lenteur. Ce refus de faire des séances de plus d'une heure. Ce n'est pas à ce rythme-là qu'on va y arriver. Ça me donne l'impression qu'il essaye de gagner du temps. Dans quel but, je n'en sais rien. Peut-être les commanditaires du crime préparent une évasion par la voie des airs…

– Ne soyez pas rocambolesque. Si Nexus avait des amis, cela fait belle lurette qu'ils auraient trouvé moyen de l'éclipser, et je ne pense pas qu'ils auraient eu besoin d'un hélico pour ça. Il parle : c'est justement qu'il est abandonné – ou qu'il a toujours été seul. Simplement il n'est pas pressé, que voulez-vous. C'est un animal à sang chaud, et il hiberne. Je comprends d'ailleurs : vous ne sentez pas vous aussi comme tous les rythmes se ralentissent, dans ces montagnes ? Depuis que j'ai quitté Regson, j'ai des journées d'un calme presque bucolique, et pourtant je me couche vanné. C'est drôle. On fait le vide et ce qui reste suffit à vous occuper. Comme si… comme si les journées *suffisaient* toujours, par définition, quelle que soit leur masse réelle. Il est bien possible que l'esprit ait lui aussi son métabolisme énergétique et soit capable de se rétracter ou de se dilater selon la quantité de nourriture qu'on lui propose, de manière à toujours avoir une impression de satiété.

– Peut-être bien… Mais vous ne m'obligerez pas à me représenter un truc aussi atroce qu'une *dilatation de l'esprit*… Moi non plus je n'ai pas l'impression d'être oisif, ici. Alors que quand on y songe…

– Quant à Nexus, pourquoi voulez-vous qu'il se dépêche ? Il a tout son temps ; une perpétuité à meubler, ce n'est pas une mince affaire ! Quand il nous parle, il doit voir devant lui ce sablier qui ne s'écoule que grain après grain. »

Traumfreund s'interrompit, l'index levé, attentif à un bruit qui rôdait dans les murs. On entendait des claquements, de petits coups qui se superposaient à intervalles irréguliers au souffle du vent toujours perceptible depuis le Mât. Rilviero tendit le pavillon. Oliveira, peut-être, qui avait commuté certains interrupteurs. Les plombs ? Quelque chose dans le chauffage central ? Le bruit continua quelques secondes – s'espaça — disparut.

« Ce que je veux dire, reprit Traumfreund, c'est que nous ne lui avons pas donné le moindre signe que cela pourrait changer. Nous sommes là pour l'aider, ça il a l'air de le comprendre. Mais nous ne lui avons jamais laissé entendre que nous pourrions influer sur sa peine. Ni proféré aucune menace afin qu'il accélère.

– Justement, je me demande s'il ne serait pas temps de poser des limites et de clarifier les règles.

– Je n'ai rien contre *a priori*, mais il faut qu'on y réfléchisse. Vous savez, ce qu'on a obtenu est déjà décisif. Il n'avait rien raconté de tout ça à Moosbrugger. Tout juste consenti à lui donner les grandes lignes.

– Et qu'est-ce que vous en concluez, de cette masse de détails ? Après tout ce sont des rêves, non ? De l'or en barres pour l'analyste.

– En théorie. Mais vous voyez bien que nous ne sommes pas dans des conditions standard d'analyse. Votre présence, pour commencer…

– Parce que vous voudriez que je m'éclipse pour vous laisser seul pour de bon avec votre cher patient ! » L'indignation de Rilviero était si éloquente qu'elle fit rouler par terre quelques pions et une tour déjà rangés des mécaniques.

« Bien sûr que non. Il est normal que vous soyez là. C'est vous qui menez l'enquête. Je ne veux pas de malentendu là-dessus. Mais si on pense au rapport thérapeute-patient – voyez là-dessus les quelque cent mille pages de littérature scientifique –, votre présence change tout de même la donne. Et puis Nexus ne vient pas nous balbutier de bon matin les rêves dont il émerge tout juste. Il récapitule – à notre demande, d'ailleurs – ceux qu'il avait confiés à Moosbrugger, et qui ne sont pas de la dernière pluie. Il s'est écoulé un peu plus d'un an depuis. Et trois morts. Je suis sûr que l'histoire de son séjour chez Lasteyrias était plus floue à l'origine. La mémoire a fait son travail, elle a lissé rétroactivement ces rêves, de sorte qu'il peut maintenant les raconter avec beaucoup d'aplomb. Et les altérations ne sont pas forcément volontaires : ça vous est déjà arrivé de raconter à quelqu'un la même histoire à intervalles réguliers ? Je vous assure que ça vaut la peine. Vous ne direz pas la même chose, il y aura un peu de mensonge et un peu d'oubli, un lien parfaitement logique là où il n'y avait pour vous, à l'origine, qu'un terrain vague… Bref : je n'ai jamais entendu des rêves présentant un tel caractère de continuité.

– D'accord. Ça je comprends que ça vous ennuie. Ça nous empêche de saisir la nature de ce processus dont Moosbrugger nous a parlé : est-ce que la continuité existait ou est-ce que Nexus l'a créée après coup pour que ses rêves aient plus de sens ?

– Exactement. Et puis il s'en souvient avec une précision qui paraît excessive. En théorie, on ne peut se rappeler qu'environ quinze minutes de son sommeil paradoxal. À côté de son amnésie, on dirait qu'il a développé une capacité mnésique supérieure pour retenir tous les détails de ses rêves. Ça ne m'étonne pas outre mesure : ça n'est jamais qu'un phénomène de surinvestissement affectif. Son psychisme a compensé la haine qu'il avait pour l'existence réelle en élaborant une vie onirique plus riche que la normale.

– Mais pour revenir à cette question de durée des séances… C'est aussi ça qui me gêne : l'impression qu'il peut peaufiner le récit de son Grand Rêve tranquillement, alors qu'on ne se trahit que dans la précipitation. Je ne peux pas m'empêcher d'avoir ce réflexe. Tout ce que j'ai fait cracher à des suspects, c'est pour les avoir poussés à bout. Il faudrait du Blitz. Du Feu, comme il dit.

– Non. Nexus n'est pas le suspect lambda : il se recroquevillerait sans nous laisser le temps de dire ouf. Après ce qu'il a vécu, des menaces de ce genre ne seront plus d'aucune utilité. Prenons notre mal en patience. Vous dites vous-même que Drake n'est pas pressé.

– Et qu'est-ce que je lui dis, dans tout ça ?

– Que Nexus parle. Que nous avons bon espoir de l'avoir à l'usure. Que le temps dans les Rodhiles est tour à tour navrant et fantastique… Ce qu'il vous plaira, enfin ! Et de ma part… parlez-lui du demandeur d'asile. Parce qu'il souffrait de son amnésie, Nexus avait besoin d'un asile pour se construire en paix avant d'affronter le monde ; chez Lasteyrias, on semble lui avoir fourni tout ce qui lui faisait défaut à Regson : une famille d'adoption, la possibilité de séduire et de vivre à découvert. Néanmoins je ne crois pas que ce soit ça que nous cherchions : ce séjour-là est trop paradisiaque pour avoir pu durer. Celui en revanche qui, à Regson ou dans ses rêves, lui fournissait un véritable abri ou une raison d'être n'aura pas eu de mal à faire de lui son golem. Voilà pourquoi je suis loin d'exclure l'hypothèse du commanditaire... Bref : dites-lui que les deniers publics ne sont pas dépensés en pure perte.

– Vous vous en foutez sans doute, mais je préfère mettre les choses au clair : Drake paye personnellement notre séjour ici. La Région n'a rien à y voir. »

Ouf. Traumfreund respirait, revivait. Rilviero venait de sauver en lui le Contribuable, aspect fort développé de sa personnalité, et qui ces derniers jours, tragiquement, couvait une forme rare de jaunisse. Comme le Sauveur ne riait pas, le Contribuable reprit :

« Dites-lui que nous n'avançons que des pions, mais que nous finirons par faire dame.

– Mouais, grommela Rilviero. Le problème est bien là : on ne fait pas souvent dame. On perd plutôt la sienne en cours de jeu et on ne la récupère jamais. »

D'un mouvement de menton, il désignait l'échiquier. Traumfreund soupira. *Ausweglos*, auraient dit ses ancêtres en se lissant la barbe. Point de salut. Il allait falloir faire sans. Aargh, s'étouffa Rilviero. Voilà bien ce qu'il détestait dans ce jeu : il avait un faible pour les traversées d'échiquier, lui, d'un bout à l'autre, placides, souveraines, cheveux au vent. Son côté motard du grand Ouest.

« Ah parce que vous pensez qu'il y a des gens qui, spontanément, préfèrent commander à une ribambelle de pions hémiplégiques ? On ne choisit pas, justement. Il faut. Histoire de continuer. »

Ils se regardèrent. Sans qu'il sût expliquer pourquoi, Rilviero retrouva dans l'œil de Traumfreund ce qu'il y avait vu lors de leur déjeuner au chalet d'Outremont : cette intensité électrique qui faisait du regard une véritable parole, un moyen d'expression plutôt que de perception. Il aurait sans doute fallu qu'il essaye de comprendre, mais cette fois-ci il était tard, l'heure d'étouffer un bâillement et de constater dans un miroir que sa coiffure était un authentique désastre, de sorte que Rilviero préféra éluder : le docteur avait-il une théorie en poche ? Ou une maxime, au moins ? Traumfreund n'en avait pas, ils se souhaitèrent bonne nuit. À la porte, pourtant, Rilviero se retourna :

« Ça y est. Moi, j'ai.

– Quoi ?

– La dame. Faire sans la dame. Votre La Rochefoucauld dirait sans doute que ça s'appelle vieillir. »

05. LISA PAR PARABOLE

« Rilviero ? C'est pour vous. » Rarement pour lui. Si, des coups de fil professionnels, des patients, ses collègues à la clinique, le *PsyR2* demandant une interview. Quand Rilviero tendait le combiné, il était sûr, généralement, que Traumfreund allait tout de suite adopter un ton formel, des monsieur madame et des sentiments distingués. Jamais « Ah c'est toi, oui, comment ça va », le babil de l'intimité, ce mouvement qui consiste à baisser la garde dès que l'ami, le parent ou l'amante se sont fait reconnaître. Lisa racontait souvent à quel point il était cocasse, dans les bureaux, au détour d'un couloir, d'entendre des types s'exclamer : « Mais maman ! Je t'ai déjà expliqué dix fois ! Pas dimanche là, celui d'après. » Comme un dessin d'enfant qui, en plein conseil d'administration, tomberait d'un attaché-case, on découvrait un peu d'homme qui pointait, un appendice mou dépassant de la carapace, et qui n'était pas appendice du tout, en fait, mais le cœur du réel, malgré ceux qui voulaient faire croire et imposer le contraire.

Elle, justement. Pour lui.

Elle parlait d'une voix fatiguée, un peu en retrait, et comme cela venait s'ajouter à l'absence physique, il la sentait très loin. Ne pas qu'elle travaille trop. Toujours accepte, les autres, passent leur temps à lécher des bottes, réseauter, Haylek, archétype du macho, qui se tape le vrai boulot, ici. Il essayait de la rapprocher, sans doute blottie dans le fauteuil près de la bibliothèque, les genoux ramenés le long du corps, frileuse malgré le gros pull en laine depuis longtemps informe, tremblant d'un tremblement qui n'avait rien à voir avec la température, bouche tombante, ses petits yeux effilés soulignés de cernes amers. Lisa. Pâle, presque laide en ce moment précis, avec un bruit de tic-tac en fond sonore qui ne venait pas de leur chambre mais d'une conscience des jours. Pourquoi est-ce qu'elle se laissait faire ? Il avait envie de lui conseiller de dormir : il savait qu'après douze heures elle reviendrait et que le cours de ses lèvres aurait changé de parabole. Lisa était capable d'avoir l'été sur le visage. Mais peut-être avait-elle déjà franchi, à force de prendre sur elle, le plafond au-delà duquel le sommeil échappe. Se détendre d'abord, donc. Ah, il avait lu, une rétrospective Plevski quelque part dans le quartier. Mais elle ne voulait pas y aller seule, d'autant que Plevski n'était pas précisément drôle. Oui, ça, le moins qu'on puisse dire. C'est lui qui s'est suicidé, ou c'est ?… Sûrement. Bon, mais ne travaille pas trop, répétait-il ; les mots avaient un goût caoutchouteux dans sa bouche : tout à fait vains.

Il était allongé sur le ventre, un oreiller tassé sous le torse, les coudes enfoncés dans le matelas, la main droite tenant le combiné. Les objets à portée de main s'invitaient à tour de rôle dans la conversation ; un trombone sur la table de chevet, vite dénudé de sa gaine plastique et tordu en tous sens, symbolisait le sort qu'il aurait fallu réserver à certains collègues de Lisa. Une fois le trombone débité en segments de quelques millimètres, les doigts attrapaient autre chose, par exemple un presse-papiers rectangulaire déniché il y a quelques jours au fond d'un tiroir, et que Rilviero tournait en tous sens comme pour en réchauffer la surface métallique jusqu'à ce qu'il tombe par terre, un coin enfonçant le plancher. Le poids de la fatigue de Lisa. Petit, il se serait bien amusé à arracher des lambeaux de papier peint, aussi, pendant qu'elle lui parlait, mais celui des chambres du Mât ne présentait aucun intérêt, ni avions à réaction, ni brouettes de jardinier à amocher.

Les conseils de Monsieur étaient les bienvenus, puisque lui s'était trouvé une planque. Une proposition était venue, une enquête pépère à la montagne, un placard pour flic fatigué, et par lâcheté Paulus s'était rué dessus. Au lieu de se battre pour faire évoluer les choses au Centre… ou de s'efforcer, à quarante-sept ans (oui, appuyait-elle, ça commence à chiffrer), de mener une vie de couple. Charmant réquisitoire, même si, pour une juriste, la démonstration manquait un peu d'étais. Le ton sonnait d'ailleurs plus las qu'accusateur. Soupirs de part et d'autre de la ligne. Lisa et lui n'avaient jamais acquis suffisamment de vitesse pour sortir de ce cercle vicieux : il n'expliquait pas de peur de ne pas être compris, elle ne comprenait pas faute d'explications. Évidemment, pour elle ça ne pouvait être qu'une dérobade, elle savait peu de chose de ses liens à Drake et ne l'avait pas connu avant, quand le milieu judiciaire bruissait de ses coups d'éclat. Tout le contraire, avait-il sur la langue. J'ai fui pendant trois ans, et j'en ai marre. J'émerge, maintenant. Je me remets au travail.

Il prenait les mots qu'il avait et essayait de lui montrer à quel point tout ça était sérieux, mais *tout ça* volait à un degré d'abstraction très élevé car il capitulait toujours au moment de parler des rêves. Un petit signal d'alarme retentissait : secret professionnel. Il se réfugiait une seconde derrière la déontologie, prétexte commode, puis écartait : ce n'était pas ça le problème. Rien ne lui aurait interdit de parler à Lisa, il avait toute confiance, ce n'était pas une fille conviée un soir sur l'oreiller. Il essayait encore : tu sais, il a cédé enfin, il nous raconte… quoi ? Il n'allait quand même pas lui dire que Gascha et Nexus, ayant résolu de se chauffer l'esprit et le corps à blanc avant de conclure, se glissaient tour à tour des messages délicatement pornographiques dans les fentes du muret et se levaient la nuit pour les chercher en inspectant chaque pierre ! Le presse-papiers atterrissait une nouvelle fois, il se levait d'un bond pour le ramasser, se jurant qu'on ne l'y reprendrait plus à être aussi nerveux, tremblant soudain : tout était ridicule, toute cette histoire, bien sûr. Comment pouvait-il avaler… Les comptes bancaires. D'où tenait-il l'argent ? Et le pistolet. Ania : c'était Ania que tu visais, salaud ? C'est comme ça qu'il faut faire. L'autre méthode… hurluberlu.

Il se raccrochait au fil des jours, qui semblait à première vue plus tangible. Ces choses-là non plus ne passaient pas la gorge. Pourtant, après le chaos excité de la première semaine, leur vie s'était organisée. Durant la matinée, Traumfreund travaillait souvent dans un bureau qu'il s'était aménagé dans un quartier des Cales. Il y avait tous les jours quelque imprévu à la clinique, il tentait de régler ça par téléphone afin de ne pas multiplier les allers-retours en ville. Les séances avec Nexus occupaient le début d'après-midi. Puis Rilviero tentait de faire profiter Oscar des compétences acquises au Centre de réinsertion. Cela commençait par une exploration marine : on s'éloignait lentement des côtes, on coupait le moteur après dix milles, sondait ; dix milles plus loin, encore ; une carte se dessinait au fur et à mesure des réponses de Nexus, indiquant la profondeur de ses lacunes, révélant tout ce qui manquait à sa mémoire pour comprendre Regson, et que ses lectures ne lui avaient pas dit. Rilviero marquait parfois un temps d'arrêt, soufflé comme il avait pu l'être face aux gamins du Centre : Ah, il ne savait pas ça. Non non, rien de grave, c'est juste que… Ne pas avoir ces connaissances ou fait ces expériences revenait vraiment à ne pas avoir eu de vie. Il fallait donc se lancer dans des exposés patients sur des sujets dont personne n'aurait cru qu'ils aient besoin d'être enseignés, des connaissances si élémentaires qu'elles n'avaient pas leur page en encyclopédie, parce qu'elles l'auraient plutôt trouvée dans des manuels et règlements fort généraux et passablement ennuyeux, dans des *Petits Guides de la Vie pour débutants* ou *Les Relations sociales pour les nuls* qui n'existaient pas sous forme aussi compacte, et dont la maîtrise approximative était pourtant indispensable pour se réinsérer un jour. La tâche flattait en lui un instinct de démiurge : il s'agissait de remplacer trente ans de sédimentation identitaire naturelle par de grands travaux de comblement, afin de bâtir les polders susceptibles d'assurer à Nexus un minimum de densité personnelle.

Elle te manque. Il faut dire ça aussi, couillon. Tu me manques. Ah non, ça il n'avait pas le droit : c'était lui qui s'exilait de Regson sans nécessité et sans avoir prévu de date de retour, et ensuite il s'estimait en position de se plaindre. Mais pour des raisons professionnelles, une mission, payée, réglementaire, tu peux comprendre ça, Lisa, non ? Et tout recommençait. Il ne pouvait que répéter son credo essentiel : tu me manques. La voix là-bas s'effaçait encore plus, il s'inquiétait un moment qu'elle ait pu raccrocher, pourtant non, ça revenait, plus douce, affirmative, toi aussi, bien sûr. C'étaient tout de suite d'autres problèmes : Lisa avait une voix qu'elle ne contrôlait qu'à moitié et qui trahissait malgré elle les moindres de ses sentiments. Un certain vibrato annonçait les larmes, des pizzicati une envie de rire mal contenue et les inflexions qui lui échappaient en ce moment, Paulus savait les reconnaître entre toutes : affolante montée du désir. Des caresses du bout des doigts venaient se poser sur les endroits les plus inattendus de son corps. Les distances rétrécissaient considérablement. Rilviero était vite contraint à un replacement stratégique, délocalisation et réimplantation dans la vallée de l'Aine, puis tentait de contre-attaquer, après tout il n'y avait pas de raison que Lisa s'en tire à si bon compte…

À l'heure de raccrocher, les satellites là-haut étaient tout attendris.

06. JOUR DES LARMES

« Je vous ai parlé du Feu, déjà. De la foudre qui s'abat sans prévenir et sans qu'on lui ait fourni le prétexte d'un péché. En vérité : on n'est pas puni pour un fruit emprunté à une branche, ou pour des caresses soi-disant contre nature, ou pour un regard intempestif jeté vers le passé et vers l'amour fragile — non : ça ravage sans raison, juste comme ça, vous ou un autre. »

Il s'approchait de chez Lasteyrias par le même sentier que d'habitude quand la maison surgit à un tournant, hideuse de ruine. Il y avait eu une catastrophe, qui fit aussitôt jaillir son cœur à travers les pores de sa peau. L'étage avait croulé. Des rats fuyaient à travers les herbes noires de suie du jardin. Les poutres calcinées oscillaient dans le vent avec des bruits de pendus, raidies et grimaçantes. Tout ce qui dans ce bâtiment avait pu être terrestre et solide s'était subitement évanoui. Escaladant avec maladresse les décombres, il avait voulu appeler la maison – mais appelle-t-on la mort ?

Puis le spectre s'était détaché d'un amas de feu et de bois. Ce qu'il restait de Lasteyrias. Ça s'avançait vers lui, la chemise maculée de sang, le poing brandissant des imprécations. Toi ! criait Lasteyrias. Comment oses-tu revenir ?! Je t'avais confié le soin de veiller sur la maison. Où étais-tu passé ? Où ? Passé où quand ils sont venus ? Quand les mendiants-aveugles ont lancé leur attaque ?

Et qu'avait fait Nexus ? Il était à Regson, en train de protéger l'argent de Capabellis contre les agressions nocturnes. Et en chemin ? Il s'était attardé à regarder une lumière d'orage, surpris que le Séabra puisse offrir ce genre de spectacles, mais pas inquiet du tout de cette fureur approchante.

Les vêtements de Lasteyrias pendouillaient sur son torse en lambeaux dérisoires. Il lui manquait un œil. Tout était la faute de Nexus. C'est lui qui avait attiré l'attention sur cette maison à force de poser des questions et d'être un étranger ; lui qui avait guidé les haches et la folie des mendiants. Si au moins il avait eu le courage de rester pour défendre la famille. Non, il venait défier le malheur, mains dans les poches, pas une perle de sueur au front, comme s'il débarquait et n'était au courant de rien. Les mendiants-aveugles avaient tué l'Oude, et ils avaient emmené Gascha.

Le ciel gronda dans la barbe roussie de Lasteyrias. Il marchait vers Nexus, plantait dans le sol un pied, puis l'autre, avec une lenteur d'arbre foudroyé progressant vers le cours d'eau le plus proche pour sauver au moins quelques branches. Il y avait tant de menace et d'hostilité dans cette apparition. Il ressemblait aux mystérieux agresseurs, mendiant lui aussi, soudain, par coup du sort, aveugle par violence aveugle. L'image de l'œil énucléé, car il traînait forcément quelque part dans les décombres, s'introduisit dans la tête de Nexus. Il ne comprenait pas. Oui, absent. Pas là. Jamais là quand il faut. Il n'avait pas de réponse autre que l'envie de disparaître. Voilà qu'on le chassait du nouveau monde à peine l'avait-il découvert. Un éclair poignant lui déchira le thorax : ses mains cherchèrent au fond de son cœur un espace creux par où s'enfuir. Pour la première fois depuis son entrée au Séabra, il eut le souvenir estompé qu'il y avait double fond, que son ubiquité incompréhensible avait aussi ses privilèges : un effort de volonté pouvait lui permettre de tout oublier, d'ouvrir ses yeux indemnes dans sa chambre rue Hidalgo, tandis que Lasteyrias lui n'avait pas le choix, c'était fini, malheur, désormais, malheur irrévocable, les yeux ça ne repousse pas.

Un hennissement, derrière Nexus, un fracas démentiel : une bête venait de défoncer d'une ruade la porte de la grange où l'incendie continuait de sévir et émergeait, effrayante, le pelage poussiéreux et noir sous la poussière, atrocement noir. Un moyen comme un autre pour s'enfuir. Nexus sauta d'un bond, évita le poing de Lasteyrias prêt à l'abattre, le vit encore crier d'une voix épouvantable de foutre le camp et d'être maudit *puisqu'il était des leurs* – fouetta la bête des deux talons et partit au galop au moment où le ciel crevait pour éteindre les flammes. Dans quelques heures, les ruines auraient perdu leur dernière beauté et il ne resterait plus de la maison qu'une chose informe, le bois et la chair calcinés puis pourris par les gouttes qui tombaient drues, maintenant, mais sans dessein.

Alors que les premiers instants de la course avaient été aisés comme souvent l'impossible, le paysage ne tarda pas à s'emballer, et désormais il se tenait de ses dix doigts à la crinière, arrachant à cette bête de pleines poignées de crin, baissant la tête, aveuglé par la pluie et cahotant à cru, valdinguant vaille que vaille, le Séabra n'était plus qu'un torrent ruisselant de part et d'autre de ce pelage qui n'avait aucunement l'intention d'obéir à ses ordres et se souciait de lui comme d'une guigne – s'accrocher, s'accrocher, Oscar pantin pantelait, tantôt courbé sur cette échine pour s'y amalgamer, puis rejeté en arrière d'une secousse, les vertèbres gémissant, il souffrait, nerfs à vif, mais tenait entre deux obstacles à ses avantages de roseau. Ballotté sans attaches, homme démantibulé, il se trouvait là cascadant vers des endroits dont il ignorait tout. Il avait beau tenter de voir le sol, les membres de la bête disparaissaient sous ses flancs squelettiques puis oscillaient de nouveau plus loin, follement, au-dessus des herbes mouillées. Au fond de ses yeux encombrés par la sueur, la pluie, les larmes, revenait l'image lancinante d'une jeune fille, elle lui désignait la couleur que prennent les choses au loin, puis sans un cri l'image était avalée par la — franchissait un muret, une haie de buis, un obstacle moins négligeable que le tout-venant pour cet animal jailli des enfers. Nexus glissait sur le flanc gauche quand aussitôt une branche précipitée à sa rencontre le forçait à se basculer de tout le corps, juste avant que — trop tard, jambe gauche a pris, et bien, ce coup-ci, tibia sûrement cassé, *tu es des leurs*, tandis que ces braillards de nerfs gosillent des cris d'orfraie. Peut-être valait-il mieux qu'il y passe, lui aussi : pas de raison que le chêne soit le seul à payer. Mais pour quoi fallait-il payer ? Il y a les morts, pensa-t-il, la dizaine de morts derrière moi, ceux que je laisse sans sépulture. Soudain, à sa stupéfaction de n'avoir pas prédit la foudre – de ne pouvoir rien expliquer de cette orbite vide et de ces poutres pendues – à son angoisse d'être figé dans un monde qui n'était pas meilleur et de ne plus trouver la trappe qui permettait de rentrer chez lui – à la perte de cette jambe qu'il sentait chaude et flasque comme ça ne dit rien de bon s'entremêla, tonnante, la peur de ce sur quoi il s'enfuyait, la peur de cet innommable coursier en route pour briser un à un tous ses membres, jusqu'à ce que paquet de chair meurtrie il tombe – la peur qui raidissait ses muscles et l'empêchait de trouver une assiette, de prendre un tant soit peu le contrôle de cet animal qui courait à la perte de tout et qui, Nexus s'en aperçut avec un haut-le-cœur, s'il ne portait pas de selle, arborait en revanche, au-dessus d'une bouche dépourvue de mors, de larges et sinistres œillères emprisonnant ses yeux et nouées si serrées qu'il était impensable de les lui ôter en pleine course. Ainsi la bête ne voyait rien, seul son instinct lui permettait l'esquive, et recluse dans sa cécité abominable, elle fuyait elle-même au galop, encore terrifiée par l'incendie dont elle venait de réchapper, son affolement forgé par cette crainte du feu qui l'avait encerclée dans la grange et savourant maintenant l'orage et ses bourrasques, cette liberté sans frein quitte à trouver la mort. Les larmes revenaient en rafales à Nexus, la pluie le forçait à fermer les yeux parce que *tu es des leurs*, avait dit Lasteyrias, il aurait pu chercher à l'apaiser, le prendre dans ses bras, nous allons retrouver ces mendiants, explique-moi qui ils sont, dis-moi par où ils sont partis, il aurait pu dire : viens ! nous allons leur régler leur compte, sauver Gascha, empêcher d'autres exactions, je te jure, Lasteyrias, moi je ne suis pas des leurs, mais les mots avaient défailli, l'intelligence lui avait fait défaut, tout cela venait trop tard.

La nuit montait de la terre et prêtait renfort aux nuages, confirmant la noirceur tout d'un coup unanime du Séabra. Ce pays lui avait un moment donné l'impression d'être un homme comme les livres les idéalisent, maître de la nature, construisant des maisons, prévoyant le lendemain. Alors cette chute soudain, cette fuite le remettaient sur son ancienne selle, désarticulé par les soubresauts du monde. « Pour la première fois cette nuit-là, murmurait-il, j'ai compris qu'il n'y avait pas d'ailleurs : de Regson au Séabra, quelque chose qui, vu depuis le sol où nous marchons, ressemble à de la colère existe là-haut dans le ciel et tombe toujours sur moi. »

Il n'aurait su dire combien de temps avait duré cette course. Pourtant il ne pouvait pas s'oublier : le moindre instant d'inattention aurait aussitôt été puni de chute. Il fallait donc vivre chaque seconde, ou mourir. Alors qu'il ne sentait plus sa jambe gauche, le reste de son corps montait à lui, plein de dissonances, accusant la douleur et réclamant de toutes parts. Parfois il voulait arrêter les frais, tout lâcher, qui le forçait après tout à assister à la dislocation progressive de lui-même ? — mais la bête l'avait rendu animal et l'ordre qu'il formulait entre ses dents serrées se perdait dans la clameur plus sourde mais plus forte de l'instinct.

Sa monture céda avant lui. À la fin des fins, Nexus la sentit s'écrouler brutalement, victime d'un obstacle invisible, hennissant à pleins naseaux – et lui, mains qui ne tenaient plus rien, il battit l'air dans de grands moulinets, un vol plané de plusieurs siècles qui rendait ses muscles superflus, toi qui pensais pouvoir voler, c'est le moment de voler maintenant, les pierres du chemin tendaient vers lui leurs arêtes et leurs pointes, dernière chose qu'il pensa.

À l'arrivée — non, même pas, pas mort, non. Trop ingénue, l'idée que ça puisse finir. Le sol de nouveau sous son dos, il pouvait même bouger. Mais à peine tenta-t-il de se redresser sur un coude que rabattu à terre dans un bruit flasque. Il hoqueta. Voulut respirer. On ne passe pas. On appuyait sur sa jugulaire, quelque chose de pointu, qui était pire que les arbres et les contorsions de la course, une douleur précise qu'il voyait déjà ressortir de l'autre côté de son corps, le laissant raide, ou faire vomir de longues giclures de sang à son visage cramoisi. On appuyait. Il porta ses deux mains à sa gorge, mais la pression aussitôt augmenta, Nexus animal de basse-cour qu'on tient sur le billot. *Ouvre les yeux.* Un grondement du tonnerre. Derrière, les hennissements de la bête continuaient, lacérant l'orage qui lacérait le ciel. Entre sa clavicule et sa pomme d'Adam, quelques centimètres carrés se précisaient : l'endroit par où venait sa mort. *Ouvre les yeux.* Il finit par entendre la voix. Chercha à obéir. La douleur fit un pas en arrière. Les yeux noyés de larmes, il entrevit la main osseuse. La main donnait ses ordres et sa force au bâton, et le bâton terrassait docilement Nexus, sa pluie, sa sueur, ses larmes. Au-dessus, une silhouette indistincte fermait le cercle.

Le bâton de frêne changea de main, la silhouette se pencha sur Nexus, frôla et peut-être toucha ses joues barbouillées comme pour voir si c'était de la pluie, ou de la sueur, ou des larmes, repartit vers le ciel. La pression s'éloigna pour de bon. *Lève-toi.* De l'air, un grand coup, transitant par sa gorge meurtrie jusqu'aux poumons intacts. Nexus se souleva un peu. Il gisait dans une boue épaisse qui avait dû amortir sa chute ; des bulles remontées en surface le considéraient d'un œil placide ; à quelques mètres de là, le cheval aveuglé se débattait dans les mailles d'un filet tendu en travers de la route. L'homme lui ôta ses œillères, puis s'affaira dans l'ombre d'un pin pour dénouer le filet. Libre de nouveau, la bête partit comme elle était venue. Et avec elle la pluie cessa. « Debout, répéta la voix. Pas de temps à perdre. »

C'est ainsi que Nexus avait fait la connaissance de Calder.

07. TRAUMFREUND ÉCOUTE

Étrange. Cette parole. Ce débit. Même quand il évoque sa course dans l'orage, il y va syllabe après syllabe, les yeux rivés au loin… comme s'il voyait ce dont il parle mais qu'il fallait traduire pour nous… que ça entraînait ces délais. S'il ment… un bon acteur. Il ne semble pas y avoir d'approximations… de hasards… pas même dans les détails. Jamais de hasard, Joachim : même s'il invente à chaque souffle. Juste des déterminations trop subtiles pour que l'esprit humain puisse les saisir en vol. Voilà. Il faut de nouveau apprendre à écouter. Retrouver tes réflexes d'analyste. Cette tension qui court de l'œil à l'oreille, comme s'il se créait là un canal privilégié où ça circule, où tout ce que charrie la mémoire se presse, tandis que dans la tête ça crisse… sur un parchemin… que je te biffe… que je te gratte… réécrit par-dessus.

Il y a longtemps maintenant. J'ai perdu l'habitude. Tellement de visages ont défilé au cabinet. La véritable armée du temps en marche. Né pour ça, aucun doute. J'avais la vocation. Heureusement assez mûr pour ne pas me dérober à l'évidence. Mais quelle fatigue de toujours creuser avec eux, s'inquiéter avec eux sans avoir l'air de s'inquiéter, déboucher sur un semblant de lumière, les laisser s'en aller dès qu'ils ont les moyens de reconstruire. Leurs récits étaient si patauds. Comment Moosbrugger a-t-il pu se plaindre d'un patient comme Nexus ?… Peut-être il était différent à l'époque. Rétif, autoritaire, d'accord – mais lui au moins, contrairement à ce que Moos racontait, n'est pas trop confit dans la certitude de rapporter des choses incroyables qui ne sont que la vie. Si vous saviez, docteur… quand j'étais jeune… peut-être que c'est pour ça que mon père… je n'ai rien répondu… portait une sorte de grande robe rouge… plus sortir de chez moi… l'été… car vous savez, moi… jamais revu… savon qui m'échappait des…

Ah, le fauteuil qui parle et le fauteuil qui se tait, mon fauteuil qui glane et relie et leur fauteuil qui se fait violence, fouille les recoins, se découvre pour le pire et meilleur, se table rase. Sur la fin je n'arrivais plus à suivre leurs récits ; lassitude somnifère ; j'avais mes notes, comme un médiocre, pour éviter de m'endormir ; heureusement l'expérience acquise aidait à repêcher les bonnes choses. Certains signes ne trompent pas. Le timbre baisse d'une couleur dans son arc… ou quand : « je ne sais pas pourquoi je vous raconte ça », ou quand « enfin ça n'a pas d'importance ». Les gens. Et persuadés, forcément, que ça n'arrive qu'à eux, puisque dehors on ne parle pas de ces choses-là, le public et le privé se regardent en chiens de faïence et le grand Motus est au pouvoir.

Étrange. De nouveau je colle à chaque phrase. Nexus lance trop de pistes à la fois pour qu'on les suive. Il nous oblige à faire comme lui : s'accrocher, s'accrocher, ne pas tomber, surtout. Voilà : c'est assez dur déjà. Pas particulièrement envie qu'il accélère. Rilviero lui, il veut. Oui, oui. Mais j'en fais mon affaire. S'il ment… Comment fait-il pour choper cet air d'ange malgré ses lèvres si minces ? À peine une barre. Une ombre. Comme… quand Lucas était assis quelque part sur le sol de l'autre côté de la chambre, il ne restait plus de lui que sa voix, près du 45 tours, choisissant les notes qui s'envolent. Celles qui s'appellent Mahler. Celles qui s'appellent Haendel. *I Know* – elle chantait, la soprane, avec une voix à faire monter au ciel – *I Know – that my – Redeemer Liveth* : et on se mettait à y croire, à une forme de rédemption planant au-dessus des croches. Lucas n'avait pas la même voix ces nuits-là que sur les tribunes : moins échauffée, moins colère – colère ? – je me comprends. Mais la même aptitude à traverser l'espace jusqu'à la cible et à en toucher le centre. Comme au *Long Horn*. La bière coule, les fléchettes lardent la cible, il y a Lucas, Richard et moi, et nos conversations jusqu'au lendemain.

C'est qu'on le fout dehors. Lasteyrias est très clair : va au diable, l'étranger, tu nous as signalés à la colère des dieux. Sauf qu'il n'y a pas de dieux, tous ces rêves sont athées. Il faut tenir le pas gagné. Enfin, s'il cherche à tout refaire juste sans intervention de *là-haut*, on n'ira pas bien loin. Dans la boîte aux lettres, cela dit. Pas sa faute s'il a lu le Livre. Des colporteurs. On en trouve bien dans le chevet des hôtels. Maintenant c'est l'orage. Tant mieux : ça va tourner. Clap, action. Ce n'est plus possible dans la vie, les éperons, les capes et les poignards. C'est encore possible dans le rêve. Et mon métier ou celui de Paulus ne sont pas les pires, pour ça… Il y a ceux qui ne voient qu'un bureau, des couloirs, le champ de bataille et le lieu de vérité sont perdus dans les brumes, on n'y arrive jamais… Moosbrugger en est resté là. Téléphone dans le vide. Dring dring… sinistre. Espérons que pour nous ça continue… Et Gascha ? Hum. La promise faite de sucre érotique, bien en place sur sa pièce montée. Oui, mais morte ? Quelle importance ? Si, quand même : le voilà veuf, lui aussi, à sa manière, comme Drake, son amoureuse partie dans un massacre qu'on ne comprend pas. Tiens, tiens. Sans doute il va engager un psychiatre et un policier pour figer des mobiles. Il ne manquerait plus que ça…

08. LE DÉSERT GAGNE

Au réveil il faisait froid ; le jour venait à peine de se lever et tremblait encore…

« Minute, minute. Au réveil ? À Regson, donc, rue Hidalgo.

– Non. Rue Hidalgo, je n'y étais plus qu'entre deux rêves. Que voulez-vous ? Après le massacre de la maison Lasteyrias, j'avais cherché à y revenir – jugeant cette échappatoire acceptable – mais en dépit de tous mes efforts je ne m'étais pas réveillé. Pas même lors de ma chute de cheval. Pas même lorsque la mort en personne appuyait sur ma gorge. Alors les événements du Séabra n'étaient pas un simple cauchemar après lequel on reprend les activités de la vie. Il y avait une histoire, il fallait poursuivre. Je n'ai pas cherché à le faire tout de suite ; j'étais vacillant ; dans la glace il y avait mes cernes. J'ai passé la journée ailleurs, et la nuit à surveiller les mouvements de la ville. Mais en rentrant rue Hidalgo la fatigue était là, elle me cartonnait le corps. Et au réveil il faisait froid… »

Le jour venait à peine de se lever et tremblait encore. Une épée de lumière tranchait le noir épais de son abri et s'attaquait aux couvertures ; il se faisait l'effet d'un homme apprêté pour le Passage, déjà enveloppé dans la nuit de son tombeau et qu'on rappelait tardivement. Tâtonnant autour de lui, il ne trouva que des parois sèches. Ses vêtements étaient maculés de boue, sa jambe n'avait pas oublié la chevauchée de la veille. Il s'efforça de la mouvoir, passant ses mains en dessous de la cuisse pour faire levier. Dehors, un feu naissait ; quand il remarqua que Nexus était réveillé, l'autre retira d'une bassine de longues bandes de tissu fumantes, se baissa pour entrer dans l'arbre, s'accroupit à côté de Nexus qui ne distinguait pas mieux son visage dans la pénombre qu'il ne pouvait le voir dans l'éblouissement du dehors, et emmaillota la jambe blessée dans le linge. Humide et gras, il exhalait une odeur de camphre qui fit tousser Nexus. Comment s'était-il traîné jusque-là ? Il se souvenait vaguement d'un sentier au milieu des épineux et des cactus, il avait dû grimper, serpentant dans la nuit, un bras appuyé sur l'épaule osseuse de son guide, l'autre tirant sa jambe comme un bagnard sa chaîne. Au sommet de la colline, le grand arbre foudroyé s'était détaché soudain, pas foudroyé de la dernière pluie mais foudroyé antique, si large que plusieurs hommes pouvaient sans difficulté se tenir dans le creux de son tronc. Les derniers mètres avaient été les plus durs, Nexus boitant, Nexus…

« Lève-toi, maintenant. Tu peux marcher. »

Une fois de plus, il mit quelques secondes à comprendre que Calder lui parlait ; c'est que ses paroles basses et mesurées ne semblaient pas sortir de sa bouche mais empruntaient des chemins détournés et retentissaient à l'arrière du crâne de Nexus, de sorte qu'elles voisinaient avec sa mélopée interne et qu'il ne savait plus s'il leur obéissait ou agissait de son propre chef.

Il s'extirpa lentement de l'arbre, grimaçant, aveuglé. Oui, il pouvait marcher. Quoique encore douloureux, ses muscles suivaient. Il s'assit maladroitement sur un rocher dont il distingua la forme noire dans l'océan de lumière, accepta sans un mot ce qu'on lui tendait, le pain, le fromage. Le matin – une vague blanche qui isolait cette colline pelée du reste des terres masquées par la brume – parvenait lentement à Nexus. À chaque bouchée se confirmait son appartenance au monde des vivants et la réalité de ce qui l'entourait.

« Qu'est-ce que tu faisais sur le dos de ce mélane ? »

Le ton était fermé, empreint de la même précision que les gestes que cet homme avait eus pour le soigner ou pour piéger la bête.

« Je…

– Ce sont *leurs* montures. Je t'ai pris pour l'un d'eux. »

Nexus balbutia quelque chose d'indistinct à propos de Lasteyriacendie. *Tu es des leurs* : il comprit soudain qu'en sautant sur le mélane, puisque l'animal était recensé parmi les autres de la création, il n'avait fait que confirmer les soupçons de Lasteyrias. Mais tout cela paraissait déjà loin – au-delà de la nuit, de la pluie, à une distance inqualifiable.

Vêtu d'une chemise large et d'un pantalon ocre, l'homme se confondait presque avec la terre de cette colline. Il tenait Nexus en joue au bout de son regard, attendant, exigeant. Tant bien que mal, Oscar essaya de dire ce qu'il savait : on avait attaqué la maison alors que le propriétaire, Lasteyrias, était parti pour quelques jours et que lui-même, chargé d'ouvrir l'œil, était absent. Et s'il avait quitté son poste, ajouta-t-il avec maladresse, c'est que tous… l'Oude… Gascha, les gens de là-bas, enfin… très confiants, l'avaient envoyé en ville pour… en lui assurant que…

« Jeune homme, coupa l'autre, autoritaire. C'est inutile, tout ça. Tu perds ton temps. Je sais que tu n'es pas d'ici. N'essaye pas de nier, tais-toi : je l'ai su tout de suite. Tu as pleuré, hier. J'ai vu les larmes – sur tes joues – ça n'était pas de la pluie. Libre à toi de trouver ça étrange, mais ça n'existe pas chez nous, les larmes. Alors arrête de faire semblant. »

D'un coup sec de son bâton dont Nexus sentait encore quand il déglutissait la menace sur sa gorge, l'homme sectionna entre la tête et l'abdomen l'espèce de scorpion tout de pinces et de pattes qui était sorti du dessous des pierres chaudes et approchait, la queue bandée. Nexus fixa l'arachnide affaissé dans son sang jaunâtre, à quelques centimètres de son talon : il était démasqué.

À Traumfreund et à Rilviero, il expliqua combien il était difficile de démêler, dans la marée confuse de sensations qui l'avait alors envahi, la part de l'angoisse et celle du soulagement. Jusqu'alors toute son attitude – sa réserve et sa discrétion – avait eu pour but d'éviter le destin de l'étranger à qui les chiens mordent les mollets tant qu'il n'a pas quitté le village. Mais être accueilli comme quelqu'un du pays s'était avéré plus dangereux encore. On supposait qu'il connaissait les règles. Lasteyrias lui avait confié les clefs de sa maison avec autant de confiance qu'à n'importe quel voisin – pour venir ensuite l'accuser de traîtrise. Peut-être serait-il finalement plus confortable d'être traité comme un voyageur qui arrivait tout juste.

Calder écarta du bout de sa chaussure les restes du scorpion, sans prendre la peine d'indiquer à Nexus qu'il venait une fois encore de lui sauver la vie. Malgré l'expression déconfite de Nexus, il ne chercha pas à pousser l'avantage en posant d'autres questions et préféra rester assis là en silence, tandis que le ciel quittait la confusion du petit matin. « Lasteyrias, lui aussi… » l'entendit murmurer Nexus. Puis d'un geste il sembla évacuer cette pensée pour s'absorber dans un problème autrement plus complexe.

Nexus avait fini de manger et ne savait plus quoi faire. Son sauveur connaissait Lasteyrias et les assaillants. Peut-être pourrait-il l'aider à retrouver Gascha ? Ses traits se précisaient au fur et à mesure que la brume battait en retraite le long des pentes de la colline. Ce type tendu par le soleil n'avait rien de la bonhomie un peu molle des gens de chez Lasteyrias. C'est aussi que le paysage avait changé. Partis des aisselles de Nexus, des filets de sueur progressaient le long de son buste, mangeant une côte après l'autre, et les gouttes salées le brûlaient quand leur piste croisait l'une des innombrables cicatrices de la veille. La sueur : une autre preuve qu'il n'était pas d'ici ?

« Calder, fit soudain l'autre.

– Pardon ?

– C'est comme ça qu'on m'appelle. »

Nexus se décida à dire ses quatre noms. Calder hocha la tête. Il semblait déjà au courant.

« D'accord, fit-il soudain. Je te propose un pacte. Tu as besoin de moi ; et si je t'ai rencontré, c'est peut-être que tu pourras également m'être utile. Nous allons faire route tous les deux. Je suis au début d'un long voyage, et je n'aime pas marcher seul. Alors je vais te servir de guide. T'expliquer comment on vit ici. Ce qu'on doit savoir pour se fondre dans le paysage.

– Et en échange ? »

Calder lui décocha un regard qui ne laissait guère de doute sur l'ineptie de cette question.

« Je viens de te le dire. Tu m'accompagnes. Tu vas faire en sorte de retenir tout ce que tu entendras. Il faut quelqu'un qui guette les mots. Qui ne laisse rien passer des signes. Tu verras que je ne suis pas ce qu'on fait de pire comme compagnon de voyage. Peut-être un peu bavard… mais je crois qu'en l'occurrence c'est dans ton intérêt. »

Nexus se redressa. Il sentait la chaleur peser sur ses épaules. Ou bien était-ce le poids de ce pacte qu'il était apparemment impossible de refuser ?

« Pourquoi est-ce qu'il faut tout retenir ? »

L'autre se fit plus bienveillant. Nivelant le sol du pied, il dégagea entre eux une surface plane où il se mit à dessiner des lignes sinueuses, des trajectoires.

« Lasteyrias ne t'a rien dit de la mort ?… Non, bien sûr. Il était entre ses quatre murs, j'y suis j'y reste, et peu importe ce qui se passe ailleurs, n'est-ce pas ? On a quelques problèmes, ici. Les gens du Boquerón ne t'en ont pas donné la moindre idée. Pourtant ils auraient pu deviner à te voir que tu n'étais pas le premier voyageur venu… Alors très bien. Il faut que tu saches qu'au Séabra… la roue tourne autrement. La mort… » Il s'interrompit, montra le ciel. « Tu as dû remarquer ça, déjà ? »

Nexus trembla. L'autre parlait de l'absence de soleil. C'était sûr et certain. Le voyant acquiescer, Calder reprit :

« La mort n'a pas de date. On peut rester longtemps… partir très vite… mais le corps ne dit rien. Il ne fixe pas de terme naturel à la vie. Les gens du Séabra meurent parce qu'il y a la guerre, parce qu'ils n'ont plus assez de volonté ou qu'ils se fracassent contre un mur. En revanche si la voie est libre, ils passent, rien n'interdit qu'ils durent autant que les pierres ou que ces montagnes que tu voyais du Boquerón. Alors ils n'ont pas cette fièvre de laisser des traces. Ils racontent le passé quand ça les prend, pas parce qu'ils se sentent pressés ou que leurs mains se couvrent de tavelures. Leurs récits, les autres les accueillent avec indifférence. Ça glisse. Personne ne note. Il y a d'autres choses à faire. Et quand la mort arrive, c'est par surprise, sans signes avant-coureurs – de sorte que les histoires s'envolent et que la mémoire se perd. Je ne dis pas ça pour condamner. J'ai fait partie de ceux qui ne racontent rien. Je ne tendais pas non plus l'oreille quand j'étais jeune. Il y a une fraîcheur sympathique là-dedans. Il y a des enfants qui gambadent. On n'est pas écrasé par l'armée de ceux qui sont passés plus tôt. Mais enfin les temps ont changé. C'est impossible de continuer comme ça. Hors de question… » Il tourna la tête du côté de l'horizon. « Viens. Tu vas comprendre. Il faut que je te montre. »

Calder s'éloignait déjà. La brise soulevait les pans de sa chemise, on voyait saillir ses côtes sur son dos maigre et sur ses bras des veines où coulait un sang mêlé de sable. Nexus se leva à sa suite. Il n'y avait plus de sentier, ils montaient à travers un maquis désespérément sec, les brindilles se cassaient sous leurs pas, les arbustes se jugeaient si fragiles qu'ils avaient développé des épines meurtrières dissuadant les oiseaux de se percher sur leurs branches. « Voilà », dit soudain Calder. Nexus releva les yeux. Ils étaient arrivés. Au bas de l'abrupt, des éperons ocre formaient un récif peu fréquentable ; dans leurs carnets cornés et gonflés par le vent, les voyageurs avaient dû noter ça : pour l'ascension, éviter la face sud. Plus loin, le dernier arbuste, piqué de baies rouges, racontait l'agonie de sa race. Au-delà le sable, les grains de sable, infimes cristaux tous à leur place, disciplinés, une horde de cristaux, amassés en courbes imperceptibles, partout le sable, tantôt plat, monotone, tantôt élevé en une grande dune, puis une deuxième dune plus à gauche, puis encore une, vague après vague, ascendante descendante, des cristaux invisibles agrégés en montagnes, fluant dans la stupéfaction à leurs propres fréquences, les crêtes rendues incertaines par le vent, au-delà, plus loin, partout, à perte de vue, jusqu'à l'horizon et au-delà encore, devant eux s'étendait le Désert.

C'est de là qu'arrivait Calder. Il y était resté… longtemps. Ce n'était pas son premier séjour ; d'habitude, il y allait pour le silence : c'était le seul lieu du pays qui ne résonnait pas des échos de l'activité humaine, on s'y sentait léger, dégagé de toutes les contraintes. Mais cette fois-ci les plis du vent dissimulaient une rumeur. Calder était parti à sa recherche, pour la comprendre. Pendant plusieurs mois, il avait arpenté le Désert. Il l'avait mesuré de part en part. Pour le compte de qui ? demanda Nexus. Mais pour son propre compte. Dans la vie, on ne peut pas attendre que les autres vous confient des missions, il faut trouver celles qui méritent d'être accomplies et s'y attaquer seul, sans certitude du résultat et sans en attendre de bénéfice personnel. Un pas après l'autre, dans les directions que souffle la rose des sables, il avait arpenté – noté – chiffré. Beranek, lorsqu'il avait pris le pouvoir au Nordeste, l'avait déjà laissé entendre. Et depuis qu'il était mort, c'était plus qu'un murmure, le bruit courait, prenait de l'ampleur. Mais quels bruits ne couraient pas dans l'air de ce pays ? Calder était le premier à s'enquérir de ce qu'il en était vraiment. Il voulait prouver la rumeur, ou la détruire.

Dans l'immensité du Désert, Calder lui désigna soudain un point précis. Comme Nexus, même les yeux plissés et la main en visière, ne voyait rien du tout, Calder nettoya de sa manche le verre de sa longue-vue et la lui tendit. Oscar erra un long moment dans des territoires vides et sans échelle, chercha plus bas, plus haut, finit par aviser ce dont parlait Calder : c'étaient, au centre d'un cirque surélevé, deux grandes défenses de corne ou peut-être d'ivoire, plus pâles que le sable où elles s'enfonçaient et réverbérant un éclat brutal ; distantes de plusieurs mètres à leur base, elles se courbaient vers l'intérieur si bien qu'on les voyait se toucher presque, l'une dépassant l'autre, poussant sa pointe plus haut dans le souffle de sécheresse. La Porte du Désert. Cette Porte, dit Calder, a été construite avec des ossements, les carcasses de bêtes antédiluviennes. Lorsque le climat a changé, les bêtes qui nageaient ont dû quitter le lit des rivières amoindries ; puis il n'y a même plus eu assez d'eau pour abreuver celles qui se déplaçaient sur terre. Elles ont dépéri. Elles sont toutes mortes. Ensuite des hommes sont venus et les ont tirées là. Hâler leurs squelettes formidables sans en perdre la moitié en route aurait été malcommode ; ils ont dû traîner les bêtes elles-mêmes, avant que leurs chairs ne se décomposent. Cette Porte a toujours été là. Mais tu as compris que *toujours*, dans ce pays sans mémoire, ça ne veut pas dire grand-chose… Disons plutôt : aussi loin qu'on se souvienne, la Porte a marqué les limites du Désert. Jusqu'à ce qu'un jour le vent du sud pousse quelques grains derrière ces cornes polies par la lumière ; ça n'était qu'un peu de sable, qui s'est déposé au-delà sous l'effet du hasard, qu'un autre souffle a dispersé. Mais ces grains n'étaient que les éclaireurs… D'autres sont venus. D'autres encore. Passant la Porte. Oubliant de la refranchir.

Un soir, au crépuscule, au terme d'une épuisante journée de marche, Calder avait aperçu les deux cornes du sommet d'une colline. D'un pas tremblant, rendu plus incertain encore par le sol meuble, il s'était avancé jusqu'à la Porte qui se dressait désormais au milieu des dunes et il avait entendu pour la première fois cette parole qui circulait comme un secret dans la musique des sables, presque inintelligible, trop douce pour qu'on y prenne garde tout d'abord, mais persistante, et que

Nexus pouvait maintenant entendre lui aussi, sans que Calder ait besoin de la lui dire : le Désert gagne.

Ils restèrent encore longtemps assis au bout de la colline. Calder n'avait plus le courage de partir. Il avait pris une grande inspiration et commencé sa marche, allons, deux, trois, il faut y aller, quand Nexus et son mélane s'étaient jetés dans ses pattes. Dans ces régions du Sud, il se sentait proche de lui-même. Il était partout chez lui, bien sûr, mais dans le Nord la vie était plus difficile : le climat était froid, il fallait faire jouer le réseau, cligner de l'œil – et il était loin d'être toujours le bienvenu. Le vent levait des traînées de sable. « C'est moi qui ai choisi de me lancer là-dedans, lui expliqua Calder. Maintenant je suis allé trop loin pour reculer. Il faut que j'aille annoncer la nouvelle à tout le monde. Le pays bouge. Le Désert gagne. Nous n'avons plus tellement de temps devant nous. Il va falloir changer nos habitudes. Nous unir, même si c'est difficile… parce que c'est le seul moyen de se battre. »

Noirs, au-dessus d'eux, noirs sur le fond vert du ciel, des rapaces décrivaient des virages solitaires, leurs ailes parfaitement immobiles, portés par les courants qu'on ne voit pas, et quand ils étaient descendus si bas que Nexus aventurait la main pour caresser leurs plumes ou étendait ses bras pour mesurer leur envergure, ils se relançaient d'un battement, d'un seul, passaient leur route, s'effaçaient dans la torpeur. On ne savait pas où ils allaient. On soupçonnait qu'ils n'en reviendraient pas.

09. LE RETOUR DES QUESTIONS

La voix interroge et la voix répond. Seules, toutes deux, dans une pénombre inédite. Celle de l'analyste ouvre toutes les portes, mais uniquement après avoir frappé : en s'excusant, la tête entrebâillée, je peux ? Celle du patient criminel ferme les angles, couvre le terrain, plus sèche que lorsqu'elle était livrée à elle-même, s'employant à défendre la citadelle intérieure pour ne révéler que ce qu'elle voudra.

Nous avons retardé autant que possible leur retour. Oscar : je sais que c'est votre hantise. Mais ça vaut la peine d'essayer, pour vous autant que pour moi. En parlant librement, vous refoulez ce qui déplaît à certaines instances de votre psychisme. Si je vous interroge, vous pourrez plus facilement faire face à vos propres questions.

Comment va-t-on au Séabra ? Vous parcourez toujours un chemin qui y mène, quand vous vous endormez ? Vous partez de Regson ?

C'était comme ça au tout début. Les premiers rêves. Depuis que mes habitudes sont prises, je suis là-bas et je me réveille. Regson vient entre parenthèses. Est-ce que j'ai un corps là-bas, qui dort quand je travaille ici ? Je n'ai jamais osé le demander. Je ne pense pas, honnêtement. Regson est le port d'ancrage : que je le veuille ou non, j'y suis toujours, et même quand je dors il reste ici au moins une part de moi. Je ne pense pas que ce soit la preuve que Regson existe mieux ou plus. Quand les preuves paraissent aussi simples, personnellement, j'incline à la méfiance. Une fois dans l'autre monde en tout cas, mes absences involontaires m'accablent, lourdes comme des fautes. Aller et venir à l'improviste, c'est prendre le risque que les maisons brûlent. Alors j'ai connu les dangers de la vie d'immigrant. Pas plus qu'à Regson, d'ailleurs, mais c'était plus gênant au Séabra car j'avais envie d'y vivre pour de bon : ce monde-là valait la peine de se tromper et de souffrir, ce qui n'était pas le cas ici.

Pourquoi est-ce qu'à Regson ça n'était pas la peine ?

Je ne dis pas qu'on ne peut pas être heureux sur Terre. Simplement les bonheurs s'y construisent dès l'enfance. Il faut être né comme il faut, et puis tout réussir, passer des caps, laisser les autres mordre la poussière… les portes sont étroites, c'est un système de peu d'élus. On passe sa vie sur une échelle immense, avec pour champ de vision les semelles de ceux qui vous précèdent et parfois, depuis l'échelon d'au-dessus, vous foutent l'un de leurs pieds dans la gueule. Plus haut, on nous a dit qu'il y aurait un panorama superbe… en attendant ça ne fait que monter. Quand on est lent, qu'on part de zéro ou qu'on commence à vingt-neuf ans, le chemin est beaucoup trop long. Le peuple qui a introduit ce connard de zéro est aussi celui des castes, au cas où vous n'auriez pas vu. Vous avez beau multiplier, par dix, par cent, par mille : on n'en sort pas. Il manquera toujours aux moins-que-rien l'énergie de décoller et d'entamer l'accumulation de capitaux à quoi se réduit la vie. Moi, au contraire… je n'étais qu'un moins-que-rien dans ma vie de Regson, mais j'appartenais également à un pays où, sans effort inhumain, j'étais promis à vivre sur les hauteurs. Au Séabra, on trouve en abondance beaucoup des choses que la vie exige. Pas tout, bien sûr. Ce n'est pas l'âge d'or. Je n'ai jamais prétendu ça. Ce serait un mensonge éhonté. Pas l'amour, par exemple : l'amour vous rend plus malheureux qu'à Regson.

Plus malheureux ? Pourquoi ?

Les femmes ne naissent presque jamais. Les trois quarts des enfants sont de sexe masculin.

Eh bien… C'est gênant, en effet. Vous avez réussi à savoir comment ça s'expliquait ?

Je ne pense pas qu'il faille l'expliquer. C'est la malédiction. Chaque pays a les siennes, et ses bénédictions. Ici les gens meurent vite même si rien de précis ne les tue. Là-bas les femmes sont rares. Un optimiste vous dira que ces déséquilibres créent des équilibres supérieurs, si subtils et élevés qu'inaccessibles à l'entendement. Moi je ris dans ma barbe.

Comment font-ils pour assurer le renouvellement de la population ?

Ils ont trouvé une sorte de système. Chaque femme doit avoir deux enfants, de deux hommes différents, avant de pouvoir se choisir un compagnon. Mais pour éviter que cette contrainte ne se transforme en piège… par exemple que le pire ennemi de la famille, qui a un œil sur la petite depuis que sa poitrine pousse, vienne réclamer son dû, les femmes ont le droit de se refuser deux fois. Elles portent des bijoux pour que tout le monde sache où elles en sont. Lorsqu'elles atteignent seize ans, on leur remet deux bagues. Ce sont des *bagues de refus* : elles doivent en ôter une quand elles se refusent à un homme. Et pour chaque enfant né, elles ajoutent un *bracelet du devoir*. Inutile de vous dire qu'il y a trente-six mille fraudes. Réprimées avec une sévérité extrême. Les listes des femmes réfractaires sont diffusées dans tout le pays. Alors c'est un système cruel. Qui ne satisfait personne. Mais qui marche tant bien que mal. On n'a pas trouvé mieux. Et une fois que c'est entériné, vous savez comment c'est :

aucun dirigeant ne va compromettre son ascension pour tenter de réformer ça…

Si vous ne voulez pas répondre, vous me le dites. Si vous ne savez pas, vous dites « je ne sais pas ». N'inventez rien. On dessine les contours de votre identité.

Je la connais. Je peux vous la dire. Il faut juste que vous me laissiez le temps. C'est un chemin qui monte pour moi, les paumes s'appuient sur les genoux, le souffle s'essouffle, je me retourne déjà stupéfait. Plus vite je ne peux pas.

Dans vos rêves, est-ce que vous êtes lucide ? Capable de dire que vous rêvez, de chercher à vous réveiller ? Ou bien capable d'exécuter un calcul, de vous souvenir de choses précises du monde d'ici ?

J'ai en main les atouts de l'homme moyen, mais pas ceux du Nexus de Regson. Je vous ai raconté : quand Lasteyrias m'a expulsé, j'ai essayé de trouver un double fond, parce que Regson – une fois n'est pas coutume – pouvait sans doute m'aider. Mais Regson n'était pas disponible. C'est une ville qui n'est jamais là quand il faut.

D'accord. Ça signifie que vous perdez la mémoire personnelle, mais que vous disposez toujours de la mémoire sémantique : la langue, les chiffres, etc. Je me trompe ?

Non non, c'est ça. Comme je vous dis : les atouts habituels.

Les récits que vous nous faites, c'est une synthèse, plusieurs rêves que vous liez en un seul ? Ou est-ce qu'ils se produisent une seule fois ?

Je crois qu'ils sont uniques ; s'il y en a qu'à la fin je mélange, c'est à cause de l'habitude. Ce qu'on fait tous les jours, vous savez, ça se superpose et s'efface. Pareil dans le rêve… sauf que je suis plus attentif ; j'y reviens souvent, pour voir si je n'ai pas laissé passer quelque chose. C'est pour ça, j'imagine, que ça paraît si dense.

Et quand vous revenez à l'état de veille, que se passe-t-il ?

Je cherche à comprendre ; en faisant attention de ne pas toucher au rêve ; les corps sont dessinés à la craie sur le sol, je… je n'arrive pas avec mes gros sabots, rassurez-vous.

C'était il y a un an. Et depuis ?

Impossible. Un, deux, trois. Je n'y arrive que dans l'ordre. Les rêves sont venus dans l'ordre. Ma vie s'est déroulée jour après jour, pas tout d'un coup. Ça ne veut pas dire que c'était simple. C'est juste que le chaos lui-même a sa chronologie.

L'œil plane. Pour ne pas déranger – ou est-ce pour ne pas se trahir ? –, il reste à bonne distance, immobile. Pourtant il enregistre et sirote son café. C'est la solution qu'ils ont trouvée pour revenir, une fois au moins, à une analyse vaguement plus orthodoxe sans mettre hors-jeu le troisième larron. Le café est sucré, Rilviero s'endormirait presque. Une solution si évidente qu'ils ont mis des semaines pour y penser. Sur les écrans, les cristaux liquides montrent jusqu'aux plus infimes détails : une mèche rebelle sur le crâne de Traumfreund ; les plis presque invisibles aux commissures des lèvres de Nexus.

Oscar ? Est-ce que vous vous rappelez l'avenue Breton ? Est-ce que vous connaissez le nom de vos trois victimes ?

Quel rapport avec le Séabra ?

Aucun, peut-être. Mais c'est parce qu'il y a eu ce meurtre que nous travaillons tous les trois. Pour éclairer votre condamnation. La commuer. Ces gens s'appelaient Richard Tallis, Zhao Yuan, Ania...

Je ne veux pas parler de ça. Nous n'y sommes pas, nous sommes très loin encore. Vous ne savez pas les choses !

Holà ! Ce n'est pas la peine de crier. Est-ce que je crie, moi ? Calmez-vous. Je vous entends très bien.

Tant mieux pour vous, mais j'aimerais que *tout le monde* ici m'entende. C'est ici ma Défense, messieurs. Je l'ai refusée aux juges que ça ne concernait pas, pas plus que ces ploucs de la rue qu'on avait convoqués en les croyant capables. Je vous la donne à vous, parce que… vous êtes venus en paix, mais je suis désolé, je ne peux vous la donner qu'entière. Ça n'a pas de sens, sinon. Je purge ma peine, n'est-ce pas ? Tout va bien. Nous ne sommes pas forcés d'aller si bon train qu'au procès.

Rien ne nous y contraint, c'est vrai. Pourtant il faut que vous nous racontiez comment vous en êtes arrivé à commettre ce meurtre si vous voulez que nous vous aidions. Nous pouvons vous sortir de là. Mais il nous faut la vérité. Alors si le Séabra n'a rien à voir avec le meurtre, ça n'est pas la peine d'en parler.

Cela a tout à voir. Tout est venu de là-bas. C'est là que ça s'est passé. Vous savez, le premier enquêteur, dans cette affaire, c'est moi. Je suis revenu pas à pas sur les traces de moi-même. J'ai mis longtemps, mais j'ai fini par réussir. Pour tout autre que moi, le chemin est impraticable. Regardez ce qu'a donné l'enquête de la police. Quatre mois d'instruction, et rien. Pas une réponse. Ils ne savent pas qui je suis. Alors que les choses soient claires : *je* guide. Si vous voulez des résultats, il suffit d'écouter. Je vous assure : c'est toujours plus rapide d'explorer un pays avec celui qui le connaît. Maintenant si vous voulez perdre votre temps, libre à vous, faites les fiers, cherchez donc par vous-même… vous finirez par vous lasser.

Vous n'avez rien de votre vie d'avant ? Pas un son, pas un mot, une impression, même vague ?

Néant. Je n'existais pas.

Vous n'existiez pas ?

Il faut croire. Je n'ai laissé de traces nulle part. La Terre est comme la neige, non ? Elle retient la forme des pas. On a pu retracer la biographie de certaines fougères et de toute une bande d'insectes du paléomachin parce qu'ils ont oublié des fossiles. Mais sur moi, pour l'instant… et… jusqu'à preuve du contraire… il me semble qu'on n'a rien trouvé.

Et…

Oui ?

La voix interroge et la voix répond.

10. PAYS DE BORD DU GOUFFRE

Ainsi donc, cheminant, ils devisent.

Décrivant les premiers jours de son voyage avec Calder, Nexus ne pouvait s'empêcher de se soulever un peu dans son fauteuil, comme si l'envie de marcher le saisissait de nouveau et qu'il prenait de l'élan à chaque inspiration. De leur côté, Traumfreund et Rilviero s'échangeaient des coups d'œil surpris. Depuis que Nexus parlait, ils s'étaient habitués à être brinquebalés par des hésitations et livrés à eux-mêmes lorsque soudain, sans qu'on comprenne pourquoi, il plongeait dans le silence. Aujourd'hui le débit était plus régulier : le marcheur ralenti par les rues encombrées des petites villes du Boquerón voyait s'ouvrir à lui les grands espaces et s'y enfonçait en de longues enjambées conquérantes, droit vers le nord. Les paysages, donc. Sans doute leur travail également : les deux amis espéraient qu'à force de vivre avec eux, de partager leurs repas, de suivre leurs conversations et d'y participer, Nexus allait petit à petit se défaire de ses façons abruptes et apprendre à communiquer autrement que par éruptions volcaniques. Traumfreund voyait plus loin encore : il fallait faire un homme ; si un jour ils décidaient d'annuler le verdict et de mettre un terme à la perpétuité, celui qui sortirait dans la rue devrait ne plus avoir peur des autres ; il maîtriserait comme eux les règles du dialogue ; il ne trimballerait pas de pistolet dans sa poche.

Alors, battant des mains, ils jouaient aux auditeurs insatiables, cherchaient à relancer Nexus même quand il avait la bouche sèche et plus aucune envie de parler. Maintenant que Nexus voyageait de rêve en rêve, ils bougeaient eux aussi à l'intérieur du Bateau. C'est Rilviero qui avait demandé à ce que les séances migrent ; sinon, mal réveillé, s'emmêlant dans ses cils, il ne savait plus quel jour de la semaine on était et avait l'impression que Nexus profitait de ses amnésies passagères pour remettre vingt-quatre fois sur le métier des chants qu'il connaissait déjà. Rilviero prétendait qu'on avance. Il n'avait pas fallu une semaine pour qu'il ne supporte plus leur premier séjour, ce coin aménagé autour de la cheminée. Tout ce qui ressemblait de près ou de loin à un cottage anglais le rendait nauséeux. Il s'agissait aussi d'en éloigner Nexus, car après tout ce décor avait servi d'appât en reconstituant à l'Aneph les contours familiers de la maison du Boquerón. Maintenant qu'elle était partie en flammes, mieux valait trouver autre chose. Traumfreund déménageait de bonne grâce. Pourquoi s'installer toujours dans la même pièce quand on a la chance d'avoir un cabinet qui n'en compte pas moins de trente-deux ? C'est là que, selon lui, on appréciait à sa juste mesure le talent de Syrénaï. L'architecte avait réfléchi aux conditions de la vie moderne : il avait bien intégré le fait que le quotidien de l'homme qui travaille est entièrement sédentaire et se déroule, pour la majorité des gens, que le temps soit à la neige ou à la canicule, entre les quatre mêmes murs.

« Mais il faudra des siècles de lente évolution, disait Traumfreund, avant que le corps ne s'habitue à ça ! Le corps que nous habitons a gardé des réflexes nomades ; il a besoin de voir du pays et de se défouler – faute de quoi il se venge en attaquant les nerfs. À la sortie des bureaux, du coup, l'Homme se rend au gymnase, laisse son grand H dans les vestiaires, enfile un short et là, sur un tapis roulant, un *marcheur*, ou quel que soit le nom de cet engin horrible, satisfait l'appel de la forêt en courant une bonne demi-heure sans se déplacer d'un mètre. » Traumfreund baissait le ton et poursuivait avec tristesse : « Notre vie est si courte – la diversité du monde flirte avec l'infini — et pourtant, nous qui sommes d'anciens nomades et les plus grands explorateurs, nous nous sommes condamnés à la répétition : mêmes horaires, mêmes trajets, mêmes tâches à effectuer – notre pain quotidien. » Le travail de Syrénaï visait à combattre non pas cette sclérose du corps, mais la lassitude d'esprit qui l'accompagnait. Lorsqu'il avait conçu l'Aneph, il s'était imposé une contrainte apparemment absurde, en refusant que le corps du bâtiment communique avec l'extérieur ; il avait fait preuve du masochisme du poète qui choisit un mètre impossible pour stimuler sa fantaisie ; on vantait à longueur de revues glacées les vertus du verre, de l'ouverture, de la lumière, qu'à cela ne tienne : son Aneph serait une création aux matériaux compacts, aussi fermée qu'un œuf, et qui pourtant générerait moins de déprime et de claustrophobie que les buildings à la mode. « Si nous voulions vraiment respecter l'âme du lieu, concluait Traumfreund, il faudrait dormir chaque soir dans une autre pièce, ne pas quitter le Bateau avant de les avoir toutes essayées, comme si l'Aneph était notre nouvelle biosphère, et voir dans quel état nous en sortirions. »

Ils choisissaient donc leur nouveau cabinet ensemble, tôt le matin. L'essentiel était qu'ils disposent toujours, à côté, d'une pièce où préparer le café et se retrouver pendant la pause pour échanger quelques mots. C'était chaque fois le même conseil de guerre hâtif, les mêmes nœuds à trancher en coulisses : est-ce qu'on le laisse poursuivre dans cette direction-là ou est-ce que vous voulez autre chose ? Vous avez des questions à lui poser ? Et ça, comment l'interprétez-vous ? Traumfreund notait silencieusement les remarques de Rilviero et s'efforçait d'en tenir compte. Lorsque toute l'eau avait passé l'épreuve du filtre et que les gouttes cessaient de propager des ondes circulaires à la surface de la mer noire, il était temps de rejoindre leur ami et de remonter vers le nord. Dans leur dos, ils pouvaient encore sentir le Désert. Le vent était sur leurs talons ; des bourrasques brûlantes déferlaient et ne semblaient s'apaiser que lorsqu'elles avaient rattrapé les deux voyageurs, refluant alors soudain, à quelques mètres d'eux, n'ayant fait tout ce chemin que pour surveiller leur progression, leur rappeler une menace ou se moquer de leur maigreur ; d'autres fois, un vent de sud-ouest, plus doux, chargé de pollens et de foins, les enveloppait et poussait leurs épaules en avant. Calder, muet, pressait le pas ; Nexus s'épongeait le front et suivait avec peine ;

quand il faisait halte pour regarder en arrière, le Désert insinuait aussitôt dans ses yeux de minuscules grains de sable dont ses larmes avaient toutes les peines du monde à le débarrasser ; bientôt il n'eut plus de larmes et cessa de se retourner. Son guide avait menti : il n'était pas bavard, mais taciturne et incroyablement autoritaire. Nexus avait l'impression d'avoir dû signer, sous la contrainte, un pacte sur lequel il ne s'était pas assez renseigné.

Calder était connu. Nexus put le vérifier dès qu'ils arrivèrent aux villages poussiéreux des abords du Désert. À peine avaient-ils dépassé le puits qui marquait souvent l'entrée de la grande rue qu'ils se trouvaient annoncés par des jappements, sans qu'aucun chien ne se montre ; les gens sortaient sur le pas de la porte, le reconnaissaient et venaient tout de suite vers lui, souriants. Ses plus vieilles connaissances déploraient son absence trop longue, offraient le coup à boire, s'enquéraient, unanimes : quel bon vent ? Calder ne les laissait pas nourrir de faux espoirs : il n'était que de passage. Il ne présentait pas Nexus, mais tout le monde regardait celui-ci avec bienveillance puisqu'il accompagnait le marcheur. Ceux qui l'inspectaient d'un peu près recevaient cette réponse de Calder : « Vous savez, je reviens du Désert. » Alors ils opinaient, leur curiosité satisfaite : « Mais bien sûr, bien sûr… » On rencontrait sans doute là-bas beaucoup d'êtres anonymes, perdus, errants, qui ne demandaient qu'à s'attacher à vous.

Nexus avait beau écarquiller les yeux et chercher un sens aux paroles et aux gestes les plus banals, il mit du temps à comprendre ce qui valait à Calder cette considération. Il ne distribuait pas de cadeaux, ne vendait rien, arrivait dépourvu de tout bagage autre que le sac de toile où il gardait ses affaires personnelles, il semblait estimer normal d'être logé et nourri, et pourtant cette lueur admirative dans les prunelles était sincère. Les enfants, surtout, lui faisaient fête, des enfants sales qui se détachaient des murs de terre de cette région et l'entouraient dans un vacarme, les plus petits sautant pour agripper ses poignets, riant de leurs bouches édentées, leurs aînés se tenant en retrait, plus réservés, trop fiers pour se montrer enthousiastes, mais ne le quittant pas du regard.

Au bout de dix heures de marche apparut sur leur route une ville digne de ce nom, peuplée de chats errants et de ruelles blanches peintes à la chaux. C'était Tarouk. Ils descendirent à l'Hôtel des Méliandes, dînèrent dans la cour intérieure. Les tables de fer forgé étaient bancales tant qu'on n'avait pas enfoncé leurs pieds à travers le gravier et jusqu'à la terre sèche. L'herbe poussait, jaune et rare. Sur le mur en face d'eux, dans l'ombre d'arcades dont la peinture ocre s'écaillait, de l'eau née du sourire d'un masque gouttait à travers la mousse jusqu'à une vasque en forme de conque. La lumière déclinait. À l'étage, ils avaient pu poser le barda et se laver de leur peau de poussière ; Nexus s'était attardé dans la salle de douches à étirer les muscles de ses jambes, les mains accrochées fermement à ses chevilles et cherchant à descendre plus bas encore, tandis qu'une trombe d'eau redessinait sa colonne vertébrale. Puis, assis sous le jet d'eau, il s'était frotté d'une pierre ponce pour essayer de faire disparaître la couche de corne qui s'était formée sous ses pieds en quelques rêves et qui, étrangement, existait aussi de retour à Regson. Habillé de frais, pour finir ; observant les allées et venues du fils de la maison, un gars dégingandé qui portait des bouteilles et resservait tout le monde malgré les gestes de déni ; écoutant les notes qui montaient d'un hamac accroché sous une des arcades et au fond duquel une guitare mélancolique pinçait ses propres cordes, il aurait pu saluer le retour des sensations de bonheur qui avaient longtemps, pour lui, défini le Séabra, si tout ce petit monde n'avait dansé sur des planches plus qu'à moitié pourries.

Il n'avait pas fallu deux heures à la maison de Lasteyrias pour noircir et crouler. Une ombre gigantesque pesait au-dessus du patio, couvrait l'hôtel, la ville entière. Ce n'étaient pas des nuages, un orage rassemblant ses troupes, mais une menace beaucoup plus insidieuse, invisible pour ceux qu'elle n'avait pas frappés vifs. Les silhouettes furtives des mendiants-aveugles traversaient la nappe sombre et disparaissaient dans un fracas de sabots. Nexus hésitait à se lever, voulait battre le rappel, avertir les autres. À la table de Lasteyrias, un des invités avait peut-être retenu en lui ce cri d'alerte et observé son petit manège avec Gascha en le traitant à part soi d'idiot et d'inconscient.

Lorsqu'on leur eut servi du thé brûlant, de la semoule aux raisins et de la viande séchée, Calder sembla enfin remarquer sa préoccupation et, sans rompre le silence, lui posa la main sur l'épaule. Nexus en eut le souffle coupé. Les larmes lui revenaient, empêchant les paroles. Cette main était en train de lui accorder un peu de la reconnaissance dont il avait besoin. Parcourir le maquis à marche forcée ; laisser ses lèvres se fendiller comme des terres cuites plutôt que d'oser une plainte ; porter en soi la connaissance du vide sans y entraîner rageusement tous les autres – personne ne lui avait annoncé d'épreuves, mais soudain il lisait sa journée et les voyait franchies. Calder avait voulu le tester pour savoir s'il n'était qu'un fainéant du Boquerón, amolli par la vie de cocagne, ou s'il pourrait au contraire se révéler un vrai compagnon de lutte.

Alors, ce soir-là, à la lumière de torches qui ne parvenaient pas à éclaircir une nuit lourde d'orages, Calder s'efforça de donner à Nexus une idée de ce qu'ils laissaient derrière eux et de la mission qui les attendait. En vérité, ils marchaient sur une corde raide. Des menaces de tous les côtés. Ce pays était au bord du gouffre — et comme seule une poignée de gens en avait pour l'instant pris conscience, Calder voyait mal ce qui pourrait l'empêcher d'y sombrer.

Le Désert, tout d'abord. C'était au sud. C'était la zone de toutes les beautés et le domaine de la grande mort. Parce que le Désert s'étendait à perte de vue et dépassait la raison humaine, ceux qui le découvraient étaient dans un premier temps portés au lyrisme ; ils déclamaient pour communier avec cet infini ; ils lançaient de toutes leurs forces des javelots sans s'enquérir d'une cible ni de l'endroit où ils pourraient retomber. Pris d'une envie de marcher sans trêve, ils ôtaient leurs vêtements pour dévirouler nus jusqu'au pied de chaque dune. Calder connaissait cela : il avait, en son temps, payé son écot à cet enthousiasme de nouveau venu. Mais le voyageur se fatiguait plus vite que le sable et, s'il n'était pas obtus, comprenait qu'il n'était pas recommandé d'imiter le Désert si on désirait y survivre. Le combat était trop inégal. Mieux valait faire siennes les ruses qu'avaient inventées ses habitants pour résister à l'éblouissante tentation de la mort. Il fallait, par exemple, prendre la couleur du sable, comme la vipère à cornes, qui ne se déplaçait qu'en roulant sur le côté afin qu'une partie de ses anneaux, n'étant plus en contact avec le sol, se repose une seconde du feu perpétuel, et qui imprimait ainsi dans le sable un désert miniature formé de centaines de petites dunes. Ou bien, la nuit, étendre des tissus fixés par de grands piquets pour recueillir la rosée de quatre heures et celle plus abondante de l'aube. Ou attendre sans bouger de tout le jour à l'abri d'un rocher, sous le vent, puis se mettre en route sans hâte lorsque la chaleur tombait et qu'on sentait le sol immense la renvoyer au ciel. C'en était alors fini de la tirade, de la rhétorique, de tous les fastes – on se contentait de borborygmes, les dents mâchonnaient sans relâche les mêmes herbes insipides, la parole ne jaillissait que lors des rencontres et, rare et ponctuelle comme l'eau, elle courait d'abord à l'eau : où était le puits le plus proche ? dans quelle direction l'oasis de Midril ? C'était après seulement, la survie assurée, que les gens se saluaient.

Le Désert n'en accomplissait pas moins son office. Ce qu'on était venu chercher, on le trouvait. Chaque nuit était assez large pour servir de creuset à une métaphysique nouvelle ; il y avait des paquets d'étoiles, on pouvait les relier du regard et inventer son propre panthéon de dieux et de bêtes, dont les silhouettes laiteuses voyageaient dans le ciel pâle. La plupart des pèlerins venaient au Désert pour mettre fin à leur entourage. Ils n'en pouvaient plus, soudain, de se sentir cernés par tant de collègues, d'amis et de parents qui tous demandaient à être écoutés, qui pour un oui ou un non envahissaient leur solitude et la peuplaient de devoirs. Ils se souhaitaient d'être des étrangers dans un monde qui ne leur prêterait aucune attention. Le Désert leur offrait les marges nécessaires pour se retourner vers eux-mêmes. Cela dit, tous ne partaient pas dans cet élan sincère : c'était devenu une mode, un rite de passage à l'homme ; beaucoup pensaient que le Désert était une Anarchie propice aux déchaînements et ils tombaient de haut quand, pour toute débauche des sens, ils découvraient la sueur, le froid nocturne, et pour toute orgie des racines de nopals et des lézards dont on ne pouvait manger que la queue. La première caravane venue les accueillait, riait de leur habit devenu trop large, puis les ramenait dans le Nord en échange d'une liasse de billets qui sentaient la transpiration et se froisseraient de poche en poche.

« Ces gens-là sont en quête d'identité, expliquait Calder. Ils se foutent du Désert. Tu les entendras peut-être parler de ses beautés, de certains clairs de lune au-dessus des barkhanes, de l'aube sur les falaises de Diagara. Mais attention à la beauté : c'est une vraie drogue ; elle ferait oublier que chaque grain de sable est mort. Et puis regarder la nature, ça n'est pas s'en préoccuper ; à ma connaissance, personne avant moi n'avait pris sur lui d'étudier le Désert, personne ne l'avait considéré comme un milieu fragile dont il faut comprendre les lois particulières et qu'il faut soigner quand ses équilibres se brisent. Ça n'est pas, contrairement aux apparences, le terrain de jeu de l'éternité. Le Désert a une histoire. Il y a eu des forêts là-bas. Et de grands fleuves. Secs, aujourd'hui, taris, le Ganare le premier, il paraît que ses eaux étaient vertes, et puis les autres, dont je n'ai pas les noms : tous ont agonisé en ne laissant derrière eux que des étendues de sel. Je marchais dans ces régions ; je me suis demandé : comment prouver que le temps passe, alors qu'ici tous les changements se font graduellement et restent invisibles à l'œil nu ? Puis j'ai eu une idée. J'ai été voir la Porte. C'est elle qui m'a donné la preuve irréfutable. Le Désert gagne. L'appétit du monde sec nous rattrape. Je veux que cela se sache. J'ouvre. Cela suivra… ou pas. J'aimerais que nous évitions des catastrophes, car il n'est pas trop tard. Et si les catastrophes arrivent, je veux que personne ne puisse justifier son apathie en prétendant qu'il ne savait pas, qu'on en avait entendu parler, certes, mais de façon vague, que tout le monde avait cru à des racontars d'ermites frustrés par une vie de privations et aspirant à une gloire tardive. Il n'y a plus rien de vague là-dedans : les chiffres sont là, ils se tiennent bien droits comme des chiffres, et l'arpenteur est fiable, quels que soient ses défauts. »

Les flammes des torches tremblaient sur le visage de Calder et se frottaient à ses yeux obsidienne. Une lune passa très haut dans le ciel, entre les masses noires des nuages. Puis une autre à sa suite. Le Séabra en comptait trois – des astres de safran qui semblaient se pourchasser dès que la lumière tombait, comme si l'arrivée de la nuit était pour eux le signal de l'envol.

Cette menace, donc. Il aurait fallu que les habitants du Séabra s'unissent pour y faire face. Or on n'en prenait pas le chemin. L'indifférence que les gens vouaient à la nature n'était rien à côté de celle qu'ils avaient les uns pour les autres. On ne s'entendait plus. Chaque peuple tirait la vie à soi, persuadé que lui seul avait compris ce qu'il fallait en faire et qu'aucune autre vision du monde ne pouvait être légitime. Ces mouvements centrifuges avaient débuté en sous-sol, aussi lents que la séparation de plaques tectoniques qui s'éloignent chaque année de quelques centimètres. Puis les conséquences s'étaient manifestées au grand jour. Arpentant le Séabra comme il avait ensuite arpenté le Désert, avec le même sentiment de responsabilité et d'inquiétude croissante, Calder avait eu souvent l'occasion d'entendre les habitants d'une région parler de ceux qui vivaient au-delà de leurs frontières avec mépris, et même sur le ton de franche hostilité qu'on a pour des gens dont le comportement remet en cause tout ce qu'on croit savoir de la vie.

Dans un peu moins de deux mois, des délégués de chacune des six régions se réuniraient dans la clairière de Maravos. On discuterait comme chaque année des affaires du pays ; chacun demanderait des comptes aux autres, mais plus personne n'accepterait d'en rendre. Calder allait représenter le Désert lors de cette réunion.

Il avait le sentiment que ce serait cette fois-ci le sommet de la dernière chance. « D'ici là, disait-il, il faut poursuivre. Parcourir le pays. Expliquer aux gens comment il se fait que d'autres puissent penser et agir si différemment d'eux bien qu'ils ne vivent qu'à quelques kilomètres. Et puis annoncer à tout le monde la venue du Désert. Oscar. Écoute-moi bien : nous allons rappeler à tous ceux qui l'oublient et à ceux qui le savent mais n'en tiennent aucun compte que notre espèce n'est pas immortelle. La nature n'attend pas, immobile et passive, que nous écrivions l'Histoire ; elle ne se remet pas de nos entreprises de destruction et peut elle aussi travailler contre nous. »

Il commençait à se faire tard. L'orage qui appesantissait l'air avait chassé les clients du patio. Il ne restait plus que le garçon débarrassant les tables chargées d'assiettes et le musicien qui, du fond de son hamac, continuait de murmurer des mots de réconfort à sa guitare inconsolable. Calder appela le garçon pour lui demander de quoi écrire. « Et puis, si tu as ça à portée de main, une carte du pays. » Ça ne traîna pas. Une minute plus tard, ils l'avaient sous les yeux et Calder montrait à Nexus la route qu'ils allaient suivre, entourait certains noms à l'encre, en ajoutait d'autres de son écriture en pattes de mouches, traçait des raccourcis bravaches à travers les montagnes.

« Je ne sais pas trop pourquoi, expliqua Nexus, mais quand j'ai vu cette carte, il s'est produit en moi un phénomène extraordinaire. Tous les lieux de mes rêves, qui menaient dans ma tête une vie indépendante et ne pouvaient selon moi que retourner à leur néant sitôt que je les avais quittés – tous les lieux figuraient sur la carte, à l'endroit que la géographie leur avait assigné. Ils existaient au sein du même espace. J'ai pu voir le Boquerón, au sud-ouest du pays ; j'ai pu retracer le parcours que j'avais fait sur le dos du mélane : l'équivalent d'une journée de marche entière, cap au sud-est. Je me rappelle m'être demandé pourquoi la bête avait pris d'instinct cette direction : elle avait tenté de rejoindre les siens, peut-être… les mendiants devaient rôder dans les parages, et ils nous tomberaient dessus dès que nous aurions quitté Tarouk…

Cette carte, j'aurais voulu me la coudre sur le cœur. En suivant du doigt la route du nord, en développant un repli de plus chaque fois que cette route sortait de la carte, je me suis même surpris à consulter l'échelle. C'est à ce moment-là que j'ai pris conscience que me poursuivait jusque dans le rêve quelque chose qui est bien de Regson. Vous pouvez appeler ça mon côté cartésien, ou le réflexe saint Thomas, ou l'instinct policier, le besoin de preuves matérielles… n'est-ce pas, monsieur Rilviero ? Ces choses-là se tiennent, et à voir le Séabra ainsi cartographié, ce pays se dressait d'un coup autour de moi avec une réalité formidable. Il n'était pas très grand. Nous pourrions continuer à pied, remonter vers le nord en laissant derrière nous le Désert et sur notre gauche le Boquerón.

Calder énumérait les noms, annonçait les étapes. D'abord ce serait Éséphir : une ville moyenne aux premiers contreforts du Volcan qui occupait le centre du pays. Puis Berdon. Puis Pirmis. Et partout annoncer la nouvelle. Partout réveiller les esprits. Sans perdre de temps et sans droit à l'erreur. Nous allions pousser jusqu'à Atlán, sur la côte, pour voir Donleone et le convaincre de venir à la réunion prévue à Maravos. Là-bas – c'était en haut de la carte, tout au nord du pays, là où les plages disparaissent sous les flots – nous verrions aussi Van Goyen, un ami de Calder. Et puis la mer. Et ça je dois avouer que ça me redonnait de l'enfance : parce que je ne connaissais pas la mer. Je ne l'avais jamais vue. Je veux dire… ni là-bas ni à Regson. Je mangeais la carte des yeux. Je voulais tout savoir. Ces villes géantes, par exemple, qui s'étalaient à perte de vue, à quelle région est-ce qu'elles appartenaient ? Calder pointait le nom, me laissait lire tout seul : au Nordeste, bien sûr. Le haut-plateau avait connu une croissance démentielle au cours des trente dernières années, c'était maintenant usine après usine, et de loin la région la plus dense. Et ces montagnes à l'ouest du pays : est-ce que c'étaient celles que je voyais du Boquerón et que la distance rendait bleues ? Oui, confirmait Calder. C'était la région des Vallées. Et est-ce que les Vallées seraient sur notre route ? Peut-être, disait Calder. Van Goyen habitait là-bas. Une fois que nous l'aurions retrouvé dans le Nord, il accepterait sûrement de m'y emmener, si ça pouvait me faire plaisir…

La carte, c'étaient beaucoup de lignes enchevêtrées, trop de noms nouveaux pour que je les retienne tous. L'essentiel, à mes yeux, c'est qu'il y avait une route. Une route c'est le temps qui passe. Ça vient des endroits du passé. Ça mène vers un avenir. À m'imaginer sur la route, je sentais naître de grands espoirs. Comprenez : quant à la question de mes origines. Bien sûr, Calder n'en avait pas soufflé un mot. Mais lorsque nous nous sommes séparés au seuil de sa chambre, j'ai insinué que ce voyage me permettrait sans doute d'en apprendre plus sur moi-même, et il ne m'a pas détrompé non plus. Dans l'entrebâillement de sa porte, j'ai vu un demi-sourire indistinct. C'était si ça se trouve l'air navré qui ne peut rien pour vous. Mais pourquoi pas plutôt le silence de celui qui n'a pas le droit d'en dire plus ? Alors j'ai tenu ça pour acquis. Malgré le ciel qui se craquelait sous les coups de boutoir répétés du tonnerre, je me suis endormi aussitôt, et en confiance. La route s'annonçait longue, bordée de ronces et de coups fourrés, fatigante comme souvent la vie, mais au bout de la route je saurais qui j'étais. »

11. S'ASSEOIR LÀ UN MOMENT

La lumière est si parcimonieuse qu'on ne sait pas si ça tourne, au bout de ce couloir, et dans quel sens. Paulus s'écoute respirer, c'est, dans sa poitrine, un vrai feu de forge, un *ostinato* de tous les diables. Il court dans les cales de l'Aneph, hanté par ce souffle, le sien. Il pensait connaître les lieux mais les choses ont changé ; le labyrinthe a repris ses droits. *Il* est en possession du Mât ; il a torturé la machine jusqu'à en maîtriser les arcanes et à permuter en cabaliste accompli. Chaque pièce désormais porte sa marque. Cet homme vient après lui ; il entend son pas tranquille sans savoir où il se trouve. Toujours plus près. Paulus a beau courir, exiger plus de ses poumons, on dirait que l'autre se rapproche. Son poursuivant porte – il ne le sait que trop bien – un imperméable dégoulinant de pluie ; peut-être sa poche droite est trouée, mais ses semelles sont sèches, le cuir claque sur les dalles, il ne glisse pas, on ne peut pas compter sur ses erreurs. Les murs de l'Aneph sont des portes de verre ou des fenêtres de plexiglas ; Paulus s'y appuie de temps à autre, à cause de l'oxygène qu'il faut faire circuler, toujours, même quand on aurait des tâches semble-t-il plus urgentes, c'est une rébarbative question de vie ou de mort ; derrière, l'autre donne de petits coups secs, tous les dix pas, avec beaucoup de conviction, comme s'il cherchait une cache dans le mur. Paulus n'y est pas mais voit distinctement les phalanges repliées qui tapent, sondent, où est le double fond ? Il suffit, maintenant. Sa gorge le brûle, il est parti trop vite, ou bien c'est l'air, aïe, cet air glacial. Il y a des flèches peintes sur les murs, dommage, simplement, qu'elles n'aillent pas toutes dans le même sens. Il paraît qu'il existe à l'Aneph un réseau compliqué de souterrains, de métros, encore pire qu'à Regson. Et si on parcourt chaque ligne assez loin, en sachant où changer, avec un peu de veine, il est peut-être possible d'arriver jusqu'à la liberté. Ou peut-être pas. Peut-être que c'est seulement ce que les flèches doivent lui faire croire. À un moment donné, il se retrouvera acculé dans une impasse, ça finira comme ça, il n'y a pas de sortie, et tant de pièges. Autant affronter tout de suite. Il s'arrête, se retourne. Entre les deux pans de son col remonté, Drake semble avoir froid. Paulus est surpris de découvrir ce visage ; ce n'est pas celui qu'il attendait.

« Qu'est-ce que vous faites, Rilviero ? » Il est calme, il paraît s'étonner de voir Paulus hors d'haleine et tremblant. « Qu'est-ce que vous faites ? » Il lui demande une cigarette. Paulus tâte les poches de son imperméable, vides, toutes, vides. D'habitude il y traîne toujours quelque chose, au moins un bout de bois, un papier. Et du feu ? Non plus. Drake soupire, il s'attendait à mieux de la part de… cela le met dans une situation qui… il sort lui-même un étui métallique, fait jouer le ressort : encore trois cigarettes, mais le choc les a brisées. Quel choc ? Paulus se débat dans des eaux lourdes et fastidieuses : comment ont-elles pu se casser malgré l'étui ? Si on achète des porte-cigarettes, c'est bien pour éviter ce genre de désagréments. Drake soupire de nouveau, de plus en plus accablé, range l'étui, sort à la place un Zippo en argent. Le capuchon s'ouvre avec un bruit de revolver qu'on arme. La roue fait surgir une flamme haute et pâle. Il se tourne, cherche en vain quelque chose à allumer ; que sont devenus les chandeliers et lustres de ce palais ? Rien, les couloirs sont vides, les domestiques qu'on sonne ne répondent plus, il y a longtemps déjà que les orties infestent ces lieux qui autrefois… En désespoir de cause, il laisse tomber le briquet à terre ; les flaques de pluie s'enflamment d'un coup, comme une nappe de pétrole, le feu suit la traînée, rampe, serre fort le fil et remonte à toute vitesse, vorace, vers la sortie. Sourire navré : « Tout cela ne compte plus, Rilviero. Nous voici enfermés. Seuls, enfin. La partie est perdue. À quoi bon s'acharner ? » Il ajoute plus bas, si bas qu'on se demande si c'est encore lui qui parle : « L'autre moitié de la vie n'est qu'une descente, on se dégrade de cercle en cercle, mal rasés, agonisants bientôt. Je ne vois pas l'intérêt. » Paulus pense à ce feu qui gagne sa liberté, au rideau de flammes qui le sépare maintenant du dehors. Ce n'est pas parce que lui… que… non ! pas d'accord !

Il n'aurait eu qu'à traverser le couloir pour atteindre Traumfreund, sûrement déjà levé, et raconter son aventure à chaud. *Dr Traumfreund : le pro des pros. Il écoute, il répond. Si vous êtes complètement paumé, prenez Dr Traumfreund.* Mais non. Il préféra prendre l'air seul ; la pluie tombait doucement au sortir du Souterrain et avait éteint, déjà, toute trace d'incendie. Il hésita entre deux balades possibles ; l'une montait par la route, derrière l'Aneph, puis continuait à travers l'alpage, le sentier était plat, on pouvait pousser, au-delà du torrent, jusqu'aux ruines de ce qu'ils appelaient entre eux la Bergerie, et qui, parions-le, avait dû être, de fait, une bergerie ; mais alors, dans les temps, à l'époque où les moutons copinaient comme cochons avec l'altitude, car ça perchait bien haut pour leur petit système respiratoire. Il consulta sa montre : pas le temps, la séance avec Nexus était à dix heures et demie ce matin ; il fit coulisser la fermeture éclair de son coupe-vent et se mit en route pour *le petit tour*. Les nuages filaient vers le nord, remontant du lac. Il devait faire dans les 3-4 degrés. Et au sommet, vers le pic

Farías, tombaient peut-être quelques flocons. Novembre. Saleté de novembre. Dire qu'on aurait pu venir en juillet… Nexus était déjà libre puisqu'il commençait à purger… *Purger*, pour une perpétuité, belle hypocrisie, tout de même… Alors les gars, ça purge ? Comment ça purge ? On descendait à gauche, à travers le pierrier. La roche était friable, glissante par temps de pluie ; Rilviero s'équilibrait des bras et ne regardait que ses pieds. Il fallait à tout prix qu'il passe à Altenberg et s'achète de meilleures chaussures, ça ne pouvait plus durer.

Ayant survécu aux cinquante mètres de dénivelé casse-gueule, il gagna le droit d'affronter l'armée des conifères, dans un bois qui ne portait même pas de nom ; le matin, lorsqu'un semblant de soleil faisait fumer la terre et qu'on se trouvait là, minuscule sous le couvert des pins, l'endroit était charmant. Mais ce jour-là, le sous-bois s'enfonçait dans le triste, les branches n'y croyaient plus et penchaient vers le sol, des aiguilles rousses macéraient dans les flaques ; Rilviero devait contourner les boues éternelles et sauter, comme dans le lit d'un torrent, de pierre en pierre, de la crête à vue de nez moins molle d'une ornière aux touffes d'herbe aplaties qui bordaient le chemin. Quelle joie de prendre l'air.

De l'autre côté du bois, insolite dans ce coin de nature approximativement sauvage, bien fixé dans le sol néanmoins, un banc. Traumfreund et Rilviero s'étaient longtemps demandé pourquoi on l'avait placé là avant de se rendre compte que, par vue dégagée, il était possible, si on adoptait une position assez acrobatique et qu'on n'hésitait pas à maltraiter ses cervicales, d'apercevoir, depuis ce banc, un coin du lac de Comala. Ce qui s'appelle *un point de vue*. L'averse s'était un peu calmée. Rilviero chassa d'un revers de la main la pluie accumulée à la surface, s'assit et étouffa une rafale de bâillements. Il avait dormi bien huit heures, pourtant. Oui, mais le vent et la pluie, leur concerto nocturne. Et ce rêve… C'était ce que racontait Nexus ; il croyait pouvoir attribuer son hypersomnie au fait que le rêve, loin de restaurer ses forces, représentait pour lui une débauche d'énergie et générait une fatigue supplémentaire. À peine rentré du Séabra, il avait souvent besoin d'un deuxième temps de sommeil, vide celui-là d'impressions et d'images. Il somnolait dans sa guérite. Il s'endormait partout. C'est encore ce problème de la nuit, médita Rilviero. Il faudrait dédoubler la nuit… ou la tripler ? Une nuit pour faire l'amour, avec Lisa de préférence, une pour rêver, la dernière pour se remettre de tant d'émotions. Au lieu de ça, on nous jette les miettes, huit petites heures pour les veinards, bien moins pour le commun des dormeurs. C'était un vrai scandale. Un monde pourri de fond en comble. Il fallait tout changer.

Bon, mais que faisait Drake dans les Cales ? Son rêve intriguait Rilviero, il en rassemblait les morceaux, sans désirer se lancer vraiment dans l'analyse. Il se rappelait plus souvent ses rêves, ces derniers temps, mais il était rare qu'ils soient aussi circonstanciés. Les détails de celui-ci s'effilochaient déjà, il n'en gardait au cœur qu'un sentiment de révolte contre l'égoïsme de l'autre. Se prend décidément pour la clef de voûte… après lui le déluge… abandonné, il abandonne… Rêve de poursuite : on veut ce qui nous poursuit. Voilà un peu de Jung qui surnage, après tout ce temps. Car comme tout le monde, c'est-à-dire, hum, comme pas mal dans sa génération, Rilviero avait fait ses classes, feuilleté son Freud et son Lacan. Dans le petit café en face de l'École de police. Les futurs officiers et les glandeurs de la fac convergeaient là dans la fumée, sans toujours se rejoindre. M'étonnerait qu'aujourd'hui les élèves de l'École s'esquintent là-dessus. Dans le coin supérieur gauche du flipper Freud, une petite niche jouait un rôle stratégique ; si on y logeait la première bille, il s'en débloquait une deuxième. On appelait ça le stade anal, c'était tout à fait épatant. À l'autre bout du zinc, Lacan n'était pas moins drôle : en sus de diverses zones érogènes, il était réputé pour ce couloir étroit, bordé de miroirs, qu'il suffisait d'atteindre pour que la bille, si jeune pourtant, prenne conscience de son autonomie, devienne folle, rebondisse à qui mieux mieux, tilte, binge, et que le score grimpe aux rideaux au milieu des cris hystériques. Paulus était resté un amateur, cela dit. Il maniait les noms, les livres étaient cornés et défonçaient les poches de ses manteaux, il en avait annoté certains, sans doute, mais dans le petit café Dylan était le plus fort et on trouvait toujours quelque *lady of the Lowlands*, étudiante en Lettres et Amour, pour vous empêcher de taquiner le concept. C'était trop tard pour s'y replonger, désormais. La poisse. Du coup il dépendait salement de Traumfreund, il devait croire et croire encore, croire ce que racontait Nexus, croire ce qu'en disait le docteur, et essuyait autant de rebuffades quand il demandait à ce qu'on mette les preuves sur table. Ça va bien maintenant, mon vieux, il faudrait voir à faire le saut de l'ange…

Il avait le cul mouillé et transmouillé. Signe qu'il fallait prendre le chemin du retour. Parvenu à la moitié du pierrier, il s'arrêta pour se vider la vessie. En pleine nature, comme ça, au vu de tout le monde, c'est-à-dire de personne. Un rayon lumineux tombait maintenant sur le plus petit des panneaux solaires, à la proue de l'Aneph. Une éclaircie se profilait. Incroyable comme le temps change vite, en montagne. Il observa une fois de plus la voilure du bateau, mille facettes rutilantes, les écailles d'un poisson-soleil. Des choucas nichaient depuis quelques semaines sur une vergue ; Traumfreund se plaignait du bruit, il faudrait songer aux moyens légaux de les déloger. Une fois, Rilviero avait même vu un aigle se poser un instant au sommet du Mât, mais il ne connaissait rien aux oiseaux et ne pouvait pas le garantir. En tout cas, ça avait une autre envergure que les misérables pigeons et moineaux de Regson. Ils étaient, d'une certaine manière, ce qu'il avait toujours cherché à fuir. Les rues sales balayées par des papiers gras, où les accidents se réduisent à des accrochages merdiques, les duels à des coups de klaxon, les victimes expiatoires à des pigeons écrasés. L'Événement a disparu, des témoins l'ont vu tourbillonner dans le gouffre, perdre ses plumes et tous ses *E*. Est-ce qu'ils n'étaient pas profondément dignes de pitié, ces gens qui allaient de bureau en bureau en s'autorisant aux heures réglementaires une incursion au réfectoire et qui, dans ce bruit feutré de chaussures de ville sur la moquette, oubliaient la Terre nue, ses millions d'années, la violence des torrents de montagne et jusqu'à l'existence des aigles ? Ou alors c'était Rilviero qui était ridicule avec ses poses d'homme en cavale, à se prendre soudain de passion pour l'odeur de la bouse. Il agrippait des fins de film où le héros doit passer la frontière, à pied, dans la montagne, car il a réussi, dans l'heure et demie précédente, à foutre sa petite vie en l'air. Il avait tenu son rôle, lui aussi, dans cette nostalgie de l'explosion et de la corde raide, mais il n'avait pas été jusqu'au bout. Drake lui avait permis de rentrer dans le rang et d'aider d'autres gens à se réinsérer. Ressaisissez-vous, lieutenant Rilviero. Est-ce que c'est en vadrouille que vous voulez partir ? Non capitaine, c'est en patrouille, c'est en patrouille ! Lieutenant, je préfère ça. Pas vu, pas pris. À vos ordres capitaine, désolé capitaine, faites par pitié comme si je n'avais rien fait… Que tout cela était embrouillé ! Il avait beau s'agiter en tous sens, on n'en sortait pas.

12. CHEMIN FAISANT

C'étaient maintenant des arbres tordus au bord des routes : arbres à aiguilles, étageant leur branchage sur plusieurs niveaux et planant comme des nuages solitaires sur un ciel sans fêlure, et arbres dont les feuilles vert tendre dégageaient un parfum bien plus capiteux que les arbustes des collines plus au sud. Nexus et Calder profitaient de leur ombre pour se reposer un instant, adossés à leur tronc torturé ou au muret de pierres sèches où ils prenaient racine.

Il avait suffi d'une semaine passée sur les routes pour que son corps – il disait : *mon corps*, mais Rilviero et Traumfreund, qui en avaient un également, entendaient : *son corps* – emprunte l'apparence sèche et noueuse de ces arbres. Lorsqu'ils faisaient halte dans les villages, on lui donnait des tuniques qui laissaient découvert ses bras et le muscle rond de ses épaules. Il jetait sa tenue précédente au pied de la fontaine et s'envoyait du creux de la main des giclées d'eau sur le torse ; si elles n'enlevaient pas la sueur rouge de la marche, elles lui donnaient quelques minutes au moins une sensation de frais. Les gouttes faisaient briller ses poils devenus blonds. Les filles postées dans l'embrasure des portes lui jetaient des regards de braise.

Un soir, ils virent venir à eux un camion brinquebalant, à la carcasse de tôle bigarrée par les couches successives de peinture et mangée par la rouille. C'étaient des Nordestins en route pour le Désert. On ne ferait donc que se croiser, mais par le vent froid qui courait, il était temps d'installer un campement pour la nuit.

Après avoir passé la journée entassés dans leur véhicule de fortune, les Nordestins étaient hagards ; ils se déplièrent avec difficulté, firent quelques pas sur des jambes flageolantes, rompus par les cahots incessants auxquels on s'exposait sur ces routes secondaires. Apparemment, ils avaient préféré ne pas emprunter la grand-route, quitte à rendre leur voyage plus lent et plus pénible.

Ils s'assirent tous en cercle autour d'un feu insuffisant, Nexus avec les autres, pelotonné dans une couverture et adossé à une roue du camion pour se protéger du vent. Avec la prudence de celui qui aborde un sujet sensible, Calder demanda des nouvelles du Nordeste. Cela faisait six mois maintenant qu'Ortiz avait pris ses fonctions de Commandeur. La mort subite de Beranek avait tellement affecté la population que tout le monde avait jugé normal de voir son fils lui succéder, même s'il était permis de douter qu'il ait la même stature. Alors ? demandait Calder. Comment se passait cette succession ? Les Nordestins donnèrent d'abord des informations au compte-gouttes ; on aurait dit que chaque mot leur coûtait. Ortiz avait fait procéder à un recensement. Ses services étaient en train d'en dépouiller les formulaires ; bientôt, avant de s'endormir, le Commandeur pourrait compulser leur rapport général sur l'état du Nordeste et entendre au creux de son oreille l'immense concert des doléances et des espoirs. Il saurait qui, et où. Quelle catégorie de la population pensait quoi. Quels sacrifices les Nordestins étaient prêts à consentir pour le bonheur de la nation. Combien d'impôts ils étaient en mesure de payer. Combien d'heures ils pouvaient consacrer aux tâches d'intérêt général. Ce que les gens pensaient du pouvoir. Ce qu'ils croyaient. Ce à quoi ils rêvaient. On identifierait les désirs pour tenter de les satisfaire, mais aussi tous les frottements qui faisaient perdre de l'énergie et qu'il faudrait trouver le moyen d'éliminer.

Les Nordestins parlaient à voix basse et rapide, un peu tous en même temps, et ils jetaient de temps à autre des coups d'œil par-dessus leur épaule, pour indiquer la direction de leur pays ou voir si quelqu'un les avait suivis et s'était glissé dans leur groupe afin d'écouter ce qu'ils disaient. Rapetissé par la fatigue, Nexus ne distinguait leurs visages que derrière un rideau de flammes qui les transformaient en prisonniers du purgatoire, soulagés de livrer le récit de leurs souffrances au voyageur venu d'un autre monde. Certains, hâves et creusés, ne participaient pas à la conversation. Ils se tenaient accroupis, mangeaient avec avidité le lapin qu'on avait fait rôtir puis en suçaient les os. Parfois ils agitaient la tête, réprobateurs, trouvant que les autres prenaient trop de risques.

Bien que la période de deuil officiel fût finie depuis longtemps, Ortiz continuait à rendre hommage à son père, et des cérémonies plus ou moins spontanées avaient lieu aux quatre coins du pays. Le Nordeste semblait avoir besoin de se rejouer quotidiennement le spectacle de son unité nationale. « Il y en a qui ont les épaules piteuses et écrasées, à croire qu'ils portent encore le cercueil du défunt, dit une fille maigre qui tournait nerveusement ses doigts dans sa tignasse : ils continuent leurs gestes au même rythme mécanique. Est-ce que vous connaissez Fortal ? » Calder n'y était pas allé depuis plusieurs années. « Eh bien, vous ne reconnaîtriez pas. On dirait que la population a doublé. Çą presse le pas dans tous les sens. Ça ne sait plus trop comment on fait pour rire. Le Nouveau Commandeur a lancé d'autres grands travaux, comme si ceux qu'avait mis en route Beranek ne suffisaient pas à occuper tout le monde. L'air du temps exige par exemple qu'on détruise la vieille ville. Alors ils s'y sont mis. Pleins de cœur à l'ouvrage. J'ai le sentiment que les gens n'y croient plus mais ne veulent même pas se poser de questions de peur d'avoir à changer d'habitudes. Ils préfèrent caricaturer celles qu'ils ont plutôt que d'en inventer d'autres. »

À l'heure actuelle, quand les Nordestins parlaient entre eux du Commandeur, tous voyaient aussitôt le visage de Beranek, sa grande barbe couleur de tabac, ses traits épais et rassurants. Le Nouveau Commandeur était un inconnu pour eux ; ce nom d'Ortiz ne leur évoquait rien. « Or l'image ! s'exclama un des voyageurs en ravivant le feu du bout de son tisonnier, vous savez l'importance que nos chers concitoyens y attachent. Votre visage, vous avez intérêt à ce qu'il leur *revienne*. » Aussi Ortiz se montrait partout, exhumait des photographies où on le voyait aux côtés de Beranek, cherchait à se rendre familier à la population nordestine en se démultipliant par voie de presse et par écrans interposés. En dépit de ces manœuvres, il ne semblait pas avoir pour but d'imposer un style personnel. Lors de son premier discours, il s'était contenté de reprendre les paroles de son père, mimant jusqu'à certaines de ses intonations. Les Nordestins, disait Ortiz, avaient de quoi être fiers : s'ils continuaient de donner le meilleur d'eux-mêmes pour instaurer une nouvelle société, il suffirait de quelques années pour que la nation entre dans l'âge de la Paix. Et, citant Beranek, il leur expliquait de nouveau à quoi ressemblerait la Paix : c'est ce tissu où chaque fil tient sa place, brille de toute sa couleur et se trouve pris pourtant dans un écheveau de liens si dense que la solitude et le doute s'estompent, que la stabilité de chacun est garantie par celle de toute la trame. Face aux écrans où le discours avait été retransmis, les gens hochaient la tête, même s'ils se rendaient compte que dans la bouche d'Ortiz qui n'en avait pas l'habitude, les mots tremblaient encore un peu, comme un liquide oscillant d'un bord à l'autre du récipient où on vient de le verser. En somme, le Nouveau Commandeur jouait la continuité et se glissait profil bas dans les traces de son père, pensant sans doute que c'était le moyen le plus sûr de faire oublier qu'il avait pris le pouvoir sans respecter aucune des règles. Impossible de savoir s'il croyait à ce qu'il racontait ; impossible de s'assurer qu'il n'avait pas d'autres idées derrière la tête et ne mettait pas sous ces mots de *Paix* et de *nouvelle société* des réalités très différentes de celles – lumineuses mais malheureusement aussi floues qu'une rêverie éveillée – que Beranek avait souhaité voir se construire au Nordeste.

« Et les journaux ? » s'enquit Calder sans laisser aux jeunes gens le temps de reprendre leur souffle. Nexus, qui avait toujours voué les questions aux gémonies, trouvait que cette conversation commençait à sentir un peu trop son interrogatoire. Pourtant, loin de s'offusquer de cette curiosité systématique, les Nordestins étaient pleins de gratitude pour cet interlocuteur qui paraissait se préoccuper sincèrement de leur situation et ils ne se censuraient plus, heureux d'avoir pu quitter leur pays sans encombre et de retrouver la liberté des mots.

Les journaux apprenaient chaque jour au peuple ce qu'il pensait. Ainsi, à en croire *La Voie du Nordeste* et *L'Ordre nouveau*, une forte majorité avait accueilli de façon très favorable ce premier discours et souhaitait que tout continue comme avant. En lisant les articles dans le détail, on ne pouvait que se rendre à l'évidence : les exploitants agricoles du haut-plateau n'avaient pas le temps de remettre quoi que ce soit en cause, on moissonnait déjà et il fallait penser aux deux prochaines récoltes. Quant aux usines de Fortal-Sud, il s'avérait indispensable qu'elles livrent leurs machines à un rythme plus rapide que jamais, et quand les grands chantiers seraient achevés, il n'y aurait pas d'autre solution, à moins de mettre tout le monde au chômage, que de continuer à produire des machines de plus en plus perfectionnées auxquelles on trouverait bien, en temps utile, un autre usage. Le développement avait ses exigences. On ne pouvait pas impunément faire marche arrière. Ainsi, grâce au bouche à oreille, à leur bon sens inné et aux radios publiques, les Nordestins connaissaient tous par cœur le slogan du moment : *Vaquer à ses affaires*. Et beaucoup se plaisaient à répéter les formules toutes faites mais bien faites qui justifiaient le choix de cette expression : ne pas se laisser déranger dans son quotidien n'était pas faire outrage au défunt mais agir comme Beranek l'aurait voulu, c'était montrer qu'on acceptait l'héritage et qu'on allait reprendre le flambeau.

Mais Ortiz avait-il dit quand le deuil prendrait fin ? s'agaça Calder. Après tout, il allait bien falloir se faire à l'idée que Beranek était mort et procéder à une nouvelle élection dans les règles. Les Nordestins se regardèrent du coin de l'œil. Justement, ça n'était pas si sûr. Quoi donc ? demanda Calder. Que Beranek soit mort. On l'avait vu apparaître dans plusieurs quartiers de Fortal. Une nuit il se tenait dans l'embrasure d'une fenêtre de la Commanderie donnant sur la place Den Nomen. Une autre fois, il descendait d'un pas fantomatique un escalier dans les rues de la vieille ville. Bien sûr c'étaient des racontars. Ortiz laissait habilement se propager cette rumeur que ses services avaient peut-être contribué à lancer. Il était dans son intérêt que les volets des arrière-cours continuent de s'ouvrir, de claquer et de caqueter : l'esprit de Beranek guide le Nouveau Commandeur ; le père se tient aux côtés du fils, patient et fidèle comme une ombre. D'autres avaient repéré cette ombre dans le dos d'Ortiz, mais ne pensaient pas que ce fût celle de Beranek. Et plus concrètement ?

Pas moyen de savoir. Le pouvoir s'était entouré de vitres dépolies. On ne voyait plus rien à ce qui se passait là-dedans.

De toute façon, eux avaient pris la décision de s'en aller avant même que le cœur de Beranek ne lâche. Vu le contexte actuel, ce n'était pas le genre de projets qu'on pouvait sans conséquence remettre au lendemain. On ne savait pas combien de temps encore il serait aussi facile de se rendre au Désert. En passant le poste frontière, ils s'étaient aperçus que la sécurité avait été très nettement renforcée. Tous avaient dû s'inventer quelques parents imaginaires auxquels leur sens de la famille leur imposait de rendre visite. De plus en plus de gens quittaient la région, oui. Ils en étaient à peu près sûrs, même si, curieusement, les derniers rapports du ministère oubliaient de mentionner les chiffres de l'émigration.

À force de se rapprocher du feu, ces Nordestins sur la route de l'exil finirent par contrôler le tremblement qui les secouait par intervalles et purent se tourner vers l'avenir. Calder répondit patiemment à leurs questions sur le Désert ; il les mit au courant de ses dernières découvertes, qui renforceraient sans nul doute l'intérêt de leur séjour là-bas. Le tout était de s'y rendre pour de bonnes raisons. Derrière le rideau de flammes, les Nordestins approuvèrent à grand bruit : ah sûr, sûr, ils connaissaient les têtes brûlées ; ça n'était pas leur genre ; il ne s'agissait pas seulement de mettre le Nordeste loin derrière eux ; ils savaient pertinemment que la vie était rude, là-bas. Mais eux avaient la meilleure des raisons : ils allaient la rejoindre. Dans les milieux qu'ils fréquentaient à Fortal, on leur avait dit qu'il y avait beaucoup à apprendre d'elle.

Ils se dévisagèrent avec émotion, ne sachant par où commencer ; leur sang tourbillonnait ; leurs lèvres se marbraient de taches mauves. Nexus ne savait pas qui était la femme dont ils voulaient parler. Comment aurait-il pu soupçonner qu'on lui livrait ce soir-là, en paroles éparses et obscures, l'histoire de sa naissance ? Il ignorait encore les choses de ce pays. Le plus vieux des Nordestins finit par se lancer, en s'excusant d'avance de la part du langage, qui toujours est grossier et affreusement malhabile.

Il y a une femme dans les profondeurs du Désert. Elle réside en exil dans la rumeur des sables. C'est une rebelle – réfractaire à la loi des hommes. Elle a demandé asile à la mort minérale, parce que dans le Nord on ne lui permettait pas de vivre. On lui a répété là-haut, comme on répète à toutes les femmes : il faut faire deux enfants ; il n'y a pas à tortiller : un jour ou l'autre tu devras ouvrir tes cuisses à deux hommes différents, t'assurer qu'ils te donnent leur sperme, puis les ouvrir encore quand tu perdras les eaux et que sortira la tête fripée, le petit corps violet ; deux fois, compris ? Ensuite tu seras libre de te choisir un compagnon et de raisonner si ça te chante et que tu y crois encore avec les yeux désuets de l'amour.

Cette femme n'a pas voulu en entendre plus. Elle est partie. Elle ne porte pas de bague de refus ; et à ses bras, pas de bracelet du devoir. Tous ces bijoux réglementaires sont pour elle une chose enterrée. Elle a refusé de se soumettre à cette loi édictée par les hommes dans leur intérêt d'hommes, qu'ils appellent l'intérêt général. Maintenant elle vit dans le Désert, selon son seul désir. À chaque pas la liberté grande. On dit qu'elle est métisse et ne craint pas la chaleur, mais c'est en fait parce qu'elle ne craint plus rien. On raconte que sa peau a la couleur des noyaux de pêche, qu'elle est barrée de griffades, zébrée de cicatrices, et d'une douceur pourtant dont l'idée seule suffit à faire souffrir les hommes. On dit qu'elle rit souvent, même quand elle est toute seule entre les étoiles de la voûte et le sol craquelé ici-bas. Elle se montre accueillante pour tous les exilés, ouvre son cœur sans réclamer de gages – et ce cœur est assez grand pour abriter leurs histoires et les aider à se reconstruire.

Chaque jour que fait la vie, cette femme arpente les barkhanes, dégage du sable les ossements d'animaux et collecte les bois de plus en plus rares qu'on y trouve. Lorsqu'elle a accumulé suffisamment de matériaux, elle demande à ceux qui la suivent de construire un autel en entassant ces pierres schisteuses et plates que le Désert fournit en abondance. Elle y dépose son chargement de bois, d'ivoire et de corne. Puis demande son burin. S'approche. Et alors, de son poignet maigre où surgissent des tendons, où s'entrecroisent les cicatrices, elle sculpte les cylindres, extrait à coups soigneux de la matière informe notre visage humain. Mais pas la tête banale qu'on voit partout à l'homme : des visages, au contraire, collés nombreux les uns aux autres sur le pourtour des cylindres, dissemblables tous, visages d'une même personne et frères ennemis pourtant, se tournant le dos, ouvrant des bouches inconciliables. Elle sculpte le bois qui se fait rare. Elle sculpte l'ivoire du rêve et la corne du réel. Quand sous l'action de sa volonté la matière a pris assez de forme pour vouloir parler seule, elle visse ces sculptures sur des socles de bois, en leur laissant du jeu : car les visages sont faits pour tourner sur eux-mêmes, à l'infini. On se bouscule autour d'elle pour l'aider à lancer le mouvement : sous l'impulsion de dizaines de mains, les visages prennent de la vitesse et bientôt s'entremêlent, les lèvres grimaçantes et les lèvres pincées, les yeux écarquillés, ou bien mi-clos et retranchés dans un sommeil, tandis qu'une pommette traîne au-dessus de leur nez ou qu'un sourire pourfend leur joue. Le vertige monte, à observer, tandis que se détourner est devenu impossible. Enfin ça ralentit.

Les sculptures s'assagissent, les têtes se recomposent ; et quand la ronde s'arrête, chaque visage de nouveau regarde de son côté, droit devant lui, et immobile. C'est seulement quand les sculptures tournent qu'on peut les voir ensemble.

« Alors pourquoi ? » demanda soudain Nexus que cette histoire plongeait dans une étrange mélancolie. « Pourquoi fait-elle tourner les têtes ? » Les Nordestins le regardèrent avec approbation. C'était selon eux la question capitale. « Elle a eu l'impression, dans les régions du Nord, qu'on voulait arrêter son visage. Savoir une fois pour toutes à quoi s'en tenir sur elle. » L'ordre où elle était née ne lui offrait que de mauvais choix. Si elle s'était résignée à son devoir de procréation, elle aurait pris aux yeux de certains fanatiques de l'amour le visage fardé de la putain. Et quant à rester vierge, c'était brûler dans le feu pâle de l'irréalité, dont les flammes ne touchent pas la chair, mais la dérobent derrière un voile aux couleurs ivoirines. « C'est pour cela qu'elle sculpte. Contre ceux qui ne savent voir qu'un seul aspect de la vie. Elle a fait voler en éclats les masques qu'on a voulu lui imposer et a rendu à son visage la liberté de mouvement. Il est temps, peut-être, que son émancipation devienne aussi la nôtre. » Alors ils s'étaient mis en route, sous le ciel où la lumière ne connaît pas de frontière. Ils avaient décidé de la rejoindre parce qu'ils étaient des hommes : ceux qui toujours échappent. Ceux dont personne ne peut figer les traits.

Mais comment s'appelait-elle ? demanda Nexus. Les Nordestins ne savaient pas. La rumeur avait parcouru des centaines de kilomètres avant d'arriver jusqu'à eux, elle s'était entachée d'imprécisions, s'était effilochée en chemin. Rien ne pressait, de toute façon : ils apprendraient tout ça sur place. À cette nouvelle, Nexus se sentit triste ; il aurait voulu connaître son nom, pouvoir parler de cette femme à d'autres voyageurs pour en apprendre plus. Calder, sollicité du regard, finit par abdiquer : « Si nous parlons bien de la même personne… elle s'appelle Norinha. »

Même après que Nexus eut cessé de parler et les eut laissés seuls, Traumfreund et Rilviero restèrent encore assis autour de ce feu et adossés au camion brinquebalant de l'exil. Ils éprouvaient le besoin de se retrouver tous les deux au sortir du rêve, de laisser se dissiper en douceur leur sensation d'étourdissement, puis de reprendre pied ensemble dans la réalité afin d'ajouter aux rameaux fragiles que Nexus extrayait un à un de sa mémoire le sel des commentaires.

À force d'ouvrir des livres – cette manie qui l'a pris quand il était tout gosse – Traumfreund avait accumulé dans sa tête des monceaux de phrases qui se déformaient et s'amalgamaient avant de ressurgir un jour, citations orphelines et de père et mère inconnus, lorsque les circonstances s'y prêtaient. Et justement, il y avait ce proverbe qui convenait assez bien à leur situation… ça dit… quoi déjà ? ah oui : les pays sans légendes seront – attendez… – oui, je crois bien que c'est ça : les pays sans légendes seront condamnés à mourir de froid. « Nous, ajouta-t-il en riant, ça ne risque pas de nous arriver. Nous allons entrer dans l'hiver avec un sacré stock de rêves… »

Dans l'idéal, Rilviero aurait préféré se donner du mouvement pour lutter contre les températures sadiques de la saison à venir. Rester blotti contre les autres lors de veillées interminables et se plâtrer la tête de fiction : ça n'avait jamais été son truc, ni devant le feu, ni devant la légende bas de gamme qu'un tube cathodique en manque d'imagination ne demandait qu'à lui asséner chaque soir. Si chacun se mettait à reprendre la légende, à l'ajourer de quelques variantes personnelles et à la répercuter dans l'oreille du voisin, il était à craindre qu'il n'y ait plus de rameau, au bout de la file des hommes, mais seulement une architecture monumentale de sel cristallisé. Et ça... les cristallisations... il s'en méfiait pire que de la peste, pour s'être fait avoir avec Gabrielle.

Pourtant, ce soir-là, une autre partie de lui, plus frileuse, se rapprochait un peu des braises rougeoyantes et repensait à cette femme dans les profondeurs du Désert. Elle s'était volontairement coupée de ses origines – parce que les anneaux qu'on passait au poignet des femmes, dans ce pays, étaient du métal dont on fait les chaînes. Elle tentait autre chose, loin des dominations.

« C'est étrange, lança-t-il, après un récit comme ça, j'ai vraiment l'impression que Nexus part dans le mauvais sens. On aurait envie qu'il retourne dans le sud et qu'il aille la chercher. Vous voyez de qui je parle... cette femme. Il dit que son histoire est aussi celle de sa naissance... alors quoi ?... vous pensez que ça pourrait être sa mère ?

– Norinha ? s'étonna Traumfreund. Mais non. Vous voyez bien que ça n'est pas possible : puisque toute sa révolte consiste à ne pas avoir eu d'enfants. Et puis Nexus n'est pas métis. Ou alors je suis daltonien. À mon avis, il vaut mieux qu'il aille de l'avant. Calder a son idée. Que nous le voulions ou non... c'est lui qui guide et qui nous entraîne tous. Je ne sais pas si c'est avenue Breton qu'on va, pour la catastrophe dont Nexus n'arrête pas de parler, mais le fait est qu'on marche.

– N'empêche, insista Rilviero : si c'était moi le psy, et... si Nexus se trouvait en analyse chez moi, je peux vous dire que je le ferais revenir sur cette femme.

– Mais c'est que vous avez l'air d'y tenir !... Vous savez, si vous étiez psy, il faudrait que vous appreniez à dissocier vos intuitions de vos érections… Enfin, ça se pourrait que vous n'ayez pas tort : on dirait que Norinha a tout ce qu'il faut pour plaire… je devrais peut-être m'y intéresser. Après tout, je suis célibataire, moi.

– Mais moi aussi ! » manqua dire Rilviero dans un mouvement de jalousie absurde. Le sang lui monta à la tête. Aïe aïe aïe. Calme, Rilviero, calme : tu ne sais même plus ce que tu racontes.

13. LEÇON DE TÉNÈBRES

Dehors l'orage gronde. Ce matin, en se réveillant vers sept heures, ils ont trouvé le Mât plongé dans une poix si dense qu'ils ont failli se rentrer dedans en sortant de leurs chambres ; c'est le même coup de tonnerre qui les a réveillés, d'autres couvrent le son de leurs voix, et lorsque le soleil se lèvera, s'il se lève, ils n'en verront sans doute pas la couleur et devront se fier à leurs montres pour décréter qu'il fait jour. La voilure de l'Aneph se trouve embarquée dans un sabbat de tous les diables, les drisses cinglent, prêtes à se rompre, les panneaux cliquettent en grande épilepsie, on distingue vaguement, au sommet des mâts secondaires, des halos d'électricité statique ; ils ont beau faire confiance à l'architecte, leur tête s'emplit peu à peu de navires démâtés ou perdus en mer, à mille lieues de toute terre habitée, à la merci des vagues. Et pour la première fois, ils ont hâte de descendre ; les Cales font un refuge plus accueillant : en bas ils ne verront pas le danger, avec un peu de chance ils l'oublieront, tandis que dans le salon du Mât on est aux premières loges. Sur les écrans qui montrent sa chambre du quart sud-ouest, Nexus dort encore, impassible. Debout l'un à côté de l'autre, Traumfreund et Rilviero observent ce visage sans rides, enfoui dans l'oreiller, son poing droit serrant l'ourlet des couvertures et les ramenant vers la joue. Il ne bouge pas. Si les draps ne se soulevaient pas régulièrement, paisiblement, au rythme de sa respiration, on pourrait le croire mort. Qu'est-ce qui l'occupe à cette minute précise ? Rilviero donnerait cher pour le savoir ; bientôt, bientôt, murmure Traumfreund : il a commandé ce dont ils ont besoin pour infiltrer ce crâne et voir ses rêves de l'intérieur.

Puisqu'ils n'arriveront jamais à se rendormir, autant s'agiter. Ils retournent dans leurs chambres enfiler quelque quatre ou cinq pulls ; la garde-robe de Rilviero n'y suffisant pas, Traumfreund lui en prête un. Pure laine d'alpaga : Dieu vous le rendra au centuple, docteur, vous serez habillé pour l'hiver. Après avoir ajouté une dernière couche sous la forme d'une épaisse parka, Rilviero sort vérifier que les voitures sont bien rentrées et qu'il ne passe pas d'eau sous la porte du garage. Puis il fait son rapport : en fait il ne pleut pas, pas encore, ça ne veut pas crever, et il n'y a pas de brouillard non plus, mais un océan d'encre qui plane à quelques mètres au-dessus du sol et a englouti la route et tout le haut du bâtiment. C'est assez surnaturel ; à peine possible.

Nexus les accueille avec l'air abattu, et d'avoir mal dormi, alors que sur les écrans il paraissait si calme. Lui aussi a entendu le branle-bas de combat dehors. Mais quand Traumfreund confirme que oui, on se trouve mieux à l'intérieur, il ne donne pas le moindre signe d'approbation. On dirait qu'il regrette de ne pas être cloué en haut du mât de misaine à défier la colère des éléments. Il faut dire… Rilviero cherche à calculer…

cela fait, va faire, deux mois ?… 8 octobre… et on est le ? 5 décembre… tiens, un mois jour pour jour qu'ils ont débarqué dans les Cales, et donc… oui, presque deux mois que Nexus n'a pas vu l'air libre. Pas une seconde. Ça doit paraître un petit peu long… même les taulards des pénitenciers niveau quatre ont le droit de sortir plus… *Un petit peu long* ? En fait, tu n'as pas foutrement idée de l'état de nerfs dans lequel ça peut mettre. Si ça te paraît une atteinte à la dignité humaine… y tient qu'à toi. Oui, mais… les grands loups gris, hélas. C'est à cause d'eux. En tout cas c'est le prétexte que prend Calder pour lui refuser d'allumer un feu. Les deux marcheurs bivouaquent encore une fois, après une autre journée sans répit. Ils ont gagné les bois au pied de falaises argileuses. Ce sont les parages des grands loups, que la lumière risquerait d'attirer. Ils ne sont pas vraiment dangereux, mais si on peut s'épargner un réveil en pleine nuit, avec à moins d'un mètre leurs babines retroussées, ça ne serait pas plus mal. Heureusement la falaise protège du vent. Calder n'a pas mis deux minutes à s'endormir. « J'aurais aimé suivre le mouvement, mais je ne me faisais pas d'illusions. Ça faisait quelque temps que la circulation entre Regson et le Séabra était devenue plus difficile. Je crois que c'est le moment où on m'avait changé de poste. Ils avaient voulu me mettre liftier – je vous ai déjà raconté ça ? – une blague. Liftier. Qui ne m'a pas fait rire sur le coup. En haut, en bas, toute la journée en haut, en bas, et puis moi, la station verticale, vous savez… Liftier de jour, en plus : qui suppose de faire un peu la conversation, de ne pas somnoler entre deux étages. Ce changement a foutu en l'air l'arsenal stratégique que j'avais mis au point pour dormir. Je m'ennuyais des nuits entières, je tournais dans ma chambre sans le moindre dodelinement de la tête… De toute cette année de vie consciente, je n'ai jamais réussi à avoir un sommeil stable, alors que la progression de mon enquête sur moi-même reposait entièrement là-dessus. Une chance, ça n'a pas trop duré : avec les cernes, je présentais pas bien, le livre des suggestions a dû se remplir de plaintes. Alors on m'a remis veilleur. Rebonjour la guérite.

Après un moment d'insomnie, donc, je me suis levé sans déranger Calder. Le temps était sec, avec une lune prise dans un brouillard blanc, et qui éclairait loin. J'étais seul avec le frôlement des oiseaux dans les branches. Je me voyais avancer comme si un autre moi se tenait à dix mètres dans ma nuque ; ils avaient tous les deux, lui qui regardait, l'autre qui marchait, une impression de facilité : le sentier, du genre sable, filait tout doux sur les falaises, pas besoin de guide, je me débrouillais très bien comme ça. Jusqu'à ce que j'entende les bruits. Un roulement rauque, pas fort mais parfaitement distinct, retournant sur lui-même : une chose qu'on répète, psalmodiée, avec peut-être des répons. J'ai épié à travers les feuilles, mais rien de lumière, rien de rien que la lune, ces gens-là aussi avaient jugé possible de se passer de feu. Les chaussures abandonnées au pied d'un arbre pour me faire plus discret ; en progressant de tronc en tronc, le corps cassé en deux ; avec toujours Andreas qui rampait et se planquait, et Oscar derrière, droit comme un I, regardant ça d'un œil sévère mais ne faisant rien pour retenir le petit frère : je suis arrivé aux premières frondaisons, ça se clairsemait en esplanade, et tout de suite après s'élevait la falaise, vlan, à pic. »

Nexus reprend son souffle ; Traumfreund, ça lui rappelle des colonies de vacances, quand il fallait, en pleine nuit, s'éloigner des tentes pour aller pisser ; sauf que dans les rêves de Nexus des mains semblent toujours battre les cartes et faire tomber les bonnes, vlan, à pic, alors que pisser dans les bois et y faire la rencontre d'un porc sauvage, ça reste somme toute très contingent.

Une troupe s'était arrêtée là, un amas de taches sombres, à l'entrée d'une caverne ou d'une faille s'enfonçant dans la roche. Silhouettes assises sur des pierres plates et sur des troncs, avec la fierté hiératique d'oiseaux perchés. De temps à autre, ils agitaient les bras sous leurs manteaux et prenaient de l'envergure, avant que les pans ne retombent dans un bâillement. Nexus fit un pas de plus ; il voulait voir. Des vieux, en fait, arrondissant les bras autour de leurs bâtons ; la plupart avaient dû les ramasser dans des fossés car c'étaient des morceaux de bois brut, des branches à peine taillées, pleines de nœuds, plus grandes qu'eux parfois, qu'ils enfonçaient en terre comme pour les replanter ; d'autres gardaient leurs bâtons à l'horizontale, posés sur leurs genoux, ou les tendaient vers leur voisin qui essayait de s'y agripper comme à une longe ; au bout des bâtons les plus nobles s'emmanchaient des lames où Nexus vit se refléter les ocres des falaises. Il parcourut l'assemblée ; compta, piques et faux, au moins une trentaine d'hommes. Un pas de plus. Un pas encore. Il fallait atteindre ce grand chêne pour être tout proche en restant invisible. De loin, on aurait dit qu'ils portaient tous la même tenue : sobre et sombre, endeuillée ; mais cet uniforme se débandait maintenant qu'il voyait mieux : hétéroclites, en fait, chemises pourpres reprisées et capes grises, des galoches en cuir défoncées pour ceux qui n'allaient pas pieds nus. Des misérables, des pauvres en guenilles. Les crânes aussi luisaient à la lumière de lune, avec leurs cheveux rares, vagabonds et ébouriffés. Il se colla contre l'écorce du chêne, se décala sur la droite, aperçut les visages. Bon. Pas tous vieux, en réalité ; loin de là ; mais l'air vieux : si la vie est faite de herses qui tombent de nulle part, sans prévenir – et Nexus était bien placé pour savoir que c'était comme ça – ceux-là semblaient s'être trouvés toujours au mauvais endroit au mauvais moment, au point qu'on se demandait si c'était un hasard. Abîmés en leur chair. Lardés de cicatrices comme d'autres sont couverts de tatouages. La mâchoire arrachée ; unijambistes ; des bouches édentées, des doigts manquants. Toutefois alors qu'on attendait et souhaitait presque que monte de cette cour des miracles une clameur unanime : silence. Pas la moindre plainte. Ils étaient parfaitement éveillés et parfaitement calmes néanmoins. Les bruits qui avaient attiré Nexus n'étaient pas des lamentations ; un homme, le seul à être debout, leur chef sans doute, faisait siffler sur l'esplanade, en pivotant sur ses talons pour que toute la troupe entende, sa voix spectrale perchée dans les aigus ; victime d'un gaz, pensa Nexus, d'un gaz qui avait dû mettre à mal son larynx, déchirer les tissus de ses poumons et les gonfler d'œdèmes… mais quand bien même ! La voix de cet homme-là était chargée d'une violence telle qu'on ne lui trouvait pas d'excuses : elle distillait la haine, elle suppurait une envie de nuire à quoi tous les autres répliquaient, en basses et en rauques, des formules qu'ils savaient par cœur. Cérémonie plus que dialogue. Voilà que quelque chose circule de main en main. Un objet qu'ils se passent. Quoi ? Il ne voit pas bien. Quand ce sera de son côté… Encore un… Là. Ce n'est pas grand-chose, apparemment : une bourse de cuir serrée par un cordon. Ils plongent l'un après l'autre les doigts, les lèchent d'une mine appliquée ; se renversent extatiques. Ceux qui n'ont pas de mains y fourrent la bouche et le nez, puis tendent au bout de leur bâton la bourse à leur voisin, sans la refermer. Un peu de poudre s'échappe. Les corps se balancent d'avant en arrière, les lèvres entrouvertes, raides d'écume, en fixant droit devant eux. Fixant quoi ? Rien. Rien. Ils sont derrière le vide et restent là, vidés. Le menton est levé, écorché, croûté et imberbe par endroits, semé de poils ailleurs, des barbes filasse et inégales, mêlant le blond et le blanc. Il la sent soudain. Juste derrière lui !… une présence qu'il n'a pas vue venir. Il s'apprête à faire volte-face – trop tard, une main se plaque contre sa bouche, l'autre lui presse la nuque, serrent fort toutes deux, étouffent son cri :

« Chut ! Pas un mot. Le vent est à l'ouest : il leur apporte ton odeur, et chaque bruit quand tu bouges. S'ils n'étaient pas hébétés par leurs drogues, tu serais déjà pris. Tu vois le talus, de l'autre côté : nous allons ramper jusque-là.

– Je… je ne tiens pas à rester.

– Tais-toi. Maintenant que nous y sommes… Allons. C'est toi qui l'as cherché. Je veux voir si Gascha est avec eux. Si Lasteyrias les a rejoints. »

Nexus rampe en arrière, en ramenant ses avant-bras vers son torse et en s'efforçant de ne pas racler contre le sol. On voit mieux de l'autre côté : la lune tombe directement sur eux. Cinquante peut-être. De tous les âges, mais – imbécile, comment as-tu pu manquer ça – aveugles sans exception. Leurs yeux sont bandés, ou leurs visages crayeux s'estompent dans une capuche, ou bien leurs orbites nues dessinent un cercle vide. Et pas bêtement aveugles : énucléés pour la plupart. Il voit Lasteyrias marcher vers lui, son souvenir de Lasteyrias, et la rage, les larmes, l'envie de vomir lui labourent l'estomac.

« Il est des leurs, maintenant ?

– C'est toi-même qui m'as dit qu'ils l'ont rendu aveugle. Ce n'est pas pour rien. Ils ont dû repasser chez lui, tenter de le convaincre. Est-ce qu'il a marché, ça : on va bien voir. »

Calder laisse Nexus se faire une idée par lui-même : c'est devant eux, hérissée de partout, piques haches fourches et faux, une forêt de fer au-dessus des têtes, une véritable armée, mais où ne bout pas à gros bouillons la vulgarité mercenaire habituelle, et dont les hommes ne paraissent pas prêts à se jeter les uns sur les autres au premier prétexte ; ils dégagent au contraire une sérénité froide qui les rend plus dangereux encore.

« Tu connaissais leur existence. Maintenant tu les vois. Tant mieux. Quand on veut vivre dans ce pays, mieux vaut être prévenu. Ils ont beau n'être que quelques centaines, des bandes errantes, les mendiants-aveugles revendiquent une histoire très ancienne. Ils affirment être l'une des familles des origines. Et c'est vrai que leurs chefs sont longtemps venus à la clairière de Maravos, quand les Héritiers se réunissaient. Ils disent... Tu n'entends pas d'ici ? C'est leur discours bien rodé, toujours le même, qui a réponse à tout et que leur chef Caius leur répète même quand ils ne sont qu'entre eux, pour les convaincre qu'ils en sont convaincus, pour le roder encore, qu'il soit leur boire et leur manger. Je déteste reprendre leurs mots. Écoute toi-même. Tu n'entends pas ? Ils disent... Calder, allez !... un peu de courage... Ils disent : cette existence n'est que chaos. Autour de toi les siècles ouvrent leur gueule béante. Si tu t'allonges par terre et t'endors en confiance, tu oublies que le sol peut trembler, tu ne sens plus sa colère, la terre n'est pas ton amie détrompe-toi ; et cette maison que tu crois éternelle, qui n'est faite que de bois et de pierre, elle est tout comme déjà détruite. Tu t'y attardes ? Tu t'y attaches, tu seras emporté avec elle. Car lorsque la guerre vient, elle ne se contente pas de détruire la maison : elle invalide la maison passée, elle rend caduque la maison future. Si tu reconstruis, tu as tort : c'est que tu n'as pas compris les ruines ; et ceux qui ne retiennent pas la leçon de la guerre la revivront, et ses ravages, et dix fois seront ruinés si dix fois ils prétendent bâtir.

Ils ne disent pas que les sens sont trompeurs : l'arbre que tu vois existe, et cette femme qui te fait l'amour ;

mais tes sens te font vivre dans la superficie, un monde désuet d'objets bien alignés. Ils t'empêchent de percevoir le grand espace d'en dessous les apparences, ce souterrain où il n'y a pas d'odeurs pour te guider, pas de parois à longer des mains, où seuls les initiés survivent, et qui est ta demeure, la véritable.

Et tes idées ? Tu refuses le chaos de ton crâne, tu t'accroches à des mots que tu rassembles péniblement, tu préfères ne rien dire quand ils ne sonnent pas clair, te retrancher dans le bon silence solide, si tu parviens aux mots tu les éprouves sur d'autres, qui confirment frileusement, et quand tu dis *l'amour*, tu souris, béat, alors que tu n'as fait que coller un masque de porcelaine et de douce humanité sur le corps d'un animal ; il change sans cesse d'aspect ; il peut se lever et te sauter à la gorge, il est capable de nécroser ton cœur. Mais toi tu ne veux pas vivre avec la bête. Pour toi les animaux c'est dehors dans des cages ; sur l'oreiller à côté de toi, et dans ton crâne, tu refuses la bête même à l'état de traces. Ça ne l'empêche pas de s'y loger tranquillement, ne t'inquiète pas. Elle s'étale d'autant mieux qu'elle passe inaperçue. Tu te réveilles d'un sursaut, en sueur ; surpris ? Alors tu ne dois ta surprise qu'à toi-même. »

Nexus écoutait ce discours avec un tremblement de tous ses membres, sans regarder Calder. Il avait repéré un peu à l'écart une dizaine de personnes à terre, les poignets liés, surveillées de près, et cherchait des visages connus.

« Il n'y a que les aveugles qui veulent voir. Puisque la destruction des apparences a commencé pour eux, ils cherchent à l'étendre. Ils pratiquent des mutilations volontaires. Choisissent celles qu'ils préfèrent. S'écorchent le bout des doigts pour ne plus pouvoir tâter, ou se versent de la soude dans les paumes ; s'ils ont encore un œil, ils se le font arracher. Et ils mendient. Pour ne pas éveiller la méfiance, ils se dispersent régulièrement, se transforment en quémandeurs agenouillés sur les trottoirs de Fortal et dans les villes des Vallées. Ils prennent une voix plaintive, et si on se méfie d'eux, racontent qu'ils ont été victimes de la bande de Caius. Victimes alors qu'ils en sont membres. Mais comment faire la différence ? Ils ne sont pas les seuls éclopés de ce pays – il y en a tant. Un mois plus tard tu les trouves de nouveau rassemblés pour leurs raids. Tu crois reconnaître parmi ceux qui vandalisent ta maison celui que tu as nourri deux semaines avant. Tu n'es pas sûr : il était si difforme que tu n'avais pas eu le courage de le regarder de près. Ils mendient car ils n'ont que faire des biens de ce monde : ils se moquent qu'on les leur donne ou pas ; ils ne feront rien, eux, pour les conquérir : ils n'en ont pas besoin. Leur travail consiste à en détacher les autres, qu'ils acceptent enfin l'aveugle en eux, qu'ils admettent le mendiant. Et comme c'est difficile d'abandonner des illusions si confortables, ils prêtent main-forte, pour les débuts ; crèvent un œil, coupent un bras, histoire de pousser les oiseaux hors du nid et vers la révélation.

Leurs idées n'ont dérangé personne tant qu'ils les ont gardées pour eux. Les gens qui ont perdu la vue doivent s'inventer une autre vie ; on peut comprendre qu'ils se laissent inspirer par l'aigreur. Une fois énucléé, on renonce sans trop de mal aux noyaux et aux centres. Mais depuis que Caius les dirige, ils veulent que tout le monde reconnaisse ces vérités. On les a écrasés : ils se sectionnent les quatre membres et déclarent l'espèce humaine cul-de-jatte. Ils disent *vérités*. Jamais ils n'admettent leurs inconséquences. C'est ça qui me rend fou quand j'en parle ! J'aime les gens qui assument, qui savent qu'opinion c'est opinion, que la vérité c'est autre chose, à portée de personne – qui supportent la contradiction. Ta maison est détruite, d'accord ; qu'est-ce que tu vas gagner à errer dans ces ruines ? Tant que tu y tournes, muet d'horreur, c'est que la maison d'avant continue d'exister dans ta tête : tu la retrouves sans peine, dans les gravats tu vois une chambre, ces bouts de bois calcinés ce sont les jouets de tes enfants. Le jour où elle a vraiment disparu, tu reconstruis. Bien sûr que tu reconstruis. Ça ne t'empêche pas de savoir comme tout ça est fragile. Mais ce fragile, tu l'as trouvé chaque matin en t'éveillant ; tu l'as aimé. Tu n'as peut-être pas assez pris le temps de réfléchir au fait qu'il n'était que de passage ; pourtant le jour où il n'est plus là, tu te rappelles l'avoir toujours su ; tu n'avais pas eu tort de l'oublier un peu : il n'aurait pas pu vivre pleinement son destin d'éphémère si tu l'avais regardé chaque jour comme pour la dernière fois. La gloire des éphémères c'est de faire croire qu'ils vont rester ; leur courage c'est de se promener sans que chaque pas participe d'un compte à rebours. Ils partent : ça ne veut pas dire qu'ils n'ont pas été là. Au contraire les mendiants-aveugles te diront : seule la mémoire atteste la réalité, or la mémoire passe son temps à mentir, elle invente ce qui manifestement manque, ce qui n'a pas de chair, elle administre du palliatif au pavillon des incurables. Il n'y a de vrai que ce présent, que tu manges par petits bouts, qui te nourrit tant que tu le mâchonnes, et pas une seconde de plus. La preuve : si on te fend le crâne d'un coup de hache, où part-elle, ta mémoire ?…

Avec ce raisonnement, seule la mort est susceptible de leur convenir, elle qui s'étale et que rien ne trouble. Mais ils ne vont pas jusqu'au bout : ils se nourrissent encore, portent des habits. Pour montrer que la guerre est le vrai visage de ce monde, ils détruisent les familles, mais ils ne se font pas la guerre à eux-mêmes, ils ne s'essayent pas à la mort. Leur suicide serait pourtant leur seul acte de vérité : retourner à l'état de néant, qui dure, plutôt que de rester à danser dans la bulle du miracle.

Tu peux leur dire ça ; ils t'écouteront avec leur sourire édenté ; mais tu perdrais ton temps. Parler avec eux ne sert à rien : ça ne les dérange pas de défendre l'un et son contraire, les deux du même mouvement, de revendiquer la mauvaise foi comme une sincérité plus haute, de te filer entre les doigts lorsque tu crois les tenir. Ils diraient : par quel diable veux-tu que nous soyons conséquents ? Elle te paraît conséquente, par hasard, pauvre con de bourgeois, réponds, la vie ? Nous devrions suivre ta logique, qui est à cracher de rire ? Ta logique pouilleuse veut que la jeune fille dorlotée par ses parents pendant vingt-cinq ans vive soixante ans de plus et ne soit pas emportée par la fièvre ; et pourtant qu'arrive-t-il ? La fille se met à tousser, et de tousser meurt, plus souvent qu'à son tour. Ta logique veut que ce qui a commencé continue et que tout trouve sa conclusion parfaite : mais elles attendent, la mort, la maladie, la guerre, que tu aies fini ton voyage ? Elles patientent le temps que tu conclues ton discours ? Elles s'arrêtent pour t'écouter, au cas où tu aurais encore un petit quelque chose à dire ? Elles applaudissent, peut-être ? Tu voudrais parler d'or mais tu oublies que l'or ne se trouve que dans le noir, au fond des mines, là où tu crèves de peur d'aller ; l'ordure qui est partout tu l'enterres à grand peine, les diamants qui sont rares tu les remontes à grand peine, et tu crois respecter, comment dis-tu ? la logique et la vie ? Besogneux, pauvre con d'engraissé du dimanche. Quand un doute te met le grappin dessus avec la nuit qui vient, il faut te voir filer dans ta maison, allumer toutes tes lampes d'une main qui tremble. Tu te réchauffes les mains pour qu'elles ne tremblent plus. Tu n'y arrives pas, tu gèles, mais tu souris à tes enfants, tu fais semblant entre les quatre murs de ton confort, tu leur dis « ce n'est rien ». Pendant que tu cherches à la faire stable, ta main, profondément en toi les voix du bon sens veulent qu'elle tremble, elles savent et tu sais bien que c'est plus juste, la bloblote, fidèle à la réalité, et que l'hiver n'est pas qu'une saison. Mais ta peur et ta volonté absurde de masquer cette peur prennent le dessus, tu crois avoir prouvé quelque chose parce que tu as réussi à allumer le quinquet d'un geste ferme et à dire « ce n'est rien ». Tu reposes le verre de la lampe, tu ne veux pas voir la flamme, tu risquerais de découvrir que même seule et sous verre, elle continue de vaciller. Et avant de te coucher tu regardes dans le miroir tes deux couilles bien en place et tu approuves l'homme de courage. Applaudissez l'homme de courage !

Tu vois qu'avec ces discours, ils auraient du mal à s'entendre avec ceux qu'ils appellent les culs-terreux du Boquerón. Ils détestent aussi les penseurs des Vallées : ils les dénoncent criminels contre l'homme pour oser prétendre que certaines idées sont capables de rendre ces terres plus habitables. Et ceux qui au Nordeste collent à leurs murs et comptent et accumulent méritent tout autant, d'après eux, d'avoir la langue coupée. Leur guerre n'a pas de fin. Elle n'est pas déclarée et n'a pas de but autre qu'elle-même, elle ne vise pas une paix sous certaines conditions. Ils ne peuvent pas croire sérieusement qu'un jour toutes les régions du Séabra vivront selon… ces préceptes… et que s'installera une nuit perpétuelle où des milliers d'estropiés tâtonneront, et à force de tâtonner s'orienteront, et d'avoir tellement souffert apprécieront la nuit et ne souffriront plus. Même ça, ça ne les contenterait pas : ce serait encore, tu comprends, un état stable à détruire, un ordre de plus qui se serait introduit derrière eux, dans leur nuque, subreptice, et contre lequel ils se sentiraient contraints de se retourner. C'est pour cela aussi qu'ils ont cette drogue : l'oliphante ; cette poussière qu'on trouve dans les mines d'Atlán – là-même où nous allons. Anesthésiante à petite dose, hallucinogène quand on s'en empiffre comme eux. Donleone sait très bien ce qu'ils en font, mais apparemment il s'en moque : il continue à la leur vendre – le profit de leurs rapines passe là-dedans. On s'habitue à tout, tu comprends… aux pires mutilations… mais pas à l'oliphante : elle révèle le chaos autour de nous et le chaos dans ce que nous sommes, elle le démultiplie, elle est leur garantie qu'ils ne *s'arrêteront* pas. — Ou peut-être un moyen d'atténuer leur malheur…

Ils revendiquent le Séabra pour eux seuls et ne tolèrent que deux choses : les stèles monolithes et sans le début d'une fissure, ou la dispersion des débris du monde aux quatre vents. Ils ne supportent pas que l'on puisse se tenir entre les deux et penser du Séabra une chose ou une autre, selon la région où on vit et le caractère qu'on a. Même dans un petit pays comme celui-ci, ces écarts-là existent. Ça ne veut pas dire qu'il est impossible de… à la clairière de Maravos, par exemple, il est arrivé qu'on réunisse tout le monde et qu'on fasse un pas concerté. La plupart du temps, cela dit, chacun arrive avec les oreilles pleines de cire. Je n'aime pas beaucoup la cire et les masques des malhonnêtes. C'est à cause d'eux que la science de la vie piétine, ici, revient dix fois sur ses traces, avec une bouche de plus en plus amère… Je ne sais pas comment c'est chez toi, mais… — Attends. C'est le moment. »

Les aveugles avaient cessé leur mouvement de bascule et se tenaient immobiles : spectacle.

« Faites venir », avait dit Caius.

Il parlait d'une voix plus distincte, Nexus arrivait désormais à le comprendre. Ça remua dans un coin. On allait faire défiler les prisonniers. Ils se présentèrent un à un, les chevilles menottées, baissant la tête face à

Caius qui leur intimait de se libérer : qu'ils reconnaissent leurs croyances d'hier comme autant d'erreurs et les abjurent devant cette compagnie. Qu'ils profitent de cette minute solennelle pour être attentifs, une bonne fois, à leurs sensations intérieures ; qu'ils les écoutent vraiment au lieu de les tordre et de ne retenir que celles qui servaient leur vie routinière. Les voix en vous ne connaissent que la dissonance, vous entendez ? Depuis toujours. Pourquoi avoir cherché à le nier tout ce temps ?

« Que des hommes, murmura Calder. Il fallait s'y attendre : ils n'essayent pas d'attirer les femmes dans leurs rangs. Trop compliqué. S'ils ont pris Gascha, ils l'ont tuée. »

Les prisonniers avaient les yeux encroûtés de sang et se recroquevillaient. La plupart voulaient en finir ; ils répétèrent après Caius, credo, phrase après phrase, d'une voix absente et que chaque mot décharnait un peu plus, credo : j'accepte l'aveugle… j'admets le mendiant… On les poussa sur le côté, bravo, tu es des nôtres, pour qu'ils puissent tout leur saoul s'enfoncer la tête dans les sacs, lécher, lécher et s'abrutir de drogue.

Il ne restait plus que deux hommes, qui se tenaient très droits au milieu de l'esplanade. Pas de Lasteyrias. Dans une autre bande, voulut croire Nexus. Non. Calder avait parlé à des gens du Boquerón : c'est la troupe de Caius qui était passée par là quinze jours auparavant. Lasteyrias depuis avait disparu. S'il ne faisait pas partie des prisonniers, c'est qu'il avait échappé aux mendiants. Tant mieux pour lui.

Le dernier prisonnier refusa et le credo et la drogue ; une vague d'aigreur parcourut la troupe : qu'est-ce qu'il avait, celui-ci, à faire sa mijaurée ! Ceux qui avaient des dents les firent grincer de toute leur force. Honni, honni… Mais Caius les interrompit d'un geste : pas de ça. Chacun était libre. Il ne voulait pas, on n'allait pas le contraindre. Il s'approcha lui-même de l'homme et coupa ses liens. Tu peux partir. L'autre agita les jambes, frotta quelques secondes ses poignets cisaillés par les cordes ; il n'en revenait pas. Il tourna sur lui-même, hagard. Où aller maintenant ? Cette ténèbre… il n'était plus qu'une grande blessure. Mes yeux… Et dans quel sens partir ? Va-t-en, reprit Caius, puisque tu veux être libre tout seul au lieu de l'être en notre compagnie. Le prisonnier esquissa quelques pas, titubant de fatigue, un demi-sourire aux lèvres – il buta contre une pierre et s'effondra de tout son long. Autour de lui, il entendit jaillir l'hystérie brute des hyènes. Se redressa lentement, mâchoire serrée ; prit le temps d'épousseter son habit. Avança encore – heurta un arbre de plein front. Resta à terre cette fois. Tu te rends à l'évidence ? susurra Caius' d'une voix maternelle. L'homme pleurait. Mais comme les larmes n'existaient pas chez lui, il n'avait que les sanglots, leur épilepsie animale. Lorsque Nexus esquissa un mouvement pour lui porter secours, Calder l'arrêta net.

« Il n'y a pas mort plus bête, Oscar. S'il persiste… s'il ne capitule pas, il sera toujours temps de l'aider. »

L'homme pleurait encore ; et Nexus, à Regson, quand il se réveilla.

14. LES VAGUES

Le van progressait lentement sur la route en lacets ; rare qu'il vienne des voitures jusqu'ici. Comme chaque jour à cette heure matinale, Rilviero était en haut du

Mât, levant les bras au ciel pour s'envoler ou au moins pour dissoudre la barre de la nuit dans son crâne. Il vit venir à l'horizon, devina que c'était pour eux (pour qui d'autre ?), devina, même, ce que c'était, et courut prévenir Traumfreund.

Ils ne furent pas de trop, le livreur, eux et les infirmiers pour décharger les paquets et les porter à l'intérieur. Il fallut passer par le Mât, puis descendre l'escalier en colimaçon, et zigzaguer, et déposer le tout, crochet à droite, dans, à gauche maintenant, ça passe ? le quart nord-ouest, non loin de, non, par-là, la chambre de Nexus. Les livreurs sont un de ces ordres où le vœu de silence est déontologique ; ils voient les vertes et les pas mûres, et professionnellement se taisent. Mais le dénommé Bastien, excédé par l'étroitesse des couloirs et par le nombre de portes, multiplia les commentaires désobligeants pour l'architecte et, en dépit des quatre heures et demie de route, se contenta de les faire signer là et là et là, remonta dans son camion et prit le large sans accepter même un verre d'eau.

C'était Noël avant l'heure. Ils déballèrent tous les paquets et nagèrent bientôt dans le polystyrène, les emballages cartons, le scotch et le plastique bulles. Pourris gâtés. Mais cela faisait si longtemps que Traumfreund en parlait. Trois semaines au moins qu'il avait rédigé sa liste. Il y avait eu, ensuite, les lenteurs habituelles. Traumfreund avait expliqué la chose à Rilviero ; Rilviero tant bien que mal répercuté à Drake ; Drake avait réfléchi quelques jours, puis décidé que cela se ferait à l'Aneph. L'autre option – nouveau transfert à Bentlam, pour une grosse semaine – ne lui semblait pas assez sûre. Les machines de la clinique fonctionnaient à plein régime, il fallut donc en commander ailleurs, et la livraison. Ça coûtait un demi-œil de la tête, mais le gouverneur n'était plus à ça près.

Traumfreund, qui s'était abstenu de faire pression, était content du tour que les choses avaient pris : il préférait pratiquer ce genre d'examens dans un cadre familier au patient, les résultats étant bien plus fiables qu'en laboratoire.

Si Rilviero avait été seul, pas de doute, il aurait passé la journée à déchiffrer le mode d'emploi en se grattant le crâne, bientôt en s'arrachant les cheveux, pour finir par se jeter du Mât en pleurant à chaudes larmes. Toutefois, par un heureux hasard, il se trouvait là des gens très compétents. Plus encore que Traumfreund, Berardi et Oliveira impressionnèrent Rilviero par leur familiarité avec les branchements, les ce qui s'emboîte où, les ce qui s'allume comment. Montant les machines dans la chambre de Nexus et déroulant les câbles qui les reliaient aux écrans de contrôle dans la pièce adjacente, ils ne semblaient pas affronter le chemin de croix mais retrouver de vieux amis, qui leur avaient un peu manqué. Quand ce fut presque fini, Rilviero tomba, au fond d'un emballage qu'il s'apprêtait à mettre à la poubelle, sur plusieurs petits tubes de colle qu'il considéra avec perplexité. Colle spéciale. Avait-on omis d'en badigeonner les entrées X120 et Y122 avant de les accoupler aux bitoniaux D5, B7 et compagnie ? Traumfreund les lui prit des mains : « Ah, ils ont pensé à ça aussi. Parfait ! » Mais quoi que qu'est-ce ? Les deux infirmiers s'écrièrent, gourmands : « Pour fixer les électrodes sur le scalp. » Eh ben. Parce qu'on allait scalper quelqu'un ? Ah oui… c'est vrai : il y avait ce fils du chef indien, qui vraisemblablement ne demandait pas mieux.

On peut pousser jusqu'à cent vingt-quatre, mais Traumfreund est modeste, trente-deux électrodes lui paraissent suffisantes : réparties sur le cuir chevelu de Nexus des tempes à l'occiput, elles permettront de mesurer l'activité électrique de son cerveau en relevant les différences de potentiel. D'autres électrodes, placées à l'angle externe des yeux, sur le menton et sur les avant-bras, complètent ce dispositif, que Traumfreund tient à qualifier de « léger » par opposition à d'autres, comme ces bourrines d'IRM, qui sont l'artillerie lourde de l'imagerie cérébrale… Une fois filtrés et amplifiés, les signaux obtenus sont enregistrés sur bande magnétique : cela donne de jolis tracés, qu'on surnomme EEG, pour électroencéphalogramme, et que l'ordinateur convertit en une carte fonctionnelle du cerveau, faite d'images de synthèse non moins séduisantes.

Traumfreund a déjà expliqué au moins trois ou quatre fois à Rilviero ce qu'est une polysomnographie, mais comme tout le monde n'était pas là, que Paulus a quasiment tout oublié et que le médecin pédagogue, en lutte contre le mandarinat ambiant, n'hésite jamais à répéter… — Ce sont des vagues. C'est très poétique. Ou du moins, ça peut l'être, si on y met du sien. Vous êtes éveillé, vos yeux sont ouverts : les vagues qui déferlent sur les plages de votre cerveau, à *Hypothalamus Beach* et autres destinations balnéaires appréciées, sont des ondes alpha – alpha, vous entendez ? – de petite amplitude et de fréquence rapide. Les enfants s'y baignent et, pourvu qu'ils soient munis de brassards, ils n'y courent aucun risque. Puis le sommeil vous gagne : c'est qu'il fait si doux au soleil. Votre respiration se fait plus régulière, avec parfois quelques secondes d'apnée. Vos muscles perdent de leur tonus. La mer à vos pieds rassemble peu à peu ses troupes, les vagues du sommeil profond des stades 3 et 4, des déferlantes gigantesques, mais plus lentes à venir : les surfeurs les guettent longtemps dans leurs barboteuses aquadynamiques ; ils mordillent leurs vraies fausses dents de requin ; leur visage s'éclaire quand elles arrivent, des ondes delta, puissantes, blanches d'écume qui mugit. Toutefois il faut attendre encore un peu pour que survienne la Bête.

Sur votre transat de plastique blanc couvert d'une serviette mauve, vous êtes parfaitement immobile maintenant, et les électrodes fixées à votre menton signalent une atonie musculaire complète. En revanche, votre cornée, saillante sous vos paupières closes... eh, la belle endormie, voilà qu'elle s'agite, des mouvements oculaires rapides dans toutes les directions ; aux écrans de contrôle, l'électro-oculogramme fait des embardées. Sur la grève apparaissent peu à peu les ondes lentes de la bande thêta, et des ondes bêta que les machines peinent à distinguer des bruits parasites, et enfin les vagues alpha plus rapides, rappelant celles de l'éveil. Vous n'êtes pas éveillé pour autant. C'est lui qui vient, à pas lents, le maître, l'état où surgissent les grands rêves, l'immense sommeil paradoxal. Vous n'avez pas le loisir de saluer sa venue : vous êtes prise et pris en lui, vous avez commencé de vivre une autre vie, là-bas, et votre tante, vêtue d'une peau de tigre, vous enseigne d'une voix mâle la recette de cette confiture qui permit à Napoléon de gagner Waterloo.

Donc la chambre de Nexus devint un laboratoire de sommeil. Silencieuse. Plongée dans la pénombre. Une grande table avait été installée près de la tête de lit pour poser les électrodes. On avait scotché les fils sur le parquet afin d'éviter de se prendre les pieds dedans. Les machines formaient un cercle étroit autour du lit et se tenaient immobiles, comme des visiteurs assoupis au chevet d'un malade. Nexus se glisserait là-dedans quand il aurait sommeil. L'expérience devait être menée sur trois jours minimum ; la première nuit comptait pour rien : on l'appelle, savamment, la nuit d'habituation. Ça veut dire, une nuit pour ne plus guetter le souffle heurté de celles des machines qui semblent souffrir d'insuffisance respiratoire, ni le bruissement des ménopausées qui s'éventent. On tourne, mais sans enregistrer : les mesures ne voudraient rien dire. Et de fait, ce soir-là, Nexus mit deux heures à trouver le sommeil ; il s'agita beaucoup pendant la nuit ; ses tempes le grattaient et un faux mouvement lui fit arracher une électrode de son avant-bras. Pourtant, on peut dire qu'il était de bonne volonté. Traumfreund lui avait expliqué l'opération en détails : ces tests permettraient peut-être d'en apprendre plus sur les origines de son amnésie et, en particulier, de voir si elle pouvait être liée à une encéphalite ou à une autre infection cérébrale, dont l'EEG décèlerait les séquelles. On commencerait les examens la nuit : l'activité électrique cérébrale y était plus circonscrite et donc mieux lisible ; et puis ce serait moins difficile à supporter pour lui. Par la suite, il pourrait s'avérer nécessaire de surveiller son activité électrique diurne pour corroborer, etc., mais on verrait ça en temps et en heure. — Bon. Il faut avouer que tout ça était parfaitement faux. Grossier mensonge. Mais nécessaire, d'après Traumfreund : s'ils voulaient des résultats concluants, il fallait détourner l'attention de Nexus de l'objet réel de leurs investigations. « S'il se concentre sur son sommeil, mécaniquement, son sommeil sera perturbé. » Certes. Toutefois ça n'empêchait pas Rilviero de se sentir merdeux, car Nexus, qui à Bentlam avait rechigné devant le moindre test mnésique, s'était cette fois-ci plié de bonne grâce à tout et se réjouissait d'en apprendre plus sur son cas. Un revirement que les deux hommes peinaient d'ailleurs à s'expliquer…

Onze heures du soir sonnèrent, le deuxième jour. Nexus avait fini ses ablutions, dit sa prière en se brossant les dents, enfilé son pyjama comme un gentil petit garçon. Traumfreund se chargea de lui confectionner son casque d'électrodes et lui donna un minuscule petit bout de tranquillisant, en guise de placebo. Rilviero

dans les vapes de l'alcool. Est-ce qu'ils méritent qu'on veille sur leur sommeil ? Nous aussi on aimerait dormir… Et puis à l'hôpital, pour les cancers de maman et de papa : les sièges de plastique dur, on n'y trouve jamais la bonne position ; et tout l'inverse : prêt à s'évanouir de fatigue pourvu qu'ils dorment bien et qu'au matin ils se réveillent. Ainsi les anges gardiens se reconnaissent à leurs cernes.

Il suivait d'un œil les tracés de l'électroencéphalogramme, mais assez vite il se trouva perdu. Cherchant secours dans les revues scientifiques que Traumfreund s'était procurées, il compara les graphes à ceux qui défilaient sur l'écran. Bon, apparemment, on était en stade 3. Ou 4. La différence n'était pas nette… Sommeil lent, en tout cas. Pas ou peu de rêves. Le docteur lui avait aussi conseillé une revue plus accessible, une synthèse de l'état de la recherche assez bien faite à première vue. Il s'était dit qu'il finirait de lire ça cette nuit, pour comprendre l'analyse que Traumfreund ferait demain des relevés. Mais au bout de vingt minutes il s'arrêta, piégé dans la nasse noire d'un paragraphe. Plusieurs phrases déjà qu'il avait relues cinq fois sans que la porte ne s'ouvre. Les mots restaient des mots. Et ce n'était pas seulement faute de concentration. Pourtant, ça l'intéressait beaucoup, *a priori*, le pourquoi et le comment de la vie onirique. Mais dès qu'on s'enfonçait dans les détails, ça devenait technique – qu'il prononçait : teschnik, pas vulgairement : teknik – et il avait beau y avoir des illustrations et des légendes, le fil glissait entre ses doigts.

Restaient les impressions d'ensemble, une imprégnation : on en savait beaucoup plus sur le sommeil qu'il y a trente ans, il fallait une dizaine d'années à un scientifique compétent pour maîtriser le sujet, et pourtant la plupart des questions importantes… vitales, avait-il envie de dire… restaient irrésolues. Le Pr Bidule, du

Harvard Medical Institute, donnerait sa main à couper que l'activité onirique détectée en phase de sommeil lent s'explique par des phénomènes de sommeil paradoxal cachés qu'on n'arrive pas à mesurer ; mais Trucmuche, de la *Royal London School of Medicine*, trouve la supposition absurde et encombrante, de toute façon ce n'est pas le sommeil paradoxal lui-même qui déclenche le rêve, mais l'activité des lobes frontaux. La preuve, si on supprime chez le chat le sommeil paradoxal par des lésions, l'activité onirique se poursuit… L'équipe du *Regson Advanced Institute for Neurosciences* a d'ailleurs fait des expériences qui prouvent ça, et aussi le contraire, en poussant, parce qu'en fait on n'a pas réussi à supprimer totalement le stade paradoxal sans supprimer du même coup la conscience, ce qui est un peu gênant…

Il y a les modèles trop simples remis en cause. Les intuitions des pères fondateurs jamais démontrées. Certains s'amènent avec des résultats qui ne collent avec aucune théorie existante et qu'on ne sait pas interpréter, d'autres avec des hypothèses bandantes – Traumfreund lui en avait énoncé certaines avec une voix émoustillée et de grands moulinets de bras – mais que peu d'éléments corroborent pour l'instant et qui restent largement fantasmatiques. D'autres enfin citent un cas spectaculaire, mais unique, hélas – ce que dans les salles de garde on appelle méchamment et peu scientifiquement une aberration de la nature.

Deux jours auparavant, Rilviero avait eu avec Traumfreund une conversation là-dessus, qu'il avait jugée importante sans bien savoir pourquoi. Il avait commencé à lire les revues et avait fait part au docteur de ses sentiments face à ce savoir qui l'excluait, dont la langue épineuse ne lui laissait pas la moindre chance. À ce constat banal s'ajoutait une déception plus profonde : au fil des pages, l'impression l'avait gagné que pour lui dont ce n'était pas le métier, même apprendre avec zèle, même arracher de haute lutte une maîtrise technique du sujet ne servirait à rien. De toute façon, on le trompait sur la marchandise. Ça lui faisait une belle jambe, que le sommeil paradoxal soit contrôlé par des mécanismes cholinergiques du tronc cérébral…

Traumfreund avait froncé les sourcils, pas surpris pour un sou, mais sincèrement découragé : « Je sais bien… vous êtes comme tout le monde… Vos attentes par rapport à la science n'ont rien de scientifique. Vous aimeriez que ce soit une sorte de magie moderne… et que cela tienne aussi de la religion, tant qu'on y est : une parole révélée, accessible à toutes les oreilles, qui provoque les miracles et lève d'un coup les voiles. » Et Rilviero n'était pas le seul dans ce cas, bien sûr : venus en nombre, les gens battaient des mains et voulaient le grand Pourquoi. Mais la science n'avait à leur offrir que de petits comment et des pourquoi partiels, imbriqués les uns dans les autres, et aussi indifférents en eux-mêmes que pouvaient l'être les rouages d'une machine. Les gens regardaient ce cadeau déposé dans leur paume avec une frustration intense ; ils ne remerciaient même pas.

« Mais jamais ! soupira Traumfreund, jamais la science ne leur donnera ce qu'ils veulent. Et elle ne peut pas non plus nous dire comment vivre. Si : mangez moins gras, faites du sport. Bon. Ça ne va pas chercher bien loin. Je pourrais dire : la science est invivable et inconséquente. Vous avez une décision à prendre ; il en va de votre avenir ; on vous a prévenu : si vous vous plantez, remords éternels. Eh bien… vous n'allez pas vous faire implanter dans le cerveau un microprocesseur pour calculer les conséquences, les dix coups qui viennent et leurs variantes. Ce qui est bon pour me battre aux échecs n'est pas praticable dans la vie. La version scientifique du monde n'annule pas sa version ordinaire. Alors vous vous plantez devant la glace une bonne fois, vous auscultez vaguement votre poitrine, sentir comment ça cogne, et allons-y : le hasard, une impulsion font pencher la balance… — Comment est-ce que vous avez rencontré Lisa ?… Peu importe. Une femme, mettons. Cette femme. Elle vous plaît, dans la rue. Pourtant elle n'est pas vraiment belle ? Vos amis s'étonnent et vous demandent ce que vous lui trouvez. Quand bien même vous seriez un neurobiologiste accompli, vous n'allez sûrement pas commencer à vous interroger sur les phéromones qui circulent entre vous et sur la correspondance de vos patrimoines génétiques… Vous la regardez. Vous l'abordez, ou pas. Nous ne pouvons pas vivre selon la science : nous devons continuer à vivre selon le mystère. »

Qu'est-ce que Rilviero avait répondu ? Il cherchait à se souvenir, l'œil fixé sur les courbes blanches. Elles ne s'agitaient pas trop, les vagues. Ça faisait un sacré bout de temps désormais que c'étaient toujours les mêmes, hautes et lentes. Est-ce que c'était normal ? Ah oui, il avait dû dire : qu'il comprenait bien ça. Mais pourquoi soupirer ? La science continuait son chemin, progressait. La vie continuait son chemin, sans vraiment progresser. Qu'est-ce qui perturbait Traumfreund là-dedans ? Si, si, c'était grave. Traumfreund cherchait les mots pour le montrer. Il y a donc cette salle… où on a réuni l'humanité pour lui fournir quelques explications sur le monde qui l'entoure. C'est un public plutôt boudeur, qui menace à tout va de déserter les rangs. Les voiles ne se sont pas levés. Mais l'autre numéro, celui des miracles, a bien plus de succès. Un succès, même, qui ne se dément pas au fil des siècles : collez votre oreille là, vous entendrez votre fille qui est à Singapour ; montez là-dedans, ça va voler ; cliquez ici, vous aurez la réponse en 0,7 seconde. On ne comprend pas, mais force est de constater que cela change la vie. « Moi j'ai eu une formation scientifique, avançait Traumfreund, je m'en sors... à peu près. Mais vous, par exemple, ça ne vous dérange pas ? Je veux dire, de vivre dans un monde dont vous ne comprenez rien ? Pas même les mécanismes de base ? »

Rilviero dut se confesser et ne put le faire que dans le style des récits de voyage : d'accord, il maniait chaque heure de chaque jour des machines merveilleuses, déambulait sur une terre aux beautés inouïes, qu'il savait certes ne pas être plate, mais dont il ignorait les arcanes, s'éveillait enfin dans un corps qu'il ne ressentait pas le besoin de connaître dans le détail tant qu'il fonctionnait correctement, mais qu'il se voyait obligé de confier à d'autres, presque à l'aveugle, dès qu'il se détraquait, tant l'anatomie lui en était étrangère.

« Il y a des gens, renchérit Traumfreund, qui ont une conscience assez aiguë de la mort pour se rappeler chaque jour qu'elle se rapproche. Moi c'est autre chose : je sens se creuser chaque jour le fossé entre l'état des connaissances humaines et cette bouillie mal digérée qu'a dans le ventre l'homme probable. Vous savez, l'homme pris au hasard dans la foule, l'individu lambda. Beaucoup de scientifiques se foutent de M. Lambda. Personnellement, je ne peux pas m'empêcher de penser à lui. Il en est, en gros, et dans le meilleur des cas, resté à la Renaissance. Copernic et Galilée... ça lui va à peu près. Le reste, dans sa tête, n'est que fantasmes. La relativité, par exemple : vous dites ça à M. Lambda, et sa mémoire ouvre la boîte, le savant fou surgit, il tire la langue, et rien de plus. Je n'ose même pas parler de la physique quantique. Et du chat de Schrödinger ! Et de... » Non, effectivement, suppliait Rilviero : mieux vaut que vous n'en parliez pas. Alors oui : l'ignorance reculait, indéniablement, en valeur absolue ; mais elle ne cessait d'augmenter en termes relatifs ; et le bon M. Lambda se mettait à ressembler à ce type, dans le hall d'une gare, qui s'est mis à courir à côté du train qui s'ébranle, et perd du terrain, et se retrouve bientôt essoufflé en bout de quai, tandis que la voiture de queue disparaît à l'horizon. Le problème ? Traumfreund fronçait un peu plus les sourcils. Il prenait ça très au sérieux. Il insistait : « J'ai pas mal de problèmes dans la vie, mais celui-ci est un de ceux qui me tarabustent le plus. Parce que qui décidera où doit aller ce train ? En principe, nous devrions faire ça tous ensemble : le réseau, c'est nous. Mais nous avons couru, et nous voilà assis en bout de quai, les jambes ballantes au-dessus du ballast, en train de cracher nos poumons. Qu'est-ce qu'on peut décider dans ces conditions-là ? » Alors, à défaut de pouvoir suivre, de comprendre la logique scientifique, de contrôler les aiguillages, le public réclame : la science, il veut en voir la couleur ; que l'on fasse venir les miracles ! Et pas n'importe quels miracles, s'il vous plaît : des qui nous touchent, qui améliorent la vie de nous tous qui sommes l'homme.

« Ils sont pleins de bonne foi, concédait Traumfreund avec amertume. Ils viennent, ils font valoir leur *satisfait ou remboursé*. Et ils ont raison, en un sens : si le progrès n'est pas pour eux, qui vivent et souffrent, pour qui, alors ?... Ils ne se rendent pas compte qu'à vouloir à tout prix *satisfaire*, la science risque de se réduire comme une peau de chagrin et de disparaître dans le nombril de l'homme ; de n'être plus que ce geste que font les hommes pour ramener le monde dans leur nombril. Alors qu'à l'origine... ça n'avait rien à voir. Ce sont des gens qui sont sortis de chez eux, la nuit, pour regarder les étoiles. Ils n'attendaient rien. Ils avaient cette curiosité. »

Rilviero avait posé la main sur l'épaule du psychiatre, comme pour le réconforter – il s'en souvenait avec une netteté stupéfiante : la première fois qu'il le touchait autrement que pour lui serrer la main ; il l'avait assuré que cette curiosité ne s'était pas perdue. Il était curieux, lui. Plein de gens l'étaient encore. « Bien sûr, lui avait répondu Traumfreund. Je sais. Heureusement ! Je sais bien qu'elle n'a pas disparu. Il n'y a pas de raison. Mais simplement, avouez : sa voix est la plus faible de toutes. Et elle est vite couverte par les exigences du consommateur, les exigences de la croissance et le souffle des machines. Ça n'a probablement rien d'irréversible… mais c'est dommage, tout de même. »

Rilviero remuait ces pensées – rêvait de sortir regarder les étoiles – rouvrait les yeux, entendait le souffle des machines – continuait à surveiller les graphes. Et, malgré toute la sécheresse des détails, malgré les révélations qui ne viennent pas, les images qui le poursuivaient cette nuit-là lui plaisaient, il sentait d'ores et déjà qu'il s'en souviendrait longtemps : dans chaque grande ville du monde développé, il y avait des salles comme celle qu'Oliveira et Berardi avaient mise en place, des casques d'électrodes et des crânes de dormeurs dedans ; les dormeurs dormaient, rêvaient peut-être ; les hommes dehors attendaient, immensément curieux, un peu fébriles parfois ; et les graphes, sur les écrans du Cap, de Tokyo, du Massachusetts, levaient et abaissaient leurs vagues d'une rive océane à l'autre, dessinaient nuit après nuit les contours de la mer intérieure en nous, cette *mare nocturnum* largement inconnue.

***

Quand Traumfreund débarqua le lendemain matin, rasé de frais, il trouva Barbe Bleue assoupi sur sa chaise, la chemise déboutonnée, civilisé à demi et cerné tout à fait. Nexus ne dormait plus depuis quelques minutes, les infirmiers l'avaient aidé à se lever. Traumfreund lança l'impression des données récoltées par l'ordinateur, et se plongea dans l'étude des bandes magnétiques. Rilviero ouvrit l'œil peu à peu. Traumfreund tournait les pages et commentait déjà. Un réveil en douceur… merci !

« Alors, alors… l'indice d'efficacité est très bon : nous avons commencé l'enregistrement à 23 h 12, il s'est réveillé à 7 h 27 et a dormi 95 % du temps. D'accord. La latence de sommeil… 12 minutes. Bon. Un rapide, plutôt. 22 minutes de stade 1. Son sommeil lent…

– Docteur ? articula péniblement Rilviero.

– Oui ?

– Ça peut pas attendre une minute ? Que j'émerge ? »

Traumfreund ne répondit rien. Il tournait les pages. Son visage était blême.

« Qu'est-ce qui se passe ? »

Traumfreund se leva, les feuilles toujours à la main, tournant toujours, titubant, bredouilla :

« Pas possible… il y a… ça n'a pas dû… attendez voir. Poussez-vous. »

Il prit la place de Rilviero devant l'ordinateur, ouvrit le logiciel d'enregistrement, vérifia le programme, la liste des options. Son genou droit tremblait de nervosité. Il farfouilla derrière les moniteurs, dans les branchements, démêla les câbles.

« Mais non… mais non…

– Joachim ? Qu'est-ce qui se passe ? »

Traumfreund s'arrêta de tournicoter, le regarda droit dans les yeux, en tapant du doigt les bandes magnétiques.

« Il n'y a pas de sommeil paradoxal là-dedans. Pas un seul cycle d'enregistré. Pas une seule minute.

– Pas de sommeil paradoxal ?

– Non. Vous n'avez rien remarqué, cette nuit ?

– Je suis resté éveillé jusqu'à six heures. Il a dormi tout le temps.

– Oui. En sommeil lent. Mais en sommeil paradoxal, pas une minute.

– Et ça veut dire ?

– Vous le savez très bien, ce que ça veut dire. Il ne rêve pas. »

Rilviero sentit comme une main se resserrer sur sa nuque. Il éclata d'un rire nerveux.

***

Temps de crise. Sortons les règles de crise. Tant qu'on n'est sûr de rien : continuer comme si la vie est belle. On a pris l'habitude de petit-déjeuner tous les trois. Donc on petit-déjeunera tous les trois. Il faut une deuxième nuit de test, pour vérifier. Il se peut que l'enregistrement ait raté. Disculper les machines avant d'accuser qui que ce soit.

Ils mangent en silence. Tartines beurrées et café crème. Mâchent même avec application. Nexus se frotte le crâne où les électrodes ont laissé des rougeurs. Mais il a de l'appétit ; il prétend avoir bien dormi. Traumfreund a la force de sourire : « Tant mieux, tant mieux. »

Pendant ce temps, ça turbine. La fée électricité travaille dur dans les crânes. La turbine Traumfreund relativise. Rien n'est sûr. Rien n'est sûr. Du jamais vu, dans tous les cas. S'il rêve… alors il est possible d'avoir des rêves complexes pendant les phases de sommeil lent. Ce qui remettrait en cause… toutes les théories du sommeil élaborées depuis cinquante ans… Mais il faudrait pouvoir lui faire confiance. Et s'il ne rêve pas… quand même, c'est plus probable… Il inventerait ce qu'il nous raconte pour compenser l'absence des rêves ? Je peux comprendre ça. Oh oui. Cependant ça ne résout pas tout : il n'a pas de lésions… pas pris d'antidépresseurs susceptibles d'avoir inhibé… le *REM sleep* ne peut pas disparaître comme ça, totalement ! Expliquer à Paulus… ce serait un cas inouï.

La turbine Rilviero s'emballe vite. Depuis le début. Je le savais. Mon fond de rationalité, en dessous du blabla. Pas une minute de paradoxe. Il ne rêve pas. Et pourquoi, disant ça, Traumfreund a eu les larmes aux yeux ? Qu'est-ce qu'il voulait ? Nous avons une réponse, maintenant. Elle ne lui plaît pas ? Une journée encore, il a dit. Patientons. Voir si les machines machinent avant de se demander… si le dormeur rêve… ou si le rêveur ment. Une comptine. On pourrait enchaîner : dormeur rêve, rêveur conte, conteur ment, menteur tue, tueur pleure, pleureur meurt, mourant dort… Bien besoin, dormir. Les larmes aux yeux. Cette nuit de nouveau – d'accord. Mais qu'il prenne garde. Il y a des formules consacrées : Nexus ne perd rien pour attendre.

Assez de force pour tremper les tartines dans le café, passer le sucre et garder l'air poli. Mais faire une séance, voir Nexus marcher vers le Nord… non. Faut pas pousser. Rilviero avait une excuse : toute une nuit à récupérer. Il les pria de l'excuser et monta dans sa chambre. Resta un moment appuyé à la vitre, en laissant la fatigue souveraine envahir ses membres. Pour couronner le tout, il faisait un temps de chien. On n'aurait rien perdu à perdre la journée. Le ciel gris s'étendait, monotone, cette grisaille qui fait croire qu'elle ne cédera jamais la place à autre chose. C'était un ciel en uniforme, qui faisait souhaiter l'intempérie, de sorte que Rilviero pensait, tout en se déshabillant : la nostalgie de l'Événement vaut aussi pour le ciel. Enfin, pour l'action, ils allaient être servis ; il ne restait plus qu'à pioncer un coup avant de passer à l'attaque.

Il ferma les rideaux, se retourna d'un mouvement trop vif, vit trouble, n'arriva plus à s'orienter ; il fit cinq ou huit pas, hébété où ? Avec sa chemise ouverte tachée de sueur et ses gestes tâtonnants, il était prisonnier des mendiants-aveugles. Leurs silhouettes surgies du papier peint formaient une double haie d'honneur afin qu'il puisse retrouver le droit chemin. Vacillant, il parvint à se glisser dans les draps. Alors, on arrête tout ? Changer de méthode. On lui demande de raconter l'avenue Breton, tout de suite… Et s'il refuse ? Le tic-tac de sa montre l'agaçait ; il la fourra dans un tiroir. Ne plus rien entendre, ce matin. Hiberner pour de bon. Il va dire « non, plus tard ». C'est peut-être le moment où il faudra ravaler les principes et lui foutre une grande claque cinglante. Et une deuxième dans l'autre sens, du revers de la main, en visant aussi l'oreille. Je sais faire. On n'apprendra jamais la suite. Ce que Calder a fait de sa nouvelle. Parce qu'il a bien dû l'annoncer. Tu vas appeler Drake et lui dire que vous rompez là. Et après ? Retour à la case départ. Je demande ma réintégration au Centre ? Ou dans la judiciaire ? Pouah. Drake trouvera quelque chose. Oui. Sans aucun doute : encore une sale besogne, dans une impasse, à l'autre bout du monde. Lisa plutôt : c'est avec Lisa qu'il faudra en parler. Et pourquoi l'amène-t-il dans le Nord ? Qu'est-ce qu'il va se passer chez Donleone ? Ils vont se faire des rails d'oliphante ? Rien, rien. Des conneries. Dormir. Il sera temps plus tard.

Quand il redescendit après quelques heures d'oubli bienheureux, il remarqua que les machines de polysomnographie étaient allumées. Un enregistrement était lancé depuis une heure. Traumfreund avait-il prié Nexus de le laisser analyser son sommeil diurne ? Rilviero alla faire un tour à la cuisine, perplexe ; il tomba justement sur Nexus, qui se sentait abandonné et avait pris l'initiative louable de préparer un brunch. Qui était dans la chambre, en ce cas ? « Le Dr Traumfreund », répondit Nexus comme si c'était la chose la plus naturelle du monde. Le Dr Traumfreund. Bah voyons. Cette nouvelle mit Rilviero d'assez mauvaise humeur. Il avala en vitesse ses œufs brouillés et retourna dans la salle d'enregistrement. Fallait-il… ? Pouvait-on disturber Monsieur ? Room service ? Il hésita un moment, fut tenté d'appeler Berardi. Et puis merde, après tout ! Il poussa la porte de la chambre et alluma la lumière. Hé-*hé* ! Aussitôt, la forme sur le lit s'agita ; Traumfreund releva sa tête couverte d'électrodes, aperçut Rilviero au seuil de la pièce et balbutia d'une voix confuse : « Humpf… c'est vous… Je… je vérifiais l'état des machines. Ça enregistrait, de l'autre côté ? » Il se redressa sur un coude, hagard. « Vous pouvez m'aider à me débarrasser de tout ça ? » Rilviero s'avança avec un soupir et s'employa à décoller les électrodes sans arracher trop de cheveux au psychiatre, qui les portait nettement plus longs que Nexus. Ils examinèrent ensemble les bandes magnétiques.

« Eh bien, vous n'en manquez pas, vous, de sommeil paradoxal ! conclut Rilviero avec un claquement de langue. Vous étiez en plein dedans. Vous voyez, je suis devenu très fort : je reconnais les courbes. »

Traumfreund acquiesça mollement.

« Alors, de quoi rêviez-vous ? » La question fit rougir le docteur aussi rouge qu'une jeune fille, et Rilviero se sentit contraint d'ajouter : « Enfin, si je puis me permettre ?…

– Honnêtement, je ne m'en souviens pas. Je me souviens rarement de mes rêves… Dites donc : c'était bien de me réveiller, mais vous auriez pu y mettre plus de formes… Enfin, force est de constater que j'ai un sommeil normal, moi…

– Je suis heureux de l'apprendre.

– Vous êtes bête. Je veux dire : les machines marchent, pas de problème. On va pouvoir recommencer ce soir. »

Rilviero avait donné. Ce fut donc Traumfreund qui veilla sur le sommeil de Nexus… Celui-ci dormit un peu moins bien que la nuit précédente. Il avait dû sentir les tensions dans l'air. Pas besoin pour ça d'être grand sage. Mais au matin, les résultats étaient les mêmes : sommeil orthodoxe anormalement long ; sommeil paradoxal absent. Il ne restait plus qu'à aller voir le meurtrier de l'avenue Breton pour le confronter à ses mensonges.

***

Oscar, il recommence à parler seul. Ma petite mécanique s'arrête lorsqu'il y a le cristal qui me fait transparaître aux autres et leur parler beaucoup – mais réenclenche, rouillée, lorsqu'en moi ça panique. Nexus, Nexus : pourquoi faut-il toujours que tu attires les doutes ? Comment te débrouilles-tu, bon dieu de bon dieu de gadjo ?

Par mer d'huile et ciel dégagé jusqu'au Midi, ils sont venus chercher la guerre, Rilviero en premier qui devait se retenir depuis longtemps déjà. Il lui pousse toujours du mouvement dans les jambes, Rilviero, il est flamme et content de pouvoir s'alimenter de l'air malsain du soupçon. Il arrive avec un visage terrible, il fait peur à faire peur. *Hombre, hombre !* Alors, les preuves sont là ! Fabricateur de boniments ! Tes rêves sortent tous de l'atelier ! Ils ne viennent pas d'un dieu par le conduit étroit de la fumée, ils ne s'inscrivent pas en lettres de feu sur les murs, plus d'entourloupes, nous avons retourné en tout sens et fini par trouver le *made in Regson* derrière tes pierres censées provenir du Séabra ! – C'est ce qu'il dit, à peu près : ce que j'entends. Et comme, jusque dans sa colère, l'Homme-Rilviero est de ceux qui justifient, le voilà qui brandit une liasse de papiers où je vois s'agiter des vagues.

Il s'agit de réagir. Mais comment ? Nexus, ça se bouscule dans ta caboche. Sur l'autel, dans le Désert, s'il y a des autels dans le Désert, c'est ainsi que les têtes tournent. Quelle est la meilleure stratégie ? Recule, comédien, d'un pas, et enfile vite un air épouvanté d'innocent qu'on accable. Ou désespère, peut-être, sanglote comme un passeur abandonné, ils ont trouvé le signe que tu craignais, le Séabra s'en va et te voilà au monde, rien qu'à lui, bloqué sur son immonde surface. Cours, sors enfin de ce labyrinthe après avoir nié en bloc et ricané comme un qui ne prend rien au sérieux. Non. Assieds-toi, plutôt : tu prendras bien un dernier verre, reste donc encore un peu. Demande à tes amis pourquoi soudain ils affichent tant de haine et avoue qu'ils sont tout pour toi. Ou bien divise pour mieux régner, et puisque Paulus écume, regarde donc vers Joachim et fait preuve devant lui des souffrances du perdu, celles auxquelles il ne résiste pas. L'imbécile ! Tu n'as pas le temps de faire des calculs. C'est à l'instant qu'il faut répondre, et le visage que tu cherches, de toute façon il ne suffira pas, il ne pourra pas dire d'un coup. Il faut que tu poses, Nexus, dans le brouillard comme d'habitude, un doigt tremblant sur une espèce de vérité : une fois de plus j'ai peur qu'on me jette d'en haut après m'avoir tenu, et me réveille en ruine sans même savoir pourquoi.

Le docteur, dans un souffle, la prunelle dure derrière ses verres métalliques et glacés, explique enfin, EEG, REM, rien, mon mensonge résumé en deux sigles, scellé par le néant. Il manque paraît-il une courbe spéciale qu'ils attendaient. Vous ne rêvez pas. Ni hier, ni avant-hier, voyez les graphes. Les graphes, d'accord. Je les regarde. C'est de la science, leur langue, qu'est-ce qu'ils attendent ? Ça n'est pas fait pour moi. Enfin : assez tout de même pour que je sente affleurer la colère : ils disent que j'ai menti, mais ce sont eux ! Ils ont dit : votre mémoire, et en fait : mon sommeil. Nouvelle tentative des inquisiteurs. J'attrape cette prise. Il doit être possible de les désarmer grâce à ça. Je leur jette froidement dans les yeux : « Bien sûr que je ne rêve pas !… Est-ce que j'ai jamais prétendu le contraire ? Je vous l'aurais dit, si vous m'aviez demandé. Vous m'avez annoncé que ces tests c'était pour l'amnésie. Vous avez… mensonge, encore. Vous ne vouliez pas que je sache. » Leur pied qui tape reste en suspens. Je continue : « Pas de rêve hier, vous dites. Pas de rêve la veille non plus. Évidemment. Enfin, pourquoi est-ce que je vous raconterais, sinon ? Si j'avais encore mes soutiens là-bas, quel serait l'intérêt pour moi d'être des vôtres ? — Je raconte ceux d'il y a longtemps, je pensais l'avoir dit. Le dernier rêve… le dernier date de la veille des Trois. »

Les gros nuages noirs : on connaît ça ; ils crèvent, crèvent et crèvent, mais ensuite ils s'éloignent. Filent la queue basse vers un ciel autre. Je crois que mon plan a marché. Mais pas trop vite : ils se méfient encore. Ils se méfieront jusqu'au bout. Si les prophètes aujourd'hui revenaient, sans exception et sans attendre, on les dirait bonimenteurs. Il ne faudrait pas quatre jours pour que la presse les déchiquette, autrement plus efficace que les pierres. Calder lui-même. D'ailleurs je suis tellement de cette époque soupçonneuse que moi-même il m'arrive de douter.

Enfin, si je réfléchis dur, notre problème c'est l'horizon : nous n'avons pas le même. Nous nous aimons bien eux et moi. Traumfreund sent tout très vite, dans les détails. Rilviero a son beau sourire, et l'honnêteté pour lui. Ils m'encadrent sur la route, me donnent la main comme à l'enfant qu'ils croient je suis, prennent leur élan pour me soulever et faire avancer ça plus vite – ce qui fait rire d'autres aux éclats. Mais même marchant de front comme la plus fine équipe, nous visons des choses différentes. Eux veulent boucler la boucle du sang, sangler les cadavres d'une ceinture de cuir rationnelle, tressée de raisons bien sonnantes. Leur souci c'est : comment est-on arrivé là ? Moi je sais ça vaguement et, tout juste parce que c'est en zone claire, ça ne m'intéresse pas. D'autres mystères sont aux urgences. J'aimerais comprendre la disparition des rêves. Le dernier date de la veille des Trois. Pourquoi ont-ils sombré sans retour comme le font les bateaux aux confins de la Terre plate ? J'ai vingt raisons possibles, et toutes parcourent un arc de l'ici à l'au-delà : elles sortent du champ, je ne peux pas les suivre où elles vont, et si la gravité, au terme de leur course, ramène certaines en plein cœur d'une réponse, je ne suis plus spectateur de ça. J'ai perdu le privilège de la transcendance. S'est-il égaré seul, comme aiment faire les papiers au fond des poches de Rilviero ? Me l'a-t-on aboli ? Était-ce volonté ? Et l'échec de mon plan de vengeance méritait-il un châtiment aussi dur ?

Nous ne cherchons pas la même chose – et si j'ai ce qu'ils veulent, je doute qu'eux puissent m'aider. Ils sont, au-delà de leurs stratégies minables, attentifs et gentils. Quand ils laissent tomber le sacro-saint devoir, prennent le temps de réfléchir et se trouvent nus soudain en plein milieu de la vie. Ils écoutent. Ils savent faire ça. À mesure, ils auront une idée si c'est sens ou non-sens, si c'est ma faute ou pas, mais si par bonheur : oui, oui, oui, cela existe ! alors c'est un malheur tout de même, je suis tout seul, élu et démuni pourtant. Je voudrais les emmener qu'impossible. Les Xylographes ont peur de ça. Ils craignent comme la peste la contagion des mondes. Alors dans mon coin je répète : pourquoi les rêves ont-ils subitement disparu ?

Nexus, Nexus : le voilà qui s'entoure des questions comme d'amis, maintenant que les réponses sont inaccessibles. Il ne les redoute plus. Elles ne veulent plus forcer la serrure du coffre, et pour cause, je me trouve avoir fait faillite, elles sont donc là tout simplement, cercle domestique, à l'écouter se plaindre à la lyre. Je peux voir leurs bons yeux attentifs et la façon dont elles s'essuient la petite larme que tu leur tires, Nexus, Nexus.

***

Bien. Si on enlève la colère, les larmes, le fatras des sentiments, il reste – le chalet d'Outremont. Ils y sont revenus. Tous deux ont senti au même moment le besoin de fuir, de mettre de la distance entre eux et le locataire du Bateau. Et puis, c'est à Outremont que le projet est né ; leur coup de génie, ont-ils pu croire ; leur erreur colossale, ont-ils tendance à penser désormais. Cette mauvaise excellente idée de s'enrouler avec Nexus dans l'étoffe de ses rêves.

Rilviero aurait bien proposé au docteur une partie de billard, dans le but avoué de le mettre minable, de se venger sur lui d'on ne sait trop quoi, mais toutes les tables sont occupées par des locaux à la barbe patibulaire, et donc ça ne serait pas sérieux. Paulus préfère prendre les choses en main : on se débarrasse, je disais, des sentiments et autres couches graisseuses ; on dégage le site opératoire, attention ! On va penser correctement.

Rilviero pense et dit ce qu'il pense : pas question de se laisser impressionner par les beaux discours d'un meurtrier aux abois. Nexus ment. D'accord, c'est loin d'être sûr. Mais c'est cette hypothèse qu'ils doivent privilégier. Pourquoi ment-il ? Pas clair. Il veut déguiser son véritable mobile – cacher l'existence d'un commanditaire – ou bien gagner du temps. Il s'agirait aussi de savoir pourquoi il s'y prend *de cette façon-là.* Comment peut-on être assez bête pour choisir d'inventer quelque chose d'aussi invraisemblable ? Traumfreund insiste : bien sûr, les mensonges les plus gros sont souvent ceux qui passent le mieux et suscitent en fin de compte le moins d'incrédulité, mais ils ne peuvent s'en tenir à cette explication. Nexus souffre d'un trouble mental ; s'il y a mensonge, c'est un mensonge de type pathologique. Traumfreund a bien l'intention d'enquêter là-dessus dans les semaines à venir.

Les tests effectués ces derniers jours prouvent par ailleurs qu'ils ont affaire à un cas médical rare et complexe. Chez un sujet qui ne présente pas de lésions et ne suit pas de traitement médicamenteux, une absence totale de sommeil paradoxal est en théorie impossible. On peut choisir de croire Nexus, et sa très bonne parole : il aurait connu des phases de sommeil paradoxal très intenses à l'époque de son hypersomnie, c'est-à-dire jusqu'au meurtre. Et dès le lendemain du meurtre, rêves et sommeil paradoxal se seraient volatilisés. Une fois de plus, Traumfreund regrette que le début de l'enquête ait été à ce point bâclé : si l'expert psychiatrique avait ordonné une polysomnographie durant l'instruction du procès, ou si lui-même avait eu l'idée d'en prescrire une à Bentlam, il y aurait peut-être eu moyen d'éclaircir ces zones d'ombre.

Ou bien : Nexus n'a jamais eu de sommeil paradoxal. Hypothèse audacieuse, mais susceptible d'expliquer ses problèmes de mémoire, puisqu'une bonne partie des experts accorde à cette phase du sommeil un rôle clef dans l'assimilation de l'expérience. Ses rêves, alors, leurs contours si précis, leurs couleurs, ne seraient pas de vrais rêves, mais une création autre de son psychisme, un défilé d'hallucinations cohérentes, toute une vie parallèle destinée à compenser l'inanité de celle qu'il avait menée à Regson.

Rilviero pense, et à force de penser décide :

« En fait, la feuille de route est simple. Je propose de revenir aux fondamentaux, et de séparer les sphères : vous êtes médecin ? Vous n'avez qu'à le traiter comme un malade et plancher sur son cas. Si vous ressentez le besoin de consulter des spécialistes, eh bien, peut-être ça se négocie à Regson avec Drake. Quant à moi, je vais le traiter en criminel. Je ne devrais pas tarder à avoir des nouvelles de Vaughan et de l'expertise balistique, d'ailleurs…

– Et ses récits ? Et le Séabra ?

– Ça ? » Rilviero eut une moue de mépris, qui se transforma vite en sourire. « Nous n'avons qu'à poursuivre les séances, en attendant d'en savoir plus. Je suis curieux de connaître la suite. Je ne le harcèlerai pas de questions sur Ania pendant qu'il nous parle de Calder, promis. Mais je tiens à ce que nous lui fixions un ultimatum. Nous sommes le 9 décembre. Vous êtes d'accord avec moi là-dessus ? Le 9. Eh bien mettons…

à la fin de l'année… le 31, il doit avoir fini de nous dire ce qu'il a à nous dire. Nous ne pouvons pas le laisser poursuivre son conte durant mille et une nuits en attendant de lui trancher la tête, même si je sais que vous êtes sensible à ces fantaisies-là. Début janvier, quoi qu'il arrive, nous rentrons à Regson. Quoi qu'il arrive. Sinon je vais devenir neurasthénique, moi. C'est entendu ? »

La nuit était déjà tombée lorsqu'ils sortirent du chalet. Ils se dirigèrent à pas hésitants vers la voiture, garée en contrebas.

« Nous allons vers des jours très sombres », déclara soudain Traumfreund en allumant une cigarette.

La flamme de son briquet fut quelques secondes durant la seule lumière visible. C'est malin de dire des choses pareilles. Est-ce qu'il voulait parler du solstice d'hiver ? D'autres choses rampant dans la nuit, et que ses yeux de chat lui permettaient de voir ? Rilviero décida que la remarque ne méritait pas de réponse, prit le volant et démarra.

15. LA DISPARITION DES SOLEILS

Ils n'ont pas de temps à perdre. Leur voyage continue. Maintenant c'est Eséphir. Une ville beaucoup plus grande, et plus riche également. À peine extrait des mines, le fer s'y transforme en balcons, en grilles compliquant les fenêtres et les amours naissantes, en bijoux qui se recourbent aux oreilles des femmes comme des appâts un coup sur deux mortels. Toute la région du

Grand Volcan, où le sol n'est bon à rien, achète le minerai d'Éséphir : la ville a su en profiter pour atteindre une prospérité tranquille et raisonnable. Quand le filon s'épuisera… eh bien, ils seront debout, les palais et patios, qui chuchotent à l'oreille des voyageurs : « attardez-vous ». Calder est annoncé. Il parle ce soir, sur la place d'Armes. Nexus a le sentiment que l'accueil aurait pu être meilleur, mais Calder lui n'est pas déçu. Ce sera comme ça partout dans le Nord. Il ne doit plus s'attendre à des publics acquis d'avance. C'est son discours qui doit convaincre.

Au moins, les habitants sont venus en nombre. Peut-être quatre cents personnes, et d'autres affluent encore. Les réverbères s'allument et se font aussitôt courtiser par des nuées d'insectes. Comme c'est un jour férié, on ne peut pas savoir si les gens sont venus par habitude ou pour l'entendre lui : il y a toujours des concerts, sur cette place, des danses où les pieds se décalent graduellement. Des couples de vieux bedonnent dignement sur les bancs de fer forgé, ils se tiennent les mains et s'embrassent. Assis sur une chaise au milieu de l'estrade, Calder s'apprête à leur offrir un conte. Au fil des jours, Nexus a compris que c'était à ça que se résumait le contenu de son bagage : propriétaire de la parole vagabonde, Calder produisait à volonté des récits où les gens retrouvaient proférées à voix haute les craintes et les pensées qu'ils remuaient dans leur tête indistincte. Ce soir, pour dessiller leurs yeux et les ouvrir sans trop de brutalité sur l'énorme étendue du Désert, il a choisi de leur raconter l'histoire des chasseurs de soleils.

« On dit qu'il a existé un jour des lunes plus claires. Il y a longtemps. Est-ce que c'était ici, au Séabra ? Ou bien dans un pays voisin, inconnaissable, inaccessible ? Peu importe. Ça n'étaient pas les lunes qu'on voit parfois se pourchasser dans le ciel, mais des astres plus sombres quand on cherchait à les fixer, plus lumineux quand on s'en détournait, et qui caressaient le corps. On les appelait soleils. Ils se sont éloignés.

Les gens ne s'en sont pas aperçus tout de suite. Les soleils naviguaient à une distance effarante pour l'esprit, et la population de ce pays-là était si commodément installée dans la routine des jours qu'elle n'y prenait plus garde. Chacun savait qu'en renversant la tête, il verrait un soleil, passant, disparaissant la nuit pour qu'on souhaite son retour, puis réapparaissant, seul ou en bande. Ce qu'on a, vous savez, à quoi on ne prête plus attention. L'œil est attiré par ce qui bouge – les choses qui fusent – les fulgurances. C'est aussi là que va notre main de chasseur quand elle essaye d'attraper le monde. Et nos paroles rapportent d'abord l'action, la comète qui vient de s'écraser. Le reste, les choses immobiles, régulières, eh bien, on se dit toujours qu'elles peuvent attendre, n'est-ce pas ? »

Nexus vit quelques personnes opiner. Ils étaient attentifs, et jusque-là ils avaient l'air d'accord. Tant mieux, murmura-t-il en réfrénant le tremblement de ses genoux. Tant mieux…

« Dans ce pays comme partout, poursuivit Calder, les hommes entretenaient des rapports variables à la nature. Certains la travaillaient au corps et ne lui demandaient pas son avis. Ils riaient parfois comme une bande de pillards croisant une jolie fille muette, qu'ils vont pouvoir violer sans avoir à entendre ses cris. D'autres se voulaient à l'écoute. Ils allaient s'allonger dans les herbes ; dès qu'autour d'eux ils percevaient la vie des animaux, des éléments, ils transcrivaient chaque bruit dans leur propre langage, écoutaient naître en eux des émotions. De retour en ville, ils se targuaient d'avoir entendu la voix de la Terre et prétendaient déduire des règles humaines de cette parole. Les plus rares étaient ceux qui avaient pris acte du silence absolu de la nature mais ne s'en désintéressaient pas pour autant : ils observaient le monde en devenir, guettaient ses visages inédits. Ce sont eux qui vinrent et dirent les premiers : les soleils diminuent. Ils eurent des phrases précises ; ils ne voulurent pas semer de panique. Ils ne dirent pas, avec des violons dans la voix : ils meurent. Ils dirent : ils ont diminué, tous les trois.

Il n'y eut pas de réaction d'abord. On était en hiver, une saison à laquelle les soleils paraissaient toujours très lointains. Certains dirigeants consciencieux mirent au point des cérémonies pour rendre hommage aux astres et leur demander de briller plus fort. Le temps passa. Ce n'est que lorsque les arbres, au lieu de perdre leurs feuilles, se mirent à se flétrir que les enfants fondirent en larmes et crièrent : "ils s'en vont".

On réunit les réunions. Les conversations s'engagèrent – s'envenimèrent – firent tomber les têtes de fatigue – durèrent cent jours, et plus ; un moment, on crut que les soleils avaient arrêté de s'éloigner ; on les vit même se rapprocher un peu. Les discussions s'interrompirent. Mais quelques semaines après, ils avaient repris de plus belle leur course vers les lointains. On finit par choisir des jeunes pour les poursuivre, les rattraper, demander où ils allaient ; après quoi, on enverrait des médecins pour savoir s'ils étaient malades ; et s'ils ne l'étaient pas, des diplomates pour les convaincre de revenir ; et s'ils refusaient le dialogue, toutes les armées pour les ramener de force. Trois jeunes hommes furent élus, des chasseurs capables de prendre de vitesse une harde de cerfs en fuite et de trouver leur chemin dans des nuits d'obscurité complète. »

D'instinct, tout le monde se tourne vers l'avenue, derrière Calder, qui se perd dans les collines boisées où on chasse à l'automne. Mais c'est nuit noire maintenant : la terre et le ciel ont profité du conte pour se faire indistincts. Ils n'ont pas vu tomber la nuit, et

Nexus les sent parcourus d'un frisson. Faut-il... envoyer quelqu'un savoir ce que fabrique le jour ? Ou attendre ?

Des gamins qui ne voient rien sinon et n'ont pas de parents pour les prendre sur leurs épaules ont conquis l'estrade en se faisant la courte échelle et se recroquevillent dans un coin, comme un petit groupe de terre cuite. Ils ont cet aspect débraillé et inachevé, les jambes couvertes de boue, des croûtes dans les yeux. Personne, apparemment, n'a pris la peine de leur passer la dernière lime. Calder fait semblant de ne pas les remarquer. Qu'ils soient fiers d'avoir réussi leur coup. Ce sont les plus vagabonds : ceux qui n'ont pas peur d'approcher de près le voyageur. À qui on ne serine pas des consignes de prudence. Et qui se verraient bien élus, chasseurs, prêts à bondir pour attraper les soleils.

« Honorés de la confiance qu'on leur accordait, les trois chasseurs entamèrent les poursuites. Ils étaient sûrs de réussir : les soleils se retiraient si lentement qu'il n'y avait pas de quoi s'affoler. Au pays, les habitants attendaient des nouvelles et détruisaient méthodiquement les miroirs pour esquiver l'image de leurs teints devenus cireux. La terre prenait la couleur de la cendre, et en la portant à la bouche on ne lui trouvait plus de goût, ni d'odeur. Les chasseurs allaient si vite qu'il fallut en mandater d'autres pour servir d'agents de liaison. Mais ceux-là n'étaient pas assez forts et ils perdirent les traces. On ne se fia plus qu'à la rumeur. Ils ont campé là. Ils ont choisi la ligne droite, et de traverser le plateau de Dürrbann, qui ne connaît pas l'eau, dont personne ne ressort. Pourtant on les a vus plus loin, courir. Leurs chevaux sont morts. Leur visage se craquelle. Comme par un fait exprès, les soleils filent vers les régions inhabitées, où rien ne pousse, où la vie n'essaye même plus, où la cendre impose depuis longtemps sa loi.

Un matin… Les voilà surpris. Ils marchent sur une lande, il y a de nouveau quelque chose, des ajoncs. Ils franchissent une dune, et de l'autre côté c'est la mer. Ils avaient oublié tant d'eau. N'avaient jamais vu, peut-être. La pluie a fait des flaques au creux des dunes, les arbres qui y poussent n'en sont pour l'instant qu'au stade de l'agonie, les cimes mortes, les feuilles tombées en poussière rousse, mais plantant dans le sol des racines hautes et nombreuses comme des huit-pattes : ces arbres de la mangrove sont des araignées montées sur des échasses, et ils en veulent encore. Pas d'oiseaux. Pas de bêtes. Le vent qui cingle et ne transporte aucun parfum. Mais tant pis : après le rien de rien, c'est un délice. Les chasseurs passent la matinée entière à se laver de leur fatigue, à descendre dans les fonds limpides pour trouver des oursins dont ils aspirent le suc orange. Sous le couvert de la mangrove, ils font du feu pour se protéger du vent qui enduit le corps de sable. Ils sont nus. Ils dorment. C'est le bout du monde : les soleils n'iront pas plus loin. Un simple coup d'œil, de temps en temps, suffit – pour vérifier qu'ils ne prennent pas trop d'avance. Il faut réfléchir à la capture, maintenant. Préparer les filets. Pour l'instant, ce que les filets attrapent, ce sont de petits poissons blancs, qui n'ont presque pas de chair, qu'on fait griller quand même. »

Il fait comme eux : une pause. Descend de l'estrade pour se faire offrir à boire ; les vendeurs ambulants, aux quatre coins de la place, sont pris d'assaut en une minute. Calder en voit certains qui étaient sur cette plage, là-bas, distraits du monde, et ne servent leurs viandes et leurs fromages fondus qu'à regret. Il reprend dès qu'il s'est rafraîchi la gorge.

« Cette plage, et pour vous aussi si vous y étiez, elle manque devenir leur perte. Le soir, ils ont grimpé dans les arbres pour assister au coucher des soleils, et ce n'est qu'au moment où ils disparaissent que le contre-jour rend distincte la silhouette de l'île. Le dernier poste de la terre dans l'océan. Crénelée comme une forteresse. Celui qui, instinctivement, a pris la tête du groupe, sait que c'est là-bas que les soleils se rendent, ou là-bas du moins qu'on saura où ils vont. Alors il donne des ordres. Les troncs des arbres feront des poutres. Des ajoncs couvriront le cadre. Il faut les arracher ; s'esquinter les mains ; confectionner un radeau. À la rame, impossible : ils ne seront pas assez rapides. Il faut une voile. Bien qu'il n'y ait rien sur cette terre pour la fabriquer. Ils décousent tout ce qu'ils transportaient de peaux, jusqu'à leurs sacs de vivres et leurs vêtements, et cousent une petite voile en forme de croissant de lune.

Pris par la mer, maintenant. Ce ne sont pas des marins. Ils n'ont aucune idée de la façon dont se comportent les courants. Le sel fait éclater leur peau et brouille leur vue. Ce n'est rien : du moment qu'ils voient l'île se rapprocher et la forteresse qui se précise. Ils ont oublié qu'ils viennent d'un peuple ; qu'on les a mandatés. C'est devenu leur chasse, qui n'a plus besoin de raisons. Et certainement pas d'un retour. Le retour, c'est quand on laisse quelque chose derrière soi. Mais eux ne se souviennent pas de ce qu'il y a dans leur dos, parce que la cendre les suit, des monceaux de cendre. Devant eux les soleils et derrière eux un pays de cendre. Les murailles sont posées à même les vagues ; ils ont peur que le courant les envoie se fracasser contre le rempart, puis avisent le débarcadère. Ils s'y dirigent. Accostent alors que les soleils ne sont plus que des têtes d'épingle fichées là-bas dans le ciel et se couchent peut-être pour la dernière fois. Vite. Les couloirs sont déserts. Leurs pas encore chancelants de la mer résonnent dans les grands halls. Cette fois-ci le compte est vraiment à rebours. Ils se mettent à courir, s'affolent de ne rien voir, de ne rien comprendre. Un carrefour : ils se consultent du regard, s'engouffrent tous dans la même direction. Pas de temps à perdre, et les dalles sous leurs pieds, jointes aux autres dalles, jointes aux autres, partout. Un deuxième carrefour : ils se crient des ordres, se dispersent. S'arrêtent tous les dix pas pour héler les autres, et voir si quelqu'un trouve. Personne ne trouve. Les couloirs se prolongent. Tout est ombre ; crépuscule, ensuite ; noir de suie, enfin. Ils entendent les portes se fermer derrière eux, trois portes qui tombent d'un coup en ébranlant les murs : prisonniers. »

Nexus est rassuré : ils lui mangent dans la main. Prisonniers, et… ? Tendent les lèvres. C'est excessif, peut-être. S'ils sont trop embarqués maintenant, ils supporteront mal que Calder se préoccupe de la suite, qui est la digestion. Car Nexus est dans la confidence : ils ont discuté stratégie, en arrivant. Calder aurait pu parler aussitôt du Désert, mais il a résolu de commencer prudemment, d'envelopper. Il n'a pas résolu ça de la veille : envelopper, c'est l'histoire de sa vie. Il paraît, et Nexus ne sait pas quoi en penser, mais enfin, c'est plausible, que les habitants d'Éséphir n'acceptent les idées que présentées sous forme d'histoires. Quand on les leur jette sans détour au visage, elles leur paraissent déconnectées du monde et ils refusent d'en tirer quelque conséquence que ce soit. Calder pense qu'on ne peut pas changer ce genre d'état d'esprit. Donc : il faut leur donner ce qu'ils aiment, mais mêlé d'autre chose. Ça me va, disait Calder. Si ça n'était qu'une ruse pour contrer des caprices d'enfants, je ne m'y résoudrais pas, mais je le fais aussi parce que ça me semble plus juste. Je crois vraiment que les idées ne peuvent vivre qu'emmitouflées dans un épais manteau de gens et de choses. Lorsqu'on les met à nues dans le but de les voir mieux, le plus souvent on les décharne – et on les condamne à faire peur.

« Cette prison n'est pas le néant. Ils l'ont cru, au début, mais en fait leur corps prend le pli. Ils ont pour eux l'endurance des chasseurs, une capacité à maintenir tous leurs sens en alerte en dépit de l'abattement. Ils ont vite fait le tour de leurs cachots. Chacun a donné de la voix, mais pas le début d'une réponse. Le bruit des portes est le dernier qui ait pu traverser les murs et parvenir à tous. Le temps passe ; lorsque la faim les prend, ils appellent ; silence ; ils frappent des poings ; silence ; ils tâtonnent et finissent par mettre la main sur une gamelle pleine de nourriture. Et ainsi chaque jour : quelqu'un délivre cette gamelle par une trappe dans le sol, mais c'est pendant qu'ils dorment. Ils s'entraînent à l'insomnie pour voir la main déposer la gamelle, pour s'y accrocher, supplier. Aucun n'y parvient : le sommeil l'emporte toujours. Et la trappe est trop lourde pour qu'ils puissent la soulever ne serait-ce que d'un pouce. Alors il ne leur reste plus qu'à se résigner à ce sort.

Le premier des trois hommes entend parfois ce qui semble être de la musique. C'est indistinct. Il ne sait pas si c'est un jeu du vent dans les couloirs, ou le travail du bois dans la charpente, là-haut, qu'il ne peut pas atteindre. Son oreille s'aiguise au fil des jours, et à partir des bribes perçues, il recompose : c'est une vraie symphonie. Il l'apprend par cœur, se la fredonne en permanence ; mais elle varie, parfois. Pour faire correspondre un mouvement à chaque phrase, il invente une chorégraphie qui utilise chaque dalle de sa cellule et fait intervenir les moindres de ses muscles. Il n'en est jamais satisfait. Une nouvelle écoute de la mélodie lui inspire de petites améliorations. Et quand l'air varie, que toute une phrase disparaît, il faut recommencer à zéro. Il écoute et il danse dans le noir. Il survit.

Le deuxième est plongé dans le silence total. N'entendant rien, n'ouvrant jamais la bouche, il devient sourd, et muet presque. Tout en haut d'un des quatre murs de son cachot, cependant, un soupirail laisse filtrer de la lumière. La lumière passe à travers les barreaux et dessine leurs ombres raides sur le sol de la cellule. Ses dessins se déplacent avec elle, puis s'effaçent quand elle décline, mais on peut compter sur eux le lendemain. Il ne sait pas si les astres responsables sont les lunes ou ce qu'il reste des soleils ; il s'interroge. Ainsi les soleils n'auraient pas disparu ? Mais la lumière est suffisamment faible pour que ce soient les lunes, surtout si elles voyagent ensemble, surtout celles des grandes marées. Il se souvient de leur pays et espère qu'il n'est pas réduit en cendres ; peut-être la lumière de la lune permet-elle de cultiver ? Et les fruits que donnent les arbres n'existaient pas avant, mais ils se mangent aussi. Quel goût peuvent-ils avoir ? Il s'interroge, s'emplit les yeux de lumière. Survit.

Le troisième n'a que l'espace, la trappe et la gamelle ; il a bien regardé : pas de fenêtre. Il a tâté de toutes parts, son monde est sans une prise, ses murs ignorent ce qu'est une faille. Il écoute ses pensées, mais elles vont diminuant, parlent avec des voix de vieilles alitées. Au bout de quelque temps, il ne touche plus à sa nourriture. Il se recroqueville dans un coin. Il meurt. Celui-là meurt. Il a tâté de toutes parts. S'est écouté tant qu'il a pu. Il a bien regardé. Il n'a que l'espace, la trappe et la gamelle. Il meurt. »

Sur l'estrade le conteur s'arrêta. Certains enfants s'étaient endormis. Les autres n'attendirent qu'un instant avant de demander en chœur : et après ? La foule bougea un pied. Puis l'autre. D'être restés debout, des colonies de fourmis s'étaient établies dans les jambes. Et après ? Les adultes étaient plus raisonnables, savaient : il y a toujours un après, mais on ne peut pas toujours le connaître, et surtout il faut s'arrêter à un moment, sous peine de ne jamais *revenir*. Calder s'était tu brusquement et les regardait à la ronde. Le temps du retour est celui des répliques. Les gars se dandinaient, mal à l'aise. Calder guettait les bouches ouvertes puis refermées. Les raclements de gorge. Ils étaient suffisamment vifs, ici, pour ne pas avoir besoin qu'on les prenne par la main. « Tu sais très bien, Calder… » Ah ! En voilà un qui se décide ; il ne le connaît pas, mais cette voix de ténor lui plaît.

« … que nous vivons avec peu, ici. Nous avons ce que nous avons. Et… attends, laisse-moi finir ; les autres seront d'accord avec moi : nous sommes prêts s'il le faut à vivre avec moins encore. Si tu nous crois naïfs, nous ne sommes pas naïfs : très bien, ça ne durera pas toujours.

– Je sais. Votre modestie, c'est quelque chose que je respecte. Tu te doutes que je serais le premier à vous tomber dessus si je vous voyais passer votre temps à étendre les galeries de vos mines ou à coloniser la région de Dombes pour vous emparer de la bauxite qu'il y a là-bas. Pourtant est-ce que c'est une bonne chose, que ça ne dure pas ? Tu dis, quand ce sera fini, nous vivrons avec moins. D'accord ; d'autres auront du mal à le supporter ; vous, je vous en sais capables. Vous ne tirez pas plaisir d'une accumulation sans fin, mais de jouir de ce que vous possédez déjà. Vous aurez toujours les talons des danseuses qui claquent le soir sur les pavés, et les conteurs qui vous emmènent. Mais vos enfants ? Ils vivront avec moins encore ? Et leurs enfants à eux ? J'étais heureux cet après-midi à écouter le bruit de l'eau sur le rebord des fontaines. Je n'ai pas pu m'empêcher de me demander : que fera la génération qui se retrouvera dans un cachot sans fenêtres ?

– Et pourquoi est-ce que ça devrait arriver ? intervint une femme qui descendait d'une dynastie de la ville. Avant le fer, ici, on a creusé pour les diamants. Si tu remontes encore, les gens exploitaient la forêt. On trouvera quelque chose. Et puis il y a toujours des voyageurs qui passent.

– Il y a les terres, renchérit un groupe de jeunes. On les remettra en culture. Ça n'est pas compliqué : on achète des tracteurs, on laboure, sème, et hop ! on prend les fruits de la terre. C'est ce qu'ils font à l'Ouest !

– Est-ce que vous êtes sûrs que la terre se laissera faire ? Allez un peu plus au sud, et vous verrez. Éséphir a été une ville choyée par le sort, jusqu'à présent. Mais je crois que cette chance vous a un peu gâtés. Au lieu d'entendre seulement ce que vous voulez entendre, vous feriez mieux de vous rappeler ce qu'a dit Beranek lorsqu'il a pris le pouvoir au Nordeste : le fond du pays n'est que silence. Quand une ressource s'est épuisée, vous vous êtes mis à en exploiter une autre. Bon. Mais il vous a fallu des années pour prendre conscience du problème, des années pour vous reconvertir. Est-ce que la chance vous accordera ce temps une fois de plus ?

– Je ne comprends pas comment tu peux nous parler de Beranek ! Et du silence ! Je vais tous les mois à Fortal ; il n'y a plus que des grues et des marteaux-piqueurs, là-bas, et quand j'en reviens pendant des jours j'en ai les tympans qui bourdonnent. Pourquoi est-ce que tu dis que Beranek a parlé du silence ?

– João, tu as la mémoire courte. Tu n'es pas le seul. C'est tout ce maudit pays. Je dis maudit parce que je pense maudit, quand il s'agit de cela. Il a affirmé que le silence régnait dès ses premiers discours. Le jour de son investiture, dans la Grande Halle. Je revois encore le lâcher de colombes ; elles sont allées se percher sur les poutrelles d'acier au sommet de la nef ; la halle est tellement haute que parfois il s'y forme des nuages. Comment est-ce que vous avez pu oublier ça ? Vous n'y étiez pas, je sais. Mais des dizaines de Nordestins ont dû vous en parler. Entrés par une oreille, sortis par l'autre porte de la ville, hein ? Je sais pourquoi : la suite vous a fait oublier ce début ; mais c'est un tort, parce que la suite est venue du début. Qu'est-ce qu'a annoncé Beranek ce jour-là ? Il y a le silence ; le monde ne nous dira jamais comment il convient de vivre ; alors c'est à nous de jouer. — On ne peut pas comprendre le Nordeste si on ne se souvient pas de ça. »

La foule le dévisageait avec ahurissement ; le conte était fini. Des groupes de jeunes s'agitèrent ; ils avaient emboîté le pas aux chasseurs et suivi toute l'histoire en fronçant les sourcils pour se concentrer, mais malgré cet effort d'attention ils n'avaient pas vu venir cette tension soudain palpable dans l'atmosphère, ils ne comprenaient pas d'où elle était sortie et se sentaient floués. On fit rentrer les enfants à la maison, tandis que les questions commençaient à fuser, irritées sans être hostiles.

« Vous ne comprenez pas, reprit Calder. Ce qui se passe aux frontières du Désert vous engage ; ce qui s'est dit à Fortal ce jour-là vous engage.

– Et en quoi, s'il te plaît ? Ça n'est pas nous. Tu sais combien de fois Éséphir a refusé d'être intégrée dans le Nordeste ? Beranek n'est pas venu parce qu'il avait compris la leçon, mais son père était venu dix fois pour nous convaincre, et tous les Commandeurs du Nordeste avant lui.

– "Ça n'est pas nous"… Hmm. Vous ne pouvez plus dire ça. Vous n'êtes pas les seuls à vivre dans ce pays. Qui a voyagé comme moi sait que le Séabra est un vase clos : les choses s'y propagent, on y est lié à tout ce que font les autres. Beranek n'est pas venu ? Bien sûr. Et je peux vous le dire tout de suite, Ortiz ne viendra pas. Combien d'habitants à Fortal ? Huit cents fois plus qu'à Éséphir. Pourquoi se serait-il déplacé ? Ses discours valent ici parce qu'ils valent partout. Vous n'êtes pas libres. Vous pensez avoir le temps, mais d'autres sont partis pour vous, très vite. Vos voisins sont en marche. Le sable, au sud, sans un bruit. Et le Nordeste… Ils transforment leur région à une vitesse telle qu'ils n'y comprennent plus rien. Vous ne pourrez pas vous soustraire au mouvement. La coutume dit : rien de nouveau sur nos terres ; ce qui s'est fait se refera. Aujourd'hui n'écoutez plus les proverbes : regardez les dunes. Il n'y aura pas de décret du Nordeste interdisant les soirées de la place d'Armes, je vous rassure. Mais elles cesseront toutes seules. Plus grand monde pour écouter. Les musiciens ne seront plus musiciens.

– Qu'est-ce que tu es venu nous dire, Calder ? J'ai l'impression que tu mélanges tout : le Désert, le Nordeste… tout ça n'a rien à voir. Ce n'est pas très avisé de ta part de nous faire croire que l'horloge du monde vient de se mettre à tourner ; les mouvements dont tu parles, l'histoire d'Éséphir en est pleine, et la ville n'est toujours pas morte.

– Je ne prétends pas qu'ils datent d'hier ; mais le rythme s'est accéléré. Ce ne sont pas les aiguilles des horloges qui importent, c'est l'allure des gens sur les routes du Nordeste et la vitesse du vent quand les arbres ne le freinent plus. Que les deux choses n'ont rien à voir… Je n'en donnerais pas ma main à couper, à ta place. Ni toi ni moi n'étions dans la tête de Beranek au moment où il a lancé les chantiers de son mandat. Est-ce que ce n'était pas une façon de réagir aux progrès du Désert ? Peut-être avait-il dans l'idée que l'homme devait maîtriser la nature avant que le sable n'ensevelisse les hommes. Il a voulu développer le

Nordeste pour prendre le Désert de vitesse. Et si les nouvelles industries ont aggravé le phénomène et stérilisé encore plus de terres, on ne peut pas lui en imputer la faute. Personne en ce domaine n'est maître des causes et des effets.

– Mais ça montre qu'on n'y peut rien. Tu es venu nous parler des chasseurs, rappelle-toi : si c'est comme la disparition de tes soleils, un processus inéluctable, il faudrait que nous soyons stupides pour nous lancer dans la course ! Mieux vaut se résigner et préparer la suite.

– Les chasseurs sont partis trop tard. Pour vous, au contraire, il est temps de réagir, de suivre le mouvement, pas de capituler.

– Qu'est-ce que tu veux qu'on fasse ? Qu'on se mette à courir comme ces fous de Nordestins, à jouer des coudes et à trimer quinze heures par jour sans prendre le temps de se demander pourquoi ?

– Non. Je ne sais pas ce qu'a le Nordeste ces temps-ci… Il y a des gens là-bas qui ne se contrôlent plus eux-mêmes et sont pris pourtant d'une furie de contrôle. Ils s'approprient ce qui les entoure, ils gravent leur nom partout comme si ça allait les aider… À supposer qu'il ait parlé sur son lit de mort, Beranek a dû dire : “Je n'ai pas voulu ça.” Vous n'avez à imiter personne. Je dis suivre : mais on peut suivre pour contrecarrer, pour ne pas laisser les autres décider seuls du sort commun. Pour mettre des bâtons dans les roues. Bouger, je veux dire. Il faut bouger. Qui ne bouge pas est emporté. Qui bouge… est emporté peut-être, mais il s'est défendu, au moins. Il a pris sa chance. »

Les moucherons s'agglutinaient toujours plus nombreux aux globes des réverbères, étouffant la lumière. Calder se dressa de toute sa stature, embrassa la foule du regard, la parcourut encore, comme il l'avait parcourue au cours de la soirée, afin que chacun sente une cible se dessiner sur son cœur :

« Je suis venu en ami et pour dire : il est temps de songer à ce que serait pour vous un en-marche. »

16. LES HARMONIQUES RILVIERO

Vers cette époque… ah non, non, il faut être tatillon, horloger : cette année-là, en cette semaine précise de l'histoire universelle, alors qu'on approchait du solstice d'hiver, que M. Lambda a coutume d'appeler « le jour le plus court de l'année », donnant ainsi une description parfaitement correcte de la chose, l'intériorité de ce grand individu normal qu'était Paulus Rilviero connut des glissements de terrain et d'autres phénomènes inouïs, extraordinaires, en somme dignes de toute notre attention. L'intéressé les résuma plus tard sous le nom d'Harmoniques Rilviero. Il faut préciser tout de suite qu'il ne savait pas ce que ça voulait dire. Mais justement : l'emploi, dans sa bouche, d'un mot aussi confus, et dont pourtant il lui semblait avoir absolument besoin, constituait un premier symptôme. À n'en pas douter, il se passait quelque chose dans ce corps d'un mètre quatre-vingt-trois et de poids inconnu.

Oui, oui, oui, il faut être tatillon, minutieux : avouer que la chose ne se fit pas toute seule ; des mouvements imperceptibles, des frottis-frottas de plaques sentimentales et tectoniques avaient sans doute préparé le terrain, mais la prise de conscience, elle, eut lieu au téléphone, avec Lisa qui oscillait à l'autre bout du fil et le conviait à des migrations pendulaires. Ils avaient de plus en plus de mal à se joindre. C'était décembre : Rilviero et Traumfreund, vivant en pleine nature, se levaient tôt pour profiter de la lumière. Du coup ils se couchaient vers 23 heures, alors que Lisa rentrait tout juste du cabinet. Ce décalage horaire leur donnait l'impression d'habiter deux pays différents. Et quand enfin ils parvenaient à établir la communication… Trois semaines déjà qu'il n'était pas rentré. « Moins que ça, tu exagères. – Trois semaines demain. Je ne perds pas le sens du temps, moi. Et cette fois-là, on s'est à peine croisés. – J'étais rentré pour le boulot. – On s'est vus deux heures. – J'avais ce rendez-vous avec le gouverneur. – Il ne faudra pas t'étonner si… – Quoi ? – Laisse tomber. – Si quoi ? C'est une menace ? – Arrête, s'il te plaît. » Est-ce qu'il sait quand sa mission prendra fin ? Rilviero bâillonne un instant le combiné de la paume, comme s'il craignait de dire des bêtises. Nous ne savons pas exactement. Janvier, si tout va bien… Fin janvier. Et ils avancent comme ils veulent ? Pas mal. Mais il va venir ce week-end, de toute façon. Je vais venir te voir. Et il lui dira tout. De temps en temps, il tourne les phrases dans sa bouche, dans le sens inverse des aiguilles de la langue. C'est difficile ; il s'améliore. Le discours à tenir face à Nexus, il pourrait le dire les yeux fermés : prière d'aller plus vite, Oscar, nous avons ce couperet, 1er janvier, et plus de mensonges par omission, car ça s'appelle ainsi quand on jette un voile pudique sur les parties sensibles d'une histoire : par omission. Qui n'est pas une conduite à tenir avec des amis. Pour Drake, il a concocté un petit truc pas mal du tout non plus, témoin ce mail qu'il lui a envoyé pour le prévenir qu'il arriverait samedi. Des symptômes d'amnésie réels, étonnants ; le meurtre… peut-être l'apogée d'un délire d'imagination ; vous en dirai plus ; en le laissant parler librement, nous avons instauré un climat de confiance qui nous permet d'avoir nos exigences... Ce qu'il dira à Lisa, en revanche, ça n'est pas très au point. Il a le temps, d'ici ce week-end. Il faudra composer un personnage sérieux, un Rilviero tout entier voué à son travail, qui se laisse aller à quelques confidences sur l'oreiller, parce que c'est sa chérie, mais tient à respecter pour l'essentiel le secret de l'enquête. Et lui ? Lui ? Oui. Qu'en pense-t-il, au fond ? Hum... On ne pense pas grand-chose *au fond*. La vérité, si c'est d'elle qu'il s'agit, ça n'est pas au fond qu'elle se trouve – elle s'y sentirait seule, la pauvre, il n'y a pas l'électricité, là-dessous – mais quelque part dans l'air, là où les fables rencontrent les théorèmes.

Lisa raconte toujours les mêmes choses. Elle racontera toujours les mêmes choses. Jusqu'au Jugement Dernier. Haylek est insupportable – comme d'habitude. Ils sont en train de perdre sur l'affaire Bollorga. J'avais tout préparé. Jeudi dernier, arraché l'accord de principe. La plupart des points importants. Il arrive hier, et badaboum. Ses couilles ne pèsent pas plus de trois grammes, je t'assure. Maintenant ils ne veulent plus rien lâcher. Ça le dissuaderait presque de rentrer, mais c'est trop tard, il a promis. De toute façon, il doit balistiquer avec Ulrich, voir Drake. Une fois à Regson, assis sur le côté gauche du canapé, face à cette lithographie d'Ernst Bianco qu'il aime bien, ou quand ils seront attablés au *Nosh*, à petites gorgées d'Irish Coffee, il entrera dans le jeu et tout cela lui paraîtra sans doute avoir un sens. Vu de cette altitude, en revanche, c'est un refrain qu'il saurait siffler par cœur et qu'il n'a pas la moindre envie d'entendre.

Il insiste : je suis de ton côté, bien sûr, ne joue pas à ça, Lisa, tu le sais. Et dans le même temps, il se demande pourquoi elle s'épuise à ces tâches de Sisyphe.

Qui l'y a condamnée. Bianco a aussi fait une litho sur Sisyphe, très déchirée, très réussie, il l'a vue en passant l'autre jour rue Trémière : lui offrir ça pour Noël, peut-être. Elle renvoie le pendule : et toi, comment vas-tu ? C'est alors – attention, attention – que surgit cette réponse aussi sincère qu'idiote : « Eh bien, vois-tu, je m'épanouis. » Il ne dit pas ça, bien sûr. Il ravale ce verbe énergumène et ce « vois-tu » snobinard pour piocher une formule plus classique du répertoire, quelque chose qu'on joue plus souvent. Mais deux heures plus tard : il fait un temps d'hiver magnifique – les voilà en route, avec Traumfreund, pour aller du côté d'Uzès – ils dépassent la Bergerie nimbée d'une lumière d'or – dans le silence : voilà qu'il y revient, ça lui revient. Si le mot était mal choisi, il sait à vrai dire précisément pourquoi il a pu penser ça.

Ça n'est pas une histoire de fleurs. Plutôt de musique : il y a toutes ces scies musicales qu'il connaît trop, là-bas dans la plaine – et qui sont l'hymne de la plaine. Et puis il y a autre chose ici, les Harmoniques Rilviero. Voyons, comment formuler ça ? C'était comme si la vie extérieure n'avait jamais trituré, en lui, qu'une seule et même vieille corde ; il avait grandi dans l'idée que c'était sa musique, la seule possible ; il la sentait monter et refluer en lui par variations infimes de rythme et de couleur. Et voilà que soudain, tardivement, quarante-sept, d'accord, mais enfin, quarante-sept et pas une de plus, il n'est jamais trop tard, il découvrait, à côté de la vieille corde habituelle, tout un jeu de cordes neuves. Pas seulement six comme au pays de la guitare, mais une harpe entière, un piano peut-être. Elles attendaient là depuis toujours, et il ne les avait pourtant jusqu'ici qu'à peine effleurées du doigt, presque sans s'en rendre compte.

Les instrumentistes s'alignaient nombreux pour l'audition : c'était l'Aneph défiant la montagne avec sa poitrine rebondie de sirène ; Syrénaï lui-même qui regardait les cordes et griffonnait sur un carnet des chiffres à puissances pour calculer le nombre de combinaisons possibles ; sur les photos de Kelly Park, les zones floues versaient dans l'atonal et les corps entassés dissonaient, acides ; Traumfreund, roi du mineur ; les racines des sous-bois ; et Nexus bon dernier, mais il ne vient pas seul, haranguant les foules du haut de sa colonne onirique, Nexus nuée, brandissant sa faux, à cheval dans l'orage, avec ses grandes mains fines capables de couvrir plus d'une octave et d'étrangler tout aussi bien. Ils ne s'asseyaient pas un à un face au jury mais s'avançaient vers les cordes et jouaient tous de concert, pinçaient, caressaient, *legato*, celles-ci, *allegro ma non troppo*, et d'autres qu'il sentait soudain vibrer avant même de les avoir vues.

Par exemple : quand à l'école, petit, on lui avait fait lire des poèmes où il était question du chant de l'alouette ou de bouquets de gentiane – et il était bien précisé que tout cela était beau – il ne parvenait pas à associer des images à ces mots. Il voyait tout au plus des arbres, un jardin, le soleil, du vert et du jaune dans un mariage variant selon le cours des saisons. Pour figurer les oiseaux, il se contentait d'un V, trait de feutre noir loin dans le ciel, inaccessible. Vivre à Mérodiès ne lui avait pas appris cela – et sans souhaiter avoir en tête toute une nature étiquetée en latin comme on en trouve sous serre, il lui arrivait désormais de regretter son ignorance complète de la langue naturelle, de la percevoir comme une diminution de sa sensibilité, la mutilation paradoxale d'un membre qu'il n'avait jamais eu. Lisa était plus entièrement urbaine, urbaine jusqu'au bout de ses ongles manucurés, et sans en manifester de regrets ; lorsqu'elle passait un week-end à la campagne, elle ne rechignait pas à marcher, mais la plupart du temps c'était pour faire l'ascension d'un belvédère bien coté dans les guides et dont les photos émaillaient déjà le bureau d'une collègue ou l'appartement d'un ami. Elle ne partageait pas son désir de se perdre dans des régions moins balisées, sans plus croiser personne, tant pis si les chemins étaient laids et ne menaient nulle part, on enfoncerait dans la boue, on passerait les ruisseaux à mi-cuisse s'il le fallait, à l'ornière comme à l'ornière, jusqu'à ce que ces mots d'engoulevent, de crocus, de pleurote deviennent des réalités aussi familières que celles vécues en ville. Il en était encore très loin. À l'Aneph, malgré ses efforts, il n'éprouvait pour l'instant la nature que comme l'autre versant de Regson : le soleil s'y cachait moins vite, car la forêt qui descendait en pente douce vers la vallée à l'ouest du bâtiment était moins haute que les gratte-ciel de Comercio ; le végétal venait se substituer à ce mélange intriqué de plastiques, de matières synthétiques, de verre, de métal et d'asphalte qu'on trouvait dans les rues ; le calme était un simple temps de repos avant de repartir vers l'humain qui seul représentait la vie.

Ou encore : Lisa et lui étaient de la même race. Pas de hasard, de ce point de vue. Bêtes de somme connues pour leur coup de collier, aimant les grands travaux, ils engendreraient – si jamais l'envie les en prenait – d'autres bêtes de somme, prêtes à apporter chaque jour leur force à une œuvre collective. Toutefois Rilviero, qui avait quinze ans de plus et donc une bonne longueur d'avance, constatait aujourd'hui qu'il ne s'en trouvait pas pour autant plus avancé. Aussi prêtait-il plus d'attention à ce que lui suggérait sa musique intérieure : la lutte contre la criminalité… la lutte pour le droit… et d'autres, et d'autres – toutes les tâches sont infinies. Ce n'est pas une raison pour ne pas s'y atteler, mais cela explique assez qu'on s'y enlise et que la fatigue s'installe progressivement. On est petit ; les œuvres sont grandes. Les autres défont ce que vous avez fait. On connaît les tendances lourdes, progrès ou dégradation sur des dizaines d'années, mais le nombre de forces en jeu ne permet pas le plus souvent de prévoir l'issue du prochain tour, ni d'évaluer ce qu'a pu être votre rôle, votre – comment dit-on ? – votre apport personnel. Après ce tour-là, il y en aura un autre ; et quand vous ne serez plus là ; et bien après que vous serez partis. Aucune compagnie d'assurances ne peut vous protéger contre ce risque-là. Il faut trouver les moyens de travailler en croyant à la noblesse de sa mission, sans se laisser engluer par le cambouis du quotidien, et sans que cette conscience de la fragilité des acquis ou de la probabilité de l'échec nuise à l'énergie que l'on met dans l'action. Telle était la formule de cet *engagement détaché* dont il avait l'idée, mais qu'il ne savait pas comment atteindre. L'ironie était si facile : vingt-cinq ans dans la police, bien, bien : le monde en était-il plus sûr ? La vie et l'œuvre de Paulus Rilviero permettaient-elles d'échapper plus facilement à la délinquance quand on naissait dans la misère ? Vanité et répétition. Qu'est-ce qui est le pire pour Lisa, Pénélope, Sisyphe et moi ? se demandait-il. Qu'est-ce qui nous condamne ? La répétition ? la vanité ? ou la combinaison perverse des deux ? Chaque fois qu'une conversation avec Lisa le faisait songer à un retour à Regson et à une reprise de ses activités antérieures, l'amertume surgissait, portée par ce constat évident : il ne pouvait pas y avoir de fin à l'établissement de l'ordre et de la justice. Leurs victoires étaient toujours provisoires, le désordre réapparaissait aussitôt, tranquille, comme si seul il représentait la vie. Donc : essayer d'atteindre le meilleur, mais se contenter de ce qu'on obtient. Faire son devoir avec application et beaucoup de conscience professionnelle, mais pas de toutes ses forces, pas à corps perdu.

Voilà où en était Rilviero. Lisa… pas encore. C'était bien là la véritable distance entre eux, à côté de quoi les quatre heures et demie de route semblaient insignifiantes. Lisa croyait encore que le temps de sa vie suffirait à voir l'œuvre achevée. Si elle pensait parfois à la mort, c'était peut-être – il n'était sûr de rien, il supposait, simplement, à l'entendre – avec l'idée qu'elle viendrait comme un couronnement, comme repos du guerrier. Pour quelle œuvre, au fait, la couronne ? Il faudrait qu'il lui pose la question ce week-end. Cela lui paraîtrait sans doute incongru, mais elle serait bien forcée de répondre. Avec des mots maladroits, des mots qui volent trop haut et ne savent pas marcher une fois ramenés à terre. Elle dirait de petites et de grandes choses : une gestion plus rationnelle des conflits sociaux… de meilleures conventions collectives… un code du travail suffisamment protecteur pour ne pas transformer chaque employé en danseur de corde raide mais assez souple pour que les entreprises n'hésitent pas à embaucher. C'était possible, ça, non ? Dans le temps d'une vie ?… — Lisa disait qu'elle en avait marre, mais elle parlait d'aujourd'hui et d'hier, avec l'espoir que demain serait peut-être différent. Ça ne la conduisait pas à remettre ses choix en cause. Le soir, en quittant son tailleur, en enfilant un jean, en remplissant la bouilloire pour préparer une infusion : je suis crevée. Pas : je suis usée. Elle ne s'était peut-être jamais encore levée avec, en haut du ventre, au niveau du diaphragme, une tension incompréhensible – et la peur de voir dans la glace cette même tension écrite en toutes lettres dans les plis de son visage. Ça viendrait assez tôt ; il ne le lui souhaitait pas, évidemment. Mais comment leur amour – amour, amour ? se demanda-t-il… allez, c'est bon pour cette fois-ci, va pour amour – mais comment leur amour s'arrangerait-il de ce fossé qui n'irait pas rétrécissant ? Il ne pouvait pas l'attendre au milieu du gué pour lui laisser le temps de le rejoindre. Elle-même ne l'aurait pas voulu : quoi qu'elle en dise, elle appréciait qu'il ait de l'avance, elle chérissait ses rides, son air éprouvé, la façon dont son corps épaississait l'espace. Ses mains couvertes de cicatrices, elle les appelait, dans un espagnol *un poquito* réinventé, *sus manos tenebras*. Peut-être même était-elle attirée, inconsciemment, par l'idée que dans la famille Rilviero on était malade – cancer, ses deux parents, deux fois, avant de succomber au troisième – que ce corps épais était aussi fragile, qu'il se découpait sur un arrière-plan noir et peu à peu se fondrait dans cette ombre. Il avait ce passé chargé derrière lui, elle aimait qu'il donne l'impression d'y avoir survécu, d'avoir tenu bon. En fait – cela aussi lui apparut soudain – l'affection que Lisa avait pour lui était largement due à des mensonges. Mensonges par omission, certes, mais mensonges. Je ne tiens pas bon. Je ne rêve plus. Tant qu'il ne lui aurait pas raconté les événements d'il y a quatre ans, elle se fierait à une solidité qui n'existait plus et que, pour la séduire, peut-être, il avait mimée encore un peu. C'est de l'astrophysique : la lumière et l'aura survivent au noyau ; on se laisse tromper par l'aura.

Si Harmoniques Rilviero il doit y avoir, c'est au sommet du Mât, à ce fameux poste de guet, qu'elles peuvent prendre tout leur sens. Il grimpait là-haut en fin d'après-midi, pendant le Sursis, cette heure fameuse où le soleil a déjà disparu derrière un versant noir, mais où la lumière s'attarde encore sur les sommets et les teinte d'une belle couleur ambre. Il jouait la sentinelle et avait le sentiment, au milieu de sa vie, et sans que la vie ait crié gare, d'être tombé dans le cœur du monde.

Il dominait la foule des vents. Dirigeait le ballet des oiseaux. L'armature de l'Aneph respirait et vibrait autour de lui, et lui à l'unisson, homme devenu symphonique.

Peu importait alors que l'enquête piétine, que Nexus discoure comme s'ils avaient devant eux l'éternité du paradis, qu'il rapporte en détails les paroles du prophète (elles ne disent rien des morts) : il n'était pas question pour lui de quitter l'Aneph. Il aurait refusé l'ordre, si Drake avait eu l'impudence de le lui donner. Il regrettait de s'être lié par cet ultimatum stupide. 31 décembre : il avait dit ça afin de se rassurer. Pour avoir l'impression que c'était un projet, que c'était volontaire. Pour ne pas subir les semaines qui allaient passer jusqu'aux fêtes, mais en profiter pleinement. Y être. Il était désormais trop tard pour se dédire. Est-ce que ce serait assez de temps pour ce qu'il voulait faire, et ne connaissait pas ? Au milieu de sa vie. Dans la forêt. Rilviero se l'avouait, à voix encore très basse : pas tout de suite… s'il vous plaît… Il avait besoin d'un mois… de deux mois, peut-être… d'un peu de temps. — Minute minute, papillon. Minute, instant. Ne t'envole pas.

17. ET AUX GENS DE PIRMIS

Pirmis aussi, c'est assez long à raconter. Je sais que nous n'avons pas l'éternité devant nous. Qu'est-ce que vous diriez de prolonger nos séances ? Je m'en sens capable maintenant, je suis en meilleure forme. Surtout, je préfère ça qu'à saboter le travail : tous les détails sont importants, et dans la ligne de mire, au bout, il y a mon crime. Vous le voyez ? Vous êtes tout à fait au courant. J'ai tué à cause de mes rêves. À cause des événements que j'ai vécus avec Calder et Van Goyen dans le Nord. On ne m'a pas laissé le choix. Et c'était faible sans doute, et je regrette, peut-être, mais pour vous, pour y aller, il faut que je vous raconte la montée des périls.

À peine arrivés à Pirmis… nos affaires posées à l'hôtel… Calder avait prévu de rendre visite à un ami. Alors… voyez les fenêtres qui pleurent, les fenêtres striées par le trajet des gouttes. C'est dans la ville basse, une rue bordée de maisons à deux ou trois étages. Pessal habite à cet endroit, sous un plafond, dans des pièces qui prennent un peu de jour par les vitres mouchetées de pluie. Il semble pleuvoir continuellement chez lui, même si ce n'est qu'une petite bruine, un simple prétexte pour justifier que le ciel ne soit pas clair. Et nous l'avons trouvé le front appuyé au carreau, parce qu'il avait décidé de laisser couler les gouttes sur ses joues, ou parce qu'il ne pouvait pas faire autrement.

Content de voir Calder, il n'a pas montré cela dit l'excitation que manifestaient les gens d'habitude. Calder a donné des nouvelles d'Éséphir, où l'autre avait de la famille – mais cela faisait longtemps qu'il avait arrêté de les voir. « Et toi, a-t-il conclu, comment va ? » Laissant flotter son regard, Pessal n'a pas fait de réponse marquée. Calder s'est mis à déambuler dans la pièce, a avisé, contre un mur, le vieux piano droit sur lequel était ouverte une partition. « Tu joues. Tu joues en ce moment, c'est bien, ça. Qu'est-ce que tu joues ? » Pessal ne jouait rien en particulier, et mal ; il n'avait même pas fait venir l'accordeur, ça n'en valait pas la peine… Des sonates. Moi je ne savais pas trop où m'effacer : après m'avoir accueilli gentiment, notre hôte me regardait à peine. Pour faire autre chose, je penchais la tête, je regardais la tranche d'un livre, puis d'un autre, d'un autre encore. Il y en avait partout, empilés en désordre, montant jusqu'aux poutres du plafond ; des livres d'entre quatre murs écrits par d'autres personnes qui tout comme lui peut-être avaient vécu confinées dans une chambre un peu exiguë, et sans se plaindre de cette exiguïté, mais se retirant encore plus en elles-mêmes, jusqu'à longer les parois de l'âme. Pessal bougeait si peu que les deux pièces pouvaient paraître trop grandes. Il était le souverain de son royaume traversant : d'un côté la rue Douvridor et ses commerces qui balayent devant leur porte, de l'autre la rivière piquée de roseaux, traînant de gros bouillons d'eau grise, étourneaux toute l'année, hirondelles au printemps, et le petit pont de bois qu'on emprunte pour battre la campagne. Qu'y avait-il ailleurs qu'il n'y ait pas ici ? Le monde n'est pas si grand qu'il ne soit capable de se resserrer, d'être présent entier dans deux pièces, à la chaleur d'un poêle, et toutes les émotions de la vie se cachent dans une humeur dont il suffit d'accrocher le train au détour d'un nuage. Est-ce que c'est ce que je pense ? Ne demandez pas. C'est ce qu'on pensait en regardant Pessal.

Je refais cette visite. Je la refais encore et la refais encore. Je passe un doigt sur le couvercle du piano. Je me tiens près du poêle en faïence. J'observe les veines bleues qui y sont peintes. Et toujours pour me dire : la rue Hidalgo ne ressemblait pas à ça. Les jours tranchaient. Je palpais mes lésions et cherchais toujours des issues, parce que je voulais m'en sortir. Pessal lui ne cherchait rien, m'est avis. Il évoluait dans les demi-teintes. On pouvait penser que les livres ou les sonates l'aidaient à garder la tête hors de l'eau, mais ce n'était qu'un répit, sa tête retombait avec la dernière page, et certains livres mélancoliques, même, l'enfonçaient encore plus. Il serrait l'une dans l'autre ses belles mains fines ; il fixait tout et rien d'un œil un peu trop fixe. Si tu souffres, avait-on envie de lui dire, souffre pour de bon ! Vas-y franchement. Avec des cris, pas dans le silence. Ce n'est pas permis de souffrir de manière aussi diffuse !

S'il n'y avait eu que ça… ç'aurait été vite vu. Le problème, c'est qu'à d'autres moments… nous sommes sortis marcher dans la forêt… Pessal nous était dix fois supérieur. La pluie avait levé tous les parfums, dans le sous-bois. Il laissait le vent le décoiffer, souriait, s'arrêtait net pour ne pas détruire en une seconde de distraction la trame patiente de cette toile d'araignée où respiraient des perles de lumière blanche. Pas à pas, dans ses traces, je prenais conscience : ces bois sont magnifiques. Je me faisais l'impression d'avoir aux pieds de gros sabots et d'être… pas seulement inattentif aux détails, ça, encore… mais, en vérité, aveugle au grand miracle ; manquant l'essentiel du spectacle de la vie. J'enviais à Pessal son acuité, sa puissance d'esprit différente de celle qu'on valorise d'habitude, faite pour tout ressentir plutôt que pour agir. Si un jour ma vie devenait monotone, je me suis dit dans ce rêve, si je tombais dans la routine ou qu'on me mettait en prison pour me faire subir le sort des chasseurs de soleils, mais que j'avais la chance d'avoir l'esprit de Pessal… alors je ne m'ennuierais jamais, je continuerais de connaître les montagnes russes : de grandes joies et de grandes tristesses. Face au ciel gris, je vous demande : est-ce que c'est mieux de savoir en distinguer toutes les nuances et de passer de l'une à l'autre, d'en faire un monde, de l'habiter ? Ou bien d'assumer qu'on est un rustre, presque insensible, boutonné jusqu'en haut, et de couper le pain sur la planche, et de remettre du pain sur la planche quand il n'y en a plus, en chassant d'une pichenette, quand elle vient s'émietter, l'idée que tout ça est fuite et diversion ? Je demande parce que c'est souvent la grisaille. Je demande sincèrement, sans connaître de réponse.

Ce qui est sûr : au Séabra, encore pire qu'à Regson, les gens qui se croisent et ne sont pas les mêmes se jettent à la figure des regards qui en disent long. Ils grommellent : « Ah, lui ! », et ajoutent aussitôt : « Et tous ceux de son espèce ! » Parce qu'ils ont l'habitude de transformer les autres en ambassadeurs d'un pays, d'une famille ou d'une profession. On n'arrête pas d'entendre ce genre de choses, peut-être vous avez remarqué : « Faire ça ? Moi ? Pouah ! Si c'est pour finir comme lui… » Lorsqu'ils se croisent, donc, ils serrent la mâchoire et s'accusent mutuellement de ne pas comprendre le début du début de ce que doit être la vie. Au Séabra, ils ne se contentent pas de changer de trottoir. Ils partent s'installer dans des villes où ils trouveront plus de semblables et moins de gêneurs. Et c'est sûr que Pessal, même s'il vivait dans un isolement relatif à Pirmis, se serait trouvé beaucoup plus mal au Nordeste. J'imagine qu'il aurait loué, à Fortal, un entresol quelconque, dans un quartier comme la Pointe d'Or ou l'Al-Giro, les seuls qui sont encore construits à échelle de petit homme. On devine le mépris sans fond qu'aurait éprouvé son logeur à fouiller dans ses malles et à tomber sur du papier noirci, des poèmes pris depuis une fenêtre. On s'effraye de ce qu'en aurait déduit le propriétaire sur les bénéfices qu'apporte l'activité de penser… Parce qu'il faut dire les choses : Pessal faisait un piètre ambassadeur de lui-même. Bon, mais on espère aussi qu'il aurait nourri de son côté un solide mépris pour ce propriétaire ; qu'il aurait pu le descendre en trois phrases si l'autre lui avait fait une remarque. Enfin ça n'est pas sûr : peut-être aurait-il bredouillé ; peut-être l'idée ne lui serait même pas venue, faute d'avoir fait monter en lui la méchanceté requise.

Sur le pas de la porte, Calder a pris congé de Pessal comme s'ils n'allaient pas se revoir. J'étais surpris ; je lui ai demandé, alors qu'on commençait à remonter la rue en direction de la ville haute : « Il ne vient pas au Cloître cet après-midi ? – À quoi bon ? a répondu Calder. J'aurais peur qu'il prenne en mauvaise part ce qui va se dire. Tu vois, c'est déjà bien qu'il tienne. Je l'ai trouvé pas mal, aujourd'hui. »

Je raconte la visite à Pessal pour vous dire les problèmes d'image qu'ont les rêveurs au Séabra, et puis l'état d'esprit où on se trouvait tous les deux. Calder s'était efforcé de se mettre à l'unisson de son ami, lent de paroles s'il le fallait, pour faire entendre ici et là des notes plus joyeuses, mais dans des gammes voisines. Il se sentait assez robuste pour ça. Les amis de Pessal qui avaient moins confiance en eux préféraient sans doute se protéger et parler fort, en surjouant la gaieté. Plutôt blesser l'autre malencontreusement que de se laisser gagner par l'humeur grise… Et ces personnes-là pourtant avaient beaucoup d'affection pour lui. Elles repartaient avec le sentiment de s'être heurtées à un mur de silence et, on peut le supposer, espaçaient leurs visites, espaçaient tant que pour finir elles venaient si rarement qu'elles ne venaient plus. Tout en continuant à marcher, je me disais que j'avais envie de défendre les gens comme Pessal. Ou mieux, de leur apprendre à se défendre seuls. Mais faire d'eux des guerriers… les enrôler… exiger qu'ils attaquent et meurent peut-être pour l'Histoire en train de se faire… Calder avait raison, ça ne rimerait à rien. Mieux vaut les ménager et se battre, surtout, pour un monde qui conserve quelques égards pour eux.

Je sentais Calder assombri, alors que vraiment ça n'était pas le moment. Le long de la rue pavée, des étudiants étaient attablés aux terrasses. Qu'est-ce que tu prends ? Et toi ? Idem ? Et toi ? Pas mieux ? Bon bah, mettez-nous la bouteille. Leurs conversations formaient un cocktail étonnant : un tiers d'obscénité joyeuse, un petit tiers de mots d'esprit et un bon tiers de complaisance. Mais une atmosphère en fin de compte sympathique : s'arrêter à un étal de livres, feuilleter, séduire celui ou celle qui feuillette à côté, monter ensemble tirer un coup, redescendre, la même chose s'il vous plaît. Malgré tout, j'ai senti le besoin d'arrêter Calder à deux pas de notre hôtel et je lui ai demandé tout à trac : « Tu es prêt ? Ça va aller ? » Je fixais le pli mauve en dessous de ses yeux. Il a eu une seconde d'égarement ; puis j'ai vu qu'il hésitait à me faire une remarque sur la familiarité de ma question. Et pour finir il m'a lancé un sourire douloureux : « Ça n'est pas moi qui suis en cause. Il y a beaucoup de choses dans ce monde-ci qui méritent d'être défendues, mais si ça rate… tant pis pour eux. Moi je pourrai toujours passer mon chemin. » Sauf que ça n'était pas son genre, j'ai pensé. Mais je me suis abstenu de dire un mot de plus : ce qui vient trop tard vient trop tard.

***

J'appelle « le Cloître » parce que c'était une cour carrée, bordée d'arcades, mais n'en faites pas des robes de bure : les gens étaient assis sur des gradins, et tout ce qu'il y a de plus laïque. Je dis le Cloître pour des raisons plus éloignées aussi, vous allez comprendre ça. Ce qui se passe à Pirmis ? C'est simple : les gens y étudient avant de partir plus haut travailler dans les villes des Vallées. Calder m'ayant tout expliqué par avance, je me suis bien rendu compte une fois la cour pleine qu'il y avait du beau monde. Des huiles. En fait, presque tous les gens qui comptaient dans le paysage intellectuel et artistique de ces régions de l'Ouest. On n'était plus à Éséphir : tout le monde allait parler, ici, Calder un parmi cent. J'ai repéré Garamantès, Bashoemon et Libanius, tous les trois membres de l'ordre des Xylographes, de passage à Þirmis avant de retourner travailler à Nasco, leur ville de presque-crête. Autour d'eux, on pouvait voir des dizaines d'étudiants qui espéraient intégrer l'ordre un jour. Groupés au centre, vêtus de couleurs d'institution, plus sombres et régulières, c'étaient les grands intellectuels et professeurs, chercheurs, doyens de collèges, des types impressionnants comme Ib-Kalud, Bonnard, Arlington, puis les soporifiques trop nombreux à citer, et puis Timoï, et puis Ramos le logicien, qui ce soir-là intervenaient dans les premiers ; ailleurs Monza, Davdoff, Gilbran, Pessal – venu tout de même, mais que Calder n'avait pas remarqué – enfin Perkins, Zeitblom, Kinbote, Bolvar, d'autres encore qui s'étaient distingués à un titre ou un autre par une… quel est le mot ? une œuvre de l'esprit.

Il y en a tant, vous voyez, qu'ils ne survivront pas tous. Certains le méritent, pourtant. Qui sait ce qu'il advient des noms ? Qui sait si ce ne seront pas les minables entre les minables qui piqueront la place d'un géant comme Bashoemon ? Lire Bashoemon, d'après ce que m'avait dit Calder, c'est respirer l'air stupéfiant des sommets, penser et sentir du même élan. Il fait partie de ceux qui marchent sur les crêtes. Et qui vous y emmènent. Pour un comme ça, combien de médiocres ? Mais sans les médiocres, pondérait aussitôt Calder, en aurait-on un seul comme ça ?

Mon ami ne devait parler que tout à la fin. Au rythme où ça allait, je me suis mis à penser que d'ici là nous serions morts. Il faut dire que Calder n'avait annoncé sa participation qu'au dernier moment ; on avait eu la gentillesse de l'ajouter sur le programme ; si chacun avait la courtoisie de ne pas dépasser son temps de parole… Timoï exposait les résultats de plusieurs années de travaux ; il avait étudié la poésie du Khorasad, qui est la région septentrionale des Vallées ; son sujet, c'était la place qu'y occupent les arbres ; il affirmait – et, comme il avait procédé à une recherche exhaustive, il avait raison, ça ne faisait pas de doute – que dans les poèmes de ces vingt ou peut-être vingt-deux dernières années, le séquoia recule, nettement, au profit du mélèze ; il affirmait aussi : cela correspond très certainement à un changement de climat qui informe la poétique des auteurs ; ou peut-être – mais il avançait sur ce terrain avec la prudence requise – à un estompement des connotations mythiques de l'arbre, dont l'usage se retransplante et corrélativement se prosaïse. Ce n'étaient là que ses premières conclusions, qu'il esquissait devant cette assemblée en hommage, était-il besoin de le rappeler, à Felix do Portel, qu'il ne tarderait pas à remplacer dans ses fonctions de directeur d'institut. Car il fallait en être conscient : beaucoup restait à faire… il y avait des ramifications… le champ était immense ! — Timoï était un petit homme rondouillard avec des yeux à fleur de crâne. Pendant qu'il s'ouvrait à ses pairs de ses immenses ambitions, je scrutais l'assistance, Pessal qui m'adressait un signe de tête avant de retourner à son monde vague, et derrière lui, à travers les arcades du Cloître, au-dessus de la masse imposante des forêts, le bleu du Séabra qui baignait l'atmosphère de sa lumière d'outre-monde. Calder a surpris mon regard et s'est penché vers moi : « Ça tombe vite, tu vas voir. Dans vingt minutes, toute la montagne sera violette. »

Après Timoï, un autre. Comme l'a formulé mieux que je ne saurais le faire… Puis un autre. C'est en dernier lieu à une revisitation synchronique de l'épistémè moderne que nous convient ces fragments inédits du dernier Wittonan… ce projet de fonder une négation qui soit en soi négation niante… Je n'ai rien compris non plus à l'exposé de Ramos. Calder me l'avait annoncé suprêmement intelligent : « En tout cas c'est ce que disent les logiciens qui s'y connaissent ; pour ma part – avait-il ajouté avec un soupçon d'ironie – je ne suis pas à même de juger ; en fait, il n'y a qu'une quinzaine de personnes au monde qui puissent juger… » Ainsi, disait Ramos, *g* impliquant *h*, la fausseté de *g* implique la fausseté de *h*. Il est impossible d'avoir *h* faux et *g* vrai, et nécessaire d'avoir *h* vrai ou *g* faux. Dans l'équivalence des assertions, l'implication reste l'élément fondamental – qu'on ne peut réduire à une simple disjonction, non plus qu'à un jeu d'inférences. Là où l'implication reste indéfinissable et ne peut être recueillie dans son entièreté, la proposition peut, elle, être précisée sans restriction pour chaque valeur de la variable. « Mais quel est le but de son travail ? » ai-je fini par demander. La réponse de Calder : « Clarifier le langage que nous utilisons. » Entre-temps la montagne était devenue violette. Calder m'a informé que je n'avais pas de chance : « J'aurais aimé que tu entendes Ib-Kalud. Un grand bonhomme. Et compréhensible sans apprentissage ni médiation, lui. » C'était le centenaire avec des traits de pays sec, là-bas, emmitouflé dans ses pelisses. « Il paraît qu'il est très malade. Tu me demandais l'autre jour quel historien du Séabra je pouvais te conseiller ? Eh bien voilà : tu tiens ton homme. »

Peu à peu, tant de paroles m'a donné la nausée. Chaque intervention était suivie d'un débat. Il fallait dérouter les objections, appuyer ce que mon confrère venait de dire avec son acuité coutumière. Les Xylographes étaient les seuls à s'exprimer avec retenue : chaque mot comptait pour eux, et ils ne semblaient pas ressentir le besoin de prouver quelque chose. Tous les autres, en revanche, s'appesantissaient, soucieux de démontrer qu'ils maîtrisaient le code. Et de fait, les gens de Pirmis sont de grands connaisseurs des mots ; ils les alignent terriblement. Du moins… sur le papier. Car beaucoup d'entre eux parlaient en rentrant les épaules et en baissant les yeux. Leurs mots devaient se soutenir seuls. Certaines de leurs idées étaient assez puissantes pour se débrouiller par elles-mêmes, et elles nous parvenaient intactes, brillantes encore… mais la plupart tombaient à terre, s'enfonçaient sans avoir été entendues ou comprises dans le sol détrempé. Un autre péril les guettait : j'y ai été attentif car Calder m'en avait prévenu. Un paradoxe que vous retrouverez souvent : ces types sont les meilleurs, et pas loin d'être les pires. La différence ? Il suffit de peu. Quand Arlington ou Libanius sont à la manœuvre, on est dans une maîtrise parfaite de la langue de tous les jours, qu'ils utilisent au mieux de ses possibilités. Vient un autre, très semblable, formé pourtant dans le même collège qu'eux, et c'est la catastrophe, la langue n'est plus elle-même, elle croit réussir des prouesses, alors que la voilà qui sans nécessité s'attache aux chevilles les boulets du jargon, puis se passe les menottes à elle-même, enfin se jette à l'eau, nous demande de la suivre, surnage à grand-peine et a l'air fière de s'être lancée dans une entreprise aussi audacieuse et ingrate.

Mettez-vous à ma place : je n'avais qu'une envie, que Calder monte sur une table et se mette à crier. Le problème, c'est que ça n'était pas son intention. Il avait résolu de se plier à leurs règles. Il s'apprêtait à porter contre eux des accusations qu'ils ne seraient à même d'entendre que si elles leur paraissaient venir de l'intérieur. Entrer, puis subitement surgir. C'était la stratégie. Tout ce qui vient d'ailleurs et ne montre pas aussitôt patte blanche, ils le disqualifient comme de la parole barbare : c'est borborygme et compagnie, qualité négligeable. N'empêche que je rêvais, moi, de la parole scandaleuse, celle qui interrompt soudain l'ordre du jour et fait se lever tout le monde d'un bloc. Ce que j'entendais depuis tout à l'heure, ça n'étaient que des paroles qui font rester assis. Émoustillantes au mieux pour le cerveau. Soporifiques ou agaçantes dans le cas général. Alors je me demandais : quand il s'agit de se lever, est-ce que d'être restés trop longtemps assis, les gens de Pirmis, leur cul colle aux gradins ?

***

Enfin est venu le tour de Calder. Il s'était mis debout, très droit, je voyais son dos s'arquer dans l'effort. La nouvelle, en réalité, ses auditeurs la connaissaient déjà. Nous étions passés à Eséphir, à Crailhac, à Berdon, tout l'Ouest savait maintenant : le Désert gagne. Au risque de décevoir certains, Calder n'avait pas le temps de discuter avec eux des chiffres qu'il rapportait du Désert, ni de sa méthode de comptage. On parlerait plus tard des moyens d'action à envisager. Ce soir il voulait dire : autre chose menaçait ; c'était moins définitif que la menace du Désert ; c'était plus impalpable encore, mais frappant pour qui avait l'occasion de voyager à travers le pays. Cette seconde nouvelle, il l'avait tue jusqu'à présent : elle n'était que pour eux. À toutes les régions du Séabra, il avait annoncé la progression des sables. Et aux gens de Pirmis…

« Vous m'excuserez si je dis les choses à l'improviste, dans les termes qui me viennent à l'esprit. Il y aura de la maladresse. Je n'ai rien préparé, je m'adresse à vous comme on vient discuter avec des amis pour leur faire part d'une inquiétude. Je crois que, dans les temps qui viennent, nous allons devoir prendre les armes. Pour affronter des ennemis extérieurs. Certes. Mais avant tout pour nous défendre contre les ennemis que la complaisance et l'aveuglement ont créés en nous-mêmes. Rappelez-vous l'époque où les collèges de Pirmis ont été fondés. L'exploration du pays venait de s'achever : Rezzano a accompli sa circumnavigation, il a débarqué sur les pontons de la baie d'Atlán et a déclaré que le pays était clos. Le monde extérieur ne nous réservait plus aucune surprise. Une autre exploration s'est ouverte alors, à l'intérieur de nos cerveaux, plus laborieuse mais passionnante – et qui présente cet avantage : elle ne connaîtra jamais de fin. L'Ouest a pris la tête du mouvement. Salinaroth a fondé à Nasco l'ordre des Xylographes, Pirmis s'est développée. Au point, même, que cette exploration est devenue la tâche presque exclusive des Vallées. Je vous entends approuver ; je comprends que vous en soyez fiers, mais je ne suis pas sûr que ce soit une bonne chose. Je me réjouis comme vous que la ville soit bondée d'étudiants et déborde d'énergie. Libanius me disait tout à l'heure qu'il n'y a plus assez de logements, que vous construirez dès que vous aurez l'argent… Mais c'est là que l'aveuglement commence : cet argent vous ne l'aurez jamais. Ça ne suit plus, derrière. Le Séabra se moque éperdument de ce qui se passe ici. L'indifférence pour les choses de l'esprit est devenue colossale. Nous n'y sommes pas pour rien. Nous sommes les premiers responsables de cette évolution, et il est temps de l'admettre ! »

Pour moi, j'attendais de la réaction, peut-être du tumulte. Lorsque j'ai parcouru l'assistance des yeux, pourtant, rien, presque rien, à peine quelques remous. J'ai décidé soudain d'aller m'asseoir en face pour mesurer l'impression que Calder produisait. Alors me voilà zigzagant d'un gradin à l'autre, enjambant des jambes, passant par-dessus un tas de têtes. Beaucoup de jeunes parlaient entre eux de choses qui n'avaient rien à voir. Un vieux ronflait. Autour de Monza et Davdoff, ça gloussait comme à la basse-cour : « Qui c'est, celui-là ? – Calder… il n'est pas du sérail ; il n'est même pas d'ici. – Pas d'ici ? Pourquoi il est ici, alors ? » D'autres étudiants prenaient des notes, sans pour autant manifester la moindre réaction. J'ai entendu : « L'idée est intéressante. » J'ai entendu : « Tu travailles là-dessus en ce moment, Calder ? » Je suis parvenu tant bien que mal de l'autre côté du Cloître. Bilan : j'étais en nage ; et puis : une écrasante majorité avait décidé de laisser faire et de laisser pisser. Ce qui ne faisait pas du tout nos affaires : nous avions résolu avec Calder qu'il ne fallait pas que les choses se passent trop bien ; pas trop mal, bien sûr, mais pas trop bien. Parce que le oui-oui, Calder le connaissait par cœur, le oui-oui qui ne coûte pas un centime et qui dispense d'agir. — Au bout d'un moment, quand même, il y a eu un petit groupe pour objecter une manière d'objection :

« C'est vrai que beaucoup de gens se désintéressent de nos travaux… au fond, c'est parce qu'ils se désintéressent d'eux-mêmes. Le monde actuel devient fou. Regarde ce qui se passe au Nordeste : la croissance à tout va, ça pompe l'eau des cours d'eau, ça désertifie, ils sont tous fabricants de désert. Des amis qui ont visité Fortal nous ont confirmé ça : ils vouent une sorte de culte tout à fait délirant à la raison. La raison exige, apparemment, de ne plus accorder de valeur qu'à ce qui est solide, aux choses qui se conçoivent dans le cerveau mais retombent à très court terme en liasses de billets de banque. À en croire leur raison, un tiens vaut mieux que l'autre monde que nous pouvons imaginer.

Et leur raison conclut : tout le reste c'est de la littérature, du pus de cervelle.

– Le moins qu'on constate, a rajouté Timoï, c'est qu'ils ne sont pas sensibles à la poésie du Khorasad. Ça se vend très déplorablement mal là-bas. Ça se vend pour ainsi dire pas du tout.

– Il nous faut être très vigilants face à ce qui se passe au Nordeste, a acquiescé Calder. Je sais qu'Ib-Kalud travaille en ce moment sur les origines de ce projet d'une *nouvelle société*. Peut-être faudrait-il rendre cette enquête publique avant même qu'elle soit achevée ? Il va falloir réagir au plus vite à ce dérapage. Pour qu'on ne puisse pas nous accuser de mariner dans notre pus de cervelle… Maintenant : que faites-vous des autres ? Les habitants de la région du Volcan ? Et ceux du Boquerón ? Pourquoi ont-ils eux aussi perdu tout intérêt pour ce qui se passe à Pirmis ? Ceux-là ne sont pas devenus fous, pourtant ! »

Là-dessus, une bonne partie du Cloître était d'accord, alors ça a déferlé sec : hélas, des gens grossiers, paysans pour la vie, épais du bulbe et de l'épiderme, plaisirs vulgaires, les pauvres, c'est boustifaille et compagnie, *ad vitam hic et nunc*, ça se lave une fois par mois, ils ne savent pas ce qu'ils perdent, ça baise dans les meules, on ne peut tout de même pas… Élevant la voix, Calder est parvenu à s'imposer :

« Donc, également responsables. En somme tout le monde est responsable, sauf vous. Soit. Eh bien je vous remercie de votre accueil, je n'abuse pas de votre temps précieux et je m'en vais, dans ce cas. Je ne sais pas ce qui m'a conduit ici, à part le plaisir de vous entendre… Ha ! Pardon, voilà que ça me revient : je suis venu vous mettre en procès, vous qui dites que vous n'êtes pas en faute. Les raisons pour lesquelles les gens se détournent de la culture et de la connaissance, elles sont là ce soir parmi vous. Si les choses ont pris ce tour au Désert et au Nordeste, la première des raisons, et pas la moindre, c'est que vous n'avez rien fait pour l'empêcher. Les Vallées n'ont pas bougé le petit doigt. Détrompez-moi si vous pouvez : montrez-moi les déclarations, sortez les plans d'action ! Il n'y en a pas eu. Vous pensez n'être pas responsables parce que vous n'avez pas agi. Mais justement : vous n'avez pas agi. Vous ne comptez pas parmi les fabricants de désert, mais en vérité je vous le dis : vous êtes les plus grands déserteurs ! »

Nexus promena sa voix de Traumfreund à Rilviero :

« Cette fois-ci, messieurs, inutile de vous dire que j'ai eu mon tohu, mon bohu et tout ce que je pouvais souhaiter en termes de confusion. Même si je dois vous assurer que la plupart des gens sont restés assis. Des gens vraiment civilisés. Calder ne leur a pas laissé le temps de se reprendre. Est-ce qu'il était allé trop loin ? C'est toujours difficile à juger, dans le feu de l'action. Lui devait le penser, parce que je l'ai vu qui se forçait à descendre d'un ton : « Comprenez-moi. Je ne vous traite pas de criminels. Vous êtes dans le bien – dans le vrai – mais vous m'avez tout l'air de gens qui font le bien de la mauvaise manière. Et ces gens-là sont pires parfois que ceux qui font le mal. Celui qui agit mal du début à la fin, il suit sa ligne, il est cohérent dans le ravage ; celui qui voudrait faire le bien et qui se retrouve à le faire de la mauvaise manière, en revanche, il discrédite sa cause et en accélère la défaite.

– Nous sommes ceux qui font le bien de la mauvaise manière ! Ah, ça ! Il y a de quoi rire. Tu es venu pour être drôle, Calder. Et les Nordestins, alors ? Qu'est-ce que tu dis des Nordestins ?

– Les Nordestins ont meilleure mine que vous. Parce que vous les sentez hostiles, vous voudriez que ce soient des hommes mauvais de la mauvaise manière, mauvais à la racine et en toutes circonstances, mais soyez honnêtes : vous savez bien que ça n'est pas le cas. Ils sont mauvais de temps à autre, parce que le régime les y encourage, ou du moins ne les en empêche pas, ils sont mauvais par inconscience et manque de recul, par panache, peut-être même par panache, oui ! La méchanceté que vous leur supposez a de la gueule ! Elle est plus excitante que toute votre bonté. Les gens viennent de loin pour la voir, ils montent au Nordeste pour s'y mettre à leur tour, participer à la compétition et écraser les autres dans l'espoir souvent vain qu'ils pourront s'enrichir. Des hommes vraiment mauvais que vous pourriez rendre responsables de tout, allez donc, courez les rues de Fortal, vous n'en ramènerez qu'une poignée. Vous n'êtes pas assez bêtes pour croire à des complots : impossible de tout mettre sur le dos de quelques-uns.

Mais plus tard, les Nordestins. Les Nordestins ne sont pas là. Nous ne sommes pas assez discourtois pour ne parler que des absents. Parlons de ceux qui sont ici. Réfléchissons ensemble : quelle est votre mission ? Il me semble que vous êtes les gardiens des forêts de l'esprit. Sur les cartes du Séabra, les terres inconnues avaient rapetissé jusqu'à disparaître, presque. Vous vous êtes tournés vers la forêt de l'esprit. Il y avait du courage là-dedans : la plupart des gens se contentent de vivoter à sa lisière, ils craignent les monstres qui soi-disant la hantent et, n'utilisant que dix pour cent de leur cerveau, ils ne prennent à cette forêt que le nécessaire pour se chauffer. À leur encontre, vous avez, vous, d'abord été les grands bûcherons. Pendant des dizaines d'années, on vous a vus défricher les forêts de l'esprit, dégager des clairières, découvrir de grandes œuvres auxquelles vous avez fait de l'espace comme à de grands arbres pour qu'elles puissent croître mieux.

– Mais arrête ça tout de suite ! a coupé Ramos le logicien. De grands arbres ! Je ne peux pas laisser passer ça. Ta méthode manque cruellement de rigueur. Pourquoi n'utilises-tu pas un langage adéquat aux choses que tu veux exprimer ? Les images n'engendrent que le non-sens.

– Permets-moi de ne pas être d'accord. Je crois que les images approchent les choses. Si elles n'y collent pas tout à fait, elles permettent du moins de les saisir. Je parle pour les hommes qui existent ; je les prends comme ils sont : paresseux, rechignant toujours à la concentration qu'exige l'usage de leur raison et utilisant d'abord leurs cinq sens pour vivre. Crois-moi : ils connaissent la forêt. En revanche ils n'ont aucune expérience du *langage adéquat aux choses*, parce qu'il est difficile à manier, et que nous ne sommes pas tous aussi avancés que toi. C'est regrettable, évidemment, mais c'est un fait.

– C'est ridicule, surtout ! Le Désert t'a rendu puéril ! Avec ces méthodes-là tu n'avanceras jamais.

– On verra bien. Laisse chacun faire à sa manière. On verra qui ira le plus loin, de tes principes logiques ou de mes images. Dans cette conquête de la forêt, l'orgueil de l'explorateur a joué un rôle de premier plan. Ceux qui ont plongé hors des sentiers battus pour trouver du nouveau sont entrés dans la gloire. Les moins audacieux ou les plus hédonistes, à l'inverse, qui sont restés dans les clairières à profiter de la lumière ravissante des choses déjà connues, ont en général sombré dans l'oubli. C'est justice : il faut récompenser la prise de risque, sinon qui aurait encore le courage d'innover ? Avec le temps, toutefois, la forêt a vieilli et ces deux attitudes ont dangereusement dérivé. L'envie de découvrir a tourné à la rage : on dirait, à vous voir, que tout ce qui compte pour vous est de trouver du nouveau, indépendamment de l'intérêt que ce nouveau peut avoir.

Car tous les sentiers de la forêt ne se valent pas. Seule la vanité guide ceux qui s'enfoncent dans des zones qui ne méritent pas d'être explorées parce qu'ils veulent à tout prix être les premiers dans de l'inconnu. Délaissant le chemin des crêtes, ils se perdent dans des sous-bois glauques. Ils refusent de recourir aux techniques anciennes parce qu'ils ont compris que c'est en jouant la différence qu'on a une chance de laisser son nom dans l'Histoire. Pour finir ils ressortent de taillis oppressants, une ronce rare à la main. Illuminés par l'espoir d'un triomphe, ils la font voir à tous, ils disent : « c'est important ». Comprenez : c'est la leur, ils ont pris soin de graver leur nom dessus.

Et les clairières ! De nos jours ! Les territoires déjà balisés de l'esprit ! Eux aussi offrent un spectacle attristant. On vous y voit danser autour des grandes œuvres ; vous leur vouez un culte. À la moindre occasion, vous plâtrez leur écorce d'une couche de glose si épaisse qu'elle fait disparaître la beauté. Vous vivez dans l'ombre des grandes œuvres : elles vous rapetissent ; elles vous écrasent. Et pendant ce temps, on en voit d'autres qui longent les fossés et ramassent du bois mort, s'attachent aux aspects minuscules d'œuvres minuscules, en cherchant à se convaincre que ces mesures d'hygiène ne sont pas inutiles et que l'important est de participer. Ils reviennent en traînant leurs rameaux sur le sol et ne soulèvent que de la poussière. Ils ne font pas de mal, tous ceux-là, c'est sûr ! Mais ils ne font pas de bien non plus. Vous êtes donc aveugles ? Vous n'avez pas vu, derrière vous, tout autour de vous…

– Tu dépasses ton temps de parole, l'a interrompu Bonnard. Laisse-nous du temps pour le débat.

– Tu dépasses ton temps de parole ? C'est tout ce que tu trouves à dire ?

– Je suis modérateur. Je fais respecter les règles.

– Alors ne t'inquiète pas, car j'ai bientôt fini. — Arrêtez de vénérer l'ancien ! Arrêtez de chercher du nouveau quand ce nouveau n'en vaut pas la peine ! Prenez des haches ! Des scies ! Vous ne voyez pas, autour de vous, tous ces troncs encore verts, gluants de résine, qui attendent d'être débités ? L'époque est à la construction. Il n'y a pas assez de charpentiers dans cette assistance. On voudrait entendre ici l'agitation d'un chantier. On peut construire l'avenir sans renier ce qui existe, en se servant de la masse formidable des matériaux que nous ont légués les époques antérieures, mais en refusant de nous laisser écraser sous leur poids. Pas de fausse modestie, pas de peur : ce que nous ferons ensemble sera aussi beau que ce qu'ils ont fait en leur temps. Le passé n'est pas le sommet. Je rêve d'une forêt où nous aurions construit ensemble des dizaines de tours. Depuis le rebord de leurs terrasses, on pourrait contempler le paysage de l'esprit, on aurait des vues bouleversantes, de celles qui font éclater le cœur – coupent le souffle. Et ces tours seraient d'accès facile, assez grandes pour que tous les habitants de ce pays puissent s'y tenir afin de profiter du spectacle. Pas seulement vous, les professionnels de l'esprit, mais vos voisins du Boquerón, d'Atlán ou du Nordeste. Car enfin – et Bonnard, écoute bien, parce que ce sera mon dernier mot : est-ce que la forêt est vraiment devenue si labyrinthique que vous ne puissiez plus en sortir ? Une fois encore : les déserts gagnent. On voudrait vous voir parcourir le pays et discuter avec les habitants. Il y a des gens qui n'ont jamais vu d'arbres. Vous pourriez peut-être leur raconter comment c'est ? Car si vous ne le faites pas… si vous continuez comme maintenant… vous serez devenus les pires des gardes forestiers : vous aurez fait de l'esprit votre chasse gardée. Et dans ce cas, malheur à vous. On prononcera jugement sur vous, pour ce que vous avez fait. Ce ne sont pas votre érudition et votre souci grotesque du détail qu'on retiendra. C'est ça qui restera de vous. C'est ça ! »

Et c'était ça, vraiment. Y a pas à dire. C'est ça qu'il fallait dire, c'est ça qu'il avait dit. Moi j'étais plus que bouillant d'applaudir à tout rompre. Les doigts m'en démangeaient. Mais je me suis retourné, coup d'œil gauche droite, et j'ai pris conscience que j'allais me retrouver seul avec mes petits clacs-clacs montant d'entre mes mains. Les gens parlaient tous en même temps. Parce qu'à leur opinion, c'était n'importe quoi. Pour savoir qui avait invité Calder. Qu'est-ce que voulait dire cet exemple de la forêt ? Il a choisi comme ça ? C'était complètement arbitraire. Quels amis il avait, quels appuis, pour oser ? C'est vrai que j'ai été au Désert, et que je n'ai pas vu d'arbres. Mais ça n'est pas si grave : les dunes ont leur charme également. S'il était diplômé, au moins. Diplômé, tu penses ! tu ne l'as pas entendu, ou quoi ? il en aurait honte, d'être diplômé, il crache là-dessus – mais il a des contacts à Nasco, en revanche : il a copiné avec Libanius, pas mal, et surtout avec Van Goyen. Non, sur certains points, il n'y avait pas que du faux : les chercheurs de bois mort, allez, avoue : on en connaît. Oh là donc, Van Goyen ! Ben oui, gars, tout s'explique. Et le plâtras des commentaires : c'est vrai que ça m'a toujours agacé.

Sur un signe de Bonnard, les huissiers ont fait retentir leurs cloches, et les gens ont admis que peut-être il fallait se taire. Selon l'usage, c'est le modérateur qui a commencé les réponses. Mais tout le temps que ça a duré, les gens de Pirmis ont marmonné, mugi parfois, avec des flux et des reflux, comme une mer enfin mise en branle.

« Eh bien ! s'est lancé Bonnard. Que d'agressivité. Qu'est-ce que tu as à te reprocher pour être si véhément ? Et, quand j'y songe : quelle mauvaise foi ! Ou bien c'est de l'ignorance ? Je préférerais croire ça. À t'entendre Pirmis dégringole. Je ne savais pas que tu faisais partie des prophètes du déclin. Il y a peu encore, tu avais meilleure réputation que ça. Allez, je te fais le crédit de l'ignorance : on dirait, mon cher Calder, que tu n'es pas venu ici depuis longtemps. Je sais que tu es un homme pressé, toujours en partance, accaparé par tes voyages, mais bon… si tu as le temps demain, tu devrais passer à l'Institut Salinaroth ; nous avons inauguré la bibliothèque l'an dernier. Nous n'avions pas autant d'argent qu'il en aurait fallu, je le reconnais, mais nous avons fait avec. Tu verras que ce que tu demandes existe déjà. Les escaliers sont doux, un enfant asthmatique ne s'y essoufflerait pas. Tu t'assiéras dans un fauteuil en amarante, et en l'espace de cinq minutes, en consultant un catalogue ou en demandant à un des préposés – des gens que nous formons ici et qui pourraient, même sans faire de mauvais esprit, juger tes propos insultants – tu obtiendras l'information que tu cherches sur tout ce qui a été écrit, sculpté, pensé, peint, gravé au Séabra. Nous avons fait d'énormes progrès. Je vais même être charitable et reprendre ton image, quoique je partage là-dessus l'avis de Ramos : il n'a jamais été aussi facile de se promener chez nous ; la forêt n'a jamais été mieux entretenue. Que veux-tu de plus ?

– Je te crois sur parole. Et je ne manquerai pas d'aller voir. Ne serait-ce qu'en mémoire de Salinaroth. J'imagine un lieu où tourbillonnent les deux vertiges : tantôt la puissance, la joie d'avoir à sa disposition un savoir aussi étendu, et puis l'impuissance aussitôt, la nausée qui vous prend face à l'impossibilité de le maîtriser un jour. Nous avons de la chance. Nous allons vivre à une époque où les techniques permettront d'être plus efficaces qu'auparavant. Mais alors, c'est d'autant plus dommage. Car qui est-ce que je vais rencontrer, demain, à l'Institut ? Qui a le temps, qui a l'envie de s'y rendre, qui y incitez-vous ? J'imagine que vous recevez deux cents personnes par jour. Des étudiants, des professeurs. Une fois par mois, vous pouvez vous flatter d'avoir un Nordestin, même si vous vous rendez compte après coup que c'est un intellectuel, opposant à Ortiz, et qui ne refranchira la frontière que si vous décidez son extradition. Vous cherchez du nouveau, mais vous n'apportez jamais rien à des personnes nouvelles. Je suis sûr que certains ici en ont marre de toujours penser entre pairs, de ne jamais écrire que pour leurs pairs, enfermés dans le cercle étroit du cénacle. Nous nous sommes peut-être mal compris : ce qui s'est perdu, ce ne sont pas les œuvres, mais l'appétit des gens ordinaires pour la pensée – la croyance en sa valeur.

– Tu voudras bien que j'en reste à ce que j'ai dit. Les œuvres sont là. Elles sont disponibles. Elles sont belles. Tu sais comme elles sont belles ! Et elles parlent d'elles-mêmes. Comment peut-on ne pas les aimer ? Les portes sont grandes ouvertes, on ne paye rien. Nous manquons d'argent, pas de générosité. Les gens peuvent venir. Ils viendront quand ils voudront. On ne va pas les forcer.

– Ils n'y mettront jamais les pieds tout seuls. Cet art est trop lié à vous, et vous leur faites peur. Ils ne vous envient pas. Ils ne veulent pas être vous. Si vous désirez leur donner votre art, leur faire partager les fruits de votre travail… alors changez de visage ! Vous ne pouvez pas leur demander de l'enthousiasme si tout ce qu'ils voient, en regardant vos œuvres, c'est qu'elles sont hautes, très hautes et incompréhensibles, ou qu'elles sont une collection d'oiseaux empaillés, une forêt d'arbres morts.

Il y a cent ans, Bonnard, tu te serais promené dans les rues de Fortal, tu aurais décliné tes titres, parlé aux gens, ils auraient été impressionnés par ton savoir. Ils auraient manifesté le respect dû aux choses qu'on ne comprend pas soi-même mais dont on connaît l'importance. Ils auraient même senti que d'une certaine façon ton office avait un caractère sacré, et que cela excusait tes tenues désuètes et ta réticence à entrer chez les putes. Aujourd'hui ils se contenteraient de te railler. Je les entends. Vous avez vu son col tout élimé ? Vous avez vu, il ne tire pas son coup, c'est un peu cher pour lui. Quel hypocrite de dire qu'il n'aime pas ça ! Bah oui, quand on ne fait rien, il faut apprendre à se contenter de peu… — Tu serais considéré au mieux comme un oisif et au pire comme un parasite. Parce que tu ne t'associes pas au mouvement collectif dont ils sont si fiers et qui doit mener tout le monde vers la Paix. Parce que tu perds ton temps à t'occuper d'idées qui, selon eux, ne sont jamais sûres et ne débouchent jamais sur rien. Ce sont de mauvaises raisons ? Bien sûr. Je l'admets. Mais comment vas-tu les en convaincre si tu ne t'exposes pas à ce mépris et que tu ne quittes pas les Vallées ?

Tu te tiens cloîtré dans cette ville. C'est dommage. Leur mépris te fortifierait peut-être. Il t'obligerait à faire retour sur les raisons de ta vocation. Revenir à l'aiguillage, te demander de nouveau : qu'est-ce qui m'a pris de choisir cette voie ? Qu'est-ce qui me plaisait dans l'idée d'explorer l'esprit ? Tu es bien sûr de t'en rappeler encore ? Face à l'adversité, ton savoir grandirait parce qu'il devrait chaque jour se battre. Ici il stagne. Il perd en vivacité ce qu'il gagne en précision. Il n'arrive plus à montrer quel type de vérité il propose ou quel type d'action il entraîne. Car il n'y a pas une seule façon d'agir. Agir ce n'est pas seulement commander et être obéi. Les voies d'action les plus directes ne sont pas à terme les plus efficaces. Le scientifique qui conçoit une machine est autant dans l'action que les ingénieurs qui la fabriquent ; le philosophe qui invente une idée agit plus que ceux qui décident de sacrifier leur vie pour elle. Combien d'entre vous continuent à s'interroger avec un peu de rigueur là-dessus ? Et sur ce que le savoir *fait* aux gens ? C'est sûr qu'il n'a pas le rythme saccadé des marteaux-piqueurs de Fortal ; il a sa manière propre : entre dans le cerveau goutte à goutte, sans rien de spectaculaire, puis se coagule en une prise de conscience qui est seule à même de fournir des principes à l'action.

Et même hors du Nordeste ! À mon tour, je vous invite. Bonnard, je te rends l'invitation. Si tu vas, si vous allez au Boquerón, que vous vous mêlez à une fête, est-ce que vous croyez que les gens vous feront une place à table, diront merci, docteur, bon appétit, docteur, on vous est tellement reconnaissants… Comment se fait-il que l'on ignore là-bas jusqu'à votre existence ? Est-ce que c'est la faute des gens ordinaires ? Ou bien la vôtre ? Ils sont indifférents parce qu'ils sont bêtes, bêtes par nature, qu'ils vivent avec les bêtes, baisent comme les bêtes, en soufflant fort, meurent comme les bêtes ? Ou est-ce parce que vous ne recherchez pas leur compagnie, que vous les méprisez, que vos paroles ne s'adressent jamais à eux, que vous faites toujours en sorte qu'elles leur passent bien au-dessus de la tête ?

– Il y a un nom pour les gens comme toi, s'est écrié Davdoff en rejetant de défi sa tête en arrière. Si tu permets. Tu aimes les mots simples ? On les appelle des démagogues.

– Voilà qui s'appelle viser bas ! Oh oh ! Mon petit Davdoff, tu sais y faire. Je suis un démagogue… Un démagogue qui vient vous voir… Curieuse idée. Vous ne devez pas en voir souvent la couleur, des démagogues ; car, si tu permets : vous ne ressemblez que de très loin au peuple. Si j'étais ce que tu dis, pourquoi parler au Cloître ? Le jour où tu apprendras qu'on me porte en triomphe dans les rues de Fortal, reviens me voir, appelle-moi démagogue, j'accepterai le crachat. Je te promets : je ne m'essuierai même pas le visage. Mais tu n'auras pas ce plaisir aujourd'hui. »

Et c'était pas envoyé, c'était pas net et précis, ça ? Il y a eu des rires, un début de mouvement, j'ai vu des gens soulever un peu leurs fessiers, si si, comme s'ils allaient se lever… puis ils se sont rassis. Calder, de l'autre côté de la cour, a senti qu'il fallait pousser l'avantage :

« Vous voulez faire prospérer la connaissance, mais vous l'abstrayez des hommes qui existent. Tant qu'on ne les a pas ouverts, vos livres ne disent rien, ce sont des pavés de papier qui pèsent lourd et n'ont pas la beauté des arbres qu'on a tués pour les produire. Et vos livres sur les livres, vos gros ouvrages qui n'invitent pas à découvrir les livres premiers mais en partent en les tenant pour acquis et s'y greffent comme de petites excroissances, ils ne disent rien, rien de rien du tout pour qui n'a pas lu les livres dont il s'agit. Et si…

– Tu as raison », a coupé une voix sèche. J'ai vu que c'était Arlington, l'élégance impeccable jusqu'aux boutons de manchettes, les yeux bleus à faire peur. « Il a suffi de quelques mots de ta bouche et les écailles me tombent des yeux. Nous qui perdions notre temps… Comment se fait-il que je n'y aie pas pensé plus tôt ? Je me promenais tout à l'heure, j'ai vu un troupeau de vaches qui se serraient pour se tenir chaud sur une horrible parcelle de pâturage… si nous ouvrions les théâtres ? On y mettrait du foin et des mangeoires, elles cesseraient de grelotter. Et l'hiver prochain, on n'aura qu'à se chauffer avec tous ces ouvrages abscons qui encombrent les bibliothèques. Gardons juste sous le coude quelques abécédaires et, en route, allons éduquer le peuple ! On redistribuera le savoir pour que chacun en ait un peu. Il est inadmissible que certains parmi nous se piquent de connaître toutes les subtilités de la langue alors qu'il y a au Séabra tant d'illettrés !

– Tu sais bien que je ne demande pas ça, a répliqué Calder. Mais un effort…

– Sans blague, maintenant, a poursuivi Arlington. Ces choses seraient trop dures pour les gens dont tu parles. Si Salinaroth, si Van Goyen avaient dû tenir compte du degré d'instruction des masses, ils auraient été contraints de rogner sur leurs ambitions intellectuelles. Jamais ils n'auraient pu pousser si loin ! L'ordre des Xylographes n'existerait même pas ! Et Bashoemon, qui est présent ce soir et dont, je le sais, tu apprécies les livres : tu crois que le premier péquenaud du Boquerón peut ouvrir *La Lune vague*… ou *Barbares*… et y entrer ?

– Tu me cites les grands parmi les grands, là.

– Pour te montrer que tu te trompes de critères : les gens dont tu parles ne sont pas notre public. Ils ne comptent pas, pour les affaires qui nous occupent. Tu veux l'immobilité ? Parce qu'il reste des ignares à la traîne, il faudrait ne plus du tout avancer ?

– Eh bien avance, avance. Mais prends garde à ne pas semer complètement *les ignares* : ils forment le plus gros de tes troupes et te manqueront le jour où tu seras attaqué. Puisque tu parles des créateurs les plus géniaux comme si tu étais leur égal, Arlington, quoi de plus simple pour toi que de t'adresser à tous, de parler tour à tour la langue de l'avant-garde et celle des gens modestes ? Tu me diras que tu n'as pas le temps, et mieux à faire. Je te réponds : rien ne sert d'avancer si derrière ça ne suit plus. Et les petites gens, tu peux les juger méprisables et te plaindre de leur lenteur ; mais si tu te mets à leur cracher dessus, ils n'auront pas besoin de mots savants pour t'abattre. »

Arlington est parti d'un rire insolent, il s'est tourné un peu à droite, un peu à gauche, pour mettre de son côté le plus de gens possible, et puis a enchaîné :

« Calder, il va falloir que tu avoues. Tu nous détestes. Tu nous détestes, c'est évident. Je n'ai pas saisi : pourquoi n'es-tu pas venu avec des chars ? Tu aurais pu les positionner en cercle autour de la ville, baisser le bras, raser Pirmis. Nous sommes encore une ville de plaine, mon général, tu n'avais pas à craindre des embuscades et les dangers de la guérilla. Tu ne crois pas que ç'aurait été plus efficace que des mots ? Et plus honnête, aussi ?

– Je ne réponds pas aux injures. Ma réputation parle pour moi. Tu demanderas à Van Goyen ce qu'il en pense, tiens. Il t'expliquera les exigences qu'on doit avoir pour ses amis, et pourquoi on les critique toujours plus durement que ses ennemis. Mais quant aux chars, ils risquent de venir, oui. Je ne suis pas les chars. J'annonce les chars. Je suis prêt à me dresser contre les chars pour vous donner le temps de reprendre les armes. — Pourquoi restez-vous assis, en fin de compte ? Pourquoi continuez-vous comme si de rien n'était ? Sans doute parce qu'il n'y a rien jusqu'à présent qui soit venu vous punir. Vous n'êtes jamais sortis constater l'étendue des dégâts. Tant qu'il n'y a que de l'indifférence qui vous entoure ! Tant que ce n'est qu'un Calder qui vient vous interrompre ! Moi je ne peux pas me tenir tranquille, car j'entends le son des trompes, la clameur de la guerre. Ça crie, quelque part dans le pays : « Destruction sur destruction ». Et ceux qui n'auront pas vu cette guerre faire rage dans les esprits, ils la verront dans leurs villes, décimer les enfants dans les rues, faucher les adolescents aux carrefours, violer les filles au milieu des décombres... Ceux qui ne peuvent pas la comprendre tant qu'elle est faite de silences, d'électricité et de haine, ils la sentiront se refermer comme un étau autour de leur crâne. Plus tôt qu'ils ne pensent.

– Je crois que c'est déjà trop tard, a soufflé Libanius.

– Trop tard ?

– Perdus. Les Nordestins sont perdus. On ne peut plus les détourner de leur route ou les convaincre de quoi que ce soit. En réalité : on n'a jamais pu. Et on ne pourra jamais. Je suis d'accord avec toi sur beaucoup de points, Calder, mais tu dois admettre ça : le Séabra est un pays divisé. On ne peut pas faire disparaître les frontières et résorber les différences. Que se passerait-il si nous écoutions tes conseils ? Nous serions dans les rues, tu l'as dit, à discuter sur le seuil des portes. En pure perte. Ou sans grand succès en tout cas. Et pendant ce temps, les Vallées seraient vides, un vrai paysage d'arbres morts : on ne penserait plus, on ne sculpterait plus... Ce que tu proposes tuera notre vie aussi sûrement qu'une invasion du Nordeste. Nous nous serons simplement suicidés au lieu d'être défaits. Nous aurons pris les devants. Ils railleront, alors, les Nordestins. Ils nous raillaient cloîtrés, mais ils nous railleront plus encore parce que nous aurons cru possible de les chercher sur leur terrain. — Je ne pense pas que notre temps doive venir après celui de l'action. Il n'y a pas de bon moment pour avoir des idées qui ne visent pas la transformation du monde. Des idées qui valent pour elles-mêmes. Ils pourront les appeler des idées d'esthètes éloignés du réel ; moi j'assume la distance. Car, si tu veux mon avis, les Nordestins manquent cruellement de distance. Il faut des gens pour assumer un décalage, des gens qui refusent de se laisser dicter leur rythme par l'époque et qui fassent en sorte de comprendre d'où nous venons, et où nous devrions aller. S'ils n'ont pas de distance, nous en aurons pour eux. »

Là je dois avouer que je trouvais le raisonnement correct. Ça applaudissait, d'ailleurs. En plus je savais que Calder appréciait beaucoup Libanius. Je retournais dans ma tête : on n'allait pas se dénaturer pour combattre les Nordestins, alors que les Nordestins, précisément, n'attendaient que ça ! C'était logique, c'était certain. Mais, par d'autres côtés – je ne savais pas trop lesquels – ça ne l'était pas. Terrible ! J'étais donc un type mou, me retournant à chaque réplique, approuvant le dernier mot – tout ce que Calder détestait, en bref, et contre quoi il cherchait à lutter ? Je me disais, je suis de ceux qu'il ne juge pas la peine de convaincre. J'avais honte de la démocratie confuse qui se bousculait dans mon crâne. Mais les autres, eux, avaient la nuque trop dure. Même les jeunes que Calder avait supposés à tort un peu plus malléables. Alors, dans ce cas ? Si on enlève tout ça, qui reste-t-il ? Qui convainc-t-on ? Qui ?

Calder a repris, très doucement. Son calme me donnait de l'espoir :

« J'ai dit que c'était incompatible ? Tout à l'heure, je vous ai demandé de renoncer à votre vie ? Vous avez compris ça ? Ce n'est pas ce que je voulais dire.

– Ah ! a rugi Davdoff. Ce n'est pas ce que tu voulais dire ? Donc, tu t'es mal exprimé.

– Davdoff, petit, tu ferais mieux de te taire. On t'entend toujours trop. Je ne raffine pas. Ça n'est pas un concours de mots. Il ne faut pas laisser votre vie en plan et abandonner les Vallées, mais prendre conscience des périls qui vous guettent et chercher aussi à réveiller les curiosités, à reprendre pied dans l'estime des gens.

– C'est trop de travail, a répondu Libanius. Nous ne sommes pas assez nombreux pour mener ces deux tâches de front.

– C'est pour ça que je disais à Arlington : ne renoncez pas aux ignares ; faites en sorte que ça suive, et vous aurez des troupes ; sortez et vous recruterez des gens qui vous aideront. Car il faut, une bonne fois, que nous nous mettions d'accord sur les fins. La fin ultime que nous poursuivons, est-ce le savoir, ou est-ce la vie ? Vous donnez trop souvent l'impression de ne vous occuper que de livres, mais je pense qu'au fond c'est bien la vie que vous avez en tête. Alors, si c'est la vie… il faut pratiquer les fins dès le début, même en pure perte, même avec des gestes maladroits. Et je vous dirai aussi : nul ne peut servir deux maîtres ; vous ne pouvez pas servir et les livres et la joie ; vous êtes parfaitement libres de consacrer toute votre vie au savoir, et d'oublier la joie, enfermés dans la prison de vos crânes. Ou alors : servez la joie, servez-la par les livres, montrez comment votre savoir transforme en aventure de chaque instant ce qui, sans lui, n'est que survie, cycle de pur hasard, digestion et défécation. Allez à la joie en prenant ce détour. Montrez aux autres pourquoi le détour est nécessaire, quel investissement il représente, et pour quel gain énorme ! Ou bien enfermez-vous, mais dans ce cas : en entrant dans le caveau des idées que seul le cénacle est capable de comprendre, soyez bien conscients que vous laissez la vie à la porte !

– Il faut voir quelle misère c'est, ce que tu appelles la vie ! s'est exclamé Timoï.

– Il faut voir la tête que tu as, mon pauvre Timoï. Elle ne te dispose pas vraiment aux plaisirs. Tu es né poussière et toute ta vie tu seras resté poussière. C'est sûr, toi tu n'auras pas pris de détours.

– Calder ! tu exagères, a tempéré Libanius. Il y a juste besoin d'un peu d'énergie pour ne pas se laisser manger par la poussière. Il suffit de se secouer. Qu'il y ait des poussiéreux, d'accord. Mais ne dis pas qu'ils règnent en maîtres ici ! Et puis : on ne change pas le caractère des imbéciles. Laisse-les dormir. Tourne-toi vers les autres.

– Tu sais très bien que je ne parle pas pour toi. Mais la poussière n'est pas un trait de caractère ; sans être la norme, elle est permise par le système qui règne à Pirmis. Vous lui avez donné droit de cité. On vous a trop appris que la manière ne compte pas ; qu'il suffit d'avoir du fond. Mais à quoi cela sert-il, si vous êtes incapables d'en faire usage ? L'apparence, mes amis ! Les gens ont des yeux. Ils ne s'arrêtent pas forcément là, mais ils commencent par ça. Regardez-vous ! Les voilà, les militants de l'esprit ? Où sont-elles, la joie et la sagesse que vous avez retirées de vos efforts ? Redressez la tête. À quoi rime-t-elle, votre raideur savante ? Je vous regarde. Pourquoi cette nuit qui monte vous rend-elle si blafards ? Comment se fait-il que la connaissance vous donne ce teint cireux ? Quand on voit certains d'entre vous, on a envie d'aller se pendre ! »

Pourquoi a-t-il dit ça ? Quel besoin y avait-il ? C'était Libanius qui parlait, son ami Libanius, pas un roquet comme Davdoff. J'ai passé en revue l'assistance : c'est sûr qu'il n'y avait pas que des boute-en-train, mais tout de même, ils avaient les deux pieds dans le royaume des vivants. Calder était écarlate. Aïe, la glissade : il avait comme perdu les nerfs. C'est là qu'il s'est produit une catastrophe. Prévisible, mais pas moins catastrophique pour autant. J'ai vu quelqu'un qui se levait. J'ai vu que c'était Pessal. Il se frayait un passage, quittait la cour. Je me suis retourné très vite en priant pour que Calder n'ait rien remarqué ; non, tout allait bien, il était occupé ailleurs ; ne tourne pas la tête ; parle-leur, parle-leur ; comme ça, oui ; sauf qu'au dernier moment, Pessal sortait, il était sorti presque, les regards se sont croisés. Trois secondes insupportables. Ensuite son dos voûté s'est effacé sous une arcade. Calder a été pris d'une quinte de toux horrible. Davdoff avait vu toute la scène et a ricané des épaules. Et au bout d'une minute, alors que, j'en suis sûr, Calder allait se reprendre, l'horloge a sonné. C'était l'heure du réfectoire. Les gens se sont levés d'un bloc. Tous ceux qui étaient restés assis pendant trois heures, vous savez ? Cinq cents personnes, qui se sont dressées brusquement, comme un seul homme. Bonnard a mis fin à la séance : on pouvait poursuivre la discussion autour d'un bon repas et d'un verre de vin. Il espérait que les plaisirs de la table redonneraient au débat l'élégance et la courtoisie qui y avaient quelque peu fait défaut ; peut-être parviendrait-on à prouver à Calder qu'à Pirmis aussi on savait vivre ? Applaudissements affamés et nourris. La foule sortait. J'ai suivi le mouvement général. Sous les arcades, les escaliers, le grand couloir de marbre. Puis je me suis rendu compte que je ne voyais plus Calder. Il avait dû rester en arrière. — Là, une fois n'est pas coutume, il faut que je m'accable. J'ai hésité. J'avais faim, que voulez-vous. Tout le monde riait, les étudiants se tapaient sur l'épaule. Une jeune fille très sublime commençait à me demander comment je m'appelais, d'où je venais. Des yeux verts qui voulaient devenir astronomes. On voyait ses seins palpiter entre les plis de sa robe. Puis j'ai eu un sursaut de tout le corps : ils allaient le tuer ; on m'avait séparé de lui pour mieux poser le traquenard ; ah, les voir donnait envie de se pendre ? eh bien, ça pouvait s'arranger. Certains de nos étudiants sont passés maîtres dans l'art subtil des nœuds coulants ; il n'y a pas de savoir inutile, rien qui ne serve un jour, tu as raison, Calder. J'ai rebroussé chemin en bousculant tout le monde.

Le Cloître était vide. Toutes les lumières, éteintes. Et avec la nuit et le silence s'était abattu un froid déguenillé. J'ai repéré Calder assis sur un gradin. Je m'en suis voulu de l'avoir laissé seul, d'avoir été trop lâche pour me montrer à ses côtés. Pour une fois qu'il avait besoin de moi ! J'avais eu peur qu'ils le lynchent, à certains moments. Alors que j'étais accroupi près de lui, il a répondu d'un ton sombre :

« J'aurais préféré qu'ils me lynchent. C'est resté, somme toute, très amical.

– Oui… quittons la ville, tout de même. Il vaudrait mieux. Je pense.

– Mais non. Tu n'as pas saisi… Nous ne courons aucun risque, malheureusement.

– Malheureusement !

– Oui. Parce que nous ne représentons pas un danger réel. Tu as vu : ils se permettent même le oui-oui. Ils iront plus loin, bientôt : ils reprendront mes phrases, par petits bouts. Tant que ce ne sont que des mots ! C'est… quand on dort, tu sais ? même face aux grands cauchemars, on ne bouge pas. Ils garderont trace de la querelle d'aujourd'hui dans leurs Annales, pas de doute. Peut-être deviendrai-je un de ceux sur lesquels les cervelles s'esquintent pour savoir ce qu'il voulait dire au juste : mais une affaire classée. Une simple case dans le grand funérarium. Je t'ai dit ? C'est le sort qu'ils réservent aux perturbateurs. Plutôt que de prendre en compte leurs critiques, on les noie sous des tonnes de glose, ce qui est la meilleure façon de ne plus en parler. Ah, ils pourront déposer des fleurs de temps à autre : on m'oubliera plus sûrement que si on m'avait jeté à la fosse commune. — J'ai fait tellement d'erreurs grossières. C'est que ces gens-là te font danser d'un pied sur l'autre, tu ne sais plus s'il faut être doux ou cassant, s'ils sont capables d'écouter la raison ou s'ils n'obéissent qu'à la force. Les mendiants-aveugles, au moins, ne s'embarrassent pas de ce genre de scrupules…

– Nous avons le temps. Nous venons à peine de nous y mettre. Pas de lassitude. Je peux encore marcher, tu sais.

– Quand je pense que dans cette ville, certains prétendent que tout a été dit. Ils me font rire : rien de nouveau sous le ciel et sur la terre… C'est comme si leur cerveau ne commandait plus leurs muscles. Que la liaison était coupée. Pourtant le monde ne sera jamais plus aussi jeune qu'aujourd'hui. Tu as raison : il faudrait répéter. Pour dix discours, je récupérerais peut-être un compagnon ! Quelle ironie… D'autant que… contrairement à d'autres, je n'éprouve aucune fierté à être seul. J'ai rejoint un groupe chaque fois qu'il y avait un bout de chemin à faire ensemble. Je n'en ai pas besoin non plus : je veux dire, on ne me verra jamais parmi ceux qui continuent même quand ils ne sont plus d'accord, en prétextant qu'on ne peut réussir qu'à plusieurs. Je me dois fidélité à moi-même, avant tout. Le reste… après. Pour une raison très simple : c'est moi que je vais devoir supporter jusqu'à la fin de mes jours, et je n'ai aucune envie de m'être une mauvaise compagnie… »

Il a relevé les yeux vers moi. C'était un heureux hasard que je me sois trouvé sur son chemin. Un signe. Puisque les foules jouaient les grandes sourdes, on allait s'adresser aux chefs. Viser les têtes. Il m'a dit qu'il était content de m'avoir avec lui. Je ne méritais en rien. Mais j'avais si froid dans cette nuit que j'ai accepté le compliment. Il faut avouer que je ne le comprenais pas. Je n'ai compris que plus tard.

18. LES TRAJECTOIRES

Peut-on prévoir les trajectoires ? Les prévisions sont difficiles, surtout en ce qui concerne l'avenir. À rebours, alors : peut-on les reconstituer ? Quelles règles gouvernent ces instants où les vies et les balles, suspendues dans les airs, flottantes et quasi perdues, n'ont pas encore la moindre idée de leur destination ?

***

Cela fait trente ans que le *Domingo's* porte mal son nom. L'endroit est plein en semaine, lorsque les employés de Comercio s'y ruent pour la pause de midi ; les files s'allongent devant les buffets et les caisses : on pose l'assiette sur une balance et on paye au kilo ; gambas grillées et beignets de pomme de terre, âmes de plume et âmes de plomb, tout le monde, ici, boxe dans la même catégorie. Le buffet donne des ambitions dont on a rarement les moyens : la plupart des gens ne finissent pas leur assiette, et ceux qui s'y risquent se condamnent à un après-midi peu productif. Le samedi et le dimanche, au contraire : c'est plus tranquille. Les serveurs prennent le soleil et fument des cigarettes sur le pas de la porte. Des familles avec de jeunes enfants occupent les plus grandes tables : les ballons rouges et bleus flottent au-dessus des poussettes, on revient des Musées ou des jardins de Campeche. Une paix règne dans ce lieu, la paix – et Rilviero se rassure : Vaughan n'a pas si mal choisi le lieu de rendez-vous. Ils ont pu trouver une table au premier étage, près de la baie vitrée. Le soleil entre à flots pour deux petites heures encore ; ils ont une vue imprenable sur le carrefour où les voitures s'entassent à coups de klaxon heureusement atténués par le double vitrage. Ulrich a toujours été le génie du sens pratique : il va pouvoir tout lui montrer, comme ça, entrer dans les détails, expliquer les choses concrètement. Car sur le menu du restaurant, on lit... Brunch continental, servi de 9 h à 16 h. Euh, non, pas ça. En dessous. Latte Macchiato ? Non plus. Tout en bas. *Domingo's...* ? Oui. On y est. *Domingo's*. 124 avenue Breton. AW813, Regson.

Il va falloir quelque temps à Rilviero pour atterrir ; au fil des mois, le meurtre est devenu un astre nébuleux et lointain autour duquel la parole de Nexus les a mis en orbite : ils parcourent une trajectoire excentrique et peuvent tout au plus essayer de raccourcir la durée de la révolution. Auront-ils appris quelque chose une fois qu'ils auront fait tout le tour ? Va savoir. C'est au triple assassin qu'il faut demander cela. Car les faits sont les faits et ont vraiment eu lieu ; ça s'est passé de l'autre côté de l'avenue, à la hauteur du 125, à cet endroit où le trottoir s'élargit. Le 13 février dernier. À 11 h 51. Il y a précisément trois cent quatre jours ; je t'épargne le décompte des heures et des minutes. Quand on aura fini, on va traverser : tu verras, il y a des tâches plus sombres, il n'est pas difficile, si on aime ça, d'imaginer que c'est du sang. Mais personne n'a mis de plaque. C'est un peu tôt, peut-être... Ou alors les riverains n'y tiennent pas.

Atterrir. Il a commandé un grand café, quelque chose d'assez robusta ; pour une fois la serveuse n'oublie pas le verre d'eau. Paracétamol, deux. Allons-y à doses de cheval. Il se sent fiévreux depuis le matin, et ça ne lui convient pas du tout : il est désireux de placer ce week-end à Regson sous le signe de la réalité.

« Tu es venu en voiture ? demande Ulrich.

– En train.

– Combien de temps on met ?

– Je me suis levé à six heures et demie.

– Aïe. Je croyais qu'on avait ouvert une ligne.

– Non. Le rapide il va à Skalice. Celui-là est à l'ancienne.

– Pourquoi tu n'as pas pris la route, alors ?

– Ils annonçaient de la neige pour demain. Je me suis dit que ce serait plus prudent.

– Ah, c'est ça. J'imagine qu'il neige beaucoup, chez vous…

– Rien, pour l'instant. Pas un flocon.

– Il ne neige nulle part, cette année. Toutes les stations s'inquiètent.

– Les stations sont de l'autre côté. Plus à l'ouest. Vers Skalice, justement. Chez nous c'est le désert. Les gens du coin m'ont dit que les chutes sont trop irrégulières pour que les promoteurs prennent le risque de construire. C'est le régime des vents.

– Comment ça ?

– Je n'ai pas les détails. Des histoires de courants aériens… Les vents ne font pas ce qu'ils devraient faire…

– Hm… À vrai dire, les vents ne sont plus ce qu'ils étaient. »

L'assiette d'Ulrich avait beau peser 957 grammes, elle semblait dérisoire entre ses mains. Il était colosse, et roux autant qu'il est possible ; un visage ouvert, taché de son, qui inspirait tout de suite confiance. Ç'aurait pu être un cousin de Lisa, mais un cousin démesuré, dont on parle aux réunions de famille avec un peu d'effroi. Il a encore grandi. C'est dingue… Comme chaque fois qu'il se trouvait avec un homme beaucoup plus grand que lui, Rilviero avait le sentiment d'être le petit frère à qui on allait expliquer les choses et qui n'avait qu'à se tenir tranquille. En l'occurrence, la hiérarchie contredisait cette répartition des rôles : c'était lui qui avait donné les ordres ; il avait tenu à déléguer les aspects les plus fastidieux de l'enquête et s'apprêtait, entre deux bouchées de lasagnes, à écouter le rapport qu'on lui devait.

« J'ai été aussi loin qu'on pouvait aller, commença Ulrich.

– Et ? Tu as trouvé ? Tu sais qui il visait ?

– Oh là, doucement. Une chose après l'autre. Ça fait un mois que je bosse pour avancer dans ce dossier, ce ne serait pas élégant de ta part de me gâcher mes effets.

– Bon, dit Rilviero, mais vas-y, alors. » Une chose après l'autre… Il croyait entendre Nexus. Décidément, criminels ou pas criminels, les gens voulaient décider seuls du rythme auquel ils racontaient, et détestaient, surtout, être contraints par des questions. Nexus, Vaughan, Calder, Traumfreund aussi ! Ils semblaient tous vivre pour ces rares heures de gloire où leurs interlocuteurs, pour une fois attentifs, se fermaient au monde alentour et buvaient la moindre de leurs phrases, car une preuve décisive, une parole d'évangile ou un aveu pouvaient se cacher derrière chaque mot. « Raconte, raconte, mais parlons bas.

– Ne t'inquiète pas. Personne ne s'occupe de nous, ici. En plus nous sommes sur quelque chose qui s'est passé il y a dix mois… lis les journaux, regarde la télé : c'est de l'histoire ancienne. On discuterait de l'extinction des espèces au crétacé que ça ne serait pas pire. La fin du crétacé… un de mes grands classiques, d'ailleurs… très actuel… je t'ai déjà ? oui ? Ok, ok. Bon. Il n'y avait pas grand-chose pour nous dans le dossier d'instruction. C'est normal : on a cherché à établir s'il y avait un lien entre Nexus et les trois victimes, et on n'a rien trouvé. À partir de là, les circonstances précises du meurtre n'ont plus eu aucune importance.

S'il a jeté son dévolu sur eux à l'improviste, dans un accès de folie, pas besoin de savoir sur qui il a tiré le premier, comment il a choisi le lieu, etc. On s'est focalisé sur son amnésie et sur son compte en banque. Mais si, au contraire, nous partons comme tu le souhaites de l'idée qu'il avait… disons… une cible privilégiée, blonde, 1 m 72, alors il faut tout reprendre. La seule chose qui m'a servi, c'est le rapport médico-légal. Ça m'a aidé pour la chronologie… tu vas voir ça. Ils sont tous les trois morts par balles…

– Vraiment ? Je croyais qu'il les avait étranglés avec du fil dentaire.

– Écoute-moi. Ce qui est intéressant, c'est que chacun a été touché deux fois. Une balle n'aurait pas suffi.

– Comment ça ?

– Avec un Glock 17, chargé en 9 mm, à moins de tirer à l'arrêt sur des cibles immobiles et de ne viser que des organes vitaux ou les centres nerveux, il ne pouvait pas être sûr de tuer d'une seule balle. Il a utilisé un chargeur particulièrement petit : huit coups seulement. Et on n'en a pas trouvé d'autre sur lui, ni même rue Hidalgo. Ça veut dire que Nexus n'a pas prémédité un massacre de rue ; sinon il se serait servi d'une autre arme ou aurait pris plus de munitions. Là il disposait de ces huit balles. C'est tout.

– Ça lui a quand même permis de tuer trois personnes…

– Parce qu'il a concentré le tir. Il n'a pas vidé son chargeur au hasard. Il n'y a pas eu de blessés, d'ailleurs. Ce dont nous pouvons être certains, c'est qu'il a tiré pour tuer. Il voulait tuer. Mais en même temps… s'il visait quelqu'un en particulier…

– Eh bien ?

– Il a pris des risques. Ça n'est pas un calibre suffisant pour être sûr. Même avec deux balles. Ils auraient pu en réchapper. Si c'était une commande, elle a été exécutée de façon un peu indolente.

– À moins que la commande ait spécifié qu'il fallait simuler l'indolence…

– Possible. Zhao a failli s'en tirer.

– Mais pas Ania Walevska.

– Non. Pas Walevska. »

Rilviero jouait avec un sachet de sucre en papier qui finit par se déchirer et par se répandre sur la table. Il ramassa les grains de sucre du bout de son index mouillé. À respirer les odeurs provenant du buffet, il avait l'impression d'avoir encore très faim, mais il savait parfaitement que c'était là le piège.

« Je sais ce qui s'est passé, reprit Ulrich. J'ai tout reconstitué. Seconde par seconde.

– Simplement à partir du rapport médico-légal ?

– Bien sûr. — Mais non, mon colonel ! Je n'aurais pas été loin ! Puisque l'instruction n'a pas suivi cette piste, il me fallait d'autres sources. Je suis venu ici il y a trois semaines, en quête d'inspiration. J'ai imité Nexus : un mardi midi. Histoire de prendre la température. J'ai fait le tour du bloc dix fois. Je me suis posé ici même pour faire conciliabule avec mes petits neurones… et je me suis dit que le meurtre avait dû être filmé. Ça se passe un jour de semaine. Et en plein Comercio. Les bureaux sont ouverts. Les magasins liquident les stocks d'hiver. Les musées sont pleins de touristes. Tout le secteur fourmille : peut-être quinze mille personnes au kilomètre carré. Il y a forcément une caméra qui traînait quelque part et a enregistré quelque chose. Une fois que j'ai eu l'idée… j'ai trouvé ça tellement évident ! Tout est vu et tout est filmé, de nos jours. À Regson, on ne peut plus échapper à l'œil des caméras. La protection des biens et des personnes est une valeur qui monte… et tout de même autrement plus sérieuse que ces vieilles pétasses de libertés individuelles. »

Il s'interrompit : Rilviero secouait une tête fortement incrédule.

« Non. Ça paraît excitant, bien sûr, mais ce n'est pas possible. Tout est filmé, si ça peut te faire plaisir. Mais tout ce qui est filmé se sait. Les images seraient sorties, à l'époque. La police les aurait récupérées. Et à défaut, les médias se les seraient procurées. On aurait eu droit à ça aux infos pendant dix jours. En boucle. Regarde les photos de…

– Tu peux trouver cent cinquante objections, mais moi j'ai le film, donc tu vas avoir du mal à me convaincre. »

Abasourdi, Rilviero se leva de table et se planta devant les baies vitrées. La ville. Du monde, tant de monde. L'avenue : deux voies dans chaque sens, saturées, comme toujours. Le trottoir d'en face. À la hauteur du 125. Il entendait derrière lui la voix gourmande de Vaughan : « Par qui ça aurait bien pu être filmé ? » Il cisailla le carrefour des yeux, de ce regard rapide, en Z, qui permet de tout passer en revue, et qu'il comptait encore au nombre de ses réflexes. La fièvre reculait devant l'excitation : des picotements dans la nuque et les jambes, le cœur qui accélère. Il avait vécu des années pour l'amour de cette pulsation ; visiblement, il était encore capable de l'éprouver, mais il savait sans parvenir à s'expliquer pourquoi que c'était désormais une sensation d'emprunt, qu'elle ne lui appartenait plus. De l'autre côté de l'avenue. Jeans, bottes, manteaux d'hiver, fourrures synthétiques. À dix mètres des lieux.

« *Zapata ?*

– Ils ont des caméras à ne plus savoir quoi en foutre. Mais c'est pour les gamines qui piquent des soutiens-gorge dans les rayons ; et leurs caméras extérieures ne couvrent que la sortie. »

Rilviero cherche à se souvenir : c'est vrai, il existe un monde où les gamines piquent dans les rayons ; surtout des gamines de treize ans ; et surtout des bien rembourrés. Par ailleurs, la sortie ne donnait pas sur l'avenue, mais sur la rue transversale. C'est-à-dire… Rilviero plissa les yeux, essayant de déchiffrer les panneaux. La rue Edward O. Strate. Il alla à l'autre fenêtre ; Vaughan n'avait pas tort : une fois qu'on se mettait à chercher des caméras, on en voyait partout. Des panonceaux les signalaient, comme prescrit par la législation. Souriez, vous êtes filmés. Une dans chaque ascenseur de la station de métro. Des couleurs chaudes, réconfortantes : puisqu'on vous dit que ce n'est pas grave. Et de l'autre côté de la rue…

« En face ? Warren & Meyerson ?

– Les caméras de surveillance de Warren & Meyerson. Je me suis donc présenté, j'ai parlé au responsable de la sécurité et je lui ai demandé les enregistrements du 13 février.

– Mais tu ne vas pas me dire qu'on ne leur avait rien demandé ?

– Ils ont un système de vidéosurveillance en circuit fermé, un truc classique. Quatre caméras en façade. Une à chaque angle, et deux au-dessus de l'entrée : ces deux dernières étaient cassées, la semaine du 13 février. Des réparateurs sont justement passés ce matin-là pour voir. Ce sont les caméras qui couvrent le lieu de la fusillade.

– Donc ça n'a pas été filmé, qu'est-ce que tu me racontes ?

– Si. Ils ont les images d'avant. Prises par les caméras d'angle. Nexus a remonté l'avenue vers le Nord. On le voit passer. On voit aussi Ania. Et le début de la fusillade. Les enquêteurs ont visionné les bandes. Mais ils ne les ont pas versées au dossier : on ne voyait pas l'ensemble de la scène… rien sur le charnier… ils avaient cinquante-quatre témoins oculaires par ailleurs… ça ne leur a pas semblé utile. Des journalistes sont venus.

Mais, crois-moi si tu veux, on leur a opposé la Charte, le 85-16 : la vidéosurveillance est à usage interne, les enregistrements ne peuvent être communiqués, à moins que la puissance publique n'en fasse la demande dans le cadre d'une procédure judiciaire.

– Ils n'ont pas fait monter les enchères ?

– Ça n'a servi à rien. Les enregistrements se trouvaient dans le coffre d'Amedeo Warren. Le grand patron. Un homme sensibilisé au problème des libertés individuelles et de la confidentialité des données informatiques. Ce qui donne, en traduction : Warren déteste les journalistes. Depuis certaines photos de *Vista* dont tu te rappelles peut-être… Mais moi il m'a reçu avec beaucoup de courtoisie. J'étais la puissance publique.

– J'espère que tu n'as pas…

– Du calme. La puissance publique a été excessivement discrète. Elle s'est bien gardée de rouler des mécaniques. » Il tapota sur sa sacoche : « Je t'ai apporté les fichiers. » Il sortit un petit ordinateur portable, lui aussi minuscule entre ses mains. Rilviero sentit que ses genoux tremblaient. Il jeta des regards autour de lui.

« Tu es sûr qu'il faut regarder ça maintenant ?

– Comme tu préfères, dit Ulrich en refermant l'ordinateur.

– Non. Montre. »

La caméra de droite couvrait un angle de trente degrés orienté sud-ouest. En haut à droite de l'écran, des chiffres inscrits en blanc indiquaient l'heure exacte. 13 février. À 11 heures 49 minutes et 53 secondes : Ania surgit côté gauche, sur le trottoir d'en face ; elle rentre de son jogging, elle en a encore l'élan et le souffle. Un haut en lycra, gris anthracite, dont les bretelles se croisent dans le dos ; épaules nues ; le pantalon blanc rayé de lignes peut-être rouges : la vidéo déforme les couleurs, tout a l'air légèrement surexposé, et Ania en ressort encore plus lumineuse. Elle n'a pas le visage d'une femme qui va mourir. On la voit enlever le bandeau qui attachait ses cheveux, elle les rajuste des deux mains, avec des gestes précis. Rilviero envie soudain Vaughan qui a découvert ces images et les a visionnées en boucle. Il a aussi envié, enfant, ces explorateurs qui, au fin fond d'une jungle d'Asie, ont découvert les seins ronds et les hanches larges de danseuses sculptées dans le grès rose. Les doigts d'Ania replacent le bandeau sur la masse de ses cheveux. Cinq secondes plus tard : vient un homme, vient Nexus. Quelques mètres derrière elle. Il avance très vite et semble marcher sous une tempête, insensible au monde qui l'entoure. De 11 h 49' 58" à 11 h 50' 02" : pendant quatre petites secondes, il reste dans le champ. Ça coupe. Écran noir. Vaughan ouvre un autre fichier. On les retrouve tous les deux, dix mètres plus loin, filmés, cette fois-ci, par la caméra orientée nord-ouest. Ils patientent au feu rouge de la rue Edward O. Strate. Ania enfile le haut de survêtement qu'elle portait noué à la taille. Nexus se tient un peu derrière elle, à sa droite. Il ne la regarde pas. Elle a l'air impatiente et semble soudain se décider à traverser, mais une voiture passe à ce moment-là et elle fait un pas en arrière. Une femme à sa gauche lève le bras comme pour lui dire qu'elle est complètement folle. Nexus fixe le vide, droit devant lui. Le vide, ou une cible ? Il semble tout à la fois concentré et absent. Pause.

« Ici, précise Vaughan. 11 heures 50 minutes et 41 secondes. Tu vois ? Il met la main dans la poche droite de son pantalon. En dessous de la veste en cuir. Sans détourner les yeux. Tu vois ? Il ne s'est pas habillé du tout comme un tueur : sa veste est fermée, le pan rebique, ça va le gêner pour sortir l'arme. » Le feu dure trente secondes. Puis les voilà qui traversent. Ils se sont à peine engagés devant la vitrine de chez

Zapata que passe un vendeur de marrons chauds, poussant devant lui sa cuve de métal montée sur un caddy et masquant partiellement la vue. Pause. « Le vendeur s'est porté témoin. Mirza Bakshad. Pakistanais. Très sympa. » Ulrich passait déjà aux images suivantes : « 11 h 50' 52". Voilà : il sort le pistolet, sans s'arrêter de marcher. Il n'a rien pris pour le cacher : pas d'écharpe, pas de journal, rien. Il fait ça très innocemment. Il s'apprête à tirer comme d'autres s'allument une clope. Ania derrière prend son élan pour se remettre à courir : attends ; je te le repasse ; tu vois : une petite foulée, histoire de ne pas trop se refroidir. Le trottoir a beau faire neuf mètres de large, il y a pas mal de monde, elle sait qu'elle ne va pas pouvoir accélérer. Est-ce que ça surprend Nexus ? Est-ce que c'est ça qui le décide ? Il lève le bras. Maintenant : le premier tir part à hauteur d'épaule, vers la gauche, angle onze heures.

– C'est la première balle ?

– Première balle. Pour qui ? Est-ce qu'il vise Ania ? Regarde : elle a commencé par un zigzag, elle lui passe juste devant, à ce moment-là. Il n'est pas impossible qu'elle soit la cible. Mais il la manque, en tout cas : peut-être parce qu'elle est un peu plus rapide qu'il ne pouvait l'anticiper. Ou la maladresse, la nervosité : attends voir… j'ai agrandi ça ailleurs… là : son bras tremble un peu, et il a le visage plissé, on dirait presque qu'il pleure. C'est Richard Tallis qui se prend cette première balle. Il vient en sens inverse, sur la droite du trottoir ; il sort de son bureau qui est à dix minutes de là, près de la Bourse, et il a un rendez-vous de travail rue Ludvika à 12 h 00… il est un peu en retard, donc, il marche d'ailleurs comme le cadre à la bourre typique, en finissant d'avaler un sandwich qu'il s'est acheté cent mètres plus haut. La première balle l'atteint en dessous de la clavicule, touche le plexus nerveux brachial et lui déchire le poumon droit. Il a le souffle coupé, lâche sa mallette et porte sa main gauche à l'endroit de la blessure. Là, il faut que je te rappelle. Nexus utilise un Glock 17… Banal, mais, curieusement, pas immatriculé. Alors que par ailleurs il pousse le vice jusqu'à avoir sur lui son permis de port d'arme… Je n'ai pas bien compris, au fait : tu es en service, toi, ou pas ? Tu portes toujours une arme ?

– Toujours ?… De nouveau, tu veux dire.

– Smith & Wesson ?

– Non.

– Vrai ? Tu as trahi la cause ?

– Je n'en veux plus.

– Quoi, alors ?

– Beretta 9000. Tout ce qu'il y a de plus réglementaire.

– Mouais. Les anciens seraient déçus si je leur disais ça.

– Mais tu ne leur diras pas. Et je me fous de ce que les anciens pensent. »

Quel besoin ce con de Vaughan avait-il d'évoquer… ? Ulrich leva les yeux vers Rilviero.

« Excuse-moi. Ça… je ne pensais pas à mal. On parle souvent de toi, tu sais. Il y a des affaires sur lesquelles tu nous manques. Quand l'équipe est crevée et que personne n'arrive plus à réfléchir, il y en a toujours un pour faire remarquer que tu serais encore debout. Avec des cernes et le sang en caféine, mais debout. Je ne dis pas ça par politesse.

– Tu as dû souvent le dire par politesse.

– Oui. C'est débile. On devrait s'abstenir. Pots de départ et compagnie. La fois où c'est vrai, du coup, on n'arrive plus à faire sentir la différence… Ils ont su par Svedberg que tu avais quitté le Centre. Tout le monde me demande si j'ai des nouvelles.

– Tu n'as qu'à leur dire que tu m'as vu et que je me porte comme un charme. Mais rien sur ce que je fais.

S'ils savaient ce que je fais, d'ailleurs... Qu'est-ce que tu as sur le Glock 17 ?

– Rien de spécial. Théoriquement, la vitesse au point d'impact aurait dû tourner autour de 340 m/s. Si Tallis n'est pas tombé, c'est sans doute qu'elle était inférieure. On peut supposer que l'arme n'avait pas servi depuis longtemps et qu'elle était mal entretenue. Encore un signe extérieur de dilettantisme. Regarde ici : Nexus fait encore un pas, tourne le bras vers la droite. Il tire une deuxième balle. Angle : midi. Ça... dans notre hypothèse, ce n'est pas logique. Ania Walevska est déjà à sa droite : s'il la vise, il est en retard, et de presque une seconde. Cette deuxième balle part un peu haut et se perd. Ensuite, honnêtement, on a le sentiment que Nexus agit un peu à l'aveugle, sous le coup de l'émotion. Tu te repasseras ça au ralenti : il a des gestes saccadés, incohérents, les traits crispés. Son bras est à 1 heure : il tire deux nouvelles balles, coup sur coup. Il ne vise qu'approximativement ; et en particulier, il ne prend pas le temps de stabiliser avant le deuxième tir, il est encore sous l'effet du recul. Les deux projectiles atteignent Zhao Yuan, qui vient lui aussi en sens contraire. Zhao Yuan ? Ou Yuan Zhao ? Je ne sais jamais ce qu'on doit dire. Bref : l'une entre juste en dessous du sternum et suit un trajet bizarre, perforant le pancréas pour ressortir plus bas, au travers du rachis lombaire ; l'autre va droit au visage et lui fracasse le maxillaire inférieur ; le pauvre tombe à la renverse. Je dis le pauvre, parce que si tu veux mon avis, ce n'est pas lui la cible principale. S'il se fait trouer le bide, c'est plutôt parce qu'il prend de la place dans le paysage et que, mine de rien, il gêne. Bon. À ce moment-là, il est 11 heures, 51 minutes et 2 secondes. C'est le quatrième coup de feu en six ou sept secondes : Ania Walevska voit Zhao tomber devant elle, elle s'arrête net, cette fois-ci, et se retourne.

– Attends, attends : de quoi tu me parles ? Sur quelles images ? Je ne vois rien.

– Normal. Ce n'est plus dans le champ. La caméra d'angle couvre encore Nexus, mais pas les autres. La caméra centrale aurait pu nous aider, mais comme j'ai pris soin de t'en informer…

– Tu veux dire que tu ne sais pas ce qui se passe après ?

– Si.

– Tu supposes ?

– J'ai une autre source. À laquelle ces débiles n'ont pas pensé non plus pendant l'enquête. »

Il y avait du triomphe dans la voix de Vaughan, une fierté de grand adolescent. Qui c'est le meilleur ? Qui c'est ? Rilviero se rappelait encore confusément de cette sorte d'enthousiasme, beaucoup moins lié à la découverte de solutions qu'au sentiment d'une supériorité : je passe des mois après les autres, devait se dire Vaughan, je bosse seul alors qu'ils étaient des dizaines, et pourtant ils ont tout loupé, et moi j'ai vu tout ce qu'il y avait à voir. Rilviero le connaissait : pas une seule seconde il n'avait dû regretter que la justice n'ait pas été plus efficace, à l'époque, et l'enquête menée de façon plus scrupuleuse. C'était tant pis pour eux. Ils n'avaient qu'à faire appel à des gens compétents.

L'autre source était tellement évidente que personne n'y avait pensé.

« Kelly Park. Elle est sur le même trottoir, soixante mètres plus au nord, à la hauteur du 133. Elle se dirige vers le sud et prend des photos des immeubles, avec le Mémorial au bout. »

Ulrich rangea l'ordinateur et sortit un classeur. Des dizaines de photos grand format. Belles, à vrai dire. Le grain, tout… Très belles. Comment avait-il fait pour se les procurer ?

« J'ai été la voir, bêtement. Je suis un réalisateur indépendant, je monte un documentaire sur les *nouvelles violences urbaines*. Ça m'a coûté un mois de salaire.

– Elle te les a vendues ?

– Un mois. Brut, bien sûr. J'ai avancé en grand seigneur, mais j'espère bien être remboursé d'ici dix ans. Sinon je ferai vraiment ce documentaire, et je le vendrai à HTS. La plus célèbre, c'est la K172, bien sûr : la couverture du *Regson Eye*. Extraordinaire. Le plus étrange, c'est que les quatre visages sont nets : comme s'ils étaient tombés exprès de façon à voir sortir le petit oiseau. Et puis les seins de Mlle Walevska ! Tu vois ça, tu… On peut dire que ça a fait appel au sens esthétique si aigu des Regsoniens. Il paraît qu'ils en ont vendu un million quatre cent mille exemplaires. Kelly Park habite coquettement… Si elle est honnête, elle devra bien s'avouer un jour, toute féministe qu'elle soit : sa fortune, c'est grâce à une fille immigrée d'Europe de l'Est qui avait le malheur d'avoir une belle poitrine. Du combien, à ton avis ? Du… Peu importe la taille, d'ailleurs. Regarde-moi cette forme ! C'est quoi cette matière ? Un truc genre stretch ? De l'élasthanne ? Ah, l'élasthanne ! Et le sang, finalement, c'est plutôt… ça réveille des instincts…

– Bon, ça va. Épargne-moi tes fantasmes. Tu n'as pas acheté cette photo, quand même ?

– Bien sûr que non. Celle-là, je l'ai photocopiée aux archives. Pareil pour ces quatre-là, également publiées. Mais il y a toutes les autres, les plus ou moins ratées, qui peut-être t'intéresseront. Quand elle a vu qu'il se passait quelque chose, Kelly Park a eu un vrai réflexe de professionnelle : elle s'est jetée à terre, elle a cadré et zoomé, vaguement, et elle a pris en rafales, sans chercher à comprendre ce qui se passait. Heureusement pour elle, d'ailleurs, car on met toujours très longtemps à comprendre, dans ces cas-là. Alors on peut trouver ça cynique. Moi je dois dire que j'aime. Ça vous a un petit côté reporter de guerre qui se fait rare chez les journalistes. Regarde. K125 : Nexus le bras levé, Tallis lâche sa mallette. Ce sont tous des agrandissements, comme tu peux voir. Ici : Zhao tombe, Ania est juste derrière lui. Toutes les suivantes sont floues… K141 : voilà. Ce dont je te parlais. Quatrième coup de feu en six secondes : Ania voit Zhao Yuan projeté en arrière, la mâchoire explosée… elle freine… qu'est-ce qui se passe ?… elle se retourne. Nexus. À ce moment-là, il a vraiment l'air fou. Elle voit cet homme debout devant elle, les yeux exorbités, un pistolet à la main. Il a baissé le bras, comme s'il voulait s'arrêter de tirer. Ces photos-ci… bon, c'est flou, il y a des passants qui courent et bouchent un peu la vue, mais enfin : est-ce que ce n'est pas la grâce ? Il y a eu un moment, le 13 février dernier, à 11 h 52, où ces deux-là se sont regardés. Elle est à contre-jour, pour lui. Dans le soleil. La tête tout auréolée d'or, blonde. Elle lui fait le coup de l'ange.

– Tu veux dire qu'elle est terrifiée. Elle crie.

– Bien sûr. Tout le monde crie. Elle est blême de peur, ou écarlate peut-être. N'empêche : un ange au milieu de la rue. Une belle femme frémissante. À ce moment-là, il n'a plus qu'à lever le bras et à tirer sur elle. Comme il aurait pu le faire au feu rouge, une minute avant. Ensuite… et c'est d'ailleurs un autre problème pour ta théorie…

– Ce n'est pas ma théorie.

– Ah bon ? C'est quoi, alors ?

– Une question que je pose. Pour vérifier.

– Évidemment. Une simple question, et sans aucune arrière-pensée, on connaît ça… K143 : son bras est reparti vers la gauche, clairement, il tire de nouveau vers Tallis. Cinquième et sixième balles : la première rate, mais la deuxième s'enfonce en plein dans le ventre de Tallis, trouve le côlon transverse, d'abord, ensuite l'aorte abdominale ; c'est celle-là qui a fini par lui être mortelle. Elle lui fait perdre conscience et déclenche une hémorragie interne. Si on l'avait récupéré dans les dix minutes, on aurait peut-être pu le sauver… Mais le hic, comme tu sais, c'est que Nexus était encore là : la police a dû l'encercler et le contraindre à se rendre avant de secourir les victimes. Bref : Ania a eu un sursis. Comme s'il avait voulu lui laisser une chance de s'en sortir… En théorie, elle disposait d'un peu plus de deux secondes pour contourner Nexus. Mais c'est plus facile à dire qu'à faire. Elle n'a pas le temps de penser à ça. Si ça se trouve, elle n'a pas encore vraiment compris la situation. Ici : elle suit des yeux la trajectoire des balles et tourne de nouveau la tête vers les deux hommes. Ils sont à terre. Zhao est tombé le premier, et Tallis en travers. Ça y est. Maintenant elle a compris. Tu vois : son regard revient vers Nexus, et elle esquisse un mouvement vers la gauche. Mais entre-temps, son bras à lui s'est reporté vers elle. K152, flou. K153, flou. K154 à 159 : on ne voit rien, il y a des passants qui courent. »

Il attendit quelques instants avant de tourner la page. Il se mit à parler plus lentement.

« K160 : Ania est tombée elle aussi à la renverse, par-dessus Tallis. Nexus devait être à trois ou quatre mètres d'elle. Une première balle l'a atteinte sur le côté droit, dans le quatrième espace intercostal, à hauteur du lobe moyen du poumon ; la deuxième en plein cœur, dans le ventricule gauche. »

Sur la photo suivante, on voyait Nexus lâcher son arme et porter ses mains à son visage. Il semblait en avoir fini. Des gouttes de sueur perlaient à la racine de ses cheveux. Il avait les yeux mi-clos, ébloui par la lumière, ou en larmes, peut-être. Les larmes n'existaient pas au Séabra. C'étaient les larmes qui avaient permis à Calder de comprendre que Nexus venait d'ailleurs. Le sang coulait sur la poitrine d'Ania. Rilviero repoussa sa chaise nauséeuse en arrière ; il ne voulait plus rien voir.

« Attends, le retint Ulrich. Ça n'est pas tout à fait fini. Rappelle-toi : sur les cinquante-quatre témoins oculaires, dix-huit affirment : il s'est avancé vers les victimes et leur a pris le pouls. Tu l'as encore, ça ? Bon. À ce moment-là, Kelly Park pense que le danger est passé ; elle a vu Nexus lâcher le flingue ; elle sait aussi qu'elle était trop loin, que la définition des photos déjà prises sera mauvaise ; elle s'arrête donc quelques instants de mitrailler et avance de quinze mètres, en courant, avant de s'aplatir de nouveau. Il y a donc quelques secondes où on n'a aucune idée de ce qui se passe. Mais enfin, quand ça redémarre, en K166, on constate : il est en train de prendre son pouls à elle. Pour les autres, pas moyen de savoir. Mais il a pris le pouls d'Ania. Et étant donné la disposition des corps, je vois mal comment il aurait saisi leurs poignets à eux… K169 : Nexus est debout derrière ses trois victimes, il a l'air hébété, la composition est géniale mais la photo est mal cadrée, on ne voit pas le haut de son front ni son crâne. Puis il s'effondre sur les trois corps, en travers des jambes de Zhao et pardessus le dos de Tallis, à côté d'Ania. Il se laisse tomber lourdement, comme quand on est très fatigué. Et on y est. K172 : la contre-plongée qui rend les corps aussi hauts qu'une montagne, le Mémorial derrière, Nexus les yeux fermés. Il s'enfonce dans le sommeil. Tu le crois, ça ? Les enquêteurs sont formels là-dessus. Quand ils sont arrivés sur les lieux, Nexus dormait. Et pendant ce temps-là, Kelly Park entrait dans la gloire. »

***

Il sonne. Battements de cœur. Pas de réponse. Il ouvre. L'appartement est vide. Il appelle, mais Lisa a éteint son portable. Rilviero tourne dans les pièces : est-ce qu'il y en a le même nombre qu'avant ? Sur la gauche, vous avez le salon. La vie était étrange : quand il était revenu, il y a trois semaines, il n'avait pas cet œil de l'exilé. Peut-être c'était sa fièvre qui créait la distance. Il est pas mal, cet appart, en fait : ça vaudrait presque le coup d'y habiter. Est-ce qu'elle avait changé des choses ? C'était son droit. Mais il l'aurait mal pris. Pour quelle raison ? Qu'est-ce que tu as, Rilviero ? Tu veux l'immobilité ? Parce qu'il reste des ignares à la traîne, il faudrait ne plus du tout avancer ? Non. Apparemment, rien. Rien de spectaculaire, en tout cas. C'était mieux rangé. Il y avait des fleurs. Merde. Lui n'en avait pas apporté. Aurait fait tellement plaisir. Lisa n'est pas nature, elle est fleurs. Mais pendant la période de l'Avent, de toute façon, ce n'est pas possible : les boutiques de fleuristes sont envahies par les sapins. C'est-à-dire… elle en a bien trouvé, elle. Il se plante dans l'entrée, devant le miroir, inspire, regarde la vérité en face : il n'est pas doué pour ces choses qui sont des fleurs. Puis il entend un bruit dans la cuisine. C'est le robinet qui goutte. Et à côté, un post-it avec un numéro de plombier. Il ne reste plus qu'à espérer, même si c'est peu probable, que le plombier soit une femme. Il prend deux autres comprimés de paracétamol, essaye de fermer le robinet à fond. Ce serait pas mal de réparer ça avant qu'elle arrive. Avec une pince ? Rien à faire. Avec ? Ah, voilà qui est mieux : la poignée lui reste dans les mains. Comme ça c'est réglé. Va t'allonger, plutôt. Parce que ce n'est pas la grande forme. Il a trop mangé au brunch, comme d'habitude : la raison et la gourmandise se sont crêpé le chignon, la gourmandise a lancé un crochet du droit passablement vicieux, la raison est tombée K.-O. et son ventre poids lourd n'est plus qu'une masse compacte qui le tire vers le bas. Lui qui voulait faire bonne impression.

Il s'étend sur le canapé du salon. Ça sent le frais, et la lumière est belle, comme ça, en fin d'après-midi. « Alors ? Est-ce qu'il visait Ania ? – C'est possible. Ania, ou bien Richard Tallis. Difficile de départager ces deux-là. Pas Zhao Yuan, en tout cas. » Anialisa. Et toutes ces passantes croisées un instant dans la rue. Les tourne-tête. Les éphémères. C'est une des dernières choses que son père lui ait dites, avant de mourir, à l'hôpital : qu'il les appelait *les éphémères*. Nexus aussi aimait bien ce mot. Quand est-ce qu'il avait parlé de ça ? Sais plus. Et hier soir ! Cette scène ! « Vous allez voir les femmes ? » C'est ce qu'avait demandé Nexus lorsque Rilviero lui avait dit qu'il s'absentait. Qu'est-ce que tu veux répondre à ça ? Il s'était retourné, machinalement, guettant une consigne de Traumfreund. Traumfreund n'était pas dans la pièce. « Oui… Je vais à Regson pour le week-end… – J'aimerais bien revoir une femme. – Une femme… Une femme précise, ou juste une femme ? » Nexus avait rougi. « Oh… je ne serais pas très exigeant. L'homme qui croit à la lune se retrouve tombé dans le puits. Comme dirait ma grand-mère… » Il avait ajouté ça avec un petit rire. Sa grand-mère. Voilà ce qu'il racontait, le meurtrier, une fois son chargeur vide. « C'est ce que disait votre grand-mère ? – Si j'en avais eu une. – Oscar : je peux vous certifier que vous en avez eu une. J'irai même jusqu'à deux. » Nexus avait sur le visage une lueur de défi timide : « Je n'en suis pas si sûr… » Et après un silence : « En tout cas, c'est des phrases de grand-mère. » Mais Rilviero, troublé, ne voulait pas lâcher prise. « Redites-moi votre proverbe ? Croit à la lune ? Ça veut dire quoi ? – Vous savez bien. Moi j'ai des femmes qui rôdent. Elles se déplacent avec la densité de fantômes. Elles, on peut leur demander tout ce qu'on veut, puisque de toute façon jamais elles ne viendront pour vous caresser la peau blanche en dessous du bras. Mais une vraie, ancrée avec deux pieds dans le sol… Je n'ai jamais eu. Jamais pour de réalité. »

Une vraie femme, comme Ania ? Elle n'a pas le corps d'une femme qui va mourir. Quant à Nexus, sur les photos, on dirait presque qu'il pleure ; qu'il est en manque ; ou qu'il se fait justice. L'autre femme… dans les profondeurs du Désert… elle a l'air d'être terrestre. Elle possède, du moins, les tendons et les cicatrices qui sont des indices fiables de la réalité. Oui. Mais Nexus ne l'a jamais rencontrée ; il ne sait pas si elle existe. Si elle est d'ivoire ou de corne. Pourquoi tu ne penses à ça que maintenant, gros plouc ? Tu tenais l'occasion de lui en faire dire plus. Bon. Où est Lisa ? Portable toujours éteint. Pas de réseau dans le Désert ? Qu'est-ce qu'elle fout ? C'est Pénélope. Elle a trop attendu, et elle se venge. Il se redresse, va prendre une douche plus brûlante que son corps, s'enroule dans des serviettes, retourne sur le canapé, petit à petit se raisonne. Il peut bien patienter. Qu'est-ce qu'elle fait d'autre, elle ? Depuis deux mois. Et même avant : combien de fois a-t-elle lutté contre le sommeil pour l'attendre ? Quand il arrive enfin, il est souvent trop fatigué pour bavarder ou faire l'amour, mais elle ne se montre pas trop déçue : c'est déjà bien d'entrer ensemble dans la nuit, d'emmêler un peu leurs solitudes de dormeurs. Et il lui en est reconnaissant, lui qui ne dort jamais mieux que quand il tient les seins de Lisa dans ses paumes, ses seins qui répondent à l'appel et ne sont pas la lune. Bien sûr elle est de chair et d'os, et libre, et absente parfois, mais elle ne lui glisse pas entre les doigts comme Gabrielle avant, elle n'est pas un être de fuite qui sans rime ni raison a envie de mourir, le serre fort dans ses bras, ne parle plus, jouit avec délice, pleure, s'exile en Amérique. Un jour Vaughan, se mêlant de ce qui ne le regardait pas, lui avait dit que s'il ne tombait pas amoureux de Lisa, c'était parce qu'elle avait le malheur d'être disponible, et fiable. « Toi qui aimes le solide, lui avait dit Ulrich, tu devrais aimer Lisa. » Il s'était demandé alors si son amour des choses solides ne venait pas simplement de ses déceptions face à l'incontrôlable. Est-ce qu'il appréciait vraiment ça ? Ou se disait-il juste que c'était *plus raisonnable* ? Peut-être fallait-il écouter les amis et les proverbes pour éviter de tomber dedans. Qu'est-ce qu'avait encore dit Nexus ? « Et même dedans. – Quoi, dedans ? – Même dans le puits : certains continuent à regarder la lune. »

Elle s'est levée, dehors. Ronde et grasse. Provoquant l'hystérie et le retour des loups-garous. La fièvre de Rilviero s'est faite plus douce, presque agréable. Il attend tranquillement. Le train non plus, ça n'était pas désagréable. Quand on est assis dans le sens de la marche. Comme toujours lorsqu'il voyageait en hiver, il avait senti monter en lui une tristesse sans cause précise ; c'était la désolation des paysages, peut-être ; ou l'inactivité : ça n'arrivait pas quand il devait se concentrer sur la route, seulement lorsqu'il prenait le train ou que quelqu'un d'autre conduisait ; ajoutez encore la fatigue du lever matinal ; le roulis léger ; un peu de tout cela, et rien de tout cela. À force de regarder à travers les vitres, il avait acquis la certitude que les paysages en savaient plus qu'ils ne voulaient bien en dire sur le meurtre de l'avenue Breton et les récits de Nexus ; il fallait les observer avec suffisamment d'attention pour mettre au jour leur part de vérité. Le train roulait enserré dans des sous-bois, les rails étaient pris dans la roche dynamitée un jour pour leur frayer passage ; on ne voyait que les filets plaqués contre les parois pour éviter la chute de pierres ; à certains endroits, des filets plus larges étaient tendus sur une armature de métal : capables, ceux-là, d'arrêter net les éboulements ? Il était permis d'être sceptique. Partout, c'étaient les arbres. La silhouette sévère et droite des bouleaux. Des arbres plus extraordinaires, dégingandés, bossus. Certains troncs étaient gainés de plantes grimpantes parasites qui faisaient une touche verte dans toute cette armée grise. Il y a des gens qui n'ont jamais vu d'arbres. Vous pourriez peut-être leur raconter comment c'est ? On entrait dans un tunnel : Rilviero retrouvait son reflet dans la glace, cernes plombés, l'air méchant ; il clignait des yeux à la sortie. On descendait, on descendait, le paysage s'élargissait. Ces pitons, là-bas : les Falaises des Élans. Traumfreund voulait aller marcher dans ce coin-là, bientôt. Mais quel témoignage porteraient ces falaises si elles pouvaient parler ? Les collines environnantes étaient coupées en deux : en haut une dentelle blanche, en bas la terre et les bois noirs. À en croire la conversation des voisins, ça s'appelait la limite du givre. À mi-hauteur d'un escarpement en surplomb s'ouvrait une grotte dont des stalactites barraient l'entrée, comme des fanons la gueule d'un monstre marin. Des indices. Il devait trouver des indices. Dans les taillis, l'extrémité des branches était couverte de boules de duvet ; il se demandait ce que ça pouvait bien être ; mais pas au point de tirer le signal d'alarme et d'arrêter le train pour aller vérifier. Au-delà du grand pont et du barrage, les berges de la rivière étaient occupées par des parkings, des tas de graviers. Près d'un cours d'eau gelé : *Baignade interdite.* Sans blague. Une barque abandonnée : en état ou pas ? revivrait ou pas ? reprendrait l'eau ? ou bien avait pris l'eau ? Au milieu de la rivière, des dizaines de mouettes qu'on aurait dites assises sur le courant, à un endroit où une bande de sable devait affleurer. Puis de nouveau un énorme pan de montagne, dont la base servait de carrière ; avec leurs jolis tracteurs jaunes, immobiles parce que samedi matin, les petits hommes casqués détruisaient la montagne.

Le wagon était à moitié vide ; il entendait distinctement la conversation de ses voisins, montés à Comala. C'étaient des gens de la région, mais d'un coin moins sauvage que l'Aneph. Vous passez Noël chez vos enfants ? ; un mélange d'essence de térébenthine, et puis j'ai pris une poudre qui colore les cotons, une poudre pour colorer, et puis… comme ça… ; si on s'y prend à la dernière minute ; ils nous avaient acheté du miel ; douée comme tout ; ils passent l'été pour en acheter, après on leur envoie ; j'sais pas si ça joue un rôle, aucune idée ; il y a une quinzaine d'années de cela ; oh, tout est chimique, hein ; on n'a plus d'enfants… plus d'enfants avec nous ; c'est ce qu'on appelle le Salpex ; le troisième a sa belle-famille à Murten, mais on le retrouvera pour la Nouvelle Année ; ça démarre au quart de tour ; il va agrandir sa… car il a, il veut, les gens se sont aperçus que c'était un… qu'il avait la main, et il a des commandes. Non, non, la transpiration, elle doit se faire par en haut ; c'est dans la tradition de la famille ; j'ai découpé à la scie-sauteuse, et pis j'ai percé un plateau ; ça change, les enfants, d'une fois sur l'autre ; j'étais pas au courant que vous faisiez de l'élevage ; autrefois on n'y faisait pas attention ; mais depuis qu'ils ont sélectionné les mâles, ils ont doublé la production ; y en a un qui est prêtre ; qu'est-ce qu'il en reste, après ? ; ce sont ceux qui ont les serres ; le croisement il peut être positif comme il peut être négatif ; je ne sais pas ce qui s'est passé ; on pensait pas voir le soleil, hein, c'était tellement couvert ; il aurait fallu qu'elle quitte la montagne.

On s'arrêtait dans des bleds : Culoz – Scobey – Dillon – Rambert – Brigue. Les quais déserts étaient bordés de bâtiments aux vitres cassées ou opacifiées ; le train marquait de longs arrêts, inexplicables. Rilviero constatait : la tristesse, c'était aussi parce que les environs immédiats des voies ferrées sont rarement les endroits les plus beaux. Tout le bordel ferroviaire : l'acier parallèle, les traverses de bois, le réseau dense des fils, les cabines renfermant les générateurs. Aux environs des gares, les parois des talus étaient graffitées par des anonymes qui, étant donné leur lieu de naissance et celui où ils pratiquaient leur art, avaient peu de chance de sortir de cet anonymat. Plus loin, les lignes à haute tension, les gigantesques pylônes : quand toutes les maisons deviendraient comme l'Aneph et produiraient leur propre énergie, on n'aurait plus besoin de ces rangées d'inhumains. Hydroforage. Pieux – micropieux. Cartonnages Belsay. Des maisons avec des jardins potagers misérables ; des remises, bâchées ; des champs qui servent de décharges : bidons vides, plots en plastique, blocs de pierre mal équarris… Quel usage, pour quel usage, Seigneur ? Une grande maison de pierres, avec des murs hauts, percés de fenêtres insuffisantes ; et, à côté, une balançoire déserte : on n'avait pas le sentiment que c'était à cause de la saison – les enfants avaient abandonné ce pays.

Les gens à côté s'inquiétaient. 15 décembre. Pas de neige. C'est sûr que ceux qui ont misé là-dessus i vont être obligés de… les stations qu'ont fait de gros investissements de remontées mécaniques ; bah ça va nous retomber dessus ; enfin là ils ont dit pour ce week-end, mais moi j'y crois pas ; vous comptez sur Drake, vous ? ; s'il neige en janvier… oui, oui, les vacances de février… ; ben vous avez confiance ! ; pas le réchauffement climatique ; c'est des cycles comme ça ; bah, les cycles, ça a toujours été ; je me souviens une année,… tu te rappelles… les gens mangeaient à Lisère ! en plein janvier… c'est-à-dire : les gens ont tellement investi dans l'or blanc… si on arrive à en faire de l'artificielle… mais pour ça i faut qu'il fasse froid ! en 76 j'sais pas si vous vous souvenez… exceptionnel 76… y avait eu un mois de mars terrible… et même en 63… moi j'étais dans l'armée, au-dessus de Skalice ; l'Escaurt, la Bruisse, gelés, on passait à pied, tous les matins… fallait plus d'une demi-heure pour… les routes verglacées, les colonnes d'eau avaient pété… pis fallait faire le service quand même… ferrer les chevaux sur la glace… tout ça ça va bien mais… alors on faisait fondre des blocs, on leur donnait à boire dans l'écurie. Ça serait à présent, ça serait pas terrible parce que… on pourrait pas faire ça. Attention, hein, oh la la… si vous lisez les anciens trucs, y a toujours des choses comme ça qui se sont passées… le vin gelait ! bon je sais pas s'i faisait 12 et demi, à l'époque, mais i faisait bien 7-8… mais pour dire… ça a toujours existé ; mais on est plus fragiles, on est devenus, attention… chauffage central… médicaments… on s'est attendris.

Les champs, ensuite. Champs et champs à perte de vue. Au fond des sillons, qui avaient l'air de vagues congelées, le givre et de petites plaques de glace étincelaient dans la lumière ; des vaches et des chevaux se regroupaient sous un arbre, à côté d'une citerne ambulante. Des bêtes sans maîtres ? Où étaient les maîtres ? Partis, eux aussi ? Comment, dans la tristesse de ce pays, pouvait-on faire la part des abandons et de l'hiver ?

K173 : Il est heureux de la voir. K174 : Elle se jette dans ses bras. Elle est vivante, vivante. Elle pensait qu'il en avait pour tout l'après-midi, avec Vaughan. Elle en a profité pour faire une grande balade avec Michelle. Tout un tour : la Merced, les rives de l'Ihavel, retour par Campeche. Par ce temps magnifique. Michelle. Mon amie du cabinet. Mais si : c'est celle qui est moitié jamaïcaine moitié française. Je t'avais mis un mot, à côté du vase. Tu n'as pas vu ? Pas vu. Mais ce n'est pas grave.

Les retrouvailles sont difficiles, pour un temps aussi court. Il s'en rend compte très vite : il aurait dû rentrer deux jours en semaine pour le travail, et ce week-end rien que pour elle. Tout ce qu'il s'était juré de lui dire sonne creux et se cache au pas de crabe. D'autres craintes se confirment : l'amour des retrouvailles n'est pas le meilleur. Il la déshabille avec des gestes timides ; elle a ce corps à moitié nu, aux formes imprévisibles, et qui pourtant est censé lui être familier. Il avait oublié qu'elle était si automne : ils ne sont pas blond roux, ses cheveux, mais châtain roux, même si ça ne sonne pas très légal ; le bonnet de laine blanc les a raplaplatis, tandis que le rose du froid lui est monté aux joues. Le problème, c'est aussi, dans sa rétine, l'image d'Ania, qui ne peut pas s'effacer d'un coup, même en frottant. Vaughan et lui ont tellement prononcé ce prénom qu'il a peur de le laisser échapper par lapsus à un mauvais moment. Faites que les photos retournent au flou. Que cette femme devant lui se précise. Elle s'appelle Lisa. Bien sûr ! C'est Lisa. Mais elle avait une tête aussi fine, des traits aussi découpés, Lisa, avant ? Les pommettes, la mâchoire, les tempes, tout ça à fleur de peau ? Cela lui donne quelque chose de fragile, comme si elle devait mourir au cours des cent prochaines années. Il s'efforce de ne pas montrer sa gêne : elle la verrait, en serait gênée à son tour, ils entreraient dans un cercle vicieux d'étrangeté. Ses mains jouent des gammes lentes sur les omoplates de Lisa, des arpèges malhabiles sur les hanches de Lisa ; il les regarde faire. *Manos tenebras*, oui, indéniablement – elle est si pâle à côté de lui. Alors : faire l'amour, ou ne pas faire l'amour ? Il ne tiendrait qu'à lui, il préférerait attendre, laisser rétrécir les distances. Mais il continue de l'embrasser et de la déshabiller, car l'expérience lui a appris que retarder n'arrange rien : c'est un peu difficile, de toute façon – ce sera plus difficile encore si on laisse subsister longtemps un doute sur le fait qu'on soit amants de chair. Mieux vaut y aller, sans trop poser de questions, sans tirer de conséquences de cette fois-là. — Paulus Rilviero redécouvre, vaillamment, et il se laisse redécouvrir.

L'orage passé, ils s'endormirent. Se réveillèrent. Recommencèrent. L'expérience dit aussi : il est bon de recommencer, et *illico presto* ! Mieux, la deuxième fois. Il n'y avait pas que les seins. Il y avait aussi la rondeur à l'intérieur de la cuisse, près de la chaleur du sexe. On avait le droit, à condition de s'appeler Rilviero, de la prendre à pleines mains.

Ils se rhabillèrent avec des gestes amortis. Lisa parlait ; perdu dans la tristesse du *post coitum*, il écoutait d'une oreille distraite. C'était un peu dur, cet après-midi, tu sais : la sœur de Michelle, c'est celle qui a eu cet accident. Un accident domestique, je pensais. Mais en fait, j'ai appris, une tentative de meurtre. Il y a un an et demi. C'est une histoire horrible. Son compagnon a eu un accès de folie. Défigurée. Au vitriol. Et il s'est suicidé. Tu te rends compte ? Je ne l'ai jamais rencontrée. Elle a des boursouflures énormes, paraît-il, et qui font mal rien qu'à les voir. Et encore, elle a eu de la chance : elle n'est aveugle que d'un œil. Enfin, de la chance… si on peut dire. Mais ce qui est incroyable, c'est qu'elle ne veut pas entendre parler de chirurgie esthétique. Elle en a fait le minimum vital. Aujourd'hui, il paraît qu'il y a des types assez forts pour recomposer quelque chose qui ressemble à un visage. Mais non. Elle sort comme ça. Le pire, tu sais… c'est là qu'on voit que les gens… pour Michelle, je pense que ça va améliorer leurs relations, en fait : elle était très jalouse de sa sœur, avant. La femme parfaite au couple parfait. Et c'est sûr : elle a dû être très belle. Une peau métisse… d'une couleur incroyable… Sur les photos, ça se voit encore. Enfin… Michelle ne comprend pas pourquoi sa sœur s'obstine de cette façon, mais malgré tout, ça les a rapprochées. Et il n'y a plus de jalousie. Tu m'écoutes, ou pas ?

Bien sûr. Oui. Triste affaire. Horrible. Effectivement. Désolé, il fallait qu'il y aille. Il dînait à l'Hôtel de Ville, avec Drake. — Pas tard. Juré. Et on se verrait demain. On a toute la journée, demain. Tu réfléchis à ce que tu as envie de faire ? Demain, oui – oui, oh oui, demain.

***

Avant de héler un taxi, il acheta la presse du jour. Il s'était rendu compte au vu des kiosques qu'il n'y en avait que pour Drake. Mais rien de très réjouissant. Ça tapait fort et en dessous de la ceinture. Le *Regson Eye* titrait, sobrement, « Rien ne va plus » : le couple du gouverneur était de toute évidence en passe de s'effondrer. La couverture montrait une photo de Drake et d'Élisabeth, cadrés en pied, lors d'une cérémonie d'inauguration. Ils tournaient la tête chacun de leur côté, ce qui prouvait un désaccord profond. Le corps de l'article épiloguait sur ce qu'on savait déjà : Drake ne pouvait pas se permettre de perdre Élisabeth, ni même de la voir s'éloigner, car elle était son lien le plus sûr avec les milieux d'affaires. S'il n'avait pas épousé l'industrie en la personne de la famille Galway, représentée en l'occurrence par sa fille aînée Beth, l'ancien préfet en serait resté à son image de bon flic proche des classes moyennes et n'aurait jamais acquis la stature d'un gouverneur.

Les tabloïds jouaient, pour une fois, une carte plus politique, mais sur un ton si agressif que Rilviero eut un mouvement de recul : « Que chacun se démerde, le gouverneur s'en fout. » Il fallait acheter le journal et lire la suite, page 2, pour savoir de quoi il s'agissait. Le projet de loi sur les services publics. La modification de la Constitution soumise la semaine suivante à l'Assemblée allait, pour le *Regson Dimanche*, sceller le désengagement de la puissance publique. Comme d'habitude, Drake oubliait qu'il était censé gouverner la région, et pas la seule ville de Regson. Ceux qui ne voulaient pas venir en ville pouvaient toujours crever. Dans la section « Ils racontent », qui prenait beaucoup de place dans la nouvelle formule du journal, les habitants d'un village isolé se plaignaient de la fermeture de l'école et de l'agence pour l'emploi. Tout mourait. Et, au lieu d'aider, le gouverneur portait le cercueil et enfonçait les clous. Les journalistes omettaient d'expliquer en quoi allait consister la modification de la Constitution, ou ce qui motivait cette décision de Drake. La méchanceté, sans doute. Parce que chaque matin, en se levant, le gouverneur se frottait les mains, écoutait de la musique dodécaphonique et jurait la ruine de ce pays. L'éditorial du *Temps* ne volait pas beaucoup plus haut : sans prendre position sur le fond, il se contentait de souligner que Drake s'était définitivement aliéné l'électorat rural en encourageant la création de centres périurbains et de groupements de communes. Le parti du gouverneur allait se retrouver en très mauvaise posture pour les élections de district du mois de mars. Gagné par l'inquiétude, Rilviero déplia d'autres journaux encore, lut d'autres titres : « Drake impliqué personnellement dans le massacre de l'avenue Breton » ; « Le gouverneur aurait fait assassiner une ancienne maîtresse » ; « Des documents inédits révèlent les pressions exercées sur la justice » ; « Por-

trait : Paulus Rilviero, l'agent secret du gouverneur ».
— Aargh. « À l'aide ! Maman ! – Qu'est-ce qu'il y a, Paulus ? C'est rien du tout. Tu as fait un cauchemar. Calme-toi, ne laisse rien filtrer, bois un peu d'eau, redouble de prudence et ça n'arrivera pas. Rendors-toi maintenant, mon chéri. »

Tout au long du trajet, il continua à feuilleter la presse, un peu plus écœuré à chaque page mais incapable de s'arrêter. Il n'avait pas acheté les meilleurs journaux, bien sûr ; mais ceux qui affichaient les plus forts tirages. Les seuls qu'on voyait les gens lire dans le métro. Rilviero se demandait pour qui il devait être le plus triste. Pour Drake ? Pour ces journalistes au métier si épanouissant ? Ou pour les Regsoniens à qui on servait cette bouillie ? Il eut envie de dire au taxi d'accélérer : il rendait visite, ce soir, à un ami qui avait besoin d'aide.

Nexus avait tiré sur Richard Tallis, d'abord ; puis sur Zhao Yuan ; et sur Ania, enfin. Il ne s'était arrêté qu'après avoir vérifié, en lui prenant le pouls, qu'elle était morte. Rien ne permettait d'être certain qu'il ait eu une cible précise. Mais si l'on admettait cette hypothèse, ça ne pouvait être qu'Ania : ils étaient arrivés sur les lieux du crime du même côté ; elle courait sur ce parcours tous les mardis à la même heure, une habitude qu'il avait pu découvrir. Les deux hommes venaient, eux, en sens contraire, et Nexus n'avait *a priori* aucun moyen de savoir qu'ils se trouveraient avenue Breton ce jour-là. Cela dit, Nexus aurait eu d'autres occasions d'abattre Ania, et de bien meilleures. Il aurait pu tuer plus sûrement quatre ou cinq personnes au feu de la rue Edward O. Strate. En agissant après avoir traversé, il avait pris le risque de rater sa cible. Tous ses gestes trahissaient de façon générale une perte de sang-froid, un débutant ou quelqu'un qui faisait semblant de l'être. Ils regardèrent ensemble les photos et le film. Malgré son émotion visible, Drake avait assez de distance pour apprécier la qualité du travail de Vaughan :

« Je suis toujours un peu inquiet que vous déléguiez. Mais si ça se passe aussi bien à chaque fois, il n'y a pas de souci.

– Vous n'aurez jamais aucun souci avec Vaughan. Je suis moins sûr de Traumfreund, pour tout vous dire. Il est compétent, sans aucun doute, et je l'apprécie beaucoup, mais…

– Il m'a été chaudement recommandé. Par des personnes qui s'y connaissent. Vous avez à vous plaindre de choses particulières ?

– Non. Pas depuis deux mois. Non, à vrai dire, je vois mal comment je ferais sans lui… C'est juste que… je ne vois pas bien son intérêt dans cette affaire. Il prend tout très à cœur.

– La curiosité scientifique… ça ne s'explique pas. C'est peut-être un cas qui le touche particulièrement, pour une raison ou pour une autre. Tant que j'y pense : à propos de Traumfreund – vous m'aviez demandé des informations sur son ami Lucas Kelten.

– Ah oui. Kelten. J'avais presque oublié.

– Je vous ai fait sortir son dossier, aux Renseignements.

– Il avait un dossier ?

– Il a été surveillé, quelques années. Après les grands mouvements étudiants. C'était ce qu'on appelle un leader d'opinion. Par la suite il s'est tenu tranquille, et on n'a jamais eu besoin d'en faire usage. Mais ça peut toujours resservir, comme vous voyez. »

« Le seul problème, de mon côté, poursuivit Drake, c'est que ça mette autant de temps… Maintenant que j'ai lancé cette enquête… vous comprenez… je ne serai pas tranquille avant d'en connaître les résultats…

– Ça ne sera plus bien long. Traumfreund finit de poser son diagnostic, il vous le livrera avant Noël. Et nous avons donné quinze jours à Nexus pour boucler ses aveux.

– Oui, vous m'avez écrit ça. Bien. Très bien. — Je n'arrive plus à penser à Ania sans penser à sa mort. À cette enquête. Ça parasite mes souvenirs d'elle. La seule chose qui, dans ma vie de ces dernières années, n'était pas un *problème*, pas une *affaire*... C'était un piège de vous engager, d'une certaine façon. J'aurais dû passer à autre chose. Mais quand on ne comprend pas... J'ai du mal, je me résigne difficilement à ne pas comprendre. Ce serait tellement plus simple si nous pouvions mettre la main sur quelqu'un qui aurait décidé sa mort froidement, un jour, assis à un bureau. Votre Nexus... qu'il ait voulu tuer Ania ou tuer tout court... c'est une victime. Comme la plupart des gens qu'on juge. Il naît dans la violence, il respire la violence et il rend la violence. Ce n'est pas satisfaisant pour moi de le savoir en prison. Ça ne calme pas.

Vous savez, il n'y aura pas de troisième mandat. Ce sera déjà beau si j'arrive au bout de celui-ci sans crever d'amertume. On en avait parlé, l'autre jour : j'ai des envies terribles de retrouver la vie incognito. Et encore... J'ai eu beaucoup de chance. Je suis entré assez tard en politique, et sans en attendre rien de précis. Quand j'ai été élu, j'avais cinquante-six ans. Soixante-quatre à ma retraite, donc. Si les dés me sont favorables... et si mon cardiologue ne me ment pas... ça me laissera quelques années. Le repos du guerrier. Ou pour faire passer l'amertume. Mais vous imaginez le sort des malchanceux ? Ceux qui veulent le pouvoir depuis qu'ils ont vingt ans ? Et qui l'obtiennent... ou pire, manquent l'obtenir à soixante-dix ? Ces gens-là ont intérêt à croire en une forme de vie après la mort, parce qu'ils auront manqué la vie ordinaire. Prenez

Umberto Spiro : c'est quelqu'un de… j'ai toujours eu beaucoup de respect pour lui. Il se présentait pour la troisième fois, il y a cinq ans. À soixante-douze ans. Je l'ai battu. Bon. Et il est mort, quoi ? un an plus tard ? Qu'est-ce qu'il aura accompli ? Qu'est-ce qu'il restera de ses efforts ? C'est insensé. Peut-être qu'il aimait la lutte pour la lutte. Peut-être qu'il ne vivait que pour ça et se moquait du reste. Je l'espère pour lui. Mais ça n'est pas mon cas. »

Trajectoires divergentes. Umberto Spiro s'est lancé en ligne droite. Il avance pas à pas sur le segment fini qui mène au trône ; il a l'Hôtel de Ville gravé dans la rétine, la cage de verre – mais voilà que le segment s'allonge, semble – tiens, oui, comme c'est bizarre – semble se fragmenter. « C'est à B que vous allez ? Ah bah, mon cher monsieur, faudra passer par C. – Bon… Et pour aller à C, je prends par où ? – Eh bien, faites le crochet par D, c'est encore le plus court. » Et pendant ce temps-là, Drake, parti plus tard, mais comme chaussé de sandales ailées qui lui permettent d'échapper aux lois de la gravitation…

« Vous avez de la neige, chez vous ?

– Mais c'est une obsession, dites donc ! Tout le monde me demande ça, depuis que je suis ici. C'est sûr qu'en fait de neige, les Regsoniens… ils n'en voient pas grand-chose. Ça devient de la bouillasse en trois heures.

– Moi ce sont les sports d'hiver qui me préoccupent. Les délégués des Rodhiles ne parlent que de ça.

– C'est l'autre versant. Je n'y connais rien.

– Comment c'est, votre coin à vous ?

– C'est vide. Ce sont aussi les effets de votre politique, me semble-t-il : *la ville pour tous*…

– Oui. Mais ça n'est pas un mal. À quoi ça sert, enfin ? À quoi est-ce que ça rime de maintenir un service public fort dans ces montagnes ? Ou dans la vallée de la Dore ? Ou sur le plateau de Pombal ? Il y a assez de place autour des villes, petites ou grandes. Les gens qui sont restés dans leur patelin m'en veulent, mais ceux qui ont recommencé une nouvelle vie sont dans l'ensemble très satisfaits. Les enquêtes montrent ça. Si on veut une vraie politique sociale… si on veut recréer du lien social… mieux vaut concentrer la richesse et faire des villes des lieux de vie dynamiques. Agréables. C'est là qu'il faut investir. Le reste c'est du saupoudrage. Ça n'a pas de sens.

– Ce qui inquiète le plus les gens, c'est les sapins. Oui. Ne me regardez pas comme ça. Pour le paysage. Si tout le monde part et qu'il n'y a plus personne pour cultiver les champs, on plantera des sapins, même dans les vallées, et sur les rives du lac de Comala.

– Et s'il y a trop de sapins, les loups reviendront, c'est ça ? Et les ogres ?

– Non, mais c'est triste. C'est sombre. Et, oui, d'une certaine façon : ce sera comme si l'homme n'était jamais venu.

– Mais moi… Vous me direz, c'est facile : je vis en plein centre de Regson, mais enfin… je ne tiens pas particulièrement à ce que l'homme soit ainsi maître et possesseur de la nature ; ça ne me dérange pas s'il y a des coins désertiques ; je n'ai pas envie que tous les sommets soient couronnés d'une croix. — Vous savez, cette réforme aurait beaucoup intéressé Ania. Je pense.

– Comment ça ?

– Ses recherches. Elle travaillait sur l'histoire des migrations, vous savez bien. Et dans sa thèse, en particulier : ça porte sur les motivations des migrants qui sont venus vivre à Regson, et sur la représentation qu'ils se faisaient de la ville avant d'y arriver. Elle s'est entretenue avec beaucoup d'immigrants étrangers, bien sûr, mais il y a aussi toute une partie sur l'exode rural.

Trajectoires de migrants. Et vous, vous étiez d'où ? Ah, c'est vrai ? Pourquoi êtes-vous partis ? La cible que le rêve avait dessinée au début de votre trajectoire, quelles couleurs avait-elle ? Et quand vous avez touché le but, est-ce que vous vous souvenez où était passé le rêve ?

« Est-ce qu'elle travaillait à la Grande Bibliothèque ?

– Je ne sais pas. Parfois, j'imagine. Pour les archives.

– Nexus y passait assez souvent en rentrant du travail. Très tôt le matin : à cinq ou six heures.

– Ça m'étonnerait qu'Ania ait été levée à ces heures-là.

– Oui. »

***

Il prit le train de 18 h 10, le dimanche soir. Le trajet lui parut plus long qu'à l'aller. La locomotive fonçait dans la nuit et le froid, l'obscurité dehors était totale, il n'y avait plus de paysages pour enquêter ou se distraire. Un petit air malsain s'échappait des rainures de métal en dessous des vitres ; il étala son écharpe dessus, calfeutra les brèches de son mieux ; il n'avait pas la moindre envie d'être repris par la fièvre. La première balle… pour qui ? Tu sais, je t'en ai parlé : défigurée. Au vitriol. Les cycles, ça a toujours été. Vous allez voir les femmes ? La part des abandons, celle de l'hiver. Mais où est-elle ? Ils auront manqué la vie ordinaire : le petit mot sur la table… le robinet qui goutte. Le train fonçait sans un bruit, hors du monde.

Traumfreund l'attendait à la gare. Est-ce qu'il avait neigé ? Ça sentait la neige. Ça sentait, ça sentait : qu'est-ce que ça sent, d'abord, la neige ? Il avait neigé, oui ou non ? Eh bien non. Pas un flocon.

19. LA VIE SOYEUSE

On arrive. Tout au Nord. Il n'y a pas plus au Nord.

Le paysage est peint à l'huile, la lumière va du gris au bleu, elle s'attarde longuement sur le parme. Les nuages ont une indolence. Nexus et Calder ont marché sans fatigue au travers de la lande, une colline après l'autre, escaladant des roches mangées par les lichens, escamotant les fleurs jaunes des genêts. Nexus a, le premier, aperçu cette surface étale et apparemment sans limites : la mer ! La mer ! Tout d'abord, elle l'a un peu déçu : il la fantasmait agitée, mugissante. Or ici, sauf tempête, l'écume n'existe pas. Ce sont des terres qui ignorent la violence. Même le contraste entre le jour et la nuit est des moins sensibles, tant le passage se fait graduellement.

Plus tard, du haut d'une côte, il a découvert le grand vent, la force des embruns – et la baie d'Atlán. Elle forme une demi-lune, mais pas assez creusée pour qu'on s'y coupe. Au centre, comme un mirage tremblant dans la lumière de midi, c'est le palais de marbre rose, les six étages en terrasses, reliés par des volées de marches et par un système compliqué de galeries : les demeures de Donleone.

Ils entrent dans le Palais sans y trouver personne. C'est bien ce que pensait Calder : Donleone est encore en mer, sur le *Buccifale*, avec sa cour et son invité. Van Goyen. Son invité, c'est Van Goyen. Oui. Et, plus que pour le maître des lieux, Oscar, c'est pour cet homme que nous sommes ici. D'un pas un peu mélancolique, ils déambulent à travers les salles vides, arpentent la galerie couverte qui longe les plages ; le toit en est soutenu par de fines colonnes torsadées ; les portraits des comtes d'Atlán s'y succèdent, des hommes très bruns, les yeux rivés vers la mer, et dont le visage s'empâte au fil des générations. Celui-ci est l'actuel. Notre hôte. Ils finissent par entendre des gloussements et tombent, aux abords des cuisines, sur des soubrettes en plein branle-bas de bataille, de la crème pâtissière plein les doigts. Qui est-ce qui a encore… Ah pardon. C'est pour ? Ils cherchent ? Ces messieurs sont ? Mais bien sûr ! Mille excuses, elles les prenaient pour des fournisseurs. Leurs appartements sont prêts, on va les y conduire dans une minute. C'est un chaos, ici, vous n'imaginez pas. Il vient six cents personnes, ce soir, et tout est encore de travers. Mais il y a un peu de temps : la flotte ne sera là qu'à la nuit.

Nexus veut toucher la mer. Ou, au moins, l'eau dont elle est faite. Ils empruntent les escaliers descendant vers la plage, s'avancent sur les pontons. Les gréements des bateaux se balancent au tempo clapotis. Qu'est-ce qu'on est bien… On ne sent pas l'air. Nexus s'emplit les poumons, bombe le torse et se tourne vers Calder : « Donc, c'est ici. – Oui. – Nous marchons sur ses traces ? – Oui. » Ils se tiennent précisément à l'endroit où Rezzano a embarqué pour faire le tour du monde, et débarqué huit mois plus tard. Il y a un peu plus de cent ans de cela. Bien sûr, quand on voit la sérénité des eaux dans la baie d'Atlán, on ne peut pas se rendre compte de l'audace du projet… Mais il suffit de trois jours de navigation en ligne droite pour tomber en pleine zone des tempêtes. Elles font barrage. Ne pardonnent pas la moindre erreur. De l'avis général, il n'y avait que la mort à aller chercher, et pas de doute qu'on la trouverait. Qu'elles affichent un aspect placide ou jouent franc jeu, toutes les mers qui limitent le Séabra sont les ennemies de l'homme. Rezzano et son équipage sont partis entourés de stupeurs, une expédition vers l'au-delà. Cinquante marins, tous inconscients, mais à la tête assez bien faite pour que leur folie soit du genre à prendre corps. Rezzano avait décidé d'en finir avec l'ignorance. Il affirmait fièrement : les navigateurs qui m'ont précédé ne se sont livrés qu'à un pitoyable cabotage. On pouvait pousser plus loin. Établir une fois pour toutes les dimensions des mers. Faire le tour du pays. Le *Buccifale* a cinglé vers le nord. *Buccifale* : c'est par hommage à Rezzano que Donleone a baptisé ainsi son navire d'apparat. Mais quand il a mouillé deux mois plus tard, dans un petit port d'une côte sauvage, au Nordeste, le vrai *Buccifale* n'avait pas très bonne mine. On déplorait une avarie de gouvernail, un mât en moins… une délégation est aussitôt partie de Fortal à la rencontre de l'équipage, pour savoir ce qu'ils avaient vu ; cependant les marins avaient reçu consigne de se taire. Ils ne quittaient le bateau que pour s'occuper de l'approvisionnement. Le rapport était dû au comte d'Atlán (le père de leur hôte de ce soir), il ne serait fait qu'au comte. Des semaines plus tard, ils louvoyaient entre les récifs au sud du Désert, les hommes étaient loqueteux, la soif en avait emporté une dizaine, d'autres crachaient des dents. Puis plus de nouvelles pendant six mois : ça y est, ils étaient morts et avaient fait fortune sur un autre continent. Un matin, pour finir, comme sortis de nulle part, ils avaient fendu cette mer d'huile que Nexus voyait, les quelques rescapés, juchés sur les vergues, les jambes amputées en dessous de la rotule à cause d'engelures ayant tourné à la gangrène, un rire énorme dans les yeux. Seul Rezzano était entier, une vraie figure de proue, absolument imputrescible. On avait eu droit au rapport. Ils avaient dit ce qu'ils pouvaient des brumes épouvantables, des tempêtes, des maelströms qui s'étaient donné le mot. Oui, mais derrière le rideau des tempêtes, qu'est-ce qu'ils avaient trouvé ? Le rideau ? Ah ah ! Ça n'est pas un rideau, bande d'imbéciles, mais une saison démente de cyclones et de nuit. Oui, mais passée cette saison ? Quand ils avaient débouché, enfin ? Ils avaient vu, alors, la silhouette d'un bateau qui se dirigeait vers eux, à vive allure, menaçant, fort semblable au leur, et sur le gaillard avant : eux-mêmes, Rezzano, lui-même, hébété, l'image fonçant vers le bateau, le bateau fonçant vers son reflet, à l'abordage ! C'étaient d'immenses miroirs de glace éructant de lumière blanche, qui fermaient l'horizon et empêchaient l'au-delà. Ils avaient suivi ces murs huit mois durant à la recherche d'une faille, accompagnés à chaque seconde par leur fidèle bateau fantôme, ce frère jumeau qui se moquait d'eux, crachait des dents en même temps qu'eux, mais d'une bouche plus insolente. Le Séabra était encerclé par les mers, et les mers entièrement ceintes par ces murs de glace, avait conclu Rezzano d'une voix exténuée et définitive. Après quelques jours, pourtant, s'étant remis de ses fatigues, il était revenu sur ces propos : il restait bien ce couloir, au nord-ouest, qu'ils n'avaient peut-être pas suffisamment exploré. Les brumes y étaient si têtues, la mer si encombrée d'icebergs qu'ils avaient pu manquer quelque chose, dans ces environs. Il avait mis sur pied une autre expédition, un an plus tard. Et cette fois, pas de retour. On n'avait plus eu de nouvelles de lui. Jamais.

« En fait, poursuit Calder assis au bout de ce ponton, je pense que Rezzano a menti sur le passage du nord-ouest. Le voyage lui avait ôté ses désirs de tout cartographier. En mettant pied à terre, ce jour-là, il a dû prendre conscience qu'il n'était pas seulement le premier, mais aussi le dernier grand marin du Séabra. Que par sa faute nous restions seuls sur notre île, avec ses cycles et ses climats, abandonnés sans aucun horizon, sans même l'espoir d'un autre monde. Confrontés aux fronts hauts des miroirs. S'il est reparti c'est, je crois, pour laisser pendre un coin du voile, pour ménager aux gens une sorte d'ouverture, une zone encore sous le charme des mots *terra incognita*. Rezzano craignait peut-être que le mystère ne devienne une espèce en voie de disparition. Il avait voulu dissiper celles des obscurités qu'il pensait dues à un manque de courage, mais certainement pas éclipser les mystères. En observant la cour d'Atlán et les foules de curieux venus du Nordeste, il a pu avoir des regrets, un mouvement de panique : est-ce qu'il n'avait pas commis une terrible erreur en déclarant que le pays était clos ? Que feraient des hommes qui croiraient pouvoir se targuer de tout savoir ? Qui n'auraient plus la moindre idée de la valeur de l'ombre ? Est-ce qu'ils n'allaient pas se laisser prendre par un orgueil nauséabond et destructeur ? — Des dizaines d'expéditions se sont lancées à sa recherche ; on n'a jamais trouvé de passage au nord-ouest, ni aucune trace de Rezzano, mais tu feras peut-être connaissance, ce soir, avec des armateurs grandiloquents qui n'en démordent pas et sont venus ici pour affréter une flotte. C'est tout l'intérêt des disparitions. Elles permettent de vivre éternellement dans la mémoire. Hé, les gens ! Si vous voulez entretenir la flamme, disparaissez ! Un naufrage, un désert, une avalanche ou un couvent, arrangez-vous, mais gagnez votre cachette en silence, et mourez-y sans un soupir ! — Depuis, tout le monde raconte n'importe quoi. Il aurait réussi à perforer les glaces, qui se seraient ensuite refermées derrière lui. Pourtant, l'expérience l'a assez prouvé, ces murs épuisent les tentatives : ils ne résonnent pas ; ils ne fondent pas ; ils rejoignent la Voûte, tout là-haut, et se taisent. Ceux qui veulent faire du mauvais esprit disent que le Séabra est une immense prison, ou pire, un sarcophage dont on aurait soudé ensemble les six faces ; en fait, c'est un petit pays. »

Les Donleone, eux, tenaient leur réponse. Pas d'infini. Restait l'éternité : la vie au Séabra ne connaissant pas de terme fixé à l'avance, il était peut-être possible, à condition de fuir la violence et les guerres, de fausser tout à fait compagnie à la mort et de déployer dans le temps leur existence à laquelle ces murs refusaient l'ivresse de l'espace. Amis, il faut jouir, désormais. L'heure est venue d'un plaisir lent. Profitons du peu que nous avons, et qui est tout ce que nous avons. Or à la même époque, des prospecteurs avaient découvert plus au sud les premiers gisements de pierres fines. En fait, sur tout le territoire du comté, ce n'était que filon sur filon. Les seigneurs d'Atlán, qui appartenaient à la confédération des Vallées, avaient alors pris leur indépendance, afin de ne pas être trop tentés de partager ces richesses. Sur la route, Nexus avait pu apercevoir de loin les immenses carrières à ciel ouvert et les entrées des galeries à flanc de coteaux. Rendons grâce : ce sol est une fortune. Il n'y a qu'à faire descendre sous terre toute la population pour qu'elle nous la rapporte. Mines de béryl, d'opale, de corindon – et d'oliphante, bien sûr… Nexus a un petit sursaut : il revoit soudain les aveugles plonger la tête dans la drogue, renifler bruyamment. Ainsi donc, le luxe inouï de ce palais, c'est aussi le commerce de l'oliphante…

En milieu d'après-midi, il gagna sa chambre, en fit le tour dix bonnes minutes. Le pays est petit mais les palais sont grands. La lumière tremblait sur les lambris ; Nexus effleurait les dalles incrustées de nacre et de cornaline ; malgré la polissure du sol, il lui semblait que ses pieds enfonçaient comme dans du sable. Plusieurs fois il manqua trébucher, car des niveaux de hauteur inégale faisaient dans la chambre une succession d'appartements. L'inspection achevée, il constata qu'il avait la vie devant lui et s'endormit.

Lorsqu'il descendit les marches, une heure plus tard, il se sentait parfaitement dispos, et capable d'embrasser d'un seul coup d'œil le ruissellement des lumières. Les miroirs ne lui dirent pas qu'il était seul au monde, mais simplement plus beau que jamais. C'est ton soir, Nexus. S'il y en a un, c'est aujourd'hui. Ce sera plus drôle que Pirmis. S'embêter avec des discours, et presque de la morale, quand on peut être ici ! Les galeries, où ne s'apostrophaient trois heures auparavant que des échos, s'étaient emplies de bruissements d'étoffes et de voix joyeuses. On longeait des buffets immenses, où les œufs d'esturgeon d'un noir luisant s'amassaient jusqu'à s'ébouler ; le vin s'aérait dans des carafes étincelantes, les homards manquaient d'air hors de leurs aquariums. Et les pains étoilés d'anis, les truffes, les marinades, le peu que nous avons. Mais ça n'était pas là l'extraordinaire : au Boquerón et à Ésèphir non plus, on ne mourait pas de faim. Les femmes, en revanche : les femmes qui faisaient défaut dans tout le reste du pays, qu'on cherchait des yeux dans les foules, qu'on regrettait le soir en s'endormant, les femmes qui n'étaient pas libres parce qu'elles étaient trop rares, qui se voyaient tenues, jusqu'à ce qu'elles aient mis au monde deux enfants, de porter les bracelets du devoir, les femmes descendaient une à une de leurs appartements et envahissaient par centaines les couloirs du palais. Les Donleone avaient les moyens de leur plaisir lent : ils semblaient avoir accaparé toutes les plus belles. Elles donnaient le bras à des hommes ou s'avançaient seules, avec un léger déhanchement qui faisait flotter les tissus. Pour ceux qui s'y connaissaient, cela ne faisait pas de doute : les diamants qui brillaient aux arcades sourcilières venaient de chez

Caron ; les bustiers – est-ce qu'ils étaient là pour maintenir les seins, ou au contraire pour les faire déborder ? – de chez Wirth ; et les robes sur lesquelles les serveuses jetaient des regards noirs d'envie : griffées Mariany ou Gatsburgh. Ah, se disent les serveuses, défiler un jour dans une robe Mariany ! Si seulement ! Si jamais ! Cours toujours, ma petite. Les femmes lui souriaient avec une gentillesse insistante. Nexus fut pris de vertige ; il s'appuya un instant à une des vasques de pierre où flottaient des pétales de fleurs ; la coutume voulait qu'on y trempe les doigts : cela faisait un genre d'eau bénite, indispensable pour qui souhaitait le baptême à la vie soyeuse.

« Restons ici, dit Nexus à Calder. – Oui oui, ne t'inquiète pas, nous restons un moment. » Non : c'est pour toujours, qu'il voulait dire. Il aurait fallu être gravement malade pour chercher autre chose. C'était ici l'épicentre du monde, et son épiderme à la fois : les peaux sablées, les peaux d'ébène, les peaux lunaires des femmes ! Mais Calder s'était éclipsé. Nexus pénétra dans la Salle des Tapisseries ; sous l'œil protubérant et disproportionné d'animaux exotiques s'ébattant dans des paradis, les invités mangeaient, assis sur des coussins autour de tables basses, ils faisaient circuler des plateaux d'huîtres, portaient des toasts. Nexus se donna une petite secousse : maintenant, ayons le courage de jouir.

La fête dura trois jours ; trois jours le festin, les conversations lumineuses, trois nuits les danses, les baignades au clair de lune, les femmes endormies la joue dans une main. À l'aube, les coupes abandonnées sur les pontons ou en équilibre instable sur les rambardes des terrasses, partout des hommes se penchant sur la nuque des femmes et embrassant les frisottis qui y moussaient, toujours le pas titubant et comique de l'alcool par-dessus les corps alanguis, des dialogues absurdes entre deux portes, oh mais je vous connais, c'était vous l'autre jour à Shirazi, non ? mais si, je vous reconnais, non ? ah ah ! La cire gouttait des lustres et se répandait sur les tapis, des femmes agenouillées entre les jambes des hommes leur mangeaient le sexe jusqu'à ce qu'ils éjaculent, les orchestres enchaînaient les valses, on s'assoupissait sur un sofa, et au réveil, sans trop savoir comment, on se trouvait à marcher sur les plages, il y avait là des violonistes éméchés qui quittaient soudain leur veste et, tenant leur instrument à bout de bras, se jetaient dans les vagues pour y stradivarier des sérénades, parions ! parions ce que vous voulez, deux ou trois sérénades et je fais surgir des sirènes, c'est un coup sûr, elles n'y résistent pas ! et sur le sable d'or, échoués à défaut de sirènes, des centaines de coquillages, oursins, étoiles de mer, hé, vous ! on aurait besoin d'un quatrième rameur, voici venu le temps des épaules nues sur la mer d'huile, des gorges renversées au rythme des vaguelettes, de la nacre, des seins de nacre, des ciels de nacre, mais où vous a-t-on appris à ramer comme ça, sacré farceur ! — car rien de tout cela, en vérité, n'était vraiment pour lui. On ne savait pas d'où il venait, il manquait tout de même de manières, il avait bien le droit de saisir au passage du vin sur les plateaux, ou de se mettre à l'étage pour zyeuter dans les décolletés, ça, autant que ça lui chantait, mais entre lui et les invités de Donleone se matérialisait toujours, aux moments fatidiques, quand son cœur palpitait, quand le désir bandait son sexe au point de lui faire mal, une sorte de frontière. Le Palais tout entier semblait structuré par ces frontières, invisibles et pourtant aussi infranchissables que les murailles de glace qui ceignaient le Séabra ; obéissant à des hiérarchies sans doute établies de longue date, les femmes n'allaient pas avec n'importe qui, il ne suffisait pas d'être jeune, d'être beau et de leur plaire ; les corps se dérobaient, on ne lui répondait pas, les sourires qu'il avait cru lui être adressés l'étaient en fait à la galerie, il n'arrivait même pas à croiser leur regard, elles avaient de longs cils impudents, les pupilles dilatées par la belladone, elles savaient l'art de tourner la tête avec lenteur pour que se dessine leur clavicule, mais quand ces yeux venaient à passer sur son visage à lui, ils ne s'arrêtaient pas une seule fraction de seconde, ils demeuraient sérieux et froids, comme traversant une étendue de vide, un paysage désert, et d'un ennui ! La camaraderie des hommes l'excluait tout autant, même les plus saouls semblaient être rattrapés par le sens des convenances au moment de lui taper sur l'épaule, leurs échanges fourmillaient d'allusions qu'il ne comprenait pas et qui le terrifiaient, et quand par pur hasard on s'adressait à lui, sa peur du ridicule ne lui permettait jamais de trouver une réponse adéquate. Cela faisait deux jours déjà qu'il n'éprouvait plus le moindre sentiment de faim, la seule idée de l'alcool lui donnait des envies de vomir, et avec le dégrisement lui vint petit à petit une lucidité amère : il commençait à comprendre ce qu'avait voulu dire Calder en évoquant un jour *le pitoyable confort* de la vie à Atlán. À toute heure du jour et de la nuit, on découvrait quelqu'un accoudé face à l'océan, la tête entre les mains, l'air de ne plus savoir quoi faire du temps qu'on lui avait si généreusement imparti. Il se mit à remarquer des détails, des craquelures dans les lambris ou dans le fond de teint des femmes ; celle-là n'est pas aussi époustouflante qu'elle en a l'air, elle ouvre une vraie gueule de poisson, quand elle se croit inaperçue ; si vous enlevez la part du bruit à la joie de cette petite bande, tous les propos qu'ils tiennent perdent de leur dorure, ça sonne contraint et creux ; et cette autre : elle avait beau ne pas tomber sous le coup d'un *memento mori*, on lui voyait le crâne à travers la figure, et sous la chair des seins un vide d'après l'apocalypse. Au cours du troisième jour, les heures se firent plus molles, certains regardaient leur montre. Rien ne vint troubler la fête, mais la fête se troubla d'elle-même.

Nexus ne pensait plus qu'à partir. On n'avait pas fait tout ce chemin pour une espèce d'orgie : il était temps de trouver Van Goyen et Calder, et de se mettre en route avec eux pour les montagnes de l'Ouest, comme il était convenu. Mais pas de Calder. Pas de Van Goyen. Il força des portes qui auraient dû rester fermées, pénétra dans des boudoirs où les hommes les plus vieux discutaient gravement, buvaient des eaux de vie, fumaient. Certains, parmi les plus croulants, étaient accompagnés de femmes aussi jeunes que vulgaires qui n'étaient pas leurs filles. Il se fit refouler gentiment, des serveuses lui mirent la main dessus pour le distraire, elles agissaient visiblement sur ordre, des beautés assez médiocres en comparaison de celle des invitées, on lui fit prendre de la drogue, il eut, enfin, ses orgasmes, mais qu'il n'attendait plus, et tristes : ses sens trop émoussés en profitèrent à peine.

Enfin, alors qu'il était écroulé dans une antichambre et jouait stupidement avec une branche de corail noir trouvée sous des coussins, il commença à entendre des voix. On parlait dans un endroit de l'espace. Le corail lui parlait ? Non. C'était autre chose. Quelque part, derrière les tentures. Il reconnut la voix de Calder… et l'autre devait être Van Goyen, tous deux débarrassés du protocole, enfin seuls, et entamant un grand conciliabule. Lorsque Nexus chercha à se lever pour les rejoindre, son crâne puait le tourbillon, et la force lui manquait. Plutôt que de s'étouffer dans les rideaux des plis, il jugea plus sage d'être intelligent et de rester immobile et de tendre l'oreille.

« J'espère qu'on ne vous a pas fait trop attendre.

– Je m'apprêtais à partir quand j'ai eu votre message. Il y a dix jours. Mais ce n'est pas grave. Ça m'a donné un peu plus de temps pour chercher à convaincre Donleone.

– Et alors ?

– C'est raté, pour l'instant. Il ne compte pas venir à Maravos. Il pense que le sommet est voué à l'échec.

– Qu'est-ce que vous avez répondu ?

– Les mêmes arguments que d'habitude : "Vous n'avez pas à penser à ce qui *va* arriver. Vous devez décider ce qui vous semble bon et faire en sorte que ça se produise. Vous faites partie de ceux qui peuvent faire pencher la balance…" Mais le problème, c'est qu'il n'est pas inquiet.

– Non ? Il a raison. De quoi faudrait-il s'inquiéter ? Il y a des décisions à prendre, sans doute, mais pas d'urgence. Aucune mort ne nous guette. La fête suit son cours, la fête va continuer, et la vie avec.

– Il ne cesse de répéter que c'est une perte de temps, puisque l'accord est impossible. On butera toujours sur un veto. Sur au moins un veto.

– Ça n'empêche pas de discuter.

– Il pense aussi que le Commandeur ne viendra pas.

– Comment le sait-il ? La chancellerie n'a pas répondu à nos lettres de rappel, mais il reste encore plus de trois semaines. Beranek venait toujours. Si Ortiz veut imiter son père, il faudra bien qu'il se résigne à en passer par là. Et pour le faire venir, il faut venir soi-même.

– Je lui ai dit cent fois. Et je lui ai fait remarquer que s'il tenait tant que ça à ce que tous soient présents, c'était de son ressort. Il aurait les moyens de faire pression sur Caius pour que même les mendiants ne manquent pas à l'appel…

– Sérieusement ? Vous lui avez fait miroiter ça ? Les Héritiers au grand complet à Maravos, pour la première fois depuis des décennies ?

– Ce serait étrange, mais après tout… De toute façon, la vérité c'est qu'il n'a pas envie de voir les yeux des autres.

– De se voir dans les yeux des autres.

– De se voir, peut-être, oui.

– Un homme frotté d'huiles et devenu gras à en reluire. Il voudrait éviter qu'on lui demande : montrez voir cette vie bonne que vous avez trouvée. Qu'on lui fasse remarquer, avec un peu de sourire : alors, Donleone, est-ce que c'est ainsi que vous traduisez la Stèle ?

– Je sais comment il fonctionne. Je le savais avant même de lui rendre visite. Il pense qu'être aussi riche qu'il l'est, c'est justement pouvoir se dispenser de toute justification. En refourguant son oliphante, il croit avoir acquis au moins la liberté de ne plus croiser les regards importuns. De ne poser les yeux que sur des paupières baissées.

– Des femmes à ses genoux, esclaves de ses désirs.

– Hé hé, Calder… Je crois percevoir un regret. Elles sont belles, n'est-ce pas ? En voir autant autour d'un seul homme a de quoi donner des accès de rage. Leurs massages vous plairaient ? Ce sont les cailloux du Désert, ils vous ont déchiqueté les pieds ?

– Ne vous en faites pas pour mes pieds. Ils en verront d'autres. Il ne circule plus de sang dans les veines de Donleone. Tout juste une lymphe fadasse. C'est curieux de voir comme la vie s'épuise à ne rencontrer aucun obstacle.

– Voilà le genre de règles avec lesquelles les lutteurs se consolent. Mais le pire, à vrai dire… Donleone ne s'en rend peut-être lui-même pas compte… s'il assumait ses choix, il pourrait venir à Maravos la tête haute… Car tout aristocrate qu'il soit, il représente beaucoup de gens. Il n'est pas le seul à penser qu'il s'agit de cueillir le plaisir comme il pousse et qu'élargir l'horizon à plus large que soi ou plus large que son temps est une forme de folie légère.

– Il est envié par beaucoup dans le pays, c'est sûr. Qui sait précisément ce qui se passe dans sa tête ? Peut-être s'imagine-t-il que nous sommes des aigris, que nous le condamnons seulement parce que son mode de vie nous est inaccessible. Ou bien il est conscient d'incarner le rêve de foules entières et il juge que c'est nous qui ne sommes pas dignes de lui… pas assez représentatifs. Et c'est certain que si nous nous retrouvons, vous et moi, avec pour unique compagnie les deux légats du Boquerón… nos décisions ne pèseront pas lourd… »

Les mots traversaient les tentures, assourdis parfois jusqu'à l'inaudible, et venaient s'imprimer dans l'âme de cire de Nexus.

« D'accord, reprit Calder, il ne viendra pas. C'est son droit, après tout. Qu'est-ce qu'on peut répliquer à ça ? Les gens sont libres.

– Ça n'est pas ce qu'on souhaiterait qu'ils fassent de leur liberté.

– Mais elle consiste en cela, justement : que personne ne leur dise quoi faire. Nous ne pouvons pas foudroyer ce Palais et transformer les invités en statues de sel. Puisqu'il n'y a pas de faute, il ne peut pas y avoir de châtiment.

– Ne me faites pas plus bête que je ne suis. Je voulais dire : quand on a inventé la liberté… on s'en faisait sans doute une idée plus exigeante. À l'époque, tout le monde avait dû se mettre d'accord.

– Et à quoi songeait-on ?

– À quelque chose qui incluait les réunions dans la clairière de Maravos. Pas comme un rituel nostalgique, mais comme une occasion de discuter des découvertes de chacun. La liberté, ça devait être se confronter aux autres et leur dire… Je suis engagé sur un chemin ; je ne peux pas être sûr, mais si je m'arrête une seconde et reconsidère, je crois que je l'explore pour telle et telle raison, que je juge assez bonnes, que je vous soumets ; nous allons chacun de notre côté, mais nous gardons ce lien. Nous sommes une communauté d'expériences.

– Et quel était le but ? Que tout le monde pour finir se rallie au choix de l'un ? Que le meilleur choix soit établi dans le dialogue, et s'y confirme progressivement ? Et aujourd'hui ? Nous sommes minoritaires. Est-ce qu'il n'est pas souhaitable pour nous et les nôtres, Van Goyen, que les chemins divergent complètement et que chacun soit tranquille ? J'étais à Pirmis l'autre jour…

– Je sais.

– J'imagine bien que vous savez… et Libanius a soulevé cette question. Il m'a dit de tirer un trait dessus. Que plus jamais nous ne serions un peuple. — Et par ailleurs, vous fantasmez. *On devait s'en faire une idée plus exigeante…* Vous parlez de temps anciens. Il n'y a pas moyen de savoir ce qui s'est réellement passé. C'est de la préhistoire, noyée dans les brumes du cratère.

– Il faut pourtant que nous l'imaginions, et que d'une façon ou d'une autre nous imposions notre idée de la chose.

– Vraiment ? »

Quelques secondes d'un silence épais. Dans les yeux de Calder, la tristesse et la provocation devaient allumer leurs feux contradictoires.

« Vous étiez au Désert ? Vous avez traversé tout le pays ?

– Avec lui.

– Je l'ai observé de loin… Il avait l'air d'apprécier la fête.

– C'est qu'il n'y a pas eu beaucoup de distractions sur la route. Nous ne nous sommes même pas fait lyncher.

– Mes félicitations. À ce propos… Je voulais vous dire : votre sortie, l'autre jour, à Pirmis. Ça a fait de l'effet. Plus que vous ne pouvez croire. On en parle dans les Vallées.

– Je n'ai pas eu cette impression, sur le coup.

– Vous savez comment c'est. L'onde de choc se propage toujours très lentement.

– Une onde de choc ? Vous êtes trop bon ! J'aimerais bien voir la tête de l'onde de choc !

– Il y a des expressions dont, sans vous faire de tort, vous auriez pu vous dispenser. *Pus de cervelle*, avez-vous dit…

– Quoi ? Je n'ai jamais dit ça ! Ce sont les Nordestins qui font circuler cette formule. J'ai repris, tout au plus.

– Peut-être. Mais vous êtes bien placé pour savoir que ça n'est pas vrai. Vous venez avec des preuves.

– C'est le moins qu'on puisse dire… J'ai été surpris, moi-même. Et que ça tombe sur moi ! Vous aurez été l'homme qui a fait la preuve, Van Goyen. Dommage qu'il n'y en ait pas plus de votre trempe.

– Je n'ai pas réussi aussi bien que j'aurais voulu.

– Ah oui ? Pourquoi donc ?

– C'est que… Non. Chut. Ne parlons pas de ça ici.

– À votre guise. Comment va, à Nasco, sinon ? J'ai appris que les Xylographes avaient eu des problèmes ?

– En quelque sorte. Et ça n'est pas fini. Mais vous verrez ça par vous-même. Vous venez là-haut avec nous, non ?

– Je ne pense pas. J'ai trop d'amis, chez vous. Ces temps-ci, je ne respire bien que là où on me déteste.

Chez les amis… est-ce que vous avez déjà remarqué ça ? c'est comme s'ils puisaient le même oxygène que vous, si bien qu'au bout d'un moment on ne respire plus que de l'air mort… Mais je serai au rendez-vous des Héritiers le 17.

– Et d'ici là ?

– Je vais voir. Je vais traîner mes guêtres, au hasard de la route. »

Les voix se firent lointaines. Au hasard, répéta Nexus, au hasard, il va traîner ses guêtres au hasard de la route. C'était comme une petite chanson… qui mit du temps à gagner le cerveau. Quoi ? Calder ne venait pas avec eux ? Nexus puisa dans ses dernières ressources, bondit, écarta les tentures, d'autres, s'y prit les pieds, encore d'autres, titubant : il finit par déboucher en trombe dans la galerie couverte qui longeait les plages, glissa sur les dalles, se rétablit, courut, heurta de plein fouet le dos d'un homme. C'était un grand homme aux cheveux drus, à la barbe poivre et sel, et qui, passée la première surprise, le releva, lui serra la main, se présenta en riant. Van Goyen. Oui, mais Calder, Calder ? Nexus chercha des yeux, partout. Chercha dans le Palais, partout. Il avait disparu.

20. JEUNESSES DE TRAUMFREUND

Le monde entier dormait. C'est-à-dire, Nexus et Rilviero, à qui ces derniers temps le monde se résumait pour lui. Il a les yeux grands ouverts. Son réveil dit 23 h 32. On voit bien que ça n'est pas une heure pour dormir. Ce n'est pas parce qu'on approche du cœur des ténèbres qu'il faut se coucher avec les poules. Paulus prétend qu'il n'y a rien à faire le soir, dans cette montagne. Le pauvre. Il ne saura jamais ce que raconte la Terre de nuit – quand plus personne ne la surveille. Et Oscar : il ne rêve toujours pas, mais dort de plus en plus. Rattrapé par son hypersomnie ? Possible. Et un fond de dépression : car on a beau le traiter en ami, l'enfermement commence à lui donner sale mine. Bref : ne leur cherche pas d'excuses. 23 h 35, et ils pioncent, les salauds ! « Mais Joachim, tout le monde n'est pas bâti sur le même modèle. – Oui, maman, je sais, maman. Mais tu comprends, j'ai tenté de jouer le jeu, cette fois-ci : plus de thé après cinq heures ; une grande promenade ; couvre-feu à onze heures, lavage de dents, pipi, dodo… » Et pourtant il bouillonne. Cela fait plusieurs jours, en fait : des jours d'effervescence. Cela l'irrite dans l'immédiat, mais dans l'ensemble il se garde bien de s'en plaindre : il a toujours adoré ça. — L'idée est venue tout à l'heure, au moment d'enfiler son pyjama Göbli. Comment peut-on dormir quand on a une idée ? Hein ? Comment s'y prennent les autres ? Ils font exprès de les oublier, ou bien il ne leur en vient jamais le soir ? Mais c'est crétin, on ne peut pas choisir le… Cette fois-ci, en plus, c'est le genre de projets inconséquents et excentriques qui, pour peu qu'ils lui traversent la tête, ne le lâchent plus avant qu'il ait cédé.

23 h 42 : il n'y tient plus, se lève, s'habille en silence, avec des mouvements précis malgré la pénombre de la chambre. Dehors, la nuit est stellaire. Une fois dans la voiture, dans le souffle encore froid de l'air conditionné, son excitation redescend un peu. L'idée a de bonnes raisons de croire qu'elle va obtenir gain de cause, et du coup elle se tient tranquille. Il allume la radio : pas d'intempéries ; et personne sur les routes, bizarrement. Dans ce cas, c'est faisable. Sur une fré-

quence secrète, il trouve des gens qui s'apprêtent à chanter la *Grande Messe en ut mineur* de Mozart. Il prend ça comme un message personnel. Les notes du *Kyrie* s'élèvent, s'élèvent plus haut encore, Traumfreund se hâte de mettre le contact pour ne pas être en retard sur la mesure – la vague des voix déferle, il démarre aussi sec. Doucement dans les premiers virages, doucement jusqu'à Altenberg. Ensuite tu pourras te laisser porter par la fureur de vivre.

Il y a quelques semaines, le Séabra était encore pour Traumfreund un pays très lointain. Au contact de la terre, les pieds y développaient des cals ; on y passait la nuit dans les bois éternels. Mais voilà que le Nord est Nord, et soudain on s'est rapproché. Il a l'impression que Nexus s'adresse à lui comme s'il le connaissait depuis toujours. Il sait d'où tu viens ; par quoi tu es passé ; il travaille à coup sûr pour les Renseignements. Pirmis. Il y a eu les déboires de Pirmis. Joachim a continué d'écouter avec une sagesse enfantine, conscient qu'il lui faudrait éclaircir les liens qu'il sentait se tisser entre les événements du Nord et le cours de sa vie, mais remettant sans cesse ce travail à plus tard. Enfin, aujourd'hui, en début d'après-midi… Calder a disparu : on croit pouvoir le rattraper à chaque virage, mais non, la route est vide comme un cimetière – et désormais il y a urgence.

Kyrie eleison. Je répète. *Kyrie eleison*. Le début de cette grande messe lui a toujours paru avoir le ton d'un requiem. C'est une question d'envergure et de solennité. C'est aussi, sans doute, que le monde a l'oreille plus fine pour les requiems ; ils ont un pouvoir que le reste de la musique religieuse a perdu. *Ky-ri-e e-le-i-son… Chris-te e-le-i-son…* Que chanter, de nos jours ? Une Grande Messe à la louange de Dieu… non merci, sans façons. Mais un dialogue entre les vivants et les morts, une prière désespérée et énergique pour que les morts reposent, et que notre conscience trouve elle aussi un semblant de paix – voilà qui dit encore quelque chose. Du coup, une fois le *Kyrie* fini, il arrête nerveusement la radio et met le disque du *Requiem*, le vrai.

130 en ligne droite, 90 dans les virages... prends pitié, Seigneur : le jeune Wolfgang Amadeus Traumfreund roule beaucoup trop vite. Un peu par enthousiasme musical, mais surtout par inquiétude. Il se fait du souci pour Calder. Calder suit la bonne direction. Pas de doute là-dessus. Comala, 22 km. Regson, 310 km. Mais est-ce qu'il a suffisamment pensé sa stratégie ? Si les fausses notes se multiplient, n'est-ce pas tout simplement parce qu'il a choisi la mauvaise musique ? Un air que les gens du Séabra ne sont pas capables d'entendre ? Traumfreund donne aussi de la voix : *Di-es Irae ! Di-es illa ! Solvet saeclum – in favilla, Teste David cum Sibylla !* Autrement dit : est-ce que le bonhomme Calder n'aurait pas une fâcheuse tendance à jouer au prophète ? Bien sûr, il renierait sans doute ce mot. Calder ne s'adosse à aucun dieu. Il n'a pas, comme la Sibylle, les yeux révulsés en une transe et levés vers le ciel. On parle entre hommes de chair et d'os. Et si parfois son regard dévie, c'est que face à cette population de sans-mémoire, il embrasse le passé et envisage l'avenir – *Dies Irae ! Dies Illa !* – afin de montrer combien ils pèsent sur le présent. — N'empêche : à ces individus qui croient avoir une mission et montent sur une colonne, un tonneau, une estrade, alors qu'on ne leur a rien demandé et qu'ils ne représentent personne, nous avons pris l'habitude de coller une barbe de prophète. Les H.P. en sont pleins. Dans ce qu'on appelait quand j'étais jeune la section des Agités. Regardez-les, l'index dressé en signe d'imprécation. Des filets de bave au coin des lèvres.

Bon… Calder n'a pas la barbe… ni la bave… mais il n'est pas épargné par l'orgueil. Il peut jouer tant qu'il veut le mal-aimé, j'ai l'impression qu'il prend plaisir à ce seul contre tous. Viennent le voir ceux de Pirmis ; ils rajustent le nœud de leur cravate, ils disent c'est bon, Calder, joins-toi à nous, on est fin prêts pour la baston… Calder se trouverait bien embarrassé. D'ailleurs il n'accompagne pas Van Goyen. Son rêve, c'est que la foule le suive, confiante en sa personne et galvanisée par ses mots. Il souffre comme un chien qu'on ne lui reconnaisse pas ce charisme ! En somme il a les mêmes défauts que Lucas. L'orgueil. Cette façon de choisir les voies du Verbe par amour du souffle – de sorte qu'on ne sait plus, parfois, s'ils cultivent la parole pour sa beauté ou la parole pour ce qu'elle prône… Voilà la météorite, l'astre bizarre dans son ciel nocturne : cette parenté de Calder et de Lucas. Ils ne supportent ni l'un ni l'autre les contraintes de l'action : arriver dans un milieu, faire semblant qu'on ne sait pas, même quand on a l'intuition de la route à suivre, jouer les très humbles, injecter petit à petit son discours, le passer à la moulinette des compromis, gagner du terrain pas à pas, pousser une gueulante quand vraiment le compromis va trop loin, fédérer les énergies, s'imposer sans jamais donner aux autres le sentiment qu'on leur force la main – quitte à ce qu'au dernier moment tout foire. Oui – dit comme ça, bien sûr… Et cette lenteur ! La lenteur de l'action collective ! Quand on n'a que soixante ans devant soi. Puis quarante seulement. Trente. Quinze. Dix… N'oubliez pas votre ticket. Les autoroutes de l'au-delà vous souhaitent un bon voyage.

Cela dit, Lucas savait mieux s'y prendre. Il ne se contentait pas comme Calder de semer, d'ordonner au grain de mourir afin qu'il germe, puis de passer son chemin. Il avait bien compris que rien ne se ferait en un soir. Il s'attardait. Veillait à amplifier les prises de conscience. Donnait l'exemple, plutôt que des leçons. Il faut refiler les trucs de Lucas à Calder. Sinon on va droit dans le chêne rouvre. Il avertit, mais a lui-même besoin qu'on l'avertisse. Demain. En rentrant, demain, insister pour que Nexus lui transmette le message. Hum… Mais s'il a vraiment disparu ? Si Nexus n'a plus de contacts avec lui ? Ça va poser de sérieux problèmes. Marcher avec Van Goyen, c'était le projet depuis le début, j'ai bien compris, d'accord, mais est-ce qu'on ne délaisse pas un peu la zone des combats ?

À chaque virage, les phares faisaient naître un autre segment de route ; traversant la forêt d'Engatte, il surprit des formes qui restaient un moment immobiles au milieu de la bande d'asphalte, transpercées par la lumière, avant de détaler. Des lièvres… de petits renards… et même un cerf au pelage brun-roux qui le contraignit à freiner brutalement puis s'éclipsa en deux grands bonds entre les arbres. « Dites-moi, mon beau Seigneur, vous ne seriez pas le petit cousin des élans des Falaises, par hasard ? – Pff… Ces va-nu-pieds néolithiques ? Pour qui me prenez-vous ? J'ai quand même des traits autrement plus fins… » Lorsqu'il aura neigé, cette faune nocturne laissera des traces que l'on trouvera à l'aube, que l'on pourra suivre des yeux, et qui sembleront sur le point de former un message. Mais ces traces accepteront-elles de nous raconter ce qu'elles savent ?

***

Derrière les portes fermées au verrou, l'appartement de Traumfreund sentait le confiné et le solstice d'hiver. Il avait demandé à la femme de ménage de passer une fois par semaine, mais elle ne l'avait pas pris au sérieux, visiblement. Il se dit avec un brin de mélancolie : personne n'habite ici. Il se dit : c'est trop grand pour une personne seule, ce n'est pas étonnant que je rechigne toujours à nettoyer. Des cafards commencèrent à lui grimper le long des bras ; des araignées mentales descendirent du plafond et lui firent des clins d'œil ambigus. Secoue-toi. Il commença par pousser le chauffage et par ouvrir les volets. Dans le salon, les ampoules du plafonnier grillèrent toutes les trois dès qu'il commuta l'interrupteur – une action apparemment concertée de longue date. Quant à passer l'aspirateur, non, à trois heures du matin, décemment, il ne pouvait pas. Se servir un whisky, en revanche… La lumière traversait les prismes triangulaires taillés dans le verre et se réfractait à travers le liquide couleur ambre. Sur l'étiquette : *uisge beatha*. En gaélique écossais, ça signifie « eau de vie ». Un seul verre, hein ? Après, il faudrait passer au thé, s'il voulait avoir une chance de rentrer vivant à l'Aneph.

Dès qu'il se fut un peu réchauffé, son excitation le reprit. Les paroles de Calder avaient été le signal que guettaient en lui des agents dormants pour refaire surface. *Il n'y a pas assez de charpentiers dans cette assistance*. Je répète. *Il n'y a pas assez de charpentiers dans cette assistance.* Il ouvrit l'armoire à portes coulissantes de l'entrée et alla chercher un escabeau. De l'étagère la plus haute, il retira avec des gestes précautionneux et presque apeurés une grande boîte en carton. Ce qu'il était venu chercher. Il retourna au salon, posa la boîte sur le bureau, essuya le couvercle. Depuis combien de temps n'avait-il pas touché à ce carton ? De mémoire, deux ou trois ans. Mais à en croire la couche de saleté, cela devait faire plus longtemps. Méthode de datation à la poussière. Par intervalles lui revenait l'idée qu'il était en possession d'un legs trop grand pour lui, que c'était un délit de recel de laisser jaunir ces lettres. Mais elles étaient de la main de son meilleur ami. Elles lui étaient adressées. À lui, Joachim Traumfreund, et à nul autre. Et quand Lucas l'avait trahi – car on pouvait bien appeler ça une trahison – c'est tout ce qui lui était resté. Il ouvrit la boîte. La première chose sur quoi il mit la main : le faire-part, avec une croix grise sur fond blanc. Ironie du sort, classique. La mort qui permet à la famille de récupérer le fils prodigue. Sa vieille maman qui ne l'avait jamais lu ; qui ne s'était pas rendue à un seul de ses cours ; qui n'avait pas fait l'effort de comprendre dans quelle bataille, avec quelles armes, vers quel horizon… Cela dit le prêtre avait été bien, il n'en avait pas rajouté. Et sous le faire-part, pêle-mêle, des articles de journaux, des notes, des lettres ; l'écriture de Lucas, mais la sienne également ; des carnets de moleskine datant de l'époque où il jouait à l'écrivain de café. Il tomba dans le vieux fauteuil de cuir qui avait meublé son cabinet d'analyste. Textes rédigés à quatre mains ; brouillons de manifestes. Les larmes lui montèrent aux yeux tandis qu'il vidait le carton par liasses et commençait à relire au hasard les lettres de Lucas. *J'aime te voir dans cet état, à la fois enthousiaste et rageur. On a le sentiment que tu vas bouffer le monde, et on est prêt à applaudir. Garde ça. Garde la confiance. Tout cède et tout pète à la fin. Nous n'avons que notre obstination, mais elle vaut cher, je peux te dire !* Et cette couverture rouge ! Le grand cahier que, plusieurs années durant, ils s'étaient échangé toutes les semaines pour y consigner, d'une écriture microscopique, les menus événements de la bataille en cours. Une sorte de cahier de doléances, mais où l'énergie l'emportait sur la plainte. La reliure était abîmée, les premières pages flottaient. Il avait été fou d'abandonner ça là. Ne pas publier, c'était une chose. Mais jamais tapées ; jamais photocopiées ; un dégât des eaux, le moindre incendie, et il n'en restait rien ! *Une semaine qu'à force de travail je vois l'aube chaque matin. Je commence à bien la connaître. Tu sais que parfois elle a vraiment des doigts de rose ? Ces grands fous de poètes n'ont pas menti là-dessus. Ils ont juste oublié de mentionner que plus souvent, elle est grise, ciel d'usine et tout ce qu'il y a de plus glauque.* Il relisait frénétiquement. Rien n'était classé. Ses jeunesses lui entraient sans prévenir dans le crâne, avec leur enthousiasme et leurs naïvetés irritantes. Elles s'étaient succédé comme autant de petites vies. Chevauchées, plutôt : c'est sa mémoire qui mettait de l'ordre après coup et inventait, à défaut de direction, une chronologie linéaire pour ce qui s'était produit de façon plus anarchique ; un système radar plus perfectionné que son faussaire de cerveau aurait indiqué de façon synoptique les cycles de croissance, les désillusions, les transitions vasouilleuses et les nouveaux départs. Il était rentré pour lire les lettres de Lucas, pour y retrouver des accents proches de ceux de Calder, mais il ne pouvait s'empêcher d'en passer par ces souvenirs, quand bien même cela n'allait pas sans un mélange de honte et de nostalgie.

Lorsque Traumfreund était arrivé à l'Université, les lumières étaient déjà éteintes. Ça fermait. Un vieux prof traînait encore là, qui semblait décidé à y passer la nuit. Lui avait cru les lieux en plein état d'agitation. Où était-elle, la révolution des Humanités ? Il s'était attendu à livrer des combats formidables. Apparemment, il arrivait un tout petit peu trop tard. On diffusait toujours des appels à l'action, mais on ne croyait plus vraiment à leur efficacité. On s'adressait toujours aux fameuses masses, mais les tribunes étaient étroites : n'y montait pas qui voulait. Il constata alors, pour la première fois, le décalage entre le rayonnement qu'un monde peut avoir et le fait qu'il ait déjà cessé d'émettre de la lumière. Dans les amphithéâtres, Traumfreund avait pu écouter plein de gens bien assis qui annonçaient la fin. On continuait de tirer les conséquences d'un siècle d'horreur et de folie ; l'ombre portée des transcendances diminuait à vue d'œil ; dans le hall de la gare déserte, on pouvait voir l'art s'éloigner : il agitait un mouchoir blanc et sentait venir les premières crampes. Cette image d'un hall de gare en passe d'être démoli, c'est toujours ce qui lui vient quand il pense à une situation oppressante où on s'est mis de son propre chef. Sinon il y a aussi des couloirs vides où clignotent des néons. Verdâtres, les néons. Le sol est en lino. Pas besoin d'être viennois pour analyser ça… Les quinquagénaires de ce temps avaient encore une œuvre bien consistante qui s'employait à ces adieux, à ces démontages, à ces proclamations de vanité et d'impuissance. Mais la plupart n'étaient pas aussi magnanimes que Rezzano : ils comptaient bien, en partant, refermer la porte derrière eux. La génération d'après était promise à une existence animale ; digérer… ruminer… et il y avait de quoi faire ! Quiconque essayait de relancer la machine se voyait le plus souvent taxer d'inconscience ou d'infantilisme.

Traumfreund ne s'était pas figuré ainsi l'âge adulte ; il arrivait avec le sentiment qu'après des années d'adolescence passées à bouquiner sous les cerisiers du Lycée ou face à la mer, dans la maison d'Illay, il était temps d'en mettre un coup. Il débarquait même – il pouvait l'avouer aujourd'hui – passablement bouffi d'orgueil : parce qu'il ne lui était jusqu'alors rien arrivé de grave et qu'il s'en sortait plutôt bien avec cette saleté de condition humaine, il croyait sincèrement qu'on pouvait trouver des réponses définitives aux problèmes de la vie. Si les autres avaient été trop flemmards ou trop lâches pour mettre la main dessus, lui saurait faire ! Faites gaffe et chaud devant, j'arrive ! Il pensait déjà détenir quelques clefs, et il lui suffirait de maintenir sa vigilance pour en dénicher d'autres. — Ça lui était passé bien vite. Une petite année à traîner les bibliothèques avait suffi. Ils en sont là, eux ? Et lui ? Il a dit ça ? Et merde. Le raisonnement se tient. Cela va à l'encontre de tout ce que je… Ils n'avaient pas tort, les moustachus aux prénoms désuets dont les bustes encadraient la foule des étudiants. Et ils avaient raison aussi, dans une certaine mesure, les pirates plus ou moins autoproclamés qui avaient arraché aux premiers leurs moustaches. Toutes les idées qu'il croyait avoir découvertes, il finit par les lire quelque part, formulées mieux qu'il n'aurait su le faire, par des gens qui pouvaient se prévaloir d'une plus grande ou d'une plus douloureuse – et, du même coup, en quelque sorte plus authentique – expérience de la vie. Les Humanités continuèrent à le fasciner, mais cette accumulation de savoirs encore tous valides le découragea peu à peu, l'effraya, même. Glissant vers l'autre extrême, il se mit à juger qu'il lui faudrait tout passer en revue avant d'apporter sa propre pierre ; ce ne serait qu'après avoir tout lu qu'il pourrait prouver de façon rigoureuse que cela valait la peine de continuer, que la pensée, même consciente de ses limites, n'avait pas à rendre les armes. Avant d'en arriver là, hélas, il serait devenu arthritique, cacochyme – et les stagiaires de quelques grands journaux auraient déjà, dans leur désœuvrement, pondu les trois lignes de sa nécrologie, en laissant juste un blanc pour la date de décès.

Au terme de ce whisky et de cette première jeunesse, Traumfreund se trouvait assez mal en point. C'est que l'époque déniaisait un peu vite. En cherchant bien, on aurait pu trouver dans ce carton des photos d'un garçon pataud, habillé n'importe comment, et qui ne savait pas quoi faire de ses bras. Mais était-il vraiment nécessaire de s'infliger ce spectacle ?

La Psychiatrie, donc. De toutes les branches de la médecine, c'était pourtant celle qui paraissait la moins à même de lui apporter des certitudes ou la garantie d'une efficacité pratique. L'usage des neuroleptiques commençait tout juste à se répandre. On bricolait des classifications afin de lutter contre la peur de l'inconnu. Mais du moins ces études s'efforçaient-elles de penser l'équilibre de l'esprit, qui préoccupait infiniment plus Joachim que la vie du corps. Et la discipline était jeune : tout en ayant déjà acquis ses lettres de noblesse, elle ne vivait pas dans la terreur des Anciens. Les grands pionniers, d'ailleurs, méritaient pour certains plus de colère que de respect. Traumfreund s'en rendit compte très vite : l'avenir qu'il s'agissait d'inventer pour cette science devrait se situer aux antipodes de son présent. Lors de ses premiers stages en hôpital, la psychochirurgie avait le vent en poupe. On lui apprit à recourir massivement aux électrochocs. La meilleure méthode pour sectionner les fibres nerveuses reliant les lobes préfrontaux au reste du cerveau ? Je vous le donne en mille et en quatre syllabes. Lo-bo-to-mie. Dire que Egas Moniz avait eu le Nobel pour cette invention-là ! Et les injections sclérosantes. Les comas à l'insuline. Tout pour éviter que les malades ne s'agitent. Pour beaucoup de psychiatres de l'époque, la réduction de l'intelligence de l'individu était un facteur important du processus de soin. L'essentiel était de mettre fin aux symptômes. Les étudier ? Les comprendre ?? Jeune homme, quand vous serez dans le métier, vous verrez que malheureusement on ne peut pas s'offrir ce luxe. Et puis, entre nous soit dit : l'intelligence, en règle générale, c'est le malheur de la conscience. Il était déconseillé d'écouter les schizophrènes, interdit de leur répondre : ça ne pouvait qu'encourager leur délire. Pinet leur serinait ça, le vendredi matin, dans des amphis trop petits où flottaient de curieuses odeurs de formol. La plupart des étudiants hochaient la tête d'un air approbateur.

« Psst ! – Moi ? – Oui, toi. Tu cherches un terrain de lutte ? une grande cause ? – Euh, ça dépend, vous me la faites à combien ? – Ça dépend. T'es plutôt quoi ? – Eh bien, ce que je voudrais, en fait, c'est un combat dont la justesse ne fasse pas de doute, vous voyez… c'est être sûr de me rendre utile. – Ouais ? Bah ouais, alors, j'vais te dire ouais. J'en ai pas sur moi, là, mais viens mardi, je verrai ce que je peux faire pour toi. » Il n'avait pas mis longtemps à rejoindre les rangs des contestataires. On ne pourrait pas prétendre vivre en démocratie tant qu'on n'aurait pas ouvert les asiles et réformé de fond en comble les prisons. Vous, là-bas ! N'oubliez pas l'A.G. de ce soir ! On a besoin de tout le monde ! Ça commençait à dix heures, et ne finissait jamais avant quatre heures du matin. Le lendemain, on tombait du lit sitôt que possible pour distribuer le tract. Tu as vu ça ? Cet enfoiré de Chagas ! Il a fait exprès d'oublier la virgule. J'avais expliqué à peu près trois quarts d'heure pourquoi il fallait cette virgule. On avait voté pour ! Il y avait des groupes de réflexion où on retournait surtout à cause de cette fille, là-bas, moulée dans ses jeans, qui avait une façon charmante de montrer le poing et transformait l'indignation en art plutôt plastique. « Joachim, s'il te plaît ! Joachim, on a bien réfléchi, déconne pas : lors du sit-in, cette nuit, t'as mille fois l'occasion de te la taper ! – Cette nuit ? Mais c'est au ministère, cette nuit. – Bah oui. – Vous voulez que je fasse ça dans le hall du ministère ? – Bah c'est un endroit comme un autre. – Il est ultra-pratiquant, le garde des Sceaux, j'vous rappelle. Catho-catho-catho. – C'est pas si grave, mec, on te prêtera des capotes. » Mais le plus souvent, l'épopée étouffait l'idylle : Toules s'était révoltée, puis Mérogênes et, en plein mois de janvier, par moins quinze, ils étaient venus soutenir les prisonniers réfugiés sur les toits. Les journalistes se les pelaient et grommelaient contre cette bande d'anarchistes ; les types d'extrême droite encerclaient lentement la place, munis de barres de fer. La police n'avait pas l'intention d'intervenir. Qu'ils règlent ça entre eux, maintenant. Il s'était hissé sur le toit d'un camion et avait lu, au milieu du bordel, leur texte dénonçant les conditions d'incarcération, la promiscuité, les suicides, l'usage massif des tranquillisants. Nous en appelons à tous les témoins gênants de l'enfer carcéral : que se rassemblent les psychiatres, psychanalystes, gardiens, anciens détenus. Leur parole rendra les murs des cellules transparents. La société n'a pas le droit de détourner les yeux de l'exclusion qu'elle produit. Sa voix se brisait à force de crier, il se sentait déborder de colère, et une boule âcre se formait dans sa gorge devant l'étendue des résistances, la force d'inertie, l'indifférence redoublée de mauvaise foi.

Cet hiver-là… l'année suivante… ils avaient eu quelques succès. Au fil du temps, toutefois, il avait pris conscience que cette bataille aussi se livrait dans l'aigreur. Il était loin de partager toutes les convictions de ses compagnons de lutte. Beaucoup portaient en eux un terrorisme latent : qui ne nous suit pas jusqu'au bout est un traître. Dès qu'il avait commencé à émettre des réserves, à dénoncer une complaisance, à rappeler qu'ils devaient avant tout parvenir à rendre aux malades le contrôle d'eux-mêmes, il s'était vu rejeter du côté des bourgeois. Tu ne comprends donc pas que le contrôle de soi fait le jeu du système ? Petit à petit, il en avait eu marre de ceux qui rivalisaient de pureté gauchiste et se montraient, quoi qu'ils en disent, si avides d'être les grands rédempteurs qu'ils ne pouvaient se contenter de remettre en cause la vieille psychiatrie, mais se sentaient tenus de dénoncer du même élan toutes les misères du monde, de faire rendre gorge à tous les oppresseurs, au méga-goulag capitaliste qui couvrait de son ombre l'Occident tout entier. À leurs yeux, la schizophrénie n'existait pas, et Bleuler, ce fasciste, avait inventé cette baudruche pour obtenir de tous un conformisme total – alors sans doute, la notion était trop vague et servait à cautionner des dérives dangereuses, mais était-ce une raison pour tout foutre par la fenêtre ? Pouvait-on vraiment dire que tous les fous étaient des dissidents politiques ? Tout criminel un artiste qui s'ignorait ? Est-ce qu'on servait vraiment la cause en affirmant que les entreprises étaient des prisons, les écoles des prisons, les familles des prisons ? Parmi les contestataires, certains en voulaient tellement à leur papa et au pouvoir qu'ils auraient été bien en peine de l'exercer, même si on leur avait donné l'occasion d'appliquer intégralement leur programme. Traumfreund en avait vu, parmi les plus brillants, refuser des responsabilités de crainte qu'on les dise récupérés par le système. En se promenant dans les rues, il avait des rêves éveillés de manifestations où il se trouvait pris entre deux feux, la barricade d'un côté, les rangées denses de casques et de boucliers de l'autre – et… aïe, aïe : aucune rue transversale pour s'enfuir. Où allait-il trouver la force de poursuivre la lutte ?

Très cher sale type... J'ai eu ta lettre de Cologne. En voilà une qu'il fallait lire entre les lignes ! Au fond, tu me dis que les purs ont encore gagné. Que tu as dû battre en retraite, la bite ramollie entre les jambes. Qu'est-ce que ça fout ? Il n'y a de défaites que celles qu'on a tout seul devant sa glace. Tu attendais trop du voyage : l'Europe ! La Culture ! Ces grosses affaires ! Les défaites que les cons t'infligent et t'infligeront encore, elles font partie du jeu. Surtout quand les cons affluent de trois ou quatre continents et se réunissent en Congrès ! — Lucas était arrivé au bon moment. Il revenait du monde entier. Il ne racontait jamais de lui-même, mais, dès qu'on le connaissait mieux, on pouvait, au détour d'une conversation, se courber avec lui et pénétrer dans des cellules blanchies à la chaux, sur des îles méditerranéennes qu'on ne gagne qu'en barque de pêche ; le lendemain, on se tenait à l'aube en haut des pyramides moussues surgissant de la jungle pour entendre s'élever les cris de milliers de singes hurleurs saluant le retour du soleil ; sur les collines de Berkeley, être c'est être sensuel, les harmonicas sont en fleur toute l'année, et on révolutionne avec vue sur la Baie. Si Lucas fit en sorte de vite perdre son hâle, il conserva une fraîcheur et, les années qui suivirent, ne cessa de répéter la nécessité du détour. Il n'entendait peut-être pas ce mot au sens de Calder. Lucas disait : le dehors guérit ; il parlait de l'épreuve de l'étranger, pas de la distance au monde que permettent les livres. Mais le but devait être sensiblement le même.

De retour à Regson, il commença à enseigner. Il invitait dans ses cours des gens de toutes disciplines et d'à peu près tous les milieux. Lucas était tranquille : face aux difficultés qu'avait pu affronter Traumfreund, étonnamment tranquille. La masse des savoirs accumulés ne lui faisait pas peur ; il haussait les épaules, prônait la légèreté comme seule attitude viable. *Grandeur et misère de notre époque : elle sera écrasée par son passé ou ignorante de son passé. La profondeur du temps est l'une des marques de notre siècle ; aucun autre ne s'est trouvé en situation de récapituler ainsi l'histoire humaine. Mais j'ai peur qu'aucun siècle ne soit plus sujet à l'oubli, car cette masse terrorise ! Les images d'archives défilent en accéléré dans notre tête, voilà l'Histoire en marche, avec ses godillots, ses peintures rupestres, ses lance-flammes, ses idées émergeant lentement sous la plume de philosophes, puis diffusées avec encore plus de lenteur et qui, le temps aidant, s'enracinent et finissent par sembler des produits de la nature. Mais la plupart des gens n'entrent pas dans la salle ; le récit de cette aventure les fatigue, ils préfèrent l'espace étroit de leur vie, le ponctuel, le local : qu'est-ce qu'on mange, ce soir, à la télé ?...*

Ayons le courage de craindre le pire : imaginons que l'oubli ronge. Nous risquons de nous mettre à croire que ce présent était inéluctable. Certains viendront, diront : voilà ce qu'il faut faire ; si on regarde la réalité avec un peu de bon sens, c'est le seul choix possible. Quand on s'enferre dans cette croyance-là – qu'on ne cesse d'invoquer la réalité *et* le bon sens – *on ne peut plus penser l'avenir. On ne peut que le laisser déferler ; on confie la suite des événements aux événements eux-mêmes.*

Plus les années filent, plus je sens grandir en moi la conviction que notre survie passe par la synthèse. La synthèse est la mission de notre époque. Nous devons considérer le savoir comme une atmosphère : si sa densité est trop faible, on ne peut pas respirer, l'oxygène ne descend même pas jusqu'aux poumons ; si au contraire elle se trouve saturée de carbone, qu'on inspire tout le passé par strates, on étouffe aussitôt. Il faut donc pratiquer une écologie du savoir. Et lorsque, engagés dans cette voie, nous rencontrerons des difficultés, nous devons avoir en tête que le sort des époques qui suivront sera pire que le nôtre : la pyramide ne va pas s'arrêter de grandir – on peut même souhaiter que sa croissance soit exponentielle, et tous azimuts.

Lucas parvenait à jouer avec l'édifice des savoirs humains comme un enfant avec un jeu de construction ; irrespectueux, il cassait tout – puis reconstruisait autre chose avec beaucoup de minutie ; on le voyait parfois épris d'exactitude et capable de suivre les plans au détail près, puis soudain, insolent et fantasque, s'en écarter pour n'en faire qu'à sa tête. Il jonglait avec des masses qui vues de l'extérieur semblaient impossibles à soulever et finissait par vous convaincre de faire de même. Tu vois : suffisait d'essayer. Traumfreund fit ses études de lettres et de sciences humaines par son intermédiaire – il les vécut en quelque sorte par procuration. Car c'était là une autre idée de Lucas : ils n'allaient pas vivre uniquement leur vie propre mais, pour peu qu'ils créent et entretiennent leur réseau, toutes les vies que *les autres qui comptent*, les gens qui leur étaient chers, dont ils étaient proches, mèneraient autour d'eux. Ce ne seraient pas des existences de seconde main, mais de la vie en plus, la vie des autres transmise comme on transfuse du sang. *Hé là, gadjo ! Pas de bêtises. Il est écrit : tu ne délaisseras pas l'étude de la maniaco-dépression pour celle du perfide Esprit fantasmé par Hegel ; tu ne laisseras pas bêtement tomber le théorème de Gödel pour la hiérarchie des normes ; tu convoiteras le savoir de ton voisin. Il est écrit : tu craqueras les coutures des costards étriqués ; tu te montreras maçon et architecte, artiste escaladant le Sinaï incognito et grand stratège ès politique. Tu jouiras chaque jour comme un animal de la nourriture et du sommeil. Tu seras homme de travail, n'aimant rien tant que l'adrénaline des défis à venir et les endorphines de l'effort accompli.*

Même parodiés, ces accents-là n'étaient pas du goût de tout le monde. Toutefois il n'y avait dans ses cours aucun fauteur de troubles à arrêter ; on n'y fabriquait pas de cocktails Molotov, ni de bombes messianiques. Des rumeurs circulèrent à un moment : Lucas allait être poussé vers la sortie. Quelques centaines d'étudiants occupèrent la fac de façon préventive, le projet resta lettre morte. Les coups pleuvaient de toutes parts, atteignant profondément Lucas, qui semblait pourtant toujours parvenir à reprendre le dessus. On avait parfois le sentiment qu'il aimait être ainsi pris en tenailles, se trouver à des croisements, même si cette position s'avérait la plus dure à tenir. Confronté aux activistes, il avait pour réfuter l'existence d'un système et la possibilité d'un grand soir des phrases cinglantes. Ne vous en déplaise, messieurs très honorables citoyens camarades, il n'y a pas d'immense pouvoir à l'œuvre dont la volonté maligne pervertit le monde. Quand on se dit athée, ça n'est pas raisonnable d'invoquer ainsi Grand Satan. Vos masses à éduquer… elles aussi me paraissent trop homogènes pour être honnêtes. Nous n'avons pas à totaliser ; nous avons à créer un réseau d'individus capables de pousser le chant général. Il nous faut des types qui sachent chanter juste, pas beugler. Qui inventent leurs propres textes, et répugnent aux slogans. Dont le passe-temps favori soit de lapider les gourous. — Tous ceux sur qui s'exercent des abus ; tous ceux qu'on castre en leur opposant sans cesse la prétendue réalité : ils peuvent engager la lutte là où ils se trouvent et à partir de leur activité propre. — Il y a une indignité à parler pour les autres : chacun parlera pour soi-même. À nous, simplement, de faire en sorte que tous accèdent à la parole, et de donner des outils. La théorie : boîte à outils. S'il n'y a personne pour s'en servir, elle ne vaut pas un clou. Les idées : des plans d'action. Si elles n'ont pas de conséquences concrètes, débarrassez-vous-en. — J'entends dire que je suis le pire individualiste que la Terre ait porté. Mais nous voilà nous levant chaque matin en face de nous-mêmes, et chaque soir nous demandant des comptes. Qu'est-ce que notre devoir ? L'exigence de chaque jour. La révolution du regard, celle qui permet de voir le monde comme une tâche perpétuelle.

En tâtonnant, en rebroussant chemin, en admettant des erreurs et des maladresses par centaines, Lucas guidait les gens vers ce défilé, absent de la plupart des cartes, qui permet d'aimer la réalité tout en se démenant pour la changer et en ne se réveillant qu'à l'aube d'un monde nouveau. On lui reprochait de ne pas agir. Aux illusions de l'action spectaculaire, du simple « coup », il opposait le pouvoir essaimant du verbe : il fallait insuffler le sentiment de l'action là où on construisait vraiment quelque chose, pas là où se ruaient spontanément les caméras. Ce qu'il appelait la vertu de l'exemple à l'âge de sa reproduction médiatique. Si vous lancez une initiative et que, non contents d'y travailler, vous en expliquez le principe à d'autres, que vous la faites connaître par tous les canaux possibles, alors elle devient transposable : ça prend. Bien des années plus tard, Traumfreund avait eu ces idées en tête lorsqu'il avait fondé Bentlam. Les soixante-quinze lits de Bentlam, cette goutte d'eau dans l'océan, c'était histoire de dire : ce qui se fait ici gagnerait à se faire ailleurs. Tout seuls nous n'y arriverons pas. Mais goutte à goutte, en revanche…

Il pleuvait sur Regson. L'averse créait des halos troubles autour des réverbères. Traumfreund sentait comme les vitres devaient être froides, la rue hostile. Il gagnait la cuisine une lettre à la main, se préparait encore une autre théière, saisissait des phrases au hasard. *Avant de mourir, fais-moi penser, Joachim, à avoir vécu tous mes rêves.* — Et ailleurs : *Moi, plus je sens de difficultés et plus mon audace grandit. Elle me fait aussi voir l'immensité du chemin qui reste à parcourir. C'est ça qui me préserve (touchons du bois) de devenir un crétin pédant. J'ai des plans d'œuvres pour jusqu'au bout de ma vie – pour les deux cents prochaines années –, et s'il m'arrive quelquefois des moments qui me font crier d'impuissance, il y en a aussi où le monde me seconde et où je peux crier : joie ! joie ! joie ! pleurs de sperme et de joie !* — Et autre part encore : *J'ai revu Richard, hier. Nous nous sommes retrouvés au Long Horn. Nous avons fait une partie d'échecs, for old times' sake... Pourtant quelque chose s'est brisé, et je ne pense pas que ça reviendra. Je voulais voir « notre » Richard. L'homme que j'ai vu... il s'est abruti – s'est simplifié – a suicidé pour vivre en paix toute une part de lui-même. C'est un automutilé, Richard. Il a sa paix, mais elle est misérable. Toi et moi, Jo : nous n'allons pas étouffer nos contradictions, mais naître de nos contradictions, et grandir.*

Naître et grandir... Voilà qui lui faisait monter les larmes aux yeux. Naître et grandir, quel mensonge éhonté ! Revenant au salon, il relut le faire-part. Croix grise sur fond blanc. Madame Georges Kelten, sa mère ; Monsieur et Madame Patrick Kelten, Monsieur et Madame Francis Damrosch, ses frères et sœurs... ont l'infini regret et l'éternel blabla de vous annoncer... Lorsque Lucas avait fait le pas de trop, et trépassé, Joachim lui aussi était tombé très bas. Il était resté d'un seul bloc – sauf cas extrêmes, ça n'existait pas pour de vrai, le phénomène de se briser en petits morceaux ou de se dissoudre dont parlaient les penseurs à la mode – mais il ne savait plus, soudain, si tout cela n'était que des conneries de jeunesse dont il était temps de se détourner, ou s'il se devait de reprendre le flambeau, de devenir un second Lucas. Dans les toilettes de la fac, à côté des dessins obscènes, des bites dessinées dans l'urgence en dessous de culs faits pour les accueillir, on lisait : *Kelten's not dead*. Ou bien : *Gadjos, il ne keltient qu'à nous*. Que faire ? Au quatrième étage d'un immeuble chic, en centre-ville, il y avait un cabinet d'analyste, et sur la plaque dorée, son nom. Lucas l'avait encouragé à se lancer là-dedans. Pas de raison que tu te forces à subir la lourdeur des institutions si tu ne peux plus les voir. Oui. Et je n'ai plus envie non plus de perdre mon temps à m'étriper avec de fins théoriciens. Je ferai avancer les choses à mon échelle. Mais aujourd'hui ? Continuer dans cette voie ? Enlever la plaque ? Choisir un pays au hasard de la mappemonde ? Pile Afrique. Face Amérique. Il commandait du gin, parce qu'il détestait ça, et tripotait sa chevalière. Beatriz avait une conception trop assise de son existence. Elle était énergique et forte dans ses enthousiasmes personnels, mais n'avait aucun sentiment de responsabilité pour la vie. Elle pratiquait une espèce de « sauvons notre peau » qui n'avait que peu à voir avec l'individualisme dont on avait accusé Lucas… Les temps sont durs : *arrangeons-nous*, soyons heureux, c'est le mieux que nous puissions faire. — Il reconnaissait volontiers qu'il avait dû être insupportable, à l'époque. Elle avait fini par le sommer de grandir. Il avait trente-sept ans, tout de même. Ce qui, si on calcule, donne Christ + 4, Mozart + 2. Mais ce qu'elle appelait grandir, c'était rapetisser, en rabattre, renoncer à l'arc-en-ciel des possibles et se contenter de vivre dans son coin une aventure individuelle – qui, peu à peu, ressemblerait à tout sauf à une aventure. Les onze années de vie commune avec Beatriz lui paraissaient soudain presque vides à côté des seize ans passés dans l'orbite de Lucas. Peut-être s'ils avaient pu avoir des enfants… Les choses auraient été différentes ? Ses difficultés à faire son deuil avaient peut-être fourni à madame son épouse le prétexte qu'elle attendait pour rompre.

Il n'avait pas d'enfants. Il habitait seul, dans un appartement trop grand pour lui. Quand il passait la nuit à boire du thé et du whisky dans le salon, personne ne se relevait et ne lui disait avec des mains tendres de venir se coucher. Cependant on l'attendait à trois cent cinquante kilomètres de là. Calder ne s'en sortirait pas tout seul. Et Van Goyen aussi, de toute évidence, avait quelques problèmes. Y a-t-il un psychiatre dans ce rêve ? On allait avoir besoin de lui. Il commença à remettre les lettres dans leurs enveloppes, à tout ranger dans le carton. C'est alors que, sans aucun avertissement, il se produisit quelque chose : une feuille s'échappa d'un cahier et fit un vol plané sur le parquet ; il se pencha pour la ramasser. Tiens ? C'était une eau-forte, ou peut-être une gravure sur bois, découpée dans un livre d'art. Et dans les marges, autour de l'illustration, griffonnés sur le papier épais, des mots rapides, presque illisibles… cette façon de lier les *t*, de nouer les *f*… l'écriture de Lucas, dans ses dernières années. Traumfreund se releva avec difficulté – un éblouissement le prit, des étoiles blanches éclatèrent dans sa tête. Il était persuadé de n'être jamais tombé là-dessus. José Clémente Sedelmayr. Le nom du graveur ne lui disait rien. Il traqua l'homme sur Internet : il lui fallut 0,2 seconde pour découvrir qu'il était né dans la ville de Zacatecas, Mexique, et mort il y a quelques années à Cachoeira, dans le nord-est du Brésil. Eaux-fortes, c'est. Acide nitrique. Son tracé était noir, précis comme une planche de Dürer, mais exécuté de façon plus hâtive… quelque chose qui rappelait aussi les estampes de Goya.

L'homme sur la gravure – une sorte d'homme large et allégorique – en fit aussitôt surgir d'autres dans la mémoire de Traumfreund : des gisants aux paupières closes ; des pensifs, la tête appuyée sur la paume de la main ; des prostrés, ensevelissant leur visage dans leurs bras repliés. L'homme de Sedelmayr était debout ; il se tenait en équilibre en haut de… de quoi ? Où est-il ? On ne sait pas. Aucun élément de paysage ; derrière, des lignes vagues, qui pourraient être des collines comme l'étendue d'une ville, et sous ses pieds une simple courbe, le sommet d'une parabole convexe. Ce qui est sûr : des animaux sont en mouvement ; une chauve-souris, ailes déployées, virevolte au-dessus de sa tête, on se dit qu'elle va le déséquilibrer, voire le faire tomber ; de gros escargots visqueux remontent le long de son torse, en fouettant des attelages composés de dizaines de fourmis ; un serpent est en train de lui enserrer les chevilles – si l'homme fait un pas de côté, le serpent l'entravera et provoquera sa chute. Il voit ces animaux ? Non, il ne les voit pas. Pourtant il est parfaitement conscient. Il regarde devant lui, un point flou dans le grand vide. Son attitude est celle d'un homme de notre temps, actif, raisonneur. Il ne dort pas. Les monstres sont là tout de même. Autour de lui. Menaçant sa vie de toutes parts.

Lucas avait écrit : *Gravure qui rassemble mes animaux totems. Serpent, Escargot, Chauve-souris. Trois risques. Ils ne disparaissent pas, ils s'entrelacent – on n'en est jamais débarrassé ; qui se croit* quitte *se prend* double. *Ces risques sont humains. Bestiaire comme de fable, bêtes humaines, et qui menacent l'Homme. — Le Serpent : une hydre dont les têtes repoussent toujours, qu'il faut combattre au prix du sang, un dragon guerrier, ceinturé d'explosifs, incarnant ce qu'on avait pris l'habitude d'appeler le Mal, et qui fait naître en nous un chevalier d'adrénaline (inhumain ; drogué au courage – le genre de courage dont je me suis toujours senti incapable, et que je refuse de célébrer). Mais également des Serpents plus discrets, tentateurs qui glissent dans le sable, mordent au talon de préférence, nous font miroiter la Maîtrise et dévorer la Terre, scier notre propre branche, jeter aux ordures le fruit rond qui nous porte. — L'Escargot : mignon petit mollusque, de pays tempérés, tout humide de gulf stream, sa maison sur le dos, mène une existence casanière, bien logé, la carapace opposable aux intempéries. Un étrange escargot : rapide et sûr de lui, qui ne prend pas le temps de se poser des questions. Un escargot tiré par des fourmis, lent de nature mais cra-*

vachant, exploitant l'énergie des fourmis pour avancer à grande vitesse vers la réalisation de son idéal d'escargot. Tout le monde souhaite la maison ; je la souhaite à tout le monde. Mais l'Escargot est peureux, bonnet de nuit, son contentement par trop béat. Il s'allonge sur son transat, au bord de sa piscine égoïste, bien assis, insupportablement allongé et assis.
— Chauves-souris : elles volent la nuit ; elles ne croient qu'à la nuit. Animal nocturne... mais par goût, pas « de fait ». Plus que nocturnes : amoureuses de la nuit – noctophiles. *Mélange pour l'occasion de latin et de grec. À trop taper sur les Escargots dont la naïveté les agace, elles risquent de ne plus voir les Serpents qui font semblant de disparaître – simulent la mort et font croire à la paix perpétuelle alors qu'ils survivent en sous-sol. Comme elles pensent qu'on en a fini avec le mal tragique, les chauves-souris réservent leur fiel à la médiocrité. Ce qui les rend aveugles au danger du Serpent. Et celles qui le distinguent encore éprouvent souvent de la fascination pour lui : il a plus d'allure que l'Escargot ; il avance par reptations impressionnantes, sans laisser derrière lui de traînée de bave ; il a pouvoir d'hypnotiser. Les Chauves-souris : elles volent trop haut, trop loin. Vont trop vite pour les Escargots, et n'ont aucune chance de les entraîner ou de leur signaler la montée des périls. Elles les méprisent, d'ailleurs – ne se soucient pas de leur donner des ailes.*

Qui, et quand ? – comment parviendra-t-on à ériger un quatrième totem ? Totem sur le qui-vive, au visage comme d'un homme, et qui danserait !

***

À six heures, en reprenant la route des Rodhiles, Joachim, quoique déjà très en retard, décida de faire un crochet par le centre-ville. De temps à autre, il entendait la boîte en carton glisser à l'intérieur du coffre – il faudrait penser à mieux la caler. Désormais, malgré sa fatigue, il n'avait plus le droit d'avoir un accident : si la voiture flambait, les lettres flamberaient avec. Il avait rangé la gravure dans une pochette de cuir, posée sur la banquette arrière ; il lui jetait par intervalles des coups d'œil dans le rétroviseur, comme à un enfant qu'on est content d'avoir avec soi. Il ne savait pas encore ce que tout cela voulait dire, mais il avait le sentiment de n'être pas venu pour rien. Sous la bruine, essuie-glaces et phares allumés, il remonta doucement l'avenue Breton. Fit en sorte de s'arrêter au feu rouge de la rue Edward O. Strate. Des clochards dormaient repliés dans des sacs de couchage ou sous des amas informes de couvertures. Malgré la nuit encore profonde, il crut voir une silhouette dressée devant le *Domingo's*. Un crieur de journaux ? Peut-être. C'était une ombre immense, juchée sur une poubelle en métal, dans une position du reste assez casse-gueule. Un barbu. Un prophète qui déclamait : « Heureux celui qui donne lecture, et ceux qui écoutent les paroles de la prophétie et qui gardent les choses qui y sont écrites, car le moment, oui, est proche. » Ou bien c'était Lucas – oui, ça pouvait aussi être Lucas. Il avait dû faire encore une nuit blanche, s'était décidé à courir les rues. Ce n'est pas comme s'il était *vraiment* mort. Et alors, marchant sur le trottoir, pas plus haut que les autres hommes, il criait au contraire : « Le moment n'est pas venu ! L'Apocalypse est loin ! Il y a des nouvelles très nouvelles ! Si vous demandez quand viendra l'heure, je ne vous répondrai pas. Mais sachez que cette heure-ci est celle des plus grandes chances et des plus grands risques ! Celle où nous sommes capables de tout ! L'heure où nous nous trouvons, amis, à un pas du sommet et à un pas de l'abîme ! »

21. LA VILLE DE PRESQUE-CRÊTE

Lorsque Rilviero entra dans la chambre de Nexus le 19 décembre au matin, il vit aussitôt que quelque chose n'allait pas. Le lit faisait champ de bataille, une lampe s'était renversée, Nexus se tenait debout, plié en deux, la tête entre les mains. Il fixait les rainures du parquet avec des gémissements à faire frémir.

« Il s'écoule ! Ah ! Il s'écoule… »

Rilviero tenta une approche, mais on lui fit signe de reculer : « Pas de cavalerie. Elle va le piétiner, ratatiner par terre. Ça se glisse pour partir par la porte. Il faut fermer, fermer ! »

Rilviero sentit son cœur bondir ; il revint en courant au Mât, frappa à la porte de Traumfreund. Absent. Il alluma les écrans de la salle de contrôle : le docteur ne se trouvait pas non plus dans les Cales. Sa voiture avait disparu. C'est pas croyable, putain ! Juste le jour où on a besoin de lui… Salaud de déserteur ! Berardi et Oliveira vinrent à sa rescousse, comprirent peu à peu de quoi il s'agissait : prostré, l'œil vitreux, Nexus pressait ses mains contre ses oreilles, par où risquait, sinon, de s'écouler son cerveau. Plus de la moitié de son cerveau était déjà répandue sur le sol, des bouts de cervelle coincés entre les lames du parquet. « Ne marchez pas là ! Non. Pas là ! C'est trop fragile ! » Les trois hommes restèrent immobiles au seuil de la pièce. Berardi suggéra de le maîtriser par la force et de lui faire une perfusion, mais Rilviero s'y opposa énergiquement. « Ça va aller, Oscar. Ça va aller… » C'était un vœu pieu dans sa bouche. L'impuissance faite paroles.

Puis Traumfreund apparut à leurs côtés. Il ne leur jeta pas un coup d'œil, pas une excuse, mais réussit à capter l'attention de Nexus :

« Regardez, Oscar. Là. Là, il n'y en a pas. Là, je peux poser le pied. Et au pas suivant, ici, ici c'est bon aussi, non ? Il vous faut de l'eau ? Bien sûr, bien sûr – allez chercher de l'eau –, vous allez boire, vous avez soif, peut-être ?

– Si je bois, souffla Nexus d'une voix rapide et concentrée, si je bois, après j'ai beaucoup d'eau, et je pourrai nager dedans, les petits bouts flotteront, je récupérerai tout le cerveau. Si on me donne un filet.

– Nous allons vous trouver un filet. Et vous pouvez essayer avec les doigts, aussi. Je suis sûr que vous êtes capable d'y arriver avec les doigts. Vous voulez bien regarder vos mains ?

– Mais je vous dis qu'elles gonflent ! Toutes. Dégonflent et gonflent. Comme par hasard !

– C'est normal. Ne vous inquiétez pas. Mes doigts aussi, regardez : ils gonflent aussi. Prenez ma main, vous allez voir.

– Il faut que vous me rendiez, docteur…

– … oui ?

– C'est une déclaration de guerre – la fuite – ouverte. Par tous les orifices, je vous assure, docteur… »

Au bout d'une demi-heure, Nexus s'apaisa, mais Rilviero, lui, resta comme hébété. Tu as ce que tu voulais. Il est *à lier*, maintenant. Camisole, cellule capitonnée, mesdames… Il avait toute sa tête en arrivant ici. Nous avons fait le nécessaire pour le rendre fou. Et toi, sale flic… pas un mot, incapable de pas un geste que ce soit…

« Il va falloir le laisser sortir, commença Traumfreund. Ce genre d'épisodes hallucinatoires, ce n'est pas à prendre à la légère. Il est enfermé depuis trop longtemps. C'est ma faute. Je vous présente mes excuses. J'aurais dû voir venir. — Au moins quelques heures. Sinon, ça peut se reproduire à tout moment.

– Mais s'il simule ? objecta Rilviero par principe.

– Vous avez eu l'impression qu'il simulait ? Je suis fatigué, Rilviero. Ça ne marche pas votre séparation des sphères, moi qui parle au malade et vous au meurtrier… Enfin la décision vous revient. Ou faut-il appeler Drake ?

– Non non, très bien. Sortons-le un peu. C'est ce qu'on va faire.

– Le problème, évidemment, c'est qu'il verra où nous sommes. »

Exact. C'est ennuyeux, ça. Il pourra joindre Calder sur son portable et préparer son évasion. Mais pour peu que…

« Il saura juste que nous sommes en montagne, décida Rilviero. Ça ne lui dira pas où. Nous n'avons qu'à aller à la Bergerie. Faire le trajet en voiture, lui bander les yeux. On le laisse prendre l'air à la Bergerie. Plusieurs heures. On pourra renouveler la chose si nécessaire. Ça vous irait ?

– Pas de menottes.

– D'accord. Mais sous bonne garde, à ce moment-là. Nous l'accompagnons tous les quatre. »

La Bergerie, parce qu'il aime bien ce lieu. C'est une ruine sans âge, au toit de tuiles à moitié effondré. Le vent ploie les fougères sèches et les orties qui colonisent entre les murs. Il ne s'y est sans doute rien passé que de très grégaire, des cycles se sont enchaînés, éternels pâturages, bêlements stupides, la laine en poussant forme des boucles, ça rumine, une brebis se laisse avoir par un loup flagorneur, on régurgite, c'est l'heure de tondre, le lait coule, avec aussi des flots de pisse et de sacrées quantités d'une merde bien odorante – mais comme il ignore tout cela et qu'il n'en reste plus trace, Rilviero trouve que ce lieu a une âme et peut faire sortir d'entre les fentes des pierres des histoires diablement moins banales. Elles restent toujours vagues – flottent autour de la Bergerie sans jamais se poser. Il y est question de la rudesse de mâchoires qui ne descendent plus en plaine, du cuir abîmé des ceintures, d'un coutelas qu'on se passe de père en fils et qui, un jour, s'est planté de lui-même entre les omoplates du vieux Ceilloux, qu'on appelait l'Estropié. Les amants maudits se sont réfugiés là pour l'hiver, ils ont vécu de gourdes d'eau flasques et de pis tendus. Puis tout est retombé dans le silence : c'est un isolement tel qu'il doit permettre de dire *tu* aux étoiles et de voir le visage de la transcendance, ou au moins un petit bout de son menton. Rilviero serait prêt à parier que Traumfreund aussi est sensible au pouvoir de cet endroit, mais il ne faut rien dire – *chut* – ça gâcherait quelque chose. Depuis la Bergerie, accessoirement, l'Aneph, le pic Farías, la route d'Altenberg, tout ce qui pourrait aider Nexus à situer sa prison est invisible.

Le bandeau se dénoue mollement dans sa nuque. Une force irrésistible lui ferme les yeux. Il tente de les entrouvrir, mais c'est trop : cligne et cligne. Il entrevoit les formes brunes et vertes baignées de cette… cette lumière ! Cligne encore, Oscar, va. On a appelé les larmes, elles vont venir te protéger. Il y a, là-bas au fond, un soleil qui ressemble presque à celui de Regson. Vous croyez que c'est le vrai ? se demande-t-il dans sa tête. La sphère infatigable ? Le dieu de tous les cultes ?

Rilviero est assis sur un mur éboulé qui forme une série de marches. Le soleil tape de toutes ses forces, mais ce sont ses jours faiblards, et le froid pique quand même un peu. À côté, Traumfreund dodeline de la tête, somnole et ne surveille rien du tout. Dans quel bordel a-t-il baisé la nuit ? Rilviero mâchonne la tige d'un brin d'herbe rescapé et observe Nexus redécouvrir le monde. Oscar tourne la tête en tous sens, laisse ses yeux croiser au large et s'emplir de cette lumière dont ils se trouvent si affamés. Rilviero préférerait qu'il fixe sagement le sol, mais il n'ose plus rien dire. Le marteau de la juge Craneck frappe deux fois sur son crâne : coupable de laisser sortir cet homme en pleine nature ! Et presque aussi coupable de l'avoir gardé si longtemps enfermé à fond de cales ! Double peine, homme terrestre, allez, on adjuge et ne discute pas. Nexus se dégourdit les jambes, lève les bras vers le ciel et son bleu de porcelaine sans fêlure, puis les remercie comme un enfant tandis que Rilviero, tout en lui rendant son sourire, guette sur son visage l'inflexion mauvaise de celui qui a réussi son coup.

***

Ce grand bol d'air – la sieste – c'est bon, il se sent mieux ? Oui oui, d'attaque, on continue. Vous savez, Oscar, vous n'êtes pas forcé, aujourd'hui. Mais il y tient. Ils le traitent comme s'il était un être humain, lui aussi va montrer qu'il est de bonne volonté et faire en sorte de respecter les délais.

Alors… quel est ce lieu ? Et ce corps couché à Regson, ce corps debout au Séabra, et qui l'accompagne où qu'il aille, est-ce qu'il ne serait pas temps de lui trouver une origine ? La barbe mêlant le poivre et le sel, les petites rides rayonnant le tour des yeux ? Ça c'est facile. Elles appartiennent à Van Goyen. Pour une fois, ça semble pouvoir s'inscrire dans la durée ; on ne pliera pas bagage chaque matin ; ce n'est pas une halte qu'il traverse en tourbillon, à la suite de Calder, pour avertir les habitants des dangers qu'ils encourent. C'est un lieu qu'il peut parcourir à son rythme, qu'il pourra, peut-être, apprendre à aimer. Il a compris très vite : fin du voyage — destination. Voyez là-haut. Plus haut encore. Voyez, accrochée au flanc ouest de l'Ipitiranga : cela s'appelle Nasco. Et de son surnom : la ville de presque-crête.

« Il faut que je vous en parle tranquillement, parce que – à quoi bon vous le cacher ? – c'est là que se sont déroulés les plus grands événements de ma vie au Séabra – la série de catastrophes qui sont tombées l'une après l'autre sur moi jusqu'à ce que les cadavres s'effondrent sur le bitume. Comme le surnom l'indique, Nasco est quasi au sommet, mais pas tout à fait au sommet. La ville est taillée de pierre, elle s'est extraite de la roche à coups de sculpteurs. Et pour la montagne, c'est à peu près comme celle qui environne notre maison ici, mais en vertigineux, au point qu'elle décroche les cœurs les mieux accrochés. L'Ipitiranga est un massif qui a surgi d'un choc terrible, assez récent, mais quand même antédiluvien. Imaginez, dans le creuset de magma où se prépare le monde, deux plaques tectoniques qu'une force a soulevées et lancées l'une contre l'autre avec une violence et une lenteur infinies. Bien que les plaques n'aient pas pu faire grand-chose contre leur réunion, elles se vouaient une hostilité réciproque, si bien que la seule idée de former ensemble une plaine leur donnait des haut-le-cœur. Elles se sont arrangées pour que la montagne dresse entre elles une boursouflure de pierre horrible, qui ne pourra jamais cicatriser. Enfin ça a pris, cette genèse, quelques millions d'années quand même. On baliverne ici ou là : six jours. Alors là excusez, mais c'est invraisemblable. Même en travaillant jour et nuit, même en sachant qu'après on se reposera, non : six jours, ça n'est pas raisonnable. Et c'est se faire aveugle, en plus : parce que la montagne ne cesse justement de répéter que son temps n'est pas le nôtre. Des voyageurs attentifs ont d'ailleurs découvert que la collision continuait sous nos yeux et pendant que je vous parle. Par conséquent, qui pose le pied là-haut devrait s'apercevoir qu'il est un moins-que-rien, un point minuscule dans l'espace et dans le temps, pas assez gras pour boucher la plus petite crevasse, destiné à mourir avant que les plaques aient progressé d'un pouce. D'un autre côté, il faut bien se dire aussi : qui est monté là-haut ? Qui a construit cette ville de presque-crête ? Avouons que ce sont les hommes. Alors les hommes se sentent grandir en proportion de l'altitude ; à escalader des géants, ils ont le sentiment d'être géants eux-mêmes ; parce qu'ils surplombent ces montagnes et les nomment, ce sont eux qui se retrouvent hauts de cinq mille mètres, eux qui sont éternels.

En dépit des problèmes que ça va sûrement poser, il faut que j'ajoute : c'est un pays de lumière. Tant mieux pour ceux qui habitent Nasco, pas de chance pour le conteur. Parce que c'est autrement plus dur la leçon de lumière que la leçon de ténèbres. Certaines personnes, là-bas, sont prises d'une sorte de mystique de l'altitude, ils vous expliquent qu'on se marie avec le Grand Tout, que les barrières tombent, nous faisant perdre droit de conscience sur ce qui advient de nous-mêmes, de sorte qu'on ne sait plus si cette main nous appartient, ou si c'est un morceau de minerai en pleine métamorphose. Bon. S'ils le disent, après tout… Peut-être. Moi j'ai plutôt vécu une histoire traversière. Le corps devient un lieu de grandes manœuvres : des étendues de lumière, en nappes et contre-nappes, vous entrent dans le crâne et bouleversent ses parois. L'air est presque trop lumineux pour être respiré. Il brûle. C'est l'univers porté au point d'incandescence.

À part ça, les rues de Nasco sont d'une déclivité aberrante. Les trottoirs en escaliers y prennent autant de place que la chaussée. Sur certains axes, on circule en funiculaires, mais réservés aux artisans et ouvriers qui épaulent du poids lourd. On raconte d'ailleurs une histoire d'amour qui utilise la pente. C'est l'histoire d'un homme de Nasco qui rencontre dans les rues une fille au collier de perles. Il la regarde qui se recoiffe avec des gestes maladroits ; elle l'aperçoit, et sitôt ils se tombent d'amour, raides de raides, leurs corps nus suspendus en l'air – tout ça dans un regard. Et puis soudain son collier se brise. Les perles sorties du rang se mettent à dévaler les rues. Le type se met à courir comme un fou pour les rattraper. Certaines perles finissent par se coincer dans les fentes des pavés, d'autres rebondissent et ne s'arrêtent plus jamais. Il ramasse les perles une à une, triste de cette débandade, désolé que beaucoup soient maculées de boue et que le choc leur ait donné une forme irrégulière. Mais la jeune fille rit de toutes ses dents. C'est tant pis pour les perles. Elle a toujours été trop nerveuse pour pouvoir en porter. Elle s'amuse de le voir si naïf, croyant que les perles c'est rond, et blanc, et pur. *Barroco*, dit-elle, *barroco* : la vie n'est pas comme ça ; tout est de forme irrégulière. Mais il n'entend pas ses paroles. Et mes deux seins aussi, dit-elle, ce sont de faux jumeaux. Mais il ne l'écoute pas. Il n'a d'yeux que pour son sourire…

En bref, la vie là-bas, pour moi et vous, c'est monter et c'est démonter chaque jour dans les six sept mille marches. Avec tout juste quelques paliers et esplanades. Alors on ne se perd pas dans le Tout, j'aime mieux dire ; on ne sent que trop les limites de son corps et le jeu de pistons insuffisant qu'ils nous ont mis dans la poitrine ! Il faut vouloir vivre, à Nasco. On ne peut pas simplement s'y laisser aller. C'est à chaque seconde un vertige d'être emporté et une petite ivresse quand on est victorieux.

S'il y a une barrière qui disparaît, malgré tout, c'est la frontière absurde entre la pensée et les sens. Ça explique que les Xylographes se soient établis là. Car l'air qui environne ces sommets, quand il pénètre en vous, il est déjà esprit, et quand il sort il n'a pas cessé d'être matière. On inspire et on rejette de la parole et de l'oxygène, tout uniment. Ils deviennent vite oiseux, alors, les débats qui consistent à savoir si la création naît des formes observées dans le paysage, ou si on l'élabore à partir de nos matériaux intimes, si créer est le travail de l'intellect ou une vibration de la chair au bout des doigts. La ville de presque-crête est un endroit qui, sans un mot, de lui-même, enterre ces fausses questions. Mais bien sûr, pour qui n'a pas vécu dans les Vallées, comprendre ça n'est pas facile – et l'une des raisons pour lesquelles Calder critiquait souvent les Xylographes, c'est qu'accoutumés à cette transparence, ils jugeaient comme allant de soi des phénomènes qu'il aurait fallu expliquer dans un langage de plaine ou de plateau.

L'air, encore un coup. J'y reviens, parce que… il n'y a jamais de brume. Pour une montagne, ça n'est pas ordinaire. De rares nuages flottent très haut. On voit briller ici et là de grands champs de neige, on ignore quand elle est tombée. Cette neige a des chances d'être éternelle et conçue pour réverbérer la lumière. Alors on ne peut plus reprocher à l'air de borner la portée du regard : la seule limite c'est l'œil humain. C'est pour ça que Nasco est aussi le siège de l'ordre des Astronomes. Montez, grimpez, un pied devant l'autre, les paumes aux genoux, il y en a encore pour longtemps ? profitez de cette placette, ouf, retournez-vous maintenant : la ville est ronde des mille coupoles des observatoires. Les télescopes de jour sont arrimés sur des terrasses, tout comme seraient des canons. À les dénombrer, l'idée me venait toujours que la ville était une forteresse, prête à ouvrir les mille bouches de l'enfer, à accabler qui mal y pense sous un effrayant déluge de boulets. Mais en réalité les télescopes ne sont que des yeux ! C'est tout au plus pour repérer les positions et les mouvements de l'ennemi. Et puis vient le soir. Les cloches s'ébranlent par toute la ville pour sonner les sept heures : alors on entend se rouvrir les volets des coupoles, et les télescopes de nuit, beaucoup plus mastodontes, sortent leurs verres convexes et globuleux qui étincellent sous le dernier assaut de la lumière.

En somme, c'est un lieu de qui-vive. Les gens y ont les yeux mieux constitués qu'ailleurs et ils font métier d'interroger le monde. À Nasco, personne ne s'occupe du premier plan. Ils savent que ce n'est pas en restant en surface que l'on peut s'orienter. C'est comme au volant d'une voiture : pour aller droit, il faut regarder loin ; ça n'empêche pas de percevoir ce qui se passe juste devant vous ; mais si vous vous fixez sur les obstacles les plus proches, au-delà tout devient flou, et je vous jure qu'après quelques zigzags, la fin des temps, pour vous, va prendre la forme imbécile d'un platane…

J'ai passé une saison. Moi, tel que vous me voyez, j'ai habité là-haut ! Compagnon de Van Goyen, qui plus est, logé chez lui, au siège de l'ordre des Xylographes dont il était le chef.

Quand tu seras à Nasco – m'avait conseillé Calder avant de disparaître, avec des mots où je trouvais rétrospectivement la preuve qu'il n'avait jamais envisagé de m'accompagner là-bas – *apprends à observer*. Le siège de l'ordre des Xylographes était un bon endroit pour s'exercer à l'interprétation des signes. Les bâtiments en sont construits contre la roche, accolés à la crête. Leurs architectes – des cinglés qui avaient tout vu, et que seul l'impossible excitait encore – avaient choisi, nonobstant la dureté de la pierre, de faire se prolonger la construction très loin sous la montagne. Ma chambre donnait sur une cour intérieure. Vingt mille pavés, chacun avec sa forme, son caractère, et de mauvaises herbes poussant entre les deux. J'ai très vite pris mes marques dans les appartements qui entouraient cette cour, et puis dans la Bibliothèque. J'ai lu Bashoemon. J'ai lu Ib-Kalud, comme Calder avait conseillé. J'en ai appris de belles sur la dynastie Donleone ou sur les stratégies des propriétaires terriens du Nordeste. Il s'agissait, n'est-ce pas, de parfaire mon éducation… Jusqu'ici, rien que de très banal. Mais il y avait aussi des couloirs dont on ne parvenait pas à distinguer le bout – des escaliers qui ne menaient nulle part, redescendant en même temps qu'ils montaient, la dernière marche finissant par ouvrir une gueule béante et par avaler la première – et puis, du côté gauche de la Rotonde, des portes de bois massif qui refusaient obstinément de s'ouvrir, alors que d'habitude, une porte… Van Goyen m'avait laissé entrevoir la Salle du Conseil où les Xylographes se réunissent en séance plénière. C'est tendu de brocart rouge. Juste sous l'arête du plafond, il court une frise de pierre qui reproduit par intervalles leurs armoiries : ça avait l'air d'être une machine d'un genre particulier, je ne saisissais pas comment elle était montée, encore moins à quoi elle pouvait servir. Et aussi, dans un cartouche qu'on distinguait mieux, la devise des Xylographes. *Nous parlons par mystères, mais qui existent.* C'est arrivé une nuit. Salinaroth venait de fonder l'ordre. Il a reçu dans son sommeil la visite de formes sombres et vacillantes. Ils se sont entretenus longtemps ; elles lui ont dit des choses, la plupart oubliées. Mais au réveil il restait cela : ces mots qu'il sentait pouvoir faire siens. *Nous parlons par mystères, mais qui existent.* Tout au long de mon séjour là-bas, je les ai souvent entendus dans le creux de mon oreille, parce qu'ils venaient de ma tête ou que les murs confiaient à leurs pierres calmes et solennelles le soin de les prononcer. »

L'endroit préféré de Nexus, cela dit, était le chemin de ronde. Là on était vraiment sur la crête. Les fondateurs de Nasco avaient été contraints de bâtir la ville un peu en retrait, sur le versant ouest, pour la protéger des vents qui dans cette région se prennent le bec en permanence et ne reculent devant rien. C'est ce qui expliquait aussi les balcons fermés qu'on voyait saillir des façades. Mais le chemin de ronde, lui, passait outre cette prudence. On y accédait par un escalier raide partant de la Rotonde. Il fallait se courber pour passer la petite porte, puis – ah ! le vide – qui hurle – le vent – on était happé par le vide – colossal ! L'Est ! Tout l'Est du pays envahissait les yeux. Le chemin n'était pas large : si on pouvait y poster une rangée de guetteurs, des hommes l'arpentant auraient eu du mal à se croiser. Les vents se contredisaient, plaquaient les habits de Nexus contre son torse, faisaient claquer les manches de sa chemise comme des drapeaux en berne et lui glaçaient les doigts. Il persistait tout de même, se cramponnait aux merlons. Devant lui, l'Urucaye serpentait entre des collines basses, s'élargissait en delta et, non loin de la baie d'Atlán, rendait ses eaux à l'océan. En face, le haut-plateau du Nordeste avait la couleur de feuilles de maïs à demi brûlées, et la masse charbonneuse de Fortal formait comme un seul bloc, immense, dont les fumées d'usines rendaient les contours flous. Que se passait-il précisément là-bas ? Qui tenait les rênes de la fumée, qui lui ordonnait de former ces volutes ? À main droite, le Désert sommeillait dans un frémissement de sable. Nexus surplombait, retraçait ses tours et détours. « J'ai parcouru, murmurait-il. J'ai parcouru. » Le fait de ne plus ramper à ras du sol allait-il lui permettre de débrouiller l'écheveau des trajectoires qui se croisaient sur cette terre, et d'y repérer les fils dont la rencontre tramait sa vie ? Ce point de vue dominant était-il susceptible de le faire accéder à une forme de maîtrise ?

Ah oui, embrayait Rilviero, *here we are, boys*, c'est le fameux problème de la *hauteur de vue*. Nous sommes debout devant l'à-pic, toute la terre à nos pieds, et ce ciel de cristal. Il est indéniable qu'il se produit dans le cerveau un événement d'un genre particulier ; les images y affluent, il suffit de tourner un peu la tête pour aller chercher celles qui manquent et compléter le tableau. Homme devant la mer de nuages, viens là que je te salue ! Quelle griserie, hein ? Fais gaffe à ton chapeau, il est un peu de travers. La vue d'ensemble donne le savoir, une capacité à s'y retrouver et un feu d'artifices, dans la tête, qu'ils ont allumé rien que pour toi. Mais le pouvoir, c'est autre chose. Tu as envie de sauter d'un bond sur ce sommet ; tu aimerais prendre entre tes doigts ce village dont les maisons se lovent dans le coude de la rivière… eh bien, essaye toujours. Penche-toi, tends le bras, penche-toi un peu encore… non ? Et Nexus, à force de réflexion, en venait à ce constat impitoyable : la maîtrise en esprit n'est pas le contrôle sur le terrain. Un signe de sa part ne suffisait pas à mettre les forêts en marche, malgré leurs airs de bataillons. Il fallait aussi renoncer à ce fantasme du chef d'état-major. « Tiens. Prends. Tu verras mieux. » Souvent, Van Goyen le rejoignait et lui prêtait sa longue-vue. On en vendait partout en ville, mais il fallait avoir une licence de Xylographe ou d'Astronome pour avoir le droit d'acheter. Tout le monde n'était pas autorisé à observer ainsi le Séabra. Conscient d'être privilégié, Nexus passait des heures au sommet de cette crête. Il pouvait embrasser et l'Est et les Vallées. Les vents avaient beau être contradictoires et l'équilibre instable, il y avait forcément quelque chose à retirer de cette position. Une vérité à venir ?

De façon générale, Van Goyen lui consacrait plus de temps qu'il n'en avait. Sollicité à toute heure de la journée, il présidait des réunions, auditionnait, recevait et rendait des visites. Ça ne servait à rien qu'il se montre efficace : les tâches s'accumulant débordaient de toute manière sur la journée suivante, et cette journée suivante sur celle qui la suivait, on se reposera quand on sera mort, eh, que veux-tu ? Pourtant, il profitait du moindre répit pour rejoindre Nexus. Les yeux de Van Goyen changeaient légèrement de couleur à chaque mot de la conversation ; des éclats d'amertume, de joie vibrionnante, d'angoisse ou de colère venaient se ficher dans son iris ; ce n'étaient pas forcément ses propres sentiments, mais ceux que ses interlocuteurs projetaient ou qui flottaient dans l'atmosphère ; le dessin de ses rides ne cessait lui aussi de varier. Mais en dépit de l'expressivité extrême de ce regard, c'était Nexus qui se sentait translucide au cours de leurs entretiens. Van Goyen semblait avoir pour lui une estime qui précédait leur connaissance ; il la manifestait avec un peu de maladresse, lui serrant les mains à les broyer, insistant sur le fait que Nexus était chez lui. *Observe les moindres détails. Le regard qu'on porte sur toi.* Des gens qu'il avait déjà vus à Pirmis, comme Libanius ou comme Garamantès, ne le croisaient jamais sans le saluer d'un léger signe de tête. Peut-être reconnaissaient-ils son statut de compagnon de Calder ; peut-être plaçaient-ils en lui certains espoirs. Ou bien ces phrases laissées en suspens quand il pénétrait dans une pièce indiquaient-elles au contraire de la méfiance ? « Vous me disiez ? – Rien. – Mais si, à l'instant… – Mais non. Rien. » Après tout, il était le seul habitant de cette demeure à ne pas être Xylographe, à ne pas avoir subi l'épreuve de la cooptation. Rien d'anormal, dès lors, à ce qu'il n'ait pas le droit de participer à tout.

Les attitudes. Les signes. Dans les Vallées, tu vas voir, tout a une épaisseur. Les objets entretiennent des liens et communiquent entre eux. À ce train-là, d'observateur attentif, on devenait vite espion. Quand la nuit tombait, Nexus se repliait dans sa chambre et faisait silence absolu pour voir si quelque chose – ploc – ne gouttait pas, si une source souterraine – ploc, ploc – creusant elle aussi la montagne, n'était pas en train d'échanger des informations secrètes avec une bande de marmottes. À pas furtifs, les rongeurs s'empresseraient de faire leur rapport à la neige. La neige passerait le mot à la rosée ; la rosée le déposerait à l'aube sur les plantes du Jardin d'Ombre qui s'étendait en aval du siège des Xylographes – et bientôt toute la ville serait au courant, toute la ville sauf Nexus, s'il n'y prenait pas garde. Il se mit à laisser traîner l'oreille. Il devint peu à peu évident que les tâches qui occupaient Van Goyen ne faisaient pas vraiment partie de son métier de Xylographe. Elles venaient parasiter. L'accaparaient. Parcourant les couloirs, Van Goyen avait une façon de respirer profondément dont on ne savait si elle était censée lui donner de la force ou envelopper un soupir. *« J'ai appris que les Xylographes avaient eu des problèmes ? – En quelque sorte. Et ça n'est pas fini. »*

Nexus était tenu à l'écart mais, à force de glaner les petites phrases qui échappaient aux visiteurs quittant la Salle du Conseil, tout ça se précisait. Encore un convoi attaqué. Ça ne pouvait plus être une simple coïncidence. On voulait les empêcher de se réapprovisionner. Qui ? Ah. Vous croyez ? Probable : d'après les rapports, sa bande ne cessait de couper les routes du Boquerón, elle tendait des embuscades, broyait les commerçants sous les roues de leurs propres camions. Lorsque les légats du Boquerón arrivèrent pour préparer la réunion de Maravos, on en sut un peu plus : les mendiants n'attaquaient pas au hasard, ils soulevaient les bâches, ouvraient les caisses et ne s'emparaient que des chargements destinés aux Vallées. Mais comment Caius avait-il été informé de la pénurie ? Les voix montaient d'un ton ; derrière leur véhémence, Nexus reconnaissait la forme de l'angoisse. Au repas qui suivait, Van Goyen touchait à peine à son assiette, gardait les yeux baissés, n'accordait aucune attention à Nexus et se levait avant les autres pour retourner au travail.

Les Xylographes avaient un autre sujet de préoccupation : un des leurs avait disparu. Cela les rendait tristes. Ils comprenaient mal comment la chose s'était produite et chacun s'interrogeait sur sa part de responsabilité. Bien qu'arrivant tout juste et ne sachant pas précisément de quoi il retournait, Nexus ne mit pas longtemps à se faire sa petite idée : les Xylographes étaient des gens épris d'indépendance, des individualistes concentrés sur leur effort de création intellectuelle ou artistique ; aussi chacun travaillait dans son coin ; il voyait la lumière filtrer jusque tard dans la nuit sous la porte des chambres, et les ombres se dessiner aux fenêtres. On se retrouvait surtout au moment des repas. Même alors, certains restaient silencieux ou remuaient les lèvres sans qu'aucun son ne sorte, poursuivant un dialogue intérieur. Seule une minorité faisait l'effort de se tenir au courant de l'évolution des autres. Une fois entré dans cette routine, il devait être facile, malgré la vie commune, de se sentir isolé. Au grand midi arrivaient des coursiers qui gravissaient avec peine les rues de la ville et parfois, luisants de sueur, s'effondraient avant d'avoir atteint le sommet. On avait cherché dans la région du Volcan : il n'y était pas. Au Désert ? Aucun caravanier ne l'avait vu. Vers Tarouk ? Rien de rien. Nous avons pensé qu'il pouvait être à Pirmis…

Bien sûr que non. Il ne serait jamais allé se réfugier là-bas. On le connaît trop.

Les jours passaient ainsi. Nexus ne savait pas comment se rendre utile. Il sentait la liberté creuser dans sa poitrine une cavité où ne tarderait pas à se loger l'ennui. Selon toute apparence, Van Goyen vivait des jours décisifs. Une situation de crise s'était formée, dont la pression augmentait un peu plus à chaque heure, et qu'il lui fallait trouver les moyens de retourner à son avantage. Les adversaires contre lesquels il jouait avaient beau ne pas se trouver à Nasco, ils ne quittaient pas une minute sa pensée. « Car ceux avec qui nous dialoguons le plus, ajoutait Nexus sans prétendre rien leur révéler, ceux qui forment notre environnement spirituel, ce ne sont pas forcément les gens de notre entourage réel. Pardon ? Joachim ? Qu'est-ce que vous disiez ? Les morts – ça peut être les morts ; ou des amis dont pourtant on n'a plus de nouvelles ; des ennemis qu'on éviterait si on les croisait dans la rue ; cet homme inconnu qui a écrit il y a trois siècles des mots qui sont de nous. »

De plus en plus de pèlerins transitaient par la ville. Juste une étape d'une nuit ou de quelques heures ; Nexus les aidait à se débarrasser de leur bagage et remplissait son office d'espion : où allaient-ils comme ça ? Pardon ? Antefuego ? Cette réponse que les autres faisaient d'un ton égal, pour lui elle sortait des nuages et venait effleurer son front. Le cirque d'Antefuego, c'était ce large amphithéâtre creusé dans l'Ipitiranga par l'érosion glaciaire et où vivaient des centaines de marmottes. L'ordre qui s'était établi dans ce coin des Vallées s'était fixé pour but d'étudier le cerveau humain. En s'enfouissant dans le sol et en apprenant à ralentir leur rythme cardiaque, ils étaient parvenus à atteindre un état de conscience nouveau. On était envahi par le passé ou par des présages de l'avenir, si nets, si éphémères… Nexus faisait mine de rien, hochait la tête, remplissait de nouveau les verres. Bien ce que lui avait dit Calder. *Si tu souhaites toujours en apprendre plus sur tes origines, Antefuego serait un bon moyen. À toi de voir. De choisir. Mais n'en parle pas à Van Goyen. Il m'en voudrait de t'avoir donné ce conseil.* « Ça n'est pas sans danger, ajoutaient les gens à voix basse. Beaucoup sont restés bloqués lors de ces voyages dans le temps – et ils ont perdu la raison. » Antefuego était pleine de ces malheureux qui se tenaient au seuil des portes, rigides comme des mannequins, les yeux éteints, les bras arrêtés dans un geste qu'ils n'achèveraient jamais. On ne leur permettait pas de quitter la ville, mais on les y traitait avec beaucoup de respect. De temps à autre, ils laissaient échapper des paroles incohérentes, que l'on consignait avec minutie et qu'une section de l'ordre se chargeait d'étudier. Pour collecter des fonds, financer leurs recherches, les habitants d'Antefuego proposaient aux voyageurs de passage une plongée dans cet autre état. Les visions restaient fugitives, aléatoires, souvent décevantes… Mais enfin, s'il s'agissait de voir l'avenir ! De pouvoir discuter le coup quelques minutes avec les morts ! Beaucoup de gens qui n'avaient jamais connu leur mère, parce qu'ils étaient des enfants du devoir, venaient chercher dans le sol d'Antefuego au moins une idée de son visage pour le glisser comme un porte-bonheur dans un coin de leur mémoire. « Mais si vous êtes curieux de voir ça, conclut l'un des pèlerins, le plus simple, ce serait encore que vous veniez avec nous, non ? À condition de partir tôt le matin, il suffit d'une journée. »

Alors, le lendemain, dès qu'il fit assez clair pour voir les précipices… Van Goyen était déjà levé. Occupé, réunion. Par chance, Nexus ne croisa aucun des Xylographes qu'il connaissait. Il prit la route avec ses amis de la veille, heureux de quitter l'ennui de la ville de presque-crête et de retrouver le rythme de la marche. « Oscar ? Vous voyez cet homme, là-bas, avec le shira pourpre ? Il nous a rejoints à Berdon, près du Volcan. À mon avis, il risque gros. Chut, parlons doucement, s'il vous plaît. Nous pensons qu'il vient du Nordeste. L'autre jour, au bivouac, quelqu'un avait un exemplaire du décret. Celui qui interdit aux Nordestins de se rendre à Antefuego. Avec le Nouveau Commandeur, ça ne plaisante plus : la peine c'est réclusion à vie. On a lu ça à voix haute. Comme pour se dire qu'on est content de ne pas être de là-bas, vous voyez. C'est dans le plus pur style de l'administration actuelle. "La foire d'Antefuego fait partie de cette série d'expédients laborieux qu'ont inventés les ordres des Vallées pour éviter d'affronter le monde qui change. Sous prétexte d'y voyager dans le temps, on s'y adonne à la consommation de drogues. N'oublions pas que l'avenir nous appartient : ce n'est pas à des hallucinations douteuses de nous le dicter. C'est à notre peuple d'en décider en raison, à nous de le construire." Et le sens du travail – et le rêve nordestin – ça continue sur ce ton-là… Tout le monde en plaisantait, mais cet homme : il ne trouvait pas ça drôle. Il avait peur, je serais capable d'en jurer. »

Une fois rendu sur place, au moment de creuser sa propre tombe sur les versants du cirque d'Antefuego, dans ce paysage de nécropole, Nexus non plus ne tarda pas à avoir peur. Les rituels de préparation duraient un temps qui lui sembla infini. Les instructeurs ne cessaient de rappeler que l'ordre déclinait toute responsabilité en cas d'accident. On lui avait donné cette pelle, il avait creusé en s'efforçant de ne penser à rien. Lorsque l'homme était venu lui injecter la drogue qui l'aiderait à ralentir son rythme cardiaque, il avait vu briller une goutte au bout de la seringue, et l'angoisse s'était mise à se débattre dans son sang. Est-ce qu'il avait vraiment envie de s'allonger dans cette fosse ? C'est le magnétisme de la terre qui permet les visions. Il faut imiter les marmottes. Construire son terrier, y prendre le temps de la réflexion sur la mort et sur la naissance. Est-ce qu'il voulait savoir ? Il s'était habitué au vide originaire. Calder avait raison, ce vide présentait au moins l'avantage d'être massif, sans aucun lambeau de souvenirs à quoi s'esquinter les mains. Pouvoir se construire vers l'avant, ne pas être entraîné comme la plupart des hommes à la remorque d'un passé qu'on n'a pas choisi, c'était peut-être une chance ? Ne rentre pas dans ce trou, Nexus : tu vas détruire ce qui te rend unique…

Mais c'est trop tard. C'est l'heure. Il assiste à sa propre mise au tombeau. On l'allonge de force, et il entend au-dessus de lui les instructeurs qui jettent de lourdes pelletées de terre sur le couvercle de son cercueil. Les lattes de bois laissent encore filtrer un peu de lumière. Il imagine la terre grenue qui se détache du manche des pelles, tombe sur le bois et y reforme des mottes. Pour la terre l'aventure continue. Mais pour toi… Cette tache blanche, encore. Cette autre là-bas qu'on aperçoit à condition de tordre le cou. Il entend craquer ses cervicales. La dernière pelletée. Puis plus rien. Le noir s'est fait. Le cœur, ventre à ventre, accélère. C'est le contraire qui était prévu. On lui a dit de ralentir son souffle et de chercher à le sentir qui soulève les os de sa cage thoracique. Pour les os l'aventure continue. Mais pour toi… Squelette : voilà ce que tu vas devenir. Imbécile. On peut savoir ce qui t'a pris ? Tu te retrouves enterré vivant. C'est le Nouveau Commandeur, Ortiz, qui a raison ; les Nordestins… seuls habitants de ce pays à pouvoir compter sur des dirigeants responsables. Dis-moi : comment, sans oxygène, ne pas devenir fou ? Ils vont te ressortir catatonique pour le restant de tes jours, semblable à ces sans-abri dans les rues, ils tendaient la main, tu as voulu leur faire l'aumône, mais les pièces glissaient entre leurs doigts rigides et se perdaient dans les grilles des égouts.

Peu à peu – on lui a en fait laissé suffisamment d'espace pour respirer – peu à peu, il se calme. La terre est froide, mais il ne faut penser qu'à son corps que la drogue maintient à une température constante. Dire à mi-voix les phrases qu'on t'a apprises. J'en suis, de la terre, elle est mon passé, j'en suis, et mon avenir. Mes talons nus sont plantés dans cette boue, ils y creusent leur empreinte ronde, un presque-rien, je ne marquerai pas ; juste derrière mes oreilles il rampe de petites bêtes, leur carapace a des reflets d'hydrocarbure qui résistent à l'obscurité. Ensuite glissent des lombrics qui s'entrelacent en nœuds grouillants : ils vont fouiller dans mes viscères, et quand ils en seront à l'intestin grêle ce sera rose pâle sur rose pâle, on ne les distinguera plus. La putréfaction ne les effraye pas, ils n'ont pas d'odorat pour sentir les gaz qui s'échappent sans bruit de mon ventre défoncé. Peut-être c'est le moment d'avouer que ce corps auquel il m'est arrivé de tenir n'était qu'un sac de merde.

Non. Pas aujourd'hui. Ce lieu est sec et chaud. On t'a dit – les paliers de la respiration – on t'a dit – jusqu'à ce qu'elle s'oublie – jusqu'à voir cet homme qui te ressemble – oui, il y a quelque chose, c'est vrai, le crâne soumis à la tonsure, les grands yeux gris, cette mâchoire un peu carrée ; mais je n'ai pas l'air aussi triste, moi. L'homme qu'il commence à entrevoir a le cerveau rongé par la colère. Il parcourt une grande salle, ses pas portés par le malheur. La lumière tombe du haut des murs où sont percés des soupiraux, elle s'engraine de poussière à mesure qu'elle grandit, l'homme arpente, bardé de fer, armé d'une grande hache qui se tient à bout de bras. Il en est à l'heure du saccage et de la mutilation. Il frappe tout ce qui couvre les tables, tournoie, et les panneaux aux murs, sans reprendre son souffle, des éclats de bois volent, le blessent, tombent au sol, il marque un temps d'arrêt pour les arracher de son torse où se met à couler un sang visqueux, reprend sa marche, s'acharne sur le travail le plus fin, le plus inoffensif : tout sera détruit, il va extirper l'âme des murs, les réduire au silence, tout sera détruit et rien n'en réchappera.

Nexus est là, il se tord dans un coin de cette salle, enfant qui cherche à échapper à cette fureur d'adulte, enfant qui n'a pas beaucoup de membres et se recroqueville pour ne plus en avoir du tout. L'homme trépigne, plante sa hache. Quitte à être vulnérable, pense Nexus, autant être invisible : prions qu'il ne vienne pas vers moi. L'autre ausculte du regard, brise à nouveau ce qui peut encore être brisé, massacre, combien d'âmes meurent en ce moment, combien d'amputations dans les débris – il s'approche, la hache couverte de rouille, il me regarde comme si je n'existais pas, comme si de toute façon je ne méritais pas la vie. Sur le manche de la hache : de la rouille ? ou du sang ? En observant les détails de Nexus, l'homme a un sourire étonné : ce n'est donc que cela ? Il lève sa hache au-dessus de mon corps. Je vous en supplie ! Faites que je puisse bouger ! Mais on ne peut pas bouger quand on existe si peu. Il cherche la bonne prise sur le manche, de ses mains rudes, le tranchant de la hache s'incline de quelques degrés là-haut dans la lumière, il va l'abattre sur mon crâne, sur ma nuque, détacher les vertèbres de mon cou, il cherche juste le bon angle, ses gestes ont cette tristesse, la douleur de celui qui inflige la douleur, on ne peut même pas lui en vouloir, il recule le pied gauche pour une assise plus ferme, m'envoie encore des lèvres un sourire désolé, puis le manche, d'un seul geste, la hache, tout l'appareil de mort, mutilé pour toujours, tournoie – va s'abattre – s'abat – trouve les os, puis la chair – y pénètre sans un son – fend l'arête de mon nez – c'en est fini du reste.

Sur les sept heures du soir, ce banc. Se reposer un peu. Ne pas se montrer dans cet état à Van Goyen. On l'avait aidé, peut-être – soutenu, porté ? – mais il était de retour à Nasco, bien que tremblant de tous ses membres, et – pourquoi as-tu fait ça ? – assis sur un des longs bancs de pierre, sous les arbres du Jardin d'Ombre. Les plantes sont d'un vert mat, et presque noires comme la nuit vient, elles pendent au-dessus de sa tête avec l'indolence de serpents. Sa tête est capharnaüm, l'extrémité de ses membres glaciale, le reste de son corps le brûle et lui semble en partie effondré.

Tu voulais ta naissance. Eh bien héberge-les, ces images de mort, prêtes à surgir dès que tu ouvriras une brèche ; il reviendra ce massacre, ne t'inquiète pas, la hache au-dessus de ta tête, sa tristesse et ton impuissance. Ça n'était sans doute pas à toi. On n'a rien pu te montrer à Antefuego, ni passé ni avenir, rien qui te concerne. Tu ne veux donc pas comprendre ? Jamais ce monde ne te dira rien. Nexus : tu n'en es pas. Tu auras beau séjourner – les réponses sont ailleurs. Peut-être dans cette ville haute et dense où… – et, pour la première fois depuis qu'il avait commencé à rêver, il se sentit tout proche de sa vie à Regson. Il pensa distinctement, presque à voix haute : c'est à *** qu'il faut chercher. Mais ce nom de Regson ne venait pas, le mot ne pouvait pas pénétrer là où il se trouvait en ce moment, pas dans ce Jardin d'Ombre, ni à Nasco, ni en aucun endroit du Séabra ; ç'aurait été une violation de territoire, l'incursion miraculeuse mais forcément hostile d'une mémoire dans une autre. Jamais je n'aurais dû…

Il se tourna soudain, avec le sentiment que quelqu'un avait pris place à côté de lui. Une main l'avait frôlé, un bras à la peau noire, un parfum. Une femme était assise. Elle n'était pas réelle, mais assise à sa droite. Il recula précipitamment. La femme se tenait droite, les yeux baissés, comme en attente. Elle était là depuis longtemps, assise avant que lui-même n'arrive, peut-être avant qu'il naisse. Une autre vision que la terre d'Antefuego levait dans son esprit malade. Et toujours il en sera ainsi : puisque tu as voulu transgresser les consignes, des époques viendront se bousculer dans tes yeux, des êtres de chair et d'os surgiront sans que tu puisses les toucher, sans que tu saches s'ils viennent du passé ou de l'avenir. De temps à autre, la femme levait les yeux vers le bâtiment du siège de l'ordre. Au premier étage, Nexus voyait des fenêtres condamnées. Mais peut-être les fenêtres étaient-elles ouvertes aux yeux de cette femme, ou elles allaient s'ouvrir, un battant, l'autre, apparaîtrait quelqu'un, elle se lèverait – non, elle restait assise, absorbée. Une fontaine derrière eux laissait filer le temps goutte à goutte, douloureuse comme une plaie qui suinte. Elle serrait un coffret sur ses genoux, entre les plis de sa robe blanc cassé, contre son ventre. Il la reconnut, soudain, et sans erreur possible. C'était la femme métisse, la femme de ces rumeurs qui couraient au Désert. Elle attendait, minute après minute, figée sur ce banc, dans ce jardin. *Si nous parlons bien de la même personne… elle s'appelle Norinha.*

Compter le temps qui coule et qui tombe goutte à goutte. Les ombres montaient, et l'anxiété, encerclaient Norinha, poussaient des pointes dures dans le sol, ensevelissaient déjà ses jambes jusqu'aux chevilles. Il fallait croire encore. Ne pas laisser les lois du monde l'emporter. Une bague de refus à sa main gauche ; pas de bracelet du devoir. Nexus tendit la main pour caresser les cheveux bruns et crépus dans la nuque de cette femme, mais il n'y parvint pas. Norinha était encore jeune, alors, sans enfants, tout au début du chemin de sa vie, et comme en train de découvrir l'étendue du malheur. Entre ses doigts nerveux, elle triturait un autre objet : un petit cylindre aplati, une sorte de boussole. Elle la serrait à se meurtrir, à interrompre la circulation du sang, et on voyait sur ses phalanges livides les marques creusées par le métal. Les pensées de cette femme murmuraient. Est-ce qu'il allait l'abandonner ? Renoncer à la suivre ? Ça n'était pas possible... Qu'avait-il vu dans leurs regards ? Et dans ces nuits passées ensemble ? Est-ce qu'il était vraiment en train de la réduire à une image sans chair, de transformer en rêve tout ce qui s'était produit de réel entre eux ? Chaque pensée augmentait un mur derrière lequel Norinha attendait, et le désespoir tranquille, endigué de la sorte, montait toujours un peu plus haut. La lettre qu'elle avait envoyée ne laissait pourtant aucun doute. Elle disait *mon amour*, parce que vraiment il était son amour. Elle disait *nous allons partir tous les deux*, puisqu'elle espérait que comme elle il souhaitait s'en aller. Les règles de ce monde ne nous satisfont pas, et nous allons nous y soustraire. J'attendrai ce soir sous tes fenêtres. Jusqu'à ce que la nuit tombe. Quand tu ne pourras plus me voir en dessous des frondaisons. Alors l'espoir aura dépassé sa mesure. Je sentirai mon corps se révolter, mon sexe humide crier vers toi, appeler le tien : je veux que tu emplisses ma vie. Je veux te sentir en moi...

Nexus regardait cette femme se pétrifier peu à peu. L'obscurité avait gravi la douceur de son corps, seuls ses ongles continuaient de luire comme des écailles de nacre. Pleine mer nocturne, mais elle se tenait là. Puis, alors qu'on n'attendait plus un seul geste d'elle, parce qu'elle s'était changée en granit noir, Norinha ouvrit le coffret, y déposa la bague qui restait à son doigt. Elle se leva, s'enfonça avec des mouvements égarés sous le couvert des arbres. Il la suivit, la vit s'agenouiller, creuser un trou au pied d'un séquoia ; elle travaillait vite, s'écorchant les mains quand elle affrontait des racines, laissant la terre s'incruster sous ses ongles. Elle déposa le coffret puis, au dernier moment, avec difficulté, le rouvrit pour y ajouter la boussole. Combla le trou, tassa la terre. Ensuite, débarrassée des contraintes de ce monde – ayant enterré tous les signes de leur domination, mais l'espoir également, et l'amour – elle disparut entre les grands troncs rouges, avec la nuit venue.

Nexus mit quelque temps à reprendre ses esprits. La fièvre secouait l'intérieur de son corps. Il s'approcha du séquoia, se mit à genoux. La terre n'avait pas été retournée, pas récemment ; l'herbe poussait drue à l'endroit où Norinha avait déposé ses bijoux. La nuit se faisait dense ; on allait l'appeler pour dîner ; s'il tardait à venir, Van Goyen s'inquiéterait. Il saisit une grosse pierre carrée et en martela le sol. Au bout de quelques instants, il sentit une résistance. Le coffret était là. Et à l'intérieur : la bague verte du refus – cette femme s'était déjà refusée une fois. Et puis la boussole en fer-blanc. Le verre était brisé ; elle avait perdu son aiguille. Au milieu du cadran, est, sud, ouest, nord, se tenait le clou impuissant et désorienté. Voilà qu'on sonnait. Les cloches. Des pas sourds. Il allait être repéré. Il remit le coffret à sa place, remblaya, arracha des fougères qu'il jeta au pied de l'arbre. Il marcha lentement vers le grand escalier, alors que le vertige lui vrillait dans le crâne ; arrivé en haut des marches, il se rendit compte qu'il avait gardé la boussole et la fit glisser dans sa poche. Puis, quelques pas plus loin, escorté par les murs de pierre – ils ont toujours l'air d'en savoir un peu plus – il la ressortit et pressa machinalement son pouce droit contre le clou central jusqu'à en faire jaillir du sang.

22. ON SE RETROUVE ENTRE HÉRITIERS

Un jour, puis l'autre. Le soleil ne se couche pas, mais le temps passe tout de même. Un matin une lettre attend Van Goyen sur la grande table du réfectoire, et les Xylographes trépignant d'impatience constatent : c'est le cachet de la Commanderie. Van Goyen ouvre et lit sans qu'un seul muscle ne bouge sur son visage. Alors ? Ortiz vient ? Ne vient pas ? Le style de l'administration nordestine est si contourné que la lettre passe de main en main, on dispute pour savoir quel sens ont les mots, sur quelle lumière débouche ce tunnel d'encre creusé sur papier blanc. Apparemment, le Nordeste se contente d'accuser réception des courriers de rappel. Les Héritiers se réuniront le 17 à Maravos. Soit. À moins que… ici, une manière d'ouverture a été ménagée : à défaut de venir lui-même, Ortiz dit… enfin… il laisse entendre que – peut-être – il enverra quelqu'un. « Tu crois ça, toi ? On n'a pas lu le même texte. C'est où ? Ah non, ça ça n'a rien à voir. C'est juste une variation sur la formule convenue. Où vas-tu donc chercher qu'il y a une ouverture ? » La furie d'exégèse commence à faire trembler les lèvres, mais Van Goyen sépare les combattants : il décide avec pragmatisme que c'est bien ce sens-là qui se cache sous les mots. Que ce soit vrai ou pas, ça vaut la peine d'y croire, ne serait-ce que pour user de l'argument auprès de Donleone : « Je ne comprends pas, mon cher… Le Commandeur va venir. Comment pouvez-vous prendre le risque de ne pas être là ? »

Un jour, puis l'autre. Chaque journée porte un chiffre, et le 17 approche. Un matin Nexus découvre Van Goyen à son chevet, en train de guetter le moment où il va sortir du nulle part. Entré à l'heure de ténèbre absolue, Van Goyen s'est assis et s'est mis à regarder Nexus sans un souffle – arrêtant de respirer pour se laisser porter par le va-et-vient délicat qui gonfle la poitrine du dormeur. Quand il ouvre les yeux et entrevoit cette silhouette effrayante qui le domine, Nexus a l'impression d'être l'enfant alité, le pauvre type horizontal que l'on voit déjà mort, si bien qu'il se redresse d'un bond pour être à la hauteur. Ce matin-là, dans les parages diaphanes de l'aube, Van Goyen commence à transmettre à Nexus un peu de connaissance. Avec scrupule. Et mille hésitations. Offrant chaque mot comme un cadeau dont on préfère prévenir qu'il a de fortes chances de contenir du poison. Lorsque le 17 sera là pour de bon, explique Van Goyen, les mandataires des différentes régions du Séabra se réuniront comme chaque année dans la clairière de Maravos. C'est le lieu où les Héritiers se retrouvent, parce que c'est celui où leurs chemins ont divergé. Ils sont descendus ensemble du Volcan, après le Déluge. Ils ont erré un mois dans la forêt humide, après que l'idée même du Déluge s'est arrêtée de pleuvoir et de ruisseler dans les esprits. L'image des arbres était encore brouillée par la vapeur, les sentiers se tâtonnaient et se frayaient à la machette. Une base provisoire avait été établie dans la clairière. Chaque groupe tirait de son côté, partait explorer, revenait livrer son récit plein de vantardise. « Alors, qu'y a-t-il dans cette direction ? » Les explorateurs, enthousiastes, répondaient : « On ne sait pas bien encore. Il faut repartir, pousser plus loin. – Un peu plus loin ? » Effrayés, les explorateurs répliquaient : « Peut-être beaucoup plus loin. » Les récits concordaient, augmentant la stupeur : ils n'auraient jamais imaginé que leurs brumes natales leur dissimulaient un espace aussi grand. Tout un pays. Qui, au cours de ces premières semaines, avait pris le nom de Séabra. « On ne peut pas dire que l'harmonie régnait, mais tu vois, Oscar : ils ont réussi, tout du moins, à se mettre d'accord sur ce nom et à conserver la même langue. Ce n'est pas de la division des langues qu'est venue la confusion. Ainsi l'homme est parti de la clairière et s'est éparpillé ; mais chaque année à cette saison, le mouvement s'inverse : les puissants de ce monde viennent de tous les coins du pays et se retrouvent à Maravos pour discuter de l'héritage entre héritiers. L'assemblée est restreinte. Ne sont représentées que les régions historiques : le Boquerón envoie toujours quelqu'un ; les dirigeants du Nordeste, jusqu'à présent, n'ont pas manqué une seule fois à l'appel – pas plus que les ducs d'Atlán ; ces dernières années, le porte-parole du Désert se nomme Calder, et celui des Vallées Van Goyen, si ça te dit quelque chose. Cela fait cinq. Et les mendiants-aveugles sont aussi invités. Oui. Ne me regarde pas comme ça. Les prédécesseurs de Caius étaient des nomades, pourfendeurs de la vie bourgeoise, méfiants par rapport aux réalités que leur montraient leurs sens, mais ce n'étaient pas des fanatiques. Il fut un temps où ils ressemblaient plus aux ascètes du Désert qu'aux terroristes qu'ils sont devenus. Ils ont cessé de venir depuis longtemps, mais ça ne change rien au compte : avec les mendiants, cela fait six. Et pas un de plus. Ça a beau susciter des critiques virulentes, pour l'instant c'est comme ça : il n'y a que six sièges dans la clairière de Maravos. »

Aux yeux de Van Goyen, c'était une institution formidable, qu'il fallait défendre à tout prix, quoique son fonctionnement concret laissât à désirer. On discutait de choses d'une importance vertigineuse : leurs répercussions pouvaient se faire sentir dans les régions les plus reculées du Séabra et elles changeraient le quotidien de la plupart de ses habitants, même cet homme tout là-bas qui vit dans un village presque désert, croit sa vie minuscule et ne demande rien à personne. Cependant comme il n'y avait pas d'ordre du jour, chacun arrivait avec ses projets personnels, et plus soucieux de ne pas transiger, de ne pas être contraint de franchir, au cours des négociations, les nombreuses lignes rouges qu'on lui avait fixées, que d'obtenir un accord. Pour corser le problème, les décisions devaient être prises à l'unanimité. Et quand, par miracle, les Héritiers se quittaient en ayant entériné plusieurs résolutions, celles-ci n'avaient de toute manière qu'un caractère consultatif, même si les dirigeants de chaque région étaient vivement incités à en tenir compte… Face à ces règles atrocement insatisfaisantes, les gens se lassaient. « Tu as vu comme Donleone a tergiversé avant d'accepter de venir… » Il fallait réformer avant que le jeu diplomatique ne se vide de tout son sens.

Voilà pourquoi le rendez-vous de cette année revêtait une importance particulière. Van Goyen s'était démené pour réunir tout le monde. Ça prendrait le temps que ça prendrait, mais il fallait avancer sur les questions majeures laissées pendantes depuis la mort de Beranek. « Le problème, c'est que pour l'instant Ortiz pratique la diplomatie du silence. On ne sait pas ce qu'il veut. Est-ce qu'il le sait lui-même ? Est-ce qu'il a eu le temps de décider ? » Le cœur d'un vieil homme lâche, prenant le monde au dépourvu. Beranek savait très bien où il allait quand il parlait de la Paix ou de la nouvelle société. Mais il s'était montré subtilement égoïste, si jaloux de son projet qu'il n'en avait pas publié les détails et avait omis de les confier à son fils avec lequel il ne s'entendait pas. Depuis l'entrée en fonction du Nouveau Commandeur, le silence qui venait du Nordeste était assourdissant, et il n'y avait pas besoin d'être d'un naturel paranoïaque pour le juger hostile. L'envoyé d'Ortiz mettrait probablement sur le tapis la question du système de vote. Pourquoi la région la plus peuplée devrait-elle se contenter d'une voix, comme les mendiants ou le Boquerón ? Est-ce que c'était ça la justice ? En bon politique, Van Goyen anticipait et se voyait déjà tenir en main la menace de boycott. Il avait aussi préparé sa réponse : à Maravos, ce n'était pas la population du Séabra qui était représentée, mais les différentes sensibilités des habitants. On venait pour confronter des visions de la vie, pas pour se battre à coups de statistiques démographiques. Ceci étant, il était prêt à faire des concessions, pourvu que le Nordeste écoute ce qu'ils avaient à dire.

« J'espère que je me ferai bien comprendre, soupirait Van Goyen. Tu sais, ça n'est pas mon métier. Je me sens plus à l'aise dans la création que dans le combat politique. Forger de nouvelles idées, ça m'enthousiasme toujours. Les faire rentrer à coups de marteaux dans les crânes… je dois avouer que j'aime moins. L'année dernière, c'était facile : j'avais Darès à mes côtés, prêt à prendre le relais dès que je flanchais un peu. Nous avons dirigé l'ordre ensemble pendant des années. Inséparables comme des frères. Mais il a disparu. Tu es au courant, je suppose. Il y a bientôt huit mois. J'ai lancé des recherches, elles n'ont rien donné. Il s'est comme évanoui dans la nature.

– Il est parti de son propre chef ?

– Apparemment.

– Pourquoi ?

– Je n'en sais rien. On dirait qu'il a pris en haine tout ce qui touchait aux Vallées. Personne n'a rien vu venir. Il désapprouvait peut-être la direction que prenaient les choses ; nous adressait peut-être, sans m'en avoir fait part, le même genre de reproches que Calder aux gens de Pirmis. Mais ce ne sont que des hypothèses. C'est ça qui est le plus triste, dans cette histoire : c'était mon ami le plus proche… et m'en voilà réduit aux hypothèses. Chaque jour j'espère qu'il va se résoudre à m'envoyer un signe de vie. J'aimerais le retrouver. Pouvoir lui demander ce que je n'ai pas compris… Enfin. Tu vas venir avec moi. À défaut de pouvoir remplacer Darès, tu me serviras d'assistant. Nous représenterons tous les deux les Vallées à Maravos. »

***

Ils voyagèrent trois jours, à cheval, sans effort. La silhouette du Volcan grandissait peu à peu – ils plongèrent dans son ombre, s'enfoncèrent dans la masse innombrable des forêts. L'air poisseux collait à la peau et la revêtait d'une couche de sueur imbécile. Ils croisèrent des plantes carnivores aux couleurs séduisantes, qui n'attiraient les insectes que pour mieux refermer sur eux le piège de leur mâchoire goulue. La mort, ici encore, avait un visage de splendeur. Tout leur donnait l'impression de pénétrer dans l'ancien de ce monde. Au milieu des arbres incessants, la Clairière faisait un répit. Autour d'eux, la végétation formait une enceinte régulière, haute d'une centaine de mètres. Van Goyen lui désigna les arbres premiers : dix hommes se donnant la main n'auraient pas suffi à en faire le tour ; ils étaient pétrifiés d'avoir tant vécu, entaillés mille fois et ayant poussé d'autres écorces, le tronc parfois masqué par des réseaux de lianes parasites qui les apparentaient à de gros animaux velus. Nexus et Van Goyen étaient arrivés les premiers. Des roches volcaniques en partie recouvertes de mousses émergeaient de l'herbe haute.

Certaines avaient été taillées pour faire office de sièges. Mis à part ce détail, rien n'indiquait qu'une réunion devait se tenir là. Des oiseaux dormaient dans le feuillage, anéantis par la touffeur ou réservant leurs forces pour le boucan qu'ils déclencheraient le soir au crépuscule et le lendemain à l'aube. Ils piaillent de crépuscule en crépuscule. Et dorment le reste du temps. Ce sont des sentinelles chargées de dire où en est la nuit, d'avertir les habitants de la forêt de son approche, puis de son reflux. À quelques centaines de mètres, le Volcan amorçait sa pente raide. Le rendez-vous était fixé pour la fin d'après-midi. Ils avaient devant eux au minimum cinq ou six heures – c'est-à-dire : si les autres étaient ponctuels, si Donleone n'avait pas la coquetterie de les faire attendre, si le Nordeste se décidait à venir. Si ceci, si cela, si si : voilà la politique ; et sinon ? Sinon, il faudrait rester là, patienter, jusqu'à être sûr qu'Ortiz avait opté pour la stratégie de la chaise vide.

Nexus proposa de faire l'ascension du Volcan, mais le délai était trop juste. Il y avait aussi des temples disséminés dans la forêt : la plupart étaient à moitié éboulés, envahis par des racines musculeuses qui perforaient les murailles et poussaient leurs têtes serpentines à travers les orbites des sculptures. Dans la fournaise de midi néanmoins, le risque d'y attraper des fièvres et des malédictions était trop important. Mieux valait rester là. Nexus se cala à l'ombre d'un de ces énormes blocs de roche crachés un jour par le Volcan et s'apprêta à attendre : il mit en place dans son cerveau, fit descendre dans ses membres l'idée qu'il fallait être patient et que toute nervosité serait ridicule.

« Van Goyen ? souffla-t-il finalement. Il faut que tu me racontes l'Histoire pour me faire oublier la chaleur. Le Volcan, par exemple. Pourquoi les Héritiers sont-ils descendus du Volcan ? Quand est-ce qu'ils y étaient montés ? » Nexus garda les yeux mi-clos, tandis que Van Goyen se lançait. Ils n'y sont pas montés. Ils s'y trouvaient depuis le départ. C'est là-haut qu'a eu lieu la Genèse. Van Goyen parlait d'une voix douce et espacée ; pas comme quelqu'un qui raconte ; plutôt comme quelqu'un qui se souvient. C'était il y a mille ans, deux mille ou trois mille ans. Le Volcan était noyé dans les brumes. Tout le fond du cratère était empli d'eaux lourdes – elles n'avaient laissé subsister qu'une île, perdue au milieu de ce lac, nimbée d'un brouillard si opaque que les habitants s'en croyaient seuls au monde. Les brumes avalaient à cent mètres et se refermaient comme un néant. Au-delà commençait l'au-delà. Du moins, d'après ce que voulait la croyance. C'était sur ce petit territoire nu et fangeux qu'était né le Séabra. Des hommes hâves s'activaient à bord de barques tressées de roseaux ; ils avaient des gestes lents, grisâtres et limités, vivaient sur pilotis, pêchaient en cabotage. Certaines des plages de l'île étaient couvertes d'une vase immonde, mais sur d'autres, plus nombreuses, s'entrechoquaient des galets noirs polis par les marées.

« Comment est née la vie ? Pas de certitude là-dessus. Dans les Vallées, certains chercheurs travaillent avec acharnement pour retourner aux origines, prouver ou infirmer les récits de genèse. Mais leur science n'a pas pour l'instant plus de précision que les mythes. En tout cas : les galets noirs furent là avant – puis des bêtes infimes s'agitèrent par-dessous, grouillèrent dans cette soupe primordiale, entre ce peu de terre et ces étendues d'eau – amphibies et discrètes d'abord. Un jour elles sortirent d'entre les galets et laissèrent leurs membranes fines cuire à la lumière – elles ne dépassaient pas la taille de gros cailloux, mais la lumière au fil des jours épaissississait leur peau et augmentait leur énergie. Elles perdirent leurs branchies, puis leur queue, développèrent d'autres membres, empilèrent les galets, se mirent à avoir figure d'homme, commencèrent à pêcher et à embrocher ce qu'ils étaient auparavant, et qu'ils appelaient maintenant poissons pour bien marquer la différence. Il y a loin de nous à ces hommes grisâtres – mais plus encore de ces hommes à ces pattes qui grouillèrent entre les pierres noires. »

Une stèle se dressait vers le sommet de l'île. Elle se trouvait là-haut depuis l'immémorial. Sa pierre, noire également, réverbérait mieux la lumière que les galets, elle ne cassait pas, et ses arêtes tracées au cordeau ne pouvaient pas être l'œuvre de la nature. Si les hommes ne vénéraient pas la Stèle, elle était leur seul compagnonnage, dans ces brumes, au milieu de ce lac comme une paume ronde offerte au firmament. Ils la traitaient avec une familiarité inquiète, car ils savaient qu'aucun d'entre eux n'était l'auteur de ce miracle. « La Stèle était le nom de l'ailleurs – le signe que ça a déjà commencé, que ça ne nous a pas attendus pour commencer. » C'était à bien dire un monument modeste, une simple table de pierre barrée de quelques inscriptions. Les hommes se dressaient sur la pointe des pieds et effleuraient du doigt cette écriture aux traits définitifs. Quoique les caractères s'offrissent sans réserve au regard, ils demeuraient indéchiffrables. La Stèle n'était orientée dans aucune direction ; elle était plantée là, et les hommes voulaient croire – par faiblesse, vanité, besoin de réconfort, tout cela courant sous leur peau grise avec de petits frissons – qu'elle désignait le lieu par excellence. Le centre de leur monde, et peut-être du monde ?

Ensuite, il y a mille, deux mille ou trois mille ans, il se mit à pleuvoir avec une lenteur bouleversante. Les gouttes augmentaient le lac et faisaient briller les galets. On n'entendit plus que cela – les gouttes translucides venant troubler les eaux déjà troubles du cratère. Elles tombaient sans colère et sans conséquence, désorientant les poissons, mettant les nerfs à rude épreuve. Les vêtements déteignaient, les hommes courant sous la pluie laissaient derrière eux des coulées de pigments rouges ou bleus que la terre refusait d'absorber. Il fallait surveiller les barques pour qu'elles ne soient pas englouties là où on les avait amarrées. Il n'y avait pas un souffle de vent, mais la simple pluie continue, qui insensiblement faisait monter les eaux du lac. Ces hommes ne connaissaient pas le niveau originel des eaux ; ils n'avaient pas de Calder pour noter les paliers, relever tous les chiffres et calculer le rythme du désastre. Cependant elles montaient. Elles montaient. Ils le savaient à voir l'île rétrécir, à se marcher dessus un peu plus chaque jour et à regretter la ouate douce du brouillard, qu'on pouvait prendre entre les doigts et s'attacher autour du cou. Ils durent se réfugier dans les hauteurs – vers la Stèle – plus près de sa face impassible – et le firent sans une plainte, sans maugréer – contre qui maugréer ? – attentifs seulement à ce qui se passait là d'inattendu et de nouveau.

Au bout de soixante jours, l'île avait diminué des deux tiers. La promiscuité troublait la bonne entente. Les autres étaient trop près. L'île poussait les hommes contre les hommes, si près qu'on n'allait pas tarder à s'entredévorer. Heureusement la pluie s'arrêta, et avec elle se dissipèrent les brumes. Ils aperçurent, au loin, de tous côtés, des bandes de terre courant sous l'horizon. C'étaient – ce qu'ils ne pouvaient pas savoir – les limites du cratère. L'eau ne baissait pas – et ils étaient décidément trop nombreux pour un territoire si réduit. Ils se résolurent à franchir la grande eau, abandonnèrent l'île et la Stèle, et parvenus au sommet du Volcan, virent l'immensité du pays que les brumes leur avaient caché jusqu'alors. Ils reçurent pour la première fois la vision de ce bleu idéal, répandu partout à l'horizon, dès que commence le lointain, comme une gaze fine qui ne voudrait pas coller aux choses et se retirerait dès qu'on approche, mais qui les drape tant qu'on est à distance. Ils décidèrent, unanimes, de baptiser cette basse terre du nom de *Séabra* : c'était le mot de leur langue étroite qui sonnait le plus juste pour dire la couleur du lointain.

Descendant sans ordre les pentes du Volcan, ils arrivèrent à la clairière de Maravos, se séparèrent pour explorer différentes directions. Après avoir souffert du manque d'espace, ils avaient dû prendre un plaisir infini à cette expansion. Chaque groupe avait promis d'envoyer quelqu'un, une fois par an, pour rendre compte des découvertes. Ils se dispersèrent pour vivre plus à leur aise, mais aussi pour trouver des réponses : allaient-ils rencontrer, dans cette basse terre, des hommes qui auraient survécu au Déluge ? Certains sauraient peut-être expliquer la Stèle, dire ce qu'elle signifiait, qui avait tracé d'une main résolue ces mots impénétrables ? Et ces grands animaux dont les cadavres jonchaient le pays, et dont on préleva plus tard les ossements pour fabriquer les portes du Désert : avaient-ils péri dans les flots, ou victimes d'autres catastrophes ?

Peu à peu, les destins avaient divergé. Les enfants de chaque groupe s'ignoraient, pour n'avoir pas grandi ensemble. Aujourd'hui les habitants du Séabra étaient aussi nombreux que les galets noirs qui peuplaient l'île, là-haut. Ils ne s'occupaient plus de traduire la Stèle. Si le problème n'avait pu être résolu en tant de siècles, se disaient-ils, c'était qu'il n'avait pas de solution.

« C'est donc ainsi que les choses se sont passées.

– Oui », approuva Van Goyen. Et, à voix basse, il rajouta autre chose, que Nexus ne comprit pas.

« Pardon ? »

Van Goyen se taisait.

« Pardon ? » insista Nexus. Il en avait marre qu'on lui cache la moitié du réel. Van Goyen articula péniblement :

« Je disais : d'après moi. »

Car tout le monde n'était pas d'accord.

« Entendons-nous : interroge les gens au hasard, la plupart ne sauront même pas ce que tu veux leur faire dire. "On ne se souvient pas de sa naissance. Et puis qu'est-ce que ça peut bien faire ? C'est aujourd'hui qui compte." Pour d'autres, ça n'a pas existé : nous avons toujours vécu dans cette basse terre. Nous ne sommes pas partis d'un lieu précis, mais de tous les lieux. Notre vie serait née comme des champignons après la pluie, au pied des arbres, partout. Ils récusent l'instant où la main entrechoque deux galets et fait surgir une étincelle. Ils pensent que ça s'est fait plus graduellement, sans aucune émotion, aucune solennité. Et même parmi ceux qui acceptent cette histoire, les dissensions reviennent. Certains disent que l'île existait, mais pas la Stèle : ce sont les Vallées qui auraient créé ce mythe pour forcer les gens à rendre des comptes. Beaucoup croient que les habitants de l'île savaient que l'inscription parlait de la quête du bonheur et de ce qu'est la vie bonne, mais qu'ils n'étaient pas parvenus à en déchiffrer les détails. Certains prétendent que la Stèle faisait l'objet d'un amour malsain : lorsque le Déluge nous a contraints à nous éloigner d'elle, nous pensions mourir de tristesse. Ce à quoi d'autres répliquent : "Non. Nous n'aimions pas la Stèle. Elle était arrogante, nous regardait de haut. Vous ne connaissez pas l'écriture ? murmurait-elle. Ô pitoyable peuple qui ne connaît pas l'écriture ! Nous sommes partis pour l'oublier. Nous préférons transmettre le savoir par oral, en ne consignant que le nécessaire. L'écriture, c'est trop définitif, et ça exagère le solide. Mieux vaut le tremblement de nos voix." Ou bien d'autres encore : "Nous sommes devenus assez savants pour traduire l'inscription, mais c'est trop périlleux de retourner là-haut. On nous en veut d'être partis ; l'île a juré la mort des insolents qui oseront revenir. Mais la Stèle ! La Stèle va s'effacer, si nous tardons. C'est aujourd'hui le jour où elle s'efface…" Ils se rongent les ongles d'anxiété, et pleurent – mais ne bougent pas.

Tout cela est possible. Peu importe la genèse pourvu qu'on ait la réunion. Ces grands récits sont fonctionnels. Inscrire l'unité au début de l'Histoire, c'est se mettre à même de la produire maintenant. À notre époque, elle est devenue irrémédiable, et il vaut mieux la décider plutôt que de la subir. Personnellement, je trouve du charme à cette vision de l'enfance de l'homme. Elle est croyable. La raison ne s'en offense pas. J'aime tenir dans un moment réduit toute l'humanité, assister à son premier cri puis voir comment elle a essaimé, plus nombreuse mais moins dense à mesure qu'elle s'est éloignée du Volcan. Je n'ai pas l'impression que les autres versions de la genèse soient plus convaincantes. Mettons que nous soyons des moisissures d'espèces multiples nées partout sous les arbres. Pourquoi pas. Mais quelles conséquences en tirer ? Que nous sommes des étrangers radicaux, destinés à vivre côte à côte en toute indifférence ? Non, non. Quand les faits sont invérifiables, je pense qu'il faut choisir parmi les différentes versions du monde celle qui enrichit le plus l'aventure collective et qui respecte le mieux les capacités de notre esprit. »

***

« Ensuite – dit Nexus – je me suis endormi. Ensuite je me suis réveillé, et Calder était là. J'ai eu envie de pleurer en le voyant indemne. Lui m'a serré la main : comme on se retrouve, monsieur. La torpeur a reculé avec la fin du jour. Les délégués du Boquerón sont arrivés d'abord, puis Donleone, environné de sa cour ; il avait l'air d'assez mauvaise humeur et s'est tenu à l'écart. Les oiseaux, sans prévenir, ont déclenché le boucan général. Sur toutes les branches des arbres, la cacophonie symphonait, j'imaginais les boules de plumes sans vie tombant par terre, déchiquetées par des centaines de coups de bec qui ne parvenaient plus à s'entendre. En fait c'est leur manière de s'exprimer – mais quand on ne le sait pas on croit qu'ils s'entretuent. Est-ce qu'on allait se battre aussi dans cette clairière, quand la nuit arriverait ? Calder et Van Goyen cherchaient à définir la stratégie à adopter face à l'envoyé du Nordeste. Malgré leur volonté de faire front commun, ils butaient sur des points d'achoppement au détour de chaque phrase.

Il y avait la manière Van Goyen et la manière Calder. Ça n'était pas qu'une question de forme, mais une différence capitale. Pour Calder, on ne se rendait pas service en parlant de la genèse ou de la bonne façon de vivre. Les Héritiers étaient au bord de la rupture : leurs divergences de vues étaient irréductibles ; même si Van Goyen, par miracle, arrivait à créer un consensus, celui-ci ne serait que momentané. D'après Calder, les mandataires des différentes régions devaient d'abord et de toute urgence se mettre d'accord sur le fait qu'ils n'étaient d'accord sur rien. Puis – dans un deuxième temps – ils seraient sans doute amenés à reconnaître que face à une crise comme l'avancée du Désert, dont la solution ne pouvait être que globale, il convenait de faire une exception et d'élaborer ensemble un plan d'action. Le sommet devait se concentrer sur la résolution de problèmes pratiques et parer au plus imminent. Van Goyen, de son côté, trouvait cette façon de faire peureuse, et craignait qu'elle ne s'avère néfaste sur le long terme. On ne pourrait pas toujours résoudre les problèmes au coup par coup. Que se passerait-il le jour où chacun évaluerait différemment la gravité d'une crise ? Il fallait profiter de ce sommet pour réapprendre aux délégués à se faire confiance. On ne pourrait construire aucun projet tant que subsisterait un désaccord aussi radical sur la nature de la vie bonne. Les dirigeants du Séabra devaient s'entendre sur des lignes de conduite générales, ce qui n'empêcherait pas, d'ailleurs, que chaque région prenne ses responsabilités. Mais dans un cadre bien défini. Qui, selon lui, pouvait se réduire à un principe : respecter l'homme entier. Tout l'Homme.

Calder secouait la tête. C'était bien beau, mais Van Goyen avait un train de retard. "Nous ne sommes plus capables de faire ça." Piqué au vif, Van Goyen rétorquait : "Je vois plus loin." Et Calder : "Alors un train d'avance, si ça vous vexe moins formulé de cette manière. Votre mesure en tout cas n'est pas pour aujourd'hui. Or je vous assure que le Désert n'attendra pas."

La réunion aurait dû commencer depuis longtemps. Les oiseaux s'étaient rendormis. Ils étaient venus, ces hommes, ambassadeurs de plus qu'eux-mêmes. Ils étaient là : Donleone enrichi par l'exploitation de ses mines et vivant dans la fête perpétuelle ; Calder qui revenait du Désert et cherchait à prévenir les catastrophes ; les délégués du Boquerón, incapables de faire du mal à une mouche mais aussi de se défendre contre les grandes manœuvres ; Van Goyen qui parlait pour tous les explorateurs de l'esprit disséminés sur les flancs des montagnes de l'Ouest, retirés dans leurs têtes pour y faire face à l'inconnu ou scrutant la nature pour en découvrir les arcanes. Il ne manquait que le Nordeste et les mendiants. Les mendiants ne viendraient pas. Et chaque minute en s'écoulant insistait dans nos têtes : le Nordeste ne viendra pas non plus. Donleone annonça qu'il resterait jusqu'à huit heures, puis lèverait le camp. On pouvait lire sur son visage les prémices d'un triomphe. La déception était telle que ni Van Goyen ni Calder ne voulaient y croire. Tout le monde s'est mis à regarder en direction du nord-est, où les kapokiers blancs formaient une muraille quasi impénétrable. S'il arrivait quelque chose, c'est par là que ça viendrait.

Un peu avant huit heures… qu'est-ce que c'est que ça ?… Ce qu'on appelle un bruit. Un bruit ? Chut… On a retenu notre souffle. J'étais debout, corps aux aguets. Une sorte de frottement, dans la bonne direction. Oui, mais les ocelots, les lémuriens ? Peut-on exiger d'eux qu'ils se déplacent sans faire bouger une feuille ? Ce bruit c'était sûrement un animal. Peu après Van Goyen m'a agrippé l'épaule : une lumière, maintenant. Une minuscule tache de lumière qui oscillait, disparaissait pour un laps de temps angoissé, puis resurgissait un tout petit peu plus près. Mais c'était notre fatigue qui inventait ce ver luisant, notre désir qui le faisait danser devant nos rétines. Après quelques minutes encore, pourtant, c'était devenu un homme. L'envoyé du Nordeste avançait à travers les taillis pénibles. Il se frayait passage à coups de bâton. Seul. Ortiz n'avait même pas daigné lui donner une escorte ? Il attachait donc si peu d'importance au rendez-vous ? Nous n'en pouvions plus d'attendre. Heureusement, l'envoyé a fini par déboucher dans la clairière. On distinguait mal son visage caché derrière la nuit. Il s'est avancé vers nous avec difficulté, comme en claudicant. Quand il s'est trouvé à distance raisonnable, il s'est arrêté et on a soudain entendu résonner sa voix aiguë :

« Bonsoir, messieurs. »

Les autres ont rendu ce *bonsoir* en écho affaibli. J'ai senti qu'ils étaient sur leurs gardes. Il se passait quelque chose d'imprévu.

« Je vous interromps, peut-être ? » a repris la voix, un ton plus haut encore. Mon ventre s'est noué : je l'avais déjà entendue quelque part. Mais j'ai eu beau plisser les yeux, les ombres aidaient cet homme à me dissimuler son nom.

« J'ai entendu dire que les Héritiers se réunissaient, j'ai pensé qu'il était de mon devoir de répondre à l'appel. Mais je ne m'attendais pas à être si fraîchement reçu… »

De l'autre côté, Van Goyen a fini par rompre le silence, sèchement :

« Ça fait trois mois que tu attaques nos convois. Tu nous as mis en état de siège, et tu voudrais être bien accueilli ?

– Les convois… ? Je ne sais pas de quoi tu parles. Il y a des gens qui ont vu ça ?… des témoins oculaires ?… Depuis quelques années, la morale de ce pays décline, et les gens ont pris tristement l'habitude d'accuser sans l'ombre d'une preuve…

– Si tu es venu faire de la provocation, ça n'était pas la peine.

– Mais pas du tout. C'est par civisme, comme je disais. Pour donner plus de légitimité à cette assemblée honorable. Vous me contesteriez le droit d'être des vôtres ? Oh, je sais : peut-être souhaitez-vous que je produise mon mandat. »

Il a fourragé dans sa sacoche, extirpé un papier froissé.

« Les mendiants-aveugles m'ont unanimement chargé de les représenter. Leurs signatures sont là. Sans doute faut-il, pour respecter les formes, que chacun fasse de même ? Je n'aurais pas l'audace de questionner votre présence, cher Donleone ; ni la vôtre, a ajouté Caius en se tournant vers Van Goyen. Mais il me semble avoir reconnu, parmi vos voix, celle de Calder. Je suis ravi qu'il nous fasse l'honneur de sa compagnie. Cependant, qui a bien pu choisir pour porte-parole un pauvre voyageur ?

– Si tu venais plus souvent à Maravos, tu saurais que j'y représente le Désert, a rétorqué Calder en se raidissant.

– Étonnant. Le Désert. Et les autres t'ont cru quand tu leur as dit ça ? Mais ça n'est personne, le Désert. Il ne me semble pas qu'on y ait, ces dernières années, organisé un vote dans les règles de l'art pour élire un délégué. Où est donc ton mandat ?

– Les gens de là-bas me font confiance.

– Je te crois sans peine. Ils ne doivent pas être difficiles à berner. As-tu jugé utile de leur dire qui tu es ? Leur as-tu raconté que tu traînais dans le pays comme le dernier des vagabonds ? Ils ne savent peut-être pas qu'on te retrouve dormant dans des granges ? Des granges… quand j'y pense, ça n'est pas très prudent de ta part : la paille… une allumette… un malheur est si vite arrivé.

– Je ne suis pas plus nomade que toi. La différence, c'est que les gens ne se terrent pas à mon approche. Ils viennent me parler.

– Et tu les convertis ? Car moi je fais chaque jour des émules.

– Tu ne laisses pas le choix.

– Je sais ce qui est bon pour les gens. Je leur apporte mes lumières, au prix de quelques sacrifices. L'éducation de l'humanité est une tâche ingrate au quotidien, mais tellement nécessaire… Tant que les hommes resteront asservis à leurs sens… tant que régnera dans ce pays un pareil degré d'ignorance… des œuvres de la nature de la mienne pourront ne pas être inutiles. Mais en ce qui te concerne, on ne peut pas dire que tu suscites beaucoup de sympathie : ces accents moralisateurs que tu as pris à Pirmis… On te dit de passer ton chemin, de laisser les gens tranquilles, mais toi tu fais la sourde oreille…

– Ça suffit, est intervenu Van Goyen. Si quelqu'un est de trop, ce serait plutôt toi. En prenant la tête d'une bande d'assassins, tu as perdu ta place à la table de négociations.

– Moi ? Comment peux-tu… ? Ah… mais j'oubliais. Il faut que je vous montre autre chose. En réalité, même si cela convient mal à mon esprit modeste, je suis, de tous les participants à cette réunion, celui qui pèse le plus. »

Il a ouvert de nouveau sa sacoche, cette fois pour sortir une enveloppe qu'il a tendue à Van Goyen :

« Je te laisse le soin d'ouvrir. Tu feras circuler. Que tout le monde voie bien. J'ai double mandat. Je représente aussi le Nordeste. »

Van Goyen a pris la lettre et l'a tenue quelques secondes entre ses mains, incrédule. La mort, sous sa forme de silence, avait envahi la clairière.

« Tu n'ouvres pas ? » a sifflé Caius.

Les mains de Van Goyen tremblaient très légèrement. Il s'est décidé en fin de compte à briser le cachet dont les fragments se sont répandus sur le sol.

« Tout est en règle, mon capitaine ? »

L'ironie de l'aveugle entrait dans le sang comme un virus.

« Qui t'a chargé de ce mandat ? » a demandé Van Goyen.

Caius a levé l'index avec un petit rire :

« Ce mandat vient du ciel. » Puis : « Qui veux-tu que ce soit ? Le Généralissime. Le Commandeur de toutes les terres du Nordeste. Il me semble qu'il s'appelle Ortiz.

– Le Commandeur lui-même ? Attention. Ne mens pas. Ortiz en personne ?

– Tu m'as l'air de ne pas très bien connaître le Nordeste. Il est le seul habilité à conclure les alliances.

– Elle est paradoxale, l'alliance de ceux qui ne voient dans la réalité qu'une illusion et de ceux qui ne décollent jamais de la réalité.

– Si ça peut te faire plaisir. Mais ça ne regarde que nous. Et tant que nos intérêts sont les mêmes… Enfin, messieurs, je ne suis pas ici pour vous faire perdre votre temps. Entrons dans le vif du sujet. Je ne viens pas les mains vides. Le Commandeur a des propositions très sérieuses à vous faire. Je ne sais pas si vous êtes au courant : dès sa prise de fonction, il a fait procéder à un recensement général. Une opération administrative titanesque. Les résultats viennent de paraître, ils sont tout à fait étonnants. Saviez-vous, par exemple, que le Nordeste est presque deux fois plus peuplé que toutes les autres régions réunies ? Il faut croire que les femmes, là-bas, accomplissent leur devoir de procréation avec plus de conscience citoyenne. Elles font avec assiduité ces exercices de gymnastique conclus par d'aimables grognements, et s'appliquent à les rendre productifs ! Alors prenez ces chiffres, puis regardez le mode de scrutin qui se trouve en vigueur ici à Maravos… je n'insiste pas : l'injustice est flagrante. Ce sont des dizaines de milliers de gens que le système réduit au silence. Les hauts fonctionnaires, qui sont des gens sensibles, n'ont pas supporté ça. Ils se sont mis au travail sans plus tergiverser : leurs machines, réputées impartiales, ont suggéré un système de vote plus moderne et plus cohérent. La population de chaque région a été prise en compte selon le principe de la proportionnelle dégressive. Vous ne savez pas ce que ça veut dire ? Moi non plus. Ortiz ne le savait pas lui-même il y a un mois. Mais il a demandé à ses technocrates, qui lui ont expliqué très bien : pour ne léser aucun des Héritiers, les petites régions – entendez évidemment « petites » entre guillemets – auront plus de voix que ce que leur population leur permettrait d'exiger. Dans cette réforme, donc, Rigueur et Équité marchent main dans la main. Mais je ne vous fais pas languir plus longtemps. Voici les chiffres qu'ont produits les machines : le Boquerón et le duché d'Atlán auront quatre voix chacun ; deux voix seront allouées au Désert ; huit aux Vallées. Le Nordeste disposera de vingt-deux voix.

– Et vous autres ?

– Pour nous, pauvres mendiants-aveugles : une voix. C'est peu, mais juste. Que voulez-vous ! Les avant-gardes commencent toujours par être des minorités. Je ne me plains pas. Mais je finis : les votes se feront à la majorité simple. Toutefois, si quatre régions s'opposent à une mesure, elles pourront y mettre leur veto. Voilà. C'est une proposition qu'Ortiz vous suggère d'examiner attentivement. Pour vous aider à réfléchir, il a décidé de ne pas revenir à Maravos tant que l'ancien système prévaudra. »

Caius a ouvert sa bouche édentée et tourné sa tête en tous sens, de façon désordonnée, comme s'il cherchait à dévisager les mandataires sans savoir exactement où chacun se trouvait. Les autres étaient muets.

« Eh bien ? a-t-il repris. Qu'en dites-vous ?

– C'est une base de discussion intéressante, a répliqué lentement Van Goyen. Nous aimerions voir Ortiz pour en discuter avec lui de vive voix. S'il ne souhaite pas venir ici, qu'il nous invite.

– Vous voulez aller à Fortal ? » s'est exclamé Caius. Cette idée a paru l'amuser beaucoup. « Après tout… pourquoi pas. Je répercuterai cette demande. Si le Commandeur la reçoit favorablement, il prendra contact avec vous. Mais je suis au regret de vous dire que l'invitation n'inclura pas Calder. »

Il s'est retourné vers celui-ci, a fait claquer sa voix :

« Ces derniers jours on t'a vu rôder autour de la frontière. Ortiz te fait dire : ne te mêle pas de la franchir. Les autorités locales se sont renseignées sur ton compte : elles savent que tu n'es qu'un agitateur. Tu n'es pas le bienvenu au Nordeste. Les technocrates m'ont précisé d'un air malin : *persona non grata*. Évidemment, si tu te tiens mieux à l'avenir, l'interdiction sera levée : il ne s'agit pas d'hostilité personnelle, mais d'une mesure d'ordre public. »

J'ai frémi en entendant ça. Je me suis retourné vers Calder. Je ne lui en aurais pas voulu d'avoir peur. J'aurais préféré, même, voir la prudence l'emporter en lui sur l'orgueil. Mais il a répondu d'un ton badin :

« J'ai été bombardé ennemi de l'ordre public ! Eh bien tu vois, au moins la preuve est faite : Ortiz me juge plus dangereux que toi.

– Dangereux ? En voilà de la présomption. Importun, simplement. Mais de votre côté, qu'avez-vous donc à me dire ? Peut-être pouvons-nous faire un tour de table ? Je vous prie d'accepter mes excuses pour avoir commencé de cette façon cavalière, sans même vous demander l'autorisation. À votre tour, maintenant. L'avancée de vos projets… vos revendications… je suis curieux de tout. Vous avez devant vous le représentant des mendiants-aveugles et des terres générales du Nordeste. Il vous écoute comme jamais on ne vous écoutera. »

Calder et Van Goyen se sont consultés du regard. La situation ne leur laissait guère le choix : il fallait parler pour l'honneur ; pour que personne ne puisse dire qu'ils n'avaient pas tout essayé.

Calder s'est lancé le premier ; je l'ai vu effacer d'un geste dans son esprit les menaces de Caius et revenir à ce qui lui tenait à cœur : lentement mais sûrement, le Désert gagnait les terres du Sud. Les usines du Nordeste, tournant à plein régime, ne faisaient qu'accélérer le réchauffement de la région. Des milliers de gens en subissaient déjà les conséquences. Il ne pleuvait presque jamais. Mais quand la pluie venait, au lieu d'apporter un répit à des habitants exténués, elle entraînait les sols que la végétation ne retenait plus, et produisait des coulées de boue qui envahissaient les égouts des villes aux marges du Désert. Les années passant, les quelques terres arables qui subsistaient produiraient encore moins, malgré l'acharnement de la population. Les gens seraient forcés de partir – et Ortiz savait bien que ces exilés venaient s'entasser dans des taudis, à Trastelloco ou dans les faubourgs de Fortal, où ils tentaient de ne pas crever la faim et de se laver de temps en temps. Ils se faisaient traiter de voleurs, puis se mettaient à voler. On ne pourrait pas continuer longtemps à mettre en prison ces ruraux, d'autant plus déterminés à ne pas rebrousser chemin qu'ils avaient déjà tout perdu. Le Sud serait envahi par les sables, et le Nord par la misère du Sud. Même protégés par les vitres de leurs voitures et la xénophobie musclée de leurs concierges, les riches devraient supporter le spectacle de ces sans-abri dormant sous leurs portes cochères, et qui s'allongeaient parfois au travers de la route dans l'espoir que les conducteurs s'arrêteraient pour leur donner l'aumône ou, à défaut, les écraseraient. La désertification menaçait un tiers des terres, et le Nordeste était concerné au premier chef, puisque la plupart se trouvaient sur son territoire ou à ses portes.

« C'est un combat où s'opposent la vie et la mort, a affirmé Calder, pesant chacun de ses mots. Il ne faudrait pas croire que la nature nous attaque. Des années durant, c'est nous qui l'avons maltraitée. Nous payons aujourd'hui le prix de notre inconscience. Tandis que nous parlons, là-bas, la vie humaine cède du terrain à la mort minérale. Ce n'est pas une fatalité. Nous avons les moyens de résoudre cette crise. À condition d'agir vite, et surtout d'unir nos efforts. On peut empêcher l'eau de partir. Grâce à des murets de pierre, ou à des digues. Il faut aménager les pentes pour arrêter l'érosion. Creuser des trous, les remplir de compost, planter un arbre, tous les trois ou quatre mètres. — Nous devons cesser une fois pour toutes de faire la guerre à la nature, et commencer à la soigner.

– C'est aussi simple que ça ? » a demandé Caius avec une curiosité qui paraissait sincère.

« Il suffit d'un peu d'eau pour que la végétation recolonise le sol.

– Pourquoi les habitants ne le font-ils pas eux-mêmes, en ce cas ?

– Ils ne savent pas le faire. Et ils n'ont pas d'argent pour acheter ces arbres ou ces engrais. Nous devons envoyer des gens sur place pour les former. Et leur donner de quoi vivre pendant qu'on restaurera les sols.

– Si je comprends bien, a repris Caius, tu veux empêcher l'histoire naturelle de suivre son cours. La nature change graduellement, à son rythme : toi tu agites le spectre d'une guerre pour effrayer les gens et… comment pourrait-on dire… légitimer ta politique d'ingérence. Tu nous parles d'ériger des barrages dérisoires au prix d'efforts démesurés. Calder. Sois un peu raisonnable ! Les vents balayeront tes haies d'arbres comme des fétus de paille ! Pourquoi ne pas accepter plutôt que le Désert progresse ? Et puis les gens que tu décris ont l'air passablement idiot. J'ai eu l'occasion, moi aussi, de voyager dans ces régions : savez-vous que les femmes y passent leur vie à puiser de l'eau à la seule force des bras ? Oui. Je vous assure : leurs légitimes époux n'ont pas été foutus d'installer des poulies au-dessus des points d'eau. Je ne dis pas : d'inventer la poulie. Mais de copier le système de poulies qu'ils ont pu voir partout ailleurs. Alors ? Calder. Mon garçon. Crois-tu vraiment que cette population de bons à rien vaille la peine d'être sauvée ? La loi de l'évolution, c'est que la terre la plus hostile se vide, et que les gens les moins adaptés cèdent la place à des hommes meilleurs.

– Je ne suis pas sûr que ton objection soit honnête, et je ne vais donc pas y répondre. De toute façon, l'heure ne devrait plus être aux discussions : c'est aujourd'hui qu'il faut agir. Les délégués du Boquerón, ici présents, m'ont indiqué qu'ils étaient d'accord pour participer à une action commune. Donleone a consenti un financement. Nous voudrions savoir si Ortiz est prêt à nous rejoindre.

– Très bien, a conclu Caius. J'en toucherai un mot à Ortiz. Je lui dirai qu'il n'est plus temps de discuter, mais qu'il peut, s'il le souhaite, obéir aux ordres de Calder. — Et toi ? a-t-il demandé à Van Goyen. Que se passe-t-il du côté des Vallées ?

– Du côté des Vallées…

– Oui. C'est bien là que tu habites, non ?

– Je crois que les gens y sont inquiets.

– Ça c'est triste ! Mais de quoi ? Vous cherchez sans trouver, peut-être ? Vous n'avez plus d'inspiration ?

– Inquiets de la politique que vous menez, toi et Ortiz. À chacune de ses interventions, le Commandeur affirme que le Nordeste ne recherche que la paix. Mais la paix suppose qu'on tolère le mode de vie des autres. Ce n'est pas ce que font tes hommes quand ils mutilent tous ceux qu'ils croisent. Pour pacifier les relations entre les habitants de ce pays, nous devons, tous autant que nous sommes, nous accorder pour respecter l'intégrité humaine. Je ne sais pas si vous avez remarqué :

dans tout le pays, on voit des foules de nostalgiques qui sortent leurs mouchoirs et pleurent la perte de l'unité. Alors il faut que nous réfléchissions. Qu'est-ce que c'était, cette unité ? Il ne s'agissait pas d'une communion entre l'homme et la nature ; et rien ne nous prouve non plus qu'il ait existé une société humaine harmonieuse, avant que nous ne nous divisions. Regretter d'avoir perdu ça, c'est courir après des fantômes. En revanche il y a une unité que personne ne peut nier : celle que forme chaque individu. Nous sommes un corps entier, un esprit entier. Nous devons nous mettre en mesure de garantir à chacun cette intégrité-là. Caius. La raison de mon inquiétude, c'est que ce n'est pas la route qu'emprunte le Nordeste. Et ça n'est pas non plus la voie dans laquelle tu entraînes tes fidèles. Les mendiants n'ont pas le droit de poursuivre cette politique de la mutilation ! Il faut faire respecter tout l'Homme. Tout son corps et tout son esprit.

Que se passe-t-il ces derniers temps au Nordeste ? Ortiz cherche à y imposer l'idée que la vie ne doit être faite que de travail et d'efforts. Le reste, toutes ces choses qui s'appellent l'amour… l'art… les sens… ne sont bonnes d'après lui qu'à occuper les heures creuses de la journée. Mais les Nordestins ne pourront pas vivre longtemps comme ça ! Sous prétexte de moderniser le pays, Ortiz les soumet à un régime qui détruit certaines de leurs meilleures qualités. Ah, ça n'est plus à démontrer : ils ont le sens du devoir, ils savent vivre dans la raison et le calcul, et puis faire preuve de discipline. Mais est-ce que c'est tout ce dont ils sont capables ? On leur fait croire que l'imagination ne sert qu'à rêvasser le soir au fond des draps, avant de chercher le sommeil qui va les préparer à leur prochaine journée de travail. S'ils rentrent chez eux abrutis, rien d'étonnant à ce qu'ils n'aient plus le courage d'écouter leurs enfants se perdre dans le récit de leur journée… et que la force leur manque aussi pour ouvrir un journal ou un livre… je veux dire : pour prendre un peu de hauteur de vue, considérer l'aventure collective dans laquelle ils sont engagés et décider eux-mêmes du cours qu'ils souhaitent imprimer à leur vie. Un jour viendra où ils ne ressentiront même plus le besoin de le faire. Parce qu'à ne plus être sollicitées, certaines parties de leur cerveau se seront atrophiées.

Alors, au lieu d'un monde décidé en commun, que chacun participe à créer et dont chacun est susceptible de remettre en cause les règles, la nouvelle société que veut instaurer Ortiz sera composée… de quoi, au fond ? De simples employés exécutant des ordres. Et elle sera triste. Si injuste, et si triste… Aujourd'hui les Vallées demandent à ce que la politique de l'atrophie s'arrête. Nous aimerions que le Commandeur vote la confiance aux Nordestins. Qu'il lâche un peu les rênes. Imagine un instant : ils sortiraient de leurs bureaux et de leurs usines ; il serait encore tôt ; ils lèveraient les yeux au ciel, remarqueraient que pour une fois la nuit n'est pas encore tombée. Ils se retrouveraient humains et émerveillés d'exister. Si Ortiz veut établir la paix, il ne peut pas leur refuser ce droit-là. Il ne suffit pas de leur accorder une semaine de carnaval ou d'organiser des fêtes somptuaires à la mémoire de Beranek. — J'aimerais que tu répètes ça de ma part à Ortiz et à ses conseillers. Nous l'appelons à reconsidérer sa politique. J'aurais préféré le lui dire moi-même, mais puisqu'il a choisi de te faire confiance, je te fais confiance à mon tour pour lui rapporter mes paroles sans les déformer. »

Caius est resté silencieux. Je me suis demandé, un instant, si Van Goyen n'était pas parvenu à trouver une faille dans sa carapace. C'était très naïf de ma part. Car en réalité, il ne se possédait plus : imprégné de son rôle, payé pour se montrer inflexible, il ne pouvait pas se permettre de faire évoluer sa position.

« Voilà donc, a répliqué Caius, ce à quoi les Xylographes occupent leur temps précieux, ces derniers mois. Observer ce que font les autres, et fabriquer de petits discours pour critiquer. Autant te dire que ça ne me convainc pas. Ce que tu appelles mutilation, c'est une étape sur le chemin de l'éveil et de la vie consciente. Nous ne méprisons pas les sens, bien au contraire. Nous les cultivons pour les affiner… Enfin : la critique peut être constructive, et j'y réfléchirai, promis. Et, bien sûr, je transmettrai à Ortiz sans changer une virgule. C'est mon rôle de délégataire. Même si *atrophie* est un très vilain mot, qui sûrement ne lui plaira pas. Avant ça, je voudrais savoir : est-ce que c'est ton avis personnel, ou la position officielle des Xylographes ? Je demande, car j'ai remarqué que souvent vous peinez à vous mettre d'accord, que vous préférez avoir chacun votre opinion et… votre style. »

Il s'est tourné vers moi, alors, et a fait un signe de tête vague, comme s'il interpellait quelqu'un :

« Toi, par exemple, mon cher Darès ! Tu es bien silencieux, cette année. Qu'en penses-tu ? Est-ce que tu défends toi aussi le respect du Tout l'Homme ?

– Darès n'a pas pu venir, a coupé Van Goyen. Mais toute la population des Vallées réclame ce changement de politique.

– *Darès n'a pas pu venir*… Ah bon ? » Caius a fait ramper sur son visage une expression de surprise volontairement artificielle. Puis il a imité un peu d'hésitation. « Mais, dans ce cas… si je peux me permettre… qui est assis à tes côtés ?

– Personne. Je suis seul, cette année », a répondu Van Goyen. Je l'ai vu soudain pâlir : il regrettait ces mots prononcés précipitamment. Mais avant qu'il ait eu le temps de se corriger, Caius a enchaîné :

« Personne ? Ne me prends pas pour un imbécile. Tu n'as pas honte de chercher à abuser un infirme ? Je viens de te le dire, pourtant : nous cultivons les sens pour les affiner… Qui est assis à tes côtés ? »

C'était moi qu'il désignait du bout de son bâton. Il s'est approché. J'ai souhaité disparaître dans le sol. Comment faisait-il pour me voir ? Il n'était donc pas aveugle, en fin de compte ? Caius avançait droit sur moi. Même sa claudication paraissait une faiblesse d'emprunt. De ses mains couvertes d'ecchymoses, il m'a frôlé la poitrine. Instinctivement, j'ai reculé derrière Van Goyen. Caius s'est mis à renifler bruyamment, comme pour distinguer l'odeur de mon corps au milieu des odeurs suaves et pourries de la forêt.

« Tu permettrais que je le tâte d'un peu plus près ? Que je l'entende ? Ça n'est pas bien de mentir. Je suis un homme entier, tu sais. J'ai toute ma tête. On dirait plutôt le jeune homme qui résidait chez Lasteyrias et espérait foutre sa fille. Malheureusement pour lui, nous avons une fois de plus été les plus rapides. Je ne saurais plus te dire, petit, qui d'entre nous l'a déviergée. Ni si elle était encore vivante à ce moment-là. Ces choses sont assez monotones, et elles s'oublient si vite… De quel droit cet homme est-il ici ?

– En l'absence de Darès, il m'accompagne.

– Et tu n'as pas jugé utile de nous en prévenir ?

– Pas plus que tu n'as jugé utile de nous annoncer ta venue.

– Ah mais c'est différent. Je dirais même plus : ça n'a strictement rien à voir. Il était de mon devoir d'être présent. C'est mon absence que j'aurais dû vous signaler, le cas échéant. — Hum… Vous m'en voyez confus, mes agneaux, mais il y a vice de forme. Vous venez avec de vieux ermites que la solitude a rendus fous, et qui se prétendent de taille à lutter contre le Désert. Vous amenez sans prévenir de parfaits inconnus, des moins que rien ! Quelle valeur auraient des accords signés en présence de témoins de ce genre ? Hélas, hélas… Ortiz va être terriblement déçu : il attachait tant de prix au succès de cette réunion. Tout ce qui s'est passé aujourd'hui lui sera rapporté. Quant à discuter plus avant de vos projets… si visionnaires… si généreux… malheureusement, mon mandat de négociation ne va pas jusque-là. En temps normal, j'aurais été tout prêt à passer outre… mais ce vilain vice de forme… je ne voudrais pas que les Nordestins croient que j'ai signé dans leur dos avec des imposteurs. Aussi, messieurs : de tout mon corps, de toute mon âme, je vous salue. »

Sans leur laisser le temps de réagir, Caius s'éloigna rapidement. Nexus eut l'impression qu'il ne boitait plus. Il regarda à la ronde les délégués du Boquerón, Calder et Van Goyen. Même Donleone portait de la catastrophe sur le visage. C'était fini. Tout était consommé. Il ne pourrait plus, maintenant, venir que des désastres. En moins de temps qu'il n'en faut pour le dire, la lampe à huile de Caius ne fut plus qu'un point lumineux au fond de la forêt. À quoi pouvait-elle lui servir, si de toute façon il ne voyait rien ? Puis la nuit l'engloutit, et il ne resta plus que les arbres, les grands kapokiers blancs, leurs silhouettes colossales encerclant la clairière. Ces arbres. Seuls immobiles quand l'Histoire est en marche, eux que nul ordre de mobilisation ne peut atteindre ni ébranler. Les arbres premiers. Ils se tiennent silencieux. Ils demeurent.

23. BRUMES

Sait-on comment est mort… ?

Le savez-vous ?

Sait-on comment est mort – le monde ?

Monte, monte, bientôt n'existe plus. Le monde. La brume. Monte la brume, bientôt le monde – n'existe plus.

« Il faut faire demi-tour. Ça n'est pas raisonnable. – Mais non, maintenant qu'on est partis… Nous n'en avons plus pour longtemps, vous savez. Je veux dire, nous ne restons plus très longtemps : nous n'aurons pas d'autres occasions d'aller là-bas. – Mais on ne verra rien. – Ça peut se lever. Je vous jure. Ça peut se lever. Surtout que nous descendons vers la plaine. »

Les voix sortent des brumes, et plus des bouches. Et des bouches sortent d'autres brumes, leurs haleines dont le froid s'empare pour les transformer en volutes. Pourtant il faisait clair quand Traumfreund et Rilviero sont partis. Le brouillard, que de son petit nom on appelle matinal, se tenait bien sage un peu plus bas. Ils avaient commencé à marcher, pleins d'entrain, en direction des Falaises des Élans. Là-bas s'offrirait, si le ciel voulait bien, un point de vue spectaculaire sur la plaine de Regson. Sauf qu'entre deux… étaient-ce eux qui étaient entrés dans les brumes, ou les brumes qui s'étaient déplacées ? Bien malin qui saurait le dire, mais le résultat est le même : le monde n'existe plus. Peut-on se promener dans un monde qui n'existe plus ? Pourquoi pas, finit par conclure Rilviero. À condition de se fier plus à sa raison qu'à ses sens. Maintenant qu'il savait pourquoi Traumfreund attachait tant d'importance à cette marche jusqu'aux Falaises, il aurait jugé cruel de l'en priver. Et de toute façon, qu'il vente ou gèle, il avait besoin de sortir régulièrement de l'Aneph, pour des raisons d'équilibre mental. Nulle envie de suivre Nexus sur sa mauvaise pente.

Ils sont retournés plusieurs fois à la Bergerie pour lui faire prendre l'air, mais cela ne suffit plus. Les joues de Nexus se creusent de l'intérieur, ses cernes s'approfondissent, le blanc de ses yeux se trame de rouge. Désormais, quand il parle, c'est comme en état de transe. C'est aussi lié à ce qu'il raconte. Les jours de la rue Hidalgo et les jours de l'Aneph se superposent et en viennent presque à se confondre. Il revient sur une période de sa vie – janvier dernier, janvier d'avant le meurtre – où son existence de dormeur s'était mise à se détraquer. Depuis qu'il était entré dans la terre d'Antefuego pour y recevoir des visions, Nexus avait plus de mal à trouver le sommeil. Il rentrait de chez Capabellis vers sept heures du matin, fermait soigneusement les rideaux, prenait une douche rapide et s'allongeait. Bientôt il était sec. Bientôt les draps n'étaient plus frais. Il se retournait dans son lit. Aucune pensée particulière n'occupait son cerveau, il se savait sincèrement fatigué de la longue nuit de garde, mais allez donc expliquer ça à ce salaud de sommeil. Il se rhabillait avec colère, sortait marcher, faisait dix kilomètres sans desserrer les dents. Les trottoirs du boulevard Corgan resplendissaient encore des illuminations de Noël ; la rue Delmoor était déserte et noire, les immeubles formaient un long corridor qui vous envoyait le vent de face. Il ne faisait pas bon être piéton par ce froid. Nexus descendait le long des rives de l'Ihavel, des mouettes se posaient maladroitement sur l'eau gelée, tout ce coin était silence. Les stores des magasins se levaient un à un sous les arcades de la Merced ; il accélérait le pas, bouclait la boucle. Mais même le contraste entre le vent glacial du dehors et la chaleur de son appartement ne parvenait pas à le faire s'écrouler. Le pouvoir de dormir lui échappait maintenant sans qu'il comprenne pourquoi. L'Éternel a donné, l'Éternel a repris : que l'Éternel aille se faire foutre.

Toutefois, quand une journée plus calme le ramenait au Séabra, il retrouvait les événements au point où il les avait laissés. Est-ce que j'ai manqué quelque chose ? demandait-il à Van Goyen. Rien. Rien de décisif, en tout cas. Cela le rassurait : tant que les troubles de son sommeil ne l'empêchaient pas de poursuivre l'aventure… Mais il avait conscience que cet équilibre était fragile ; l'angoisse venait se mêler à sa fatigue, et il ne vivait plus que dans des états seconds.

« Moi, constatait Rilviero en ralentissant le pas, j'aurais démissionné, trouvé un boulot de jour pour gens un peu plus sains, par exemple vendeur de chaussures ou serveur dans un salon de thé. J'aurais tout raconté à Moosbrugger, qui avait l'air d'un type… je ne dis pas sympathique, mais professionnel et raisonnable, au moins. Il aurait vu qu'il y avait là-dedans de la dépression hivernale ; que c'était lié, aussi, à ces horaires de nuit. Il lui aurait prescrit une bonne luminothérapie. Bref. Ça lui aurait donné une chance d'arrêter de s'emmerder avec ces conneries de rêves et de reprendre prise sur la réalité.

– On sait toujours très bien ce qu'on ferait pour s'en sortir si on était les autres, tempéra Traumfreund. Quand on est dedans, en revanche, on ne raisonne pas comme ça. Imaginez-vous que pour lui, c'était comme se promener par temps de brume. Si vous viviez dans une vallée où la brume ne se lève jamais et que vous faisiez chaque nuit le même grand rêve… quel aspect de votre vie vous paraîtrait le plus réel ? Le monde solide auquel vous êtes habitué serait invisible – perpétuellement masqué par une brume terrible… épaisse comme ça. Combien de temps faudrait-il avant que vous doutiez qu'il existe encore ?

– Ça ne m'arriverait pas. Il en faudrait plus pour me faire flancher. Moi, et la majorité des gens.

– Ah vraiment… vous croyez ? L'hallucination n'est pas loin, pourtant. Elle guette. Attendez voir. Je vais vous apprendre un jeu que j'ai inventé enfant. Regardez le sol.

– Le sol ?

– Regardez le sol, mais fixement, et concentré. Je vais vous expliquer. »

Rilviero obéit, et Traumfreund se lança : si on regarde un point fixe au sol – fixe car la direction du regard ne change pas, pas d'un millimètre, entendu ? – mais qui varie, naturellement, car on continue à marcher, eh bien, au bout d'un certain temps, assez long, il faut être opiniâtre, quand on lève de nouveau les yeux et qu'on s'arrête, c'est fou, on s'en rend compte, enfin ! les arbres bougent. C'est-à-dire, bien sûr qu'on sait qu'ils bougent, les branches, les aiguilles ou les feuilles, mais là c'est différent, ils se déplacent aussi le long du chemin, foncent vers vous en agitant les bras. Ce ne sont plus simplement des bouts de bois qui attendent d'être abattus. Restez encore comme ça quelques minutes, faites silence dans votre tête, et vous allez entendre leurs voix.

La technique qui permet d'arriver à cette hallucination mineure, garantie cent pour cent naturelle, a été mise au point par Joachim Traumfreund, huit ans, et sa petite sœur Sibylle, dans les forêts de pins du Taunus. Bien sûr, on peut estimer que c'est de la triche : c'est plus facile de faire bouger les arbres dans une forêt allemande, ils n'attendent que ça, les frères Grimm leur ont, il était une belle lurette, donné le mode d'emploi précis. Et tous les enfants qui ont un peu de cœur ont eu pitié de cette jeune fille si brune, si pâle, perdue dans la forêt, la robe aux lèvres rouge sang excisée par les branches. Mais enfin, il faut bien commencer quelque part, non ? Et après ça s'exporte très bien, la preuve, dans les Rodhiles... Dans le Taunus la première fois, et ensuite en Forêt-Noire, un peu plus au sud, parfaitement. Ce qu'ils faisaient là-bas ? *Na*, une visite à la famille, la tante Bärbel, en plein cœur de la Vieille Europe, *was sonst* ? Se recenser auprès du Tannenbaum en se goinfrant de Keks, qui sont des biscuits de crèche, et secs, comme ça s'entend. On tirait sur la corde pour que la luge remonte la colline ; il a neigé pas mal, cet hiver-là. La colline était gigantesque ; elle a beaucoup rapetissé depuis, Traumfreund a pu le constater en y retournant il y a quinze ans, elle s'est drôlement tassée en prenant de l'âge, mais à l'époque c'était tout comme le Großglockner, une course infinie, délirante, absolument dangereuse mais tout le plaisir est là, et ma petite sœur criait à m'en défoncer les tympans. On rentrait en tapant du pied ; il fallait enlever ses bottes dans la remise. On n'avait plus de menton, ni de doigts, mais ça n'était pas grave, au salon il y avait du Bach, et l'oratorium de Noël soufflait de tous ses cuivres pour réchauffer la grande nuit froide.

Les brumes sont capables de tout. Masquant le présent, elles favorisent les escapades mentales. Il ne faut pas s'étonner dès lors si des journées venues d'autres saisons ou des lambeaux de passé s'interpolent dans ce jour de décembre.

Passe un banc de brouillard. Qu'y voit-on ? Dans le train qui le ramenait aux Rodhiles, après sa dernière entrevue avec Drake, Rilviero avait ouvert la mâchoire métallique qui fermait le dossier des Renseignements. *Comment est mort ?... Il a été surveillé, quelques années.*

Après les grands mouvements étudiants. C'était ce qu'on appelle un leader d'opinion. Mais le vent emmène déjà cette scène.

Une autre écharpe de brume se noue autour de leurs cous. Les pensées de Traumfreund s'y condensent comme des milliers de gouttelettes glaciales, elles l'enveloppent, le voilà qui marche au milieu de sa propre atmosphère mentale.

Comment est mort ?... Jeune. Fauché en plein milieu de son essor. C'est que le pire voisine avec le meilleur. À un pas du sommet, c'est l'abîme qui commence. Ça tombe. Une fois que ça a touché le sol, ça n'est plus qu'un tas de chair en bouillie, incrustée d'éclats rocheux. Les côtes ont défoncé le thorax et forment des résurgences blanchâtres, annonçant le squelette à venir. Ça ne causera plus jamais.

Il traînait sur le sentier des bâtons qui semblaient taillés pour la marche. Traumfreund et Rilviero en avaient testé plusieurs avant de trouver celui qui leur convenait. Ils progressaient le long du petit sentier jonché de pommes de pin et d'écorces arrachées. Parfois ils en ramassaient pour renifler leur odeur de résine – ou ce qu'il en restait dans ce froid détruisant les odeurs.

***

Les deux détectives qui m'entourent deviennent de plus en plus sauvages. Ils aiment marcher dans la montagne ; allumer des feux qui leur font la soirée ; écouter jusqu'à l'épuisement, comme de grands enfants insomniaques, ce que je leur raconte. Est-ce qu'ils détectent encore un peu ou est-ce qu'ils ne détectent plus du tout ?

Je les ai entendus se préparer. Ça discutait. J'y pensais, l'autre jour, je voulais vous en parler. Il lui a fait ce coup-là ? Qu'est-ce qu'elle a répondu ? Ça c'est lui tout craché ! Pour moi qui suis leur grand témoin, leur amitié est belle à voir. J'ai mal au crâne. Elle devient plus solide chaque jour, comme celle qui liait avant Van Goyen et Darès. Ces amitiés viriles, sans façons, et sur un pied d'égalité – encore une chose que je n'aurai pas connue.

Maintenant j'ai mal aux mains qui se posent sur le crâne. Là-haut Oliveira et Berardi qui surveillent si je m'envole ou pas. Ici Calder qui plaide et veut y croire encore, Van Goyen exigeant qu'on donne à l'esprit les nourritures dont il a besoin, Caius qui ne voit que ce qu'il décide de voir, Darès qui disparaît sans donner ses raisons, n'est plus le frère soudain, remplace en lui l'amour par de la haine. Ça fait beaucoup de monde dans le crâne qui s'expose sur mes mains. Darès, surtout. Les plus absents sont ceux qui hantent le plus.

Ah mais… Tiens, tiens. Ce qu'il y a posé là sur la table, ça porte un nom. Si pas de méprise, ça s'appelle le carnet de Joachim. Je le reconnais très bien. Il faut qu'il ait l'esprit confus pour le laisser traîner comme ça. Ce sont les secrets médicaux mis à portée des premiers tarés venus. Je vous le dis, moi, qu'il y a de la négligence dans l'air.

D'abord on lit : *pseudologie fantastique. Anton Delbrück 1891. Dr Dunarval : Psychology of deceit. Souvent des narcissiques. Autocentrés. Pensent qu'ils peuvent construire une réalité – the lying gets worse as the liar gets more power – the lies are typically harmful to the liar and are not part of a manipulative plan with a clear objective in mind – no organic memory impairment. Krankhafte Lügensucht, darf nicht mit dem üblichen zweckbedingten Lügen verwechselt werden. Der*

Kranke lügt hier um der Lüge willen und spielt sich selbst und der Umwelt etwas vor. – Creuser.

Ensuite on compte les cases d'un petit calendrier. Traumfreund les barre d'une croix dès que le jour est fini. 21 décembre c'est aujourd'hui, il a marqué : *Solstice.* 23 décembre… qu'est-ce qu'il y a écrit, là ? *Altenberg 9 h 27 → Regson 13 h 35.* 25 décembre : Noël. 26 décembre : *Regson 18 h 02 → Altenberg 22 h 15.* Oh, oh ! ! Le plus clair de tout ça, c'est qu'il ne reste que onze jours jusqu'au 1er janvier. Il compte. Les cases, c'est le temps qui m'est compté. 2 janvier est le jour de la date où on me décapite. À moins qu'entre-deux-temps je sois celui qui leur fasse perdre.

Ensuite on lit : *chauve-souris. Est-ce que j'en suis ? La fascination pour la Nuit a toujours été mon moteur. Mais : il y a en moi suffisamment de distance (?) Ce que L. leur reproche c'est de partir à l'autre extrême, d'oublier les mérites qu'a la raison quand elle est large – de n'entraîner personne à leur suite. Pourtant il est urgent de convaincre. De ce point de vue aussi, le désert gagne. D'autres prennent un peu de cette fascination, pour se défoncer de temps à autre, et mènent pour le reste l'existence qu'il appelle d'escargot. Dire ce qui se passe de nos jours avec la Nuit. Théorie de la Nuit. D'abord juste pour moi. Plus tard, peut-être pour les autres.*

Ensuite on referme. Les pattes de mouche de Joachim, c'est quasi de la cryptographie. Lui aussi parle par mystères. Mais qui existent ? Et qui, pour certains, s'expliqueront un de ces jours ? Je ne suis pas fou. J'ai juste le crâne trop plein. Plus j'en jette plus j'en jette, mais ça remplit tout de même. Quand ils sont là ils font excessivement du bruit, je ne m'entends plus penser. Si on m'en donnait les moyens, moi, pourtant, je m'en irais trouver la solution des mystères. L'énigme de Noël. Le problème de la Nuit. Le secret du solstice d'hiver. Votez-moi la confiance : je n'ai besoin de rien d'autre pour être heureux. Et fiez-vous sans fausse crainte : puisque je vous répète que je suis doué pour ça.

***

Passe un banc de brume. Avant de rendre son rapport, l'homme des Renseignements conclut avec un peu de lyrisme. *Les circonstances de l'accident ont été rapidement éclaircies. Nous nous permettons d'ajouter à ces faits qui ne demandent pas plus ample explication quelques remarques : sur la dernière décennie, le taux de mortalité des anciens leaders de la contestation étudiante a quelque chose de proprement effrayant. La précocité de ces morts est liée à une prise de risque systématique et à des déséquilibres psychologiques structurels. Drogue. Sida. Surmenage. Dépressions nerveuses. Le mouvement semble préférer s'autodétruire plutôt que de devoir faire face au constat de son échec.* Ensuite vient le blanc. Qui se trouve être le blanc final.

La brume mettait le monde en charpie. Par moments, leur conversation s'effilochait – un passage difficile sollicitant toute leur attention – mieux valait jouer ça à quatre mains, ils n'étaient plus tout jeunes et n'auraient pas voulu se casser une jambe — puis le sentier s'aplanissait de nouveau et ils pouvaient reprendre plus posément.

« Je crois que j'aime la brume parce que j'ai du mal avec l'ordre bourgeois, relança Traumfreund.

– J'avais bien remarqué. Il suffit de vous voir enfiler un de vos pulls en vigogne pour savoir que vous êtes un vrai rebelle.

– Je parle du bourgeois au sens fort. De la mentalité, pas de la classe sociale. Ce qui m'énerve, c'est le bourgeois persuadé que son Dieu, en qui il a confiance, est une vraie forteresse. Les valeurs bourgeoises en sont les murailles. Et la réalité fournit les fondations… Ils sont plantés sur leur réalité, ne veulent pas savoir comment elle est née, quelle histoire l'a construite. Pour eux, chaque chose aspire à étendre son être dans le temps et à devenir une dynastie. Je trouve ça mensonger et dangereux. Si ce qui est est, alors le monde va étouffer, on n'y aura plus de place. Quand je faisais du latin, vous savez, le latin, *rosa rosa rosam et cætera*, eh bien, j'avais un professeur qui défendait la théorie suivante : le jour où Auguste, qui était un empereur, a exilé Ovide, qui n'était qu'un poète, il est entré en bourgeoisie. Parce qu'à ce moment-là, Auguste a commencé à penser qu'une rose est une rose est une rose, alors qu'Ovide avait été mis au courant qu'une rose est un poignard, une fourche, un arbre, qui devient une main gantée, une femme aux cuisses ouvertes. Depuis les bourgeois se sont modernisés. Ils permettent les métamorphoses, tant qu'ils n'ont pas de cafards chez eux et que tout ça se passe entre les pages d'un livre qu'on peut fermer à tout moment…

– Ou le temps d'une séance de ciné.

– Exactement. On sort, on est un peu étourdi. On reste silencieux un petit moment. Les rues ont l'air d'avoir changé d'aspect. On regarde dans le ciel s'il y traîne des étoiles. Mais le lendemain, c'est réveil à sept heures, au bureau à huit heures et demie, et *business as usual*, comme dirait le petit père Ortiz. Ça reste un monde à mon goût trop sûr de ses frontières. Vous faites quoi dans la vie ? Je suis avocat, je suis, je suis de père en fils, je ne suis que ce que je fais, je suis depuis 1880, je suis Maison, rue de la, et associés, je suis *finest quality* depuis, qui dit mieux, 1810.

Tandis que les brumes… Ça recouvre le monde qu'on connaît… mais je me demande si elles ne viennent pas en troisième, en fait. Si vous êtes d'accord, je raconte depuis le début : ça commence par le désordre, le désordre primitif, à l'échelle des atomes, qu'on ne peut pas voir à l'œil nu et qu'on n'arrive même pas à se représenter. Ensuite il y a les choses solides, et notre cerveau qui nous fabrique un monde bien ordonné, avec des étiquettes indiquant la provenance et le prix, plein de catégories et de normes. Et puis par là-dessus, de temps à autre, quand on est particulièrement lucide ou complètement bourré, l'idée du chaos, une sorte de chaos suprême qui fait tout exploser. On pourrait dire que ce troisième état nous fait reprendre contact avec l'état originel. Ça fait que le réel est comme pris en tenailles entre deux strates de vie moins solides mais plus authentiques. Ça fait que la réalité est un état précaire.

– Non, coupa Rilviero. Désolé. Je ne peux pas vous laisser dire ça. » Il arrêta Traumfreund du regard. Il avait pris plus d'assurance ces derniers temps. Certain de sa force – avide de la mettre à l'épreuve. « Non : *le sens* de la réalité est un état précaire.

– Le sens de la réalité…

– Et ça n'a rien à voir. D'abord, votre chaos, je ne suis pas sûr que ça existe. Vous le répétez souvent vous-même : quand on ne comprend pas quelque chose, ça ne veut pas dire que cette chose n'obéit pas à certaines règles. Ça vous énerve de ne rien piger à la physique quantique, eh bien tant pis pour vous, fallait faire des études. Mais ne la ramenez pas avec votre chaos. Et le désordre n'est pas plus "authentique" ! Si vous dites ça, vous passerez pour un allumé, et vous ne ferez que conforter tous vos bons petits-bourgeois dans leur idée de l'ordre. Il faut parler aux gens de ce qu'ils connaissent. Partez de l'ordre de la vie quotidienne.

Montrez comment un certain désordre l'habite et reprend ses droits à la moindre occasion… un désordre qui demande moins d'efforts, qui est en quelque sorte plus naturel… à la PJ, c'est vrai que j'ai eu ce sentiment, parfois – et là, si vous faites ça, vous vous créerez une petite chance d'être entendu. Mais faire croire que ce sont des moments de révélation, qu'ils nous dévoilent le monde tel qu'il est réellement… ça c'est du terrorisme.

– Rien que ça !

– Un terrorisme intellectuel. Vous n'avez pas encore pris votre carte dans la bande de Caius, dites-moi ? Une fois que vous avez défoncé les portes de la perception et que vous êtes toxico au dernier degré, vous avez l'air malin. Je les ai vus, ces mecs-là. Les Jim Morrison au rabais. Ce sont des ados mal barrés, des loques humaines… incapables de construire quoi que ce soit ou d'agir… pas des philosophes qui ont tout compris à la vie.

– Attendez, je n'ai pas parlé des drogues. Il n'y a pas que ça !

– Je sais ce que vous allez me dire. Je peux vous faire la liste : la fatigue ; le sommeil ; quand on a bu une petite bouteille de trop ; quand on s'est mis au lit avec quarante de fièvre ; la cécité ; les acharnés qui dansent jusqu'à entrer en transe ; l'hiver, les nuits sans électricité, les tempêtes… Évidemment, si on comptabilise tout ça, ça commence à faire. Mais ça reste des états d'exception. Moi je ne crois pas que ce soit notre état de plénitude. Nous pouvons plus et mieux que ça… Vous me dites ça un 21 décembre, par temps brumeux, c'est facile ! Il y a des journées plus longues qu'aujourd'hui. Moi je préfère les équinoxes. Ça c'est un partage équitable. On coupe entre le jour et la nuit, et on ne fait pas de jaloux. Ça respecte le Tout l'Homme. Si j'avais le choix, je m'installerais dans un pays d'équinoxe perpétuel. Est-ce que ça existe ?

– Comment ça, est-ce que ça existe ?

– Vous savez si on peut trouver ça quelque part sur Terre ? À l'équateur ? Je ne sais jamais comment ça marche, ces trucs. Qui tourne autour de quoi, et pour quoi faire. »

Le docteur resta sans voix. Rilviero le regarda trébucher dans ses pensées. Une fois n'est pas coutume, il avait bien pris l'ascendant. Avouons que ça n'était pas désagréable. Traumfreund semblait avoir des réticences, mais rien de suffisamment clair pour pouvoir l'exprimer. Enfin il marmonna :

« Alors vous aussi vous pensez que je suis une chauve-souris ? »

Comme ça ne voulait rien dire, Rilviero décida qu'il n'avait pas bien entendu et le pria de répéter.

« Hum… vous pensez que c'est possible que j'aie vu une chauve-souris ?

– Vous avez vu une chauve-souris ? En train de voler ? »

Traumfreund acquiesça. C'était vraiment troublant.

« Ça m'étonnerait, raisonna Rilviero. Il ne fait pas assez sombre, tout de même. Elles ne sortent que la nuit. Ou alors elle s'est égarée ?

– Elles ne sortent que la nuit… murmura Traumfreund.

– Vous êtes sûr que c'était une chauve-souris ?

– Je ne sais pas trop… J'ai toujours eu du mal à reconnaître les animaux.

– Vous aussi ? »

Le froid monte de la terre, il faut s'en protéger à chaque pas. Le sol est dur, il les repousse. Les brumes finissent par s'entrouvrir :

Il a décroché. De trente mètres. L'alpinisme en solitaire... en cette saison... à cet endroit... ce gars-là n'avait pas été raisonnable. Il n'y avait rien d'autre à dire. Quand on ne sait pas... Quand on vient de Regson... qu'on est un amateur... on ne se lance pas là-dedans sans guide. On ne joue pas avec les Rodhiles. Pourquoi ? Parce que c'est toujours les Rodhiles qui ont le dernier mot.

***

Ils étaient arrivés au bord des Falaises. Quatre-vingts mètres plus bas, on distinguait vaguement la route du col se faufilant comme elle pouvait vers le cœur de la montagne. Les chasseurs revêtus de peaux de bêtes traquaient les bêtes pour leur faire et pour leur tanner la peau. Brandissant leurs torches, armés de lances, ils avaient acculé les Élans sur ce sommet, et la meute avait fait le grand saut en bramant. À côté de l'écusson qui fantasmait cette préhistoire, une table d'orientation indiquait le pic Farías, les Arabisses et, par temps clair, le massif du Sereno, culminant à plus de 5 200 mètres au-dessus de Skalice. Bon. Ce sera pour une autre fois. Rilviero eut beau mettre sa main en visière et chercher partout à l'horizon, pas trace non plus de l'Ipitiranga et de la ville de presque-crête. Il faut dire qu'on manquait singulièrement de visibilité. Ce sont les déceptions du tourisme en montagne.

Des barrières métalliques avaient été coulées dans la pierre pour éviter les accidents. Traumfreund s'y tenait accoudé, indifférent au paysage. Il revivait peut-être cet après-midi de mars, seize ans auparavant, où il avait dû se rendre en toute hâte au col des Grands Élans pour identifier ce qui restait de Lucas. Rilviero s'approcha du médecin et lui posa la main sur l'épaule.

« J'imagine que vous êtes au courant pour… »

Rilviero acquiesça doucement. Il chercha des mots, mais les mots ne sont jamais là. Puis, comme le silence se prolongeait, maladroitement :

« Vous n'allez pas sauter, dites ?

– Ni même pleurer, rassurez-vous. Mais ça fait mal, tout de même. »

Traumfreund s'éloigna de quelques pas, ses cheveux ébouriffés par le vent. Rilviero remarqua qu'il était menacé de calvitie. Ça venait tout doucement, l'âge en premier, la mort suivant derrière. Il avait l'air fragile dans son anorak beige. Soudain Traumfreund se retourna, brandit son poing fermé : « Quel con ! quel con ! »

Que Lucas ait voulu être un grand sportif, ça, il le comprenait parfaitement. Mais pourquoi le pas de trop ? Il n'arrivait pas à considérer la mort de Lucas comme un simple accident. À écouter Lucas, il avait appris à donner un sens plein aux événements qui se produisaient autour de lui. Il était donc forcé d'y voir la butée d'un destin, le signe qui refermait ce qui n'aurait finalement été qu'une parenthèse dans l'Histoire de cette terre. Ainsi se rédige une tombe : Lucas Kelten, parenthèse ouverte, deux dates honteusement proches, parenthèse fermée. Il tombait ; et, tombant, il avouait qu'il ne se sentait en vie que dans la zone frôlant la mort – comme tous ces petits cons qu'évoquait Rilviero.

« Ce qui est difficile, c'est de ne plus jamais lui parler.

– Vous ne lui parlez plus jamais ? Même tout seul, dans votre tête ? Ça ne vous arrive pas de le rencontrer en rêve ?

– Non, répondit Traumfreund, froidement.

– Les gens ne fonctionnent pas de la même manière… Moi je rêve de mes morts. Souvent. Je ne sais pas, une fois par semaine, au minimum. Et pas seulement des morts ; de mes disparus, aussi. De tous ceux qui ont quitté le champ.

– Eh bien c'est une grande chance. Vous devriez en être conscient. Moi je n'ai que les souvenirs ; je ne peux que me repasser ce qui a eu lieu, en essayant de ne pas trop en perdre en route. »

Les brumes s'entrouvraient mais ne se levaient pas. Rilviero sentait le froid pénétrer ses vêtements. Encore quelques minutes et il allait tomber malade. Il tapa du pied, souffla sur ses doigts gelés.

« Où allons-nous, maintenant ? se décida-t-il à demander.

– Nous allons au Nordeste.

– Quoi ?

– Au Nordeste. Nexus m'a confié ce matin que c'était la prochaine étape.

– Hm… Mais ça n'est pas possible. Après ce qui s'est passé ? Si Calder est interdit de séjour là-bas, ça m'étonnerait que Nexus y soit le bienvenu.

– Il n'a pas le choix, d'après ce qu'il m'a laissé entendre. Il est contraint d'y aller.

– Et il nous emmène ?

– À condition que nous nous tenions tranquilles. Et que nous jurions de ne pas répéter ce que nous y aurons vu. »

24. LES CORPS QU'ON EMBAUME ET LES CORPS QU'ON BRÛLE

« Mais de quoi parlez-vous ?… Non ! Ça n'est pas possible… Quand ça ? – Hier, au Nordeste. – Qui t'a dit ? – Des témoins. Mon cousin et sa femme. Ils y étaient, ils ont tout vu. La foule a marché. Ils ont été plusieurs centaines à vouloir suivre ; comme si c'était l'étincelle qu'ils attendaient pour mettre le feu à tout. Il ne leur a pas fallu deux heures pour prendre le contrôle de Trastelloco ; ils ont déclaré avoir fait sécession, que cette ville-là au moins n'appartenait plus au Nordeste. – Et lui ? – L'homme incroyable. Il était partout à la fois ; il a contribué à écrire le texte de la déclaration ; il s'interrompait pour donner des conseils que les autres répercutaient comme des ordres ; il a fait envoyer des émissaires dans toutes les villes voisines pour leur dire la nouvelle et étendre le mouvement. – Qu'est-ce que vous racontez ? Quel mouvement ? – Au Nordeste. – Trastelloco. Ils ont réclamé des élections libres, une Assemblée constituante, des remises de peine pour les opposants. – Ils ont fait ça ! Bordel ! Mais ça s'est étendu ? Dans les villes voisines ? Ça a marché ? – Je ne sais pas dans les villes voisines. À Trastelloco, les troupes d'Ortiz sont arrivées en masse. Elles ont bouclé la ville. On s'est battu pendant une heure dans le quartier de la préfecture. Tout est allé trop vite, l'insurrection n'avait eu le temps de rien : ils ont fait ce qu'ils ont pu pour se défendre derrière les barricades, depuis les fenêtres, du haut des toits. Ensuite leurs munitions se sont épuisées. Et en face ça tirait toujours. Feu nourri. À volonté. Encore. Bousillez-moi ces rats.

Feu ! Feu ! – Non… Dis-moi que ce n'est pas vrai… les malheureux… – Ils se sont emballés. Des idéalistes ! Des imbéciles d'idéalistes ! Ils ont vu soudain la liberté devant eux qui leur tendait les bras, ils ne se sont pas rendu compte qu'il fallait un plan pour l'atteindre, une organisation de fer, et que s'ils voulaient l'instaurer pour de bon il y avait de la violence en vue. Au lieu de la liberté, ils ont dû déchirer leurs chemises pour faire flotter des drapeaux blancs. Sortis un à un les mains en l'air de la préfecture, puis menottés les mains dans le dos, tous prisonniers. – Où les a-t-on emmenés ? – Nulle part. Il y a eu une heure de flottement, le temps de demander des ordres. Les soldats ont ouvert les menottes des insurgés, ils les ont pris par la main et ils les ont conduits doucement le long d'un mur. On leur a dit de se tenir droit, de fermer les yeux s'ils voulaient. On leur a fait comprendre que c'était un moment de vérité, le sommet de leur vie, et qu'il y aurait du déshonneur à pisser dans leurs frocs. Ensuite les balles sont arrivées par dizaines en même temps. Le peloton est resté debout mais les hommes en face du peloton sont tombés tous ensemble, comme si on leur en avait donné l'ordre, certains face contre terre et beaucoup dans des postures que la troupe a trouvées grotesques. C'est juste pour s'assurer que tout le monde aura compris la leçon. – Non… non… Combien contre ce mur ? – Tous ceux pris les armes à la main, et peu importe si c'est des femmes ou si c'est des enfants. – Combien ? ça faisait combien ? – Je ne sais pas, moi. Entre cent et deux cents. Ce ne sont pas des chiffres qu'on donne avec trop de précision. Il n'y a pas de recensement général pour ça, et de toute façon ils ne feront bientôt plus qu'un : à cause commune, fosse commune, et ces pourritures pourriront. – Et lui ?… Lui aussi ? – Non. Pour lui les choses seront faites en grand. On l'a transféré à Fortal. Il sera jugé dans deux jours et exécuté le lendemain. – Mais de quoi parlez-vous ? Pourquoi faites-vous cette tête ? Qui dans deux jours ? Quoi, exécuté ? – La révolte à Trastelloco. Au Nordeste. Calder. »

C'était dix jours après l'échec du sommet de Maravos. J'étais de retour à Nasco, et je tombe au détour d'un couloir sur des gens excités, ils parlent tous en même temps, ils vocifèrent, ils ont du désespoir, et j'apprends la nouvelle. Pour la première fois, Calder était parvenu à entraîner la foule. Les gens s'étaient levés et l'avaient suivi vers l'avenir. La belle gloire d'orateur ! Le beau succès ! Cadavres sur cadavres, entassés par centaines, et lui condamné d'ici quelques heures à la peine capitale, tout proche de les suivre dans la tombe. Je me suis mis à trembler de façon irrépressible. Je tremblais encore dans la Salle du Conseil, où Van Goyen a réuni tout le monde. Les Xylographes s'étaient donné quarante minutes pour décider quoi faire. J'entendais mal ce qu'ils disaient, parce que la mort s'interposait entre leurs mots et moi. Non pas l'idée de la mort, mais la mort certaine et concrète à laquelle on allait l'envoyer. Comme je connaissais Calder, je croyais entendre le raisonnement qu'il s'était tenu : si Caius lui avait fait savoir qu'on ne voulait pas de lui au Nordeste, c'est que l'entourage d'Ortiz craignait qu'il trouve un public attentif parmi les Nordestins. Ils étaient excédés par les abus du régime ; sentant cette tutelle douce se refermer sur eux, ils avaient compris qu'il serait bientôt trop tard pour s'en émanciper. Il fallait que quelqu'un venu d'ailleurs leur dise tout haut ce qu'ils pensaient tout bas. C'est là-bas qu'il serait le plus utile. Alors, bravant l'interdiction, il avait passé la frontière.

Dans la salle, les propositions commençaient à fuser. La première chose à faire, selon Garamantès, c'était d'exiger un procès équitable. Les Vallées enverraient une délégation pour défendre Calder. « Et s'il est condamné malgré tout, a ajouté quelqu'un, on transmettra une demande de grâce à Ortiz. » Libanius a interrompu tout le monde de sa voix que le malheur éraillait : « On peut faire ça s'il ne s'agit que de se donner bonne conscience, mais ne nous mentons pas : ça ne servira à rien. Oubliez le droit et la diplomatie. Maintenant c'est destruction sur destruction. Si nous voulons agir, nous devons nous servir des mêmes armes. » Les gens ont frémi, quelques-uns protesté ; chacun jurait parler au nom de l'amitié qu'il avait pour Calder. Mais ce sentiment d'amitié ne pouvait pas faire oublier complètement la raison : en le secourant par la force, on déclencherait la guerre totale. Ortiz n'accepterait pas une violation de frontières. Alors ? Ça tournait mal : je sentais la résignation gagner du terrain ; soudain quelqu'un a tapé un grand coup sur la table et s'est levé. Les regards se sont fixés sur lui. Il se trouve que lui, c'était moi. « Mais vous vous rendez compte ! Ce que vous êtes sur le point de laisser faire ! Alors, qui sera le prochain sur la liste ? Qui d'entre vous, après Calder ? Nous n'allons pas laisser mourir un ami sans lever le petit doigt. » Je n'avais aucun argument à faire valoir. Je voulais juste tous les convaincre. J'ai poursuivi : « Il ne s'agit pas d'envahir le Nordeste ; il suffit d'organiser son évasion. – Sauf que faire évader le meneur d'une révolte, m'a répliqué Garamantès d'un ton aigre, c'est une ingérence qu'aucun État souverain ne saurait tolérer. – Mais qui ira dire à Ortiz que nous sommes responsables ? N'engageons ni les Vallées ni les Xylographes là-dedans. Pas besoin d'emmener une armée. Quatre ou cinq hommes, agissant pour leur compte. C'est tout ce qu'il nous faut. »

Je ne tenais pas en place. Je ne sais pas parler, moi. Je ne peux pas faire de longs discours. Alors : ils allaient céder, oui ou non ?! Soudain Van Goyen m'a demandé ce que je tenais dans la main. Question vraiment inattendue. Rien, je lui ai répondu, rien. Mais il a insisté. J'ai fini par ouvrir la main, et dedans il y avait la boussole. Elle ne quittait pas ma poche depuis que je l'avais exhumée de la terre du Jardin d'Ombre ; j'avais dû la sortir dans ma nervosité. Ça n'était pas la première fois : j'aimais regarder cette boussole, j'avais le sentiment qu'on pouvait lui demander conseil, même si elle n'avait pas d'aiguille. Van Goyen a voulu savoir où j'avais trouvé ça. J'ai bredouillé : dans le Jardin… dans les taillis. Il n'a pas insisté, mais ça a semblé lui ouvrir de nouvelles perspectives : « Et si Oscar avait raison ? Il faut tenter le coup. Nous allons chevaucher jusqu'à la frontière. Nous verrons bien dans quel état sont les postes de garde, quelles consignes les soldats ont reçues. On nous laissera peut-être passer pour négocier la remise de Calder. Et sinon… nous ferons tout notre possible. »

Alors nous sommes partis à fond de train, une horde furieuse, bouffant de la distance et n'arrêtant jamais. Un point apparaissait à l'horizon, grandissait, en une heure nous l'avions atteint, nous le dépassions, il s'éloignait dans notre dos, une heure plus tard n'était de nouveau qu'un point rapetissé tout là-bas derrière nous. À la frontière, nous nous sommes rendu compte que ce ne serait pas simple. Le Nordeste avait déclaré l'état d'urgence. Barbelés, miradors, gardes doublées, barrages, personne n'entre ni ne sort. J'ai senti mes compagnons se résigner de nouveau. Mais Calder se balançant au bout d'une corde ! Ou couché sur la guillotine ! Alors j'ai pris mes responsabilités et mon élan, talonné mon cheval. J'ai entendu les Xylographes : « Qu'est-ce que tu fais ! » Ça se voyait, ce que je faisais : j'allais forcer le barrage. « Reviens ! Oscar ! Tu vas te faire tuer ! »

C'était probable, effectivement, mais on ne peut pas se dire ça tout le temps, sinon on ne fait plus rien de sa vie. J'ai étendu les bras, je me suis ouvert grand, que la mort vienne si ça l'amuse. Les soldats du poste frontière m'ont mis en joue, mais ils ne tiraient pas. Comme leurs consignes ne prévoyaient pas le cas du cavalier fou, ils criaient en tous sens pour obtenir des ordres. Enfin ils ont ouvert le feu. Ça sifflait autour de moi. J'ai hurlé pour donner du cœur à mon cheval, qu'il ne renâcle pas devant les barbelés. J'étais une cavalerie à moi tout seul, et je donnais la charge. Pauvres types ! Ça a des fusils-mitrailleurs et ça ne sait même pas viser ! Vous en mettez le temps pour m'avoir ! À force de provoquer, la première balle m'est entrée en plein ventre, puis une rafale m'a déchiqueté le bras gauche. Ils étaient une trentaine, ils m'ont passé le corps au crible. Je suis tombé à la renverse, je ne tenais plus que par les étriers. Les Xylographes ont poussé un grand cri. Le sang me coulait dans les yeux et le barrage approchait. En haut des miradors, les soldats semblaient pris de panique. J'ai vu un officier hurler que j'étais mort, et qu'il fallait concentrer le tir sur la monture. Mais elle était déjà sur le barrage, superbe et écumante, sautant le premier rang de barbelés, puis le deuxième, laissant derrière elle la frontière pour s'enfoncer dans le pays. Ils ont cru qu'elle s'était emballée ; ils n'ont pas jugé nécessaire de la poursuivre, ni de récupérer mon corps truffé de balles. La perspective de mon cadavre devait les faire trembler ; un garde frontière qui passe ses journées en face de l'inconnu, à attendre ce qui va surgir, il n'en faut pas beaucoup pour lui rappeler qu'il est superstitieux. Enfin j'étais passé. Mes chairs ont cicatrisé rapidement, mes os se sont ressoudés : cinq heures plus tard, quand je suis entré dans Fortal, il n'y paraissait plus. De toute évidence, je suis quelqu'un qui ne meurt pas facilement. En tout cas dans mes rêves.

***

Je devais attendre qu'il fasse nuit pour agir. D'ici là, Van Goyen m'avait conseillé de rester dans les endroits où la foule rend l'individu négligeable. « Il ne sera pas marqué sur ton front que tu viens d'ailleurs. Ne fais rien qui sorte de l'ordinaire, et tu ne te feras pas repérer. Mais attention : il n'en faut pas beaucoup, à Fortal, pour faire quelque chose qui sorte de l'ordinaire. »

J'ai d'abord trouvé refuge dans un café de la Gare Centrale. La mezzanine surplombait le grand hall ; les serveurs donnaient toutes les cinq minutes de vagues coups de torchon sur les tables qui n'en restaient pas moins luisantes et grasses. La plupart des gens commandaient au comptoir, mangeaient en marchant, s'essuyaient les doigts à la hâte, puis jetaient leurs restes dans la première poubelle venue. Il était près de huit heures, et ils rentraient chez eux. Alors, me suis-je demandé, ces Nordestins qui effrayent tant Van Goyen et Calder, qu'ont-ils de si spécial ? Même si j'essayais de paraître naturel, l'idée d'être entouré d'ennemis me faisait rouler des yeux comme un paranoïaque. J'ai regardé pardessus la balustrade, et ça a confirmé mon soupçon : en débarquant à Fortal, je m'étais subitement rapproché du monde réel.

La majorité des gens voyageaient seuls et fermaient le visage comme quand on n'a pas *a priori* l'intention de parler. Le bruit de cette foule n'était pas celui des voix humaines, mais de milliers de corps en marche, des trains freinant comme s'ils étaient sur le point de dérailler, de la circulation dans les rues alentour – le mugissement de la ville elle-même, et qui semblait ne plus avoir de rapport avec ce type un peu gros qui essuyait ses lunettes ou cette femme dont on voyait les yeux de loin et qui cherchait à caser tous ses sacs sur ses genoux sans filer son collant. Dans la foule, d'autres personnes se rendaient sans doute au même endroit qu'eux, mais comment auraient-ils pu le savoir ? D'escaliers sales en couloirs glauques, de plates-formes en wagons s'ébranlant, se chargeant déchargeant, les passagers faisaient quelques centaines de mètres non loin l'un de l'autre, sans se regarder, et subitement ils divergeaient. Au centre du hall, l'écheveau était si dense qu'il semblait impossible qu'il se défasse : ils ne pourraient pas s'en sortir, tous autant qu'ils étaient. Mais si : des cohortes éphémères se formaient, guidées par les panneaux, et chacun finissait sans doute par arriver à bon port, avec de petits incidents de parcours qui agacent toujours quand on est fatigué, mais dont les nerfs ont fini par prendre l'habitude, et qui ne méritent pas qu'on s'y attarde. Tout ça, confusément, me rappelait Regson – mais avec quelque chose de moins heurté, moins de déperdition d'énergie et donc, somme toute, en plus impressionnant.

Ne rien faire qui sorte de l'ordinaire. C'était ça la consigne. Alors, au bout d'un certain temps, j'ai compris qu'il fallait moi aussi que je bouge. Les serveurs commençaient à me voir comme si j'étais quelqu'un, quelqu'un qu'on pourra éventuellement décrire à la police, et plus un corps de plus dans cette marée de corps ; si je restais encore cinq minutes, leur regard allait s'étonner – encore dix minutes, et ils se mettraient à avoir des soupçons : mais il n'a que ça à faire, celui-là ? Alors, sortant de la gare, je me suis mis à migrer de café en café, tout en surveillant le tic-tac des horloges qui me rapprochaient du moment de passer à l'action. Je décrivais des cercles de plus en plus étroits autour de la prison de Calder.

J'ai compris assez vite les principes de la vie à Fortal. Ça n'avait rien de sorcier : il suffisait d'ouvrir les yeux, de lire les journaux que les mains vous tendaient à chaque pas, de regarder les discours d'Ortiz ou les nouvelles que diffusaient les écrans. La foule passait sans s'arrêter, vaquait à ses affaires selon le mot d'ordre du jour, traversait ce réseau serré d'ondes comme une lumière dont les radiations pénètrent l'épiderme sans qu'on y prenne garde et finissent par atteindre le cerveau, mais moi qui m'attardais, je me suis vite rendu compte que les images, sur les écrans, passaient en boucle. On entendait à peine parler de Trastelloco. À quoi bon ? Les vandales étaient rentrés dans le rang, il ne restait qu'à décider du sort du gesticulateur qui avait cru bon d'exciter les esprits, et ça ce n'était plus, tic, tac, qu'une question d'heures. Les principes du Nordeste, en revanche, étaient omniprésents. J'ai fini par me demander pourquoi la politique du Nouveau Commandeur avait si longtemps paru mystérieuse à Calder ou à Van Goyen. Peut-être était-ce parce que, contrairement à eux, je connaissais Regson, et que ça ressemblait tout de même beaucoup.

La règle d'or, c'était le mouvement. À Fortal il n'y a pas de temps d'arrêt. Les habitants font des activités qui n'ont que peu à voir les unes avec les autres, mais au même rythme soutenu. Ils n'ont qu'une idée vague du métier qu'exercent leurs proches, parce qu'une fois sortis du bureau ils évitent de parler travail. De toute façon, ce n'est pas à ses amis qu'on doit rendre des comptes, c'est à ses supérieurs. Une activité productive est toujours légitime, même si elle ne vise qu'à écrire des spectacles divertissants ou à prouver l'excellence de la culture nordestine. Et même s'il ne s'agit que de menus services : collecter les déchets, laver les vitres, gérer la circulation, c'est déjà ça ! Il n'y a pas de petits métiers. C'est seulement lorsqu'on soupçonne que quelqu'un perd son temps ou n'est pas aussi efficace qu'il pourrait l'être qu'on se permet de le lui faire remarquer : c'est un devoir, alors ; il n'y a pas de raison que certains en fassent moins que d'autres ou s'amusent tandis que la majorité travaille. Alors il faut tenir le rythme. Dans la limite de ses moyens. On a le droit d'être malade pourvu qu'on fasse le maximum pour guérir au plus vite. Ça n'est pas grave non plus de vieillir du moment qu'on participe encore de son mieux à l'effort collectif. Bien sûr, le travail d'un homme de quatre-vingts ans ne sera pas jugé selon les mêmes critères de performance que celui d'un jeune actif. À chaque âge ses capacités. Ce que les pouvoirs publics demandent simplement de signaler, c'est l'inutile, tout ce qui crée des frottements dans une vie sociale qui pourrait, idéalement, devenir parfaitement fluide. Et il faut bien avouer qu'une certaine lenteur, un décrochage par rapport au tempo dominant porte souvent à l'attention publique une activité dont la société n'a pas un besoin urgent, ou qui doit en tout cas être rapidement optimisée.

Chez les Nordestins les plus consciencieux, cet art du mouvement fluide est maîtrisé avec tant de perfection qu'il ordonne toute leur attitude : plutôt que d'observer le monde à droite à gauche, ils se contentent de regarder où ils vont, de sorte qu'il est difficile de croiser leur regard. J'ai constaté, en arpentant les rues, qu'on marche sur le côté droit du trottoir. Une barrière sépare les deux sens de la circulation piétonne, et il suffit de suivre les flèches. Ça évite qu'un promeneur dans mon genre ne se mette à courir en zigzags. Pour traverser, ce n'est pas plus compliqué : il faut juste savoir que les voitures ont priorité sur les piétons. Le temps des gens dans les voitures est plus précieux, car ils occupent des positions plus hautes dans les organigrammes. Juchés sur leurs sièges, les chauffeurs dominent si bien le paysage qu'ils ne voient plus vraiment les passants. Mais pour peu que ces derniers traversent dans les clous, le risque qu'ils se fassent écraser est tout de même très minime.

Il n'y a pas que dans la rue, d'ailleurs, qu'il faut guider les gens. Le Commandeur jugeait tout aussi important de les orienter dans le choix de leur travail, afin de leur épargner ce sentiment de perte si commun à ceux qui ne savent pas quoi faire de leur vie. D'ailleurs c'est là une différence avec Regson. À Regson on vous laisse tranquille ; les choix de vie sont en concurrence les uns avec les autres, et les regards deviennent vite méprisants, mais on ne se rue pas sur vous pour vous demander des comptes. Fortal est pire. Les normes, écrites ou tacites, admises en tout cas, vous y imposent la route à suivre. C'est une Regson de rêve, aux traits grossis par l'angoisse du rêveur, une Regson gouvernée en dépit du bon sens et qui aurait fini par mal tourner.

J'ai découvert tout ça en lisant les journaux gratuits que tout le monde feuilletait dans les transports. *La Voie du Nordeste* ; *L'Ordre nouveau*. Ou attendez ? Est-ce que c'était *La Voie nouvelle* et *L'Ordre du Nordeste* ? J'ai tendance à confondre, car ils reprenaient les mêmes analyses. Pourquoi faudrait-il faire peser sur l'individu la responsabilité écrasante de décider du cours de sa vie ? Il est si difficile de trouver une mission personnelle. Et surtout, c'est si peu rationnel ! Si on laisse les individus choisir seuls, sans les informer de ce dont la société a besoin, beaucoup se mettent en tête de faire la même chose, cela génère une compétition inutile et un sentiment d'échec chez ceux qui n'y parviennent pas aussi bien qu'ils en rêvaient. Rien de plus agaçant que les gens qui refusent de s'écarter de leur but – un but qu'ils se sont fixé parfois sans réfléchir, ou à un âge si jeune qu'ils ne prenaient pas en compte l'intérêt général. Mieux vaut laisser les gens choisir entre des professions dont l'expérience a démontré l'utilité. Ça permet à chacun de se construire une identité viable et saine, de se lever le matin avec des tâches bien définies à accomplir, et de se coucher le soir avec le sentiment que cette journée bien remplie aura permis de faire un pas de plus vers la Paix.

Ortiz avait bien refait son retard depuis que Calder et moi avions bivouaqué en compagnie de ces dissidents en route pour le Désert. Son visage, maintenant, était partout. Le texte de ses discours défilait en bas des écrans, au cas où il y aurait trop de bruit pour qu'on entende. « Mes chers concitoyens ; vous le savez tout comme moi : nous sommes lancés dans une quête difficile ; la transformation de cette terre ne souffre aucun délai ; pour en finir avec la pauvreté et l'exclusion, il nous faut mobiliser intégralement les ressources naturelles et humaines de ce pays. Le bien-être de tous implique des sacrifices de tous. C'est notre effort commun. Pendant ce temps, à l'Ouest, on nous critique en restant bras ballants. Certains responsables là-bas se méprennent sur les défis auxquels notre génération fait face. On n'a jamais vu un livre nourrir qui que ce soit. S'il y a de la beauté à écrire et à lire des livres, il faut avouer que c'est un luxe réservé à un petit nombre de gens ; parfois, en les feuilletant, on voit que leurs auteurs sont des individus sentimentaux et généreux, qui dénoncent la misère – mais la dénoncer n'y change rien. Et puis il y a déjà beaucoup de livres. Assez pour le moment, peut-être ? Ici, au Nordeste, nous ne laissons personne au bord de la route et nous allons de l'avant. »

Au bout de quelques heures, moi qui ne suis pas plus bête qu'un autre, j'étais tout aussi convaincu qu'un autre : cette organisation était sans conteste le moyen le plus efficace d'arriver. Mais d'arriver à quoi ? Ce qui manquait, c'était un consensus sur les fins poursuivies. La Paix, la nouvelle société... ces formules reprises à tout bout de champ ne désignaient en réalité que d'autres moyens. Qu'y aurait-il après l'effort ? Que ferait-on de la prospérité générale, une fois qu'elle serait acquise ? Je repensais à ce qu'avait dit Calder à Pirmis : il faut pratiquer les fins dès le début. Avec Beranek s'était éclipsé le sens de toute l'opération – et Ortiz, après des débuts hésitants, était parvenu à faire croire que le sens était toujours là, caché derrière les méthodes et les objectifs affichés, alors qu'il avait sans doute renoncé à le construire. Or les Nordestins lui faisaient confiance ; c'est au nom de cette confiance qu'ils consentaient ces sacrifices pour un avenir toujours remis au lendemain et acceptaient des inégalités qui, même si elles se creusaient de manière évidente, étaient nécessaires et ne seraient que transitoires. Les conseillers du Commandeur expliquaient que la richesse vient d'en haut : elle coule comme l'eau d'une fontaine en cascade. La vasque supérieure doit se remplir entièrement avant que les premières gouttes excédentaires ne se déversent dans celle d'en dessous. Mais de l'avis de certains opposants au régime, la classe dirigeante avait posé autour de cette première vasque un immense cylindre où l'eau s'accumulait comme dans une citerne, et dont les bords étaient si hauts que nous n'en verrons pas, de notre vivant, déborder une seule goutte. Tant pis, répondaient d'autres : « Si c'est pour nos enfants ? Il faut bien lancer le processus de capitalisation. – C'est ça. Dites-vous que ce sera pour nos enfants. – Alors vous ! C'est très clair que vous faites du mauvais esprit. C'est à cause de gens dans votre genre, qui voient le mal partout, qu'on n'avance pas aussi vite qu'il faudrait. Nous ne nions pas qu'il y ait de temps à autre quelques abus, mais vous, vous vivez dans un monde de méfiance exacerbée, vous imaginez je ne sais quels complots au sommet, alors qu'Ortiz ne cesse d'expliquer son action et de nous rendre des comptes. – Ah, il vous rend des comptes ! Pardon. Je ne savais pas. Tout va bien, alors. Rentrez bien. Prenez soin de vous. Et puis bonne nuit : dormez tranquilles. »

Il faisait nuit noire maintenant, mais ça ne se sentait pas, car la ville s'était allumée. Les marteaux-piqueurs continuaient à donner la réplique aux sirènes. Ce monde, décidément, aimait prendre un air affairé. Il y avait beaucoup de complaisance dans cette précipitation. J'y ai réfléchi, et je jure : ça n'est pas une fatalité. Ce n'est pas la grande ville qui veut ça. Ce n'est pas la modernité. Ce sont des choix que les Nordestins avaient faits trop vite, et que la pente accélérait, et qu'ils ne se donnaient jamais le loisir de reconsidérer. Dans les Vallées aussi, on vivait de travail, d'énergie et de mouvement. Mais pas ce mouvement-là !

***

Maintenant il est devant la porte. À l'intérieur on garde les hommes jusqu'à ce qu'ils meurent, soit qu'ils sortent pour aller mourir, soit qu'ils meurent entre quatre murs, sans avoir revu le dehors. C'est une vraie porte, qui sépare très nettement : dehors les corps qui prodiguent l'énergie et ne se soucient pas du terme, dedans les corps qui tournent en rond, connaissent la date, connaissent l'heure. S'il entre en s'appelant Nexus, il va à la mort lui aussi. Il faut devenir un autre. La nuit sonne deux heures du matin, elle tire son capuchon et met de l'ombre sur son visage. Au bout d'une chaîne, ostentatoire autour de son cou, il a accroché la boussole sans aiguille. Il la montre aux soldats en faction, avec une autorité qu'il voudrait évidente. On lui ouvre. Bon. Maintenant les portes massives sont fermées derrière lui au lieu de l'être devant. Il a à répéter ce manège plusieurs fois, aux différents postes de contrôle. La boussole se comporte comme un signe de reconnaissance. Elle lui vaut même – Van Goyen a calculé juste – des marques de respect. Il montre tour à tour l'autorité et la boussole, et les barrières se lèvent. Finalement il pénètre dans le secteur de haute sécurité où se trouve la cellule de Calder. À son entrée, les gardiens à demi éveillés tapent sur l'épaule des gardiens aux trois quarts assoupis. Ils ont de la couenne dans le cou, et d'autres bourrelets qui tendent la toile de leurs uniformes. « Psst. Le Conseiller. Le Conseiller est là. » Ça se redresse, le revers de la chemise glisse de nouveau dans le pantalon, on tente un garde à vous que la fatigue fait vaciller. À l'officier qui commande le poste :

« Je viens voir Calder. Ouvrez-moi. »

Et il montre une fois de plus la boussole. On tire les verrous, la porte blindée tourne sur ses gonds sans un bruit. Dans la cellule, Calder lève la tête. Il est allongé sur son lit mais ne dort que d'un œil. Nexus repère tout de suite l'ampoule grêle, agressive, qui pendouille au plafond : dans l'immédiat, c'est elle l'ennemi. Il craint que Calder ne le reconnaisse trop vite sous cet éclairage et ne puisse masquer sa surprise. Il sent l'officier dans son dos, son haleine puant le sommeil, étonné de cette visite et s'attardant pour en connaître les raisons. Tentant le tout pour le tout, il lance par-dessus son épaule, en durcissant sa voix :

« Je croyais vous avoir demandé qu'on ne nous dérange pas. »

À la façon dont l'officier incline la tête, Nexus comprend que *le Conseiller* occupe une position hiérarchique incommensurable à la sienne. La porte se referme à reculons, avec presque des révérences. Calder s'est redressé sur son lit. L'ampoule jette une lumière intermittente, grésille, manque toujours de s'éteindre avant de se reprendre. Le peu de clarté qui reste ne tient qu'à un filament. Cette cellule : partout dans le monde, par tous les siècles, on la retrouve. Foin du progrès, en ce domaine : les criminels n'y ont pas droit. Nexus prend la mesure de l'espace exigu où la cuvette de chiottes touche presque la tête de lit ; il déchiffre les murs qu'on a cherché à graffiter pour laisser quelques traces ou pour tuer le temps, et partout les traînées rougeâtres, noirâtres, dont on préfère ignorer la provenance, de même qu'on renonce vite à identifier les odeurs qui rendent l'air si putride. Il avait eu le temps de bien étudier tout ça, plus tard, à Mérogênes. Mais à l'époque il était neuf et au supplice de voir Calder dans ce lieu. Le conteur s'était fait rattraper par son conte : à poursuivre le soleil en vain, il se retrouvait piégé dans ce qui est sans lumière. Quand il reconnut Nexus, il ne marqua pas beaucoup de surprise ou de joie. Juste un peu d'étonnement.

À voix on ne peut plus basse : « Comment t'y es-tu pris pour t'introduire ici ? » Nexus lui montre la boussole. Grâce à cet objet, visiblement, on le prend pour un autre. « Je suis quelqu'un de très influent, souffle Nexus. *Le Conseiller*. Tu sais qui c'est ? » Non. Calder ne sait pas non plus. Il lui demande où il a déniché cette boussole. Nexus raconte en peu de mots l'expédition à Antefuego et ses visions du Jardin d'Ombre. Ces nouvelles plongent Calder dans l'inquiétude : « J'espère que je n'ai pas eu tort de t'envoyer là-bas. Que ça ne va pas tout détraquer. Nous vivons dans un équilibre fragile... » Alors Nexus veut le questionner encore ; il voit bien que Calder continue de lui cacher des choses et de lui mentir au moins par omission ; mais l'autre élude, esquive ; et après tout, on n'est pas là pour parler de ça – ils auront tout le temps d'en discuter plus tard, une fois refermées derrière eux les portes de l'enfer.

« Je suis content de te voir. Je commençais à m'ennuyer. La justice de ce pays fait un peu trop de manières. Je pensais sincèrement qu'ils iraient plus vite en besogne. Mais apparemment leur souci d'efficacité ne s'étend pas jusqu'aux prisons. C'est dommage. Je veux dire : pour nous les prisonniers, qui sommes des gens très impatients, et d'une impatience qu'on ne peut pas condamner. Enfin : j'arrive à avoir des nouvelles de mon procès. Les gardiens adorent en parler devant moi, ils pensent que ça me fait peur. Les juges en sont à se disputer sur la hiérarchie de mes crimes.

– Tu as déjà comparu ? Ou tu vas comparaître ?

– Ah non ! Ils ne s'embarrassent tout de même pas de ça. Les troubles de l'ordre public, il suffit que la puissance publique les constate. On ne va pas en plus offrir aux inculpés une tribune pour afficher leur insolence. Il paraît qu'on m'exécute d'ici à vingt-quatre heures. Je n'y vois pas d'inconvénient. C'est juste qu'ils n'ont pas encore tranché la question délicate du mode d'exécution. C'est original, ce qui se passe. J'ai commis des crimes capitaux. Espionnage, incitation à la haine, violation de la paix civile, entre autres gracieusetés. Je suis passible pêle-mêle du gibet, du bûcher, de la décapitation. Mais ils trouvent gênant de m'exécuter de toutes les manières. S'ils m'écartèlent, puis me pendent, m'électrocutent, me décapitent, puis me brûlent, ils craignent de faire de moi un martyr. Sans compter les problèmes techniques. Il y a un ou deux juges qui pensent qu'il faut me punir pour mon crime le plus important ; d'autres veulent faire un exemple et choisir la méthode la plus cruelle. Moi je n'ai pas d'avis, franchement. En tout cas : ils veulent me tuer. Ça c'est à peu près clair. Et c'est plutôt bon signe. Tu as entendu parler de Trastelloco ?

– Ici ? À peine. Deux-trois entrefilets dans les journaux.

– Tant mieux. Un bon signe, ça aussi. S'ils n'en parlent pas, c'est qu'ils craignent la contagion. J'ai enfin réussi. Après tout ce temps. Nos longs mois de marche. Je ne leur ai donné aucun conseil. Je me suis contenté de les aiguiller vers leur propre révolte. Elle était prête, en eux. C'est pour ça que ça a marché.

– Marché ? Il y a eu plus de deux cents morts ! Pour aucun résultat !

– Mais de quand datait la dernière révolte au Nordeste ? Ce régime est violent. Il ne faut pas croire qu'on pourra s'en débarrasser sans violence. D'ici j'entends les haut-parleurs, dès cinq heures du matin. Ils diffusent des extraits des discours de Beranek. Rien à dire, ils ont fait le boulot : soigneusement coupé les mots de leur contexte, et tout réagencé. Il ne reste plus que des slogans. Dire qu'ils osent associer le nom de Beranek à leur nouvelle société ! Et que les Nordestins se vantent de respecter son testament ! Pourtant il y a quelques motifs d'espoir… on peut les siffloter : j'ai entendu dire par exemple que ses œuvres complètes circulent sous le manteau, à côté du petit livre de citations qu'Ortiz fait distribuer partout. Les gens se réunissent pour les lire dans les caves, dans les cages d'escalier – dans toutes les pièces où il n'y a pas de fenêtres.

– Je ne suis là que depuis quelques heures, mais je n'ai pas eu le sentiment qu'il avait aboli la liberté d'expression.

– Non ! Tu as raison. On peut dire ce qu'on veut. C'est juste que, par prudence, les directeurs des grands journaux refusent les articles trop contestataires et suggèrent à leurs auteurs de les publier dans de petites feuilles… à très faibles tirages… que tu ne trouveras nulle part. »

Calder se rassied sur le bord de son matelas. La crasse et la fatigue assombrissent son visage.

« J'entends d'autres choses. Les bruits de cette prison sont terribles. Des râles, affreux quand ils montent, et pire encore quand ils s'éteignent. Il suffit d'une paire de tenailles pour nous transformer en gorets. Parce que c'est ici l'abattoir. Moi ils m'ont épargné : il ne faudrait pas que j'arrive abîmé à la cérémonie. Et puis on nous amène chaque jour des gamins qui ne connaissaient pas la Loi. Je les vois traîner dans la cour. Immigrés, pour la plupart. Eh bien ? Qu'est-ce que ça fait ? Ils n'avaient qu'à apprendre la Loi *avant* de venir. Nul n'est censé l'ignorer… n'est-ce pas ? Ces pauvres Nordestins du Sud, chassés par le Désert… Ils ne savent pas se faire aux cadences de Fortal. Ils sont paresseux, posent trop de questions, maugréent face aux hiérarchies soi-disant trop strictes et somnolent en plein jour. Est-ce que ça pourrait avoir un rapport avec leur peau un peu trop noire ? Officiellement ça n'en a pas. Mais entre nous soit dit : pour ce qu'ils feraient dehors, ils sont très bien ici. — Et puis les opposants. Ça défile. On les tabasse une nuit, ensuite on les relâche. L'autre soir, je crois que c'était un ingénieur qui travaillait dans une usine chimique. On voulait le forcer à faire des choses qui heurtaient sa conscience. Il a démissionné. Mais avant qu'il ait eu le temps d'aller raconter son histoire aux journaux, on est passé le prendre chez lui et on l'a emmené faire un tour. Tu vois qu'il n'y a pas d'inquiétude à avoir : Ortiz veille au grain.

– Je l'ai entendu parler. Je n'arrive pas à comprendre. Il me fait l'impression d'un type assez falot.

– Oui. *Ortiz*… ça n'est qu'un nom, ça. Je veux dire ceux qui l'entourent. Je ne sais pas qui exactement… Toi, par exemple… Monsieur le Conseiller. Ou tu connais Bertaud et Mendoza ? Je ne te souhaite pas de faire connaissance. Bertaud vend des véhicules à l'armée. Mais il est aussi officier. Et actionnaire majoritaire de *La Voie du Nordeste*. Mendoza c'est la chimie, le cartel. Ortiz l'a nommé conseiller pour les questions de défense. Si j'en crois ce que m'ont dit les gens de Trastelloco, ils produisent plus d'armes que jamais ; il va bien falloir qu'ils les utilisent... Mais excuse-moi. Je parle. Ça donne besoin de parler. Dis-moi plutôt : qu'est-ce que tu fais ici ? C'est Van Goyen qui t'envoie, ou tu es venu tout seul ? »

Alors le vertige prend Nexus. C'est l'heure. Maintenant ou jamais. Il s'appuie au mur, répond d'une traite :

« Je vous fais sortir. Dans dix minutes, nous quittons la prison. J'explique que je vous ramène place Den Nomen, que le Commandeur souhaite s'entretenir en privé avec vous. Van Goyen m'a indiqué quelqu'un qui nous fournira une voiture. Vous serez dans le coffre. Nous prenons la route de Lalong, et à midi, si tout va bien, nous serons sortis du Nordeste.

– Tu es venu me faire évader... » se répète Calder d'un ton pensif, comme si la chose était très compliquée et qu'il fallait goûter chaque mot pour la comprendre. « Vraiment. C'est très gentil de ta part. Mais ce n'est pas nécessaire. Je t'ai dit : on m'exécute d'ici à vingt-quatre heures, et je n'y vois pas d'inconvénient. »

Nexus en a le souffle coupé. Les mots se pressent dans sa gorge, prêts à former des cris, mais il faut parler bas, trouver les bons et ne dire que les bons. Calder s'est levé et se met à faire lentement le tour de sa cellule.

« J'ai eu le temps de réfléchir. Tout ce qu'ont dit mes ennemis m'est revenu en tête. J'ai essayé d'inventer une nouvelle façon de porter et de donner la parole – mais Caius n'a pas tort : je suis un solitaire qu'on regardera toujours avec méfiance. On voudrait être aimable, et ajouter par sa personne une valeur supplémentaire à ses idées, être aimé autant pour ce qu'on est que pour ce qu'on pense. Mais il faut laisser, enfin, leur chance aux paroles. Les désincarner. Expédier ce corps qui a vécu, a eu son lot, n'a plus rien à faire sur cette terre. J'y ai vécu avec émerveillement. Qu'est-ce que je pourrais y faire de plus ?

– Combattre. Ne pas vous laisser faire. Vous battre.

– Oui monsieur. Mais est-ce qu'un corps de plus fera la différence ?

– Ce n'est pas un corps de plus. C'est vous, Calder. Arrêtez de croire que vous vous appartenez. Vous aviez raison tout à l'heure : quelque chose s'est mis en marche à Trastelloco. Si vous vous évadez, les fusillés ne seront pas tombés pour rien. Toutes les censures du monde n'empêcheront pas l'espoir de renaître. Avec votre aide, grâce au prestige de votre nom, on pourra peut-être diviser le Nordeste – alors qu'il fera bloc face aux Vallées. Pour les gens d'ici, les Vallées c'est le scandale d'une vie dont les raisons leur échappent. J'ai l'impression qu'il y a beaucoup de Nordestins, à l'inverse, qui ont de la sympathie pour vous parce que vous avez fait l'effort de les comprendre… »

Mais Calder évacue ce tas d'arguments d'un revers de la main :

« Je ne crois pas à ça. Je ne suis pas le chef de guerre que tu fantasmes. Regarde Trastelloco. Du point de vue militaire, on a déjà fait mieux. Je n'ai pas envie de mourir. C'est pour ça justement qu'il faut que j'accepte le sort qu'on me réserve. Ils m'offrent la possibilité de survivre à la carcasse ; de lui marcher dessus. Il n'y en aura peut-être pas d'autre. On ne peut pas compter sur la mort : en général, elle a la manie d'interrompre brutalement, pas de conclure en beauté. J'ai toujours eu conscience de vivre dans un état de sursis qu'il ne m'appartenait pas de prolonger. Alors tu comprendras, puisque l'occasion se présente, que je préfère y mettre un terme à un moment que je choisis, et qui me paraît propice.

– C'est orgueilleux de votre part de vouloir finir en martyr. C'est de l'orgueil pur.

– Non. Je n'ai plus d'orgueil. Je n'ai plus rien. J'ai déjà disparu. Même mes paroles ne sont plus de moi. Il ne reste que le corps. J'en ai bien profité, et je ne trouve pas anormal de le rendre à la nature, maintenant. »

Nexus vient se placer près de Calder et fait le geste d'un homme qui en rappelle un autre :

« La réalité, maintenant — regardez-la en face. Vous n'allez rien rendre du tout à la nature. Ils vont vous assassiner, froidement, peut-être sauvagement, puis trouver un prétexte pour déclarer la guerre.

– Tu as sans doute raison. Mais mon œuvre fera son chemin. Avec celle de ceux qui viendront après moi. Tu sais, je crois en ce que dit Van Goyen : on finira par admettre le Tout l'Homme. Je suis simplement né trop tôt pour voir ce jour. On donnera à tous les mêmes chances. Chacun saura l'Histoire, et aura la maîtrise de ses choix. Il y aura toujours des gens malheureux… et on n'arrivera pas à faire disparaître le hasard… mais, dans la limite de ce que la raison peut prévoir, les hommes auront les moyens de choisir leur vie en connaissance de cause. Ce sera là la vraie paix.

– Mais elle aussi se trouvera toujours remise au lendemain. Que faites-vous du présent ? Que va-t-il se produire, en attendant ?

– La guerre. Mais elle passera.

– Vous dites ça d'un ton léger. Pourtant vous m'avez dit vous-même que dans les cellules voisines, on est en train de maintenir des têtes enfoncées dans les chiottes jusqu'à ce que le cerveau se noie. Laissez passer deux mois et les Nordestins seront tous conditionnés. Ils ne sauront même plus ce que veut dire *révolte*, ou quelle sorte d'intérêt peut bien avoir la liberté.

– Je sais. Je sais. Quelquefois, quand je suis fatigué, je vois au ciel une plage sans fin où s'avance le bateau. Rezzano est de retour ; il est venu nous chercher. Il nous fait monter un à un à bord du *Buccifale* pour nous emmener ailleurs… dans un endroit où nous pourrions tout recommencer. Mais en fait je sais que ça se jouera ici, et qu'il faudra se battre. Simplement : ma vie à moi est faite. Et la veille de ma mort, tu peux comprendre que j'aie envie de regarder plus loin. »

Calder avait le visage d'un homme navré. Il leva les yeux vers la fenêtre : un peu du ciel si proche entrait dans la prison.

« Je vois bien que je te mets dans l'embarras. Désolé. Tu diras si tu veux que je me comporte en égoïste. Je n'y peux rien. Je sais ce que j'ai à faire. Sors, maintenant. Va-t-en avant de te faire prendre. Fais-moi plaisir. Tu m'as aidé tous ces mois-ci, ne gâche pas tout maintenant. Il ne va pas tarder à faire jour. Ça serait trop de malheur si on te trouvait là. Je me sentirais coupable ; ça me rendrait amer pour le peu d'heures qui me restent. En cet instant je distingue tout très nettement ; c'est comme s'il y avait dans mon intelligence assez d'espace pour plusieurs vies ou plusieurs univers, et je t'assure : tout est bien. »

Les yeux de Calder brillaient d'une lumière noire. Ils faisaient oublier son visage écorché, la puanteur de la cellule et cette ampoule blafarde. Nexus recula lentement jusqu'à la porte. Elle se rouvrit, muette, puis, comme elle s'était ouverte sur l'espoir présent, sur l'espoir passé, muette, se referma.

***

C'était l'heure d'avant l'aube. Il erra en rasant les murs par les rues de la vieille ville. Finit par déboucher, sans préméditation, sur la place Den Nomen. Les gardes venaient de hisser le drapeau et nettoyaient maintenant la place de tous ses sans-abri. Devant le Mausolée, la file se formait déjà. Les gens attendaient par centaines, dans le petit matin glacé, pour voir le corps de Beranek. De l'autre côté de la place, les Terrasses s'élevaient graduellement jusqu'à la Commanderie. Beranek n'avait pas précisé où ni comment il souhaitait être enterré. Peut-être supposait-il qu'on suivrait la tradition et qu'on l'inhumerait dans le vieux cimetière de Fortal, dans le caveau de ses ancêtres. Mais Ortiz en avait décidé autrement. On avait édifié ce mausolée en cinq mois, en employant quarante mille ouvriers, tous travailleurs volontaires, pour la plus grande gloire du Nordeste. Il n'y avait même pas eu trop d'accidents du travail.

Nexus s'était mis dans la file d'attente sans y songer, patienta somnambule, et ne se réveilla qu'en passant les immenses portes de bronze. Les murs étaient couverts de fresques rappelant, en style pompier, les grandes heures du règne de Beranek. Des statues subtilement allégoriques soutenaient la voûte et y projetaient la lumière de leurs torches. Vêtues de toges raides comme la vertu, elles représentaient les qualités dont les Nordestins devraient faire preuve pour conquérir la Paix. Nexus apprit que grâce à la température de seize degrés et à un taux d'humidité de soixante-dix pour cent, le corps de Beranek serait encore en excellent état dans un siècle. Cela n'empêchait pas le Mausolée de sentir la mort. Ortiz avait réussi sa manœuvre : ne pouvant pas se débarrasser de son père, il l'avait transformé en monstre froid, en une momie symbole de son pouvoir extrême. À ce rythme-là, disaient les opposants, à quand la divinisation ? Il suffisait d'observer la foule pour se dire qu'elle ne tarderait peut-être pas. Les gens circulaient en rangs serrés entre les cordons de velours rouge. On remontait toute la longueur de la nef sur la droite, jusqu'au baldaquin où gisait la dépouille. Les écrans inlassables faisaient revivre le jour de l'enterrement : on y était encore ; grâce aux images immatérielles, cette journée se trouvait elle aussi conservée, embaumée, et elle se répéterait chaque jour, à l'identique, suspendue dans les airs. À en croire les files d'attente sur l'esplanade, c'étaient quotidiennement des milliers de Nordestins qui venaient rendre hommage en accompagnant eux aussi Beranek jusque dans sa dernière demeure. C'était trop de monde pour que les visiteurs soient autorisés à marquer un temps d'arrêt devant le gisant. Les gardes vêtus de vert, gantés de blanc, se chargeaient de faire respecter cette consigne : les gens qui trébuchaient étaient promptement relevés ; à ceux qui s'attardaient, du bout de la baïonnette, on faisait signe de se remettre en marche ; et que tout le monde garde les mains hors de ses poches. On veut savoir ce que trafiquent les mains.

Beranek était vêtu de son uniforme de Généralissime. Les épaulettes dorées renforçaient sa carrure ; le large ruban rouge croisait sur sa poitrine. En passant devant lui, les gens se frottaient les tempes, appuyaient leur poing sur le front, se mordaient les lèvres – donnaient tous les signes du deuil qu'on a au Séabra pour remplacer les larmes. Les vieilles femmes s'agenouillaient une seconde en dépit de leurs rhumatismes. Les militaires, nombreux même parmi les visiteurs, se mettaient au garde à vous et claquaient des talons. Nexus ne put détacher les yeux de cette face mortellement pâle, mais humble et étrangement sereine ; il aurait voulu que ces lèvres s'ouvrent et que Beranek murmure, assez distinctement pour que personne ne puisse s'y méprendre : « Non. Non ! Puisque je vous répète que je n'ai pas voulu ça... » Tous les mois, à l'heure exacte de sa mort, les sirènes retentissaient à travers le Nordeste pour appeler la nation à observer une minute de silence. Les drapeaux étaient mis en berne. La place Den Nomen, ces jours-là, était noire de monde. On n'était pas maître de sa postérité, se mit soudain à penser Nexus. Comment Calder pouvait-il vouloir hâter une mort qui lui enlèverait tout moyen de contrôler l'usage qui était fait de sa parole ? Nexus s'arrêta, les larmes aux yeux. Attention. Il n'avait pas le droit de pleurer. Il fallait qu'il retienne ses larmes. Dans ce pays où on ne pleurait pas, la première goutte salée qui roulerait sur sa joue le dénoncerait comme espion et comme homme à abattre. Il se frotta les tempes pour cacher son visage qui se décomposait. Non. C'était trop bête. Et tu as regardé Calder signer son propre arrêt de mort. Et tu as prêté une oreille attentive à ses arguments, comme si c'était le moment d'argumenter. Comme si tu étais de taille, toi qui ne sais pas convaincre ! Il fallait assommer le vieil homme, le traîner hors de cette prison, le sauver malgré lui. À peine Nexus parti, Calder avait peut-être été pris de regrets. La peur l'avait soulevé à en vomir. C'est facile de jouer les héros quelques heures, d'en imposer aux autres, mais qu'en est-il vraiment lorsque la solitude s'abat sur vous, que les aiguilles des montres continuent d'avancer inexorablement et que l'heure qui commence est celle qu'un couperet sec interrompra ?

Il se retrouva de nouveau dans les rues de Fortal. Les bâtiments et les trottoirs de la vieille ville n'ont jamais vu un arbre et ne connaissent que la pierre. Les habitants mettent des plantes en pot sur le pas de leur porte – mais ce n'est pas ça qui fera revenir la nature. Quand il court un semblant de brise, cela dit, et que la chaleur du jour n'a pas encore gagné, cette vieille ville est plutôt agréable. Ortiz a décidé de n'en laisser subsister qu'un cinquième. Les études montrent que les ruelles tortueuses, c'est sale, et puis impropre à la circulation. Cela incite au farniente. D'ailleurs, quand ils viennent dans ce coin, les livreurs se perdent toujours, et prétextent en revenant qu'on leur avait donné une adresse erronée. Il faut détruire. Pas d'autre choix possible. Selon vous, il vaut mieux regarder en arrière, ou en avant ? Bon. Alors vous voyez bien. On a eu raison de prendre cette décision. Vivement que ce soit fait.

« Les Nordestins ne sont pas méchants, reprit Nexus comme à l'heure de conclure. Si vous vous perdez, ils s'empresseront de vous indiquer le chemin, et avec le sourire. Ils savent s'orienter. Ils vous convaincront vite que c'est vous qui êtes perdu, pas eux. Quand malencontreusement il s'est retrouvé sur la croix, il semble, d'après Luc-le-Témoin, que le Crucichrist ait marmonné ces mots dans sa barbe encroûtée de sang : *Pardonne-leur, car ils ne savent pas ce qu'ils font.* Rapportée au Nordeste, cette sagesse laisse sceptique. S'il y a bien une chose qu'on ne peut pas leur pardonner, c'est justement de ne pas savoir ce qu'ils font. De ne pas chercher à le savoir. Ils sont loin de leurs méfaits. Et individuellement, aucun n'en est responsable. Ils ont chacun leurs petites raisons : il y a le crédit qu'ils se sont mis sur le dos ; les enfants qui ne s'éduquent pas seuls ; du travail par-dessus la tête. Si vous leur parlez du Désert, certains, propres sur eux, vous diront même qu'à défaut d'avoir le temps de s'en préoccuper, ils donnent de l'argent pour lutter contre le Désert. Oui mesdames, oui messieurs. Alors, accrochez-vous : ils continuent de créer le Désert, de décupler le Désert pour gagner de l'argent, ils extorquent de l'argent à la nature en détruisant peu à peu la nature, mais donnent ensuite une petite part de cet argent pour que la science puisse commencer à réfléchir aux moyens de lutter, un jour, d'ici pas trop longtemps, contre le Désert décuplé, sans renoncer pour autant à la vie fatigante et pressée mais au fond confortable que permet cet argent. C'est une phrase un peu longue : à vous de vérifier si la logique s'en tient. Ce qu'il faut comprendre, c'est que tout ça s'additionne. C'est le total qui pose problème, au Nordeste. La vision d'ensemble : celle que précisément n'ont plus les Nordestins. On ne leur dit rien de ce qui passe dans le monde extérieur – et ils ne cherchent pas à se renseigner sur cette zone vaste et floue, ils ont assez à faire comme ça. Ils ignorent ce qui arrive ailleurs jusqu'à ce que l'ailleurs vienne frapper à leur porte ou déferle sur leurs frontières : et alors, bien sûr, ils le prennent pour l'ennemi, pour l'agresseur, sans voir comment la chaîne de leurs actions a contribué à lui donner naissance et à le mettre en marche.

C'est par cet enchaînement implacable de raisons que, quand j'ai débouché sur les grands boulevards, les crieurs publics et les affiches placardées sur les murs de la ville, sentant bon la colle fraîche, annonçaient la sentence : le gesticulateur était condamné au bûcher. L'exécution aurait lieu à cinq heures, sur la place Den Pieetre. Ce n'était pas la faute des imprimeurs d'affiche. Ni des colleurs d'affiches. Ni des crieurs. Et certainement pas de la place Den Pieetre, qui a toujours servi à ça. Je me suis traîné jusqu'à un banc sur le trottoir de l'avenue Valcaídos. Une femme s'est approchée de moi, m'a demandé si tout allait bien. Je lui ai dit : "On ne peut mieux", et ça l'a rassurée. "Au fait, a-t-elle souri, vous n'habiteriez pas le quartier, par hasard ? Je cherche la Banque Fafner. On m'a dit que c'était par ici." J'ai trouvé la force de répondre que je ne savais pas où c'était, puis j'ai levé les yeux, et je me suis corrigé : "Vous l'avez juste derrière vous." Elle a remercié et disparu. Mes yeux sont restés accrochés à ces grandes lettres plaquées or en haut du péristyle de marbre. *Fafner*.

Ça ne vous dit rien ? Pourtant c'est à ce moment-là qu'a commencé l'histoire du pistolet. Le Glock 17. Le même qui a servi au crime. Ça vous étonne peut-être. Mais avant que je le dégaine avenue Breton, il est apparu dans ma vie. Ce jour-là. À cette heure un peu triste. Vous allez voir que je n'y étais pas pour grand-chose, et que j'étais le premier surpris. Quand je suis né rue Hidalgo, et que j'ai accompli mes actes de naissance, j'ai trouvé un trousseau de cinq clefs sur la commode. *Fafner* était ce qu'il y avait d'écrit sur la seule clef dont je n'avais jamais compris l'usage. Et sur cette même commode, comme vous savez, il y avait une boussole semblable à celle que j'avais exhumée de la terre du Jardin d'Ombre. Ainsi, à Fortal, les objets qu'on m'avait donnés en viatique semblaient enfin trouver leur usage. Comme si j'avais été programmé depuis le début pour venir ici. La boussole me donnait du pouvoir. Et la clef…

J'ai tâté mes poches, par pur réflexe. Mon porte-clefs se trouvait au fond de ma poche droite, comme d'habitude. Tout ça était beaucoup trop précis pour n'être qu'un rêve. Est-ce que je m'étais réveillé sans m'en rendre compte ? J'ai détaché la petite clef du trousseau et j'ai gravi les marches jusqu'à l'entrée de la banque. En tournant dans la porte-tambour, j'ai eu une seconde de vertige, mes oreilles se sont bouchées et j'ai fermé les yeux. Quand je les ai rouverts… à l'intérieur… c'était comme à Regson. Pas juste une ressemblance. C'était Regson. Pas de doute. J'avais dû m'endormir sur ce banc – me lancer dans un rêve – et cette femme, en s'inquiétant de savoir si j'allais bien, m'avait peut-être réveillé et ramené à Regson. Je n'ai pas pris le temps d'élucider tout ça. J'ai marché droit au comptoir d'accueil : "Je crois avoir un coffre chez vous." C'était une phrase bizarre. Mais l'employé, voyant la clef que je lui présentais, a souri d'un air aimable et décroché son téléphone. “M. Fafner va venir s’occuper de vous dans un instant.”

Ensuite Hank Fafner était là. Enchanté. Moi de même. Il m’a fait descendre dans la salle des coffres, en continuant de me dire des politesses qui n’avaient aucun sens précis. Les coffres ne portaient aucun numéro, mais Hank Fafner a su tout de suite où il fallait aller. Ma clef ouvrait un coffre étroit dans la hauteur, mais large et très profond. À l’intérieur se trouvait une mallette. Fafner a posé la mallette sur la table ; il avait des gestes minutieux, professionnels, sans émotion. Je le regardais faire avec impatience. J’espérais trouver des papiers, un extrait de naissance peut-être, ou mieux, des photographies, des traces tangibles de mon passé. Il a fait jouer les ouvertures de la mallette ; il a dit, sans regarder son contenu : “L’expéditeur vous demande si vous acceptez l’ensemble du virement.” Il était d’un côté de la table, moi de l’autre. J’ai baissé les yeux. Un tiers de la mallette était rempli de billets de banque. Et dans un petit compartiment, dans la partie droite, c’était un pistolet. Je n’osais toucher ni à l’argent ni à l’arme. Fafner a répété d’un ton indifférent : “Il y a une condition. Vous devez accepter l’ensemble du virement.” On voulait faire de moi un tueur. Peut-être le bourreau de Calder. Celui qui aurait pour mission de l’achever d’une balle dans la nuque quand les flammes auraient fait leur office. Fafner a répété : “Acceptez-vous l’ensemble du virement ?” J’ai senti mes lèvres murmurer un refus. Je suis sorti de la banque en vacillant. J’ai passé la porte-tambour et, une fois dehors, je me suis effondré sur les marches. J’avais envie de vomir. Quand j’ai levé les yeux, j’étais de nouveau à Fortal. Pas de doute : le rythme ordonné des rues de Fortal, et les centaines d’affiches, le long de l’avenue Valcaídos, qui annonçaient l’exécution pour cinq heures de l’après-midi. Au-dessus de ma tête, à cet instant, l'horloge de la Banque Fafner a sonné trois coups. »

***

La place Den Pieetre est tout ce qu'il y a de plus carré et raisonnable. On y a souvent raccourci les hommes d'une tête ; on leur y a souvent prouvé qu'ils étaient juste un peu trop petits en laissant leurs pieds gigoter dans le vide. C'est une place qui lutte efficacement contre les prétentions. En son centre, on avait dressé une estrade longue et large d'une quinzaine de mètres, dont les planches fraîchement coupées sentaient encore la sciure. Le verdict précisait que le condamné ne devait pas mourir d'asphyxie, mais bel et bien de ses brûlures : en disposant le bois du bûcher, les charpentiers et les bourreaux avaient fait l'impossible pour respecter cette requête.

En cette fin d'après-midi, le ciel était d'une sérénité implacable. On entrevoyait juste, au niveau des faubourgs, la ceinture grise qui entoure Fortal tout l'été, et où les Nordestins choisissent de voir, selon qu'ils sont pour ou contre le régime, une innocente brume de chaleur ou une monstrueuse pollution. La foule emplissait toute la place. L'estrade et le bûcher avaient beau être surélevés, ceux qui étaient trop loin, ou trop petits, séparés du spectacle par un ramassis de nuques importunes, ne verraient pas grand-chose. On recourait aux ruses habituelles : pardon, pardon, je rejoins ma femme, elle est là, juste devant. Quelques gringalets s'étaient postés en haut des réverbères. Les plus privilégiés étaient à leurs balcons, ils avaient invité des amis et servaient des rafraîchissements, par exemple des infusions à la menthe fraîche et du sirop d'orgeat. Les exécutions publiques s'étaient faites rares sous Beranek.

Et celle-ci était la première depuis la prise de fonction d'Ortiz. Ainsi, même ceux que le spectacle dégoûtait d'avance ne voulaient pas manquer ça. L'Histoire, d'habitude, s'apprend au petit-déjeuner en ouvrant le journal ; elle procède par effets de masse et court souterrainement ; de temps à autre, certaines décisions politiques contribuent à la faire avancer, mais ces décisions-là ne se prennent jamais en public. Il est rare qu'on ait l'occasion d'assister en personne à un événement, et plus rare encore qu'on en soit prévenu par voie d'affichage. Bien sûr ils n'avaient confirmé l'heure qu'au dernier moment, mais tout de même : ceux qui n'y étaient pas, ou les imbéciles qui, ayant la chance inouïe d'avoir vue sur la place Den Pieetre, avaient jugé bon de fermer leurs volets, ne pourraient vraiment s'en prendre qu'à eux-mêmes. Des barrières fermaient les alentours à la circulation, et le service d'ordre avait dû refouler du monde. Quelques jeunes filles têtues avaient mis en avant leurs seins pour passer malgré tout. Entassée sur la place, la foule était bruyante, tendue, pas à la fête. Nexus vit l'anxiété tordre beaucoup de visages : combien sympathisaient ici avec Calder sans oser le dire ? Il en entendit qui trouvaient scandaleux qu'on fasse ça en public ; d'autres s'opposaient à la peine de mort. D'autres n'étaient pas xénophobes, mais trouvaient qu'on faisait tout de même beaucoup d'honneur à cet étranger, quand les émeutiers de Trastelloco, des concitoyens, avaient été abattus à peu près comme des bêtes. Peu avant cinq heures, il se mit à souffler une petite brise qui contenta tout le monde : on respirerait mieux, et le feu prendrait plus vite.

À l'heure dite, les gens tendirent l'oreille. Merveilleusement ponctuels, les premiers roulements de tambour retentissaient du côté de la prison. La garde commençait à remonter l'avenue Valcaídos, en jouant la traditionnelle *Marche au supplice* pour laquelle les Nordestins ont toujours eu un faible. Bientôt le cortège s'immobilisa sur la place ; les soldats portèrent les armes ; Calder descendit de la voiture. Peut-être admira-t-il le grand silence qui régnait soudain : les Nordestins savaient si bien retenir leur souffle qu'on entendait voleter les taons. Ils décrivaient des arabesques folles dans l'air poudreux ; ils faisaient vibrer la lumière. Quand on fit monter Calder sur l'estrade, il y eut quelques sifflets, des applaudissements ambigus – hommage au meneur de l'insurrection, ou aux juges qui le punissaient ? – d'autres mouvements contradictoires dont aucun n'emporta l'assentiment de la foule. Nexus ne savait pas s'il devait regarder ou se cacher les yeux. Il n'y avait plus rien à faire : même s'il avait voulu se ruer sur l'estrade, cet attroupement de corps l'en aurait empêché ; même s'il avait eu un fusil pour abréger les souffrances de Calder, la garde l'aurait repéré et descendu avant qu'il ait eu le temps d'épauler.

La tribune officielle se dressait sur le côté gauche de la place. Elle était vide. Ortiz et ses conseillers n'étaient visibles nulle part. C'était comme si la volonté de l'État s'accomplissait toute seule, sans que personne n'ait donné d'ordres. La sueur perlait sur le front de Calder ; il avait un visage concentré. Deux gardes l'attachèrent au poteau avec des cordes, en serrant fort, en faisant plusieurs tours ; ils disposèrent des bottes de paille à ses pieds, puis descendirent du bûcher et retirèrent l'échelle. Bientôt il fut la seule silhouette distincte sur la place Den Pieetre. La foule innombrable d'un côté, et cet homme seul de l'autre. Il était prévu qu'un officier lise à la foule le verdict qu'avait rendu le tribunal d'État, mais cette étape fut négligée. Après avoir organisé toute la cérémonie, on aurait dit que les autorités voulaient en finir vite, de peur que la situation ne leur échappe. Du bout de leurs piques imbibées d'essence, les gardes mirent le feu au bûcher. Dans le silence toujours absolu, on entendit le crépitement du bois qui rendait son humidité, puis les premières flammes apparurent, s'élevèrent, et avec elles, une voix. Calder parlait, de sa voix nette et forte, qui portait sans difficulté d'un bout à l'autre de la place Den Pieetre.

« Alors ce sont des flammes que vous m'avez mises là… Regardez comme c'est beau : invisibles à leur base, et sveltes, avec leurs jolis cônes, et gourmandes d'oxygène comme on n'en trouve pas d'autres. Bonjour, vous ! Les flammes ! Toutes haletantes ! Elles lèchent, je peux vous dire, avec avidité. C'est un grand corps qu'elles lèchent. Pour l'instant elles travaillent mes pieds. Bientôt elles attaqueront les mollets. Je vous tiendrai au courant des différentes étapes, ne vous inquiétez pas. Même si vous ne voyez rien, vous ne raterez rien. C'est bien, les flammes – là – là – tout doux. Je vous souhaite de ne jamais vous retrouver à ma place. Ce serait la pire chose qui puisse vous arriver. Car qu'est-ce qu'il resterait de vous, une fois vos chairs noirâtres ? Vous n'avez que ce corps-ci. Vous avez tellement peur de le voir disparaître que vous embaumez vos chefs. Beranek aurait préféré que vous conserviez autre chose que son index droit, ou ses molaires… Il a toujours haï le culte des personnes et celui des reliques. Je le sais parce que nous étions bons amis. Il ménageait son corps comme un allié utile, il le soignait parce que c'est agréable, mais rien de plus. Alors que vous… Oh ! Vous l'aimez ! Et à part ça vous n'avez que ce monde, que vous maltraitez avec amour, et qui d'ailleurs est en train de mourir de votre amour rugueux. Pour moi c'est différent. Vous me faites un beau cadeau. J'ai toujours aimé le feu. Depuis que je suis gamin. Je me souviens de mon enfance. J'étais un brave petit garçon. J'aimais le pain – la croûte, et pas seulement la mie. Je le regardais lever dans le four que nous avions : en dessous les flammes, la danse perpétuelle, du rouge furieux et du jaune entêté, et au-dessus la masse dorée, croustillante, qui gonflait. Ma mère me disait toujours de ne pas trop m'approcher du feu. J'aimais aussi beaucoup ma mère. Mais comme vous voyez, il a fallu que je finisse par lui désobéir. Mes pauvres amis ! Je vous le laisse, mon corps, si c'est toute votre vengeance. Et je vous abandonne ce monde-ci, puisque vous avez l'air d'y tenir. »

Les flammes montaient. Calder reprit son souffle avec difficulté. Est-ce qu'il parvenait à tromper son monde ? Pas Nexus, en tout cas. Nexus voyait bien que son ami souffrait horriblement. Est-ce que ce serait s'avouer vaincu que de se laisser crier ? C'était le dernier discours de Calder. Il avait visiblement décidé d'impressionner les Nordestins par sa force de caractère. Nexus se demandait s'il n'aurait pas mieux valu se montrer un homme ordinaire et susciter leur sympathie, leur donner l'impression que c'étaient eux qu'on brûlait.

« Hé, flammes, regardez-moi ces abrutis qui brûlent leur meilleur chien et ne prêtent aucune attention à ce qu'il leur rapporte ! Ils ne savent même pas ! Ils passent à côté des mystères et ne soupçonnent rien ! Nous ne leur dirons rien. J'ai la connaissance innombrable – je leur aurais indiqué des richesses, des archipels là où ils ne voient que des cailloux – mais puisqu'ils refusent quand on donne, on est forcé de s'en aller, avare, mesquin. Chut, alors. Motus, motus, et chairs cloquées. Je commence à avoir soif. Et… qu'est-ce que ?… oui, je commence à sentir le roussi. Vous sentez ça, peut-être, mes chers concitoyens ? La chair humaine que vous brûlez, vous êtes capables de la sentir ? Ou votre odorat s'est-il atrophié en même temps que votre cerveau ?

Les pauvres Nordestins que vous faites ! Les autorités que vous laissez gérer vos vies jusque dans leurs moindres détails m'ont condamné à mort. Vous allez avoir du mal à retrouver un critique aussi attentionné et bienveillant. Est-ce que vous voyez comme ces taons volettent dans votre ciel irrespirable ? Avec leurs ailes de cuivre ? Vous ne me trouvez sans doute pas plus de mérite qu'eux. Mais j'étais un insecte utile. Fait pour vous montrer la somme de vos actes et pour vous en faire honte. Je n'avais pas pris conscience que la pollution vous bousillait les yeux. Puisque vous ne voyez pas plus loin que le bout de votre nez, contentez-vous du travail de fourmi, à la lumière des lampes. Je ne sais pas si vous le comprendrez un jour : il y a un monde de l'autre côté de la frontière. Et nous y réclamons pour l'homme ce qui manque aux fourmilières. L'amour qui prend son temps. Le monde transformé par le rêve, pas uniquement par la technique et ses pauvres miracles…

Qu'est-ce que vous dites ? La guerre ? Je vous entends parler de la guerre ? Vous passerez la frontière, un jour ? Vous allez découvrir les autres climats à l'occasion de grandes manœuvres ? C'est qu'ils veulent mener des batailles, les épais Nordestins, tête calée entre leurs œillères ! Ils savent comment ça marche : un pied devant l'autre, oui oui, c'est ça. On ne sait pas si vous serez vainqueurs ou vaincus, mais ça ne changera rien à votre sort, de toute façon : vous avez pris l'habitude de vous flouer tout seuls. Vous vous privez de tout. Elles sont dures, les consignes que vous vous infligez. La vie de soldat ! La discipline ! Les résultats, qu'on exige, qui exigent ! C'est ici un pays où on fait mal à l'homme ! Ouch ! Mesdames, messieurs, voilà les flammes qui se relèvent. J'en ai par-dessus la tête. J'ai soif. J'ai encore soif, comme tous les bons vivants. Elles en veulent, du Calder. Elles me démangent, réclament… mais oui… elles sont malines, les flammes, et à force de me frotter elles ont compris ce que j'ai dans le ventre... Elles vont m'aider à obtenir ce que je veux – et que, décidément, vous ne saurez pas. »

Après ça il a laissé échapper quelques cris de douleur, contenus si longtemps qu'ils avaient en eux de la vérité pure, aucune lâcheté : la preuve simple qu'il était son corps. Autour de Nexus, les gens ne pouvaient plus se retenir ; il vit les femmes enfouir le visage dans l'épaule des hommes, et les hommes se cacher les yeux ; il aperçut une jeune fille frêle et très brune dont les cheveux devenaient blancs à vue d'œil. Calder a cessé de parler. Pourtant il n'en avait pas tout à fait fini : sa douleur, peu à peu, s'est métamorphosée. Cela a commencé comme un cri démentiel – les soldats ont dû se réjouir, ils ont pensé que la comédie était terminée, qu'on allait entrer dans le vif du sujet et entendre une autre chanson, maintenant, venue des tripes – mais ensuite ce cri a gonflé, dans les poumons que la fumée asphyxiait, et quand il est sorti par secousses, le doute n'était plus permis, c'était une explosion de jouissance, un formidable rire – l'agonie commuée en un rire si énorme que la douleur n'y avait plus part, non, il avait raison finalement, il ne leur ferait pas ce plaisir, il était homme et mourait et toute sa peau cloquée hurlait dans son cerveau, il avait mal, mal, mal, mais c'était le moment de prouver qu'il les valait cent fois, et il riait. Les officiers se sont mordu les lèvres : on aurait dû le faire passer sur la chaise électrique, c'est plus sûr, beaucoup plus, on n'a jamais vu les électrocutés faire preuve de la moindre insolence. Le rire de Calder continuait – grandissait – se détachait de Calder, occupait tout l'espace. Un membre de la garde s'est approché et a jeté tout un bidon d'essence sur le bûcher, pour en finir. Calder s'est transformé en torche vivante. L'odeur épouvantable est montée. L'odeur humaine. Les gens ont détourné les yeux de peur que la chaleur ne leur fasse roussir les cils. Tu as vu ! Incroyable ! Comme ça va vite ? Je ne pensais pas qu'un corps ça brûlait aussi vite.

Une colonne de fumée s'est élevée du brasier. C'était une petite colonne, si mince qu'on ne la voyait sûrement pas du chemin de ronde, là-bas dans les Vallées. Nexus la regarda partir, s'envoler toute droite dans les airs. Elle fut vite dissipée par le vent. Une minute plus tard, il n'en restait plus rien. Le corps des penseurs est bien peu de chose.

25. DÉCOUVRIR OU CRÉER

Il était revenu à Nasco par les routes et les nuits, sans un lieu où dormir, sans rien qu'il puisse manger, en montrant la boussole aux gardes, puis aux frontières, puis aux oiseaux, aux fossés et aux arbres. On ne l'avait pas plus tué que s'il était un cadavre. La nuit son cœur gelait, le jour sa peau devenait noirâtre au contact de la lumière. Il lui aurait été égal de partir en fumée. « Je devais avoir l'œil tellement égaré, confia-t-il à Rilviero et à Traumfreund, que ceux qui m'ont croisé ne m'ont sans doute pas vu. »

Van Goyen le força à manger tout en écoutant son récit que le vagabondage rendait incohérent ; puis il l'aida à monter dans sa chambre. Nexus se jeta dans le sommeil sans intention de se réveiller jamais. Il ne voulait plus quitter sa chambre parce qu'au-delà commençait le monde, ce lieu où la mort et le feu ont fait pacte pour ne laisser des hommes que des tas de cendre. Mais même dans son sommeil le cauchemar s'infiltrait, et des bruits de pas qui, se répétant, finirent par le convaincre qu'ils étaient bien réels. Le siège de l'ordre était en plein remue-ménage. Portes claquées. Conciliabules. Les voix parlaient sans les paroles. Nexus se traîna à la fenêtre : dans la cour intérieure, il se trouvait toujours des jardiniers s'échinant à arracher d'entre les pavés les mauvaises herbes qui repoussaient dès qu'ils avaient le dos tourné ; or ces jardiniers venaient de laisser tomber leurs outils ; frottant l'une contre l'autre leurs mains couvertes de terre, ils abandonnaient le travail et se précipitaient à l'intérieur. Nexus se résolut à aller voir.

La Salle du Conseil était comble. Tous les visages rivés vers le même mur. *Nous parlons par mystères, mais qui existent*, se répéta Nexus à mi-voix. Sous la devise de l'ordre tremblaient des silhouettes pâles : une communication en provenance du Nordeste. Van Goyen ordonna qu'on ferme les volets pour transformer la pièce en chambre obscure. Les images s'affermirent, leurs couleurs surexposées se rehaussèrent soudain et un simulacre presque tangible d'Ortiz envahit la hauteur du mur. Le Commandeur avait envoyé son image leur parler. Le film le montrait dans le bureau carré qui donnait sur la place Den Nomen. Derrière lui, on entrevoyait quelques-uns de ses conseillers, dont les costumes sombres se confondaient avec les tentures et l'irréprochable sévérité des lambris. Ortiz avait chaussé de petites lunettes rondes qui ne plaisantaient pas et lisait d'un ton monocorde le texte qu'on lui avait préparé. Il se voyait au regret de signaler une violation patente des frontières du Nordeste. Les services de sécurité avaient identifié les responsables comme des individus originaires des Vallées. Il s'agissait d'une tentative caractérisée d'ingérence dans les opérations de maintien de l'ordre consécutives aux troubles de Trastelloco. Il apparaissait désormais distinctement que les menées séditieuses dont cette ville avait eu à se plaindre avaient été orchestrées depuis l'étranger par des agents de l'étranger. À Fortal, on avait tenté de soustraire à la justice nordestine l'un des responsables de l'émeute. Un espion des Vallées s'était introduit jusque dans la prison, il avait fallu toute la vigilance de la garde nationale pour faire échouer ce plan inqualifiable. Les habitants du Nordeste ne pouvaient tolérer qu'on menace ainsi leur tranquillité au moment où ils s'efforçaient de créer une société plus juste et solidaire. Commandeur des terres générales, Ortiz se devait d'être attentif au mécontentement citoyen. Il se voyait contraint de demander raison de cette série d'agressions. Force était de constater que le Nordeste et les Vallées se trouvaient désormais en état de guerre.

Les lumières ne s'étaient pas rallumées que Nexus sentait déjà des doigts pointés sur lui et des murmures accusateurs. L'individu qui nous a convaincus de passer la frontière, n'est-ce pas aussi celui qui avait fait échouer le sommet de Maravos ? Voilà. Nous récoltons ce que nous avons semé. À suivre les conseils d'oiseaux de malheur, à tenter vainement de sauver la vie d'un homme, on risque celle de milliers d'autres. Les Xylographes portaient-ils réellement ces accusations ? Ou était-ce le *mea culpa* qui commençait à les faire résonner dans sa tête ? Il faisait trop noir pour en être sûr. Van Goyen repassait le film comme s'il n'avait pas bien compris. *Depuis l'étranger – un espion – état de guerre*. Il le repassa encore, une troisième fois, en immobilisant sur la surface du mur certaines images à la façon de tableaux qui méritent d'être étudiés en détail. Quelque chose brillait dans les tentures, derrière la main qu'Ortiz abaissait sèchement pour donner à ses phrases un tour affirmatif. « Non, dit

Van Goyen. Pas là. Juste une seconde avant. Là. Arrête. C'est ça. Là. »

Lorsqu'on agrandit l'image, Ortiz devint trop haut pour rester sur le mur et sa tête passa subitement au plafond, où il continua de les observer, placide. Une lueur de métal, parfois cachée par le repli des tentures, tremblotait sur un costume noir. Van Goyen regardait fixement cette tache claire, et à sa suite les Xylographes écarquillèrent les yeux pour collecter tous les indices. Comme le visage était carré au-dessus du col de chemise, comme les pommettes saillaient et que les yeux étaient largement fendus, même si le grain de l'image était devenu trop grossier pour qu'on puisse en deviner la couleur, on se mit dans les rangs à prononcer le nom de Darès. Un Xylographe de chair et d'os disparaît des Vallées, et quand on le retrouve des mois plus tard, c'est sur une bande magnétique qui a voyagé d'un bout à l'autre du pays pour déclarer la guerre, et il se trouve mêlé aux conseillers d'Ortiz comme s'il était des leurs, et laisse danser autour de son cou, au bout d'une chaîne, ce petit objet rond dont le métal reluit quand on l'expose à la lumière. En quittant Nasco du jour au lendemain, Darès n'avait pas abandonné son emblème personnel : il continuait de porter la boussole sans aiguille. Mais quel enfoiré ! Quel traître ! Comment avait-il pu faire ça ? Les Xylographes interpellaient cette silhouette immobile, cachée derrière le Commandeur et qui, ils l'entrevoyaient maintenant, ne restait pas cachée par peur ou par souci de discrétion, mais pour mieux manipuler depuis les coulisses la main d'Ortiz qui ponctuait la déclaration de guerre, pour lui dicter son texte et ses moindres mouvements, pour commander au Commandeur. Darès ! Ça ne t'a pas suffi de déserter… Tu passes à l'ennemi ! Tu te venges sur nous ! On peut savoir ce que nous t'avons fait ? Tu ne crois pas avoir causé suffisamment de dégâts en t'enfuyant d'ici ? — Cependant l'image restait raide, elle ne répondait pas. Les membres de l'ordre se retournèrent vers Van Goyen et attendirent qu'il réagisse en lieu et place de son ami. Van Goyen secouait sa tête soudain si pâle. Il se doutait depuis quelques jours que Darès était passé au Nordeste, mais il ignorait les raisons. Garamantès se crispa : quelqu'un devait forcément en savoir plus. Quelqu'un avait circulé pendant des heures dans les rues de Fortal en montrant la boussole, et à ce signe tout le monde l'avait pris pour Darès. Mais ce quelqu'un, devenu fauteur de guerre et accablé par le sentiment de cette faute, avait quitté la salle au milieu du tumulte.

Les couloirs tournaient sans destination. Les murs, au passage du fauteur de guerre, redoublaient de méchanceté. Les hordes du silence le suivaient pas à pas. Bientôt d'autres hordes se mettraient en marche – humaines, carapacées de métal. Ils seraient trop rapides pour qu'on puisse les fuir, si nombreux qu'impossible de tous les tuer. Cela s'appelle la guerre. Nexus cherchait à s'en sortir. Il devait y avoir un moyen de quitter ce monde, ou au moins de se mettre à l'abri. Alors que les escaliers lui colimaçonaient la tête et que les marches dérobaient ses pas, il ne tentait rien pour se retenir, dans l'espoir qu'une chute brutale lui permettrait de se réveiller. Du côté ouest de la Rotonde, les portes de bois, toujours massivement de bois, et d'habitude obstinément et massivement fermées, avaient elles aussi subi les conséquences de la panique provoquée par l'arrivée du message du Nordeste et par la déclaration de guerre : un esprit négligent avait oublié de leur donner l'indispensable tour de clef et de faire coulisser les verrous, si bien qu'elles se trouvaient entrouvertes. Nexus s'approcha de la grande porte, colla l'oreille contre le bois. Aucun bruit ne provenait de l'intérieur.

Bientôt les Xylographes allaient sortir de la Salle du Conseil, ils monteraient les escaliers en files serrées, se répandraient dans la ville pour y porter des ordres de mobilisation générale, et on se mettrait à le chercher. En s'enfermant là-dedans, il serait tranquille, au moins. L'épaisseur des portes le protégerait le temps de savoir comment on fait pour s'échapper ou comment on fait pour se battre. Il tira le battant, entrebâilla la porte jusqu'à ce qu'elle acceptât de laisser passer un homme. Puis il se mit de profil et, d'un seul pas de crabe, entra dans ce dont il devait se rappeler plus tard comme l'heure décisive de sa vie.

Derrière les portes de la Rotonde s'ouvrait une salle immense, qui se prolongeait très loin sous la montagne. Quinze mètres au-dessus de lui, le plafond de pierre, arqué en une courbe parfaite, flottait comme une carène de bateau renversée : en l'absence de colonnes ou d'une tribu de caryatides pour le soutenir des épaules, il gardait sa pose intrépide, là-haut, se maintenait seul, gigantesque pourtant, selon un équilibre aux lois inexpliquées. Nexus s'avança lentement dans la salle, laissa plusieurs épées de lumière lui passer par le corps : d'étroits rayons tombaient des fentes percées en haut des murs et venaient imprimer leurs marques sur le sol ; c'était encore la lumière des Vallées, quoiqu'elle prît des allures de spectre virevoltant et s'emplît de poussière au fur et à mesure qu'elle traversait la salle. Il vit les murs couverts d'immenses bibliothèques ; s'approchant des pupitres, il feuilleta des livres au papier épais, où chaque page tournée révélait les contours d'une autre gravure sur bois ; il inspira l'air poudreux de sciure : l'odeur du papier s'unissait à celle du bois, le parfum pénétrant des solvants et des vernis refoulait sans le faire oublier celui de l'encre fraîche ; il comprit qu'il venait de pénétrer dans l'atelier des Xylographes.

À l'époque où il n'y avait pas de guerre, pas de traître dans leurs rangs, et où les chargements de buis, de poirier et de chêne leur parvenaient depuis les scieries du Boquerón sans que les mendiants-aveugles ne les interceptent, les Xylographes tiraient du bois des œuvres considérées partout dans la région comme des merveilles. Toutefois cela ne disait pas à Nexus pourquoi on lui avait interdit l'entrée de cette salle. Il y avait sans doute quelque chose ici qu'il ne devait pas voir. Il se mit à passer de table en table, inspectant chaque objet avec la ferme volonté de comprendre et de demander des comptes.

Afin de rendre le bois apte à être travaillé, les Xylographes le sciaient perpendiculairement au sens des fibres ; on trempait les planches de buis dans des baquets avant de les sécher, de les polir, de les enduire d'une pâte gluante qui semblait faite à base de riz. Sur les tables de travail, les Xylographes avaient aligné dans un ordre impeccable tous les outils de la création : des onglettes, des ciseaux, des maillets à deux têtes, des gouges aux lames arrondies, classées selon leur taille et selon leur espèce, des burins en acier trempé, affûtés avec tant de soin que Nexus faillit se couper quand il voulut poser le doigt sur leur pointe. Il avait beau ne rien y connaître, il s'aperçut en détaillant cet outillage que l'art des Xylographes passait par une maîtrise parfaite de nombreux procédés techniques ; il était impossible que leur fantaisie prenne forme tant que leur main manquait de précision. Creusant les planches de bois, ils ne laissaient intactes que les zones destinées à recevoir l'encre ; ils gravaient les images à l'envers, en s'aidant parfois de miroirs qui leur permettaient de voir à quoi ressemblerait le résultat une fois la planche imprimée. C'est ainsi que naissent les images, pensa Nexus ; elles grandissent en négatif ou en inversion, dans le huis clos des imprimeries et des chambres noires, et ne se retournent que lorsqu'elles viennent au monde. Quelques pas plus loin, il put soupeser les tampons recouverts de peaux, s'essayer à les tremper dans l'encre, déposer lui-même d'un geste malhabile une couche de noir luisant sur les reliefs que la taille avait épargnés dans le bois. Au fond de la salle, il reconnut les presses à percussion qui servaient d'armoiries aux Xylographes ; on y fixait la planche de bois à l'aide de taquets en métal, puis la feuille de papier venait se presser contre la planche, en absorber toute l'encre, lui voler ses images qu'elle allait rendre publiques. Nexus n'approcha pas plus près : ces machines-là étaient trop bien huilées pour ne pas avoir quelque chose de pénitentiaire, elles faisaient si concrètement penser à des instruments de torture qu'il sentait la platine lui écraser les bras.

Il se retourna avec un frisson. On lui avait caché l'existence de cette salle. On lui en avait défendu l'accès. Il ne la découvrait que par une suite d'événements fortuits, parce que la guerre semait le trouble. Pourtant il lui semblait être déjà venu. À chaque pas qu'il faisait, il avait le sentiment de croiser ses propres traces. C'était une impression très agaçante, dont il n'arrivait pas à se départir. Au hasard des rayonnages, d'autres livres se déployèrent entre ses mains : son regard allait de l'œuvre à la signature, de paysages de montagnes désolées, d'une solitude colossale, au *Garamantès incidit* qui révélait l'auteur au coin inférieur droit de la page. Nexus connaissait le code. *Incidit* veut dire a gravé ; *fecit* : a fait ; *perfecit* : a parfait. Ainsi ces arbres contournés, intriquant leurs branches sans feuilles et sans oiseaux sur une nuit d'encre : *Van Goyen fecit, Darès incidit*. Cette tête d'enfant endormi, la joue enfouie dans l'oreiller, une veine légère saillant au milieu de son front : *Darès incidit*. Ces cavaliers lancés au grand galop, leurs vêtements gonflés par le vent, trop orgueilleux pour voir s'ouvrir, à l'extrémité droite de la page, le chaos de rocs et de failles verticales où ils allaient trouver la mort : *Van Goyen & Darès fecerunt*. Et dans des livres qui, à en juger par l'état de leur reliure de cuir, devaient être plus anciens : *Libanius fecit, Salinaroth perfecit* ; *Van Goyen fecit, Salinaroth perfecit* – les étudiants de l'ordre esquissaient la gravure, et leur maître Salinaroth, à l'époque où il était encore vivant, passait derrière eux pour corriger le détourage ou parfaire les contretailles avant de donner la planche à l'impression.

Tous ceux que Nexus connaissait à Nasco avaient grandi là, travaillé dans cet atelier avec un acharnement qui confinait à l'obsession pour mériter le nom d'artiste. Il marchait sur leurs traces, parcourait cette salle comme ils l'avaient parcourue à grandes enjambées afin de montrer à Salinaroth les progrès de leur dernière création – il l'arpentait en cet instant, frénétique, comme l'autre qui lui ressemblait l'avait arpentée dans sa rage malheureuse – il savait désormais qu'année après année les Xylographes avaient créé ici à coups de burin des œuvres innombrables, d'une beauté stupéfiante, et il commençait à comprendre qu'en un seul jour, jour de saccage, l'autre était venu à coups de hache leur montrer les progrès de la destruction et signer en travers des gravures : *Darès fecit & Darès destruxit*. Si Nexus avait assisté au saccage depuis sa tombe creusée dans le sol, c'était parce qu'à Antefuego on vous montre dans le passé et l'avenir les visages qui vous ressemblent. Et l'homme qui s'était retourné ici même contre ses propres créations par un subit mouvement de haine lui ressemblait, tout comme l'homme qui se tenait dans l'ombre du pouvoir nordestin, qui portait autour de son cou la boussole et commandait avec tant de facilité au Commandeur qu'il organisait à cet instant même les armées en deçà de la frontière et les ferait dès demain déferler en direction de l'Ouest, des Vallées, de Nasco, de l'atelier où Nexus se trouvait à cette heure en compagnie des presses et des gravures, non pas parce que l'ordre des Xylographes ou les autres habitants de la ville de presque-crête représentaient une menace quelconque, mais tout simplement parce qu'il s'agissait de finir le travail commencé et de parfaire la destruction afin de pouvoir signer : *Darès destruxit & Darès perfecit*. Nexus comprit alors qu'il s'était enfermé sans motif au cœur de cette montagne : il n'avait pas à se sentir coupable et à porter sur ses épaules le poids de ces tonnes de roche puisqu'il n'était pas le vrai fauteur de guerre. Il n'avait servi que de prétexte ; la faute revenait à Darès, même si pour des raisons qu'il ne s'expliquait pas Darès lui ressemblait beaucoup.

Il fallait sortir de cette salle. Demander à Van Goyen pourquoi il avait jugé bon de lui cacher tout ça. Cependant, en faisant le tour des tables où les gravures récemment imprimées avaient été mises à sécher entre des feuilles intercalaires, il remarqua une autre porte située à l'opposé de celles de la Rotonde. Apparemment, il n'avait pas encore fini d'explorer la montagne. Il s'engagea dans un couloir étroit que les eaux de pluie avaient creusé au fil des siècles dans les parties les plus faibles de la roche. Au bout, c'était une deuxième salle, de nouveau l'œuvre de mains humaines, et plus grande encore, plus loin, beaucoup plus loin dans l'épaisseur de la montagne. Nexus resta le souffle court. Cette fois-ci il n'était pas seul : un peuple d'hommes et de femmes se levait pour l'accueillir. Certaines femmes le fixaient avec insistance de leurs yeux incrustés de verre ; d'autres détournaient leurs orbites creuses et semblaient occupées ailleurs, par des pensées mélancoliques qui les liaient d'un fil tout-puissant au ciel. Le bois, encore une fois ! Les Xylographes l'aimaient sous toutes ses formes ; quand ils ne le gravaient pas, c'était pour le sculpter. Nexus marcha à pas tremblants dans cette foule tirée du bois de chêne ; il tenta de comprendre ce que disaient ces vieillards à la bouche marquée d'amertume qu'il surprenait au milieu d'une conversation ; il tomba amoureux, éperdument, de femmes songeuses drapées dans les plis de leurs châles, ou bien joignant leurs mains au-dessus de leur poitrine, dans un geste si ambigu qu'il ne pouvait pas savoir si elles s'offraient à lui ou le suppliaient au contraire de ne pas les toucher. Elles avaient de ces mouvements qui paralysent… Toutes ces statues étaient ou avaient été polychromes : elles portaient par endroits leurs pigments rouges, ocre, leurs tons de terre brune et calcinée – autant de couleurs que le passage des années estompait. Le bois, même verni, même de chêne, n'a pas encore appris à résister au temps. Mais le temps ne travaille pas à coups de hache, lui ; il ne se contente pas de détruire : il avait aussi donné à ces sculptures une patine magnifique. Il leur conférait le charme des choses qu'on sait périssables, et que les choses immortelles n'égaleront jamais. Nexus put constater que Darès était passé par là. Il avait frappé sans discernement, brutal, infligeant des blessures à cette cohorte qui, avec ses bras arrachés et ses plaies béantes, semblait déjà familière de la guerre et ne serait pas surprise quand elle submergerait Nasco. Rien n'y faisait, pourtant : même défigurées ces femmes restaient belles. Darès avait eu recours en vain aux méthodes des mendiants-aveugles : leur fragilité nouvelle donnait envie à Nexus de les protéger, de s'interposer entre elles et le prochain coup de hache. Durant le siège je resterai ici, décida subitement Nexus : plutôt que de m'amuser à tuer des hommes, je protégerai ce peuple de bois.

Fasciné par la vie inquiète que menaient ces statues, il mit du temps à se rendre compte que la salle se prolongeait au-delà. Sept ou huit petits garçons, unanimes, montraient le ciel ; suivant la direction que leur caractère d'astronomes leur faisait pointer avec émerveillement, il découvrit les globes suspendus au plafond par des filins d'acier presque invisibles, et qui tournaient lentement sur leur axe pour offrir à tour de rôle un peu de jour à chacun de leurs continents. Ils ne représentaient pas le Séabra, mais des planètes imaginaires ou en tout cas lointaines. Peints avec soin, dorés, laqués, ces globes de bois offraient l'image précise et fausse de rivages inconnus, dont des vagues lourdes de sel venaient mordre les littoraux, éroder les falaises, approfondir les criques. Nexus sentit son crâne gonfler comme les voiles d'un trois-mâts ; il embarqua, tira des bordées hasardeuses dans des détroits pleins de récifs, lut dans des cartouches le nom des monstres marins qui les infestent, la description des tribus dont on doit quémander l'hospitalité pour pouvoir faire relâche sur ces îles, en espérant un jour revenir prendre une bière à bon port, aspirer avec délice la mousse qui déborde du bock et déclarer d'une voix tremblante mais au fond satisfaite : « Moi seul ai survécu pour raconter le conte. » Ces histoires devaient plaire à ceux des Xylographes qui trouvaient beau tout ce qui vient de loin.

Et là-bas ? Ces maquettes de bois que les Xylographes avaient jugé prudent de protéger par des vitres ? Elles semblaient représenter des réalités plus familières aux habitants du Séabra. Nexus se pencha sur ces maquettes et en observa les détails fragiles qu'il avait l'impression de voir s'animer sous ses yeux. Il vit une maquette de début du monde : des silhouettes grises y couraient en tous sens, sous la pluie battante, dans l'espoir de sauver quelques possessions de la montée des eaux. Partout elles se heurtaient au lac augmenté par la pluie ; le piège se refermait ; elles étaient coincées sur cette île elle-même condamnée à rester immobile au fond de ce cratère que le Déluge emplissait goutte à goutte. La pluie ne tombait pas que sur les flancs du Volcan ; elle ruisselait sur toute l'étendue de ce pays contenu entre les parois de son sarcophage de verre, et qui fonctionnait en vase clos. Sur les berges inondées des fleuves, Nexus vit des pachydermes qui se débattaient vainement contre les flots, poussaient des barrissements pathétiques, sonnaient de la trompe une dernière fois, avec l'énergie désespérée d'une arrière-garde qui se sait condamnée à mort et sait que cette mort sera bientôt celle de toute son espèce, puis qui abandonnaient la lutte, se laissaient emporter par le torrent boueux. Il y avait des dizaines de maquettes de ce genre : elles simulaient le Déluge, tentaient d'expliquer la façon dont il s'était produit et ce qu'il y avait eu avant. Si le Séabra avait connu une civilisation ancienne, établie en basse terre dès l'époque antédiluvienne, ses villes se seraient-elles fait emporter par les eaux ? La population aurait-elle été noyée avant d'avoir pu trouver refuge dans la montagne ou construire des embarcations ? Est-ce qu'il était plausible de dire que la Stèle dressée au sommet de l'île était le seul vestige de ceux qui étaient venus avant ? Nexus entrevit soudainement la raison d'être de ces maquettes : microcosmes fictifs, elles servaient aux Xylographes à reconstituer le passé et à mieux anticiper les avenirs possibles de leur pays en le comparant à des mondes imaginaires.

Il se dirigea vers la maquette centrale, construite à plus grande échelle, sur toute la surface d'une table en bois de jacaranda. Sans qu'il comprenne pourquoi, il ne maîtrisait plus son cœur, ni le rythme de sa marche. De loin déjà, les silhouettes des immeubles lui avaient paru familières. Quand il s'approcha des faubourgs de cette métropole gigantesque, elle lui rappela aussitôt les impressions qu'il avait ressenties à Fortal. Observant la maquette, le front collé à la vitre qui la protégeait, il eut l'impression que chacun des quartiers prenait vie à l'appel de son regard : dans la circulation qui se saccadait et s'interrompait à tout va, une foule dense descendait les avenues, patientait aux feux, regardait sans y prêter attention la ville devenir floue sous la bruine et les réverbères s'allumer. Dans certaines rues, les immeubles formaient deux rangs nets et réguliers où le vent s'engouffrait en longs corridors noirs, forçant les gens à boutonner le col de leurs manteaux et à rajuster leur écharpe. Les Xylographes étaient des miniaturistes prodigieux : on pouvait distinguer sur ces figurines les plus infimes gestes d'impatience et les sourires espiègles, de sorte que cette recréation de Fortal n'était pas un simple outil de travail qui aurait fait le bonheur d'architectes passionnés d'urbanisme, mais une image du monde où s'étirent, chaotiques, s'entrecroisent et se heurtent les vies alourdies par le temps qui les porte – puis les brise. Posées sur la table de jacaranda, autour de la maquette, des planches de bois qui pouvaient tenir dans la paume de la main décrivaient les trajectoires de certains des passants en quelques phrases gravées en creux. Nexus s'extasia de la finesse avec laquelle avaient été rendues les vitres translucides des immeubles en verre, ou les ailes de ces mouettes qui se posaient toujours plus nombreuses sur les parapets de pierre du fleuve ; c'étaient des libertés qu'avaient choisi de prendre les artistes, car il n'y avait pas de fleuve à Fortal. Pas plus d'ailleurs que d'immeubles en verre. Et pas plus, à bien dire, que de joueurs de saxophone soufflant alternativement dans leurs doigts gelés et dans leurs instruments sous les arcades de la Merced. Nexus chercha avec une anxiété croissante la place Den Nomen et le mausolée de

Beranek, mais ne les trouva pas ; il observa la courbe que décrivait le fleuve à travers le centre-ville et soudain, frappé d'une coïncidence, partit : il commença à remonter les rues du regard à toute vitesse, le cœur courant, suivant un parcours instinctif. Il retrouva les rues dans l'ordre exact où elles étaient supposées s'enchaîner, les terrains vagues tous à leur place. Il arriva à bout de souffle à cet immeuble en forme de L, aux façades désolées, grises, dépourvues d'ornements, entouré de pelouses boueuses où l'herbe ne poussait plus. Nexus se pencha sur la maquette, le front contre la vitre, et jeta un coup d'œil par les fenêtres d'une certaine chambre : dans la pièce que cette journée de bruine maintenait dans la pénombre, un homme se levait de son lit avec des gestes hagards ; il faisait quelques pas dans l'espace réduit de sa chambre, comme quelqu'un qui saurait marcher mais n'aurait jamais eu l'occasion de le faire. Titubant, il allait jusqu'à la commode, y trouvait des objets, quelques clefs, une boussole obsolète. Puis il levait les yeux et au fond du miroir découvrait son visage. Nexus passa en revue à la hâte les tablettes empilées autour de la maquette et trouva sans difficulté celle qui paraissait correspondre à la vie de cet homme. C'était une petite plaque de buis, gravée de trente lignes environ. Presque rien à vrai dire. À en juger par son bois brut, plus fragile que celui d'autres gravures, elle avait été endommagée avant qu'on ait eu le temps de la vernir. De même l'homme semblait avoir été mutilé alors qu'il était en partance et que sa vie commençait tout juste. Le haut de la tablette, en particulier, était totalement illisible : on avait effacé les premières années de cet homme – dévasté sa mémoire. C'était pour cette raison qu'il se tenait reclus dans sa chambre, ne parlait que lorsqu'il y était contraint et ne sortait que la nuit. En bas à droite, il avait dû y avoir marqué, à l'origine, *Van*

Goyen fecit. Jusqu'à ce qu'une deuxième écriture, penchée comme une ombre orageuse, détruise une partie de la tablette et choisisse d'apporter cette rectification : *Van Goyen fecit, Darès mutilavit*. – Cette vie, pensa Nexus ; cet homme sans repères jeté dans la grande ville ; cette tablette gravée avec minutie puis criblée de coups de burin et portant désormais une double signature : peut-être était-ce cela qu'on avait voulu lui cacher.

Il s'escrimait à déchiffrer, ligne à ligne, quand il entendit des ondes crépusculaires pénétrer la montagne. On venait de commencer à sonner le tocsin. La guerre arrivait sur Nasco, il fallait que tout le monde s'y prépare. Dans les beffrois de la ville, on avait mis en branle les cloches ; le premier choc du battant contre les parois de bronze avait fait s'envoler en quinconce familial les nichées de choucas ; les cloches sonnaient à pleines volées, dévalaient les pentes, ouvraient les portes, surprenaient un couple au bord de l'orgasme et des amis prêts à trinquer, substituaient le tocsin au tintement du cristal, faisaient retentir leur prophétie même aux oreilles de ceux qui ne voulaient pas l'entendre et se terraient dans l'âge d'or : maintenant c'est la guerre. Nexus leva la tête. Van Goyen se tenait devant lui. Absorbé par ce qu'il découvrait et par les appels anxieux du tocsin, il ne l'avait pas entendu venir.

« J'admire votre travail, lança-t-il dans un souffle sombre. J'admire vos œuvres. »

Van Goyen le regardait, le visage plein de douceur mais figé comme un masque, ses yeux des boules de verre dans un visage de bois. Il n'y a que le bois, pensa Nexus. Tout ça, c'est une histoire de bois. Des hommes taillés dans le bois, pantins, des êtres de papier. Visiblement, sa présence dans ces salles souterraines ne prenait pas Van Goyen au dépourvu, et Nexus se mit à penser que ce n'était peut-être pas un hasard s'il avait trouvé les portes de la Rotonde entrouvertes.

« Ce sont les Xylographes qui ont créé tout cela ? »

Désignant d'abord la ville miniature et la tablette qu'il tenait toujours fermement serrée dans sa main gauche, il élargit son geste jusqu'à englober toutes les œuvres, maquettes, gravures, planètes, sculptures qui peuplaient les deux salles. Les coups lancinants du tocsin violaient ce sanctuaire de montagne et augmentaient le bourdonnement du sang dans les tempes de Nexus. Une minute encore sans paroles. Puis Van Goyen entreprit de lui répondre :

« Créé – ou découvert, peut-être. Tantôt c'est découvrir, tantôt créer. Et je crois que la vie mériterait une langue où ces mots deviendraient synonymes. »

Il sourit à Nexus, les rides de son visage se rejoignirent au coin de ses yeux. Nexus se taisait maintenant. Il estimait avoir droit à des explications, espérait qu'il n'aurait pas à les réclamer et avait décidé de ne réagir qu'après avoir entendu Van Goyen. Les cloches faisaient tournoyer dans les salles souterraines leurs cercles d'harmonie qui s'élargissaient en tremblements concentriques, étaient repris par des échos, puis s'affaiblissaient, se dissolvaient – seulement pour être remplacés et redoublés par d'autres, le tocsin à nouveau, encore et toujours le tocsin. À Van Goyen maintenant de le décharger du poids de la montagne qu'il sentait s'abattre sur ses épaules ou au contraire de l'écraser pour de bon.

« Ces dernières années, nous nous sommes heurtés à plein de gens qui adorent s'empêtrer dans ce genre de problèmes. Ils affichent une moue un peu dédaigneuse. Ils disent : “Si vous l'avez découvert, c'est réel et mérite d'être examiné. Si vous l'avez créé, c'est encore une de vos lubies, alors soyez gentils : épargnez-nous ça.” Ils revendiquent le nom de pragmatiques, bien que leur argument s'éloigne beaucoup du pragmatisme : au lieu de regarder autour d'eux ce qui existe, l'influence qu'exerce chaque chose, ils veulent couper la vie en deux domaines rigoureusement délimités, ériger entre le réel et l'imaginaire un mur infranchissable. Ils croient que la vie devrait se limiter au réel, et ils en jugent selon le seul critère d'existence matérielle. — Alors comme tu t'en doutes, on ne s'entend pas, eux et moi, sur la réalité. Moi j'appelle *réalité* non ce qui est mesurable dans une balance ou peut se saisir à pleines mains, mais ce qui pèse sur moi. Par exemple les lueurs changeantes dans tes yeux, celles dont je crois savoir le sens – et les autres, que je ne comprends pas ; ou bien les lèvres boudeuses de cette femme que nous avons sculptée ensemble, avec Darès, et que nous avons mis des semaines à parfaire. Ou la tristesse de Darès, que je n'ai pas vue mais que j'imagine, qui n'était pas concrète, et qui a eu pourtant de terribles conséquences concrètes. Et souvent je rencontre des situations qui font ressurgir en moi des paroles de Salinaroth : l'estime que j'avais pour lui a conféré à ses mots un pouvoir, si bien qu'ils m'influencent, qu'ils continuent de peser sur moi. Toutes ces choses-là existent. Et elles ne sont abstraites que pour ces gens désagréablement sûrs d'eux qui prétendent être les pragmatiques. »

Ailleurs, par exemple dans cette ville miniature qui portait le nom de Regson, des milliers de gens obéissaient à Dieu et organisaient toute leur vie autour de cette obédience. Or ce qu'ils entendaient par *Dieu* n'était pas une personne palpable ou un produit de leur raison, mais bien une signification imaginaire. Et à Fortal, aussi : les cours des casernes s'emplissaient à cette heure de nouvelles recrues, et ces hommes qui signaient le registre des enrôlés volontaires se disaient prêts à sacrifier leur vie pour *la paix* ou *la nouvelle société*, que les dirigeants du Nordeste s'efforçaient de faire passer pour des réalités solides, alors qu'elles aussi n'existaient que dans leur imagination.

« De temps à autre, j'ai joué le provocateur. J'ai dit aux pragmatiques : allez donc voir ces hommes agenouillés dans le silence des lieux de culte, ou ceux qui apprennent à recharger un fusil dans leurs casernes, déclarez-leur du ton de ceux qui lèvent le voile que toute leur vie se règle sur une illusion et regardez un peu comment ils réagissent. Vos arguments que vous prétendez dictés par le bon sens n'avancent à rien. Qu'elles tiennent ou non de la mystification, ces significations imaginaires s'avèrent beaucoup plus puissantes que les forces réelles. Ça n'est pas en fonction de leur réalité qu'il faut les juger, mais comme des hypothèses plus ou moins fructueuses, selon leurs effets, les conséquences qui en découlent : est-ce qu'elles sont bonnes ou mauvaises pour nous ? Est-ce qu'elles respectent tout l'Homme ? »

En général, les adversaires de Van Goyen posaient leurs questions avec l'intention manifeste de ne pas écouter les réponses. Mais parfois il avait réussi à attirer leur attention. Il avait pu leur dire, alors : « Ce qui existe, en définitive, c'est ce qui sort de soi-même et exerce une influence dans le monde extérieur. Une fois qu'on a admis cela, le mur que vous tentez d'ériger entre réel et imaginaire pour empêcher les contagions… il s'écroule comme un château de sable. La plupart des choses réelles ne comptent pour rien ; elles sont à l'autre bout du monde, on ne les connaît pas ; elles ne sortent jamais d'elles-mêmes et ne jouent aucun rôle dans nos vies. En revanche, certains imaginaires… »

Van Goyen s'interrompit. Ça n'était sans doute pas l'explication que Nexus attendait, remarqua-t-il tout haut. Il voulait peut-être obtenir une réponse simple à ses questions. Cette ville où on peut marcher des heures sans voir un seul visage s'ouvrir, l'avez-vous découverte, ou l'avez-vous créée ? Et cet homme qui passe ses journées à dormir parce que son existence est dérisoire : découvert, ou créé ? Pas de réponse simple, martelait Van Goyen. À défaut, il pouvait faire défiler quelques-unes des histoires qui les avaient conduits tous deux à cet instant sous la montagne, dans cette ville de Nasco mise en branle par les coups du tocsin. Ça, oui : il pouvait l'emmener faire le voyage à travers les années.

Il n'avait pas participé lui-même au début du voyage. On le lui avait raconté. — Van Goyen n'était pas né, il s'en fallait de quarante-neuf ans qu'il fût même conçu, lorsque, sortant des brumes des mers du Nord, Rezzano avait déclaré que le pays était clos sur lui-même. Après avoir prêté l'oreille au rapport que le marin faisait de sa circumnavigation, les Donleone avaient conclu : « Il n'y a pas d'infini. » Et ils s'étaient mis à consommer le Séabra, puisque c'était ce qu'il y avait de mieux à faire. Salinaroth pensait différemment. Il avait décidé de réaffirmer l'infini. Il le sentait flotter entre les parois de son crâne. Il avait l'intuition que la finitude des terres n'impliquait rien quant aux limites de son univers intérieur. Au moment même où les géographes reportaient sur les cartes du pays la ligne continue des murs de glace auxquels Rezzano et son équipage s'étaient heurtés huit mois durant, il avait eu l'audace éblouissante de déclarer nulles et non avenues les frontières. Pourtant, personne n'aurait misé sur Salinaroth en voyant un jour arriver aux pieds des montagnes cet homme noir fluet qui venait du Désert. S'il était né bossu, c'est que sa mère avait continué durant toute sa grossesse à servir comme esclave au commerçant brutal qui était parvenu à lui refourguer un peu malgré elle quelques gouttes de son sperme. Et pour les mêmes raisons,

Salinaroth s'était aperçu, atteignant la vingtaine, qu'il ne dépasserait pas la taille d'un jeune adolescent ; ses yeux étaient si effilés qu'on ne savait jamais quand ils étaient ouverts ; cet homme qu'on connaîtrait plus tard comme *le sublime infirme* partait beaucoup plus près de l'infirmité que du sublime. À peine arrivé dans le Nord, il s'était présenté devant les foules hétéroclites qui convergeaient dans les amphithéâtres de Pirmis et avait déclaré sans ambages : « L'exploration ne s'arrête pas, et l'infini existe. » Oui. C'était un explorateur minable que celui qui se laissait intimider par des murailles ou l'apparence d'impossibilités. Seuls méritaient le nom d'explorateur ceux qui poussaient au-delà, forçaient le passage, décidaient qu'il existait sur la foi de leur intuition et consacraient leur vie à essayer d'en rapporter des preuves. Rezzano, ainsi, s'était conduit de façon héroïque : il avait choisi de repartir et de ne plus revenir ; il avait fait en sorte de disparaître pour que l'exploration soit encore possible.

Salinaroth avait débarqué alors que les Vallées se trouvaient dans un état de bouillonnement confus. Depuis longtemps déjà les gens y griffonnaient leurs pensées personnelles et y fomentaient des doctrines. À la naissance d'une secte répondait immanquablement l'apparition d'une contre-secte, et elles s'engageaient aussitôt dans des guerres de chapelles, où les vérités du versant lumineux de la montagne devenaient des mensonges éhontés sur son versant d'ubac. En fondant l'ordre des Xylographes, Salinaroth avait inauguré une nouvelle ère. Finis le dilettantisme brouillon, la création comme pur passe-temps. Il s'agissait de créer des possibles qui feraient progresser les hommes et agiraient indirectement mais efficacement sur leur réalité. S'il avait été nécessaire de fonder un ordre nouveau et de partir plus haut dans la montagne, c'est que tout le monde à Pirmis n'était pas prêt à s'astreindre à ce type de discipline. Salinaroth n'était pas élitiste : il voulait simplement s'entourer de gens ayant envie de travailler ensemble dans la même direction. Lui avait trouvé sa vocation le jour où, quittant les pistes sableuses de son Désert natal pour monter plus au Nord, il avait découvert que la forêt existait vraiment. Les grandes forêts du Séabra n'étaient donc pas que des objets de mythes ou le thème de visions ancestrales, comme il l'avait cru durant son enfance. Alors le bois était devenu sa folie : aux yeux de ce jeune homme qui avait grandi sans un arbre, c'était le matériau le plus indispensable à l'art et à la vie.

Ensuite Van Goyen était né. — Qu'avait-il vu alors ? — Il avait dix-sept ans, Darès en avait quinze, et de ces deux amis que tout le monde dans les lycées de Pirmis prenait pour des frères, le plus jeune était le plus audacieux. Ils disparaissaient des jours d'affilée dans la profondeur invincible des forêts. Personne n'arrivait à suivre le tempo de leurs semelles de vent. Assis sur des troncs d'arbres, immobiles parmi les feuilles de l'automne pourrissant, le menton appuyé sur la crosse de leurs fusils, ils ne quittaient pas les camps d'ombres, contemplaient les eaux mortes, attendaient que les ailes se lèvent sans bruit, qu'apparaisse l'ours ou le grand cerf. Alors ils laissaient soigneusement reposer le canon de leurs fusils contre le tronc d'un arbre et esquissaient en quelques touches aussi vives que les balles, de leurs crayons, sur leurs carnets, ce qui, de l'ours ou du grand cerf déjà disparus, déjà retournés aux bois éternels dont ils n'étaient peut-être jamais sortis et avec lesquels ils ne faisaient qu'un, s'était imprimé pour quelques instants au fond de leurs rétines. Darès mâchait le bout de son crayon et affirmait que pour emporter quelque chose de la forêt – qui n'était d'ailleurs, d'après lui, qu'un exemple du monde en général – il fallait y pénétrer sans boussole, au risque de se perdre. D'ailleurs il avait des débris de verre au creux de la main. « Tu t'es blessé ? avait demandé Van Goyen. – Pas vraiment, avait répondu Darès. C'est la boussole. Il semblerait que le cadran ait cogné contre une pierre. Comme c'est dommage… Elle est cassée, maintenant. » Darès avait ôté l'aiguille de la boussole ; il l'avait tenue un instant dans la lumière violette qui descendait des frondaisons, puis ils s'étaient allongés tous les deux le long du ruisseau et avaient regardé l'aiguille partir vers la mer, les vaguelettes du courant la poussant toujours un peu plus vers le Nord. « Mais pourquoi tiens-tu à ce qu'elle aille vers le Nord ? » l'avait interpellé Darès, goguenard. « Je lui ai rendu sa liberté, maintenant. Je l'ai arrachée à cette affreuse comédie magnétique. Il ferait beau voir qu'elle obéisse encore ! Non : désormais les fleuves laisseront l'aiguille descendre où elle voudra. »

Qu'avait-il vécu d'autre ? — Il avait vingt ans, Darès dix-huit : ils dessinaient des cartes de l'inconnu et inventaient des mondes. Debout face à leurs établis, dans la Salle des Presses, ils travaillaient jusqu'à ne plus avoir de sang dans les jambes. Salinaroth venait inspecter leur travail, le commentait avec sévérité, mais sans jamais recourir à des mots humiliants. Il leur expliquait chaque jour plus en profondeur le sens de leur métier. Vous êtes les ouvriers de la fiction, mais vous devez savoir que toute fiction n'est pas bonne à prendre. Beaucoup n'apportent rien ; certaines avilissent l'homme. Il ne devait pas être question pour eux de se servir de l'art comme d'une technique d'évasion efficace. Pas plus que de raconter les histoires qui pouvaient leur passer par la tête et auxquelles ils auraient eu envie de donner forme. Ne créez pas sans nécessité, leur répétait Salinaroth. Ne créez rien d'arbitraire. Il s'approchait d'eux, jetait un coup d'œil par-dessus leur épaule, leur demandait pourquoi ils avaient choisi tel motif ou tel matériau. Lui répondre que c'était beau, ou le bois le plus commode, s'avérait très insuffisant.

La voix de Salinaroth montait sous l'arc parfait des voûtes arrachées à la pierre. Il leur parlait de l'espace des possibles. Le créateur était celui qui regardait la réalité comme un chantier perpétuel et était capable de sentir ses insuffisances ; elle lui paraissait lacunaire, honteusement répétitive ; s'il était musicien, son oreille était attirée par des fausses notes ou des silences ; s'il écrivait, par l'impression désagréable que c'était toujours la même histoire ; en somme : par des zones dont émanait une lumière noire et dont le créateur sentait, en les traversant, qu'elles réclamaient plus de matière. Sans cesse, la réalité renvoyait le créateur à l'espace des possibles. Son esprit faisait le va-et-vient, il cherchait à tenir ces deux plans étroitement embrassés et à repérer dans l'espace des possibles ceux qui correspondraient le mieux aux besoins du réel. Pour les autres, au contraire, les possibles n'apparaissaient qu'*a posteriori*. Découvrant la création achevée de la veille, ils la commentaient sur le ton de l'évidence : l'artiste avait été bien inspiré de s'y prendre de cette manière-là. Simuler des dizaines de déluges pour comprendre le Déluge, c'était une chose à faire, bien sûr. Graver dans le bois cette horde de cavaliers tirant droit sur le précipice, c'est vrai que ça rendait tangibles les risques de la vitesse. Leurs regards commençaient à solidifier le bloc de matière à peine posé, à en sanctionner la nécessité. Désormais, la zone resterait sous l'influence de cet imaginaire effectif : on en passerait par lui dès qu'on voudrait s'en approcher. Cependant le possible ne comblait jamais qu'une partie de la zone de lumière noire, et il y provoquait la formation d'autres fissures, d'une tâche différente à laquelle un autre créateur viendrait s'atteler un jour.

Un soir Van Goyen avait reçu, glissé sous sa porte, un pli qui renfermait une *Carte des idées abstraites*. Le coin en bas à droite portait *Darès fecit*. Deux semaines après, Darès avait découvert, habilement cousus dans la doublure de son manteau et circulant depuis quelques jours sous ce manteau chaque fois qu'il le portait, une *Carte de l'inconnu* en camaïeu brun-rouge et un *Portrait de la mort*, en pied. *Van Goyen incidit*. Ils s'étaient ensuite réunis pour graver en commun deux planches de buis très fines, témoignant d'un souci de précision maniaque : un atlas du réel et une carte des possibles. « En les superposant, racontait Van Goyen, nous pensions voir ce que l'une pourrait apporter à l'autre. Ça ne marchait pas, bien sûr. Ce que je veux dire, c'est que nous étions jeunes. Que nous avions des ambitions définitives. Et heureusement, assez d'esprit critique pour en rire après coup. »

Van Goyen avait toujours envié la virtuosité de Darès. Darès avait plus de confiance en ses capacités, des gestes plus sûrs. Quand Salinaroth leur proposait un exercice, Van Goyen le voyait moins d'une minute après qui se mettait déjà au travail, ayant choisi d'instinct le bois qui convenait le mieux à son projet, alors que lui en était encore à ressasser la consigne. Cette facilité avait son revers : Darès créait souvent des œuvres excessives, complaisantes, voire ratées. Mais ça n'était pas grave : puisqu'il travaillait par séries, et exécuterait le lendemain une autre œuvre du même genre, qui serait une réussite ? Van Goyen, au contraire, parce que chaque effort lui coûtait, devait être sûr de ses intentions et avoir une feuille de route précise avant de se lancer. Il tentait d'aligner mentalement, comme autant de cercles de bois à travers lesquels devrait passer sa flèche pour atteindre la cible, sa propre personnalité, les besoins du réel, l'espace des possibles, et ce que les Xylographes avaient déjà créé, et qu'il était inutile de redire à partir du moment où la cause était entendue. Un des mérites de leur formation, c'était en effet que tous les Xylographes assumaient collectivement la responsabilité des œuvres qui sortaient de l'atelier. Cela limitait le déchaînement des vanités individuelles. Salinaroth ne manquait jamais de remettre sèchement à leur place les apprentis qui s'étaient mis en tête de prouver qu'ils pouvaient traiter tel ou tel sujet avec autant de maîtrise qu'un de leurs compagnons, ou qu'ils étaient assez doués pour égaler le morceau de bravoure ayant rendu célèbre un de leurs prédécesseurs. L'apprentissage consistait aussi à laisser l'ego derrière soi et à envisager avant tout ce que leur travail serait susceptible d'apporter à la construction d'ensemble.

Dès que le printemps battait son plein, leurs instructeurs les laissaient libres d'aller et venir. Ils ne voulaient pas d'étudiants anémiés. Van Goyen voyageait avec Darès parce qu'ils allaient plus vite ensemble. L'un pouvait rebondir sur ce que disait l'autre, lui éviter de s'égarer trop longtemps dans ce qui leur semblait une impasse, le conforter dans des prises de risques qu'il aurait eu du mal à assumer tout seul. Si Van Goyen avait appris à apprécier d'autres Xylographes, l'amitié avec Darès était d'un autre genre : elle englobait tous les aspects de leur vie ; elle était un besoin quotidien ; elle n'en finissait plus.

Il avait vingt-cinq ans et son apprentissage s'achevait. Autorisé pour la première fois à quitter la Salle des Presses et à pénétrer dans la Salle des Globes, Van Goyen se tenait à la place où Nexus se trouvait en ce moment, écoutant comme Nexus écoutait, les yeux perdus dans le mouvement toujours recommencé que les astres décrivaient au plafond, tout aussi incrédule, pareillement captivé, tandis que Salinaroth lui expliquait comment on fait marcher un monde, comment on le peuple de vies individuelles, à quelle vitesse tournent les planètes et pourquoi le Globe était nécessaire. « Ce Globe, demandait Van Goyen en espérant des réponses simples, l'avez-vous découvert, ou l'avez-vous créé ? » Salinaroth balayait ces questions d'un revers de la main. Tout part de l'infini. Si l'infini existe, toutes les choses sont réelles. Elles sont dispersées dans l'espace et dans le temps, mais possèdent en un certain point de l'espace et du temps une forme de réalité. Y penser ne fait que les rapprocher des têtes. Je crois à l'infini, disait Salinaroth. « Je crois à l'infini », répétait Van Goyen à sa suite, plusieurs dizaines d'années après. « Mais cet infini n'est pas une étendue uniforme, composée d'une myriade de points identiques. La position singulière que nous y occupons provoque en lui la formation de reliefs ; les possibles n'y sont pas égaux. Dans la hiérarchie des possibles, la grande majorité ne compte pour rien et nous sont aussi indifférents que les réalités que nous ne connaissons pas ; mais les possibles dont nous avons besoin pour nous construire… ceux-là doivent nous être aussi chers que le réel.

Quand Salinaroth a commencé à rapprocher de nous l'idée d'une planète Terre, il a découvert un possible particulièrement fécond, parce qu'il était différent de notre réalité, mais suffisamment proche pour nous inciter à y faire retour. Salinaroth avait cherché ce dont le Séabra avait le plus besoin, ce qui nous manquait pour développer notre sensibilité. Il avait compris que c'était un autre, un alter ego à qui se comparer, un monde qui ne soit pas limité par des frontières aussi strictes que les nôtres, ne se heurte pas sans cesse aux parois d'un gigantesque sarcophage, mais où l'infini de la matière vienne redoubler l'infini de la pensée. Il avait senti que c'étaient des hommes qui attendent chaque matin le retour d'un soleil dont la trajectoire est régulière et prévisible ; qui vivent sur une terre qu'ils ont d'abord cru plate, mais qu'ils ont eu très tôt la surprise de découvrir sphérique. On n'a jamais fini d'en faire le tour. À peine en a-t-on exploré tous les recoins qu'il reste l'univers. Et à peine commence-t-on à entrevoir les principes régissant l'univers qu'on apprend la nouvelle : il est en expansion. Tous ces possibles étaient donnés au Globe dans une petite boule de matière qui a explosé, s'est étendue jusqu'à tirer vers l'infini, si bien que le Globe n'y est aujourd'hui pas plus gros qu'une tête d'aiguille dans la nuit noire.

Oscar… Ce que je voudrais te dire… ta planète compte tellement pour nous. Dans notre monde petit et monotone, qui aujourd'hui, comme hier, comme demain, ne nous donne à voir que notre propre image, nous avions besoin de vous, du faux jumeau qui nous tendrait un miroir déformant. Nous qui avons les yeux si secs, ne crois-tu pas que nous avions besoin de vos larmes ? Elles vous protègent de la lumière trop vive et vous autorisent la tristesse. Nous tirons parti de votre exemple : grâce à vous, nous commençons aussi à savoir comment faire. Est-ce que tu sais qu'hier, quand j'ai réuni les Xylographes dans la Rotonde pour leur annoncer que Calder était mort, certains se sont mis à pleurer ? Ils ne peuvent pas, mais ils l'ont fait. Ces larmes étaient les premières de notre histoire. C'étaient peut-être aussi les plus salées qu'on ait jamais versées. »

Quoi d'autre, quoi d'autre encore ? relançait hâtivement Nexus. Il avait décidé que lui ne pleurerait pas.

— Sur la fin de sa vie, Salinaroth avait été atteint par une maladie qui attaqua sa peau en épargnant ses nerfs et où la plupart des médecins choisirent de voir une forme de lèpre ; on disait parmi ses ennemis que des forces supérieures cherchaient à interrompre la série de ses blasphèmes ; on ne jouait pas impunément au démiurge. Darès et Van Goyen se castagnèrent une fois ou deux avec les imbéciles qui propageaient ces racontars. De nouvelles zones de lumière blanche apparaissaient par intervalles sur la peau noire de Salinaroth. Il se dépigmentait. Il saignait aussi abondamment du nez et prit l'habitude d'avoir sur lui de grandes mèches de coton pour ne pas se vider entièrement de son sang. On appliquait des compresses humides sur ses lésions, on brûlait son linge et ses vêtements plusieurs fois par semaine. Cependant même après avoir perdu les doigts, il continua de sculpter : il avait fixé des attelles au bout de ses moignons, demandait à ce qu'on y attache le burin et gravissait ensuite son escabeau, taillant à coups secs mais toujours précis dans le chêne comme la lèpre taillait dans son visage, faisant naître la forme, alors que la maladie, de son côté, le rendait toujours plus informe. Après l'amputation de ses deux jambes, on avait commencé à le transporter dans un fauteuil à travers les couloirs de l'ordre, et sur une litière dans les rues escarpées de Nasco. Il n'était plus qu'un tronc et un visage constellé de papules luisantes. Cela aurait pu avoir quelque chose de grotesque, n'eût été l'énergie prodigieuse qui continuait d'émaner de sa personne : la conviction qu'il avait encore beaucoup à accomplir avant que ses maux ne le paralysent pour de bon. Les dernières œuvres de Salinaroth sont les plus modestes, mais peut-être aussi les plus belles : un groupe de petits garçons émerveillés, pointant l'index en direction de l'univers. Dans ces sculptures, il ne reste rien des souffrances peu communes qu'il a endurées ; il savait très bien qu'elles étaient de l'ordre du pathologique, que la vérité de l'extrême n'est pas la vérité de la vie. Ne voulant pas transformer ses problèmes personnels en système de pensée, il ne les avait représentés nulle part. Il préférait continuer à s'occuper de la vie ordinaire.

Et puis, et puis encore ? Plus loin, plus loin dans les années ? — Van Goyen avait quarante-neuf ans et avait l'impression d'exercer un métier infime et dénigré. La manie du tangible commençait à faire rage au Séabra. Il sentait le Globe menacé par ceux qui lui refusaient la moindre forme de réalité et le plus petit degré d'existence. Quand il en parlait avec Libanius et Darès, ils se rassuraient tous trois : ce n'étaient que des propos de crétins carriéristes qui avaient depuis longtemps arrêté de se poser des questions, ou des cancans de vieilles tantes qui savaient tout sur tout du fond de leur fauteuil. Mais quel que soit le mépris que vous ressentez pour l'interlocuteur, ses paroles restent dans l'oreille ; elles sont une forme concrète du regard de l'autre et trouvent une résonance en vous dès que vous perdez confiance. Penché sur sa table de travail, il avait parfois l'impression qu'il consacrait sa vie à une tâche capitale, que le fantôme de Salinaroth et des générations d'hommes à venir lorgnaient par-dessus son épaule, que le monde entier tournait autour de lui. Mais le lendemain, il était envahi par un sentiment de grande solitude : qui prendrait le temps de saisir le sens de son œuvre ? Il avait beau se donner du mal, ce qui tournait autour de son établi, c'étaient seulement des mouches.

Calder était venu lui rendre visite. Ils avaient parlé pendant des heures, assis sur l'un des bancs du Jardin d'Ombre. Van Goyen lui avait demandé pour la première fois pourquoi, après être sorti des collèges de Pirmis, il n'était pas resté dans les Vallées. « Il y a par ici trop de gens qui m'énervent, lui avait répondu Calder. Les idéalistes ; les doux rêveurs… tous ceux qui évitent piteusement le réel et préfèrent prendre la fuite.

Je sais que Salinaroth ne tolérait pas ce genre de comportements. Mais depuis qu'il est mort… je ne vous reproche pas la façon dont vous dirigez l'ordre… ni vous, ni Darès… mais vous avez autour de vous plein de gens qui desservent votre cause. C'est indéniable, les gens sont devenus des maniaques du tangible. Beranek m'invite régulièrement au Nordeste : là-bas je suis aux premières loges. Je suis tombé sur des grands bourgeois qui, malgré toute leur culture, me soutenaient mordicus que l'imaginaire n'est qu'un entassement de fantasmes individuels. Toutefois quand on se trouve face à quelqu'un qui a perdu le sens du possible et ne jure plus que par le réel, il faut être sacrément obtus pour choisir de contrer ce discours en prétendant que l'espace des possibles est celui de la vraie vie, parce qu'il est moins étroitement borné et plus signifiant que le réel. Car le lendemain, que font les habitants de Fortal ? Ils se réveillent et vivent au Séabra. Ils reprennent leurs soucis de la veille au point précis où ils les ont laissés. Ils oublient vite ce qui s'est passé en rêve. Allez leur dire que leur monde n'est qu'un monde parmi d'autres ! Que le Séabra est fait pour aboutir à quelques belles gravures ! Les gens qui argumentent dans ce style vous font du tort, sans forcément en être conscients. Parfois ils se conduisent de façon puérile. On leur dit : *seul le réel existe*, ils se fâchent et répondent par une inversion simple : *même pas vrai ! le réel n'est qu'un rêve, c'est le rêve qui existe le plus*. Des enfants… Sous prétexte que, quand ils ferment les yeux, leurs pensées prennent des contours flous, ils se croient libres de dire n'importe quoi. – Mais comment pourrait-on s'y prendre pour convaincre les incrédules ? avait demandé Van Goyen. – Il faut d'abord que vous vous débarrassiez des escapistes. Vous aurez plus de succès ensuite, parce que vous donnerez un exemple plus enviable. – Et pour ceux qui ne croient qu'à ce qu'ils voient ? » Calder soupirait. Il avait un peu voyagé mais n'avait pas réponse à tout.

Les gens voulaient des preuves. Bon. Van Goyen était d'avis qu'il fallait leur parler leur langage. Puisqu'ils réclamaient du tangible, leur donner du tangible. Dans un pays qui transformait chacun en ambassadeur de sa cause, le Globe devait lui aussi trouver son ambassadeur : quelqu'un dont l'existence même soit une preuve. « J'ai rêvé l'homme entier, murmurait Van Goyen. Il devait avoir la tête sur les épaules, être aussi à l'aise dans le monde pratique que dans l'imaginaire. Il devait être le lieu où s'établit la connexion des mondes. Je fantasmais sa vie : le jour, il habiterait Regson ; la nuit, le Séabra. Je le voyais déjà aller parler aux pragmatiques. Il leur dirait : "Avance ici tes mains. Palpe mon visage… il est tangible, non ? Avance plus près. Parfois, tu sais, je me sens si triste… laisse-moi pleurer sur ton épaule ; tu goûteras à mes larmes ; tu verras bien qu'elles sont réelles." Van Goyen s'était mis au travail. Il avait d'abord fallu convaincre les Xylographes. Des mois durant, il avait dû prêter l'oreille à leurs peurs lancinantes : ce projet-là est trop orgueilleux – nous ne sommes pas encore prêts – nous sommes trop maladroits – c'est jouer avec le feu – on ne sait pas quelles conséquences – mettre deux mondes en contact provoque des cataclysmes – Salinaroth n'aurait jamais approuvé ça. Mais il avait fini par lever leurs principales objections et par arracher leur accord. Trois mois plus tard, il était presque prêt ; il s'était mis en route ; il avait commencé à faire le tour du pays pour annoncer à tous la venue d'un ambassadeur.

« Mais pourquoi mutilé ? » demanda Nexus.

Les portes de la Salle des Globes s'ouvrirent avec fracas. On appelait Van Goyen. Le télescope était arrivé, on venait de finir de l'installer sur le chemin de ronde.

C'est un pays où l'air n'oppose aucun obstacle. Alors, au bout du télescope, il y avait les casernes de Fortal. Dans les cours des casernes, les portes des camions claquaient, les bâches se refermaient sur les chargements d'hommes qui s'élançaient vers l'Ouest dans des crissements de pneus. On voyait se former sur les routes des cohortes continues de fantassins, des colonnes de tanks roulant pesamment sur leurs chenilles, et les grappes noires et déguenillées des mendiants-aveugles qui parcouraient la route au grand galop, tantôt en éclaireurs, tantôt en arrière-garde, toujours en francs-tireurs. Ils seraient au bord de l'Urucaye, demain, toute l'armée. Ils venaient ravager l'Ouest, les Vallées, le Boquerón, parce qu'on leur avait dit que c'était un pas de plus vers l'horizon imaginaire de la nouvelle société, qu'ils croyaient bien réel et dont ils voulaient à toute force accélérer la venue. Dans la nouvelle société telle que la concevait Beranek, chaque individu devait pouvoir tendre vers les possibles qu'il se sentait l'envie d'atteindre en restant différent des autres et ouvert sur les autres. De ce rêve, Ortiz et Darès n'avaient gardé qu'une seule idée : il faut marcher. Pour que ça aille plus vite, il vaut même mieux marcher en ordre de bataille. Ce n'était pas le même infini. C'était l'étendue morne et uniforme – l'alignement des chiffres et celui des matricules.

« Je crois, disait Van Goyen, que Beranek avait en tête l'infini du divers. Ce qu'il voulait concrétiser, c'était le pluriel en marche. Parce qu'il est facile de faire marcher l'Un, d'approuver la marche du réel : il suit de lui-même sa mauvaise pente. Chaque fois que le réel roule un peu plus loin, mû par son propre poids, Ortiz sanctionne les faits en déclarant : “C'est bien ce que nous voulions. C'est bien.” Et il fait passer l'inertie pour de la volonté, l'uniformisation pour un projet, alors qu'elle est ce que produit l'Histoire quand on la laisse suivre son cours. La marche du réel, ce n'est qu'un laisser-aller aux probabilités les plus fortes, aux possibles les plus médiocres. Faire avancer le pluriel… c'est autrement plus difficile, puisqu'il ne tire jamais comme un seul homme dans la même direction. Mais ce serait autrement plus beau… — Si cette guerre ne nous tue pas, peut-être nous rendra-t-elle plus forts. Les gens finiront peut-être par comprendre… Tous ceux qui ont eu peur de l'infini et ne savaient pas quoi en faire, et qui se sont recroquevillés jusqu'à vivre de presque rien… quand le Désert sera partout, qu'il ne restera plus que quelques dizaines d'espèces de fleurs et d'animaux… peut-être s'ennuieront-ils, alors – ceux qui ne seront pas morts – peut-être viendront-ils nous voir pour nous dire : et à part ça ? qu'y a-t-il d'autre ? Peut-être nous demanderont-ils, alors : qu'avez-vous découvert ? quels possibles avez-vous trouvés pour rompre la routine, pour faire dévier le réel de sa pente et raconter une autre Histoire ? »

À travers tout l'Ouest et toute la montagne, dans les clochers de tourmente qui servent d'ordinaire à guider ceux qui se sont aventurés trop haut par temps de neige, les cloches sonnaient le tocsin. Les lourds battants de métal frappaient le bronze à n'en plus finir, valdinguaient sans répit d'un bord à l'autre des tambours évidés.

« Mais pourquoi mutilé ? répétait Nexus.

– Parce que Darès est passé après moi.

– Mais pourquoi a-t-il voulu mutiler et détruire ? répétait Nexus.

– Je ne sais pas.

– Mais pourquoi ne pas avoir jeté au feu la tablette ? Pourquoi ne pas en avoir pris une autre, et recommencé ?

– Je n'avais pas le temps de recommencer. Ça m'avait pris des mois. La bande de Caius interceptait tout le bois que nous faisions venir du Boquerón… Même mutilé, tu représentais quelque chose d'important. Tu méritais une chance. Je savais bien que ta vie là-bas ne serait pas facile tous les jours, mais étrangement, j'avais confiance. Il t'avait privé d'un certain équilibre mental et de la mémoire, mais je me suis dit que tu aurais encore le rêve. Tu posséderais peut-être assez de rêve pour survivre. Et être moins ancré là-bas te rendrait aussi plus ouvert à ce qui t'appelait ailleurs, moins sceptique que tous ceux pour qui ce ne sont que des parenthèses nocturnes dans le cours ordinaire de leur vie. Tu aurais droit de passage vers ici. Je me suis dit que tu viendrais à mes côtés et que tu m'aiderais à faire la preuve. Quelqu'un qui est capable de passer une frontière, de pénétrer dans une prison et de provoquer une guerre… il faut bien que ce soit quelqu'un de réel – tu ne crois pas ? »

Il y a ce qui est gravé et ce qui n'est pas gravé. Rezzano est sorti des brumes et s'est heurté aux murs de glace, et ceci c'est gravé dans les livres qui racontent l'exploration du Séabra, l'épuisement progressif de la terre inconnue dans ce pays limité ; un homme s'est levé de son lit, a titubé jusqu'au miroir, a accompli face au miroir ses actes de naissance, et cela c'est gravé sur la tablette minuscule, abimée, périssable que Nexus tient toujours entre ses mains diaphanes ; un matin au réveil Darès n'était plus là, et ceci ce n'est pas gravé dans le bois, mais le bois en porte les traces, c'est dit partout dans les blessures du bois meurtri. Le temps du tangible était venu, il fallait répondre à l'ennemi dans le langage de l'ennemi, se saisir de ses armes, convaincre ceux qui ne seraient convaincus que lorsqu'ils pourraient toucher, et cela ce n'est pas gravé, c'est le récit qui se fraye un chemin difficile par la gorge de Van Goyen, et dont les mots défilent en bandes désordonnées, des mots qui ne savent pas se mettre en ordre de bataille et qui ne sont pas capables de faire la guerre. Il y a les camions et les chars qui approchent, la cohorte continue qui s'ébranle et prend la direction de l'infini du même, et ceci ce n'est gravé nulle part, c'est leur instant présent, qui fait trembler les mains, et les mains en tremblant détachent les cordes nouées à la charpente des beffrois, et les cordes tirées mettent en branle les cloches, et le tocsin des cloches fait vibrer de son bronze les tempes et les tympans par toute la ville de presque-crête.

À ce rythme-là, les armées du Nordeste atteindraient Nasco dans deux jours au plus tard. Van Goyen et son ambassadeur se tenaient côte à côte sur le chemin de ronde et observaient dans la lunette du télescope l'armée qui grandissait à l'Est. Parfois ils relevaient la tête et se dévisageaient en silence. Puis ils se tournaient de nouveau vers le Nordeste et regardaient la guerre approcher comme l'éclair.

26. TRAUMFREUND ESQUISSE UNE THÉORIE GÉNÉRALE DE LA NUIT

Ils ont reçu ça un matin, en provenance de Regson. Ce n'est pas un microfilm. Ça ne déclare pas la guerre. Juste un carton d'invitation. Assez de signes concordent pour estimer que Noël approche, et Samuel Drake a décidé de les convier à une petite fête. Dans les salons de l'Hôtel de Ville, les invités du gouverneur pourront découvrir avant l'ensemble de l'humanité la dernière œuvre d'Ernst

Bianco commandée par la Ville. La toile s'appelle *Le Dit de Regson*, et même si le carton ne veut pas en dire trop, il laisse entendre, par de perfides allusions, que c'est une création vraiment impressionnante. 23 décembre, 20 heures : venez et vous pourrez vous faire une idée par vous-mêmes. Au coin inférieur droit de l'invitation, il est précisé en toutes lettres : *En présence de l'artiste*. Drake a aussi ajouté un mot manuscrit, leur demandant d'arriver plus tôt pour qu'ils aient le temps de faire le point sur l'enquête. Rilviero et Traumfreund, tout en partageant le café et quelques oranges matinales, s'efforcent d'éclaircir les détails de ce message codé.

« En présence de l'artiste… s'étonne Rilviero. Je croyais qu'il ne venait jamais. Même quand il expose en solo. Même pas aux vernissages. — Et autre chose : Noël. C'est écrit : pour Noël. Qu'est-ce que ça peut bien vouloir dire ?

– Comment dites-vous ?

– Noël. Ça existe encore, ça ?

– C'est marqué ?

– Oui.

– Alors oui.

– Et c'est quoi ? Cette histoire de squatteurs d'étable et de nourrisson aux petites couilles gelées ?

– C'est ce que vous diront les profanes. En fait c'est la grande fête païenne d'après le solstice d'hiver. Pour célébrer la victoire sur la nuit, les gens montent en haut des collines et y allument des feux immenses, qui répandent dans le monde entier leurs gerbes d'étincelles. Et comme chaque jour qui passe fait regagner des minutes, on se permet de faire briller, tendues de fenêtre en fenêtre, des illuminations. »

***

Le jour dit, à l'entrée de l'Hôtel de Ville, il fait une température largement négative et des gens courageux dont les doigts ne vont pas tarder à tomber distribuent des tracts, tout en criant de temps à autre, sous une banderole vert pomme un peu ostentatoire : « Dernier Noël pour les campagnes ! Rejoignez le comité de défense de la ruralité ! » Rilviero en déduit que les ennuis de Drake continuent. Pourtant il semble aller mieux que la dernière fois. Ils se sont assis dans les fauteuils profonds de son bureau, au milieu de cette cage de verre construite à l'angle de la façade néogothique. Traumfreund, que l'hiver rend de plus en plus allemand, s'obstine à appeler cet endroit *das Rathaus*, au lieu de l'Hôtel de Ville. La réalité va un peu dans son sens : toutes ces briques rouges… et puis il faut avouer que les statues de l'horloge astronomique, lorsqu'elles sont sorties un instant pour sonner les sept heures, ont brandi leurs marteaux avec une énergie digne des Nibelungen. Il apprend à Samuel Drake que ce nom de Nibelungen signifie *ceux de l'obscurité*, ou peut-être *ceux du monde d'en bas*. Le gouverneur avoue bien volontiers qu'il ne savait pas ça. Pour les mêmes raisons, Traumfreund cherche à les convaincre de goûter avec lui le *Glühwein* qui se prépare en cuisine. Il leur fait miroiter le vin chaud brillant dans les verres traditionnellement cerclés d'anses métalliques. Il y a de l'anis, des clous de girofle, de la noix de muscade, du citron confit, mais il n'y a pas que ça. Il y a aussi de la figue sèche, de la cannelle, un peu de gingembre, de la cassonade, du cognac, de l'orange, que des bons ingrédients. Ça va les réchauffer. Mais Rilviero et Drake craignent que ce ne soit une entrée en matière trop brutale pour une soirée qui s'annonce longue.

« *Pseudologia phantastica* », finit alors par soupirer Traumfreund, sur le ton de la résignation.

Drake lève vers lui un regard cordial et interrogateur.

« C'est un reptile indonésien ?

– C'est la maladie qu'a sans doute Nexus. »

Pseudologia phantastica, répète Traumfreund pour qu'ils entendent toutes les syllabes. Voilà le diagnostic qu'il se permet de poser après avoir observé Nexus ces trois derniers mois. Le docteur entreprend d'expliquer sans attendre leurs questions. À l'origine, c'est un Allemand, bien sûr. Le premier psychiatre à avoir introduit la notion s'appelait Anton Delbrück. C'était en 1891, dans un livre publié à Stuttgart, et dont il juge prudent de leur épargner le titre. Ils insistent ? Ça ne leur fait pas peur ? Bon. *Die pathologische Lüge und die psychisch abnormen Schwindler: Eine Untersuchung über den allmählichen Übergang eines normalen psychologischen Vorgangs in ein pathologisches Symptom, für Ärzte und Juristen*. Voilà. Il les avait prévenus.

« Nexus est un fabulateur pathologique. Il a une forte propension à raconter des histoires qu'il fabrique de toutes pièces. Il est lui-même persuadé de leur réalité et s'efforce de convaincre son entourage. Ça ne découle pas chez lui d'un calcul : tous ces mois-ci, il nous a entraînés dans des récits complexes, jour après jour, comme les anciens conteurs chargés de divertir leur village, mais il n'avait rien à gagner à l'affaire. S'il avait voulu nous prouver qu'il n'était pas responsable de ses actes, ou s'innocenter du meurtre, il aurait trouvé des mensonges plus efficaces. J'ai réuni ces derniers jours tous les éléments que nous possédons sur lui, et le portrait qui se dessine, en fait, est assez cohérent. Il présente les traits distinctifs d'une constitution mythopathique : des tendances romanesques, une exubérance imaginative et verbale, un penchant pour l'instabilité et le vagabondage… Cet homme est une véritable fable en marche. Il ne peut pas concevoir sa vie autrement que comme une odyssée dont il est la figure de proue. La pseudologie fantastique, c'est une maladie de la sociabilité. À l'instar de beaucoup de mythomanies. Le malade veut intéresser les autres à soi, conquérir leur bienveillance. Face aux autres, qui nous regardent, nous sommes tous tentés de métisser notre vie de fiction, de lui donner un peu plus de rythme et de couleur qu'elle n'en a réellement. Nous faisons ça instinctivement. Parce que l'estime que nous avons pour nous-mêmes va de pair avec la reconnaissance sociale. Chez les fabulateurs, cette tendance naturelle n'est plus régulée par aucun mécanisme d'inhibition. Ils en ont pathologiquement besoin : ils la laissent exploser, sans limites. »

Comme Drake réclamait des détails, Traumfreund sortit son petit carnet et leur lut la définition classique de la pseudologie fantastique mise au point par les frères Healy, du côté de Boston, trente ans après Delbrück : « Une falsification entièrement disproportionnée à un but discernable, en général extensive et sophistiquée, se manifestant pendant des années, parfois même toute la vie, en l'absence d'un trouble mental avéré. » À quoi les psychiatres avaient ajouté depuis d'autres caractéristiques : le fabulateur ne planifie pas ses propos par avance ; il possède souvent un QI verbal plus élevé que la moyenne ; il porte un jugement clair sur tous les sujets extérieurs à ses fables ; enfin il n'est pas rare qu'il reconnaisse partiellement le caractère fictif de ses propos.

« J'insiste sur ce dernier point, car on retrouve bien ça chez Nexus », ajouta Traumfreund en se tournant vers Rilviero. « N'est-ce pas ? Il nous rapporte ses aventures comme autant d'événements révolus, et met parfois en doute leur réalité. Je n'ai pas le sentiment qu'il veuille nous convaincre à tout prix. À l'époque, simplement, il y a cru. Il y croyait encore au cours de son procès, et c'est la raison pour laquelle il a décidé de se réfugier dans le mutisme. Les jurés d'assises ne lui ont pas paru un public idéal pour laisser libre cours à sa fabulation. Dans quarante pour cent des cas environ, la pseudologie fantastique survient chez des sujets présentant des anomalies du système nerveux central. À notre connaissance, Nexus n'a aucun problème de ce côté-là. Mais comme Rilviero a dû vous en informer, il souffre de déficiences du sommeil paradoxal. Ce phénomène… Ça continue de me laisser perplexe : difficile de savoir quand c'est apparu. En tout cas, c'est sans doute la cause de son amnésie : privé de cette phase du sommeil, on ne peut plus assimiler de connaissances ou mémoriser sur le long terme les événements de la vie diurne. Il y a fort à parier que les récits de Nexus sont l'œuvre de sa conscience luttant pour restaurer dans sa tête une cohérence que l'amnésie a détruite. »

Traumfreund referma son carnet. Il tenta de savoir si ses explications avaient été suffisamment longues pour laisser le temps à son *Glühwein* de refroidir un tant soit peu, mais quand il approcha le verre de ses lèvres, ses lunettes s'embuèrent de nouveau, lui donnant l'air de ce psychiatre alpin auquel vous refusez à juste titre de confier vos névroses.

« Vous pourrez lire ici ou là que la pseudologie fantastique est une forme de mensonge pathologique… je n'aime pas trop le terme, personnellement. Un fabulateur comme Nexus ne dit pas la vérité, bien sûr, mais il ne ment pas, parce qu'il n'a le plus souvent pas conscience que ses récits sont de pures inventions. Il est au-delà de nos notions habituelles du vrai et du faux.

– Mais en quoi consiste chez lui la fabulation ? » demanda Drake.

Ayant fini d'astiquer ses lunettes, Traumfreund remercia Rilviero pour le mouchoir et remit sa monture d'un geste compétent.

« Il s'imagine qu'il vient d'un autre monde. Cela s'appelle le Séabra. On l'a chargé de jouer le passeur entre ce monde et le nôtre, et il y retourne chaque fois qu'il rêve. Ça ne manque pas d'éléments traditionnels : la recherche de filiation… le délire de grandeur… Tous ses récits tendent à nous donner une idée exagérée de sa propre valeur. À Regson il n'était qu'un employé subalterne. Là-bas il fait l'Histoire et entretient des relations étroites avec les plus grands hommes. Néanmoins je répète : il n'y a pas de volonté d'escroquerie. Il y croit. Il a besoin de ces récits pour se maintenir en équilibre.

– Et en quoi tout cela est-il lié au meurtre ? Comment est-ce qu'il s'en justifie ?

– Ce sont des événements survenus là-bas qui l'ont poussé au crime. De sorte qu'il n'en est pas responsable. On a eu tort de lui demander de répondre de ses actes devant la justice. Cet homme est simplement malade, et… pardonnez-moi, Monsieur le Gouverneur, mais enfin… il faut que vous vous en rendiez compte : en le faisant condamner, vous avez contribué à créer un précédent dangereux. »

Drake décida de ne pas relever la remarque.

« Quels événements ?

– Nous ne savons pas encore. Bientôt. Dans quelques jours.

– Je ne comprends pas bien. Ça fait trois mois que vous êtes là-haut. Que vous a-t-il raconté, tout ce temps ?

– Sa vie rêvée au Séabra. Enfin… ce ne sont pas des rêves à proprement parler. C'est une autre existence qu'il a entrepris de construire pour oublier Regson. Les malades atteints de pseudologie fantastique raisonnent de la façon suivante : si la frontière entre réalité et imaginaire est si floue que mes créations peuvent passer pour vraies auprès de mes interlocuteurs, alors je n'ai pas à me fier à ce que je perçois du réel. Je peux retirer tout crédit à la réalité. Ces choses horribles ne m'arrivent pas. Je ne suis pas amnésique. Je ne suis pas méprisé.

– Et pourquoi le laissez-vous prendre son temps comme ça ?

– Il nous a imposé son rythme. Toutes mes excuses… C'est notre faute, ça… ma faute. Nous avons essayé de l'en faire changer, mais il menaçait de ne plus rien dire. L'inconvénient des sentences à perpétuité, c'est que les gens n'ont plus rien à perdre. Le cas m'intéressait. Je me suis dit que nous n'avions qu'à le laisser faire. Quand je peux me le permettre, dans mon métier, j'évite de faire de l'abattage. Il faut du temps pour rentrer dans la logique de quelqu'un — et sa logique à lui forme tout un univers. »

Drake se renversa dans son fauteuil. Quelque chose lui faisait froncer les sourcils. Il était mécontent de Traumfreund. Ou mécontent de la situation dans laquelle il s'était mis en décidant d'enquêter sur la mort tout en sachant très bien que les morts ne reviennent pas. Ou bien c'étaient des rides que le travail et la concentration avaient gravées pour le restant de ses jours entre ses sourcils, lui donnant l'air perpétuellement soucieux.

« Quand j'ai envoyé Paulus vous solliciter, je pensais bien que vous accepteriez de donner un coup de main… mais rien ne vous forçait à y consacrer autant de temps.

– Ne vous préoccupez pas de ça. Comme je vous dis, le cas m'intéressait.

– Il n'empêche, vous vous êtes donné beaucoup de mal. Qu'espérez-vous tirer de tout cela ? Une publication ?

– Non. Ce serait un cas intéressant à étudier, bien sûr. Mais l'étudier plus avant empêcherait de le guérir. Ce n'est pas ma conception de la science. J'ai des collègues qui se frotteraient les mains. De batterie de tests en batterie de tests, ils oublieraient de lui demander s'il va mieux. Ils se mettraient même à espérer que son état s'aggrave un peu. Un symptôme qui s'aggrave est toujours plus facile à décrire. Ils se disent en eux-mêmes que comprendre ce cas précis permettra sans doute de guérir des dizaines de personnes, plus tard. En attendant, il faut bien publier cet article et obtenir ce poste à St. Anthony… Ce que j'espère c'est une guérison. »

Mais il n'avait pas plus tôt prononcé ces mots qu'il se demanda s'il s'agissait de la guérison de Nexus ou de la sienne. Drake ne lui laissa pas le temps de s'interroger là-dessus. Il insistait. De toute évidence, il ne croyait pas au désintéressement.

« Vous avez eu la subvention du ministère. Disons que le Conseil de Région débloquera également des crédits pour Bentlam. De quoi faire passer la clinique de soixante-quinze à cent lits. Mais si vous vous occupez d'aussi près de chaque cas, ce n'est pas une bonne nouvelle pour vous : vous allez crouler sous le travail.

– Oh… vous savez… on ne croule que si on le veut bien. Je m'en accommoderai. Et je vous remercie beaucoup. »

Le gouverneur se leva. Leur entretien était fini. Traumfreund essaya de le retenir d'un geste :

« S'il guérit… Monsieur le Gouverneur, si moi et plusieurs de mes collègues nous accordons pour le juger guéri… s'il présente des gages sérieux de réadaptation sociale… vous ferez en sorte qu'il bénéficie d'une réduction de peine ? Qu'il soit remis en liberté conditionnelle ?

– Nous verrons bien… Je ne dis pas non. Figurez-vous que j'essaye de passer à autre chose, en ce moment. »

Quand ils arrivèrent dans le Salon des Arts, une centaine d'invités y déambulait déjà, sans oser toucher au buffet. Rilviero s'approcha d'une femme qu'il avait repérée de loin et qu'il trouvait très belle. Elle affirma s'appeler Lisa Zackman. Il la présenta à Traumfreund et à Drake, puis le gouverneur les remercia encore pour leur travail et les quitta pour jouer son rôle de maître de maison. Quand il se retourna, Rilviero surprit Traumfreund en flagrant délit de zackmanomania. Il faut dire que Lisa en éclipsait bon nombre habillées plus cher et ayant fait poireauter plus longtemps leur conjoint avant de se décider entre la noire… ou la verte ? ou la rouge ? Le rire dans la voix, ça ne s'achète pas. Pas plus que l'attention du regard ou la précision de la réplique. Et pourtant quand il l'a retrouvée chez eux à midi, elle lui a avoué qu'exténuée par le travail de ces dernières semaines, elle tenait à peine debout. Après s'être inquiété de la voir dans cet état, le voilà maintenant plutôt partagé entre la crainte qu'ils se jettent tous sur elle en meute, la langue pendante, et une certaine fierté amoureuse : il est celui qui, passant derrière elle, peut effleurer des lèvres, sans qu'elle s'offusque, sa nuque, et chuchoter une allusion que deux personnes au monde seulement comprennent.

Dehors, sur le parvis, les Nibelungen vêtus de leurs cottes de mailles viennent de sonner huit heures, et la salle s'est remplie. Peut-être trois cents personnes. Samuel Drake décide que c'est tant pis pour les retardataires. Monté sur une estrade en dessous du gigantesque drap blanc qui protège le tableau, il doit, à son plus grand regret, commencer par une annonce qui, il l'espère, ne ternira pas la fête : ils viennent de recevoir un coup de téléphone ; Ernst Bianco s'excuse, il ne pourra pas venir ; victime de l'épidémie de grippe, il s'apprête à passer Noël cloué au lit. Le gouverneur présente toutes ses navrances à la salle qui se perd en murmures consternés.

« Vous voyez, je vous l'avais bien dit, souffle Rilviero à Traumfreund et Lisa. Ernst Bianco ça n'existe pas ; c'est un nom de code pour un collectif d'artistes qui vivent reclus six kilomètres sous terre, ou bien pour un réseau de trafiquants d'art, mais ça n'est pas un homme.

– Il porte l'art du silence à son plus haut degré. Il fait le nécessaire pour incarner l'âbsence. Quel ârtiste moderne ! » remarque Traumfreund dans sa sagesse presque infinie. « Voyons les œuvres. »

Le gigantesque drap blanc tombe, et les applaudissements polis cessent en quelques secondes. Trois cents personnes s'arrêtent de respirer. Il se passe quelque chose d'intéressant. Sur vingt mètres de long et quatre mètres de haut, *Le Dit de Regson*. En bas à droite : *Bianco fecit*. Ce n'est pas marqué, mais ça pourrait : dans son tableau, le Moyen Âge prête main-forte à l'art contemporain. Ernst Bianco n'a pas froid aux yeux : il a choisi de concurrencer les maîtres anciens sur leur terrain de prédilection. *Le Dit de Regson* est un triptyque ; on n'arrive pas à en voir les charnières, mais tout de même : ça va du noir au blanc et déploie en trois temps une vision de portée universelle. Instinctivement, ils sentent que ça peut se lire comme une histoire. Donc leur regard part de la gauche. De ce côté-là explose toute la violence, les enfers tels qu'aujourd'hui ils hantent encore le monde, la guerre qui ravage sans frontières, des membres arrachés, portés disparus dans l'horreur du combat, ailleurs ressurgissant, le cœur dur et noir qui rayonne et projette ses giclées de ténèbres, des articles de journaux découpés, illustrés, pas de doute, c'est Regson, ce sont certains aspects de la réalité, ce vieux tué à coups de batte et abandonné sur une palissade au bord d'un terrain vague, l'entrelacs effrayant des tuyaux où circulent l'énergie et les excréments de la ville, les flics véreux font leur tournée, il y a du tabassage, des bavures, des tournantes qu'on empêche trop tard, et plus haut les gros titres, brûlée vive, excisée au rasoir, séquestré cent vingt jours, des feuilles d'aluminium chauffées par en dessous, requiem à l'œil glauque, fix par fix, mains et jambes liées, les os pas assez lourds, alors lestés de pierres puis d'un seul coup balancés dans la Morge, tout cela coulant vers cette bande de noir pur, épais, sans concession, qui limite le bord gauche ; au centre cela se grise, on voit tout ce qui reste après, quand le monde par dizaines s'est retrouvé détruit, état des lieux pessimiste pour époque incrédule, nous avons été abandonnés à notre peur, la perversité qui se banalise, par les dimanches de pluie où remontent en surface certains secrets de famille, des couloirs aux néons, lino et faux plafonds comme Traumfreund les craint tant, puis les choses s'éclaircissent, la touche plus vive et plus visible a quelque chose de moins désespéré, la nausée s'adoucit, refranchit le diaphragme, il se déroule des réconciliations, des poignées de main dans le crépitement des flashs, d'autres gestes plus intimes qui ouvrent la porte à autrui, et, sur la droite, étoile après étoile dans cette zone de pénombre, surgit de la lumière, les architectures sveltes réfléchissant leur élégance dans l'eau claire des bassins, les corps cette fois-ci étroitement enlacés, des violons qui à force de travail tirent quelque chose de l'homme, c'est le sacre du printemps en boutons puis en fleurs sur les pavés de la Merced, plus loin des femmes en robes légères astiquent des vitres ouvertes à toutes les brises, sur la table de la cuisine les hommes hachent des oignons sans se couper et en ne pleurant que de rire, combien est-on ce soir déjà ? en contrebas il y a le fleuve, au bout du fleuve la mer, les falaises abruptes qui y plongent en mille détails complexes, des bateaux tirés sur le sable, les pêcheurs qui écaillent des poissons rutilants et au-delà, en accompagnant du regard une volée d'oiseaux migrateurs, c'est l'horizon, mains d'hommes et mains de femmes tendues d'éblouissement vers la lumière chaude et de plus en plus blanche qui tout là-bas inonde l'autre bord du tableau. Les panneaux sont sécables. Ailleurs ils seront exposés dans un ordre différent. La répartition des couleurs n'est pas une chronologie, et rien ne permet de dire qu'on va vers la lumière, pas plus d'ailleurs que vers la nuit. Traumfreund veut s'approcher à cause de la texture, mais il y a déjà trop de monde. La contemplation silencieuse n'a duré qu'une minute ; maintenant tout le monde est sur l'estrade, pour voir d'un peu plus près, entrer dans le halo, vibrer dans la compagnie des couleurs, du bout des doigts toucher presque l'aura de l'œuvre faite de main d'homme absent. Tout autour, les conversations reprennent.

Rilviero le tire par la manche. Un Rilviero jamais ça ne perdra le nord : puisque *Le Dit de Regson* fait diversion et occupe le gros des troupes, c'est le moment ou jamais de s'attaquer au buffet. Après tout ce Bianco est une œuvre assez traditionnelle : il ne va pas bouger, tandis que les petits fours c'est de l'art éphémère. Une fois devant le buffet, Traumfreund sent de nouveau son ami agrippé à sa manche :

« Il *s'imagine* qu'il vient d'un autre monde ? souffle Rilviero.

– Oui. Qu'est-ce que vous vouliez que je lui dise ?

– Je…

– Quoi ?

– J'avais l'impression qu'il y avait plus en jeu.

– D'accord. Je ne suis pas sourd. Moi aussi j'ai entendu le raisonnement de Van Goyen. Néanmoins si le gouverneur désire visiter ce pays, nous serons bien en peine de l'y emmener. Quelle direction prend-on ? Je suis à l'Hôtel de Ville, là. C'est à gauche ou à droite en sortant ? Ah, il faut un visa ? Bon. S'il le faut il le faut. Mais où est l'ambassade ? — Franchement, je ne me voyais pas lui dire : "Monsieur le Gouverneur, croyez-moi ou croyez-moi pas, il vient d'un autre monde."

– Bien sûr. Mais vous n'avez même pas cherché à lui faire comprendre ce qui…

– C'est un homme politique ! Son sens du réel est professionnellement exacerbé. Le rêve ne lui revient que sous la plume des types qui rédigent ses discours, lors de petites envolées lyriques soigneusement calculées. Je ne fais que m'adapter à l'interlocuteur. Pour l'instant le Séabra n'est qu'un espace que nous avons dégagé dans nos têtes pour accueillir le récit de Nexus.

– Mais il nous y a engagés. On ne peut pas faire marche arrière. Nous y avons passé du temps…

– … et Van Goyen n'aurait pas tort de dire qu'il existe plus pour nous que Richard Tallis ou Zhao Yuan… ces types que nous n'aurons connus qu'à l'état de cadavres, qui ont vécu et qui sont morts sans nous marquer. Oui. J'ai juste estimé que ce qui importait ce soir, c'était de dire à Drake que Nexus *croit vraiment* venir d'un autre monde – parce que je suis convaincu de sa sincérité – et pas de persuader Drake que cet autre monde possède une forme d'existence ! Je suis quelqu'un d'ambitieux, mais enfin… »

C'était une manière bien froide de formuler les choses, se mit à penser Rilviero. Sur le fond il ne pouvait que donner raison à Traumfreund. Il ne savait même pas pourquoi il venait le reprendre là-dessus. C'était plus fort que lui. Ces petits fours aux anchois lui restaient dans la gorge et il en voulait au psychiatre d'avoir donné son diagnostic sur un ton si distant. Il y avait du mensonge quelque part. Si ce n'est dans le diagnostic, au moins dans la distance.

Soixante-dix magnums de champagne plus tard, la coupe de la fête était pleine. Le brouhaha des voix formait une basse continue brodée des éclats de rires des femmes. Traumfreund observait les serveurs circuler, gilets bordeaux, chemises blanches, nœuds papillons, chaque geste professionnel, chaque sourire répondant à des normes précises. Pas de risque qu'une jolie serveuse vous renverse du vin dessus, elles connaissaient trop leur affaire. Pourtant ç'aurait été le moyen d'entamer une conversation et d'échanger autre chose que des formules toutes faites. Voilà : pendant que Lisa et Paulus enfin réunis s'embrassaient dans les coins, il en était à parier sur la maladresse pour faire resurgir un peu de spontanéité. Les invités les plus rodés saisissaient des verres distraitement, sans choisir et sans envie de boire ; ceux qui n'en revenaient pas de se trouver là, au contraire, pourchassaient les serveurs. Certaines personnes ne s'étaient pas vues depuis longtemps, on assistait tous les dix mètres à une scène de retrouvailles ou de reconnaissance. « Justement l'autre jour je pensais à toi. Qu'est-ce que tu deviens ? » L'ambiance générale était celle d'une réunion entre amis. Drake ne s'était pas senti tenu d'inviter les gens pour entretenir des relations qui pourraient lui servir un jour ou par sens de ses devoirs mondains. Il attachait beaucoup de prix à sa situation mais regimbait face aux obligations qu'elle lui créait, à tel point que la liste des invités de ce soir aurait pu se lire comme une déclaration d'indépendance ou d'indifférence au qu'en-dira-t-on. La présence de Traumfreund et de Rilviero en était le meilleur exemple. Beth aurait pu se mêler d'apprendre qui ils étaient, quel genre d'affaires ils traitaient avec son mari. Mais Drake voulait les remercier du travail accompli et se préoccupait peu qu'on s'étonne de voir traîner ensemble un ex-officier de la judiciaire et un psychiatre en vue.

Comme d'habitude, Traumfreund se met à prendre de la hauteur. Retirant ses lunettes, il cale contre son œil droit ce monocle qui permet selon la légende d'entrevoir les lois générales derrière les phénomènes particuliers ; muni de ce prisme formidable, le voilà qui observe. Il ne lui faut pas deux minutes pour remarquer des règles. Ces soirées sont constituées de cercles. Tantôt les cercles s'ouvrent au nouvel arrivant, tantôt ils se referment pour décourager d'autres personnes de s'immiscer dans la conversation. Les gens font ça sans réfléchir : leurs pieds se décalent, une sourdine se pose sur leurs voix quand elles souhaitent passer sur une ligne privée. Ce soir les cercles étaient plutôt ouverts. Il n'était pas du tout exclu qu'ils en viennent à parler à quelqu'un avec qui ils n'avaient gardé ni les cochons, ni les fous, ni les chèvres, et que personne ne leur avait présenté. Autre règle : il y a tant de gens présents qu'on éprouve toujours des scrupules à s'attarder avec une nouvelle connaissance, à opérer un choix si exclusif dans l'immense répertoire des conversations qui pourraient avoir lieu. Alors on prend prétexte d'aller admirer *Le Dit de Regson* ou de reprendre un verre de Chardonnay et on rompt là, même quand on ne s'ennuyait pas.

De l'autre côté de la salle, Paulus et Lisa, s'étant reconnus, se retrouvent. Elle veut beaucoup l'embrasser – il lui dit que ça ne se fait pas et résiste pour la forme, puis se laisse un peu beaucoup faire. Drake, de passage dans leurs eaux, leur conseille un détour par les verrines avocat-crabe-agrumes : « Elles ne pincent pas. » Lisa s'empresse d'aller en capturer une paire. À peine est-elle partie que le gouverneur sourit à Rilviero et lui fait compliment de sa prise. Mais Rilviero refuse énergiquement qu'il tombe amoureux de Lisa. Pas d'autres hommes ! rugit-il dans sa tête. Pas d'autres hommes ! Du coup il est heureux d'entendre Drake se mettre à lui parler de Beth, et comme quoi Lisa et Beth c'est au fond le même prénom, et comme quoi Beth est formidable. Rilviero a bien entendu : Beth. Pas Ania. Tant mieux. À son tour, il félicite le gouverneur, parce que le tableau est beau et que les gens s'aiment bien. Si c'est ça le monde, affirme-t-il en substance, ça va. J'accepte d'y retourner après le 1er janvier. Bien sûr il a perçu, ici ou là, des éclats de voix snobs, mais rien d'irrémédiable. Ensuite les choses deviennent confuses. Soutenir tant de conversations à la fois, interrompues, reprises, lapidaires, en haussant la voix, en se penchant à l'oreille des gens pour se faire entendre – ça vous monte à la tête comme tous ces verres de vin qu'on a bus quasiment à jeun et incroyablement trop vite. Il entend par-dessus une conversation :

« Gonzalo Fonseca, c'est encore abordable ? L'autre jour j'étais dans une galerie… j'ai vu une de ces villes qu'il taille dans du marbre de Carrare. De vrais blocs de mystère… astéroïdes… tombés d'ailleurs, et qui ont l'air de vouloir nous donner *des plans*… Il y a des chambres royales, un solarium, une tour des vents, des têtes qui sortent sculptées de la falaise… J'aurais bien ça dans mon salon, mais c'est du marbre, ça se pourrait que ça défonce le parquet. Il n'y a rien que mes voisins du dessous détestent autant que de se prendre des blocs de Carrare sur la tête.

– Fonseca, intervient Rilviero à tout hasard, c'est de la famille de Beatriz ?

– Ça m'étonnerait, on lui répond. C'est un nom très courant. »

En fin de compte il en eut un peu marre du bruit et du debout. Il commençait à être dur d'oreille – ne sois pas décliniste, *amore mio*, le grondait Lisa : disons que tu n'as *jamais* eu une très bonne oreille – et il n'entendait qu'exceptionnellement le nom des gens qu'on lui présentait. Il ne se sentait pas assez à l'aise pour redemander. Et pas doué non plus pour entamer des conversations de manière oblique, couper court au nom, profession, lien avec l'hôte, lieu de domicile, je suis je suis je suis que critiquait Traumfreund et entrer tout de suite dans le vif d'un sujet quelconque. Si on lui avait laissé le choix du sujet, il n'aurait pas trop su quoi dire. On ne peut pas toujours parler de blocs de marbre venus d'ailleurs. Une fois de plus, il s'accusa de ne pas avoir l'usage du monde, que c'était sa faute s'il n'y menait que des conversations insignifiantes. Lisa avait retrouvé des connaissances de son premier cabinet. Paulus aperçut Traumfreund qui s'était mis un peu à l'écart, près de la porte-fenêtre donnant sur le balcon, et décida de le rejoindre.

Traumfreund fumait une cigarette, lentement, avec aux lèvres un sourire de béatitude. Il était de cette race mortelle et en voie de disparition. Mais comme il se plaisait à le répéter, il aurait disparu avant que la race ne disparaisse. Rilviero se fraya un chemin au milieu de la foule des gens qui observaient le tableau et décida de l'aborder avec une question piège.

« Vous qui, soi-disant, avez fait du latin : ça veut dire quoi, *Quid de nocte* ?

– Où vous avez vu ça ? Vous avez de ces questions !

– C'est marqué sur le tableau. Vous voyez ? Là. C'est marqué en grandes lettres du côté obscur.

– Tiens donc. C'est une citation. *Custos, quid de nocte ?*

– Mais encore ?

– Le bestseller numéro un. La Sainte et Très Sainte Bible. Quelque part dans Isaïe. Des gardiens veillent sur les murailles… des sentinelles aux yeux pleins de cernes et de longues-vues… ils inspectent l'horizon, au cas où par hasard il viendrait une armée. Le prophète entend leur appel dans la nuit… *Custos, quid de nocte ? Quid de nocte ?* Veilleur, où en est la nuit ? — Moi aussi je me sens d'humeur sentinelle. J'aimerais bien que les veilleurs répondent. J'aimerais bien savoir où en est la nuit. C'est un peu censé être mon rôle. En tout cas Lucas me le disait quand ça lui arrivait de m'appeler sur le coup de trois ou quatre heures, sachant très bien qu'il avait de fortes chances de me trouver éveillé.

– Mais vous ne dormez jamais ?

– Est-ce que vous avez lu ce poète florentin, Dante Alighieri ? Non ? Plus grand monde ne lit ça, mais j'étais persuadé que c'était obligatoire à l'École de police… À votre avis, dans *La Divine Comédie*, quelle est la partie qu'on lit et qu'on commente le plus ? *L'Enfer*, *Le Purgatoire*, *Le Paradis* ?

– *L'Enfer*, je suppose.

– C'est votre dernier mot ? »

Rilviero opina d'un air de franche ébriété.

« Je pense que c'est une bonne réponse, reprit Traumfreund. Et qui ne fait pas de doute. Les deux autres livres sont rangés dans un coin de bibliothèque, mais celui-là prolifère, il a donné naissance à des milliers de tableaux, il se multiplie en enfants sombres dans le cerveau des lecteurs. Nous préférons le côté où il s'agit de laisser toute espérance. Dante devait être plus inspiré le jour où il a pris sa plume à deux mains pour s'enfoncer *nel mezzo del cammin*…

– *Le Paradis*, ça doit être le plus chiant des trois, à première vue. Des anges assis sur des nuages à tricoter des cierges… avouez qu'on fait plus sexe. L'automne dernier, il y a eu cette exposition sur le Diable. J'ai été la voir avec Lisa. Je ne pense pas que le commissaire d'exposition se serait risqué à faire la même avec des anges. Et je ne crois pas que nous y aurions été.

– Bien sûr. Vous avez vu comme les gens s'agglutinent de ce côté-là du tableau ? On dirait des papillons de nuit rendus fous par une lampe. Bianco a pris la peine de faire un triptyque, une composition qui s'équilibre du noir au blanc, et bizarrement les deux tiers du public semblent trouver qu'il y a dix mètres de trop, qu'on se serait aussi bien passé de toutes les parties claires.

– Et comment vous interprétez ça ?

– Je ne suis pas sûr. J'essaye de mettre le doigt sur quelque chose. J'ai l'impression que nous avons devant nous une preuve vivante de… d'une certaine fascination, d'un pôle d'aimantation plus fort que l'autre. Ça rejoint ce que nous disions l'autre jour en promenade.

– Vous ne croyez pas que vous faites partie du lot ?

– J'aurais du mal à le nier. Vous me l'avez fait remarquer avec votre cruauté habituelle. Et je vous en remercie, parce que depuis j'ai découvert plein de choses. Plutôt : des choses qui traînaient déjà un peu partout dans mon cerveau, mais qui se sont organisées de façon beaucoup plus claire. Si j'avais le temps, je resterais encore à l'Aneph un mois ou deux pour mettre ça au point : une théorie de la Nuit.

– Hm hm. Là c'est le moment où je suis censé dire : "Une théorie de la nuit ? Comment, mais cher docteur, il faut absolument que vous me racontiez ça !" Non ?

– Ah, je ne force personne !

– Mais si. Sinon vous allez me faire la gueule pendant deux ou trois ans. Je vous connais.

– Je ne vais rien vous apprendre de toute façon. Vous connaissez peut-être l'histoire mieux que moi. Vous pourrez m'en réciter vos passages préférés. Elle a souvent été racontée, mais seulement par ceux qui s'intéressent à ce genre d'histoires, et le moins qu'on puisse dire c'est qu'ils ne sont pas nombreux et n'ont pas réussi à se faire entendre… Alors je ne vois pas d'inconvénient à y revenir. Je crois même que je la raconterai jusqu'au jour de ma mort, parce qu'elle forme le cœur noir du monde. Je voudrais en faire un conte qui excite les enfants – les empêche de dormir.

– Ça va être divertissant, alors ?

– Pas au sens que les lois de l'audimat ont réussi à attribuer à ce mot. Une histoire sans abrutissants artificiels et sans agents d'addiction ajoutés.

– Alors ça risque d'être ennuyeux.

– Peut-être. Mais ce n'est pas sûr. Car il s'agit de nous. C'est nous les grands héros au centre de l'aventure. — Je pense que ça commence par une série de batailles gagnées par la raison…

– Je vous interromps tout de suite. J'ai repéré tout à l'heure une bouteille de Nuits-Saint-Georges du genre qui donne de la charpente aux idées… vous savez… qui aide à savoir où en est la nuit.

– Et où est-ce qu'elle se cache, quand on a besoin d'elle ?

– Sur le buffet là-bas, juste derrière le sapin. Vous voulez que j'y aille ?

– J'y vais. Occupez-vous de nous trouver du fromage. »

Traumfreund revint avec l'air de quelqu'un qui croit de nouveau au père Noël : ils avaient même des verres bourgogne.

« La raison, vous disiez, relança Rilviero en trinquant.

– La raison. Et plus tard, je dirai peut-être : l'imaginaire. Néanmoins je vous rassure : il y a des hommes derrière. C'est des hommes que je parle. Par exemple les encyclopédistes perruqués et fardés… ces types-là, ou leurs prédécesseurs… vous connaissez les chefs de bande… Descartes se chauffant les mains à son poêle lors des nuits d'Allemagne… et Kant, se promenant à heures fixes avec cette idée fixe : les hommes devaient s'émanciper et maîtriser le monde à l'aide de leur raison. Ces types portaient des culottes de nankin, mais on ne peut pas leur en vouloir. C'étaient de bons gars. Du grand homme comme on n'en fait plus. N'empêche : leurs partisans les plus intransigeants ont fait passer l'imaginaire pour un tas de superstitions nocives. Légendes… mythes… fictions : autant de stratagèmes que la bête immonde employait pour terroriser les consciences. Et Van Goyen, à cette époque, n'était pas là pour essayer de leur prouver le contraire. C'est allé très loin, cette affaire. C'est la lame de fond sur laquelle nous surfons encore aujourd'hui.

– On ne peut pas surfer sur une lame de fond.

– Autant pour moi : descendons-en. Voilà deux ou trois siècles que nous assistons à une formidable entreprise de rationalisation du monde. Les enthousiastes de la raison qui portent aujourd'hui ce projet ont tendance à regarder la nature comme un tas de matériaux inertes et le rêve comme un peu d'électricité qui fait trembler notre encéphale. Quant à la société, ça n'est qu'un livre de comptes où les gagnants dégagent des bénéfices tandis que les losers sont à charge… Alors ce que nous avons devant nous, ce soir, c'est une forme de résistance, ou de contre-attaque…

– De contre-attaque ?

– Il y a eu plein de contre-attaques, dès le départ. Plein de gens pour chercher à rendre justice à la moitié imaginaire de l'homme. Par exemple tous ces jeunes aux cheveux un peu longs et ces femmes anémiées, autour de 1800… les générations romantiques. La raison étroite croyait avoir enterré les vieilles croyances…

– Sauf qu'un jour, passant près du cimetière, elle entend le couvercle des cercueils qui se soulève », murmura Rilviero. Il avait appris gamin comment faire trembler ses pupilles à toute vitesse au centre de ses yeux écarquillés. Ça aide.

« Exactement.

– Les morts dissimulent leurs joues caves au fond de leurs capuchons. Ils ont de drôles de marques de dents dans le cou. Et quand ils sortent du cimetière, ils croisent une bande de chats au poil hérissé qui les guident à grand renfort de clins d'œil au sabbat des sorcières…

– Vous avez aussi les pauvres petits jeunes gens à qui tant de raison comprimait la poitrine et donnait des crises d'asthme ; ils récitent de la poésie dans des cavernes pour que l'écho de leurs voix ressuscite l'âme des peuples originaires, se tordent les chevilles sur les murailles de châteaux en ruines, cueillent des fleurs bleues, cherchent la vérité – elle est ailleurs, elle est dans l'idéal. — Quand c'était bien fait, suffisamment échevelé sans être pleurnichard, cela mettait les larmes aux yeux. Mais je pense que les gens y croyaient de moins en moins. Il y a eu comme ça plein de tentatives désespérées de ressusciter le merveilleux pour réenchanter le monde. En fait, je pense que nous n'avons pas besoin de fantômes errant sur la lande, pas plus que de pingouins rédigeant des poèmes en tapant au hasard sur leurs machines à coudre. Nous vivons, à Regson, dans un monde rationnel. Je refuse de m'en plaindre. Je trouve ça très pratique. Ce serait formidable, même… si les cadres dynamiques qui se répartissent les dividendes de la raison ne méprisaient pas autant l'imaginaire. — J'ai dans l'idée que la fascination pour la Nuit vient de là. Quand on ne prend pas en compte l'imaginaire, il se radicalise et se tourne vers le côté obscur.

– C'est donc ça votre idée, réfléchit Rilviero. Franchement… Je ne suis pas sûr qu'on puisse dire ça. Ça existe depuis toujours. À cette exposition dont je vous parlais, il y avait des Bosch avec des monstres dans tous les coins, en train de s'infliger des sévices de pervers complets… des trucs invraisemblables… de s'enculer à ne plus savoir où donner de la tête. Et des armées de sorcières en guenilles : j'ai vu les enfants qui s'arrêtaient pour les regarder, je sais très bien qu'ils seront insomniaques pour la vie. Et des choses très intéressantes sur les bacchanales antiques… les frayeurs que se faisaient les gens la nuit, dans les buissons, en mêlant à la danse beaucoup de sexe et d'alcool… avec au-dessus la lune jaunâtre luisant comme un soleil rebelle… C'est un truc chez l'homme, cette tendance au malsain. Vous écoutez toute une journée de la musique en mineur, et le soir vous êtes presque d'accord pour vous défenestrer. Et si vous ouvrez votre télé alors qu'on montre les images du procès d'un violeur, bien sûr il y a des fois où vous zapperez, mais très souvent je vous jure que vous resterez pour entendre les détails… alors que vous savez d'avance que ça va être sordide.

– Évidemment que ça existe depuis toujours… mais regardez-moi ça ! » s'exclama Traumfreund, beaucoup trop fort.

La foule se pressait toujours devant la partie gauche du tableau. Les gens lisaient les articles de journaux englués dans la peinture noire, puis cherchaient des yeux l'endroit où Bianco en donnait son interprétation. Derrière de vrais bouts de grilles couleur de rouille intégrés à la toile, on voyait brûler des voitures aux pare-brise étoilés. Ici on avait écrit sur le corps d'une victime lardée de coups de couteau ; lire les insultes faisait aussi mal que de compter les plaies. Drake allait-il vraiment laisser ça accroché aux murs de l'Hôtel de Ville ?

« Cette tendance-là est très forte aujourd'hui, et je ne pense pas qu'elle se réduise au voyeurisme ou à une sorte d'instinct de mort… Je ne dis pas que c'est *plus fort* qu'avant, mais... différent. Et j'y suis confronté tous les jours ! »

Rilviero le regarda, déconcerté. Pourquoi prenait-il à ce point les choses à cœur ? Traumfreund posa son verre, astiqua ses lunettes, tenta d'embrasser toute la salle d'un œil dépoussiéré.

« Je ne sais pas... je n'ai pas envie de mettre ça sur le compte de la nature humaine. Je voudrais voir les choses à neuf. Parvenir à de la synthèse. Après tout j'ai cinquante-cinq ans bien sonnés. C'est encore une année qui finit. C'est l'heure, peut-être. »

Il en avait vu passer, des incarnations de ce phénomène. Lucas, en griffonnant un soir quelques idées autour des formes sombres d'une gravure, lui avait dégoté un nom de baptême gréco-romain : la noctophilie. Tout au long de sa carrière, Traumfreund s'était refusé à étudier ses patients comme de simples cas destinés à s'ajouter aux statistiques, à confirmer ou infirmer des théories. Il avait tenu à traiter chacun comme un individu unique, tout en mettant au service de la guérison l'expérience acquise avec les années. Aujourd'hui il voulait sa réponse : de quoi ces noctophiles étaient-ils le symptôme ?

« Tenez, reprit Traumfreund, dans les journaux demain, il y aura sûrement un ou deux comptes rendus de cette soirée faits par les critiques d'art qui traînent le nez au vent. Ils vont parler du *Dit de Regson*. Ils diront sûrement que c'est *méchant*. Il y aura des phrases comme : "Pour notre joie assez cruelle, Bianco dissèque une fois de plus notre société avec une méchanceté jubilatoire." Alors que *gentil* est devenu une insulte. Si je vous dis que Lisa a l'air *gentille*, vous serez vexé. Que ce soit pour une œuvre ou un homme, *gentil* c'est désormais l'insulte rédhibitoire. Les intellectuels et les artistes, aujourd'hui, semblent prévenus en faveur du mal et de l'immoralité ! C'est tout de même affreusement comique ! Et je suis désolé, mais ça n'existait pas il y a cent cinquante ans, ça. C'est une forme de réaction. On a sucé le jour jusqu'à la moelle, on l'a usé. Les immoralistes se chargent de vilipender tous ces gros cons de bourgeois sursaturés de raison.

– C'est pour explorer autre chose alors. On connaît par ici, allons voir dans l'autre direction.

– Oui. Je crois que c'est ça. La Nuit est d'abord un autre possible. La face obscure est moins connue, parce qu'elle se cache, qu'on a plus de mal à l'atteindre... Dans ce château, la salle des glaces bondée de lustres ne donne plus rien à se mettre sous la dent. C'est du déjà vu, de l'archi-vu, les masses s'y pressent à en vomir. Alors pourquoi ne pas essayer ce petit souterrain obscur qui s'éloigne par là-bas, dans une direction inconnue, derrière cette porte dérobée ? Généralement ça ne mène qu'à des caves vides, à des impasses. Mais ça reste plus excitant. Il y a peut-être, dans ces souterrains, des gens qui se réunissent la nuit. Voilà. La puissance de cette simple phrase ! *Ils se réunissent la nuit.* Tout de suite on a envie d'y être, on voudrait savoir ce qui s'y dit.

– J'ai fait ça quand j'étais ado. On était tout un groupe, on avait pour mission d'enchaîner les nuits blanches.

– Et vous aviez peut-être même le sentiment d'être très original !

– Oui monsieur. Personne n'avait eu l'idée avant nous. Et personne depuis. Alors maintenant que je vous ai initié vous devez jurer que vous ne le répéterez pas.

– À cet âge de la vie, les heures de la nuit sont plus belles parce qu'on les a conquises, et parfois de haute lutte, sur l'autorité parentale. Si ça peut emmerder mon père, ou notre Père là-haut dans la lumière des cieux, c'est toujours ça de pris. — Un autre motif de noirceur, je pense, c'est la fadeur de la raison. En tout cas telle que l'ont pratiquée tous nos gens de bon sens. Peut-être c'est pour ça que je suis redevenu psychiatre.

– La petite névrose classe moyenne ou bourgeoise vous ennuyait. Vous vouliez de la psychose, des cas désespérés.

– Moquez-vous. Je vous assure que la maladie mentale a des raccourcis fulgurants... des intuitions... qui font passer la raison pour une fille fadasse et naïve, élevée au lait de vache. Et la biographie d'un homme sage qui a vécu dans les limites de la simple raison attirera beaucoup moins que celle d'un monstre sanguinaire avouant au fil de pages toujours plus sulfureuses que lui-même, quand il était enfant, a été battu, violé... mais qu'il ne regrette rien pour autant, puisque sa sœur vient souvent le sucer à travers les grilles du parloir. »

Rilviero vit près d'eux un grand type maigre, à la barbe sporadique, un foulard noué autour du cou, qui prêtait discrètement l'oreille à leur conversation. Il eut envie d'aller lui demander ce qu'il en pensait. Puisqu'il oubliait de se raser, il savait sûrement un petit peu où en était la nuit.

« Les explications rationnelles aussi ont quelque chose de frustrant et d'aride, continuait Traumfreund. C'est bien ce qui vous énervait en lisant les revues scientifiques que je vous ai passées. Elles minimisent souvent l'importance de l'individu ou de la volonté, et ça nous n'aimons pas, car il est difficile de s'entendre dire que l'on n'est pas grand-chose. Et puis elles nous déplaisent parce qu'elles sont trop complexes pour nos cerveaux flemmards. C'est pour ça que beaucoup de gens préfèrent les solutions de la Nuit. C'est confortable. Savoir que tout est lié à l'existence de sociétés secrètes simplifie miraculeusement la marche de l'Histoire. Si vous vous rendez à des réunions *new age*, vous vous retrouverez dans un cercle rassurant, on vous remettra au centre du monde et vous démontrera, horoscopes à l'appui, que Saturne et Vénus sont sincèrement préoccupées par votre sort. Et même le nihilisme, dans un autre style !

– Quoi, le nihilisme ?

– Ça rejoint cette logique. Faire partie de la petite élite des hommes supérieurs qui ont compris que nous ne sommes rien, absolument rien, c'est plus valorisant que de s'avouer que nous sommes bien quelque chose… mais peu de chose. »

Traumfreund parlait sans effort. Il ne savait pas vraiment où il voulait en venir, mais s'exprimer comme ça à petites gorgées de Nuits-Saint-Georges permettait à ses pensées de prendre des contours plus nets. Face à un censeur intransigeant comme Paulus, il savait qu'il n'avait droit ni aux approximations trop grossières ni aux dérives : Rilviero l'arrêterait dès qu'il ne serait pas d'accord ou ne parviendrait plus à suivre.

« Voyez, reprit Traumfreund, il y a chez tous ceux qui s'agrippent à la Nuit l'idée que les solutions de lumière ne suffisent plus. Elles prétendaient nous avoir fait monter dans le bon train, un aller-simple pour la paix perpétuelle, mais… » il parlait plus lentement, fixant parfois Rilviero dans les yeux, puis le verre fragile dans sa main « au bout des rails nous avons trouvé les tranchées envahies par la boue et les brouillards de la plaine polonaise ; au-delà du portail, c'est la rampe de triage ; la moitié d'entre nous vont mourir dans une heure, les autres mourront plus tard. Quand on pousse jusqu'au bout sa logique, la Raison arrache son masque de progrès et nous découvre son vrai visage : elle est la Raison des Désastres, elle invente de quoi détruire l'homme et chevauche des fusées sans tête… Tout ce qui s'est élevé doit ensuite retomber, et quand ça retombe, c'est aussi sur des hôpitaux et des orphelinats… Elle utilise nos corps en guise de carburant, et pour ne rien laisser se perdre, elle récupère nos cheveux et arrache de nos mâchoires devenues rigides la moindre de nos dents en or.

– Traumfreund », dit doucement Rilviero.

Le docteur ne disait plus rien. Il était accoudé à la margelle d'un puits, il semblait le sonder et ne jamais apercevoir le fond.

« Je ne sais pas quel est votre rapport personnel à ça, reprit Rilviero… mais je ne suis pas d'accord avec cette… la façon dont vous faites s'enchaîner… cette interprétation. Chaque fois que je l'entends, je la trouve dangereuse et indigne. Auschwitz n'a pas eu lieu parce qu'il y avait dans le monde occidental trop de culture ou trop de raison. Mais au contraire parce qu'il n'y en avait pas assez. La Raison des Désastres dont vous parlez… je sais bien qu'elle existe, mais c'est une raison immature, criant victoire trop tôt, accordant aux hommes une confiance excessive, et n'ayant pas la plus petite idée des catastrophes qu'elle était capable de produire. Je vais vous dire des banalités, mais… si tous les enfants d'Europe avaient grandi au carrefour de plusieurs langues et de plusieurs pays, fait des études, voyagé, noué des amitiés de l'autre côté de la frontière ou à l'autre bout du monde… vous croyez que la guerre et le génocide auraient eu lieu ? Moi je veux croire que non. Les gens seraient sortis de leurs vallées étroites, leur fierté ne serait pas restée accrochée au nom de leur patrie. Le racisme scientifique leur aurait paru tout aussi crétin qu'à vous et à moi. Ils auraient jeté dans la première poubelle les tracts de propagande au lieu d'en crier à tue-tête les slogans comme si c'était de la vérité pure. Ça ne serait pas passé comme ça. Ce n'est pas la faute de la raison. »

Rilviero ne s'était jamais formulé la chose en ces termes. Il regardait ses sentiments qui, toutes réserves tombées, passaient naturellement de son esprit à ses lèvres, alors qu'il n'avait jamais eu conscience de leur présence ou pensé qu'ils seraient capables de prendre la forme de mots.

« C'est l'éternel débat, continua Traumfreund. Vous venez de donner la version rationaliste du désastre. J'y crois aussi. Profondément. Toutefois chez les noctophiles une autre version a cours. Ils disent que la raison a asséché le cœur des hommes, dissolu le lien social ; que la rationalité a détruit Dieu, et que les foules prenant peur devant le ciel vide ont voulu retrouver l'illusion de la communauté, les chants autour des feux de camp, la communion collective dans les stades. Ce sont les procédés industriels, le travail à la chaîne, rationnel, inhumain – la division des tâches – la répartition des responsabilités tout le long de la hiérarchie qui ont permis Auschwitz. Je comprends ce qu'ils veulent dire. On ne peut pas leur donner tort entièrement, car ça continue aujourd'hui. Pas l'extermination, en tout cas pas chez nous, parce que nous faisons tout pour que ça ne se reproduise pas, mais le travail organisé de façon si rationnelle que l'intelligence des hommes y fait figure de simple capital. Parfois… parfois la modernité semble ne nous avoir libérés du poids des traditions et permis de devenir des individus que pour nous uniformiser à nouveau, nous retransformer illico en employés et en consommateurs aux habitudes bien prévisibles, toutes recensées minutieusement dans des banques de données et entretenues par le discours ambiant. S'il y a tant de gens que cette organisation rend malades, comme l'est devenu Nexus, comme le deviennent en ce moment même sans doute des dizaines de personnes dans votre propre entourage, ce n'est pas que la nature fasse mal les choses et fabrique aujourd'hui de l'homme vraiment pas résistant, c'est que nous réclamons que tout le monde s'adapte à une conception très étroite de la réalité. Le proverbe biblique le dit bien : il est plus facile pour un chameau de passer par le chas d'une aiguille que pour un homme d'habiter l'empire de la raison.

– C'est dans la Bible, ça aussi ?

– C'est dans la Bible plus ou moins. Je vous cite de mémoire. On trouve plein de citations de ce genre dans le Livre de Joachim.

– Vous voulez dire de Joachim Traumfreund.

– Exactement. »

Traumfreund s'interrompit. Il avait la bouche sèche à force de tanins et alla chercher un verre d'eau. Dans le remous de cette soirée de Noël, il lui semblait flotter à mi-chemin de soi-même et des autres ; parfois il se perdait dans ses propres pensées, puis un instant après Rilviero lui faisait une réponse remarquable comme il lui en venait à l'improviste, et il se trouvait de nouveau engagé dans leur dialogue opiniâtre. Il regardait ses mots creuser, heurter des obstacles, essayer mécaniquement de les contourner. Il y avait peut-être de l'or quelque part là-dessous, bien qu'il fît trop noir pour qu'on pût savoir exactement où. Quand il était analyste, à l'époque du fauteuil et de l'écoute inlassable, il n'avait pas l'impression non plus de suivre une feuille de route précise, il observait juste une autre intelligence faire ce travail de fouille, dégager la terre sèche à petits coups de pinceau afin d'obtenir un peu de clarté sur elle-même. Ce soir il se contentait de repérer des filons sans se donner le temps de les exploiter – car il ne savait pas combien de temps il avait, s'il aurait assez de lumière et d'oxygène pour tenir longtemps là-dessous – et il ignorait aussi quand il aurait l'occasion de revenir.

« Moi je crois que l'imaginaire s'est réfugié dans les marges, les interstices et les sous-sols, comme à toutes les époques où il s'est fait persécuter. On n'en voulait plus le jour ? On le faisait refluer vers la nuit ? Eh bien qu'à cela ne tienne : il a fini par accepter les formes de la nuit. L'imaginaire, à notre époque, c'est une figure qu'on trouve recroquevillée dans un coin sombre. Il ne veut pas sortir ; il serre entre ses bras ses genoux repliés et y enfouit sa tête. Il a fallu beaucoup de peur pour le faire trembler comme ça, et cette peur fermentant dans son esprit s'est convertie en haine, en hostilité générale aux choses qui vont de jour. Je ne sais pas s'il se rappelle qu'il n'a pas toujours ressemblé à ça : il n'y a pas si longtemps, il traversait la vie, plein d'appétit et de curiosité… un amoureux infatigable… Personne ne pouvait l'enfermer. Lorsqu'on a essayé, d'ailleurs, il ne s'est pas laissé faire : il a fabriqué de grandes ailes pour les coller sur ses deux bras, se déployer encore mieux, accroître son envergure. Je le revois s'élever sans difficultés au-dessus du labyrinthe, prendre de la hauteur… il est là-haut… il bombe le torse… il s'en va taquiner le soleil… Alors vous allez me dire…

– Oui justement, j'allais vous dire.

– Eh bien non. Il ne suffit pas d'évoquer la suite, la cire qui fond, la chute, le plouf lourd dans l'Égée. Ce n'est pas un véritable échec. La cire fond si on va trop loin. On tombe comme Lucas, si on fait le pas de trop. Mais Dédale lui s'en est sorti. Et aujourd'hui nous sommes prévenus. On en reste à cette vision du corps déployé qui approchait le soleil – la chaleur agréable qu'il devait faire là-haut – les chairs lentement dorées, bronzées, infusées d'astres… L'histoire de l'imaginaire moderne, c'est précisément l'histoire de ces ailes qu'on a perdues. Si vous prenez *Melancholia*… vous savez, la célèbre gravure, *Melancholia : Albrecht Dürer fecit*. L'imaginaire a encore d'immenses ailes, mais il est à terre désormais ; il ne vole plus ; et déjà le soleil est noir. À force de rester inactives, on peut penser que ces ailes s'atrophieront. Et aujourd'hui, chez

Sedelmayr… mais celle-là vous ne la connaissez peut-être pas. José Clémente Sedelmayr ?

– Non.

– J'ai découvert ça récemment. Ça gagne aussi à être connu. Attendez. Je crois bien que j'en ai une reproduction dans mon portefeuille. Toujours sur moi… Hé hé. Vous voyez ? L'homme a perdu ses ailes. Son imagination s'est transformée en chauve-souris ; elle ne vole que la nuit ; elle ne croit qu'à la nuit. Je ne pense pas que Sedelmayr veuille dire que c'est la réalité. C'est en revanche ce qui nous menace, si nous ne faisons rien.

– Montrez voir ça ? »

Traumfreund lui tendit la gravure ; il craqua sa dernière allumette, inhala la première bouffée de son ultime cigarette, puis sortit sur le balcon. La nuit de ce 23 décembre était étincelante, coupante comme des lames de rasoir. Il inspira profondément. Cela faisait du bien ; dans ce vent glacial, chaque sensation redevenait distincte, alors que la chaleur de la fête les engourdissait. Quand il sentit que le froid ne lui laissait plus que quelques minutes à vivre, toutefois, il jugea préférable de rentrer à l'intérieur. Rilviero étudiait toujours la gravure ; Traumfreund le saisit par le bras :

« Vous entendez le niveau sonore ? Tous ces gens parlent !

– C'est incroyable. Mais parlent de quoi ? Pas de la même chose que nous, j'espère ! »

À ce moment ils virent Lisa qui se dirigeait vers eux.

« Décidément, vous êtes inséparables ! Ça ne vous suffit pas d'être bloqués là-haut ensemble à longueur de temps ?

– Ne vous inquiétez pas, dit Traumfreund. Nous vous le rendons dans quinze jours, si tout va bien. Nous ne sommes pas loin d'avoir fini.

– Alors, demanda Rilviero, on s'interrogeait justement : de quoi ça parle ? Raconte-nous un petit peu, nous nous sommes trop timides pour aborder les gens. »

Lisa leur dit ce qu'elle sait. Ça parle des vacances de ski. Difficile de savoir où réserver, quand il y a si peu de neige. Il y a de grands maniaques qui depuis une semaine ont une fenêtre ouverte en permanence sur le bureau de leur ordinateur et se tiennent au courant de l'enneigement des Rodhiles à peu près heure par heure. Ça parle aussi beaucoup des dernières grandes expositions : récemment, les reliquaires Fang du Gabon se sont tous donné rendez-vous au Musée Borphili. Comme Lisa est célibataire, cet automne, elle a eu le temps d'y aller. Ce sont de petites statues qui montent la garde autour des restes de leurs ancêtres. Grâce à ces reliquaires, les vivants peuvent soumettre leurs doléances aux défunts, qui jouent les intercesseurs avec le royaume des esprits et ne manqueront pas de transmettre à qui de droit. Le bois est sombre, huileux, on a l'impression que ces visages transpirent ou qu'ils sont maculés de sang. Lisa s'est longtemps demandé ce que c'était que cette huile, et justement ce très bel homme, là-bas, qui est d'origine congolaise et s'y connaît un peu, vient de lui expliquer. C'est du raphia. Le raphia ça coule des palmiers. Rilviero, avide de vengeance, décide d'affirmer lui aussi ses goûts :

« Moi j'aime beaucoup l'art africain. En règle générale, je trouve ces statuettes plutôt bonnes à baiser. Et d'ailleurs Picasso était du même avis.

– Vous devriez faire un don au Musée, recommande Traumfreund. Comme ça, la prochaine fois que vous irez y pisser, ce ne sera plus dans des toilettes standard, mais dans les *Paulus F. Rilviero Restrooms*.

– Vous pensez qu'on me donnera un coupe-file pour entrer aux toilettes ?

– Ça dépend de la taille du don, mais sur le principe tout ça est négociable.

– Et si le don est énorme ?

– Énorme ?

– Énorme. »

Ils se mettent à rire comme des griots bossus. Lisa a une définition un peu différente de l'humour, mais elle sourit quand même. Bien sûr, on cause aussi de ces cinglés dehors qui distribuent des tracts. *Dernier hiver pour les campagnes*. C'est de la politique apocalyptique. Les gens s'accordent pour dire que c'est tant pis pour eux s'ils crèvent de froid.

« Et vous, de quoi parliez-vous ? demande Lisa.

– Grande conversation. Idées générales. Le monde comme il passe du jour à la nuit.

– Oui… Et plus précisément…

– Nous parlions de l'organisation du travail, décide Traumfreund. De la vie en entreprise. Du fait qu'elle ne laisse pas beaucoup de place à l'imagination. Vous connaissez certainement ça mieux que nous. »

Effectivement, elle peut leur en parler. Elle ne veut pas faire de généralisations abusives, mais dans son cabinet, en tout cas, ça ne fonctionne pas du tout. On leur répète régulièrement qu'ils doivent être imaginatifs, donner leur avis, prendre des initiatives, or dès qu'elle cherche à le faire, il semble que ce ne soit pas le moment. Au quotidien, son travail se limite aux tâches d'exécution.

« J'ai beaucoup d'amis qui me disent la même chose, reprend Traumfreund. L'imaginaire, dans les entreprises pas très bien dirigées, j'ai l'impression que ça se réduit au management de la créativité. On a juste besoin de temps à autre de quelques idées nouvelles pour mettre de l'huile de raphia dans le moteur. Le reste gardez-le pour vous.

– Ça participe d'une séparation des sphères plus générale, vous savez. La vie privée c'est la vie privée, disent-ils, et les affaires sont les affaires. »

Dans son cabinet les salariés sont sous surveillance permanente. Dès qu'ils ont un peu de vague à l'âme, on les remet sur orbite ; s'ils ont trop de vague à l'âme – par exemple deux, ou trois – on les laisse s'écraser. Il faut que ça tourne. Ses supérieurs ont mis au point toute une rhétorique de la compassion : « Je comprends très bien et je suis avec vous, mais tout le monde a ses petits soucis, et ça ne doit pas interférer avec le bon fonctionnement de la machine. »

« Il y a des jours où ça me rend schizophrène. Je ne peux pas jouer ce rôle parfaitement. J'ai l'impression que je m'assèche.

– Ça va, dit Rilviero. Tu as de la marge. »

Elle demande si c'est une insulte. Il doit se mettre à genoux et jurer qu'au contraire c'est un beau compliment.

« Enfin… soupire Lisa. C'est quand même très très beau ici. Vous avez été voir de près le sapin ? »

Il y a effectivement un immense sapin décoré à l'allemande, avec de vraies bougies, vertigineuses et allumées. Mais pas de panique : l'Hôtel de Ville dispose de sa propre caserne de pompiers. C'est la raison pour laquelle tous les enfants de six ans ont décidé qu'ils seraient maires de Regson. Traumfreund parle avec émotion du sapin qu'il faisait petit. Beaucoup plus kitsch que celui-ci. Officiellement, on disait qu'il était chargé – en fait, ajoute-t-il en baissant la voix jusqu'à être presque inaudible : kitsch. Avec : de petits vieillards bossus courbés sous leurs fagots de bois dans la bise de décembre, des larmes de cristal, une fée aux prises avec un problème de surpoids qu'elle dissimule très adroitement sous une robe de mousseline, un petit ours déguisé en Pierrot et boutonné jusqu'à la gueule, des cheveux d'ange, un couple de colombes chargées de crier Terre, une guirlande électrique qui ne marche jamais du premier coup et qui donne des sueurs froides à toute la sainte famille. Il ne faudrait pas qu'elle clignote vulgairement. Elle doit, dans la nuit calme, briller avec sérénité, de tous ses feux ; que le mystère s'accomplisse ; qu'elle soit la grâce constante, qu'on est sûr de retrouver chez soi, même si par manque de pot l'hiver n'est qu'un naufrage.

« Vous avez encore vos parents ? » demande Lisa. Rilviero se rend compte que ça ne lui a jamais traversé l'esprit de poser la question. Il décide de prendre ça pour un signe de virilité.

« Non, malheureusement.

– Que faites-vous pour Noël ?

– Je suis chez ma sœur. »

Oui. Sibylle. Ça, il en a parlé. Même que je m'en souviens.

« J'ai une ribambelle de neveux et de nièces, et interdiction de leur offrir des manuels de psychiatrie, pas plus d'ailleurs que les œuvres complètes de Freud. Je ne sais pas trop comment je vais faire. »

Un peu plus tard, Rilviero et Traumfreund se reconnurent de nouveau l'un l'autre, cette fois-ci près du buffet. Rilviero entreprit de déboucher une deuxième bouteille de Nuits-Saint-Georges, car son père lui avait toujours répété qu'on ne change pas une équipe qui gagne.

« On en était, déclara-t-il en tchin-tchinant, au moment où l'imaginaire ramené à terre et réprimé se laisse tenter par le noir. D'accord. Mais que se passe-t-il ensuite ?

– Ensuite... eh bien... Je ne voudrais pas noircir le tableau... noircir, ce serait justement tomber dans le mal que je dénonce... mais dans notre monde, les tenants de la rationalité ont acquis un pouvoir quasi hégémonique. Quand ils consentent à restreindre leur territoire, ils le font rarement pour laisser des zones libres à l'art ou la pensée. Ils préfèrent donner plus de place aux croyances religieuses. Parce que la foi permet de maintenir une certaine discipline, voyez-vous… et on travaille plus dur quand on a ce genre de moteur. Quel est le risque ? On commence par dénigrer l'art – rien de méchant, bien sûr, juste pour dire que ça n'est quand même pas très utile – et puis on finit par juger parasites tous les types de penseurs. C'est un terrain glissant, ça va très vite. Dans des pays assez lointains de chez nous, ou bien assez imaginaires pour ne reculer devant rien, la seule forme de pensée qu'on tolère est celle qui se traduit en chiffres. Quant aux penseurs, on les envoie place Den Pieetre pour voir quelque tête ils feront une fois sur le bûcher. Mais pas ici. Ce n'est pas le genre de choses qui arrivent à Regson. Pourquoi ?

– Parce que nous sommes un pays libre, civilisé ? dit Rilviero histoire de tenter sa chance.

– C'est un aspect important de la chose. Son aspect optimiste. Je pense qu'il y a aussi, malheureusement, une autre explication : un peu d'Histoire a appris aux zélateurs de la raison étroite que les systèmes qui marginalisent leurs opposants sont plus solides sur le long terme que ceux qui cherchent à les annihiler. Vouloir se débarrasser tout à fait de la Nuit, ce serait plus dangereux que de la laisser subsister dans des recoins. Alors tant que l'art ne prétend pas délivrer une forme de connaissance, tant qu'il s'exclut lui-même du monde pratique, il est toléré comme un agréable divertissement, et même encouragé, souvent. Et de leur côté, beaucoup d'hommes imaginatifs, désespérant de jamais rééquilibrer le rapport de forces, finissent par décider qu'un geste de résistance suffit. Ils renoncent à convaincre, parce que la cause semble perdue, et ils mettent juste un point d'honneur à ne pas participer. C'est la logique du geste. Et l'exil intérieur. C'est là-dedans qu'ils se réfugient. »

Traumfreund resta silencieux un instant. Il regardait certaines des scènes grisâtres au centre du *Dit de Regson*. Il pleuvait à grosses gouttes au bord de l'Ihavel ; dans cette maison, les fenêtres avaient de grandes croisées ; la pluie dégoulinait le long des vitres ; il y avait, posé dans le cercle familier de la lampe, un vieux livre qu'on coupe page à page – peut-être le dernier livre qu'on coupera page à page – et que le lecteur anachorète avait presque fini.

« Moi je ne sais pas si votre théorie marche, expliqua Rilviero. Je vois bien en gros de quoi vous voulez parler, mais je ne sais pas exactement qui c'est, vos tenants de la raison étroite, ou bien vos chauves-souris. Qui ici ? Qui ce soir ? Des noms. Montrez-les-moi.

– Eh bien… vous par exemple, répondit Traumfreund en riant. Je vous soupçonne d'avoir fait partie des rationalistes bornés.

– C'est possible. Néanmoins il y a quelque temps que j'ai rendu ma carte. Et puis j'ai fréquenté autant d'inadaptés que vous – et quand j'en venais à m'en occuper, par définition, c'est qu'ils étaient passés à l'acte.

– Mais vous les avez fréquentés sans beaucoup d'empathie.

– Ça ne fait pas partie du cahier des charges dans le métier, c'est vrai. Ce n'est pas aux policiers d'avoir de l'empathie. Les juges, à la limite. Et les psychiatres, bien sûr.

– Vous étiez statutairement protégé contre la fascination.

– Si vous voulez. Il va sans dire que c'est une protection insuffisante. Elle guette tout de même. Comme le dégoût. Le dégoût ne pose pas moins de problème que la fascination…

– Parce que vous n'étiez pas censé tuer les meurtriers.

– Pardon ? Qu'est-ce que vous…

– Parce que ce n'est pas à la police de faire justice elle-même.

– Ah. J'ai cru que vous m'accusiez de je ne sais… Oui. C'est ça, bien sûr. Tout à fait ça.

– Alors, entendons-nous : la vraie noctophilie ne concerne qu'une minorité. Chez la plupart des gens, la fascination pour la Nuit est diffuse, ponctuelle. Il leur suffit, comme vous disiez, de regarder à la télé le procès d'un tueur ou de sortir en boîte pour être satisfaits. Pour rien au monde les escargots de la gravure de Sedelmayr ne voudraient être des chauves-souris ; ils savent que c'est très malcommode de dormir la tête en bas ou de vivre dans des grottes. Ils se contentent d'imaginer de temps à autre, avec un petit frisson, *comment ce serait*, et cèdent à leur attirance pour la Nuit… en quelque sorte par procuration. Dans les rêves, par exemple. Le rêve est l'endroit où on se dit que rien d'humain ne peut nous être tout à fait étranger. Si les diplomates se retrouvent dans les assassins et que le cadre commercial comprend un tant soit peu la vie du musicien de jazz… ce n'est pas qu'ils se soient bien observés les uns les autres, car leurs sphères d'activité sont presque imperméables… mais c'est peut-être parce qu'une nuit, en rêve, ils se sont brusquement retrouvés dans la peau de l'autre. On a beau être d'une moralité irréprochable, on commet toujours, quand on dort, quelques crimes et un ou deux viols – et quand nous sommes confrontés à ces faits dans la vie réelle il y a sans doute en nous une voix très douce et très profonde qui nous dit que nous aussi, dans d'autres circonstances, nous en aurions été capables. Et c'est aussi pour ça que le monde de la nuit envahit toute notre culture… nos films… nos livres. Vous ne vous en rendez peut-être pas compte, parce que c'est votre métier. Alors ça vous paraît normal. Mais les films, c'est aussi une sorte d'exutoire pour la violence que nous avons en nous. On s'identifie au héros, et voilà que le héros viole la loi, ne respecte aucune règle. Il tue tous les quarts d'heure. Il couche avec six ou sept femmes parallèlement. Assis dans son fauteuil, on fait en toute sécurité l'expérience de l'insécurité – de l'aventure que la modernité, heureusement, a exclue de notre quotidien.

– Heureusement ?

– Heureusement, oui. Parce qu'en fait, ce qu'on appelle l'aventure, c'est simplement le danger. L'irruption de la violence dans nos vies. Vous savez, la violence ? Cette chose immonde et multiforme dont Paulus Rilviero et toute la force publique cherchent à nous protéger. C'est mieux d'être à l'abri, et ce n'est pas grave si on s'ennuie un peu.

– Et vous, là-dedans ? Quelle est votre position ? Vous travaillez avec la Nuit. Vous en êtes tout proche, vous aussi.

– Je joue un rôle qui n'est pas sans rapport avec le vôtre. J'aide les victimes ; je soigne ceux qui se sont laissé entraîner trop loin du côté de la Nuit.

– Et ça fait de vous un noctophile ?

– Non. J'espère que non, en tout cas. Puisque j'essaye de ramener un peu plus de lumière, de réconcilier ces gens avec le jour. Nous sommes tous les deux des professionnels de la Nuit… qu'il ne faut pas confondre avec les noctophiles professionnels. C'est différent. Eux ne sont pas là pour aider. Ils vendent du noir, ils font métier de procurer aux gens leur petit frisson, leur quota journalier d'horreur. Ce sont souvent eux-mêmes des victimes, et on peut espérer pour eux qu'exprimer leur mal-être est un des moyens qu'ils ont trouvés pour y survivre. Mais ils ne professent que le désespoir.

Vous voyez, si Ernst Bianco s'en était tenu au panneau sombre du *Dit de Regson*, je l'aurais certainement rangé dans cette catégorie. Parce que ces gens-là nient le caractère mitigé de la vie, les joies et les souffrances, qui sont inextricables. Pour eux, *L'Enfer* de Dante est le plus beau livre qui ait jamais été écrit. Ils ont jeté un coup d'œil au *Purgatoire*. Mais vous pouvez parier qu'ils n'ont jamais ouvert *Le Paradis*. C'est sous leur influence que ce mot de méchant est devenu un éloge. Tout à l'heure nous parlions de la guerre... du fait que certains imputent à la Raison la responsabilité de la Shoah. Ceux dont je parle maintenant vont plus loin. Auschwitz a existé, disent-ils. Pour eux, cela signifie que désormais et à tout jamais, Auschwitz a lieu partout, en permanence. Ils élaborent leur conception de la vie à partir d'une palette de baraquements, comme si les camps avaient grandi pour occuper la terre entière. Après le désastre, le risque de l'humanisme naïf et de ses bons sentiments leur paraît tel que, pour s'en préserver, ils estiment que la stratégie la plus sûre est encore de se placer du côté de la noirceur absolue. Ils se font une obligation de noirceur. Être noir, disent-ils, c'est regarder en face l'époque. Être noir, c'est la seule façon d'être lucide. Alors ils écartent tout ce qui ne corrobore par leurs vues et généralisent le chaos. La terre devient un abattoir. Dans les braillements du nourrisson, ils entendent déjà s'annoncer le râle de l'agonie. Entre les deux, disent-ils, on ne fait guère que pourrir sur pied. Ils condamnent tout espoir avec un plaisir masochiste. Décrètent qu'il n'y a pas de recours possible. — On les entend beaucoup dans notre société, car ce sont eux qui hurlent le plus fort. C'est à cause d'eux que la couverture de Kelly Park s'est si bien vendue, au printemps : il suffit de trouver le bon angle et d'avoir un peu de mauvaise foi pour transformer les trottoirs de Regson en charnier. C'est à cause d'eux que ce soir la plupart des invités de Drake s'agglutinent du côté obscur. »

Traumfreund marqua une pause et regarda sa montre. Il était bientôt l'heure. Les nains du monde d'en bas n'allaient pas tarder à sonner leurs douze coups. Dans certaines régions de son crâne, il sentait que l'ivresse de l'alcool et l'ivresse des paroles s'étaient rejointes, qu'elles se donnaient la main et esquissaient des pas de valse. Il avait le sentiment de se tenir à l'intersection de préoccupations anciennes, la tête pleine de souvenirs, d'images qui le hantaient, et il voulait s'attarder là, à ce carrefour, suivre des yeux les routes par lesquelles il était possible d'y arriver, regarder aux quatre coins de l'horizon les nouveaux paysages qui s'offraient à la vue.

« C'est pour toutes ces raisons que la Nuit s'est emparée de l'imaginaire moderne. Elle y règne presque en maître. Elle l'incarne, aux yeux de beaucoup de gens. Pour ma part, je crois que cette évolution est dangereuse. Elle ne rend pas service à l'imaginaire, et elle ne lui rend pas justice. — Il y a un dernier graveur dans notre petite histoire. Le Goya de la période noire et des *Caprices*. À sa suite, tout le monde répète en chœur que le sommeil de la raison engendre des monstres. C'est sans doute vrai. Mais il y a plus grave aujourd'hui : il me semble, quant à moi, que la fascination pour les monstres renforce la raison. Chaque Icare qui s'approche un peu trop du soleil discrédite l'imagination. Et toutes les chauves-souris qui transforment l'horreur particulière en horreur absolue confortent le discours de la raison étroite. Les rationalistes bornés ont beau jeu, ensuite, de dire que l'imaginaire n'est pas viable et qu'on ne peut pas vivre là-dedans… — Il est minuit, souffla Traumfreund. L'heure des fantômes. Vous m'écoutez encore ? »

Rilviero fit signe que oui. Par une sorte de miracle, il n'était même pas saoul.

« Est-ce que je vous ai dit que j'étais né un 24 décembre ? Voilà. Les douze coups ont sonné, je viens d'avoir cinquante-six ans… Non non, ça n'est pas grave. Vous ne pouviez pas deviner. — Cinquante-six, et je crois savoir ce que je voulais vous dire. La raison et l'imaginaire se livrent une guerre civile depuis maintenant des siècles. Ils sont comme des enfants que la Vie tient dans ses bras. Elle les regarde se battre avec les yeux rougis d'une maman affligée. Ça lui fait mal. Chacun des coups qu'ils échangent lui fait mal. Elle sait très bien qu'elle ne brillera pas de tout son éclat avant qu'ils soient réconciliés. L'imaginaire confit de superstitions a engendré une raison orgueilleuse et sûre de son bon droit. Cette raison étroite, à son tour, ne pouvait que faire basculer l'imaginaire vers la nuit la plus noire. Cela continue sous nos yeux. Il serait vraiment temps que cette guerre civile cesse. Qui va baisser les armes le premier ? Qui agitera le drapeau blanc ? Personnellement, je tiens la vraie raison en grande estime, car je la vois comme une force infinie. La raison des penseurs… des scientifiques… Elle peut nous libérer. Elle a le pouvoir de nous aider à accomplir nos rêves. Le jour où la raison sera vraiment pragmatique, elle réclamera elle-même la prise en compte de l'homme imaginaire. Sinon elle ne fait que jouer avec des pièces tronquées, des corps coupés en deux. — Mais de son côté l'imaginaire doit sortir de la Nuit et reprendre le large. Je ne vois que cette solution. Un pas chacun. C'est comme ça qu'on arrête les guerres.

– Mais qu'est-ce qu'on fait ? demanda Rilviero. Parce que je suis d'accord… à peu près… mais qu'est-ce qu'on fait ? Pour instaurer un imaginaire large ? Que feriez-vous si on vous donnait carte blanche ?

– Si j'étais Dieu, vous voulez dire ? Ou si j'agissais pour son compte ? Car personne à Regson n'a le pouvoir de donner ce genre de cartes blanches, même comme cadeau d'anniversaire.

– Ne me prenez pas au piège avec les mots. C'est assez compliqué comme ça. Dans quel sens faudrait-il agir ? »

Cette question acheva de dégriser Traumfreund. Il vit soudain s'ouvrir l'avenir. Rilviero avait parfaitement raison. Parler ne suffisait pas. Comment allait-il faire, lui, par exemple, pour devenir un messager de paix ?

« Je ne sais pas vraiment comment faire, avoua Traumfreund. Néanmoins je saurais par où commencer. Il faut donner aux gens les moyens d'approfondir leur expérience indirecte de la vie. Notre expérience directe est honteusement répétitive : c'est notre vie personnelle, la routine minuscule. L'expérience indirecte s'acquiert en écoutant les voix des autres partout où elles surgissent, les autres au café, dans les films, les autres dans les journaux ou dans les livres, et elle forme l'essentiel de notre conscience du monde. Il n'est pas normal qu'on lui accorde si peu de place dans nos vies. La modernité, c'est surtout ça : l'accroissement formidable de cette expérience indirecte. Or la rationalisation forcenée qui sévit de nos jours… je ne dirais pas qu'elle nous prive de ce gain – pour rien au monde vous ne me feriez vivre au XIXe siècle – mais elle nous empêche d'en tirer pleinement profit. Il s'agit plus d'un manque à gagner que d'une perte. D'un espoir déçu, pas d'un déclin. — Je crois que je donnerais aux gens du temps pour réfléchir. On leur en donne bien pour dormir ou manger. Est-ce que par hasard réfléchir est moins nécessaire ? Les gens se réuniraient. Le plus souvent ça n'aurait pas d'autre finalité que ça, laisser se rencontrer les imaginations, mettre en commun les rêves. Mais orchestrer ça avec autant de rigueur et d'esprit de précision que les Xylographes à Nasco. En étant attentif à l'image qu'on donne, pour attirer du monde, faire renaître l'envie. Et puis, parfois, ces débats auraient des visées pratiques : ils remettraient en cause l'organisation instituée là où elle crée des injustices, et tous les acteurs de la société appliqueraient ensuite la réforme qui aurait été décidée, dans toutes les sphères, chacun avec ses moyens, au lieu qu'il s'agisse d'une simple impulsion politique ou d'un manifeste qu'une poignée d'intellectuels signent et qui reste sans lendemain. La transformation de la vie commune redeviendrait un but explicite de chaque vie individuelle. Le courant qui relie l'imagination et l'action serait rétabli, au lieu que les fils soient écrasés et ne fonctionnent que par courts-circuits miraculeux.

– Vous êtes simplement en train de réclamer une démocratie idéale », décréta Rilviero.

Il avait parlé un peu fort et Traumfreund regarda autour de lui pour voir si quelqu'un les avait entendus. Ça y est : les gens les regardaient, les yeux exorbités, et leur buste, de surprise, se détachait presque du reste de leur corps. Puis il jugea que cette peur était absurde. Elle faisait même partie intégrante du problème :

« Ce qui serait beau, dit-il, ce serait qu'on puisse dire ce genre de choses à voix haute sans crainte d'être entendu et expédié tout droit à la clinique Bentlam pour bouffées délirantes et idéalisme chronique. Or ça, on n'y est pas. Car le mythe que la raison a le mieux réussi à diffuser, c'est l'idée qu'un changement de grande ampleur est impossible. La victoire la plus éclatante de la raison étroite, c'est de persuader les penseurs du changement qu'ils sont d'horribles utopistes, de leur donner honte de leurs opinions et de les inciter à ne les exprimer qu'à mi-voix, comme on énumérait autrefois la liste de ses péchés dans l'ombre d'un confessionnal. Pardonnez-moi, mon père, car j'ai rêvé… »

***

Ensuite les premiers invités partirent. Comme on circulait mieux, Paulus et Lisa prirent enfin le temps de s'approcher du tableau d'Ernst Bianco. Rilviero constata sans surprise que le panneau gauche était mieux peint. On sentait que Bianco y avait consacré plus de temps et d'énergie. Ils passaient en revue les épisodes de cette Histoire du malheur et de la violence quand, soudain, Lisa remarqua ce gros titre : *Défigurée au vitriol*. Elle s'approcha, lut tout l'article, trouva, dans le groupe des victimes du mal ordinaire, la scène horrible qui y correspondait. L'homme était debout, un pistolet dans sa main droite, dans la main gauche le verre rempli de vitriol. Il murmurait : « Je t'aime, mon amour, je t'aime. » Elle tombait à la renverse, défigurée. On le voyait se coller le pistolet dans la bouche et appuyer sur la gâchette. Lisa frémit : « C'est arrivé, ça, dit-elle en attirant l'attention de Paulus sur cette scène. Je t'en ai déjà parlé. C'est la sœur de Michelle. » Mais Paulus ne l'écoutait pas vraiment et il ne tarda pas à s'éloigner. Lisa haussa les épaules. Quel con. Ça n'allait pas. Il ne l'écoutait pas. Elle resta un moment debout devant le tableau, seule, observant la façon dont Bianco racontait cette histoire. Comment s'appelait-elle, la sœur de Michelle, déjà ? Lisa aurait été curieuse de la rencontrer, même si elle ne doutait pas que la vue de ses brûlures l'effraierait. Norinha. Oui, c'est ça. Norinha. Elle continuait de refuser toute nouvelle intervention de chirurgie plastique. Lisa regardait le pistolet – le verre de vitriol – le cri muet sur les lèvres de cette femme – puis elle se sentit mal. Elle marcha d'un pas vif vers les toilettes les plus proches, et quand elle en ressortit, après s'être rafraîchi longtemps le visage devant la glace, elle se demanda pour quelle raison elle avait vomi. Ce n'était certainement pas la nourriture ou le vin. La seule pensée de cette agression au vitriol ? Elle n'était tout de même pas aussi sensible. Fatiguée, surtout. Terriblement. Elle avait, ces temps-ci, d'atroces crises de migraine, avec cette impression parfois que son cerveau ne demandait vraiment qu'à sortir de son crâne. Et il lui arrivait aussi, en fin de journée, de voir le monde en double. Écoute-moi bien, Lisa, se dit-elle à elle-même. Tu ne vas pas nous faire un *burnout*, hein. Tu as juste besoin de vacances. Mais c'était plus que des vacances. C'était – elle formula la chose sans y penser – une vie où on ne ressentirait pas tout le temps le besoin de vacances. Elle revint dans le Salon des Arts lentement, avec prudence, en se tenant à la rampe des escaliers parce qu'elle craignait de tomber à la renverse.

Il était une heure du matin, elle n'eut pas de mal à convaincre Paulus de partir. Il voulait profiter de ces deux jours à Regson avant de rentrer à l'Aneph. Traumfreund les accompagna et attendit un taxi avec eux. Il embrassa le couple emmitouflé, leur souhaita un joyeux Noël, puis referma la portière sur eux avec délicatesse. Malgré le vent de décembre soufflant sur le parvis, il décida soudain qu'il rentrerait à pied. La nuit était claire. Il pourrait se guider aux étoiles pour retrouver le chemin menant jusqu'à chez lui.

27. LE GRAND DÉÇU

La montagne les rappelle. Lorsqu'ils se retrouvent à la gare le 26 décembre au soir pour rentrer à l'Aneph, ils s'avouent mutuellement avoir ressenti ce tiraillement dans leur ventre. On se demande comment ils ont pu le distinguer des contractions de leur foie piétiné par une bande d'oies dodues et des autres symptômes de l'indigestion. Sur le quai de la gare, toutefois, étrennant les manteaux en peau de Sibérie qu'ils ont tous les deux reçus pour Noël, *parce que je me suis dit que c'est surtout de ça que tu avais besoin là-haut*, Traumfreund et Rilviero se montrent catégoriques : les Rodhiles réclament leur présence. À l'autre bout des rails, dans le salon du Mât, Berardi leur tend de grands mugs de tisane fumante et leur adresse ses sincères félicitations : ces quelques jours de repos leur ont fait du bien ; les poches en dessous de leurs yeux ont perdu leur aspect bistre et pris les reflets nacrés de Fines d'Olsten N° 3. Nexus en revanche s'est senti seul. Il a fait une nouvelle crise de claustrophobie et s'est salement entaillé la main en essayant de fracasser un miroir. Berardi s'est vu contraint d'augmenter ses doses de sédatifs mais n'a pas réussi à recoller les morceaux.

Le lendemain matin, Traumfreund et Rilviero se rendent compte qu'ils ne supportent pas l'idée de retourner dans les Cales. Ils maudissent Syrénaï et son snobisme anti-lumière ; même blanche et lourdement nuageuse comme aujourd'hui, elle vaut mieux que ces bataillons d'ampoules glauques qui présentent les armes au plafond. Nexus aussi en est malade. Alors ils lui bandent les yeux pour la forme et font ce que jusqu'à ce 27 décembre ils n'ont pas osé faire – ce qu'il y a bien longtemps, c'est-à-dire à peu près trois mois, ils s'étaient juré de ne surtout jamais faire : ils guident Nexus aveugle à travers les couloirs, lui font monter marche après marche les escaliers et, pour la première fois de son séjour à l'Aneph, le font pénétrer dans le Mât. Comme ils ne veulent pas lui laisser voir leur pièce panopticon, ils s'installent dans le petit salon du quatrième étage où ils se retrouvent parfois pour une partie d'échecs. Nexus reste un bon moment le front collé aux immenses fenêtres derrière lesquelles, à coups de virages en épingle, la route monte vers le pic Farías et la vieille bergerie en ruine. Il les remercie d'une voix inaudible. Ses yeux se sont injectés de sang à force de mener cette vie sinistre. Allongé sur le canapé, les bras serrés contre son corps dans une attitude presque catatonique, il semble avoir perdu le plaisir de raconter. Heureusement, il affirme être bientôt au bout de son récit et de leurs peines à tous. Fixant l'échiquier posé sur la table basse, il annonce de la voix superficiellement morne et néanmoins profondément inspirée des oracles : « Meurtre en deux coups. » Traumfreund et Rilviero ne voient pas comment. Par quelle combinaison magique, par quels mouvements de troupes imprévisibles passe-t-on du chemin de ronde où Van Goyen et son ambassadeur regardent déferler les armées nordestines au bain de sang de l'avenue Breton ? Et en deux coups seulement ? Oui. S'ils avaient réussi à garder en mémoire la position de toutes les pièces, ça leur sauterait aux yeux. Mais ils ont beau travailler les finales intensivement depuis trois mois, ils sont toujours aussi mauvais pour voir venir l'échec et meurtre.

Duel de tours en Fortal, d'abord – c'est l'avant-dernier coup. Nexus doit les prévenir : il va les faire entrer de plain-pied dans le territoire de l'étrange. Car la scène qu'il raconte… il n'y était pas. Et on ne la lui a pas rapportée. Pourtant il n'y a pas d'invention. Il s'était mis à posséder le don de seconde vue. Peut-être était-ce encore un autre dérèglement consécutif à ses visions d'Antefuego. Pour la première fois en tout cas, il était physiquement absent de son rêve où ne subsistait de lui qu'un œil observant sans moyen d'agir. Les parois de ce rêve étaient lambrissées de bois sombre. En écartant les lamelles des stores qui obturaient la fenêtre, on reconnaissait les motifs rectilignes de la place Den Nomen. C'était l'heure de la relève de la garde sous la grisaille pluvieuse, il entendait les soldats crier des ordres brefs et claquer des talons. Nexus devait se trouver dans un des bureaux de la Commanderie. Revenu à Fortal, il pouvait espionner les agissements de l'ennemi sans courir de risque, puisqu'un heureux concours de circonstances le rendait invisible. Les lampes posées sur le bureau inquiétaient les murs de la pièce de leurs battements de lumière grise. Plusieurs cartes d'état-major s'y trouvaient accrochées : c'était dans ce bureau loin de la zone des combats qu'on décidait de la guerre. Quand les tanks se mettraient à tirer, le bruit des explosions n'entrerait pas ici, pas plus que la poussière des bâtiments éventrés. Les morts, dans ce bureau, ne seraient que des statistiques, et les débâcles quelques épingles qu'on déplace sur les cartes en mâchonnant la branche de ses lunettes. Après avoir cru que la pièce était déserte, Nexus vit finalement deux hommes s'y matérialiser. Le premier était un visiteur qui venait de passer la porte ; en attendant qu'on lui accorde un entretien, il se tenait debout, plissant les yeux pour les accoutumer à la pénombre. Nexus dut admettre que c'était Van Goyen. Et l'autre, qui l'accueillait avec ce visage parcouru de rides désastreuses, les ailes du nez pincées et frémissantes, c'était l'éminence grise du Nordeste, le vrai fauteur de guerre, l'homme qui l'avait privé de mémoire et était suffisamment fier de son crime pour revendiquer en toutes lettres : *Darès mutilavit*. À en juger par son attitude, Van Goyen était venu tenter une médiation. En s'expliquant avec Darès sur les raisons de sa fuite, il espérait le convaincre de décréter une trêve, le temps que les deux parties négocient. Van Goyen mesurait mal l'influence que Darès exerçait sur le Commandeur et la part qu'il avait prise dans le déclenchement de la guerre ; bien qu'il fût improbable qu'il pût arrêter à lui seul les armées mises en marche, tous les moyens étaient bons pour repousser l'éclatement des combats. S'enfoncer dans les montagnes de l'Ouest était un cauchemar pour des troupes régulières : elles regorgent de passes où même une avant-garde ne peut avancer de front et où les premières lignes ne sont bientôt plus que des files indiennes. Aussi, malgré leur infériorité numérique et technique, les Vallées pourraient résister des mois pour peu qu'elles aient d'abord eu le temps de s'organiser. Van Goyen était conscient qu'il jouait sa dernière carte ; quand il sortirait de ce bureau, on saurait à quoi s'en tenir. Debout devant lui, mâchoire rigide, pas prêt à se laisser faire, Darès lui signifia d'emblée qu'il ne voyait pas l'intérêt de cette entrevue ; Van Goyen pouvait toujours s'asseoir, mais le monde se porterait mieux s'il s'efforçait d'être bref.

« Je suis venu te rendre quelque chose qui t'appartient », commença Van Goyen. Il parlait d'un ton calme, essayait d'ignorer l'hostilité saturant l'atmosphère. Il sortit de son manteau une tablette de bois sur laquelle figurait un texte endommagé. Alors le dormeur qui observait la scène depuis un autre monde en témoin parfaitement lucide mais endormi et impuissant se mit à trembler de tout son corps et à se retourner dans son lit dont les draps se soulevaient au rythme du cauchemar : c'était lui que Van Goyen s'apprêtait à livrer sans défense à cette espèce de traître. Il n'y avait que des traîtres, partout – ils avaient résolu sa perte et jouaient avec sa vie comme on s'échange un morceau de bois.

« Tu as fini par trouver ça, répondit Darès avec une distance ironique. Eh bien. Tu as mis le temps. » N'ayant pas la moindre intention de reprendre la tablette, il gardait ses mains croisées dans le dos.

« Qui est cette femme ? demanda Van Goyen, bizarrement remué.

– Tu ne la reconnais pas ? Pourtant tu as déjà dû croiser à Nasco celle qui m'a servi de modèle. C'est la dernière œuvre que j'ai faite avant de vous quitter.

– Comment veux-tu que je la reconnaisse ? »

Darès le regarda avec un agacement profond :

« Bien sûr elle s'est fait un petit peu amocher. Mais si tu fais abstraction des brûlures… »

On ne pouvait pas faire abstraction. Sur la tablette, chaque ligne le précisait, creusant plus profond la douleur : tout le visage de cette femme était recouvert et dévoré de brûlures. En cicatrisant tant bien que mal, elles avaient formé des coutures, des bourrelets affreux qui cisaillaient ses joues de leurs diagonales irrégulières. Sa paupière gauche avait été soudée à ses pommettes pour cacher l'œil devenu aveugle en dessous de la peau aux cellules mortes.

« Je ne sais pas comment tu as pu faire ça, murmura Van Goyen. On peut savoir ce qu'elle t'avait fait ? Pourquoi est-ce que tu l'as créée si c'était pour lui infliger des sévices de ce genre ?

– Je ne vois pas pourquoi ça te laisse incrédule. Tu m'as assez reproché d'être quelqu'un d'excessif… de pousser tout à l'extrême. Comme la plupart des portraits réussis, celui-là ressemble à son auteur bien plus qu'à son modèle. — Sérieusement, tu ne la reconnais pas ?

– S'il n'y avait pas le vitriol… je dirais que c'est Norinha. »

Darès sursauta légèrement à ce nom. Pourtant il devait s'y attendre. Il se redressa et, s'appuyant des deux mains à son bureau encombré de dossiers, éleva la voix avec une âpreté soudaine :

« Mettons les choses au clair. Il n'y a rien à négocier. Je n'ai pas très envie d'entendre parler de la guerre. Je ne m'occupe que de ça à longueur de journées, comme tu t'imagines, et j'espère que ta visite aura au moins le

mérite de me faire une petite diversion. Tu veux des informations de première main ? Les nouvelles du front sont satisfaisantes. Il y a trois divisions en route pour le Boquerón et le gros de l'armée finit de franchir le fleuve. Chaque matin je descends à pied les boulevards, tranquillement, et je vais à la caserne de l'avenue Valcaídos m'assurer que tout est en ordre. Je profite de la fraîcheur matinale. Je prends le temps de discuter un peu avec les jeunes recrues prêtes à partir au front. Cette guerre ne s'est pas décidée dans un mouvement d'excitation – je peux te rassurer là-dessus – et elle ne va pas se mener dans un climat de peur panique.
— J'espère que tu n'es pas venu me parler de *nos liens d'amitié* ou de quoi que ce soit de ce genre. C'est de l'histoire ancienne. On ne peut pas éternellement ressasser des gamineries. Je ne te dois rien. Mais par ailleurs » il agita la main, désigna vaguement la tablette où s'inscrivait l'histoire de la Belle Défigurée « je n'ai rien à cacher. Jusqu'à présent je ne comptais même pas te tirer de ton sommeil. Puisque tu as fait le chemin, cela dit... tu es peut-être devenu assez grand pour comprendre. »

Les lampes levaient vers le visage de Darès leurs ombres attentives et en accentuaient les reliefs ; des plis raides lui sabraient les commissures des lèvres. Quand il se mit à raconter, toutefois, Nexus vit surgir un autre homme, banni trop récemment pour que Darès ait eu le temps d'en faire disparaître les traces, enterré un peu vite, alors qu'il était mal en point mais respirait encore, et pour qui toute croyance n'était pas condamnée sans recours par la part d'illusion qu'elle renfermait nécessairement. Cela faisait un an que cet autre Darès avait rencontré Norinha dans les rues de Nasco. Presque au sommet de la ville. Sur une placette en pente où une fontaine s'emplissait de l'eau millénaire descendue des glaciers. Éreintée de chaleur, Norinha recueillait le filet d'eau glacial dans ses mains jointes en forme de coupe et s'en aspergeait le visage. La face intérieure de ses mains était d'un brun plus clair que le reste de sa peau. Quand elle s'était redressée, il avait vu son collier de perles battre au creux de sa clavicule et sur le haut de ses seins. Elle s'était recoiffée avec des gestes maladroits, quelques mèches de cheveux crépus lui échappant toujours. À regarder ces perles blanches briller de leur éclat pulsatile sur sa peau de métisse, il avait senti se former autour de lui un silence abyssal : il y avait la beauté – là, à quelques pas de lui – mais il n'arrivait pas à avancer vers elle car la masse écrasante de l'air contrariait ses mouvements. Darès avait fini par croiser son regard. Il disait ne plus se rappeler s'il l'avait recherché ou avait au contraire tout fait pour l'éviter. Il avait peur. Aujourd'hui il savait qu'il aurait mieux fait de croire les signes qui l'avertissaient d'un danger imminent et de passer son chemin sans se retourner. À l'époque il craignait surtout que la peur fige les traits de son visage et ne les empèse d'une gravité telle que cette femme le jugerait sinistre. Dans le regard qu'ils échangèrent, ils étaient nus. Les veines de Norinha saillaient sous la peau de son cou ; Darès avait senti une vague de sang s'enrouler et rugir dans son sexe. Elle gardait tranquillement les yeux rivés sur lui. Il n'avait aucun moyen de savoir si en soutenant son regard Norinha lui montrait qu'elle s'était aperçue de l'effet qu'elle lui faisait ou si pour elle également l'air s'était refermé en un cercle complet, créant autour d'eux un abri provisoire un peu au-delà du temps. En se penchant pour boire de nouveau à la fontaine, elle fit un geste trop brusque : son collier se brisa – les perles se mirent à dévaler la pente.

« La ballade de Nasco », murmura Van Goyen. Darès n'entendit pas. Il était tout à son histoire, revivait les instants. Libéré de sa paralysie, il avait entrepris de dévaler la pente pour rattraper les perles. Certaines avaient fini leur course dans la boue. D'autres avaient pris sous le choc une forme irrégulière. Il en avait rassemblé le plus possible au creux de sa main et était revenu vers elle, penaud. Mais Norinha riait de toutes ses dents. Elle s'en moquait, des perles. Elle avait toujours été trop nerveuse pour pouvoir en porter. Darès l'avait regardée sourire. Elle était une condensation de lumière. Le soleil de Regson, venu rendre visite au Séabra par un de ces couloirs secrets qui relient les mondes, avait choisi de s'incarner en elle.

Il ne l'avait pas revue les jours suivants. Sa vie de Xylographe avait repris comme si de rien n'était. De temps à autre, ses pensées butaient sur des détails de cette rencontre, isolés et grossis par le jeu de sa mémoire : une perle rebondissait sur l'angle d'un pavé, une mèche rebelle échappait à l'emprise des doigts de Norinha et se rabattait sur son oreille percée d'une boucle d'argent, le rire altier se prolongeait encore, le faisant trembler de plaisir, puis tout à coup trembler qu'elle ne se soit moquée de lui. L'oubli allait finir par effacer cette femme lorsque cette année-là, enfoui dans la terre meuble d'Antefuego, il vit se dresser l'avenir que préparaient pour lui des désirs qu'il n'avait pas encore voulu s'avouer. À en croire la vision, il serait un jour blotti dans les bras de cette femme, enserré dans sa chair, abandonné en elle. Il reposerait à ses côtés dans une chambre qui n'aurait plus de draps, collé de tout son corps à la ligne sombre de son dos, leurs jambes pliées selon le même angle. Cet avenir entrevu lui plaisait. De retour à Nasco, il avait cherché Norinha avec une énergie dépourvue de toute méthode, prêt à retourner la ville entière pour la revoir et tomber avec elle dans des gouffres si possible insondables. Il ne pensait pas à faire la guerre, alors. Il voulait la faire jouir, pas la défigurer. Pourtant ce désir de la posséder se teintait d'une sorte de férocité et contenait déjà en lui des ferments de violence. Ensuite le rêve avait pris forme et chair. Elle était là. Les pointes de ses seins nus dressés au-dessus de son torse étaient des pétales mauves qu'il effleurait dans la pénombre. Les lèvres de Norinha embrassaient sa bouche et sa peau, c'était en lui qu'elle allait chercher l'air. Ses cheveux dénoués pleuvaient autour de leurs visages, tirant le rideau sur le monde et ne les laissant penser qu'au plaisir. Dessinant de leurs corps nus des courbes ascendantes au rythme calculé et des descentes vertigineuses qui les laissaient le souffle court, ils faisaient l'amour à l'oreille, guettaient ces notes plaintives que certaines caresses tirent du corps pour savoir quand attendre l'autre, quand rattraper l'autre, jusqu'à ce que la mort les abatte tous les deux.

Le lendemain, les mille soleils imaginaires illuminaient Nasco de leur lumière trépidante tandis que Darès et Norinha parcouraient les rues comme un couple d'amoureux. En prononçant ces derniers mots, la voix de Darès se couvrit d'un glacis de sarcasme, sous lequel Nexus reconnut l'étendue morne de la douleur. Darès n'ignorait pas la règle : au Séabra, les femmes étaient tenues de donner deux enfants à deux hommes différents avant de pouvoir former un couple selon leurs vœux. On lui avait appris ça lorsqu'il était enfant, comme un fait de la vie semblable au passage des saisons ou aux bases de l'algèbre. À l'aide d'une craie neuve qui se cassait même quand on ne voulait pas, il avait dû la recopier, après beaucoup d'enfants et avant beaucoup d'autres, au tableau de son école. Surtout, cette réponse se tenait prête dans la bouche de son père dès que sa voix fluette se risquait à demander où elle était, maman.

Avant de rencontrer Norinha, Darès n'avait jamais été troublé par ce problème : s'il rendait la vie difficile pour toutes les femmes et pour les hommes réduits à élever leurs enfants sans compagne, il n'existait pas d'autre moyen d'assurer l'avenir du pays. L'histoire des couples au Séabra était faite d'alliances de circonstance, d'estime mutuelle ou de tendresse parfois, presque jamais d'amour. Ce n'est que lorsqu'il avait été admis Xylographe qu'on avait commencé à lui faire percevoir cette règle comme une dissonance scandaleuse. « Dans le monde que nous avons imaginé, se plaisait à répéter Salinaroth, l'amour sera possible. » Plus encore : le couple qui traverse la vie main dans la main était le modèle mythique selon lequel ou contre lequel la majorité des gens se construisaient. Les amoureux, enterrés ensemble, faisaient soigneusement graver cette épitaphe sur la stèle de leur tombe : *On nous croit morts, mais nous dormons ici, blottis l'un contre l'autre*. À regarder Norinha dévaler la pente devant lui, ses sandales plates glissant sur les pavés, à serrer sa main noire menue, Darès avait commencé à se demander si cette union de deux êtres dans une bulle de miracle n'était pas un de ces possibles que les Xylographes devaient emprunter à Regson pour l'instaurer au Séabra. À l'intérieur de leur globe de verre soufflé, les semaines qui suivirent, Darès et Norinha ne formaient plus qu'un seul corps inondé de lumière, moite de sueur. Il ne savait plus ce qui était à elle et ce qui était à lui dans leurs mots, dans leurs idées et leurs images. Il était trop tard pour trier. Ils se retrouvaient au Jardin d'Ombre et se comparaient ingénument aux plantes qui grimpaient les façades et empêchaient Darès d'ouvrir grand ses volets : ils poussaient comme elles désormais, comme la glycine qui pleuvait en ribambelles mauves, comme le lierre accroché aux pierres avec obstination, encore distincts peut-être pour qui suivait leurs lignes de l'œil, mais en fait si entremêlés qu'ils en étaient indissociables.

À la mort de son père, Norinha avait dû partir quelque temps pour Tarouk afin de s'occuper des affaires d'héritage. Au bout de deux jours, des signes qui ne permettaient pas de se méprendre informèrent Darès qu'il n'arrivait à rien sans elle. Les bois en ronde-bosse de la Salle des Globes ne lui disaient plus rien : dans tous les blocs de chêne attendant d'être sculptés, il ne voyait que les formes de Norinha. Souvent il dormait douze heures d'affilée, dans un état proche du coma, étendant en vain le bras au travers du lit pour retrouver la chaleur de son corps, incapable de se lever puisqu'il n'avait pas devant lui une journée à passer avec elle. Là-bas, dans le Sud, la succession paternelle dégénérait en querelle de famille, et Norinha remettait sans cesse son retour au lendemain. Alors, pour éviter d'accumuler de la rancœur contre elle et s'occuper l'esprit, il avait décidé que le Globe méritait aussi une Norinha : il allait la recréer là-bas, par la seule force de son imagination, afin que certains hommes de Regson aient aussi une chance de la rencontrer.

« J'ai rêvé cette femme des jours entiers », disait Darès d'une voix où l'amertume et la mélancolie faisaient jeu égal. Il se tenait près de la fenêtre donnant sur la place Den Nomen. Van Goyen, malgré ses efforts, ne pouvait pas l'approcher. Darès le Grand Déçu s'était enfermé dans son malheur comme derrière une muraille impénétrable. Il vivait reclus dans cette pièce, protégé de l'agression du monde extérieur, ne communiquant plus avec lui que par dépêches interposées, et ordonnant dans ces dépêches de mettre fin à tout ce qui, dehors, lui paraissait trop beau ou trop imprégné d'idéal maintenant que lui avait déchanté. Il fallait tailler le monde à coups de hache pour que la laideur nouvelle du réel corrobore ses vues pessimistes – pour qu'enfin le monde extérieur se conforme à son état d'esprit. *J'ai rêvé cette femme*, répétait Darès. Une sœur jumelle de Norinha, gravée dans le bois d'une plaque de buis et surgissant sur la terre de Regson. Il ne voulait pas simplement établir les lignes directrices de sa vie puis la laisser prendre forme d'elle-même comme les Xylographes le faisaient d'habitude. Pour qu'elle soit une nouvelle Norinha, débarrassée par son amour purificateur de ses défauts accidentels et portée à la perfection qu'il avait toujours entrevue flottant au-dessus d'elle comme une auréole de féminité, il fallait recréer le grain de sa peau centimètre par centimètre, tisser un à un ses cheveux crépus, faire de sa bouche ce petit animal capable de voracité sous l'apparente douceur des lèvres. De toutes les créations qu'il avait entreprises, c'était celle qui lui avait demandé la concentration la plus imperturbable. Il avait vécu des jours inhumains. Fait tomber des dizaines de murs à l'intérieur de son esprit. Quand il jetait un coup d'œil par-dessus son épaule, il voyait très loin derrière lui les limites qu'il avait auparavant cru assignées à sa force créatrice, et ceux qui travaillaient encore en deçà de cette frontière lui faisaient l'effet d'amateurs tâtonnants.

« Ce que tu tiens dans tes mains, tu sais très bien que c'est mon chef-d'œuvre. Garde-le précieusement, il est plus abouti que tout ce que tu seras jamais capable de créer. Tu t'interroges sur mon silence ? Tu te demandes pourquoi j'ai renoncé à l'art ? C'est pourtant simple : j'étais le plus doué de nous deux, et j'en avais fait le tour. »

Van Goyen ne répondit pas. On lui avait suffisamment appris que le besoin de s'épancher est un signe de faiblesse. Il entrevoyait dans le récit de cette grande déception assez d'aveuglement de la part de son ami pour pouvoir le laisser se livrer à cette prétendue démonstration de force. Maintenant Darès se déplaçait dans la pièce sans faire grincer aucune latte du parquet, occupant tout l'espace du bureau qui semblait rapetisser. — Au bout d'un mois de travail, il pouvait suivre du doigt les courbes imaginaires de la nouvelle Norinha, de ses hanches à ses seins, sans rencontrer une seule aspérité ou un seul relief contrariant son projet. Quand elle était devenue une femme entière, capable de s'allonger dans l'herbe des parcs de Regson et de faire se retourner sur son passage des hommes douloureusement admiratifs et délicieusement suffoqués, Darès ne l'avait pas considérée du regard lourd d'insatisfaction ou entamé par le désintérêt qu'il avait souvent pour ses œuvres dès qu'elles étaient finies. La caresser restait un plaisir mystérieux. Il avait plus souvent fait l'amour en pensée avec cette femme qu'avec la véritable Norinha. *Et tu ne te sentais pas un peu seul ?* pensait Van Goyen sans le dire. *À distordre de cette manière le corps de ton amante pour le plier à ta vision de la femme ? Tu n'avais pas le sentiment d'endosser un rôle archaïque, par hasard ? Tu as joué au démiurge. Tu t'es plu à dominer l'éternel féminin, c'est-à-dire le carcan dans lequel tu aurais voulu que les femmes vivent pour l'éternité afin que tu puisses continuer à jouir du confort de ta position de grand mâle. Tu ne t'es pas demandé si, dans l'élaboration minutieuse du fantasme, il n'y avait pas une régression ? une manière de revenir à ces jours d'adolescence où tu te réfugiais dans des rencontres imaginaires, où tu t'astiquais le sexe dans un isolement effroyable parce qu'en dépit de toute ton audace, tu n'avais ni le courage ni les mots pour aborder les filles qui te séduisaient le plus ?* Apparemment, aucune de ces objections n'avait touché Darès ; la nouvelle Norinha prenait de plus en plus de place au creux de son cerveau ; elle connaissait bien mieux son corps que la Norinha réelle ; lançant les jambes de part et d'autre du bassin de Darès, elle refermait sur lui un étau de muscles voluptueux et l'attirait contre son ventre. Il la sentait s'agripper à ses fesses, le hisser plus haut dans le plaisir, ajouter des paliers au plaisir quand il croyait déjà qu'il avait atteint son sommet, et cela d'une pression infinitésimale du bout des doigts, d'un seul enveloppement de ses lèvres. Et il la connaissait tout aussi bien puisqu'il l'avait faite pouce par pouce, peut-être pas la plus belle des femmes mais celle qui comblait ses désirs et en suscitait sans cesse de nouveaux, en l'étonnant lui-même, en élargissant son goût pour la vie. Dans les rêves qui chaque nuit le ramenaient à cette femme, il saisissait sa bouche comme une petite vague désespérée mimant sans fin des mots qu'on n'entend pas.

« Pourtant tout ça n'avait aucune réalité, conclut soudain Darès. Ce que je te raconte là c'est l'histoire d'une de mes folies. J'en suis sorti. Et bien. »

Quand Norinha était revenue, certains regards qui fuient pour éviter de faire face, une maladresse nouvelle où s'empêtraient leurs mots et ce corps toujours aussi féminin mais dont les formes inexplicablement semblaient avoir changé – toute une série de lézardes fissuraient leur état de grâce. À sa main gauche, Norinha ne portait plus qu'une seule bague. Darès n'ignorait pas ce que ça voulait dire : dans les ruelles blanches de Tarouk, tendues de fils où sèche le linge, et où les caniveaux charrient des pelures de légume qui font la joie des chats errants, un homme avait demandé à coucher avec elle – et elle avait refusé. Encore un refus, puis elle devrait se soumettre au sort commun et devenir mère sans amour. Assis sur l'un des bancs du Jardin d'Ombre, Norinha lui parlait dans un souffle, prenant entre ses mains la tête de Darès et la relevant pour qu'il arrête d'esquiver son regard : il n'y avait qu'une seule solution raisonnable ; elle donnerait naissance à ces deux enfants dans les années à venir, puis lui reviendrait et ne serait plus qu'à lui. Mais il s'était mis à vivre très loin, dans une sphère idéale où n'existaient que des passions absolues. L'imaginer accueillir dans ses bras un autre homme… portant l'enfant d'un autre qui aurait joui en elle… ça suffisait à le rendre malade. « Si tu fais ça, lui avait déclaré Darès, je ne réponds pas de moi. Je crois que tu me dégoûteras pour le restant de mes jours. » *Donc il l'a repoussée,* pensait Van Goyen. *Sans faire aucun effort pour se mettre à sa place, il l'a laissée réfléchir seule à ce dilemme : transgresse la loi pour sauver notre amour ou renonce à moi pour de bon. Alors ? Quelle existence vas-tu choisir, ma belle ? L'alternative est simple : tu peux devenir une fugitive, rebut de la société, enterrée dans des planques pour échapper à la sanction qu'encourent les femmes rebelles – ou bien tu peux devenir la mère d'enfants que tu n'auras pas voulus, et vivre coupée de cet homme jusqu'à ta mort.*

« C'était cruel, sans doute, reprit Darès. Mais réfléchis un peu : qui m'avait mis ces idées-là en tête ? J'avais trop fréquenté ce pays où les couples d'amoureux s'embrassent contre le parapet des ponts. »

Un peu après, il avait su qu'un membre de l'ordre des Astronomes voulait un enfant de Norinha et, les mains dans le dos, gêné, lui en avait fait la demande. Elle hésitait encore ; il n'avait pas l'air pire qu'un autre ; gentil, attentionné ; elle aurait pu tomber plus mal – et allait donner son accord. Dévasté par cette nouvelle, Darès s'était enfermé dans sa chambre. Van Goyen était absent de Nasco, les Xylographes dont il était le plus proche tous occupés par leurs propres affaires, car un artiste se doit avant tout à son œuvre. Darès ne savait plus vers qui se tourner. Finalement, retranché derrière sa porte fermée à double tour, derrière ses volets barrés avec soin, fermant les yeux, se bouchant les oreilles, il avait essayé de ne pas voir ce qui se passait – à ceci près qu'il n'existe pas de moyen fiable pour barricader un cerveau et qu'il imaginait tout de même : Norinha et cet homme, ensemble… tous les détails de leur étreinte qui dégradait l'amour en une pratique sordide car il n'avait pour but que la procréation. Lorsque Garamantès, inquiet pour lui, l'avait forcé à sortir de sa chambre et à s'alimenter, cela faisait quelques jours que Norinha avait quitté Nasco sans intention de revenir, pour une destination que personne ne connaissait.

« Alors il s'est fait une aube dans ma tête. Je suis sorti de cet état de transe où elle était partout, confondue avec tous les corps, greffée par mon esprit sur les moindres objets. En revoyant le monde tel qu'il est, j'ai pris conscience que j'étais le premier responsable de mes malheurs. J'avais vécu dans l'illusion. Cette tablette que tu me rapportes alors que je n'en veux plus… et la création fastidieuse du Globe… elles m'ont bercé de choses qui n'étaient pas possibles. Il restait la beauté de la nouvelle Norinha : je l'ai détruite parce que ça n'était qu'un mensonge. Et puis j'ai saccagé autant que j'ai pu. Brutalement je savais que nous avions fait fausse route pendant toutes ces années. Nous tous, les Xylographes. Mes yeux avaient fini par se dessiller. Il n'était pas trop tard pour changer de vie et dire adieu à la chimère. »

***

Nexus interrompt son récit et se lève péniblement. La fatigue ralentit ses mouvements, ses pupilles sont encore figées par les sédatifs qu'on lui a fait prendre la veille. Appuyant sa main bandée à la fenêtre, il se perd dans le silence du paysage, puis soudain, sans se retourner vers eux, il déclare d'une voix blanche, comme un mourant prononce ses derniers mots : « Il neige. »

Depuis neuf heures ce matin les signes se sont multipliés. La masse lourde des nuages s'est accumulée sur eux, opacifiant le ciel, ne laissant filtrer qu'une lumière diffuse de linceul. Les strates nuageuses se sont agrégées au lieu de se chasser parce qu'aucun vent ne les a aidées à passer leur chemin. L'hiver semble s'être lassé du froid, des vagues de boue durcies qu'on trouve sur les sentiers, et de voir perpétuellement les sommets trancher le ciel d'arêtes rigides qui ne connaissent que le noir. En ce 27 décembre, enfin, il est prêt à changer de forme.

Il neige. Ce n'est d'abord qu'un murmure, l'épanchement presque involontaire d'un ciel trop lourd de voix, quelques flocons épars qui passent inaperçus, comme si ça ne voulait pas vraiment. Tous trois muets, ils se tiennent à la vitre. De l'autre côté, la nature met la grande sourdine. Il tombe de partout des particules invisibles de lumière blanche et de gros flocons plumeux qui volettent, oscillent au hasard minuscule des courants, gagnent le sol. Ceux de première ligne fondent aussitôt, tués par la chaleur comme les parachutistes par la mitraille lors d'un débarquement, mais sur les bastingages métalliques de l'Aneph, sur les vergues du Mât, sur certaines branches de conifères, on commence à en voir qui s'accrochent et survivent quelques minutes de plus. Les contours ne vont pas tarder à prendre de la douceur. Nexus approche ses yeux malades des flocons collés à la vitre : ce sont de petites plaques hexagonales, ouvertes, légères, ramifiées de mille façons différentes selon la température des nuages qu'elles ont traversés pour venir. Quand la finesse naît sur la Terre, elle s'accompagne de tant de fragilité… En cherchant bien, se dit Traumfreund, on trouverait sûrement un conte scandinave qui explique que les jours de neige sont ceux où les dieux là-haut plument les oies. Ensuite la neige se fait plus dense, tombe par myriades, inlassable, sans un bruit, et leur masque la vue. Ce n'est pas plus mal, pense Rilviero. Il sait combien Nexus a le sens de la topographie, et même si les médicaments l'abrutissent, il déteste le voir observer le paysage. Certains aspects du monde commencent à s'effacer. Dans les ruines chétives de la Bergerie, plus haut dans la vallée, les esprits cherchent à fermer de leurs doigts gourds des portes et des fenêtres qui n'existent plus depuis longtemps. Et tout là-haut, au sommet du pic Farías, les neiges éternelles accueillent dans un silence soulagé ces renforts que leur envoie enfin l'hiver. — Il neige. Ce n'est pas trop tôt.

***

Darès s'était rassis au bureau depuis lequel il menait les opérations de guerre. En face de lui, les yeux de Van Goyen, et les rides si mobiles qui les agrandissaient tentaient de montrer de la sympathie en évitant les signes qui, ressemblant de trop près à de la compassion, risqueraient de l'humilier.

« Pourquoi est-ce que tu ne m'as rien dit ? demanda-t-il enfin.

– Mais tu n'écoutais pas ! Tu n'étais jamais disponible. Tout ce que je te raconte est arrivé l'année dernière, dis-toi bien. Quand tu n'étais pas enfermé dans l'imprimerie à créer ton ambassadeur, tu tentais de nous convaincre qu'il était de notre intérêt d'établir des liaisons avec le Globe. Enfin… ce que tu appelles *convaincre*, c'est-à-dire nous accabler de tes arguments, faire semblant de ne pas avoir entendu nos objections, puis affirmer partout que tu avais notre soutien. Je n'étais pourtant pas le seul à désapprouver tes méthodes. Quand l'armée commencera à bombarder Nasco, rappelle-toi que c'est chez toi que j'ai pris mes meilleures leçons d'unilatéralisme. Plusieurs fois, alors que tu passais en coup de vent, j'ai essayé de te parler de Norinha ; comme ça n'avait pas de rapport avec ton projet, ça ne t'intéressait pas. L'ambassadeur ! L'ambassadeur ! Tu n'avais que ce mot à la bouche.

– C'est pour ça que tu l'as mutilé ?

– Ça n'était pas prémédité. Le jour où je me suis enfermé dans l'imprimerie pour détruire à l'acide la Norinha de Regson, je me suis rendu compte, après en avoir fini avec elle et surtout avec sa beauté, que j'avais encore en moi des réserves de colère immenses. J'ai eu beau regarder sous toutes les coutures son visage… j'ai eu beau constater que le vitriol avait mis un terme à son impudence… ça ne suffisait pas. Alors, oui. J'ai pris ma revanche sur ton autisme. Tu avais décidé, seul contre tous, de jeter un pont entre des mondes, alors que tout le bonheur d'un monde dépend de son ignorance des autres, de son isolement, de sorte que ce bonheur s'effondre quand il cesse de se croire absolu. Tu jouais avec le feu. Je me suis dit que c'était à un ami comme moi de te rappeler que ça brûle.

– Et déclarer la guerre, signer l'arrêt de mort de milliers de gens, ça t'a paru une punition appropriée ? On se demande de quel côté est l'orgueil. Qui de nous deux dépasse la mesure.

– Tu sais, les Nordestins ne m'ont pas attendu pour détester en bloc la population des Vallées. On dira que c'était une sorte d'hostilité diffuse, qui n'avait pas besoin de voir couler du sang. Le rapport de forces qui s'était mis en place leur suffisait. Je leur ai servi de catalyseur. Il n'a pas été difficile de persuader le Commandeur que nous pourrions retirer de grands bénéfices d'une guerre d'hégémonie. Et aujourd'hui, il ne tient plus à moi d'arrêter la ruée des troupes… une fois lancés ils sont aveugles… Enfin : je pourrais toujours essayer – Ortiz est un garçon tellement influençable… – mais malheureusement pour vous autres, je n'en ai aucune envie. »

Darès jeta de nouveau sur Van Goyen son regard imperceptiblement amusé. Les mots semblaient hésiter dans sa bouche au bord d'une pente glissante, soudain prêts à trop dire.

« Ce qui m'étonne le plus, tu vois, c'est que tu aies tout de même choisi d'envoyer ton ambassadeur. Je crois que ce jour-là, dans l'imprimerie, lorsque je me suis permis de rectifier ton projet au burin et de le rendre plus réaliste, je t'ai proposé une sorte de pari. Je ne pensais pas, honnêtement, que tu serais assez fou pour le relever. Car tu sais bien qu'il est marqué. Tu n'avais pas jugé utile de lui donner une apparence particulière. Moi je l'ai mutilé à mon image. Il est mon homme, maintenant : tu verras.

– Je sais que tu lui verses de l'argent et que tu le pousses au crime. Mais j'ai plus d'influence sur lui que toi.

– Oui ? Tu es très fort alors. Attendons voir la suite. Rira bien qui rira le dernier. C'est ce que les gardes nationaux auraient dû répondre à Calder. Dommage que leur formation n'inclue pas d'entraînement à l'esprit de repartie. Pour ma part, je vois bien que c'est à moi qu'il ressemble, et à moi qu'il va finir par prêter allégeance. Il y a là-dedans quelque chose d'un peu ironique, tu ne trouves pas ? Tu le voulais installé au centre de la vie, lié par le travail et l'amitié à des dizaines d'autres personnes… or il végétera dans des chambres vides, seul, ou croupira dans des prisons, comme tous les hommes inadaptés. Pour une fois, tu avais cherché à le doter d'un équilibre mental. C'était ton idée neuve. Un homme qui aurait autant le sens des affaires que le sens du rêve. Moi je l'ai fait fils de Saturne, comme tous les autres. Je l'ai renvoyé à son lit d'enfant triste et malade. Ainsi les mêmes causes auront les mêmes effets, et que tu le veuilles ou non, ce sera encore la même histoire.

– Il s'en sort mieux que tu ne le crois.

– Il paiera le prix comme les autres. Il n'y a pas d'impunité. Tous ceux qui veulent l'imaginaire doivent payer le prix de l'imaginaire. Je sais que l'idée ne te plaît pas, mais c'est ainsi : on n'a pas de visions sans se compromettre avec le mal et s'enfoncer à moitié dans la mort. Il faut faire pacte. Tant qu'on n'a pas perdu le sens commun, il est impossible de parler de plus haut ou d'ailleurs que le commun des mortels. »

Dans l'obscurité de la pièce, le visage de Van Goyen n'était qu'un disque sombre, sans expression reconnaissable. Il savait que les mots ne suffiraient pas – ou que *les siens*, en tout cas, seraient insuffisants. Il n'était pas la bonne personne, puisqu'aux yeux de Darès il comptait parmi ceux qui l'avaient enfermé dans un labyrinthe de miroirs où les images sont autant d'illusions. Y avait-il encore une personne au monde que Darès fût prêt à écouter ?

« Tu sais très bien que ce n'est pas vrai, finit par répondre Van Goyen. Il n'y a pas de fatalité. Ne payent le prix que ceux qui le veulent bien.

– Attention : je ne parle pas des artistes médiocres, des faiseurs de mensonges. Toi tu n'as pas de secrets. Ouvre les poings une bonne fois, tu verras qu'ils sont vides. Mais les véritables visions d'extase ne viennent pas autrement. »

Les yeux de Van Goyen se voilèrent d'une taie. Il était au bout de sa patience :

« J'ai ouvert les poings il y a quelques mois et il en est sorti un homme. Sa réalité t'effrayait tellement que tu as pris ta hache à deux mains pour tenter de le détruire. Il était supérieur à toutes tes créations, puisqu'il pouvait passer d'un monde à l'autre et avait l'avantage de l'existence matérielle. Alors ne me dis pas…

– Cet homme n'était pas viable.

– Il l'aurait parfaitement été sans ton intervention.

– Donc tu l'avoues : c'est un échec. Sa vie à Regson le mène droit au désastre.

– Écoute-moi bien : si tu t'en prends à lui… s'il lui arrive quelque chose… de toute façon, je le rapatrierai.

– Ce serait perdre le pari. Concéder ta défaite.

– Le jour de ton départ, tu ne t'es pas rendu compte, en mutilant Nexus, que tu étais prêt au crime pour te donner raison ? Quand on éprouve un tel besoin d'être conforté dans ses choix, c'est qu'il est temps de les remettre en cause. Toi tu as préféré te faire honte pendant des heures de tout ce qui avait pu te toucher au monde… »

Darès le fixa en silence, comme on regarde un homme qu'on connaît depuis longtemps et dont on vient de se rendre compte qu'il n'a plus toute sa tête.

« Tu ne comprends toujours pas ce qui s'est passé ce jour-là. Je me suis réveillé au milieu des rires. De toutes parts on se moque de nous. Il n'y a que vous, là-bas, pour ne pas les entendre. Écarte les feutres et les sourdines, et tu verras l'intelligence qui montre ton idiotie du doigt. Moi je me suis retrouvé. Je me suis mis à vivre dans l'aujourd'hui. Plus de combat vague qu'on mène dans la fumée. J'ai repris les chemins d'ici, j'ai décidé d'affronter le monde à mains nues, d'avoir des mains réelles pour prendre ce monde réel. Tu me crois prisonnier de ma raison. Or si j'ai gardé quelque chose de Regson, c'est le soleil que nous y avions rêvé. Il brille en moi, littéralement. Il brille pour dégraisser toutes les créations de l'esprit jusqu'à en voir les os, jusqu'à les serrer dans le poing pour vérifier que ces os sont solides. De toutes ces créations, peu sont encore crédibles une fois que tu les as exposées au soleil. Dans cette région dont je me suis décidé à adopter la cause, èt dans tout le pays, bientôt : nous allons au soleil. Nous marchons vers lui tous les jours, un peu plus près de lui chaque jour. Ce n'est pas un oracle, ce que je te dis là. C'est le résultat du seul calcul. Je ne comprends pas comment tu peux t'entêter à ce point. Je t'assure, pourtant : l'existence que tu mènes est vide. Le temps des visions a passé. »

***

La vision passe. Ce duel n'a pas de vainqueur, cette médiation échoue. L'une des tours retraverse l'échiquier en direction de l'ouest pour organiser ses défenses, l'autre tour reste en place à son poste de commandement. Repris par le sommeil, Nexus redescend dans les Cales où il s'endort comme un enfant triste et malade ou comme un très vieux dépressif. La neige provisoirement s'est arrêtée de tomber, mais le ciel reste lourd. Rilviero et Traumfreund sortent de l'Aneph pour contempler le spectacle. Ils sont tous les deux très émus : il y a si longtemps qu'ils attendaient ça. Sur les côtés de la route, la neige donne aux arbres une allure somptueuse, plus de volume et de caractère, des contours plus individués que lorsqu'ils dressent sur les flancs de montagne leur armée grise de fourches sans cause. Marchant à pas lents, regardant derrière eux se dessiner leurs traces qui racontent une histoire chaque fois inédite d'exploration et de terre neuve, ils respirent cet air froid, cette odeur de la neige qu'ils ont du mal à définir. Elle leur semble faite de bois humide et de laine mouillée – c'est une odeur de la nature, trop évanescente et subtile pour leurs petites narines d'humains ; ils ne peuvent pas la conformer au jeu de la raison et des mots, mais ils la retrouvent immanquablement. De ses grosses paluches primitives de sculpteur, Paulus Rilviero, quarante-sept ans, confectionne une boule de neige assez compacte pour qu'il puisse la glisser à la première occasion venue dans le cou de Joachim Traumfreund. La neige poudreuse se solidifie au fur et à mesure qu'il la modèle. On ne reconnaît plus l'eau sous ce déguisement. C'est toi ? C'est vraiment toi ? Tu as tellement changé. Je n'aurais pas su dire… La neige, au sol, garde la trace de leurs mains, elle tient le compte de leurs moindres actions qui s'y impriment en négatif. Au contraire, leurs mains ne gardent pas trace de la neige – en peu d'instants la mince couche floconneuse qu'on a soulevée pour la voir de plus près revient à sa forme liquide et disparaît, laissant la paume toute seule, désolée, froide et triste. Ils ont entendu à la météo qu'il neige partout dans la région, y compris à Regson. Rilviero se met à penser à Lisa qui à cette heure, peut-être, découvre la neige en ville. L'attention que l'on porte à la première neige – même dans une grande ville comme Regson, où tant de choses sollicitent l'esprit en même temps – cette attention est de l'ordre de l'événement. L'atterrissage régulier des flocons ravive une complicité qui perce sur les visages. Les gens se croisent avec l'air de se demander : Vous avez vu ? Oui, on a vu. On sait. Et la ville, soudain consciente qu'elle fait partie de la nature, attentive soudain au dessin des nuages qui amènent peut-être d'autres chutes, la ville marque le pas. Quand par hasard, au-dessus de cette neige fraîchement tombée, surgit un horizon de ciel bleu, la terre n'a plus de crimes et des rires d'enfants courent dans les veines des hommes. Même chez les plus blasés. Même chez ceux que la vie a déçus.

28. IL SAIGNE

Il tombe des herses sur la Terre aujourd'hui. Il saigne. Le peuple des hommes lève les yeux vers le ciel, espérant éviter la mutilation. Dans leur orgueil d'animaux pensants, sûrs de leur droit à vivre et convaincus d'être plus intelligents que toutes les autres bêtes qui courent rampent nagent et volent dans l'atmosphère, les hommes se disent qu'un peu de vigilance leur permettra de passer entre les gouttes. Or rien n'y fait. Certains sont mutilés dès la naissance, sortent du ventre maternel déjà amoindris. D'autres font leurs premiers pas intacts, grandissent et deviennent plus solides à mesure qu'ils grandissent, en viennent à croire que le danger est maintenant derrière eux, qu'ils en ont réchappé – mais les herses tombent continûment, imperturbables, et la plénitude qu'ils savourent, ou oublient de savourer car ils la jugent normale, n'est jamais qu'un sursis. Ça tombe. On a beau scruter le ciel et tout autour de soi pour chercher à prévoir, il n'existe pas de moyen de connaître le lieu ou l'heure. Un jour ou l'autre, ce n'est plus sur les autres, mais sur nous que ça tombe : une corde se dévide, et quand le corps touche le sol, ce n'est plus qu'un tas de chairs en bouillie ; une maladie contre laquelle les animaux pensants ne connaissent pas de remède les cloue sur un fauteuil roulant, leur ôte l'usage de jambes qu'ils ne peuvent plus appeler leurs jambes et bientôt de la pensée ; des substances dont les animaux pensants, dans leur génie, ont un jour trouvé la formule atteignent en plein visage une peau qu'elles défigurent ; à relire de vieilles lettres, à regarder tomber la pluie, le gris de la dépression attrape le cerveau dans sa nasse ; et cette rupture qu'on n'a pas pu empêcher, elle ouvre dans la poitrine des fissures invisibles. Sur le sol de cette Terre qui tremble, qui s'inonde par endroits, s'assèche ailleurs, que le feu transforme en un champ de bataille quotidien, où sont les survivants ? Les hommes toujours intacts ? Ils ne perdent rien pour attendre. Personne n'est quitte. La mutilation guette. Pour certains d'entre nous, c'est au prochain virage. D'autres resteront indemnes plus longtemps – mais quand l'agonie sera sur eux, elle les laissera sans autre souhait que la mort et sans un souffle de voix pour exprimer ce souhait. Et pour ceux que Nexus a convoqués dans son histoire d'entre-deux mondes parce qu'il a de ses propres mains mis fin à leur histoire, les herses ont pris la forme d'un homme triste et malade qui parcourt les rues de la grande ville, armé d'un pistolet. Il cherche sa vengeance ; mutilé depuis sa première heure, il a décidé de concevoir à son tour un plan de mort et de mutilation.

Le lendemain de la neige, il neige encore. Néanmoins ce qui déferle aujourd'hui sur l'Aneph n'a de commun que le nom avec ce qui est venu hier effacer les contours des Rodhiles. Aujourd'hui les flocons ont un aspect compact de grêle et tourbillonnent sans se poser ; à peine approchent-ils du sol que déjà ils remontent, prennent des diagonales impromptues, se rabattent en hordes grégaires comme des vols d'étourneaux, tout à la fois portés et malmenés par le vent qui les engoule dans de grands hurlements, les accélère et les recrache comme autant de particules dont le mouvement perpétuel est la seule raison d'être. Des flocons durs comme des diamants harcèlent la voilure de l'Aneph, menacent de détruire un à un les panneaux qui attendent naïvement la lumière du soleil afin de la convertir en lumière pour ampoules, criblent les vitres du Mât derrière lesquelles Nexus, Rilviero et Traumfreund se sentent suffisamment protégés pour ignorer la violence du spectacle et n'en retenir que la beauté. En vérité, la neige est ce que le monde en fait. Elle peut répandre sur Terre cette qualité de silence qui rapproche les hommes de la paix comme être l'instrument d'une colère radicale qui les confine dans leurs abris. Tantôt elle s'immobilise sur le sol en un manteau que le temps consolide, tantôt repousse le paysage dans un autre niveau de réalité et le rend inaccessible derrière sa masse furieuse. Quand le vent tombera, ils se rendront compte que c'était très peu de neige qui produisait cette démonstration de force ; pour l'heure, la tempête occupe tout l'espace, autour du Bateau – et comme il neige sur le Bateau, avec la même violence, la même furie, il saigne sur Nexus.

Après avoir assisté par don de seconde vue à l'entretien que Darès avait accordé à Van Goyen pour se distraire des affaires militaires, par désir d'humilier celui qui avait été le frère sans jamais cesser d'être le rival, par besoin de s'épancher auprès du frère qui seul, même s'il était devenu l'ennemi qu'on s'apprête à détruire, pouvait saisir tous les tenants et les aboutissants de l'histoire de la grande déception, Nexus avait compris qu'il était depuis sa naissance, non pas un homme complet, indemne de toute blessure jusqu'à ce que tombent les premières herses, non pas l'animal pensant ordinaire, au moins partiellement libre de se définir lui-même, mais l'objet d'un pari fratricide. Les deux hommes qu'opposait ce pari n'étaient pas frères l'un de l'autre, mais des frères l'un pour l'autre, et leur connaissance mutuelle était si intime que même si les conditions du pari étaient restées entièrement implicites, ils en saisissaient tous les deux, au moment de le lancer pour l'un et de l'accepter pour l'autre, tous les tenants et les aboutissants. Cela s'était joué dans l'imprimerie, au milieu des planches de buis où luisait l'encre fraîche, à l'heure où Van Goyen, constatant les ravages qu'avait causés Darès pour des raisons qu'alors il ne connaissait pas, découvrant que pendant son absence, tandis qu'il parcourait le pays pour annoncer à tous la venue d'un ambassadeur, la vie de cet ambassadeur qu'il avait mis des mois à concevoir et à graver sur une tablette de bois avait en un instant été détruite à coups de burin rageurs par le frère et rival, à l'heure où Van Goyen, donc, constatant le saccage, découvrant la mutilation, avait pensé que même privé de l'équilibre et de la mémoire de ses trente premières années, son ambassadeur avait droit à une chance et où, conscient d'accepter par là même le pari que lui lançait Darès, il avait décidé de le maintenir en vie. Et cette heure méritait de s'appeler l'heure de la plus grande confiance. Depuis, avait compris Nexus, les frères rivaux se livraient une guerre froide dans le champ de son esprit. L'homme que la vie enthousiasmait encore et l'homme qu'une grande déception avait jeté dans le cynisme attendaient de voir de quelle façon il se comporterait – laquelle de leurs deux visions du monde sa trajectoire allait corroborer. À cet homme qui ne possédait pas de passé mais s'avérait doué extraordinairement pour le rêve, l'imaginaire suffirait-il pour affronter les jours ? Ou bien, renvoyé à la nuit, aux chambres vides, à son lit d'enfant triste et malade, allait-il, une fois de plus, écrire la même histoire ?

Lorsqu'il eut compris cela, Nexus ne voulut plus de ce monde. Jamais il n'avait fait du Séabra la zone d'aurait-pu-être, l'unique rocher auquel se cramponner au-dessus du maelström insupportable de sa vie réelle ; il n'y allait pas pour se fuir, mais pour collecter des traces de lui-même et finalement, un jour, peut-être, se rencontrer ; cependant il devait l'avouer : il n'avait pas prévu que cette rencontre de lui-même serait un tel désastre. Tout était consommé, maintenant. Le tragique rattrapait ce monde. Il y retrouvait l'horreur qu'il croyait avoir laissée derrière lui. La bêtise impassible et sûre de son bon droit marchait vers l'ouest au bruit des godillots. À Regson, la superficialité des gens, leur manque de sens du spirituel avaient souvent suffi à le démoraliser. Pourtant, après avoir vu le Nordeste et le Séabra en état de guerre, il se dit qu'il respirerait tout de même mieux là-bas. Pour la première fois depuis longtemps, il vécut dans la métropole en essayant de s'y intégrer. Chez Capabellis, il aborda des collègues avec qui il n'avait jamais auparavant échangé le moindre mot. Surveillant d'un œil, depuis sa guérite, la grisaille dégradée des écrans de contrôle, il les écoutait parler de sport, de bons coups à tirer, de bons plans à ne pas manquer, satisfait de retrouver les préoccupations de la vie ordinaire, même si chaque mot de leur conversation le renforçait dans la certitude effroyable de sa différence. En vérité, il n'était pas vivant : il ne pouvait que contempler ceux qui l'étaient. Un gouffre infranchissable le séparait de ces gens à la tête pleine de choses insignifiantes, occupés de leurs petits désirs et tracas. Bien qu'il préférât regarder les hommes mener cette vie futile plutôt que de les savoir réduits au seul projet de survivre dans le piège de l'Histoire, l'existence banale ne lui convenait pas plus que l'existence tragique. Aucun de ces deux mondes ne semblait fait pour lui. Alors ? Par où s'enfuir, maintenant ? Où commençait le chemin ?

Depuis des semaines, chaque samedi, il recevait des lettres à l'en-tête de la Banque Fafner. Il n'ignorait pas désormais que sous ce nom usuel à Fortal se dissimulait la banque qui, à Regson, s'appelle J.P. Stencil et a son siège au croisement de la rue Gelman et de l'avenue Breton. Nexus n'avait pas besoin d'ouvrir les enveloppes : il savait bien qu'elles étaient vides. Vides à peu de chose près. Car chaque fois, lorsqu'il retournait l'enveloppe déchirée et la secouait convulsivement, il en tombait une clef. Et quand, en rentrant de Capabellis, poussé par une curiosité malsaine, ou simplement de guerre lasse, il se décidait à passer à la banque, le rituel se répétait de façon invariable. Hank Fafner venait le chercher à l'entrée et l'emmenait dans la salle des coffres. La petite clef, semblable à celle qu'il avait trouvée le jour de sa naissance posée sur la commode, ouvrait chaque fois un coffre différent, mais qui contenait toujours la même mallette. Hank Fafner posait la mallette sur la table, l'ouvrait sans regarder son contenu et, d'une voix neutre, prononçait sa réplique : « L'expéditeur vous demande si vous acceptez l'ensemble du virement. » Dans son réceptacle de velours, le pistolet ne bougeait pas ; il faisait le mort, animal à l'affût attendant que sa proie s'approche ; dans la partie gauche, en revanche, les billets s'entassaient toujours plus nombreux. Il y avait là de quoi changer la vie d'un homme – ou la détruire. Car le banquier aux traits quelconques soulignait chaque semaine le lien entre cet argent et cette arme. « Il y a une condition, répétait-il. Vous devez accepter l'ensemble du virement. » Nexus sentait ses mains trembler ; il savait très bien désormais d'où venait cet argent. Darès cherchait à le pousser au meurtre. Il revoyait sa bouche aux commissures marquées et lisait les mots sur ses lèvres comme sur celles d'un muet : *Il croupira dans des prisons, comme tous les hommes inadaptés. Je sais que l'idée ne te plaît pas, mais c'est ainsi : on n'a pas de visions sans se compromettre avec le mal et s'enfoncer à moitié dans la mort.* Pris de peur panique, Nexus refusait l'offre et tournait les talons sans reprendre sa clef. Le samedi suivant, de toute manière, il en trouvait une autre au fond de sa boîte à lettres.

Alors sa vie était devenue épouvantable. Enfermé toutes les nuits dans sa guérite et le jour dans son appartement de la rue Hidalgo, reclus dans sa chambre du siège de l'ordre quand un sommeil impitoyable le ramenait à Nasco, il s'était mis à ne plus voir sa vie que comme une procession de mirages, un défilé de fantômes moqueurs et jacassants. On lui avait donné une place dans le monde avant qu'il ne soit né ; on ne lui avait pas laissé trouver sa propre forme. S'il avait cru que son amnésie faisait de lui un homme libre, c'était par pure ignorance des projets qu'on avait pour lui. Car il ne s'appartenait pas. Instrument de deux volontés contraires, il entendait s'entrechoquer les pensées dans sa tête et sans répit se demandait lesquelles lui venaient de Van Goyen et lesquelles de Darès. Son corps le harcelait, le sommeil véritable n'était plus qu'un souvenir, et il lui arrivait de parler de lui-même au passé : « Nexus ? Ah oui, je me souviens vaguement. C'était cette ébauche d'homme, cette tentative ratée. » Et à mesure que la pression augmentait dans son crâne, il en voulait de plus en plus à Van Goyen. Lorsque huit mois auparavant, Van Goyen avait découvert l'imprimerie saccagée et avait malgré tout décidé de donner naissance à son ambassadeur, ce n'était pas seulement d'une confiance excessive qu'il avait fait preuve en réalité, mais d'un égoïsme destructeur et irresponsable. Comment avait-il pu choisir de donner le jour à quelqu'un qui partait avec des chances si faibles de survie et de tels handicaps ? Il était bien en définitive celui que décrivait Darès : un créateur seulement préoccupé de ses propres projets, tenant pour négligeables les conséquences qu'ils pourraient avoir sur les autres, et d'un orgueil si maladif qu'il avait préféré relever le défi et s'engager pour une cause perdue plutôt que de s'abaisser à reconnaître sa défaite. Toutefois, au-delà de ce crime d'orgueil, réfléchissait Nexus quand bien même la fatigue l'empêchait de réfléchir, le crime premier et principal était celui de Darès. Une fois frappé par le malheur, l'élève le plus doué de Salinaroth avait manifestement oublié les leçons du maître : tandis que le sublime infirme avait jugé qu'il allait de son honneur d'arrêter les progrès de la lèpre aux frontières de son corps et de ne pas la laisser défigurer ses œuvres, Darès s'était empressé de tirer de son malheur personnel toute une vision du monde et de transformer sa déception en désenchantement général. Désormais le Grand

Déçu menait la guerre depuis son bureau de la Commanderie, et chaque matin, d'un pas tranquille, il descendait les boulevards et se rendait à la caserne de l'avenue Valcaídos s'assurer que tout était en ordre. Cette promenade était une sorte de rituel qui continuerait jusqu'à ce que la guerre soit finie – ou jusqu'à ce quelqu'un l'arrête. Car que fait une victime – réfléchissait Nexus si tant est qu'il pût encore réfléchir – quand elle n'a strictement aucun moyen de poursuivre son bourreau en justice ? Que fait une victime quand elle souffre et que le monde entier est sourd à sa souffrance ? Il posait la question. La réponse venait vite, car elle était toute simple. Elle se venge. Oui. Elle finit par se faire justice elle-même. Elle se met en quête de son bourreau, le traque aussi longtemps que la traque est nécessaire, médite anxieusement les moyens de lui rendre la pareille, le retrouve et se venge.

« Cette idée-là, disait Nexus d'une voix prise de tempête et dont la colère occupait tout l'espace, elle m'est venue un soir où je n'étais pas de garde, alors que je me retournais dans mon lit, loin du sommeil. J'ai regardé ce que disaient les aiguilles sur le cadran de ma montre. Deux heures. Et le calendrier à la porte ? Lundi 12 février. Et qu'avait dit Darès ? *Chaque matin – à pied – tranquillement – l'avenue Valcaídos*. Je me suis levé, j'ai été me regarder dans la glace où le plan prenait forme. Au fond du miroir, je retrouvais son visage à lui, la ressemblance de la victime au bourreau qu'il avait choisi de me faire subir en plus du reste. Face au miroir j'ai serré le poing et j'ai prêté serment. J'ai résolu de me retourner contre Darès et de l'abattre avec les armes qu'il m'avait lui-même données pour me perdre. Toute la journée suivante, j'ai tenté de récupérer un peu de mon aptitude à raisonner froidement pour réfléchir à ma mission. À ce que je croyais voir, il n'y avait pas d'obstacle. Alors, dans la nuit du 12 au 13 février, comme un voleur, j'ai fait en sorte que le rêve me ramène à Fortal. J'ai passé plusieurs heures à errer dans les rues, rasant les murs lorsqu'il venait à passer des patrouilles, m'arrêtant aux cafés qui ne ferment jamais quand je sentais que j'allais tomber de sommeil. Tôt le matin, j'ai fini par me rendre à la Banque Fafner, avenue Valcaídos. La banque venait d'ouvrir. J'ai tendu la clef à Fafner, et sans un mot de plus que d'habitude, nous sommes descendus dans la salle des coffres. Il a fait jouer les ouvertures de la mallette. Cette fois-ci je n'ai pas reculé. J'ai déclaré que j'acceptais l'ensemble du virement. Sur le coup je n'ai pris que le pistolet et le permis de port d'arme. Je pourrais toujours repasser prendre l'argent. Je n'en avais pas besoin pour ce que je comptais faire. Ensuite je suis sorti de la banque et j'ai commencé à remonter l'avenue vers le nord, en direction de la Commanderie, sûr que Darès allait venir à ma rencontre. Le long de l'avenue Valcaídos, les façades sont aveugles et les murs infinis. Je sentais le pistolet qui faisait une bosse dans mon pantalon. Parfois je refermais ma main autour de la crosse, pour vérifier qu'il était bien en place et parce que c'était rassurant. Mais pas question de détourner les yeux : je veillais à ne regarder que devant moi, à faire le tri de la foule pour trouver l'homme qu'il me fallait. Au bout d'une demi-heure, j'ai atteint la place Den Nomen ; le drapeau claquait dans le grand vent ; je ne l'avais pas croisé ; il était peut-être trop tôt. J'ai redescendu l'avenue dans l'autre sens. Je tremblais sans comprendre pourquoi. Si j'avais eu encore un peu de tête, j'aurais pu remarquer qu'il faisait vraiment froid, bien trop froid pour Fortal. Et que la lumière tombant sur les trottoirs ne ressemblait pas du tout à celle du haut-plateau. Mais je n'avais plus de tête. Seulement une idée fixe – et une arme dans ma poche pour faire surgir l'idée. Quand je suis repassé devant la banque, j'ai entendu onze heures et demie. Et s'il ne venait pas ? Est-ce qu'il avait le don de seconde vue et de lire dans mes pensées ? Est-ce qu'il était, de tous les hommes du pays, le seul à être capable de prévoir, en regardant le ciel, où et quand il allait saigner ? J'approchais de la Commanderie pour la seconde fois quand finalement, entre les mille visages, j'ai aperçu le sien. La peur et le soulagement sont venus d'un coup me comprimer la poitrine. Je ne m'étais pas trompé. C'était le lieu, pour lui. Et c'était l'heure. Il descendait à ma rencontre, une mallette à la main. Il marchait assez vite parce qu'il ignorait que chaque pas le rapprochait de sa mort. Le Glock 17 est sorti de ma poche et avant de réfléchir je me suis mis à tirer. La première balle, ça ne l'a pas fait tomber. Tant mieux, je me suis dit. Une balle ç'aurait été insuffisant. Il fallait mutiler d'abord, faire souffrir. J'ai tiré en tous sens. J'étais sourd et aveugle – aveuglé par les larmes qui me coulaient bêtement sur le visage, et par une sorte de soleil qui avait surgi de nulle part et m'empêchait de bien voir ce que je faisais. Pour autant que je me rappelle, ce n'est pas lui qui est mort le premier. Il y a eu des passants. Il y a eu un homme jeune. Il y a eu une femme blonde qui m'a soudain bloqué la route, s'est interposée entre lui et moi, m'a regardé à contre-jour comme jamais aucune femme ne m'avait regardé. Mais ensuite elle a disparu, et je l'ai vu de nouveau, et j'ai pu le tuer de nouveau. Bientôt le pistolet serré entre les doigts a arrêté de tirer ; c'était une petite arme qu'il m'avait donnée là ; juste assez – croyait-il – pour me perdre, et – en réalité – juste assez pour lui faire ravaler sa morgue. Ils étaient tombés les uns sur les autres. Je me suis approché. J'ai pris leur pouls pour dire où en était la vie. Est-ce que les morts sont morts ? Ce ne sont pas leurs visages, c'est la pulsation de leur sang qui l'annonce et rédige le faire-part. Le jeune homme était mort. Mais ce n'est rien un jeune homme. La jeune femme était morte. La jeune femme qui m'avait regardé. Le sang qui sous sa peau ne battait plus maintenant coulait entre ses seins. Tant pis pour la jeune femme.

Moi – au moins – je ne l'avais pas défigurée. Et jeté entre eux deux, le bourreau était mort. C'était tout ce qui comptait. Il me fallait un acte, peut-être, pour exister. Voilà qui était fait. J'avais eu ma vengeance. Aussitôt après, j'ai senti que les forces ça n'allait plus très fort. Alors je me suis laissé tomber sur eux et je me suis endormi. Je devais me reposer maintenant. Le seul plan raisonnable, c'était de dormir un peu. J'étais sûr de me réveiller dans mon lit de la rue Hidalgo, et pas loin d'être convaincu que je venais, en sept ou huit coups de feu, d'arrêter net la guerre.

Et au réveil, effectivement, c'était Regson. Mais pas rue Hidalgo, comme vous vous en doutez. Pas dans mon lit. La ville entière criait, les regards étaient braqués sur moi, les yeux de toute la rue avaient le fusil à l'épaule. Je n'ai pas compris ce qui se passait. Pourquoi est-ce que c'était Regson ? Pourquoi avenue Breton ? On ne m'a pas donné le temps de réfléchir. Ils m'ont demandé de me laisser faire, et je me suis laissé faire. Peu m'importait. L'essentiel c'était la mission. Je m'étais fixé moi-même la mission, et j'avais réussi. Tout le reste était provisoire. D'un instant à l'autre, j'allais me remettre à rêver, et dans les rues de la ville de presque-crête, les cris qui m'entoureraient seraient des cris d'un autre genre. Ils sauraient bien m'accueillir en vainqueur. — Il y a eu la prison, et j'ai supporté la prison, en me répétant chaque jour que ça n'aurait qu'un temps. Il y a eu le procès et j'ai survécu au procès. Je ne trouvais nulle part le sommeil. Tant pis. Pas grave. Maintenant que j'avais tué le fauteur de guerre, Van Goyen n'allait de toute façon pas tarder à me rapatrier. En attendant je n'avais qu'à me réfugier dans la citadelle intérieure et écouter le silence qui y règne jusqu'à le savoir par cœur. Sauf qu'ils venaient tout le temps m'y déranger. Ils me collaient sous le nez des images des victimes. Je ne pouvais pas ne pas les voir. L'homme jeune et la jeune femme, d'ailleurs, étaient tout comme je m'en souvenais. Mais il y avait le troisième. Vraiment il ne ressemblait pas à mon mutilateur. C'était comme une autre personne qui s'y serait substituée.

Alors c'est un jour en prison, face aux photos, que la lucidité m'est entrée dans la tête. J'ai senti autour de moi éclater le rire du Grand Déçu. Il avait tendu le piège et j'y avais donné en courant à toutes jambes ; au moment précis où je pensais l'atteindre, la trappe s'était ouverte, j'étais devenu le criminel, végétant dans des chambres vides, croupissant en prison, comme tous les hommes inadaptés. Il avait gagné son pari. J'ai connu le désespoir où on laisse tomber des cailloux qu'on n'entend jamais toucher le sol. Puis j'ai repris le dessus : ça non plus ça n'était pas grave. D'ici très peu de jours, quelques semaines au plus, Van Goyen allait faire en sorte de me rapatrier. Il excuserait certainement mon échec. On ne peut pas toujours réussir. Il verrait, cette fois-ci, que ma survie à Regson était compromise et me donnerait l'autorisation de ne plus vivre que de l'autre côté. Peut-être irait-il même, malgré tout son orgueil, jusqu'à me serrer dans ses bras pour me demander pardon. Cependant les semaines ont passé. Je ne rêvais plus. J'ai essayé de toutes mes forces… mais depuis le 13 février dernier… non — pas une seule fois. Ce qu'on n'arrive plus à voir perd peu à peu de sa réalité. Vous m'avez enfermé ici, dans les cales de ce Bateau où la lumière ne pénètre jamais, où le soleil n'existe pas. J'étais seul et tranquille pour la première fois depuis longtemps. Progressivement j'ai pu remettre de l'ordre dans mon cerveau. On ne venait pas me chercher. Ma barque avait pris l'eau en plein milieu du fleuve, et j'étais désormais le passeur qui ne passe plus, le passeur condamné à rester sur la mauvaise rive, d'un seul des deux côtés de la terre. Moi aussi, alors, j'ai connu ma grande déception. J'ai fini par me dire que j'avais inventé. Il était inutile de chercher ailleurs des figures de bourreaux. J'étais seul responsable de mes malheurs. J'avais vécu dans l'illusion, c'était tant pis pour moi. Sur le coup, je n'avais aucun moyen de savoir. Les événements que j'ai vécus là-bas avaient tout du réel. On pouvait prendre le sable dans la main. À force de marcher sur les routes, mes pieds s'étaient recouverts d'une couche de corne qui existait vraiment. Et la voix de Calder, je l'ai encore dans l'oreille. Les rides au coin des yeux de Van Goyen, je les vois encore. Alors je ne sais plus quoi vous dire. Il neige. Si je sais encore quelque chose, c'est tout ce que je sais encore. Il neige. »

TROISIÈME PARTIE

VISAGES DE BOIS

01. LES ASSIÉGÉS

Il neige. Pour le quatrième jour d'affilée, et presque sans interruption, il neige – et les cristaux inépuisables ont fini par régler son compte à la géométrie. Derrière les vitres sur lesquelles le givre étend peu à peu son emprise, et même quand, se décidant à sortir après s'être emmitouflés avec une minutie frileuse, ils font quelques pas, mettent leur main en visière sous le rebord de leur toque en fourrure et plissent leurs yeux aux cils empaquetés de flocons, ils ne peuvent plus reconnaître les reliefs : montées et descentes se confondent, et la ligne fondamentale qui sépare le ciel de la terre s'est perdue. L'air devenu plus épais ralentit le cours du temps et allonge les distances : partis pour *le petit tour* qui les a menés si souvent cet automne à ce banc isolé en lisière du bois de pins et au point de vue qu'il offre sur le lac, ils doivent rebrousser chemin en cours de route. Plus encore que les flocons qui descendent sur eux dans le silence ouaté, c'est la neige qui s'amasse déjà sur le sol qui finit par avoir raison de leur endurance. Marchant sur les pas l'un de l'autre et dans les traces l'un de l'autre, ils en viennent à se dire – pour plaisanter d'abord, et puis, quelques minutes plus tard, tout à fait sérieusement – qu'il aurait peut-être mieux valu s'encorder – ou au moins emporter les deux paires de raquettes qui traînent dans un coin du garage. On ne peut plus faire confiance à la vue. Ce qui paraît un monticule solide s'effondre au moindre poids et les laisse pris jusqu'à mi-cuisse. Continuer d'avancer, c'est creuser à la force des jambes une tranchée au milieu de cette poudre qui paraît duveteuse et légère, mais fait très vite chauffer leurs muscles et sollicite leur cœur jusqu'à ce qu'il batte trois fois plus vite que ne progressent les aiguilles de leurs montres. De retour sains et saufs, ils sont contents de pouvoir refermer derrière eux les portes de l'Aneph et d'y retrouver le thé qui fume, leurs corps qui se décontractent dans l'eau brûlante d'un bain et l'intimité de leurs chambres qui, malgré leurs hautes fenêtres, sont aussi protégées du froid que les habitants endormis d'un palais de conte de fées le sont du vieillissement. Le monde ne donne plus beaucoup de signes de vie autour de leur bateau, mais ils y croient encore. À l'époque pas si lointaine où ils prenaient leur quart en haut du Mât pour surveiller les alentours, il existait des villes. Au bout de la route – de ce qui était une route, c'est-à-dire un ruban d'asphalte permettant de traverser à grande vitesse et sans encombre des kilomètres de nature – ils se souviennent d'Altenberg, de ses ruelles en pente, de ses tas de bois que les auvents essayent de protéger vaille que vaille des intempéries pour qu'ils puissent prendre feu quand leur heure sera venue. Et plus loin au sud-ouest, la masse énorme que les panneaux flèchent sous le nom de Regson faisait tache d'huile dans cette plaine n'opposant pas d'obstacle à son expansion ; Regson : la ville des hommes groupés en multitudes, et ses avenues que, de mémoire d'hommes multiples, aucune chute de neige n'a pu paralyser durablement. Les images qu'ils en ont sont encore assez nettes pour leur permettre – maintenant que tout est consommé –

d'envisager la vie d'après. Cette vie qu'ils mèneront tous les trois de retour dans le monde moderne. Pour Joachim Traumfreund, ça n'est pas compliqué : il a voulu Bentlam, alors Bentlam l'attend de pied ferme ; sa secrétaire lui prendra dès son retour assez de rendez-vous pour employer le temps jour après jour sans laisser aucune case de libre ; il faudra construire un nouveau bâtiment pour abriter une cinquantaine de lits supplémentaires ; on lui présentera d'autres patients, d'autres pierres de Rosette qui resteront longtemps impénétrables à sa curiosité avant qu'il n'en comprenne la langue et dont certains, un jour, au moment où il s'y attendra le moins, saisiront en tremblant sa main tendue et le laisseront entrer dans leur monde comme l'avait fait Nexus. Rilviero, lui, a du mal à se représenter l'avenir au-delà de la neige. Il a rêvé que ses collègues de la police judiciaire venaient le conjurer de reprendre du service ; le petit bonhomme malhabile qui lui servait d'avatar dans le sommeil devenait aphone au moment de leur répondre. Une autre nuit, Lisa attendait un enfant, mais la grossesse se passait mal, et le rêve dégénérait en un cauchemar auquel il préférerait avoir la chance de ne plus repenser. Parfois il se demande s'il n'aurait pas envie de travailler à Bentlam. Il faudrait en toucher un mot à Traumfreund. Pour l'instant il n'a pas osé. Quant au visage sans histoire et sans rides de Nexus… le lendemain du jour où il leur a appris dans quelles circonstances le monde s'était mis à saigner, ils ont téléphoné à Drake pour confirmer leur diagnostic. Pseudologie fantastique, persiste et signe Traumfreund, cependant que Rilviero, pour ce que vaut son avis, approuve et contresigne. Les grands boulevards du rêve avaient fini par déboucher sur les avenues de Regson. Et qui pourrait s'en étonner ? En définitive, les grandes villes modernes se ressemblent toutes ; avec leurs façades dépourvues d'ornements, leur cadastre coupé en carrés fonctionnels, leurs piétons quantitatifs et leur géométrie qui en laisse le moins possible au hasard, elles se comportent comme des mondes imparfaitement jumeaux qui se tendraient les uns aux autres un miroir déformant. Le récit du meurtre que Nexus leur avait livré s'accordait sans difficulté avec la reconstitution minutieuse de Vaughan. Croyant traquer dans les rues de Fortal le responsable de son amnésie, il s'était mis à tirer sur Darès, mais les balles – à Regson – avaient atteint Richard Tallis. Quant aux deux autres… Zhao Yuan et Ania n'avaient été que des victimes collatérales, ayant eu la malchance de se trouver au mauvais endroit au mauvais moment. Prenant note des moindres inflexions de la voix de Drake à l'autre bout du fil, Rilviero essayait de sonder la capacité du gouverneur à admettre que le hasard soit venu jouer ce rôle-là dans sa vie. Ils s'étaient mis d'accord sur la suite du programme : Nexus passerait encore quelques mois en observation à Bentlam, le temps qu'il puisse élaborer avec l'aide de l'équipe médicale un projet de réinsertion, puis Traumfreund contacterait le juge d'application des peines pour négocier sa liberté conditionnelle.

Au petit matin, lorsque le jour peine encore à percer, la neige ressemble à de la suie en négatif. Allongé sur son lit, les mains jointes sous sa tête, Rilviero s'abstient volontairement d'allumer la lumière et regarde la neige projeter au plafond ses ombres livides entrecoupées de lueurs brèves. Certains détails, tout de même, continuent de le chagriner. Par exemple cette question : peut-on virer de l'argent sur un compte bancaire quand on n'existe pas ? Bien qu'il n'ait pas relu récemment les conditions générales d'utilisation de son propre compte, il lui semble que non. Alors… si ce n'est pas de Darès… d'où vient l'argent ? Nexus n'a pas de réponse. Il a toujours cru que la mallette, son pistolet déjà chargé, prêt à l'emploi, et ses tas de billets exponentiels, étaient la tentation à laquelle voulait le soumettre le Grand Déçu en lui présentant les emblèmes du monde réel le plus moderne et le plus urbain. Une somme d'argent en réalité symbolique et une arme affreusement banale devaient suffire à le faire trébucher et du même coup à remporter le pari. Rilviero aimerait dresser ainsi la liste de tout ce qui ne colle pas, de tous les éléments résiduels dont aucun système d'explication n'a encore permis de rendre compte, même en changeant de référentiel et en appliquant toutes les leçons de la théorie de la relativité. Malheureusement il ne pense plus très clair. C'est comme s'il neigeait dans son crâne ouvert et que les couches successives de flocons venant s'y déposer anesthésiaient gentiment ses neurones. Parfois, au milieu de la bourrasque, de petits éclats de rire viennent toquer à ses fenêtres, et il perçoit leur cliquetis métallique assez puissant pour transpercer la ouate ; dans l'idéal, il préférerait penser que ce sont des cristaux plus durs et compacts que les autres ; même en admettant – comme l'honnêteté le force à le faire – qu'il s'agit bel et bien d'un rire, il donnerait cher pour n'en percevoir que l'énergie colossale et le suivre des yeux comme une sorte d'arc-en-ciel traçant sa parabole au-dessus des flammes du bûcher et affirmant la vie à l'instant précis où elle meurt ; néanmoins ce qu'il entend à vrai dire, ce sont des éclats plus grinçants, un rire qui s'apparente à un travail de sape, dont l'aigreur insupportable n'exprime que la volonté de détruire, et qui provient, bien sûr, de cette pièce confinée où les épingles se déplacent sur les cartes d'état-major, où se décide la guerre et où se généralise la déception. Comme il boit autant de thé que le ciel leur envoie de neige – il n'y a, ces jours-ci, pas grand-chose d'autre à faire – ses promenades dans le Mât incluent régulièrement une visite aux toilettes. Alors qu'il se lave les mains, il sent une rangée de doigts malingres posés sur son épaule. Il se retourne pour voir qui c'est. Les orbites vides fixent son front ou son menton pour savoir par quel bout elles vont attaquer ça. *Paulus Rilviero... Tiens tiens. Mais de quel droit es-tu ici ?... Et où est ton mandat ?... Dis-moi : quand vas-tu montrer à Traumfreund l'homme que tu es vraiment ? L'heure a sonné. Si tu ne t'y colles pas toi-même, nous nous allons lui raconter que tu sors ton pistolet avec aussi peu de discernement que le dernier des somnambules. Depuis quand as-tu résolu de te rendre aveugle à ce qui t'entoure ? Et arrêté de te demander ce que* lui *te cachait ? Ne t'inquiète pas. Nous voyons bien que tu as besoin de nos lumières. Et tu aurais dû prendre conscience, ces derniers jours, que quand il neige autant la vue ne sert plus à rien.* Alors qu'il veut répondre, on le ligote par-derrière ; les doigts osseux pénètrent à toute vitesse dans son visage et lui arrachent l'œil droit ; ils font tourner cet œil au creux de leur paume décharnée avant de le saisir par un bout de nerf optique et de le faire osciller devant son œil valide comme un pendule au bout de sa corde. « Ça s'appelle des visions. – Des quoi ? – Des visions. Ou bien des hallucinations, si vous préférez le mot. – Ah non, dit Rilviero. Je ne mange pas de ce pain-là. » Mais apparemment : si. Traumfreund cherche à le convaincre que ça n'est pas très grave. *Primo*, il en a lui aussi, et de toutes les couleurs. *Deuxio*, en se frottant les yeux, on se rend compte qu'on les a encore, les yeux, et peu à peu, ça passe. Les visions ont quitté le cerveau de Nexus et se sont installées dans les leurs comme un virus saute d'une personne à l'autre. Le mode de transmission de cette mystérieuse maladie... pas de doute, c'est la parole. Il leur a fallu l'écouter trop longtemps. *Vous vouliez des mobiles ? L'histoire du pistolet ? La généa-*

logie du crime ? Eh bien hébergez-les, ces images de mutilation, prêtes à surgir dès que vous ouvrirez une brèche. Ça n'était pas à vous. Vous n'aviez rien à y chercher. Vous avez déployé des trésors d'adresse pour forcer à parler celui qui voulait se taire – alors débrouillez-vous, maintenant.

Hier, il a neigé si fort qu'un des panneaux solaires a cédé sous le poids et s'est écrasé une dizaine de mètres en dessous de son point d'attache, sur le pont du Bateau. D'après ce qu'ils ont pu voir sur les écrans de contrôle, les dégâts sont restés limités. Mais parallèlement leurs réserves d'électricité diminuent ; ils craignent des coupures. Et si les conduites gèlent, ils auront peut-être aussi des problèmes avec l'eau. L'architecture de Syrénaï commence à montrer ses limites. Le navire autarcique et l'architecte seul maître à bord, ça va bien deux minutes, mais que fait-on en cas d'avis de tempête ? De toute façon, ils ont décidé de partir. Puisqu'ils ont fini un peu plus tôt que prévu, autant aller passer le réveillon à Regson. Leurs bagages sont bouclés. Rilviero, Oliveira et Berardi ont déblayé la voie de garage à coups de pelles, en véritables hommes des neiges, tandis que Traumfreund et Nexus refaisaient ensemble un petit tour dans les Cales, histoire de dire adieu d'un regard un rien nostalgique à leurs coins préférés. Lorsque les deux voitures aux roues cerclées de chaînes ont vaillamment gravi la pente et entamé leur virage à gauche pour prendre enfin la route… il n'y en a plus vraiment. Enfouie sous l'épaisse couche de neige, elle est impraticable. Il est même difficile de s'imaginer qu'une route passait ici.

Alors ils rentrent attendre que les chasse-neige montent d'Altenberg et leur ouvrent la trace. S'ils avaient l'oreille fine, à l'instar de certains personnages de conte experts en la matière, ils entendraient déjà le bruit des moteurs à l'œuvre dans les stations au-dessus de Skalice. À quelques vallées de là, ce qui est long et loin par la route, mais proche par la voie des airs que préfèrent emprunter les sons, les chasse-neige attaquent dès l'aube de leurs lames de métal la masse molle des dernières chutes, projettent la neige en bordure des routes et y déposent des traînées de sel pour éviter le verglas. Vers neuf heures les dents crénelées des machines entament leur rotation patiente et font monter jusqu'au sommet les skieurs les plus matinaux qui redescendent en vastes gerbes cristallines. Là-bas le monde était civilisé et la montagne rapportait plein d'argent. Eux au contraire habitaient seuls l'espace de la mort blanche. Maintenant que leur réveillon citadin est compromis, ils s'occupent comme ils peuvent, jouent aux échecs, regardent des films et se vengent sur les biscuits de Noël que Traumfreund a rapportés de chez Sibylle. Les vivres, ce n'est pas ça qui manque : ils auraient de quoi soutenir un siège.

Le 31 décembre au matin, c'est le téléphone qui les réveille. La première fois le combiné est loin, on ne sait même plus trop où, et il n'y a qu'à attendre que quelqu'un d'autre y aille. Néanmoins ça sonne de nouveau, quelques minutes plus tard, ça insiste, et c'est Rilviero finalement qui s'y colle. La voix lui semble très vaguement familière, il n'est pas étonné que ce soit pour lui, mais malgré ses efforts il ne reconnaît pas. Elle s'annonce comme Catherine. Or la seule Catherine qu'il connaisse c'est la sœur de Lisa, et il ne voit pas très bien pourquoi elle… Mais si. C'est elle. Il ne l'a pas rencontrée très souvent, alors ça le rend nerveux. Il déteste parler au téléphone avec des gens qu'il connaît mal. Des silences mortellement gênants menacent toujours de s'installer. Elle appelle sur le fixe parce qu'il n'a peut-être pas eu les messages qu'elle a laissés sur son portable. Un coup d'œil lui suffit pour confirmer qu'effectivement la neige coupe le réseau. Est-ce qu'il y a quelque chose d'urgent ? C'est pour lui dire qu'hier Lisa a été hospitalisée. Elle a fait une crise d'épilepsie, on a dû la transporter aux urgences de la Charité. On lui a tout de suite fait passer un scanner. La voix marque une longue pause, comme pour lui laisser le temps de s'asseoir. D'après les premières analyses, elle semble avoir un méningiome. Il n'est pas sûr de connaître le mot mais le son ne lui plaît pas. C'est un type de tumeur cérébrale. On n'a pas su dire à Catherine si celui de Lisa est bénin ou malin. En fait – et il commence à percevoir un peu d'affolement dans la voix, à sentir que Catherine est contente de pouvoir enfin lui parler – il n'y a presque personne à l'hôpital. Les couloirs sont déserts et les rares médecins se dérobent quand elle cherche à les accrocher, parce que c'est le 31 décembre. Un interne et plusieurs infirmières lui ont dit qu'il allait falloir opérer assez vite. Et comment ça s'opère ? Il faut ouvrir le crâne pour aller retirer la tumeur. — Alors Rilviero dit : « J'arrive. » Et il raccroche. Puis – dans un deuxième temps – réfléchit. *On arrive. Bien reçu, bien reçu, sur place dans dix minutes*. C'est l'officier de police qui parle, là. Facile de dire j'arrive. Ensuite comment on fait ? Il neige. Toutes les routes sont bloquées. Il n'a aucun moyen de rentrer à Regson. Et de nouveau il entend les minuscules éclats de rire qui toquent aux fenêtres pour se moquer de lui.

Par chance, Traumfreund se montre parfait. Il rappelle aussitôt Catherine parce qu'il a toute une série de questions à lui poser. Est-ce que Lisa a déjà vu un neurologue ? Est-ce qu'il est prévu de lui faire passer une IRM ? Oui, c'est un mauvais jour, le pire des jours, il sait. Elle est sévèrement anémiée ? Bon. Écoutez bien. Il ne faut pas que Lisa reste à la Charité. Vous allez demander un transfert. Il faut qu'elle soit à Saint-Roch, dans le service de Georg Epstein. Si, si. Je vais l'appeler moi-même, il va s'en occuper personnellement. En attendant, dites-leur Epstein : E-p-s-t-e-i-n. On s'est assez bourré la gueule pendant nos années d'internat pour que… Rilviero reprend l'appareil. Il souhaiterait parler à Lisa. Sauf que Lisa est inconsciente. Ah. Alors il faut que Catherine lui transmette… quand elle se réveillera… il l'embrasse fort, il – il ne lui a peut-être pas assez dit, mais – il l'aime. Traumfreund lui tapote l'épaule : ne vous inquiétez pas. En général les méningiomes ça s'opère bien. Et ça ne va pas se passer comme ça. Nous allons lui donner toutes ses chances. Rilviero ne trouve pas de réponse ; il sort de la pièce avec un petit hochement de tête, monte dans sa chambre et fond en larmes. Affalé sur son lit défait, il lui vient des pensées stupides. Par exemple il en a marre que tous ses proches meurent à l'hôpital. Il refuse cette mort statistiquement normale ; il voudrait, lui, que la mort le prenne dehors, en pleine nature, sur un sommet, à un endroit où il pourra la regarder face à face et où il se sentira grand. Traumfreund frappe doucement à sa porte : c'est bon, tout est en route. Epstein a accepté de la prendre en charge. Il dit qu'il y a peu de chances que ce soit malin. Si elle s'est évanouie plusieurs fois, c'est plutôt parce qu'elle est anémiée. Je vous explique un peu – c'est toujours mieux de comprendre pour relativiser. Un méningiome ça repousse le tissu nerveux, ça comprime le cerveau, mais normalement sans l'envahir. Bien que l'intervention qu'elle va subir soit très impressionnante, et délicate, dans 90 % des cas il n'y a pas de complications. Si Epstein n'arrive pas à retirer la tumeur en entier, elle aura des séances de radiothérapie pour l'empêcher de repousser et éviter les récidives. Et puis un gros traitement antiépileptique et antiémétique. Rilviero écoute sans broncher. Il ne voit pas à quoi ça lui sert de comprendre puisqu'il est incapable d'agir. Les termes techniques ne font qu'aiguiser son sentiment d'impuissance. Apparemment, il ne suffira pas de lui prendre la main, de lui éponger le front et de lui dire – maintenant qu'il s'en est rendu compte – qu'il l'aime. Cela se jouera ailleurs, dans un espace stérile où les Rilviero sont trop sales et d'une incompétence trop crasse pour entrer.

Toute la journée le téléphone sonne, apportant plus de précisions. Le méningiome se situe à la base du crâne, dans la région du trou occipital, et ça franchement ce n'est pas une bonne nouvelle. Les tumeurs qui se développent contre la convexité du cerveau sont bien plus faciles à enlever. Epstein préférerait attendre le 2 ou le 3 pour opérer, car c'est vrai qu'il n'y a pas grand monde, et ce serait mieux que Lisa reprenne un peu de forces. À la mairie d'Altenberg, on les informe que la route du pic Farías est toujours fermée par temps de forte neige. Puisque de toute façon il n'y passe presque jamais personne… Et vous ne pouviez pas nous le dire plus tôt ? vitupère Rilviero. Si si, mais encore aurait-il fallu nous poser la question. Alors quand est-ce qu'ils envoient les chasse-neige ? Ah bah ça ça ne marche pas comme ça ! Ce n'est pas à la demande ! Toutes les machines sont occupées du côté des stations. Il n'y a pas que vous qui êtes bloqués. Pas avant le 2, de toute façon. Et même le 2 je ne peux rien vous promettre. Ça ne sert à rien de s'énerver, monsieur. L'équipe de la mairie leur souhaite à tous les – deux, trois, quatre ? combien sont-ils là-haut exactement ? – de joyeuses fêtes.

Et dehors il neigeait avec une violence redoublée. Lorsqu'il se décide à faire appel à Drake, la ligne n'arrête pas de faire des siennes, et chaque fois qu'il recompose le numéro il doit repasser par le standard. Il transpire l'angoisse à grosses gouttes, parle de manière hachée, en répétant chaque phrase plusieurs dizaines de fois pour être sûr que Drake en saisit le sens même s'il n'entend qu'un mot sur cinq. Le gouverneur l'assure qu'il va faire son possible pour leur envoyer des machines et les aider à se dégager. Je vous tiens au courant. Rilviero s'est retranché dans sa chambre avec le téléphone et il passe la journée le pouce posé sur le bouton qui permet de prendre les appels. Cet objet absurde, même pas très efficace puisqu'un peu de neige suffit à le détraquer, constitue aujourd'hui son seul lien avec le monde extérieur et son unique moyen d'action. Drake est en train de passer des savons à certains responsables locaux et du cirage à d'autres pour qu'ils acceptent de renoncer à leurs projets de soirée et s'occupent du problème. Cependant le dîner arrive – le réveillon le plus glauque qu'il ait jamais vécu, le champagne le plus insipide qu'on l'ait jamais forcé à boire – et il n'y a toujours pas de résultat concret. Rilviero sent que la folie l'assiège. Elle referme sans se presser le cercle autour de lui. Personne ce soir ne l'empêchera de voir dans ce qui lui arrive une forme de punition. Il n'a jamais cru en leur couple, il l'a toujours considéré avec un peu de scepticisme, comme une situation provisoire qu'on laisse se prolonger indéfiniment mais où on ne consent pas à reconnaître quoi que ce soit qui s'approche de l'amour, parce que ce mot-là fait peur. Maintenant quelque chose le punit de ne pas avoir fait le saut de l'ange. C'est l'Ange lui-même, peut-être. L'Ange qui descend punir les rationalistes dont l'excessive froideur l'agace et qui, en agitant ses ailes, fait tomber toute cette neige autour de leur bateau.

Ce n'est que le 2 janvier en fin de matinée qu'ils aperçoivent enfin les gyrophares des trois chasse-neige qui clignotent dans le brouillard. Rilviero n'en peut plus d'attendre. Il prend aussitôt sa voiture et fait tout le chemin derrière eux, en leur laissant tout juste assez d'avance pour qu'ils puissent finir le travail entamé lors de l'ascension. Il prend par intervalles de grandes inspirations pour tenter de se calmer et descend vers la plaine en pleins phares, entre deux murs de neige à peine tassés, avec parfois des pointes à dix kilomètres heure. De temps à autre, le dernier chasse-neige lui fait signe de s'arrêter ; il enfonce la pédale de frein, refuse de couper le moteur pour pouvoir redémarrer plus vite et suit d'un regard stupide le mouvement lancinant des essuie-glaces balayant du pare-brise une couche de flocons qui se renouvelle sans cesse. Vers dix-neuf heures, enfin, après trois cent cinquante kilomètres de chaos, de points route apocalyptiques que la tempête vient brouiller puis interrompre net, il se gare sauvagement sur le trottoir d'une petite rue adjacente à l'hôpital Saint-Roch. L'heure des visites, évidemment, vient de se terminer. Rilviero ne se laisse pas faire : il cite Epstein, raconte en quelques mots qui ne supportent pas de réplique le calvaire qu'il vient de vivre et on finit par lui accorder le droit de la voir quelques minutes. Devant la porte de la chambre de Lisa, il se recoiffe maladroitement, reprend son souffle : plus qu'à aucun autre moment de sa vie, il a le sentiment qu'il va falloir se battre.

02. RILVIERO COMBAT L'ANGE À MAINS NUES

Il n'y a pas de lumière dans la chambre de Lisa, sauf celle des moniteurs dont les lueurs verdâtres s'agitent dans les rideaux comme des méduses dans l'eau d'un aquarium. Rilviero tâtonne de part et d'autre de la porte à la recherche d'un interrupteur puis s'arrête en se disant que c'est peut-être fait exprès. Possible que la lumière ce ne soit pas bon pour ce qu'elle a. Il fait quelques pas de plus mais Lisa est encore très loin, séparée de lui par un réseau de fils branchés un peu partout et qu'il ne voudrait pas embrouiller plus qu'ils n'ont déjà l'air de l'être. Sur les écrans, les graphes décrivent leurs courbes heureusement régulières. Contrairement à son habitude, Lisa est allongée sur le côté, dans une position qui ne paraît pas naturelle et qui permet sans doute que rien ne vienne faire pression sur sa tumeur. Ses cheveux se sont agglutinés en mèches sales qui laissent paraître son cuir chevelu, pour l'instant on s'est contenté de les lui attacher en haut du crâne, on la rasera demain après la douche. L'ennemi est quelque part derrière ; Rilviero ne tient pas à aller regarder, il l'a vu de suffisamment près sur les radios que Catherine a laissées pour lui à l'accueil. La lésion lui a sauté aux yeux, blanche sur fond noir, énorme, encore qu'il ne soit pas très sûr de l'échelle. Il a parcouru en diagonale le bilan de l'IRM : ça parle de tumeur à composante charnue nettement rehaussée après injection… ça parle d'effet de masse sur le tronc cérébral fortement comprimé. Bien que ce soit un langage censé atteindre sa raison et y composer un tableau auquel le diagnostic donne toute sa cohérence, ça n'engendre sur le coup chez lui que des frissons irrépressibles et d'autres symptômes non moins évocateurs.

N'osant toujours pas s'approcher, il sent ses propres lèvres s'ouvrir et appeler à mi-voix : « Lisa. » Elle n'ouvre pas les yeux mais il a l'impression qu'elle tourne un peu la tête. Avec des gestes qu'il voudrait précis et précautionneux malgré son épuisement, il écarte la table à roulettes accolée au lit, approche une chaise, abaisse la barrière métallique et pose la main pâle de Lisa dans sa grande main brune. Il aimerait que ses paupières s'ouvrent ; qu'elle sache qu'il est venu, qu'elle peut compter sur lui. « Lisa… tu ne vas pas faire ça, hein ? Tu ne fais pas ça. » C'est apparemment tout ce que sa voix brisée est capable de dire. Le dos de la main de Lisa est barbouillé d'antiseptique et barré d'un gros scotch qui maintient en place les tubes remontant jusqu'aux différentes perfusions. La dernière fois qu'il a vu quelqu'un attifé de la sorte, c'était sa mère, et quatre mois après il passait ses journées à répondre aux lettres de condoléances. Sur quel bouton est-ce qu'on appuie pour empêcher que l'Histoire se répète ? Quoique Lisa entrouvre de temps en temps les lèvres, il n'en sort qu'un peu de salive collante qu'il essuie avec un mouchoir. Il sait qu'il devrait lui parler. C'est si difficile de se lancer alors que rien n'indique si elle l'entend ou pas. « Et vous croyez qu'elle peut m'entendre ? – Oui, oui, répliquent en général les infirmières. Elle vous entend très bien. » Mais ne leur a-t-on pas donné pour consigne de *toujours* fournir cette réponse ? Paulus a le sentiment que ce serait tenir un monologue, sans plus d'espoir d'obtenir une réponse que n'en ont les gens qui s'agenouillent pour en appeler à Dieu. Ah non, se corrige-t-il dans une secousse. Lisa, au moins, tu es sûr qu'elle existe, et qu'elle soit inconsciente, plongée dans un demi-coma ou endormie, elle n'appartient pas à l'au-delà. Des forces antagonistes luttent en ce moment dans ce corps allongé sans aucune activité manifeste, et seules les machines sont capables de dire, tout du moins à ceux qui savent lire leurs signaux, où en est la bataille.

Parle-lui, murmure la voix lointaine, aux mots givrés de glace. Il convoque en renforts les autres images qu'il a d'elle. Il serait plus facile de parler à Lisa essayant devant le miroir de l'entrée les boucles d'oreilles en bois peint qu'il lui a offertes pour Noël. Ou à Lisa pelotonnée dans le sommeil et s'enroulant d'un tour de plus dans la couette lorsqu'il lui annonce qu'il est l'heure de se lever. Convoquer ces scènes, cependant, ne l'aide pas à incarner vraiment ses traits ; à croire que sa mémoire s'est habituée à ne payer attention qu'au présent dont la mâchoire ne se desserre pas et dont les dix doigts anémiés sont presque transparents. *Parle-lui*. Allez. Il faut faire un effort d'imagination. Que lui dirait-elle, elle, si elle pouvait parler ? Sur les lèvres craquelées de Lisa, il voit se former des mots – voit ou *croit* voir, puis décide après réflexion que ce soir il est indispensable que ça revienne au même. « Vas-y… murmure Lisa de sa voix dont elle ne contrôle jamais les effets… Mets ta main sur ma nuque. Alors ? Vas-y… Oui, là. Vas-y : sur mon épaule, aussi. Hmm… Et plus haut, plus haut… Je voudrais que tu m'emmènes voir ce qu'il y a un peu plus loin… dans un endroit qui soit encore la vie, mais plus cette réalité-là. »

Tant va la croyance au réel – au réel si solide et massif qu'il a la prétention de représenter la vie à lui seul – qu'à la fin cette croyance se brise. Ces derniers mois, Lisa s'était nourrie trop exclusivement de cette sorte de réel. À force de concevoir des tableaux remplis de petites cases et d'imaginer des argumentaires en dix points résumés sur autant de *slides* en quelques formules choc, elle avait oublié de sentir cette tumeur qui commençait à grandir à l'arrière de son crâne. C'est lui qui aurait dû la remarquer le premier en passant la main dans ses cheveux ; il était resté trop loin d'elle trop longtemps.

Maintenant le corps de Lisa se débat avec la mort – et Rilviero, lui, est aux prises avec l'Ange. Ce n'est pas forcément un combat qu'il a intérêt à gagner. Quand il ferme les yeux, il voit apparaître la nuée des anges sur la face cachée de ses paupières ; ils émergent de la nuit plombée et se mettent à virevolter autour de sa tête

dans un bruissement d'ailes formidable. Ce sont eux qui lui parlent avec cette voix givrée de cristaux de glace. Ils ne viennent pas le baratiner au nom de Dieu, puisqu'ils n'ont eux-mêmes jamais eu l'honneur de faire sa connaissance. Ils représentent plutôt l'ensemble de ces forces qui, bien qu'elles soient immanentes à la vie, sont condamnées par leur nature à rester toujours invisibles et ne rencontrent du coup en général que l'indifférence ou le dédain. Et ces anges le prient d'un ton amical, où il n'y a néanmoins pas besoin d'être médium pour percevoir une nuance de menace, d'ouvrir sur-le-champ le procès de Rilviero-Réaliste. « Mais, a-t-il envie de rétorquer, puisque je me tue à vous dire que ça fait longtemps que je l'ai mis sur la sellette ! Si c'était encore moi, Rilviero-Réaliste, est-ce que vous croyez que je serais en train de vous écouter et d'essayer de vous convaincre, *alors que vous êtes des anges* ?
– Mouais… alors là… si vous croyez que c'est la première fois qu'on nous sort l'argument… On peut voir vos papiers ? Alors… *Paulus Rilviero*… Hm hm… Vous êtes né un 12 juin ? Jolie date, ça, 12 juin. Bon… effectivement, la mention *réaliste* a été effacée. D'accord. Et vous avez pris le temps d'annoncer à Lisa que vous aviez changé d'identité ? » Non. Il avait accompli sa transformation sans lui en dire un mot ; son rationalisme, même ébranlé, gardant assez d'influence sur lui pour lui faire honte de cette métamorphose, il avait préféré endosser les habits de l'homme qui ne change pas de coordonnées et qu'on sait où trouver en cas de besoin. Cependant cette stabilité feinte n'avait été d'aucun secours à cette femme dont il serre la main pour l'empêcher de s'enfoncer dans la mort. Elle aurait préféré s'embarquer avec lui et le suivre sous d'autres latitudes. Il aurait eu une poigne un peu moins ferme, un tremblement parfois, mais aurait su l'écouter plus attentivement et lui rapporter les derniers épisodes de

son aventure intérieure. Il n'est peut-être pas trop tard. Le temps passé là-haut n'a pas été perdu, pense-t-il soudain avec un élan de joie qui lui tire sur les côtes ; Nexus ne lui a pas légué que du cauchemar ; il y a le reste : l'immense arrière-pays fait de mots et d'images qui lui faisait défaut auparavant. Alors il serre plus fort la main de Lisa, se penche à son oreille pour être sûr qu'elle entende et commence à lui raconter l'histoire :

« Dans le pays dont je vais te parler, mon amour, les régions du sud sont envahies par le désert. Il faut que tu imagines les dunes à perte de vue… c'est un endroit très beau… où la nature se meurt. Les animaux s'empoisonnent en broutant parce que l'herbe est pleine de cristaux de sable. Le sable absorbe l'eau des puits, il force les gens à abandonner leurs villages et à se réinstaller plus loin. Et peu à peu, au fil du temps, le désert gagne. — Mais il s'est levé des hommes pour appeler à la résistance. Alors ne t'inquiète pas. Tu n'es pas seule à avoir le sentiment que tu t'assèches. Nous allons être de plus en plus nombreux, et nous allons nous battre… »

Un peu plus tard la porte s'ouvre. Le neurochirurgien lui explique qu'il n'a rien à faire là. Rilviero sort dans le couloir et se laisse tomber sur un siège en plastique ; regardant d'un air vide la table basse sur laquelle s'empilent en désordre des magazines qui expliquent tous à un titre ou un autre comment s'y prendre pour vivre mieux en dépensant seulement un petit peu plus, il lui demande des détails sur l'opération qui doit avoir lieu demain. L'autre n'a pas les yeux moins bouffis ; il sent la cigarette, la fatigue et le sommeil. Vaut-il mieux dormir quelques heures ou ne pas dormir du tout ? C'est le dilemme classique qui se pose en salle de garde. Le chirurgien commence à parler craniotomie et biopsie. Ensuite on envoie ça au labo en urgence et on attend les résultats. Si c'est bénin on resèque en passant à ras, tranquille, si c'est malin on passe au large de la tumeur pour qu'il n'en reste pas un millimètre. Rilviero n'a pas eu le temps d'apprendre sa leçon, alors il n'a pas pour le moment de questions à poser. Il va vraiment falloir qu'il se renseigne. « Allez, rentrez chez vous. Prenez du repos. C'est ce que vous pouvez faire de mieux pour elle. » Ah bon. Alors en fait elle ne l'entendait pas ? — Il se retrouve quatre étages plus bas, à la cafétéria de l'hôpital ; ce qu'il mange est réchauffé, gras et collant, et s'harmonise dans son cerveau avec les lignes du carrelage sale. Dans leurs manteaux d'hiver trop larges ou frigorifiés sous leurs blouses, patients et visiteurs ont tous plus ou moins l'air de ne plus avoir d'abri. Lui non plus n'a aucune envie de rentrer à la maison. À quoi ça sert ? Lisa ne l'attend pas là-bas.

Dans les rues de la ville hivernale, ça a beaucoup fondu. Les flocons qui tombent en ce moment sont quasiment liquides avant d'avoir touché le sol. La neige n'a plus le prestige de la nouveauté : le flux des voitures l'a fait totalement disparaître de la chaussée, tandis que les passants la transforment en une flaque de boue mêlée de graviers et de sable ; il n'y a qu'en bordure des trottoirs qu'elle subsiste, recroquevillée et amoindrie, formant de petits tas grisâtres comme les os de vieux dinosaures. Remontant le boulevard Corgan, il croit s'être finalement décidé à rentrer chez lui – il s'apprête à tourner à gauche vers Minnesburgh, a déjà mis son clignotant – quand il aperçoit au bout de l'esplanade la Grande Bibliothèque dont les projecteurs illuminent les façades aux allures de chapiteau. À voir le rez-de-chaussée éclairé, Rilviero se rappelle que certaines salles restent ouvertes toute la nuit. C'est exactement ce qu'il lui faut : il va pouvoir se renseigner sur l'opération et dormir quelques heures dans un fauteuil sans avoir à s'éloigner de l'hôpital.

Dans les salles de lecture, la moquette étouffe les bruits et il n'y a pas grand monde : quelques insomniaques qui tournent encore les pages à intervalles aussi aléatoires que le fonctionnement nocturne de leurs neurones, d'autres assoupis qui ont fini par renoncer et dorment la tête posée sur l'avant-bras. Les plafonds sont très hauts, les lampes gigantesques qui y sont suspendues ont la forme d'oranges coupées, ça a dû coûter une fortune mais il faut avouer que c'est très beau. Il y a un an encore, pense Rilviero en arpentant les rayonnages, Nexus passait souvent ici aux petites heures du matin. Je marche sur ses traces ; c'est comme un pèlerinage. Où est-ce qu'il s'asseyait ? Est-ce qu'il venait juste pour feuilleter des livres au hasard, ou est-ce qu'il en choisissait un et le lisait pour de bon ? — Le curseur clignote sur l'écran. *Rechercher sur le web*. Apparemment, l'ensemble des connaissances humaines est à portée de ses doigts, il suffit qu'il pose ses questions et à défaut de lui donner les réponses on lui indiquera au moins où les trouver. Il tape : *méningiome*. Un million deux cent mille résultats. Tout de même… Lisa est loin d'être la première sur qui ça tombe ; il y a même un groupe de soutien pour les personnes atteintes de tumeurs récurrentes. Il passe d'une page à l'autre, insatisfait malgré le nombre étonnant d'informations qu'il trouve : le contenu des sites grand public est un peu succinct à son goût et il faudrait qu'il ait la tête plus fraîche pour comprendre quoi que ce soit aux articles spécialisés. Bientôt des rafales de bâillements lui décrochent la mâchoire ; la lumière de l'écran lui irrite les yeux et va finir, à ce qu'il lui semble, par lui dénuder le nerf optique. Dormir, plutôt. Là-bas ce fauteuil tend les bras. Mais non. Il veut tenter autre chose et ouvre le catalogue de la bibliothèque.

Recherche simple. Pris d'une inspiration subite, il sélectionne *Auteur* et tape : *Walevska, Ania.* Dix-sept entrées. Pas mal, pour une femme qui est morte si jeune. Le titre qui revient le plus est celui de sa thèse. *Trajectoires de migrants : venir vivre à Regson, du rêve à la réalité.* Quand ils ont parlé avec Drake des campagnes qui se vident, le gouverneur lui a dit qu'il y avait une partie d'entretiens avec des immigrants et des ruraux : ça l'intéresserait bien de lire ça. Tout plutôt que de penser à ce geste chirurgical si courant qui consiste à détacher un volet osseux de la boîte crânienne, à enlever la tumeur, puis à remettre l'os en place ou à le remplacer par une plaque en métal… Le livre est en libre accès dans la salle de sociologie, il ne lui faut que cinq minutes pour mettre la main dessus. Installé à une table avec ce gros volume écrit en tout petits caractères, il sent ses genoux qui tremblent. Pourquoi est-il nerveux comme ça ? Les transcriptions d'entretiens sont rassemblées en annexes, il ouvre ça directement, ça lui parlera plus que les analyses de contenu. *Je ne vais pas vous faire croire qu'on n'a pas eu de mal à partir. C'était un déchirement. Quand on a embarqué, toutes nos familles se trouvaient parquées derrière un grillage, elles nous regardaient monter, et ça pleurait dans tous les sens.* Il commence à entendre les voix qui retentissent, superposent sur plusieurs lignes leur partition pour orchestre, se font écho dans sa tête comme dans un hall immense où on aurait réuni les migrants plusieurs dizaines d'années après leur arrivée, pas pour contrôler leur identité cette fois-ci, non non, rassurez-vous, juste pour vous demander de parler de votre histoire.

Que disent ceux qui sont venus en ayant tout quitté ? Que confient-ils à cette jeune et jolie femme blonde, migrante elle-même, à qui ils ont plaisir à offrir le café, car c'est si rare de rencontrer des gens gentils et attentifs comme ça ? Rilviero se met à feuilleter dans une espèce de fièvre, avide d'entendre toutes ces voix en même temps, de se faire rentrer vingt-cinq vies dans la peau. *Ce jour-là je me rappelle comme si c'était hier. C'était l'hiver très dur, pendant la guerre de là-bas. Ils avaient trouvé un train pour partir, fallait aller tout de suite. Le train c'était d'une longueur telle qu'on ne peut pas en parler : ils ne finissaient jamais de mettre des wagons. Il faisait un peu froid, des – 10 et – 15. J'ai mal tenu le voyage. — L'année dernière j'ai fait venir des tomates qui sont venues très belles. Comme ça j'avais mes tomates mûres chaque jour devant ma porte. Moi j'ai l'instinct de planter parce que de là où je viens c'est la manière qu'on vit. Les légumes qu'on ne fait pas venir ne sont pas bons, ils les cueillent à l'avance. Ne faites jamais cuire ça, surtout, c'est du poison. — Je suis resté un peu dans un foyer de demandeurs d'asile. Suivant les personnages, on me regardait plus ou moins bien. En général ça allait. La chose de partir, elle s'est montrée plus difficile que je ne croyais : on pense à ce qu'on a laissé, à la femme, toute une vie et pas savoir ce qui va venir pour remplacer. Il faut se faire une peau capable de résister à un tir de canon. — Donc je suis allée aux cours du soir et je me suis bien sortie, parce que je ne sais pas parler, mais écrire j'arrive bien. Je discutais avec tout le monde pour lever les pèsements que j'avais sur le cœur. Plus tard c'est moi qui ai appris à ma mère à faire son nom, les chiffres et puis tout ça. — Un migrant il rêve forcément du lieu de sa naissance. Il y fait tout plus beau que c'était. C'est là-dessus que vous travaillez, n'est-ce pas ? Vous pouvez l'avouer, puisque je vous dis que je le sais ! L'intéressant c'est la manière dont les personnes construisent leur mystification. — Après il y a eu les assassinats. Ceux qui tuaient voulaient qu'il ne reste plus qu'une seule communauté.*

Qu'on reste entre bien purs. C'est pour ça que je suis partie. — Je regardais souvent la côte en face, là où le ciel se touche avec la terre. Je me demandais : c'est ça, le bout du monde, ou qu'est-ce qu'il y a encore derrière ? Et j'espérais que le bout du monde serait moins proche que ça, qu'il y aurait autre chose à découvrir. Après j'ai découvert. — Je me représentais assez bien à peu près comment était Regson avant d'y arriver. Je ne peux pas prétendre qu'on m'a déçu l'espoir. La chose c'est que je pensais que je m'y habituerais. Mais en fait non. Quand les mois sont passés, l'inhumain est resté inhumain. — La guerre a gâché le rêve de retourner, mais ça c'est un tout petit malheur par rapport au reste. Pourquoi tout ça est arrivé ? J'en sais rien. Dans aucune religion il y a marqué que c'est nécessaire de tuer son prochain. — Le début ç'a été un peu catastrophe. À Regson je trouvais tout très sale, les trottoirs remplis de chiens qui ont toujours besoin, les gens mangent dans la rue, le métro qui suintait comme une vieille plaie un peu rarement lavée. En revanche à l'époque les Regsoniens étaient vraiment gentils : quand on demandait son chemin, ils prenaient le temps de vous accompagner. Maintenant qu'ils ont plus l'expérience ils tournent le dos. On habitait une petite baraque de rien. Puis on a travaillé bien dur et ç'a été de mieux en mieux. Dans la famille on ne se laisse pas abattre facilement. On est pas des « morts de naissance », comme dit toujours mon frère.

Rilviero regarde autour de lui pour voir si personne ne l'observe. La nuit est là ; tout le monde marche au ralenti ; même les voitures sur le boulevard Corgan planent plutôt qu'elles ne roulent. Pourtant il a senti une présence familière. Il se retourne encore. Non. Il n'y a personne. Alors d'où vient cette impression que quelqu'un de sa connaissance lui tapote sur l'épaule ? — Bon. Rien de très grave. Il décide de prendre son temps, de parcourir les entretiens l'un après l'autre. Le premier homme qui parle est un homme-musicien : *Quand j'étais enfant* – dit l'homme –, *ma ville me faisait peur, parce qu'elle est construite sur des morceaux de rocher et que pour aller d'un endroit à un autre on est contraint de traverser des ponts. Le pont suspendu c'est le pire pour les enfants. C'est la terreur, à cause des cordes métalliques qui bougent pendant qu'on passe et du ravin en dessous. J'ai grandi dans une ville, comme ça, qui force à affronter la peur. Ensuite je suis arrivé à Regson. Pour moi à tout point de vue c'était le monde magique. Une société qui était belle, les vitrines belles, et les femmes dans la rue comme des femmes de tableaux. Mon père voulait que je fasse des études. Jouer de la musique pour lui c'était juste être « un mendiant propre ». C'est comme ça qu'il disait, ce qui est un petit peu triste parce que lui aussi il avait la musique pour métier. J'ai toujours eu peur du mépris que mon père avait pour lui-même. Il ne passait pas un jour sans qu'il trouve le moyen de s'humilier, d'attirer l'attention de tout le monde et de se frapper la poitrine en criant « regardez, je suis un homme de rien ! »... Je me suis mis dans cette situation que j'appelle « l'entre-deux ». Ça n'est pas facile tous les jours mais c'est ce qui m'intéresse. Comme si je me tenais sur le pont au-dessus du vide et que je dansais la corde raide, et chaque jour en chantant.*

Une autre voix prend le relais. Pendant que l'homme-musicien dansait au-dessus du gouffre, l'homme-mineur vivait à Maloches, à vingt kilomètres à peine de Regson, il descendait sous terre et en remontait la figure noire de charbon. *Maloches, quand j'y suis arrivé, j'avais un an et demi. J'ai dû attendre d'avoir treize ans pour descendre dans la mine. Et ensuite tous les jours pendant quarante-deux ans. Mon père était venu sous contrat, on a suivi ensuite. Firda (ça c'est mon nom), je ne sais pas de quelle origine c'est. Au début on recevait des lettres de la famille laissée dans notre Pologne. Et après plus. Vous savez comment c'est. C'est parti dans l'oubli. Mon père il avait fait quatre ans de service et rempilé pour quatre ans de guerre, alors il hurlait toutes les nuits dans son sommeil. Les voisins ça leur faisait peur. J'ai passé mon enfance sans faire une nuit complète parce que mon père, en rêve, jouait encore au soldat. On avait le strict nécessaire. Mais comme on avait pas connu autre chose, on avait pas l'idée de se plaindre. Quand la maladie arrivait, on était soignés moins bien que les bêtes le sont maintenant. On avait pour principe de laisser faire la nature. Pas par croyance. C'est qu'on avait pas les moyens. Aujourd'hui on dit « je n'ai pas d'argent », mais ça ne veut pas dire la même chose : autrefois les gens n'en avaient* vraiment *pas. Quand la crise elle s'est déclenchée, ils ont commencé à dire que le chômage ça voulait qu'on expulse ceux qui leur plaisaient pas. Pour avoir fait la grève, ou ci ou ça, ou autre. Les malheureux qu'avaient eu le courage de venir et qui s'étaient décarcassés pour acheter deux trois meubles, ils devaient revendre au premier prix avant de rentrer d'où ils venaient. Notre voisin il a plutôt choisi de mettre feu à sa maison et de passer par la fenêtre. La veille de mes treize ans, le garde est venu et il m'a dit que je commençais demain. À l'époque ça ne prenait pas de gants. Ma musette elle traînait par terre tellement j'étais pas haut. Le travail, j'avais toujours voulu m'y mettre, à voir mon frère le plus aîné ; en fait c'était pas agréable ; mais je pouvais pas savoir d'avance. Faut constater sur sa peau à soi-même pour comprendre la vie. Avec ma femme ? C'est au bal qu'on s'est rencontrés. On s'était pas connus avant, elle était d'une autre rue. On a fréquenté une année avant de se marier. Quand j'en ai eu fini avec la mine, ç'a été le soulagement. On fait ce qu'on veut, enfin. Si je veux m'en aller promener, je prends mon bâton. Si je veux m'occuper du jardin, pareil. Du temps de mes parents tous les mineurs faisaient le jardin. Il n'y avait pas de friches à l'entour des maisons. Quand il allait y travailler, mon père disait « je vais au champ ». C'est-à-dire que pour lui c'était comme une nature. Mais ça quelqu'un qui n'a pas connu la vie de fond il ne peut pas comprendre. Je sais bien que j'aurais pu me naturaliser... puis qu'est-ce que vous voulez ? J'ai négligé. J'aime pas trop rester debout dans les couloirs. Je suis presque regsonien, à vrai dire. Mais pour maintenant, je crois que je vais mourir polonais.*

Voilà la vie de l'homme-mineur. Rilviero est de Mérodiès, où les terrils tiennent lieu de collines, alors il a l'impression de pouvoir comprendre même si lui n'est jamais descendu. Il revient quelques pages en arrière, de plus en plus fébrile. Ah : ici il est question de la fin du monde rural. Il y a de légères marques au crayon sur cette page, comme s'il n'était pas le premier à la lire. *Moi mon immigration c'est d'être monté jusqu'à Regson du fond de mon exode rural. C'était sans changer de pays, mais ça changeait tout de même. Parce que le pays d'un kilomètre à l'autre il ne se ressemble pas. Chez moi c'est une campagne très reculée. On dit : c'est là où Dieu et le Diable se sont dit bonsoir. La ville voisine un peu digne de ce nom c'est trente kilomètres et retour. Je suis né dans le petit hameau au fin fond, le nom c'est agricole alors ça ne vous dirait rien. Comme c'est à neuf cents mètres, les choses qui poussent ressemblent déjà à celles de la montagne. Quand j'étais enfant le compte était bien simple : douze familles à peu près et cent quatre-vingts vaches. Pour les maisons c'est tout en pierres. Je ne vous parle pas de la route, ni de l'eau ou de l'électricité, parce qu'en fait ça n'existait pas. C'est la bouse de vache qui couvrait le sol là où maintenant il y a de l'asphalte. Alors c'est moins isolé que ça n'était dans les temps, c'est attrapé par la modernité, on pourrait dire, sauf qu'à mesure que c'est moderne c'est plus vide également. La route qui vient jusqu'au village c'est par là que les gens s'en vont. Si j'inventais un conte, on pourrait dire que le ruban d'asphalte vient les chercher pour les entraîner dans son monde – et rien ne nous dit que c'est un monde meilleur. Tout part à l'abandon. Les champs redeviennent la forêt. Moi j'ai été un des derniers, puis j'ai déserté comme les autres. Ce que je pense de la ville ? Je lui en veux de nous avoir fait ça. On mangeait ce qui poussait, beaucoup les châtaignes, et les pommes et poires. Le soir on faisait des grands feux. On s'asseyait autour de la table – une vraie grande table, enracinée dans le sol, comme si la maison n'était venue qu'après et qu'on l'avait construite autour. Et puis comme c'était moi le conteur je me mettais à parler. Je racontais des histoires et de temps en temps je m'interrompais pour voir après les pommes mises dans le feu. Je ne veux pas y retourner : ici je suis très mal mais là-bas c'est trop triste. Il ne reste plus que deux familles, qui peut-être n'en font qu'une, selon comment qu'on compte, et il n'y a plus personne pour m'écouter. Rien qu'à traverser le village, à voir les maisons dont le toit enfonce, je prends la mort. Mais moi au moins j'ai gardé la maison des parents. Je ne peux pas la vendre. Qu'est-ce que je vendrais ? Ma naissance et les trente premières années de ma vie ? Ça n'est pas une personne, celui qui peut faire ça. J'aurais le sentiment de m'automutiler.*

Ania ne précise jamais les noms ; il n'a aucun moyen de savoir qui est cet homme qui parle, et pourtant dans son crâne où les nerfs explosent il a senti grandir une autre forme de certitude : dans les pages de ce livre, les gens ont tous une façon de raconter bien à eux, et cette façon-là, cette façon de l'homme rural qui a vu son village se dépeupler, il est certain de la connaître, elle lui est aussi familière que la voix de quelqu'un à qui on parle quotidiennement, de sorte qu'il n'a aucune surprise, juste un sentiment de victoire quand il découvre, coincé au milieu d'une note de bas de page, écrit en tout petits caractères et à défaut de nom de personne, un nom de lieu : Corlay-d'en-Haut.

Maintenant il a peur. La victoire n'a duré qu'un instant, elle a tout de suite cédé le terrain au sentiment atroce d'avoir été mené en bateau. *C'est là-dessus que vous travaillez, n'est-ce pas ? Vous pouvez l'avouer, puisque je vous dis que je le sais ! L'intéressant c'est la manière dont les personnes construisent leur mystification.* Il regarde sa montre : minuit et demi. Que faire ? D'abord il pense : il faut que j'aille là-bas. Il ne peut pas agir sur de simples soupçons. Mais c'est au fin fond de la vallée de la Dore, il en a pour des heures, surtout avec la neige. Et que se passera-t-il s'il n'est pas au chevet de Lisa quand elle se réveillera ce matin ? Il ne peut pas la laisser affronter l'opération sans même l'avoir embrassée. Elle a besoin de lui. Oui ? Elle a surtout besoin d'un neurochirurgien comme Epstein. Peut-il jurer, une fois mises de côté ses peurs irrationnelles, qu'elle est la personne la plus en danger qu'il connaisse ? — Il faut qu'il joigne Traumfreund. Il essaye sur le portable, tombe tout de suite sur le répondeur. Et sur le fixe, il n'entend qu'une tonalité bizarre, des bruits stridents, comme si la ligne était coupée. La météo sur Internet indique qu'il a neigé très fort toute la journée là-haut, la route doit être de nouveau bloquée et la neige a probablement fini par bousiller la ligne. L'horreur. Il ne sait pas quel parti prendre. Calme-toi, bordel. Tu fais n'importe quoi. Il faut d'abord que tu ailles vérifier. Corlay-d'en-Haut, en plus. Lui c'est Corlay-d'en-Bas. Il regarde sur une carte : il n'y a que trente kilomètres de distance entre les deux, même si c'est par une route sans doute bien peu frayée. S'il conduit toute la nuit, il pourra être de retour à l'hôpital à quatorze heures, avant que Lisa soit emmenée au bloc. Voilà. Ça c'est un plan. Un coup à mourir de fatigue, mais peu importe : exécution.

Toute la nuit, donc. Dès qu'il prend l'autoroute du nord-ouest, il se remet à neiger. Maintenant c'est officiel : c'est à lui que cette neige en veut. Quand il sent que son attention vacille, il fait une pause dans une station-service, prend un double expresso, dort dix minutes couché en chien de fusil sur la banquette arrière. Il mastique aussi des chewing-gums car sa longue expérience de G.I. lui a appris qu'en ruminant on empêche les paupières de remporter la partie. À la radio, les consignes sont claires : ne prenez la route qu'en cas d'urgence ; la circulation par ce temps est dangereuse, alors si rien ne vous force à sortir de chez vous, par pitié restez-y. Du coup il n'y a personne, même pas besoin de mettre son gyrophare, la neige est le seul obstacle l'empêchant d'avancer aussi vite qu'il faudrait. Le paysage est invisible derrière les colonnes de flocons, le trajet est rythmé par les panneaux que ses phares tirent de la nuit, par les fleuves qu'il franchit – franchit la Morge, franchit le Céron et la Vironne – par les villes de plus en plus petites qu'il dépasse sans en avoir rien vu que le nom – dépasse Ornolac, dépasse Vigoulant, dépasse Griolles et Rhombes – et enfin par les côtes de plus en plus nombreuses qui le forcent à enfoncer la pédale d'accélération pour garder la cadence. Remontant le ruban d'asphalte par où les habitants sont descendus, il prend à rebours le chemin de l'exode rural. Alors comme ça, pense Rilviero, l'homme rural qui a fini par descendre de sa moyenne montagne parce que tous avant lui en étaient descendus et qu'il ne restait là-haut que les arbres et les nuages, il en veut à la ville de lui avoir fait ça… Il a eu l'impression qu'en le chassant de chez lui et en le coupant de son passé, on le mutilait. Et s'il ressent tant de colère à l'égard de la ville, pourquoi ne nourrirait-il pas aussi un peu de rancœur contre celui qui la dirige ? Le ruban d'asphalte qui vient chercher les hommes est assez puissant par lui-même – il faut de la cruauté pour décider de lui simplifier la tâche, pour signer l'arrêt de mort officiel des campagnes et décréter que la vie moderne, pour l'homme, c'est forcément la ville. Oui, il faut la perversité d'un bourreau pour mener ce genre de politique sans souci des victimes. Et que fait une victime quand elle n'a strictement aucun moyen de poursuivre son bourreau en justice ? Quand elle souffre et que le monde entier est sourd à son malheur ? Elle ressasse ce malheur du fond de sa solitude, s'en plaint à qui veut bien l'entendre ; la jolie jeune femme blonde prend en notes ses propos, elle l'encourage avec de larges sourires et toute la série de ses fossettes, il est heureux d'avoir de nouveau quelqu'un pour l'écouter, de trouver enfin et pour la première fois une oreille attentive dans cette ville aux façades aveugles et sourdes où chacun vaque à ses affaires. Il se plaint pendant des heures entières, qui une fois retranscrites deviennent des pages entières, il explique que le pays d'un kilomètre à l'autre il ne se ressemble pas, et qu'en mettant le pied à Regson il a eu le sentiment d'avoir changé de monde. Pourtant ça ne suffit pas. Il a beau se confier, il sent encore en lui des réserves de colère immenses. Et lorsqu'il se rend compte que cette jeune femme qui a fait semblant d'éprouver de la sympathie pour sa cause, qui opinait de la tête à la moindre de ses phrases, qui disait oui, je sais, je vous comprends, un migrant c'est quelqu'un qui vient d'un autre monde – que cette femme, la première à lui plaire depuis qu'il a débarqué dans cet univers hostile, n'a pas la moindre intention de rester en relations avec lui une fois qu'elle aura exploité sa parole, qu'il lui aura donné *ce qu'elle voulait* – n'a pas envie de lui parler encore ni même de coucher avec lui, mais couche *a contrario* dès qu'il a un instant de libre avec l'homme sadique et cruel qui dirige la région depuis sa cage de verre et qu'il a reconnu comme le premier responsable de son malheur, n'est-il pas naturel qu'il estime que cette femme a trahi sa confiance et qu'elle fait partie de ces gens qui méritent sa colère ?

Sur le coup de sept heures du matin, il pénètre dans la vallée de la Dore, et les virages commencent. Il a franchi la Dore dans le village de Parzay, en empruntant un pont en fer forgé datant d'une ère industrielle aujourd'hui révolue, mais apparemment ça ne suffit pas, il refranchit la Dore par le pont de Faverolles, puis la refranchit encore en passant le pont du Diable – ce vieux pont de pierres où Dieu et le Diable, après des années d'amitié fraternelle et de travail commun, ont fini par se dire bonsoir – il n'arrête pas de franchir la Dore, au point qu'il se demande si c'est lui qui sommeille et fait proliférer cette rivière prise de gel dans ce paysage que l'aube va extirper de la nuit ou si c'est elle qui se paye sa tête et s'amuse à faire des méandres au milieu des montagnes mauves. À huit heures il fait jour autant qu'il peut faire jour un 3 janvier par temps de neige omniprésente, et il aperçoit enfin un panneau fléchant Corlay-d'en-Bas ; voilà le nom qui se trouvait marqué en toutes lettres sur la carte d'identité de Nexus, la petite ville où il est censé être né, même si les registres d'état civil n'en conservent pas trace. C'est collé à la Dore, c'est *tous commerces*, à en croire le panneau – et indéniablement il y a une boulangerie – c'est une ville d'histoire, pleine de petit patrimoine, et effectivement autrefois on y faisait de la dentelle, et avant que les pâturages ne cèdent la place aux forêts et que ce reboisement ne porte un coup fatal au débit de la rivière, on y trouvait aussi des dizaines de moulins fabriquant du papier. Rilviero ne s'arrête pas : ce qui l'intéresse pour l'instant est plus petit et isolé, ça se trouve à trente kilomètres environ au bout de cette route fatigante à en perdre la tête, bourrée d'ornières, ni faite ni à faire, vraiment méchante qu'il vient de prendre sur la gauche et ça porte ce nom infiniment plus noble : Corlay-d'en-Haut.

Finalement il arrive. Le village ne compte qu'une seule rue qui s'entortille sur la colline un peu en retrait de la crête. Il s'arrête près de la vieille église, il y a une fontaine moussue où il ne coule pas d'eau, et cloué sur la porte basse un bout de carton expliquant que l'église est fermée toute l'année, sauf à Pâques et pour les mariages. Mais qui ressuscite encore, de nos jours ? Et qui se marie encore ? Si : il doit y avoir de temps en temps des enfants qui reviennent au pays, se disant que c'est plus beau de fêter en pleine nature, en mangeant des reines-claudes et de la tarte aux myrtilles au bord de la rivière bourdonnante d'insectes d'août, plutôt qu'à un carrefour de leur banlieue, dans le restaurant à côté de la station-service et en face du centre commercial. Au moins ici les enfants peuvent courir sans se faire renverser, puisqu'il ne passe jamais de voitures. Rilviero se calfeutre comme une baraque qu'on ferme pour l'hiver, enfonce les mains dans ses poches et commence à remonter la rue ; les maisons ont de petits perrons, deux ou trois vieilles marches ensevelies sous la neige ; il ne sait pas pourquoi, mais il trouve ça très beau. La plupart des volets sont hermétiquement clos, soit que le ciel mauvais n'ait pas donné envie aux habitants de quitter leur lit de si tôt, soit que ces habitants n'existent pas. Ils sont morts jusqu'au dernier, ils sont venus combler les lacunes de l'arbre généalogique inscrit de façon exhaustive quoique fragmentée sur les pierres tombales du cimetière, ou bien ils ont été atteints de cette étrange épidémie qui fait descendre en ville et ne jamais revenir – et qu'ils soient au cimetière ou en ville, selon l'homme de Corlay-d'en-Haut dont Ania transcrit les paroles, ça revient exactement au même. Il faut qu'il trouve quelqu'un, pourtant. Entre les maisons, des chemins descendent vers les petits jardins potagers puis s'égaillent dans la campagne et se perdent dans des lieux-dits et dans des on-ne-sait-où. Il ne neige plus, pour l'heure, mais le vent vous perce jusqu'aux os. Y a-t-il des survivants sous les toits qui s'effondrent ? un visage qui épie l'arrivant derrière une fenêtre dont le croisillon bleu s'écaille ? Il tourne au milieu de l'abandon, désespéré d'avoir fait tout ce chemin pour ne trouver que les vestiges d'une présence humaine révolue, partis, tous, descendus par la route, jamais revenus, même les mieux accrochés, même les plus attachés au pays ont été forcés de lâcher prise, comme lui-même bientôt va renoncer, reprendre sa voiture, faire demi-tour et regagner la plaine, à moins que la fatigue ne l'abatte un peu plus loin sur ce trottoir, face la première, dans cette neige sournoise dont on ne se relève pas. Si : droit devant lui, s'effaçant dans l'embrasure de sa porte. C'est quelqu'un. Une silhouette humaine. Il atteint la maison avant que la porte ne se soit refermée. Arrêtée sur le seuil, la vieille femme le regarde de ses yeux vifs et secs : « Ah bah ! Qu'est-ce que vous faites là, vous ! Mettre le nez dehors alors que rien ne le veut ! Mais entrez donc, puisque vous attrapez la mort. » Il franchit le seuil en courbant le dos pour ne pas se fracasser la tête sur le linteau de pierre. La salle est basse ; il reconnaît tout de suite, avec la gratitude d'un homme transi, l'odeur d'une tarte aux pommes en train de cuire au four.

« Je vous dérange, peut-être. Vous attendiez du monde ?

– Ah pas du tout. Je ne pensais pas que j'aurais un invité.

– Et vous avez le courage de faire de la cuisine, même quand vous êtes toute seule ?

– Pff… vous savez, c'est tellement solitaire, ici. Il ne faut pas s'attendre à ce que les gens viennent demander des choses. L'occupation, c'est tout seul qu'on se l'invente. Maryse. Mais les gens m'appellent l'Oude. Ça c'est le mot du pays pour dire que je suis vieille. »

Il trouve que ça sent drôlement bon ? Eh bien, sans vouloir le retarder, s'il a ne serait-ce qu'un quart d'heure, il va pouvoir en profiter, parce que c'est tout comme prêt. Mais qu'il s'assoie au lieu de rester debout comme une bête, il lui donne le vertige. Pourquoi tremble-t-il comme ça, d'abord ? Rilviero s'effondre sur une chaise et avoue qu'un café brûlant ça ne serait pas non plus de refus. Bien que Maryse soit certainement nonagénaire, elle semble n'avoir vieilli que jusqu'à un certain point, puis avoir commencé, au lieu de ramollir, à rétrécir au feu, de sorte que la peau de sa figure et de ses mains s'est repliée en un million de rides fines.

Ce qui l'amène dans le pays ? Il cherche un vieil ami qui habitait le coin fut un temps. Il ne sait pas d'où il était exactement, ni s'il y est toujours. Il a apporté une photo, peut-être qu'en jetant un coup d'œil ça lui rappellera quelque chose. Ha ha, fait-elle. Une photo. Voilà autre chose. L'ennui c'est que ses yeux ne valent plus rien. Oui, à son âge, bien sûr, il imagine… Il s'attend à ce qu'elle se lève pour aller chercher des lunettes, mais elle se contente de lui couper une part de tarte puis de cligner des yeux comme pour les préparer à cet effort. Les lunettes c'est comme les voitures, ça ne monte pas jusqu'ici. La photo est petite, pas très bonne, il a imprimé ça en quatrième vitesse avant de quitter la bibliothèque, et pourtant il ne faut pas dix secondes à Maryse pour lui répondre de son ton sec, comme si vraiment ça n'était qu'une question de bon sens : « Pff ! Eh bien, quoi ? C'est le fils Nexus, voilà. » — Rilviero doit lui expliquer que s'il s'étouffe, c'est parce que la tarte aux pommes, délicieuse par ailleurs, est encore très très chaude. Elle le reconnaît parfaitement, mais ça fait bien deux ans qu'il n'habite plus ici. Elle a connu le père, avant, et le grand-père. C'est une famille comme qui dirait de têtes en l'air, d'artistes, si vous me suivez. Par exemple dans les temps c'était Waldo qui organisait les veillées. Il leur contait chaque soir une histoire différente, soit qu'il ait eu assez de mémoire pour retenir dans sa tête de citrouille tout ce que les vieux lui avaient dit, y compris les histoires qui ne le regardaient pas, soit qu'il ait observé d'un peu près la lune dans le puits de l'imagination et ait fini par tomber dedans. Oscar, comme petit-fils, il a cherché à reprendre la tradition, mais ça ne marchait plus bien. Une fois, elle se rappelle, il a voulu organiser quelque chose, pour raviver. Personne n'est venu. C'est qu'il ne reste plus grand monde. Et la plupart des gens préfèrent rester chez eux à regarder la télé. Alors c'est ça qui lui a donné le coup de grâce. Tout agrippé qu'il était à son petit pays mauve, il a fini, tenez, par faire exactement comme les autres avaient fait. Il est descendu à Regson. Ça, relève Rilviero en s'efforçant de contrôler en même temps ses mains et sa voix, ça je sais, j'ai su qu'à un moment donné il était parti habiter à Regson. D'ailleurs ça n'a pas bien tourné. Il a eu un procès, il y a un an. On a vu son visage dans les journaux… à la télé… la justice ne savait pas exactement d'où il venait, alors on a demandé à tous ceux qui l'avaient connu de bien vouloir se manifester… elle n'a rien vu de tout cela ?

« Pour ce qui nous arrive ici, vous savez… pour ce que ça nous concerne…

– Mais la télévision. Vous avez la télévision.

– Pff ! Bien sûr ! reprend-elle. Comme je vous ai dit, c'est mes yeux que je n'ai plus trop. Le poste il envoie des rayons qui me font un mal du diable. Je fais aller, disons, mais j'ai beaucoup baissé, alors je préfère m'abstenir. Et puis si c'est pour déprimer à voir toute la violence qu'ils nous mettent dans les villes… Autant vous dire que ça ne m'intéresse pas. »

Ça lui fait le cœur gros, tout de même, que les choses n'aient pas bien tourné pour Oscar. C'était un gamin très gentil. Il est parti du jour au lendemain. Quand elle a su, d'ailleurs, elle est montée là-haut faire un tour dans son atelier. Et la chose incroyable c'est qu'il restait toutes ses affaires : les outils, l'établi, les sculptures. Parce que l'autre chose qui courait dans la famille Nexus, à part cette manie d'imagination, c'était le travail du bois : « Il faisait de la sculpture et aussi autre chose qu'il appelait de la xylo… de la xylo je ne sais plus quoi. Quand j'ai vu qu'il avait tout laissé comme c'était, je me suis dit : il va revenir. Dans ma tête ça n'était pas possible autrement. On n'abandonne pas comme ça tout ce qu'on a fait de ses mains, vrai ou pas vrai ? Et pourtant pas un mot. Et maintenant vous qui me dites que ça s'est mal fini… »

Là-haut ? demande Rilviero. Oui. Parce que cette famille-là elle n'a jamais habité le bourg. Si vous voulez voir la maison, en sortant vous prendrez le petit chemin à droite derrière le cimetière. Et ensuite… le mieux serait qu'il demande, mais il ne pourra pas, parce que vraiment il n'y a personne. « Va donc falloir que vous vous orientiez tout seul. Alors je vous explique. Sur la gauche vous allez trouver un chemin creux. Vous le suivez. Puis encore sur la gauche, un raidillon. Ça va pas être commode, avec la neige, mais enfin : vous montez. Et vous allez rencontrer trois maisons. C'est ça l'endroit. Un tout petit hameau tout désert. Le Séabra. Je vous dis le nom, mais ça ne vous servira à rien, ça n'est marqué nulle part. La maison des Nexus c'est anciennement chez Lasteyrias. La plus grande, on peut dire. Et la grange est attenante. La porte est tellement vieille que je ne crois pas que vous aurez besoin de clef. Je ne sais même pas si c'est fermé. »

Il y va. Il trouve le chemin creux et suit le chemin creux, il trouve le raidillon et monte le raidillon, le souffle un peu aigu dans sa poitrine – et ses pas qui font craquer la neige. Dans la côte, il y a des arbres que le vent a flanqués par terre, et en tombant de tout leur poids certains ont extirpé leur souche. Il trouve le hameau, trouve la plus grande des trois maisons, trouve la grange, fait le tour de la grange jusqu'à trouver la porte de côté. Elle a des airs de chêne centenaire, et à l'endroit où les deux planches devraient se joindre, et se joignent assez mal d'ailleurs, il y a un battant en métal, un heurtoir en forme de figue. Il ne frappe pas. Il pousse la porte, tout simplement. Ça s'ouvre. Une fois qu'il a pénétré dans la pièce et que ses yeux bouffis de fatigue ont assez pris l'obscurité pour voir ce qui s'y cache, il comprend qu'il se trouve dans le saint des saints et que là-bas, dans l'autre montagne, là-haut, entre les murs du bateau de pierre, il a laissé des gens qui sont en danger de mort.

03. MENSONGES EN AVALANCHE

C'est une boîte en carton tout ce qu'il y a de plus banal, un cube de vingt centimètres de côté enrubanné de gros scotch. Traumfreund regarde le paquet puis regarde Rilviero. Il ne comprend pas ce qui se passe. Pourquoi la boîte ? Qu'est-ce qu'il y a dans la boîte ? Alors qu'ils étaient convenus de se rejoindre à Regson, Rilviero subitement est réapparu en haut de la montagne comme le dieu de la tempête, environné d'un halo de colère électrique. Sa barbe dure revient du front et a dû donner des coups sans répit pour ne pas trop en recevoir. Lorsque Traumfreund lui a ouvert la porte, Paulus lui a serré la main avec une emphase singulière, comme s'il était soulagé mais aussi étonné de le retrouver vivant. À l'heure qu'il est, Lisa a le crâne ouvert sous le bistouri d'Epstein : c'est avec elle qu'il devrait être – et pourtant il n'en donne pas de nouvelles. Aux yeux de Rilviero, seule compte encore la boîte. Il l'a déposée sur la table ; il a appelé Oliveira et Berardi, pour que tous soient témoins ; il a fait venir Nexus, qu'il n'a pas salué, qu'il ignore souverainement. « Prenez ça », dit-il à Traumfreund en lui mettant dans la main un cutter, « prenez ça et ouvrez ».

Pourtant tout allait bien. Depuis la veille, Traumfreund flotte au gré de sa paresse dans le ventre du blanc. Cette neige comprime ses nerfs et le rend un peu fiévreux, mais c'est une maladie de cocon, de celles qui autorisent à retourner en enfance et à prendre soin de soi. Il a passé son temps à bavarder avec Nexus ; plus détendu depuis qu'il a fini son récit de justification, Oscar plaisante, répond aux questions qu'on lui fait avec la meilleure volonté, tire même des plans sur la comète : lorsqu'il sera sorti de Bentlam, il aimerait bien chercher un poste dans l'administration de la Grande Bibliothèque. Traumfreund approuve l'idée, à condition qu'il s'agisse d'un travail de jour, et en équipe. Nexus a peur parfois – de la suite des événements, des hommes, du monde en général. Est-ce qu'il sera à la hauteur ? « De toute façon, le rassure Traumfreund, je vous aiderai. Pas question que je vous laisse tomber une fois que vous serez dehors. »

La nuit dernière, Traumfreund n'a pas pu s'empêcher de se relever. À pas d'homme qui ne veut pas être surpris, il a allumé les écrans de contrôle dans le salon du Mât pour contempler encore l'Aneph et rejouer en solitaire la cérémonie des adieux. Il a observé un moment le sommeil de Nexus. D'habitude Oscar dort comme un enfant. Mais pas ce soir. Ce soir, sous l'œil des caméras, il se retourne souvent, repousse les draps insupportables, les ramène soudain frileusement contre lui, passe par toutes les syncopes du cauchemar. Le corps s'agite, se dit Traumfreund à mi-voix. En revanche les veilleurs ne savent pas dire où est l'esprit, ni ce qu'il trafique. Que montrerait à cet instant l'électroencéphalogramme ? Pourvu qu'un jour, pense le psychiatre pris d'un mouvement de générosité, pourvu que… j'espère qu'un jour les rêves lui reviendront.

Pourtant tout allait bien. Ce matin la neige s'est calmée et il a pu faire une promenade en raquettes. Le ciel est revenu, au sol tous les cristaux réverbèrent sa lumière et font du monde un lieu assez glorieux. La neige travaillée par le vent commence à former des congères sur certains reliefs et à délaisser au contraire les versants les plus exposés. En s'enfonçant dans la forêt, sans but précis et sans boussole, il a découvert par hasard un étang gelé pris au milieu des conifères. Quand il y avait encore des loups, c'est ici que les loups venaient boire. Il est resté là un moment, lançant des morceaux de glace vers le centre de l'étang pour les écouter ricocher comme sur un toit de cristal. Il a beau ne pas manquer de sujets de préoccupation, entre le méningiome de Lisa et la coupure de leur ligne de téléphone, cela fait longtemps qu'il n'a pas ressenti un tel sentiment de paix.

Et maintenant ? Rien ne va plus : il y a la boîte. — « Prenez ça et ouvrez. » D'un geste purement instinctif, Traumfreund a fait sortir trois pouces de lame du cadre en plastique du cutter puis a remis le cran d'arrêt. Il n'ose pas attaquer. Rilviero le regarde en silence ; d'ici quelques secondes, il va répéter de sa voix sourde : « Maintenant ouvrez ce paquet. » Il a un coup d'avance sur Traumfreund, cette fois-ci, et cet écart de connaissance ne l'amuse pas du tout : au lieu de jouer à l'homme qui en sait plus, il se montre impatient que le docteur revienne à son niveau. Nexus, de son côté, paraît soucieux mais étrangement absent, comme si la boîte ne le concernait pas et que ses ennuis étaient d'un tout autre ordre. Traumfreund hésite ; il sent que dès qu'il aura ouvert, l'harmonie fragile qu'ils avaient établie entre eux va voler en éclats. Cette harmonie est déjà morte dans les yeux de Rilviero : tout ce qu'on lui demande, c'est de donner quelques coups de cutter et de constater à son tour le décès. Bon gré mal gré, il se décide. Il introduit la lame sous le rebord supérieur du carton et fait tourner la boîte. Le bruit du scotch et du carton tranchés résonne dans cette pièce des Cales comme dans une maison vide où on commence à s'installer. Traumfreund soulève le couvercle du carton et brusquement recule. « Qu'est-ce que c'est ? » souffle Oliveira. « Qu'est-ce que c'est ? » répète Berardi. Ils se pressent autour de lui pour voir. Au contraire Rilviero ne bouge pas. Nexus non plus. À l'intérieur de la boîte en carton, il y a une tête humaine. Traumfreund place ses mains en dessous des pommettes saillantes, la soulève et l'extirpe de son emballage avec une horreur incrédule. Le visage mort ne lui dit rien. Les yeux font deux trous noirs. D'où Rilviero a-t-il exhumé ça ? Qui est-ce, d'abord ? Traumfreund n'en a aucune idée. C'est une preuve, en tout cas. Soudain il est pris de nausée ; cette tête lui brûle les mains, il ne veut plus tenir ça et la lâche presque sur la table. Rilviero s'approche ; lui ça ne lui fait pas peur ; il repositionne le visage mort pour qu'il soit bien en évidence puis, d'un coup de poignet, il donne du mouvement à la tête qui se met à tourner sur son socle de bois. Ce n'est pas la face de cire mortuaire qu'on voit d'habitude aux cadavres ; elle a plusieurs visages, qui en prenant de la vitesse s'emmêlent les uns aux autres, les yeux protubérants ou réduits à une simple fente, les lèvres minces, fermées sur le silence, ouvertes pour un cri perpétuel, les visages du criminnocence lancés dans une ronde si vertigineuse qu'il ne reste plus aucun moyen de les distinguer. On trouve ce genre de sculptures au Désert, explique brutalement Rilviero. C'est-à-dire dans la grange des Nexus, au Séabra. Et il fait circuler parmi eux les pages arrachées aux *Trajectoires de migrants*. Et il raconte avec une colère sèche son odyssée à travers la neige et la nuit. Là-haut, dans le désert, la porte de la grange n'était même pas fermée. La lampe-torche accrochée au mur fonctionnait encore par intermittences ; en balayant la pièce d'un faisceau de lumière avare et poussiéreux, il a tiré de l'ombre un peuple de bois. Les masques sont suspendus aux murs, ou montés sur des socles et posés sur des tables en compagnie des gouges, des maillets, des burins en acier trempé, de tous les outils de la création. Ça sent la boue, la paille moisie. À travers les années, au fond de cette montagne mauve, le burin a extrait du bois des êtres impossibles depuis leur naissance, aux têtes plus animales qu'humaines et plus monstrueuses qu'animales ; les chairs pendouillent comme des haillons ; les mâchoires claquent dans le vide ; des cornes surgissent de la chevelure hirsute et laineuse de créatures multicéphales. Il a découvert une statue dont seul le visage aux yeux incrustés d'obsidienne émerge encore d'un gouffre de flammes. Il en a découvert une autre dont toutes les rides se rejoignent au coin des yeux. Et il a pu constater aisément qu'un jour de colère, avant de descendre dans la plaine et de suivre jusqu'à la grande ville le chemin de l'exode rural, des coups de hache sont venus salement défigurer les lignes sensuelles de certaines statuettes. Depuis ce hameau à l'abandon, le mystificateur avait régné sur son pays imaginaire et, faute de quelqu'un à qui parler, avait entrepris de le peupler de tous ces visages de bois. Oliveira et Berardi se tournent vers Nexus ; Traumfreund et Rilviero se tournent vers Nexus. Il est debout, droit et raide. Leur fait face. Ne dit rien. Ne nie pas.

***

La nuit. Elle est de retour sur le Bateau. Il y a au ciel plusieurs milliers d'étoiles, et c'est la dernière nuit : demain ils toucheront terre. Qui aurait dit qu'après ces tempêtes d'impossible ils arriveraient finalement à bon port ? Les récits du mutin qui leur parlait de terres inconnues et lointaines étaient si séduisants… Capitaine, capitaine : pourquoi ne pas changer de cap ? Mais non. Pas question de se perdre. Le réel nous attend, et la bouche de Lisa, et ses jambes, et ses seins. Cette mutinerie échoue : le rebelle mis aux fers est jeté à fond de cales. Rilviero lui en veut tellement qu'il lui refuse même un matelas : il lui a menotté les poignets et les chevilles et l'a attaché aux tuyaux de fonte d'un radiateur dans une des pièces les plus carcérales du Bateau.

Demain tout le monde rentre à Regson. En attendant, il y a la nuit. Des bruits rôdent dans la tuyauterie et les conduits d'aération. Traumfreund écoute ces bruits nocturnes le temps que dans les chambres voisines les feux soient éteints et le sommeil inévitable. C'est par un chemin lent, et long, et sans lumière, qu'il finit par atteindre la cellule de Nexus. Bien qu'on vienne de lui arracher d'un coup plusieurs des masques qui protégeaient son visage contre le monde, l'homme du Séabra dort, avec un sourire pâle. Traumfreund lui secoue l'épaule. Il n'y a personne pour voir cette scène. Les caméras, éteintes. Les autres, tous endormis. Quand Nexus ouvre les yeux, la peur et l'anxiété, qui le guettaient au sortir du sommeil, s'en emparent aussitôt. Traumfreund s'assure qu'il a repris conscience avant de se mettre à lui parler.

« Voilà. Je suis venu. Je ne te laisse pas tomber. Lorsque je t'ai amené ici… que je t'ai fait subir cet enfermement… je croyais que tu étais un assassin de sang-froid, qu'il fallait te briser. Pardon pour ça. Pardon… Je veux que tu saches que je me moque de Corlay et de ce que Rilviero a trouvé dans cette grange. Ce ne sont que des sculptures. Pas des cadavres. Et que tu sois innocent ou coupable, de toute façon, je ne vais pas pouvoir supporter que tu… les hommes ça n'est pas fait pour être mis en prison. »

Nexus l'entend sans l'écouter. Même à cette heure où les menottes lui cisaillent les poignets, il est au-delà de l'instant présent, ses yeux gris envahis d'autre chose ou d'ailleurs. Traumfreund s'arrête ; à regarder les ombres sur ce visage, il croit soudain comprendre.

« Tu n'es pas là… Ça se voit que tu n'es plus là. Tu rêvais ? Quand je t'ai réveillé, à l'instant… tu rêvais ?

Oui. Oui ? Et hier soir, aussi. Je l'ai vu sur les écrans. Il y avait la vie onirique… elle t'agitait. Ne me dis pas qu'ils ont repris contact. Si ? Ils ont repris contact ? »

Nexus hoche légèrement la tête, sans avoir la force de parler. De toute façon, il semble que ce soir Traumfreund n'ait pas besoin de lui.

« Après ces mois interminables sans donner signe de vie… Mon dieu… Comment tourne la guerre à Nasco ? »

Il est agenouillé à côté de Nexus. Il raisonne à voix haute.

« Attends. Ne dis rien. C'est Van Goyen, n'est-ce pas ? Ça n'était pas si difficile. Je ne sais pas pourquoi, j'ai toujours été convaincu qu'il allait y arriver. Il suffisait que la guerre lui laisse un peu de répit. Voilà : il a enfin eu le temps d'écrire le début de ton histoire, de te recomposer un passé. C'est lui, Corlay, non ? Ces années de conteur et de sculpteur – tu n'en as jamais eu de souvenirs – c'est lui qui vient de les inventer. »

Nexus ne parle toujours pas. Il est si triste que les mots ont du mal à franchir le défilé de sa gorge. À trop vouloir forcer le passage, il risquerait de s'étrangler.

« Écoute-moi bien, reprend Traumfreund. Il faut que tu retournes là-bas. La situation d'entre-deux c'est trop inconfortable. Ils dorment tous, tu sais. Le décaféiné, ce soir, avait un drôle de goût. Rien de très méchant : un peu de zolpidem, ils sont tombés comme des masses. Je vais te libérer. Regarde : j'ai assez mérité sa confiance pour qu'il me laisse un double des clefs. Je n'aurai qu'à lui dire que je me suis approché trop près et que tu me les as prises de force. Ou bien… non. On ne va rien lui dire. Je n'ai pas d'attaches, moi. Rien qui me retienne. Nous pouvons nous en aller ensemble. Tu vas me raconter encore. Me rapporter les choses et les mondes qui se passent dans tes rêves. Comme ça… parce que moi… il y a ce que je n'arrive jamais à dire… même à Lucas… moi je n'en ai pas. Il n'y a pas de rêves dans mon sommeil. Ou alors je ne m'en souviens jamais. La nuit c'est le gouffre ; j'en sors seulement le matin. Je tombe – tombe – tombe – la conscience abolie. Comme si j'étais tout à fait mort. Tout à fait seul. Ils venaient me border ; et bien sûr ils disaient : "Fais de beaux rêves" ; comment leur avouer que pour moi ça n'existait pas ? J'allais me coucher à reculons ; je laissais la porte entrouverte, une lumière allumée. Ils auraient dû la voir, pourtant, cette peur du vide au fond de mes yeux… "Tu devrais t'allonger, Joachim, tu ne vas pas bien dormir assis comme ça." Mais me coucher à l'horizontale… mon corps de cadavre futur, tout maigre et blanc, immobile dans le noir de la tombe… Non. Tant que je peux – aussi longtemps que ma tête tient, je préfère rester éveillé. Les rêves ne viennent jamais. Ce n'est pas comme pour toi : j'ai utilisé les machines – j'ai refait le test ici même, il y a un mois – ce n'est pas faute de sommeil paradoxal. Alors je ne sais pas. On dirait que la nuit me refuse. Ensuite j'ai passé des années à me gorger des rêves des autres, à les écouter raconter comment c'était, à l'intérieur d'eux-mêmes. Et puis des nuits entières à regarder dormir des femmes. On ne s'en sort pas, pourtant. Tu sais comment c'est : les gens demandent. "Tu te souviens de quoi tu as rêvé ?" J'ai épuisé les excuses. Moi je ne vais pas vous raconter mes rêves, ils sont très vagues, sans aucun intérêt. Ou bien : si traumatisants que pas question d'en parler. Et puis parfois, quand mes amis en discutaient… quand Beatriz me racontait, puis insistait pour que je lui rende la pareille… j'ai fait comme toi. J'ai inventé. — Allez. Ça n'est pas bien de ma part de t'ennuyer avec ça. Pas d'inquiétude. Tu ne vas pas passer ta vie enfermé. Je vais te faire sortir d'ici. »

Les menottes s'ouvrent dans un cliquetis. De part et d'autre de son cou, soudain, deux grandes mains blanches qui serrent de toutes leurs forces. À peine les a-t-on libérées qu'elles sont passées à l'acte. Les pouces compriment les artères carotides, les doigts derrière se plantent dans les cervicales ; lunettes qui tombent sur le parquet ; il voit ses ongles et ses phalanges pâlir encore à mesure qu'il augmente la pression, tandis qu'au contraire le sang de l'autre, ne pouvant plus revenir vers le cœur, empourpre son visage. Les mots ne passent plus. La gorge est devenue goulot d'étranglement. Ça ne devrait plus tarder. Ce n'est plus qu'une question de secondes. Alors il compte les secondes. Quatre-vingt-cinq, quatre-vingt-six, quatre-vingt-sept… Voilà. Ses mains se mettent à serrer de plus en plus doucement, avec tendresse ; elles bercent l'enfant vers le sommeil. Oui Joachim : puisque l'histoire qu'on t'a contée n'a pas suffi à t'endormir, écoute cette berceuse, maintenant. Les mains ne serrent plus. Le corps a cessé de leur opposer même un semblant de résistance. Elles quittent le cou aux veines congestionnées, caressent le front avec une infinie tristesse, ferment les paupières dont le regard crédule dérange. Il saisit à pleines mains cette tête dégarnie, pas encore froide, pourtant docile comme un objet. Il y avait tant de pensées, là-dedans. Tant d'heures passées dans la pensée. Si elle était restée sceptique, il aurait pu la laisser vivre. Pourquoi ? Pourquoi cette cervelle formée dans les écoles de la raison s'est-elle mêlée de *croire* ? Elle était généreuse, aussi. Elle a toujours su faire abstraction de soi pour accueillir les autres. Il peut bien dire qu'il l'a aimée. Est-il possible qu'au cours de ces heures par centaines de milliers que la tête a vécues, il n'y ait pas eu ne serait-ce qu'un rêve qui ait laissé des traces ? C'est ce que la tête croyait. Et il n'y a que son avis qui compte, quand bien même elle est morte. Elle est morte. Vraiment morte, elle. Le sang qui reflue laisse derrière lui le visage cireux qu'on voit d'habitude aux cadavres. Alors il prend conscience et se dit le mot, l'insulte : *assassin*. Il laisse l'écho en lui le relever et le lui jeter encore : *assassin*. Il se salit avec ce mot jusqu'à ce que des larmes difficiles se mettent à couler le long de ses joues et glissent sur celles du mort. Il a des images brèves : les corps tombent en pagaille sur le bitume ; les corps n'opposent plus aucune résistance, et à chaque fois il est le survivant, celui qui assassine, puis réchappe. *Assassin*. Il pourra, pour se consoler, ressasser cette insulte qu'il continue de s'adresser à lui-même. Mais il sait bien qu'une fois encore il n'a pas eu le choix. On ne joue pas impunément avec le feu.

***

Ça le réveille en sursaut. Du bruit. Des bruits. Il a cru en entendre. Rilviero tente de se lever – les étoiles l'éblouissent – retombe. Le sommeil qui l'a pris pesait comme un coma. Sa chambre s'allume de tons blafards. La première chose qu'il voit, quand de nouveau il voit, c'est une feuille de papier que quelqu'un a glissée sous sa porte. Le style est si concis qu'il y a seulement trois mots : *À nous deux*.

Le Beretta, dans sa main droite. Oliveira et Berardi, inconscients et comme morts. Traumfreund… où est passé Traumfreund ? Le pistolet au poing, Rilviero défonce à coups de pied les portes du Mât. Personne. Il faut descendre dans les Cales. Il court dans les couloirs, tourne chaque coin prêt à tuer ou peut-être à mourir. Pour des raisons qu'il préférerait ne pas connaître, il a du mal à se repérer. Lorsqu'à force de chercher il trouve, cela fait longtemps déjà qu'il n'y a plus rien à faire. Ses jambes le lâchent d'un coup, il se retrouve au sol à ausculter en vain ce corps horizontal. Ses pires cauchemars sont en train de prendre forme. De nouveau il entend des bruits, beaucoup plus nets cette fois, grincements d'une machinerie qu'on remettrait en route. Ce n'est pas sa mémoire qui défaille : certaines portes ont bel et bien changé de place. Il l'a contraint à descendre dans les Cales pour pouvoir s'installer dans la salle de contrôle et relancer le mouvement du labyrinthe. La migraine saisit Rilviero ; affalé contre un mur, il se force à vomir pour se débarrasser des somnifères. Puis repart à fond de train à la recherche du centre du Bateau et de l'escalier qui mène au Mât. C'est difficile. Plus qu'il ne l'aurait cru. Les lieux ne sont plus les mêmes, et toutes les pièces se ressemblent. Chaque fois qu'il se cogne contre les trois murs d'une impasse, il entend quelqu'un rire dans le monde de sa tête ou dans le monde du dehors. C'est l'autre qui détermine le moindre de ses mouvements ; il n'entre dans une pièce que si l'homme dans le Mât a décidé de lui en ouvrir l'accès. — Peu à peu, cependant, le sol cesse de trembler. L'immatériel remonte le long de ses veines : *À gauche, cher Rilviero. Dix pas. À droite, maintenant. Allez. Qu'est-ce que vous attendez ? Ne faites pas semblant d'avoir le choix.* Cet homme le ramène pas à pas au centre du labyrinthe, en minotaure impatient d'en découdre. Au départ il se force à ignorer cette voix qu'il a trop entendue – puis il songe que Nexus a intérêt à le faire venir, s'il s'agit de ne laisser survivre aucun témoin de ses actes. Ses pieds butent contre la première marche de l'escalier. Il monte avec prudence, le pistolet braqué au bout de son bras droit raidi, et pénètre dans le salon du Mât.

« Il était temps, lui dit-on en guise de bienvenue. Je ne vous attendais plus. Désolé pour le trajet ; j'ai conscience que c'était un peu long, mais c'est un pays perdu, ici, qu'on atteint très difficilement. J'espère que mes explications n'étaient pas trop confuses... Asseyez-vous. Nous sommes tranquilles, maintenant. Pour discuter. Le psy est mort, et la conscience morale avec. Puisque le Séabra s'avère moins grand que vous ne pensiez, et la vallée de la Dore plus tortueuse... eh bien, tout est permis. — Une question, juste : qu'est-ce que vous avez là ? Un Beretta 9000 ? Ça n'est pas très prudent, ça. 9 mm, lieutenant : à moins de viser la tête, on ne peut pas être sûr de tuer du premier coup. Et vous n'auriez pas, j'imagine, la bassesse de me défigurer ? Celui de Berardi... je viens de lui emprunter, je peux peut-être considérer que c'est le mien, maintenant... c'est autre chose, déjà : Smith & Wesson. Si j'avais eu ce genre d'instrument en février dernier, je peux vous dire que... Asseyez-vous. Je garde Smith et Wesson à portée de main, ça peut toujours servir. Je ne vais pas vous retenir longtemps. Juste histoire de vous faire entendre un autre son de cloche. Parce que vous ne m'avez pas laissé parler, hier. Et ça, comme vous aurez remarqué, c'est quelque chose que je supporte mal. — Ça suffit les pays lointains. Qu'est-ce que je pourrais vous dire sur la réalité ? Vous auriez tort de garder de moi l'image d'un être inspiré par de mauvais démons. On aimerait croire qu'ils chuchotent des conseils, hein ? Mais c'est faux. La violence ne tombe pas du ciel. J'ai essayé de vivre comme tout le monde. Vraiment. Et je n'ai pas réussi. Me le reprocher, c'est trop facile. J'ai voulu jeter un voile noir sur les souvenirs, parce que sans ça je n'aurais pas pu quitter Corlay. Si j'avais eu le courage, il aurait même fallu brûler cette grange... pour que tout parte. Puisque Regson me forçait à venir, j'avais le sentiment qu'une deuxième vie m'était due. En tout cas c'est ce que Drake avait annoncé lorsqu'il a fait campagne. Un nouveau départ... une vie plus pleine... il avait promis beaucoup de choses aux gens qui dans mon genre ont eu la malchance de grandir au mauvais endroit. Et il n'a pas tenu ses promesses. Vous le savez. Rien ne nous attendait en ville. C'était un tas de mensonges.

– Je ne vois pas en quoi c'est sa faute, jette Rilviero entre ses dents. Vous croyez que les campagnes l'ont attendu pour se vider ?

– Non… C'est bien connu… Un homme seul ça n'est rien, ça ne peut rien. Sauf qu'avant qu'il arrive au pouvoir, tout le monde déplorait le désert. C'était ressenti comme une catastrophe, la fin d'un monde, et il y avait de la nostalgie quand on parlait du temps d'avant. Drake est le premier à avoir dit que c'était dans l'ordre des choses. Maintenant tout est à l'abandon, là-bas. Est-ce que vous pouvez me dire ce que nous allons devenir ? Nous ? Les conteurs ? Il n'y a plus *personne* pour écouter. La vie est devenue triste, et lente. Les gens ne se détournent plus de la route pour aller dire bonjour. La terre vivait de notre parole ; sans nous elle sera gaste, c'est-à-dire désolée, stérile. C'est Traumfreund en personne qui m'a appris la phrase : les pays sans légendes vont tous mourir de froid. Et puis les gens comme moi, on ne sait pas vivre en ville. Drake pensait peut-être que c'est confortable d'avoir l'anonymat. D'être libre de ses actions. Pas de voisins pour persifler derrière les volets… À un petit détail près : qui monte en grade perd son incognito. Regson c'est ça aussi. Il l'a un peu vite oublié. Est-ce que ça vous traverserait l'esprit, si vous étiez une figure publique, d'emmener votre maîtresse dans un hôtel de centre-ville ? Je dis qu'il faut être malade mental. Rêver de sa propre chute. Vouloir mourir. On dirait bien qu'elle lui plaisait assez pour lui faire perdre toute retenue. Mais faute de faire ça discrètement, il aurait au moins pu avoir le bon sens d'acheter le silence du liftier, non ? Pardon : j'oubliais. Les liftiers ça ne voit rien, on les paye pour ça. Chez Capabellis, nous sommes recrutés avec tant d'exigence que nous sommes indifférents aux jambes et aux seins. Et cette livrée rouge qu'au premier abord on peut croire tape-à-l'œil, en fait elle nous rend invisible. — C'est lui qui demandait, toujours : trente-deuxième étage. L'ascenseur se fermait, je voyais la clef tourner dans la serrure de leur chambre, ils faisaient de la fornication dans un endroit très sensible de mon crâne. Elle ne me reconnaissait pas, alors qu'on avait passé peut-être six ou sept heures ensemble. Une fois je n'ai pas pu m'empêcher de murmurer son prénom. J'ai dit : *Ania*. Avec assez de clarté dans la gorge pour qu'ils ne puissent pas croire que j'éternuais. Elle a posé ses yeux sur moi. Ses yeux capables de disloquer un homme, ou de le sauver. Et toujours pas la moindre lueur de reconnaissance. Qu'est-ce que vous voulez ? Il y a des gens insignifiants. »

Rilviero ne desserre pas d'un pouce son emprise autour de la crosse du Beretta. Il a la sensation étrange que Nexus insiste comme s'il craignait de ne pas être cru. Alors ? Est-ce qu'il y a des mots creux ? En tapant phalanges repliées, encore un double fond ?

« Je ne comprends pas, décide-t-il soudain d'interrompre. C'est à Drake que vous en vouliez. À Drake bien plus qu'à elle.

– Alors pourquoi ne pas l'avoir tué lui, c'est ça ? Comment vous dire… Ç'aurait été d'une stupidité effroyable… Je lui aurais offert une fin de martyr ? Sa tête imprimée au pochoir sur les seins des adolescentes… son nom aux murs de Regson pendant cent cinquante ans ? Non… Sans prétendre lire dans les boules de cristal, je verrais plutôt pour lui une fin de vie obèse, à descendre des bouteilles, tout seul, volets fermés, et le lendemain de sa mort, trois lignes à peine dans les journaux. D'ailleurs lorsque je vais aller leur raconter notre histoire… leur apprendre que Drake a donné des ordres pour bâcler mon procès… et puis qu'il vous a engagés dans le but de se faire justice lui-même… j'ai tout lieu de croire que dans les salles de rédaction ils vont être suspendus aux lèvres du conteur. Et s'ils font bon usage du conte, je vois mal ce qui pourra empêcher que mes vœux se réalisent… Contraint à la démission, le grand homme. Et traîné dans la boue… »

À ce stade Rilviero ne veut plus rien entendre. Ce sont des mots insupportables : d'ici dix secondes cet homme va se prendre une balle dans le crâne, et on peut dire qu'il l'aura bien cherché. Il commence à presser la gâchette. Puis quelque chose le retient. Ne pas agir dans la colère. La colère fait trembler les mains ; il faut que ce soit lui qui tremble, pas toi. Comment s'arranger pour que Nexus…

« Elle est triste, votre histoire. Vraiment triste pour vous… surtout quand je repense au brave garçon que m'a évoqué l'Oude… un peu tête en l'air, vous savez, artiste… et un peu niais, aussi : vous croyez sincèrement que les journaux vont prêter l'oreille aux affabulations d'un assassin ? »

Nexus reste un instant bouche bée, puis renverse la tête en arrière, s'esclaffe :

« Je ne voudrais pas vous faire de peine, lieutenant, mais si j'ai fini assassin, c'est avant tout que je n'ai eu personne pour me retenir.

– Pardon ?

– Tout le monde, à un moment donné, pense à tuer trois ou quatre hommes. Mais les autres ont des amis qui les retiennent. Ou des parents.

– Non. Ils se retiennent tout seuls. Ils pensent aux conséquences. Ou bien ils ont un peu de morale. Ont répété *Tu ne tueras point*.

– Ils ont des parents dans la tête, donc. C'est bien ce que je dis. Traumfreund ne contredirait pas. Mais

même la tête farcie de parents, il y en a qui passent outre et qu'il faut retenir *physiquement*. Oui. Vous savez de quoi je suis en train de parler. Vous connaissez bien mon dossier. Je connais aussi le vôtre. Il ne me manque pas une pièce… C'est Calhières, Rilviero. Calhières. À quoi est-ce que vous avez pu penser ce jour-là ? Que parce que c'étaient trois violeurs, et des pédophiles qui plus est, ils méritaient de mourir ? Mais heureusement pour moi, ça fait bientôt vingt ans que la peine de mort a été abolie… Et quand bien même ! Ça n'était pas à vous qu'il revenait de faire justice…
— Allons. Ne faites pas cette tête. Je vous taquine. En fait je vous comprends. Les grandes injustices ont une fâcheuse tendance à mourir dans leur lit. Et comme, vous et moi, nous ne croyons plus à l'enfer pour compenser la négligence impardonnable de nos hommes ici-bas… il faut bien donner de notre personne. Nous sommes les gens qui tuent, lieutenant. De véritables frères. Quoique… si vous me permettez… un fossé nous sépare tout de même. Aucun collègue compatissant n'a fait dévier mon tir. Moi je suis allé jusqu'au bout de ma logique. J'ai tué aussi loin qu'on peut le faire, sans me dérober aux conséquences. Je n'avais aucune relation, voyez. Pas d'ami gouverneur pour faire disparaître mon dossier tout au fond d'un tiroir… »

Nexus s'est rapproché de l'escalier et d'un geste sec commute tous les interrupteurs. Le noir se fait. Rilviero tire deux coups à l'aveugle. Il entend l'autre dévaler l'escalier, comme s'il renonçait à se battre. Il se précipite à sa suite – trébuche – perd de précieuses secondes. Quand il parvient dans le vestibule de l'Aneph, la porte est grande ouverte, et une silhouette chaussée de raquettes s'éloigne pesamment dans la nuit. Il court vers le garage chercher une autre paire. Il n'arrive pas à les chausser, encore moins à les attacher, c'est un mécanisme de cauchemar, un truc vraiment pourri pour tous les malheureux qui ne sont pas bricoleurs. Il enfile pour finir la première veste qui lui tombe sous la main et s'élance à son tour dans la neige.

***

La nuit, encore, dans le monde glacé des Rodhiles, mais la nuit proche de l'aube et prête à lui faire place. Où a-t-il pu passer ? Que connaît-il des environs ? Rien, quasiment rien, il n'est jamais sorti – sauf peut-être la route qui monte dans la vallée et se dirige vers la Bergerie. Rilviero court dans l'ombre, furieux d'avoir toujours raison, embarrassé par ses raquettes qui lui font des pieds d'ogre. Le vent est froid. Ses oreilles sifflent un peu, ou plus exactement il sent qu'elles sifflent sans rien entendre. En cent mètres il est à bout de souffle. Du moins il voit de nouveau la silhouette noire, là-bas. Son menton est devenu un bloc de chair solide qu'il frotte par intervalles pour y faire circuler du sang. Un peu plus loin, le ruisseau est gelé aux trois quarts. Sous l'épaisse couche de glace qui forme un escalier aux marches sculpturales, on entend encore ruisseler l'eau. En passant le pont, il fait tomber de gros amas de neige dans le lit du ruisseau ; certains éclatent en poudreuse sur la glace tandis que d'autres en percent la surface, tombent dans l'eau et y prennent instantanément les couleurs translucides de la fonte. Tout est néant autour de lui. Il est rejeté au centre de lui-même, dans l'effort titanesque auquel la neige l'oblige. Il a l'impression de nager entre des parois d'air qui se rapprochent à chacun de ses mouvements et vont finir par l'écraser. De la terre ensevelie et uniforme ne surgissent plus que des débris : les branches noires d'un sapin, un piton trop abrupt pour que la neige s'y tienne.

La Bergerie, là-haut. Est-ce que Nexus va y chercher refuge ? Il faut que tu te méfies, il commence à faire jour et tu avances à découvert. Un hélicoptère d'évasion va surgir, bientôt, il en jurerait, il va se maintenir en l'air dans un vrombissement de moteur et déclencher des tourbillons de neige. Il ne serait pas surpris non plus qu'une échelle de corde tombe depuis les hauteurs de l'aube, que Nexus s'y accroche des deux mains et qu'un treuil invisible le remonte et l'emmène voir le soleil de plus près. Il l'a perdu de vue, d'ailleurs – continue malgré tout – s'obstine. Il arrive à la Bergerie. Se plaque contre le mur, puis entre brusquement : personne. Seulement la neige, les vieux murs effondrés, les solives sur le point de se rompre. Et toutes ces tuiles fraîchement cassées ? Nexus est sur le toit. Il attend que les bruits se déplacent et ressort en courant pour le prendre à contre-pied. Soudain il voit la silhouette se dresser en surplomb, le pistolet braqué vers ce qui était son crâne. Mais lui aussi a mis en joue. Ils visent tous deux, et tirent. La vallée répercute l'écho des coups de feu, le versant lumineux et le versant obscur se les renvoient jusqu'à ce qu'ils prennent une dimension cosmique et détruisent le silence de cette aube travaillée par le vent. Au-dessus de lui, dans cette zone d'éperons rocheux qui ne va pas tarder à laisser surgir le soleil, il entend le grondement. Ça va très vite : la plaque friable se casse, le nuage de poudreuse mêlant l'air et la neige dévale cette pente incroyablement raide en s'élargissant vers l'aval. Lorsqu'il se décide à courir, il est déjà trop tard.

04. VERS L'ÉQUINOXE

C'est l'espace de mort blanche. Ce qui reste de la vie va durer quelques heures, une journée tout au plus. Après viendra le froid. La neige poudreuse se tasse, tombe plus bas dès qu'elle peut, ne s'arrête qu'au contact du sol. Le réduit se réduit d'autant. C'est un monde structuré à l'extrême, obéissant aux lois si raisonnables de la formation des cristaux et de la gravité. Évidemment l'eau guette derrière l'apparence minérale ; mais quoiqu'elle soit une des conditions nécessaires de la vie telle que Rilviero et Nexus l'ont connue, à ces températures – qu'on ne s'y trompe pas – elle est un agent de mort. Aucune main ne va se tendre, aucune chaleur animale venir le réchauffer. Le sol est insensible. Derrière lui le pan de mur, au-dessus de lui la poutre. Si la poutre cède la première – cède avant lui – c'est elle qu'on accusera de sa mort. Pour l'instant, c'est grâce à elle qu'il a obtenu ce sursis inutile. Aux alentours la matière froide. Comme ses jambes ne bougent plus, il a le sentiment de n'avoir jamais quitté la terre. Ce qui s'est amalgamé, un jour, pour devenir lui – c'est-à-dire quoi, précisément ? qui, exactement ? – était déjà présent dans ce creuset primitif, et la fin de parcours est un retour au même par voie de dissolution : à l'eau, il va rendre ce qu'il a d'eau, au minéral le minéral, et ainsi pourrira sa vie. Il se rappelle Antefuego. Pour la terre l'aventure continue. Mais pour toi… Amassé et tassé, le blanc tourne à l'opaque. L'oxygène se consume plus vite qu'il n'est renouvelé. Il demande à sa main d'agrandir la cheminée étroite par où lui arrive l'air. Cette main n'est plus la sienne, et elle n'obéit pas. *Mieux vaut ten-*

ter de mourir correctement, pensent six ou sept lui-même en lui et tout autour de lui. *Correctement ?* s'esclaffe quelque part dans son dos l'autre lui-même sous forme de mur. *Il est trop tard pour ça. La mort qui m'a mis le grappin dessus est une mort stupide.* Et l'autre lui-même sous forme de poutre aussitôt de répondre : *Non. C'est ce que je voulais. L'avalanche, à tout prendre, plutôt que la prison pour gens qui tuent.* — Le mur qui sauve provisoirement, la poutre qui protège et menace, les images et les voix. C'est tout ce qui lui reste. Les images viennent, et passent ; reviennent, déferlent et le tenaillent. Trop de froid donne la fièvre. C'est son corps qui, pour essayer de résister aux tentations offertes par le néant, l'enveloppe et l'oppresse d'une chaleur qui ne va pas sans visions.

***

Il voit des rues en pente. Des balcons innombrables aux façades des maisons. Derrière les brumes bleues de sa fièvre, l'éther violent, prêt à brûler. Par l'imagination, par la pensée ou par la mort – qui à ces températures se confondent – il est revenu à Nasco. Chemin de ronde sur presque-crête : les veilleurs veillent, et voient. Du côté de l'est s'avancent d'énormes tourbillons de poussière. Les cohortes de tanks progressent sur leurs chenilles plus hautes que ne le sont les hommes, les mendiants éperonnent sans répit les flancs de leurs montures quitte à les mutiler, tandis que sous les bâches des camions les fantassins transpirent.

Maintenant c'est la guerre. Les rues se vident. On ne voit plus que des jambes maigres qui détalent, des mères qui appellent leurs enfants dans les arrière-cours désertées, des trappes qui se soulèvent et se referment avec angoisse. Les Nordestins sont dans la ville. Les bâtons garnis de clous des mendiants tournoient comme des soleils d'acier. Des talons de leurs bottes, les troupes martèlent les six mille marches. À coups de massue, les portes éclatent, cris inarticulés, des meubles se défenestrent et des livres à leur suite ; les soldats leur en veulent : ils déchirent ceux qui leur paraissent trop gros ou écrits trop petit, toutes ces preuves de finesse maladive et exaspérante. Le feu attaque, une fumée de mauvais augure s'échappe des bâtiments, on tire du siège de l'ordre des Astronomes d'énormes télescopes qui toutes amarres rompues se mettent à dévaler la pente, broyant au petit hasard les membres, défonçant les crânes, tombant plus bas jusqu'à ce qu'il n'y ait pas plus bas. Penchés aux fenêtres, ou du haut des terrasses, les soldats nordestins ont des instants de contemplation ; ils regardent la ville le temps de reprendre leur souffle, et s'attardent parfois, car le spectacle est beau. Jamais assez cependant pour que l'intelligence vienne leur montrer ce qu'ils font. Dans une cuisine, la tête coupée d'un homme dégoutte dans un plat en terre cuite. Pillage, sans restriction. Et pour le viol ? Le viol, si le cœur vous en dit, pourvu que vous ne vous attardiez pas. Il y a des femmes qui résistent bec et ongles, et qui du coup, au-dessus de la pagaille des vêtements lacérés, finissent par avoir des flots de sang qui leur coulent de la bouche et un regard idiot. Ils cherchent les trappes : sous les lits, au fond des armoires, en dessous des tapis, car il y a trop peu d'habitants dans cette ville. La plupart ont dû se réfugier comme des rats dans les galeries creusées sous la montagne. À moins qu'ils n'aient été évacués par avance. Et derrière ces portes de bois massif ? Elles ne cèdent pas aux coups de bélier. Il y a sûrement de l'autre côté des hommes qui s'apprêtent à se battre. Ils se sont regroupés là-dedans, c'est semble-t-il leur sanctuaire qu'ils veulent protéger plus que tout. Les Nordestins se massent dans la Rotonde. Bientôt des ordres arrivent :

quoi qu'il en coûte, il va falloir ouvrir ces portes et s'emparer du contenu de ces salles. « Mais qu'est-ce qu'il y a là-dedans ? – Putain, qu'est-ce que ça peut bien te foutre, puisque c'est la consigne ? »

Le silence a gagné les rues. De ce qui a dû être un enfant, il ne reste, agrippée à ce heurtoir de porte, qu'une main arrachée. De temps en temps, des corps lourds tombent du haut des ponts ou de la crête. Tu es caché. Pendant des heures, rien : l'attente, au creux des caves, au goutte à goutte, entre les tuyaux, les tonneaux, les cafards, recroquevillé. Puis tu te décides à traverser la rue ; les autres sont de l'autre côté, tu dois les rejoindre. Des morts jonchent le sol dans des flaques ; il faut continuer à ramper, leur passer sur le corps ; les choses inanimées opposent toujours de ces obstacles… Une rafale sèche, sans effusion, sans commentaire, t'attrape soudain et t'écrase contre un mur. C'est là que les chiens affamés te trouveront ; d'abord ils lécheront le sang séché sur ton visage ; ensuite ils attaqueront la chair.

Finalement ils parviennent à défoncer les portes. Derrière, les salles immenses, très loin sous la montagne, le plafond en carène de bateau renversée et qui tient par miracle. Poussant derrière, prêts au combat à l'arme blanche et à mains nues pourvu qu'ensuite vienne le pillage à pleines poignées, les soldats s'avancent loin sous la montagne. Cependant toutes les salles sont vides ; ce qu'elles contenaient a été évacué ; il ne reste que cette voûte arquée au-dessus d'eux dans un équilibre précaire et qui, comme par un fait exprès, soudain s'écroule et les écrase.

***

C'est l'espace de mort blanche. Les chiens tirent sur les laisses. Au bout des laisses, quinze hommes, venus en sauver d'autres. La mort leur laisse une vingtaine de minutes, après quoi les chances de survie diminuent drastiquement. Le soleil déferle sur les pentes enneigées qu'il saupoudre d'or pâle. Avalanche de poudreuse, grommellent-ils, mécontents : ça va être plus difficile de repérer la zone de dépôt. Au-delà du pont, les traces se perdent. Marchant en file, prêts à la course contre la montre, prêts à combattre la mort à coups de sondes et de pelles tant qu'il subsiste une chance de dégager les hommes ensevelis, les secouristes grimpent les pentes de l'alpage. Leurs appareils de recherche restent muets ; ces montagnes paraissent vides. À la place du signal radio qu'ils guettent avec un espoir ineffable, il n'y a que le silence éternel. Sortir en montagne sans ARVA après des chutes aussi récentes… quand on vient de Regson… qu'on n'y connaît strictement rien… D'une certaine façon ils ont bien mérité leur sort. On ne joue pas avec les Rodhiles. Pourquoi ? Parce que c'est toujours les Rodhiles qui ont le dernier mot. Loin au-dessus d'eux, l'hélicoptère qui les a déposés se tient prêt pour une évacuation. *L'hélicoptère*, dit sous forme d'os brisé un de ses nombreux lui-même. *Voilà. Pendant que la fièvre... que fièvre... mauvaise et infiltré le sang mauvais... ils sont venus pour l'évasion. Ils vont lui rendre les ailes perdues. Le rapatrier au-delà du soleil. Et demain... s'il y a demain, et qui existe... l'homme entier sera de retour... au Séa...* À chaque quart d'heure qui passe, il devient moins probable que les hommes soient vivants. De toute manière, ils chercheront jusqu'à la nuit : les ordres viennent de très haut ; même s'il est trop tard pour la vie, il faut trouver les corps.

***

Il voit la neige autour de lui former des parois sombres. Les ailes grises de l'hélicoptère se posent sur le bureau et font surgir dans cette pièce confinée des silhouettes de fantômes. Il est reclus ici, loin de la zone des combats. En écartant la neige tassée qui obture le cadre des fenêtres, il reconnaîtrait les motifs rectilignes de la place Den Nomen et les toits en terrasses de Fortal. De nouveau il possède le don de seconde vue. D'où vient ce don ? Est-ce que c'est la mort qui le lui confère ? Est-ce que c'est l'imagination ? Le rêve ? Ou simplement une voix qui lui raconte les choses telles qu'elles se sont passées ? Il commence à comprendre que cette question détermine le sens de sa vie, mais quand le froid rend même la neige fiévreuse, par quel miracle pourrait-il y répondre ? Le Grand Déçu n'a pas quitté son poste de commandement. Il continue à diriger la guerre, à déplacer les épingles sur les cartes et à compter les morts. L'homme doué de seconde vue voudrait qu'on le laisse saisir cette deuxième chance et tuer Darès pour de bon. Cependant la neige pèse, et rien de lui-même ne bouge. De toute façon l'ennemi a changé. L'arrogance a quitté sa voix. On vient d'apprendre à Darès quelque chose qui l'envahit d'une nostalgie tremblante. Il a suffi d'une phrase, prononcée une minute plus tôt, dont Darès estomaqué craint de saisir les implications, et à laquelle il ne connaît pas de réplique. Ce qu'il prenait pour des victoires lui apparaît – après cette phrase – comme autant de désastres, et il se réveille encerclé par une armée de remords. Celle qui a parlé se tient maintenant à la fenêtre, le visage détourné ; elle a beaucoup changé depuis la dernière fois que Darès l'a vue. Ses avant-bras sont cerclés de bracelets de corne, ses os sont devenus plus saillants. Elle a tout fait pour s'éloigner de la lumière couleur d'ivoire où il s'est efforcé de la maintenir. Il est surpris de la trouver si marquée par le réel et les conditions de la vie au Désert, et pourtant tellement attirante… Elle parle d'une bouche triste. Il reconnaît cette bouche, le petit animal vorace sous l'apparente douceur des lèvres. Il ne pourra pas l'embrasser. Il l'a perdue, elle est inaccessible désormais. Si elle est venue jusqu'à Fortal, c'est pour ébranler ses certitudes confortables de nouveau converti. Elle n'a eu besoin pour cela que d'une phrase : *Je t'ai attendu, ce soir-là.* Puis Norinha s'est tue, lui laissant le temps de comprendre l'étendue du gâchis et de devenir aussi triste qu'elle. Enfin, creusant le sillon de la tristesse, phrase après phrase, jusqu'au cœur de la terre : « Je t'avais envoyé une lettre. Ma lettre disait tout ce qu'il y avait à dire. Elle disait *mon amour*, parce que tu étais mon amour. Elle disait *nous allons partir tous les deux*, puisque j'espérais que comme moi tu voulais t'en aller. *Les règles de ce monde ne nous satisfont pas, et nous allons nous y soustraire. Je t'attendrai ce soir dans le Jardin d'Ombre, sous tes fenêtres, jusqu'à la nuit. Pas besoin de me répondre. Viens, simplement. Viens.* Je suis restée assise sur ce banc de pierre, en dessous de la glycine qui mangeait tes volets clos. J'ai attendu, minute après minute. J'ai compté le temps qui coule, le temps qui goutte à goutte… Les ombres avaient beau m'ensevelir, je voulais croire encore. Ne pas laisser le monde l'emporter. Je me suis demandé ce que tu avais pu voir dans toutes les nuits passées ensemble. Est-ce que tu allais me réduire à une image sans chair ? Te montrer assez aveugle pour transformer en rêve tout ce qui s'était produit de réel entre nous deux ? Je t'ai attendu. Je voulais que tu me rejoignes et que tu emplisses ma vie. Puis j'ai vu disparaître mon propre corps et ces espoirs que j'avais cru irréductibles en dessous des frondaisons. Alors je me suis levée. J'ai enfoui dans la terre la bague censée me rappeler aux règles de ce monde, et la boussole que tu m'avais donnée. Puisque tu prétendais que rêver c'est chimère, j'ai décidé de me construire loin de ta présence. De vivre selon mon seul désir. » Darès sent les ténèbres lui entailler la peau, des brèches s'ouvrir dans le rempart de ses dénis et atteindre sa mémoire. Il entrevoit l'inanité de l'existence qu'il mène. Pourtant ce bonheur aurait pu avoir lieu. Il y a huit mois, la vie commune était à portée de main. Une fois que Norinha est partie sans lui avoir donné la chance de se justifier ou de lui demander pardon, sans lui laisser le temps de dire qu'il n'a jamais reçu cette lettre, que s'il l'avait reçue bien sûr il n'aurait pas manqué le rendez-vous, et sans lui tendre la main parce que oui, en fin de compte, il y a de l'impardonnable, une fois que cette femme qu'il ne reverra jamais a disparu dans l'enchaînement sinistre des couloirs de la Commanderie, Darès cherche en vain à ranimer sa colère et sa haine. Elles l'ont quitté ; il n'en reste plus trace. Alors, soudain, le monde est froid. Son uniforme, ridicule et hideux. Il ne veut plus de cette guerre qui lui semble responsable du désastre qu'est sa vie.

***

C'est l'espace anonyme d'un cimetière de grande ville. On a fini par retrouver son corps, on l'a transporté à Regson et c'est aujourd'hui qu'on l'enterre. Le corbillard roule à vitesse réduite dans les allées désertes, l'assistance suit à pied, tantôt massée au centre du chemin, tantôt longeant en file indienne les rangées de tombes pour contourner les flaques. Un peu de neige recouvre encore les branches noires et les stèles ; en fondant dans le grand froid, elle a aussi formé des stalactites ténues aux auvents des caveaux. Sur les vingt derniers mètres, quatre hommes gantés de noir portent le cercueil d'acajou. Il n'y a, parmi les porteurs, aucune connaissance du défunt, parce que ça ne se fait plus. On laisse le poids du mort peser sur les épaules des employés de pompes funèbres, aux traits empreints d'une gravité de circonstance, vus un instant et oubliés l'instant d'après. Une chaîne complexe d'intermédiaires s'occupe de nos jours de la mort ; c'est sans doute un progrès – pense-t-elle –, un soulagement de pouvoir si on le souhaite la maintenir à distance ; mais la mort dans l'affaire est devenue encore plus impersonnelle qu'auparavant. Le constat de décès, le permis d'inhumer, l'achat de la concession, les faire-part, tous les gestes réglementaires, et puis le corbillard, le cercueil de bois lourd, la vieille terre remuée, sortie d'elle-même pour faire le trou, puis rendue à elle-même quand il s'agit de combler, les gestes rituels : tout cela est toujours pareil. Qu'est-ce qui change ? se demande-t-elle. Qu'est-ce qui est à lui, là-dedans ? Le nom. Le nom, du moins, tant que la pluie n'a pas effacé les lettres qui le composent, garde sa singularité alors que le corps va redevenir matière semblable à toute cette matière qui l'entoure. À côté de ce nom, elle a choisi de mettre un petit portrait ovale. C'est le visage des bons jours, une photo prise dans la lumière très lentement déclinante d'une fin de promenade. « S'il te plaît, disait-il, impatient. Ça suffit, non ? Tu en as pris assez ! » Elle ne s'était pas laissé faire ; elle aimait la façon dont le vent décoiffait ses cheveux et cette lumière accrochant son visage, elle avait plaisanté et mitraillé encore, réussissant enfin à lui arracher un sourire. Aujourd'hui, c'est notamment à ce sourire qu'elle a choisi de faire confiance pour combattre l'anonymat. Il menace de partout ; exerce sa pression sourde. Même quand on fait tout son possible pour personnaliser, pour que les gens qu'on a fait venir de loin, qui ont pris une demi-journée au risque de se mettre à dos leur supérieur, ne puissent pas ignorer qui était celui qu'on enterre… les formules sont toutes faites, les fleurs produites en masse, la langue aussi vieillie que la terre du cimetière, aussi usée et molle à force d'être retournée. On se réunit à quelques-uns pour récapituler ce qu'on sait de la vie du mort. Chacun dans l'assistance l'a connu sous un jour différent, le même visage porteur d'un autre de ses masques. On répète et rassemble ce peu que ça a été, ces quelques dates marquant autant d'étapes, cette poignée de paroles et d'actions remarquables, avant de laisser l'immense on-ne-sait-pas se refermer autour de cette connaissance maigre. Et encore, celui qu'on enterre aujourd'hui – celui de dix heures trente, allée numéro quinze – ce n'était pas n'importe qui. Plusieurs journaux de Regson, et parmi eux trois des grands quotidiens ont jugé important de lui consacrer une brève. Il a fallu trouver les mots, compter les signes. On a mille sept cents caractères. Espaces compris ? Espaces compris. Est-ce qu'on ne pourrait pas trouver un témoin privilégié de sa vie, quelqu'un capable de nous dire succinctement ce qu'il faut en retenir ? Pour accumuler de la matière et avec un peu de chance mettre la main sur ce témoin, les téléphones s'activent. À l'un des bouts du fil les salles de rédaction, à l'autre bout des salles où veillent des professionnels de la Nuit, qui décrochent d'une voix humaniste en dépit de la fatigue, prêts à toutes les urgences. Une chaîne de télévision a même envisagé d'envoyer une équipe là où il travaillait ; sans en faire trop, on pourrait interroger des personnes au hasard des couloirs – peut-être des patients aussi ? ça pourrait être pittoresque ? il paraît qu'il s'occupait de très près de ses patients – mais finalement le projet est passé à la trappe. D'autres événements de plus grande envergure faisaient la une ce jour-là – la neige n'en finit plus, la station d'Asforia est complètement bloquée – et ils ont poussé hors du champ cette minuscule scène de cimetière. Les caméras qui pourtant ne manquent rien ne filment pas les visages endeuillés ; elles ne voient pas Oliveira et Berardi s'avancer à petits pas pour dire une fois de plus combien ils se sentent tristes et combien ils n'ont rien pu faire. Ils félicitent la sœur pour cette très belle cérémonie ; on le reconnaît bien sur la photo ; ce portrait, c'est tout lui, son humour et sa force, elle a très bien choisi… très bien organisé. À l'ancienne épouse, ils répètent : il parlait souvent de vous. Bien que ce ne soit pas vrai, le mensonge maladroit vaut mieux que le silence. Ainsi la langue vieillie et le vieux cimetière vieillissent encore un peu de voir encore une fois se répéter le rituel, et cette scène finit par se perdre dans la neige et la boue.

***

On a fini par le tirer de la neige, mais il n'est pas tiré d'affaire. Il ignore où il est. Il serait même bien en peine de dire avec certitude qui il est. Quand, au prix d'un effort colossal, il se soulève sur ses deux coudes et, face au grand « Qui suis-je ? », réussit à articuler : « Moi-même », un autre lui-même rétorque : « C'est-à-dire qui, précisément ? » Le lit s'étend jusqu'à des endroits inaccessibles du corps, il est blanc de la tête aux jambes, conserve mieux la vie que ne le faisait la neige mais grelotte malgré tout. Les gens marchent à voix basse. Une des silhouettes s'attarde et guette à son chevet le moment où il va sortir du nulle part. Ce souterrain qui asphyxie… ces murs de glace… Déjà elle parle comme s'il pouvait l'entendre. « C'est fini », lui dit-elle. Bien qu'il soit incapable de vérifier que ses membres sont intacts, les sons s'agglutinent dans son crâne jusqu'à ce que de leur masse brune et boueuse surgisse un rayon de lumière improbable : « C'est fini, répète Van Goyen en lui prenant la main. Tu peux te réveiller, maintenant. C'est fini. » La voix apporte des images qui envahissent son sang, y circulent comme une pulsation, chaque mot un événement qui lui désarticule le corps. On frappe avec insistance à la porte.

Quelle porte ? Pas celle de sa chambre de convalescent. Une autre, à des kilomètres de là, qui donne sur le pouvoir. On n'obtient pas de réponse, alors on frappe encore. « Vous n'auriez pas vu le Conseiller, par hasard ? – J'allais vous demander la même chose. Il n'y a personne ? – Je n'en sais rien. Ça ne répond pas. Ça nous arrangerait de le trouver, parce que… il y a des décisions à prendre. – Mauvaises nouvelles ? – C'est la deuxième armée. – Celle qui a pris Nasco ? – Ils ne trouvent rien à manger dans la ville. Commencent à avoir faim. – Allez donc voir Ortiz. – Mais non : puisque c'est lui qui nous envoie. Il nous a dit, le Conseiller saura quoi faire. – Oui ? C'est toujours ce qu'il dit… ça devient un peu lassant. » Lorsqu'ils ouvrent la porte, c'est le courant d'air froid, nu et sordide. Le monde inhabité. Aux mauvaises nouvelles de la guerre, il semble qu'il faille en ajouter une autre : le Conseiller a disparu. Hier il a travaillé tard dans son bureau, reçu des visiteurs du soir, et aujourd'hui, plus rien. Ortiz tourne en rond devant son état-major, les lèvres retroussées sur ses dents imbéciles, sans réponse à offrir. Tandis que les dépêches officielles parlent de retards accumulés et de foyers de résistance, les soldats emploient des mots plus concrets : c'est en train de devenir *une sale guerre*. On est aux prises avec un ennemi invisible, planqué partout derrière les formes ricanantes et hargneuses des rochers, qui provoque des éboulements titanesques puis se retranche plus haut dans la montagne sans laisser le temps d'organiser la contre-attaque. Même les bouquetins ont l'air complice, et les nuages… Et c'est vrai que sur les cartes de l'Ouest, on ne voit que des lignes brisées, inextricables ; Ortiz a beau les suivre du doigt patiemment, difficile de s'y retrouver alors que son éminence grise a disparu dans la nature ; le Commandeur garde les paupières baissées ; il a un peu honte de ce que les soldats au rapport lui apprennent. Il n'était pas censé y avoir de défaites. On n'était pas censé entendre parler de la mort. Douze divisions bloquées là-bas, et à court de ravitaillement : rien d'étonnant à ce que des mutineries éclatent… Ici aussi, du reste : les mots de putsch et de révolution passent leur temps à traîner dans les couloirs. Cinq jours encore d'angoisse incompétente, à fixer le bout de ses chaussures cirées au son de l'hymne national, à essuyer ses petites lunettes rondes, puis l'instinct de survie l'emporte chez le Commandeur. Il a une solution. L'armistice. Proposons-leur un armistice. Nous leur avons assez démontré la supériorité du Nordeste. Et puis cette guerre finit par grever les finances : mieux vaut se remettre au travail, n'est-ce pas, vaquer de nouveau à nos affaires.

Alors les troupes d'occupation se retirent en désordre, à pied, par les montagnes, sur les chemins sinueux, face aux glaciers où l'infini s'enflamme, à coups de dissensions, d'engelures, d'exécutions sommaires, à genoux derrière un rocher, balle dans la nuque pour solde de tout compte. Avec les mouvements effarés de spectres qui revoient le jour, les habitants de Nasco réinvestissent la ville. Les femmes tiennent leurs enfants par la main, et parfois tendent la main à vide, serrées sur le seul souvenir. Ce sont des nuits passées à dégager les corps qu'on aligne dans les rues, à nettoyer leurs joues éteintes avec une éponge douce dans l'espoir que quelqu'un sera capable de les identifier. Un matin, enfin, les voix qui se relaient maintenant à son chevet se réunissent dans la Salle du Conseil. « C'est fini », déclare Van Goyen – et même si certains sièges autour de la table ne seront plus jamais occupés, les prunelles brillent de soulagement. Ayant écarté le danger de façon au moins provisoire, les voix peuvent prendre le temps d'évoquer l'après-guerre. Et notamment… que va-t-on faire du Globe ? Aux yeux de la plupart des Xylographes, le désastre qu'ils viennent de vivre est lié de façon obscure mais décisive au rapprochement entre les mondes que Van Goyen a voulu tenter. « Le bonheur des mondes vient de leur isolement », répètent-ils les uns après les autres, comme on réaffirme des principes après des années de troubles. « Un monde, ça ne peut vivre heureux qu'en se croyant absolu. » Van Goyen sent que cette fois il ne convaincra pas. Au cours des heures qui suivent, plutôt que de défendre pied à pied sa politique, il accepte les compromis, renonce tandis que la lumière monte à la plupart de ses rêves. Jusqu'à ce que l'un des Xylographes se décide à poser la question qu'il attend depuis le début : « Et… ton ambassadeur ? Ton agent de liaison, ou quel que soit le nom que tu lui donnes ? » Alors Van Goyen aspire à longs traits un air qui cogne contre ses côtes. L'heure a sonné ; il faut convaincre. « J'ai une dette envers lui, souligne-t-il. Je ne peux pas le laisser là-bas. Je lui en ai fait la promesse. » En face, le silence ne dure qu'une minute. De toute évidence, les silhouettes se sont mises d'accord par avance sur ce problème et commencent à poser leurs conditions : « Qu'il vive de ce côté-ci… qu'il parcoure le pays et verse des larmes impossibles, que les enfants s'approchent dans l'espoir de toucher le miracle… pourquoi pas, après tout. Mais qu'il existe, là-bas ; clame sur les toits qu'il est le passeur… Ça, désolé. Non. Ça n'est pas dans nos plans. » Et Van Goyen : « C'est entendu. Je pense aussi que c'est mieux. Je vais lui faire quitter Regson. » Sur les murs de la Salle du Conseil, la lumière de Nasco continue de dessiner des monstres évanescents. De l'autre côté de la table en bois de jacaranda, les autres arquent les sourcils avec le scepticisme d'un tribunal. « D'abord il faut que tu corriges sa vie. On ne veut plus de trajectoire excentrique. Trouve une histoire quelconque, comme il en existe là-bas des centaines, et qui ne choque pas la raison. » Et Van Goyen approuve. Hoche la tête pour marquer qu'il n'y voit pas d'inconvénient. Mais ça ne suffit toujours pas. En face ils se regardent encore : « Autre chose. Nous avons réfléchi. Ils ne doivent rien savoir de nous. Avant de partir, il va devoir effacer ses traces derrière lui, faire oublier ce qu'il a pu raconter sur nous. Nous voulons un silence qui se referme sur le silence. Une amnésie irréversible. Alors : à qui a-t-il parlé ? – À deux personnes seulement, répond Van Goyen avec réticence. Deux hommes. – Et qui ont cru à son récit ? – Non. – Tu n'as pas l'air très sûr. – Ils sont comme tous les autres. Pris par la manie du tangible. Les gens n'attachent aucune importance à ce genre d'histoires, d'ordinaire. – Ah bon. Alors pourquoi est-ce que tu n'as pas l'air très sûr ? – Eh bien… – Oui ? – Disons que leur incrédulité n'a pas toujours été sans faille. » Les voix soupèsent un moment ces paroles, échangent des coups d'œil résolus, puis reprennent : « C'est dommage… regrettable, bien sûr… Mais en ce cas il n'y a pas le choix. Il doit se débarrasser d'eux. Ne laisser survivre aucun témoin. Tu vas reprendre contact avec lui dès que possible et lui faire savoir ça. Après… nous le rapatrierons. Après seulement. » Van Goyen a les mains posées sur la table. Ses mains qui commencent à vieillir, à se couvrir de tavelures brunâtres. Elles tremblent. Il les serre l'une contre l'autre, dans l'espoir de les rassurer. Elles tremblent encore. Ne s'y laissent pas prendre : pour les deux hommes en cause, ce qui vient d'être dit est une sentence de mort.

Maintenant ils se tiennent tous les deux sur le chemin de ronde. « C'est fini », répète Van Goyen. Il le serre dans ses bras et lui demande pardon. Il lui dit une fois de plus combien il se sent triste et combien il n'a rien pu faire. Ils sont debout devant l'à-pic, tout le pays à leurs pieds, et ce ciel de cristal. Là-bas, à la frontière, les Nordestins ont commencé à ériger un mur. À défaut d'envahir ces régions où la vie selon eux n'avance pas assez vite et ne marche pas dans le sens qu'il faudrait, ils ont décidé de s'isoler. Brique après brique, pour empêcher la fuite des leurs et la venue des autres, ils ferment la région. « Qu'est-ce que nous allons faire ? » demande-t-il à Van Goyen. Depuis qu'il est revenu, c'est la toute première fois qu'il arrive à parler. Ils se tournent vers Nasco, contemplent les toits qui enfoncent et les façades noircies. Il y a beaucoup à reconstruire. C'est un combat, pense Nexus à voix basse. Il continue.

***

Le jour où le printemps arrive pour de bon, Lisa trouve enfin le temps d'aller voir la nouvelle exposition Bianco au Musée Borphili. Pour une fois la venue du printemps coïncide avec la date que lui attribue l'almanach punaisé au mur de la cuisine. Après deux mois de deuil, de froid et de neige, il a suffi de trois semaines au temps pour se radoucir, et en ce 20 mars la plupart des arbres sont déjà en fleurs. Traversant la place Borphili sous le couvert des cerisiers, elle sent la brise effleurer ses joues pâles. Peut-être est-ce une journée pour retrouver quelques couleurs ?

Lisa a suivi de près la genèse de l'exposition, elle a vu les photos, lu les articles et sait à quoi s'attendre. Pourtant, lorsqu'elle entre dans la grande galerie du Musée, elle ne peut pas s'empêcher d'être prise de vertige. Les masques ne sont pas exposés sous verre, mais pendent au bout de filins invisibles depuis les hauteurs de la nef, hommes véritables à qui il ne manque plus qu'un corps pour se mettre à marcher. Ils tournent lentement dans la lumière ; ceux qui sont bifaces ou trifaces se montrent à chaque minute sous un jour différent et s'amusent à déjouer les attentes. Vraiment, vous le trouvez taciturne ? Vous allez voir quand vous le connaîtrez mieux : parfois il s'ouvre, devient exubérant ; en fait il est imprévisible. Quant aux masques plus proches du commun des mortels qui ne disposent que d'un seul visage, ils pivotent comme des lunes mystérieuses et découvrent soudain leur face vide. Les enfants se perchent sur les épaules des adultes pour approcher leurs frimousses de ces masques et considérer le monde à travers des yeux de bois fendu. Étrangement, il est permis de toucher les œuvres. Au risque qu'elles s'abîment ? a-t-on fait demander à Bianco. Il a répondu d'une boutade, d'un *prière d'insérer* envoyé aux journaux : *Le risque qu'elles s'abîment ? eh bien... on dira que c'est la vie*. La critique n'a pas manqué de s'étonner de ce changement de manière. Un ou deux éditorialistes ont pris le ton du triomphe : par quel miracle Ernst Bianco peut-il, moins de trois mois après le dévoilement du *Dit de Regson* dans les salons de l'Hôtel de Ville, exposer au Musée Borphili ce qui apparaît comme toute une décennie de travail sur bois ? Une prolificité pareille dépasse la force humaine. La preuve est faite, cette fois : Ernst Bianco ça n'est pas un homme, c'est au moins une armée d'artistes ; dans un élan de lyrisme, certains poussent même plus loin : Bianco c'est un principe, une force agissante qui s'est fixé pour but l'invasion de la ville par le rêve.

Lisa déambule dans cette foule de visages aux couleurs de la terre. Les hommes se servent des masques pour parler d'égal à égal avec les forces de la nature, elles aussi travesties ; sculptée dans le bois, la vie familière des bêtes et des hommes lui semble soudain étrange, tandis que des créatures à première vue parfaitement chimériques se rapprochent d'elle et ne lui font plus peur. C'est l'inconnu domestiqué. C'est le monde rendu habitable. Elle continue de marcher à pas lents, tombe en arrêt devant un masque de bois noir très abîmé. De loin on peut penser que c'est une ébauche, une tentative ratée dont Bianco n'a pas eu le courage de se défaire. À mesure qu'elle s'approche, toutefois, elle devient de plus en plus sensible au charme qu'il dégage. Ce masque lui passe dans le sang. Bien qu'elle soit mal placée pour dire si oui ou non Bianco est l'auteur de ces œuvres, Lisa reconnaît une vraie continuité dans ses sources d'inspiration. Ce visage-là était déjà présent dans *Le Dit de Regson* : Bianco reprend une fois de plus l'histoire de Norinha. Portant la main à l'arrière de son crâne, elle palpe sous ses cheveux qui repoussent sa propre cicatrice. L'année a si mal commencé que ça ne peut qu'aller de mieux en mieux. Un coup d'œil à sa montre : bientôt onze heures. Il ne devrait pas tarder à la rejoindre, le rendez-vous à l'hôpital était à neuf heures trente. En revenant vers l'entrée, elle le découvre qui s'est endormi sur un banc, la tête sur la poitrine, les coudes posés sur ses béquilles. Il est très faible encore. Durant des semaines, elle est restée à son chevet et l'a écouté délirer. Il n'était question dans ses rêves que de guerre, de mutilations horribles, d'un homme contraint de tuer des gens qu'il aime s'il veut qu'on le rapatrie. Elle a serré sa grande main brune pour l'aider à combattre la fièvre. « C'est fini, lui a-t-elle répété. Là. C'est fini. »

Début mars, les neiges des Rodhiles ont fondu aussi brutalement qu'elles étaient tombées fin décembre et les secouristes d'Altenberg ont pu retourner sur les lieux du drame pour retrouver le corps manquant. Ils ont arpenté pendant plusieurs heures les sols gadouilleux de l'alpage mais sont revenus bredouilles. Quand on est venu lui annoncer qu'il n'y avait pas de corps, il n'a pas eu l'air surpris et n'a presque pas marqué de réaction. La nuit suivante, néanmoins, elle l'a entendu qui délirait de nouveau dans son sommeil. « Parti. Ils l'ont tiré de là, il est parti. » Elle s'est blottie tout contre lui, lui a épongé le front, caressé le torse, et il n'a pas tardé à se rendormir.

Maintenant il va mieux. Cela fait plusieurs jours qu'il sort pour voir la ville envahie par les masques. Distraits par les visages de bois qui viennent à leur rencontre en se collant le long des murs, les passants marchent un peu moins vite que d'habitude sur les trottoirs de l'avenue Breton. Il espère qu'ils en sont poursuivis jusque derrière les portes fermées des salles de réunion et qu'un masque tonitruant se superpose parfois, subliminal, au visage de leur chef. Et lorsqu'à deux heures du matin ils se recouchent après être sortis des couvertures pour baisser d'un cran le chauffage et prendre un demi-somnifère coupé de façon approximative d'un coup de ciseaux à ongles, il espère que leurs rêves sont pleins de cette foule de bois sans âge qui infiltre les rues de Regson.

Il y a quelques jours, Kelly Park a écrit à Bianco pour savoir s'il l'autoriserait à prendre des photos de ces masques portés par des danseurs qui défileraient le soir dans les rues. Bianco a donné son accord de principe, à condition qu'il s'agisse de gens choisis au hasard dans la foule et pas de danseurs professionnels. À la folie d'un soir, il a dit par ailleurs préférer un événement régulier, qui ait lieu par exemple tous les jeudis pendant un mois. Sa réponse dactylographiée s'achève sur une note manuscrite qui continue de laisser Kelly Park perplexe : *Je ne veux pas d'un carnaval de plus. Ce n'est pas comme ça qu'on redressera la balance.*

Ils sortent du Musée et s'assoient sur un banc, au milieu des parterres de jonquilles, pour sentir le soleil. Il lui montre une à une les merveilles de ce printemps précoce : les magnolias, les corètes du Japon, qu'il ne confond plus désormais avec les forsythias aux pétales jaunes plus frêles, et puis les cerisiers bien sûr. Durant les semaines d'hôpital, Lisa ne lui a pas apporté que des fleurs, mais aussi les livres de photographes qui parlent des fleurs et en montrent les détails stupéfiants. Comme c'est devenu une forme mineure de dissidence, ils ont résolu tous les deux d'en apprendre les noms.

C'est aujourd'hui le 20 mars, l'équinoxe de printemps. La nuit succède au jour et le jour à la nuit, et montre en main ils s'équivalent. Cet équinoxe, se dit-il à mi-voix, ça n'est pas très spectaculaire. La plupart des gens passeront la journée sans même y prêter garde, et la presse ce matin ne lui consacrait pas une ligne. Combien d'équinoxes a-t-il lui-même manqués par simple inadvertance ? C'est le solstice qui attire l'attention en jouant sur les extrêmes. Lors du solstice d'été, dans certaines villes du monde, il paraît que la musique envahit les rues. Les fenêtres s'étoilent, le sol se couvre de verre brisé… Enfin ça n'est jamais qu'une fête : l'ivresse d'un soir, après lequel les réglementations sur le tapage nocturne font de nouveau la loi. Aussi, lorsqu'il a rédigé avec Drake la lettre à Kelly Park, après s'être fait confirmer par Bianco qu'ils avaient le droit d'utiliser son nom pour toutes les affaires se rapportant aux *Visages de Bois*, ils sont tombés d'accord pour dire que c'était à proscrire. Non qu'ils aient quelque chose contre la fête ou le carnaval. Il s'agit simplement de rappeler que ça ne suffit pas.

C'est aujourd'hui le 20 mars, l'équinoxe de printemps, mais ce n'est pas à vrai dire cet équinoxe-là qu'il attendait. Il voudrait voir le jour coupé exactement en deux, la part du rêve et la part de l'éveil s'équilibrant dans la balance. Même sortant d'un long mois de coma, et visité par toutes sortes de visions tapageuses qui n'ont pas l'intention de s'effacer de sa mémoire, il ne croit pas qu'existe un point où le rêve et le réel se confondent. En général, il a de la réalité une perception claire et distincte, et du rêve une appréhension plus intuitive mais très claire également. Il lui paraît douteux que ces deux états puissent se résoudre un jour en une sorte de réalité absolue. Le but qu'il faut atteindre, c'est plutôt ce moment dans l'histoire de la vie où on saura leur rendre justice à tous les deux. Après tout, il existe sur Terre d'autres choses qui, tout en étant distinctes, sont liées de façon indissoluble. Lui et elle, par exemple. Lui et cette femme qui l'aide en ce moment à parcourir les rues. En tout cas c'est ainsi qu'il l'entend, et il est prêt pour cela à faire tous les efforts. L'équinoxe a ceci de commun avec leur bonheur qu'il ne viendra pas tout seul et même une fois atteint ne sera jamais acquis. D'ailleurs il n'a pas l'impression qu'on en prenne le chemin ; il ne suffit pas de suivre la route, tout droit. Mais l'exploration ne fait que commencer. S'il continue à se battre, et à convaincre autour de lui que la vie en dépend, il n'est pas impossible qu'un jour les choses s'arrangent.

Ils déambulent tous les deux dans Regson avec la grâce émerveillée de revenants. Ils s'embrassent sur les ponts, parce qu'il a entendu dire quelque part, même s'il ne sait plus très bien où, que c'est comme ça qu'on fait. Le long des rives de l'Ihavel, chaque caresse du vent fluvial leur est une promesse de bonheur. Il trouve que cette ville de Regson fait un berceau sublime pour naître ou pour renaître. Sur le tympan de l'église Saint-Roch, les anges s'équilibrent assez bien avec les démons, et ils ont un sourire de monde flottant qui rend pour une fois le paradis aussi intéressant que l'enfer. Tout à l'heure, en sortant du Musée Borphili et en esquissant quelques pas maladroits sur la place aux pavés inégaux, il a lancé les yeux en l'air. Il a vu le ciel ébahi d'arbres en fleurs. Et au-dessus de l'entrelacs des branches chargées de pétales, l'air qui prend graduellement les couleurs du lointain. Il s'est laissé envahir par ce bleu. Ce n'est pas la nuance exacte, mais il saura s'en contenter.

Les veilleurs

PREMIÈRE PARTIE
BATEAU DE PIERRE

DEUXIÈME PARTIE

D'IVOIRE OU DE CORNE

TROISIÈME PARTIE

VISAGES DE BOIS

RÉALISATION : NORD-COMPO MULTIMÉDIA À VILLENEUVE-D'ASCQ
IMPRESSION : CPI BRODARD ET TAUPIN À LA FLÈCHE
DÉPÔT LÉGAL : SEPTEMBRE 2010. N° 103083-3 (64671)
IMPRIMÉ EN FRANCE